U0792418

AUDIO BOOK

说唱西游

民间流传的西游故事版本

罗扬 沈彭年 整理

农村读物出版社
CHINA RURAL READING Press
中国农业出版社
北京

出版说明

首都图书馆收藏的《说唱西游记》，原为清代车王府藏书，手抄本，全书约一百万字。原改编者修改了《西游记》原书一部分文言的诗赞，把原书大约三分之二的文字改写成为唱词。改编者还改写了某些情节，如对原书第二十八回的改写，就使得行者的形象更为完美。改编本也有一些缺点和不足之处，但仍不失为一部值得整理加工，使之继续流传的通俗说唱作品。

中国曲艺家协会（原中国曲艺研究会）于 1955 年至 1965 年组织了这部书的整理工作。整理者精选、修改了这部说唱本的部分情节内容，并对韵文部分进行了较多的润色加工。形成现在这本《说唱西游》。它既吸收了《西游记》原著的精髓，又具有通俗易懂、便于记忆的特色。

本社为了向古典名著的阅读者和说唱爱好者提供民间流传的西游版本，再次改版印行此书；同时为了适应现代社会人们学习与接纳信息的需要，我们采用融合出版的方式，特邀评书艺人关勇超以评书的形式录制了全套西游故事的精彩内容音频，并制成八十一个二维码，读者“看累了，不妨听一听”。

愿这本可读可听的《说唱西游》给广大读者带来耳目一新的阅读体验。

2020 年 6 月

目录

出版说明

二维码目录

看累了，不妨听一听

一　石猴出世

诗：傲来国居大海间，海中有座花果山，

山顶天产石一块，年深日久化神猿，

很多年前，东胜神洲海外有一个傲来国。这国中有一座名山，叫作花果山。在山顶上有一块仙石，此石高有三丈六尺五寸，周围二丈四尺，上有八孔九窍。自开天辟地以来，每受天地的秀气，日月的精华，就有了灵通之意。忽有一天，石头迸裂，产出了一个石卵，见了风化作一个石猴，五官俱备，四肢俱全，学爬会走。这个石猴，拜四方，参日月，十分精灵。住在山洞之中，采些野果度日。又凑上一群猕猴、猿猴、马猴，每日里混在一起，玩耍笑闹，快乐非常。这一日正逢炎夏时节，群猴要找清凉的涧水洗澡，找到一座山后，只听得水声响亮，众猴一看，原来是一股瀑布，银亮亮地悬在半空。大家都夸好水！有的说道："哪个若敢钻进去看个究竟明白，我们就尊他为王如何？"众猴齐声说："好！"只听一个猴子说道："我去！我去！"你道是哪个？就是那天产的石猴。

那灵猴将身一纵，跳入瀑布泉中。睁睛一看，那里边滴水皆无，却有一座铁板桥。桥下之水冲贯于石窍之间，倒挂流出去，遮闭住了桥门。走上桥头观看，恰似人家住处一样。遂跑过桥来留神细看，只见正当中有一石碣，碣上刻着十个大字，乃是："花果山福地，水帘洞洞天。"灵猴大喜，不及往里观瞧，复又闭目蹲身，跳出水来，哈哈大笑。口中说："好造化！好造化！"众猴围住问道："里边的水可有多深？"灵猴说："里边哪里有水，原来是一座铁板桥。桥那边是天造地设的家舍！

我方才进去看仔细，真正是天造地设妙无穷。

里面并无一点水，瀑布倒悬把门封。

若不信你等跟我进去看，石头做的锅、盆、碗、灶、桌、椅、床、凳都现成！"

众猴闻听齐说："好！咱们快快到洞中。"

灵猴领头往里跳，众猴随后紧相从。

一个个冲过瀑布把桥上，见一座高大的洞府面前迎。

众猴子一拥将洞进，你推我搡乱哄哄。

见一张石床中间摆，两边有石锅、石碗与石盅。

群猴一见心欢喜，连窜带跳不消停。

一个个夺锅抢灶争盆碗，猴性顽皮没个安宁。

灵猴连声呼："列位，难道说方才的言词就记不清?"

灵猴说："你等方才说得清楚：'若有本事进得来，出得去，就拜他为王。'如今我寻了这个洞府与列位安眠稳睡，不受风吹日晒之苦，如何不拜我为王?"众猴闻听尽皆心服。大家礼拜，齐呼："大王千岁。"自此灵猴高登王位，将"石"字隐去，改称"美猴王"。领着一群猿猴、马猴、猕猴等，分派了职务，各司其职。众猴朝游花果山，暮宿水帘洞，将有数百余年。有一日，群猴设宴，呈献仙桃、仙果和自制美酒，大家畅饮。正在欢乐之间，忽见美猴王口中长吁，掉下泪来。

美猴王欢喜之中生悲意，心中烦闷泪纷纷。

众猴一见齐发愣，忙尊大王问原因：

"自从来到水帘洞，逍遥快乐度光阴。

每日里高歌畅饮随，威服禽兽镇山林。

还有哪些不足处，大王不要闷在心。"

猴王见问将头点，一声长吁说原因：

"你等说朝朝宴乐多欢悦，日日遨游似仙人。

哪知光阴如飞箭，年老衰迈丧此身。

只恨无有长寿法，思来想去闷在心。"

猴王说罢一片话，众猴也紧皱双眉暗思寻。

众猴闻听美猴王之言个个悲哀。只见席间有一个通背猿猴，说道："大王如此深虑，真所谓道心开发也。我想世界之中唯有三等人不为阎王所管，乃是佛与仙与神圣。躲过轮回，不生不灭，与天地齐寿。"猴王闻听心中甚喜，说："不知此三者都在哪里?"猿猴道："他等在阎浮世界之中，古洞仙山之内。"猴王说："我明日就辞别汝等下山，云游海角，远涉天涯。务必访此三者，学一个不老长生之术，躲过轮回之苦。"众猴鼓掌称善，说："我等明日与大王饯行。"到了次日，众猴果然摘取仙桃异果，置办仙酒佳肴，摆列案前。尊美猴王为上座，轮流奉敬。

美猴王饮酒已毕不怠慢，取了些古柏与苍松。

青竹破篾编筏子，命群猴放在东海大洋中。

取了根竹竿当作篙，独自登筏尽力撑。

漂荡荡随波逐浪朝前进，巧遇东南起大风。

风催浪涌筏行快，急如弩箭离了弓。

一漂漂到西北岸，弃筏登岸往前行。

美猴王没有衣服来遮体，心中思：“如何走到闹市中！”
海边上忽来人几个，美猴王连声吼叫往前冲。
那些人看见猴王惊破胆，慌慌张张奔西东。
有一个栽倒跑不动，猴王一见笑盈盈。
扒下来衣服摘下帽，打扮得自己像个人形。
终日里摇摇摆摆学人语，进府穿州勤打听。
一心要访仙佛祖，学得秘法可长生。
那一日行至西洋大海岸，心中想海外一定有仙宫。
又编了个竹筏漂海内，来到了西牛贺洲化外城。
美猴王走进一片松林内，忽听得松林深处有人声。
口内作歌多清朗，一定是入圣超凡的大神灵。

看累了，不妨听一听

二　猴王访仙

美猴王来到了西牛贺洲地界，遍访数年，并未遇见真仙佛祖。那一日误入一座高山，山景秀丽非常。他遂走入林中，忽听得松林深处有人作歌。猴王急忙进前，侧耳细听。只听得唱道：

“观棋柯烂，伐木丁丁。
卖薪沽酒，狂笑陶情。
登山越岭，持斧断枯藤。
收来柴一担，行歌市上，换米三升。
更无些须争竞，时价公平。
不会机谋巧算，恬淡延生。
相逢处非仙即道，静坐讲黄庭。”

美猴王听了满心欢喜，想道：“神仙原来在此！”急忙跳入林中一看，乃是一个砍柴的樵夫。猴王上前叫道：“老神仙，弟子作揖！”樵夫慌忙丢下斧子答礼道：“我乃山野村夫，衣食尚不能周全，怎敢当神仙二字？”猴王说：“你既不是神仙，如何说出神仙的话来？”樵夫说：“我说了什么神仙的话？”猴王说：“我才听得你说：‘非仙即道，静坐讲黄庭。’《黄庭经》乃道法真言，还不是神仙吗？”樵夫笑道“实不相瞒，这个词儿乃一神仙教我的，他见我常常烦恼，即把这首词儿教给我念念，能开心解闷。我方才有些不足处，因此念了一遍，不想被你听见。”猴王说：“不知那位神仙现在哪里？望乞指教指教，感恩不尽！”

樵夫见问将头点：“你求仙访道心虔诚。
神仙去处不甚远，就在此山仙洞中。
此洞名叫斜月三星洞，住着位真仙有神通。
菩提祖师法力大，教下徒弟数十名。
你若是诚心修行就快些去，顺着小路往南行。”
猴王闻听心中喜，连忙地谢过樵夫赶路程。
两脚如梭朝前走，见一座高大洞府面前迎。
洞门紧闭无人影，两旁树木遮天空。
一座石桥接洞府，两岸上尽是古柏与苍松。
桥上头玉石栏杆分左右，桥下面一股泉水明又清。
美猴王看罢心中喜，来至洞府门前把脚步停。

美猴王走过桥梁，但见洞门紧闭，静悄悄没有半个人影。又见山崖上立着一个石牌，上刻十个大字，乃是：“灵台方寸山，斜月三星洞”。猴王一见十分欢喜，只是不敢敲门，站立洞旁等候多时。忽听一声门响，洞门开放，从里面走出一个仙童，身穿道袍，足登云履，眉清目秀，仙风道骨，高声叫道：“什么人胆大在此搅扰？”猴王上前躬身施礼说道：“我是访道求仙的弟子，并不敢在此搅扰！望乞恕罪。”

美猴王躬身忙施礼，只见仙童笑吟吟：
“祖师早知你来到，今日个未曾登坛讲经文。
方才升座吩咐我，叫俺出来开洞门。
你既然来把祖师访，快些跟我去见真人。”
猴王口内连答应，整衣迈步进洞门。
但只见大殿高楼无其数，真乃是蓬莱仙境不染尘。
霎时来至瑶台下，两旁侍立学道人。
上面端坐菩提祖，八卦仙衣穿在身。
鹤发童颜真好看，眉稀目朗有精神。
猴王一见忙跪倒，连连磕头拜师尊。
祖师开口把猴王问：“你是哪洲哪国的人？”
猴王说：“弟子住在东胜神洲傲来国，花果山中水帘洞的人。”

猴王之言还未尽，菩提老祖面生嗔。

大声喝道："撵出去！我这里不容这说谎使诈的人！"

猴王朝上磕头说："弟子俱是实言，并无假话。"祖师说："那东胜神洲和我这里相隔两重大海、一座南瞻部洲，你如何能到这里，岂不是诳语？"猴王叩头禀道："弟子实是东胜神洲之人，因访道心切，编筏入海，攀木登山，受了千辛万苦，走了数十余年，方才访到此处。叩求祖师大发慈悲，收留弟子。"祖师点头说道："既是如此我收下你就是了，不知你姓甚名谁？"猴王道："弟子并无父母，哪里有姓。"老祖说："人生在世，哪有没父母的道理？"猴王说："容弟子细禀。"

美猴王不住将头叩，口内连把祖师称：

"弟子原本无父母，我乃是花果高山石内生。"

老祖闻听心欢喜，原来他是天产成。

受了日月精华阴阳气，想来造化定非轻。

老祖想罢说："你走上几步看一看。"美猴王连忙答应好几声。

来回走了两三趟，连窜带跳快如风。

菩提祖座上观瞧面带笑，说："我看你像猢狲精！

就按你的形体取个姓，起个法名孙悟空。"

猴王闻听连夸好，喜得他欢腾跳跃谢恩情。

祖师又命他见大众，依次施礼弟拜兄。

从此后，每日洒扫不偷懒，讲经论道下苦功。

美猴王跟菩提作了门人，白日里和众师兄讲论经史，学习认字；到夜晚焚香扫地，打坐参禅，不觉过了七八年。一日，祖师登台高坐，诸弟子在两旁静听法语，祖师讲到玄妙之处，喜得个孙悟空抓耳挠腮，手舞足蹈。祖师叫道："悟空，你在班中如何这等癫狂？岂不失了规矩！"悟空跪在台前禀道："弟子听师父的妙语玄机，喜不自禁，不觉忘形，望师父恕罪。"祖师点头道："悟空你要学习何道？"悟空道："但凭师父教诲，只要有些道理，弟子就愿意学。"

菩提祖座上心高兴，仙颜带笑叫："悟空，

不知你愿学哪一道？仔细说给为师听。

咱们这道教之中分四种。"猴王说："不知哪种可长生？"

老祖说："要想长生可不能。"猴王说："学了岂不落场空！"

菩提祖闻听此言冲冲怒，跳下高台骂："猴精！

这四种都是真道法，你不习学为何情？"

手持戒尺打了三下，只打得猴王顶上响三声。

老祖师气冲冲地往后走，头也不回进了内宫。

看累了，不妨听一听

三 仙山学艺

菩提老祖怒打悟空，拂袖而去。众徒弟心下吃惊，个个埋怨悟空的不是。美猴王猜破其中之谜，并不嗔怪，只是满面带笑。大家分手安歇。到了夜里三更时分，悟空瞒了众人，走至后宫，但见那门儿半开半掩。悟空挨身进去，走到祖师寝榻之下。菩提祖师正在入定，猴王不敢惊动，跪在榻前，静候多时，祖师睁开二目。悟空说道："师父，弟子跪候多时了。"祖师喝道："你这猢狲不在前边去睡，却来我这后宫做甚?"悟空说："师父白日里告诉弟子三更时候走入后宫，传我道法，故而大胆进来，望师父传我长生不老之道，永不忘恩。"祖师听说后，暗想，这猢狲果是天地造化所生，竟打破了我的哑谜。遂对悟空说："你既真心学道，吾亦甚喜。你上前来，仔细听着。"悟空叩头谢恩，洗耳恭听，得了真法。悟空拜谢师父，依就转回前边安歇。从此暗暗修炼，不觉又是三载。有一日祖师对悟空说道："今有天罡数三十六般变化，地煞数七十二般变化。你要学哪一般?"悟空说："弟子愿多学些个，越多越好。"老祖点头，遂向悟空耳边说了几句口诀。那悟空听了，自去苦修，将七十二般变化尽数学成。一日祖师又问道："悟空你学的本事成了么?"猴王说："多蒙师父大恩，弟子已能腾云飞升了。"祖师说："你飞给我看一看。"悟空显弄本事，将身一纵，离地有五六丈高，足踏云头飞去。有顿饭之时才回来，往返飞了数十里地远近，落在祖师面前说道："师父，这就是腾云飞升了么?"

菩提祖一见面带笑，说道："悟空，你是听，
自古神仙游四海，来去只在一日中。
你要腾云游四海，一年两年也游不成!"
悟空叩头求传授，老祖说："我今传你另一宗。
此法叫作筋斗云，学会了，一个筋斗就进天宫。
一筋斗能走十万八千里，胜似驾雾把云腾。"
美猴王忙把口诀来记住，白天黑夜勤用功。
这一日众徒弟在洞外来戏耍，有个徒弟笑嘻嘻地拉住悟空：
"师父传你变化法，不知你练成没练成?"
悟空说："不瞒众位师兄弟，诸般变化都能行。"

众人齐说："要看一看，看看你学成没学成。"

猴王说："说得到就做得到。要变什么快说明。"

师兄说："变棵松树我们看！"孙悟空当下显神通。

嘴里念咒摇身变，呵！真好看青枝绿叶一棵松。

众人一见拍手笑，惊动祖师老仙翁。

祖师问道："是何人胆大，在此喧哗？"众人道："我等在此会讲，不敢喧哗。"祖师喝道："你等大呼小叫，不像个修行的样子。修行之人，开口神气散，舌動是非生。若不实言，一定重罚。"众人跪倒禀道："不敢欺瞒师父。方才是悟空演习变化之术，弟子等高声喝彩，故惊动恩师，望乞恕罪。"祖师说道："悟空！如今也不治你的罪，你下山去吧！"悟空闻听，跪倒流泪："师父叫弟子往哪里去？"

祖师说："此处难以容留你，快快下山赶路程。

为师还有几句话，你要牢牢记心中！

从今后，不许提起学艺的事，泄露了此事我不留情！"

孙悟空连连叩首说："知道！恩师言词记心中。"

说罢站起腮流泪，辞别了同堂学艺众弟兄。

抽身掐诀口念咒，翻个筋斗到空中。

霎时来到水帘洞，按落云头叫连声：

"孩子们何在？我来也！"惊动山上众猴精。

只见有的窜来有的跳，跑过来群猴数不清。

个个上前忙跪倒，连呼大王不住声：

"您一去已有数十载，不知仙术可学成？"

悟空说："当年跨海去访道，走到一处遇神灵。

学得仙术神通广，学会了无边道法能长生。"

猴王说罢，走入洞中，居中落座，众猴参拜称贺。悟空笑道："可喜咱们这一类也有了姓氏了。"众猴说："大王姓甚么？"猴王说："我今姓孙，法名悟空。"众猴闻听笑道："大王是老孙，我们都是二孙、三孙、细孙、小孙、一家孙、一窝孙便了。"众猴摆设筵席与猴王接风。从此以后带领群猴练习武艺，也没有兵刃，不过是竹枪木刀之类。这一天，猴王忽然想道："我等在此作耍，倘若惊动旁人，说我练兵造反，兴师要来相杀，这些竹竿木片如何对敌？须得有真刀真枪才好。如今哪里去找？"有个老猴问明猴王的心事，上前禀道："大王若要锋利的刀枪，倒也容易。咱这花果山以东二百里远乃是傲来国的皇城，兵刃可不少！

那里面军民无数人烟广，要兵刃，刀枪剑戟都现成。

有了兵器教给我等，准能够临阵杀敌立大功。"

美王猴闻听此言心欢喜，离座起身往外行。
洞门以外将身纵，筋斗云起在半空中。
眨眼过了二百里，果见前边有座城。
眼望城池吸了口气，忙念咒，顷刻之间起怪风。
飞沙走石风势猛，墨染乾坤看不清。
傲来国军民人等齐害怕，门窗关了个紧绷绷。
猴王乘机落在地，走到了藏兵刃的武库中。
但见兵器真不少，刀枪剑戟耀眼明。
猴王不由心欢喜，暗想道："一个人才能拿几宗？"
急忙使个分身法，把毫毛嚼烂喷到空中。
口内念咒，喊声："变！"变成数百小猴精。
一个个搬枪提刀拿了个净，脚踏云头往回行。
飞至山前收法术，兵器堆在山坡中。
吩咐众猴快来领，众猢狲一齐答应不消停。
一个个抢刀夺戟弄弓箭，毛手毛脚乱哄哄。
次日在山前摆阵式，惊动了各处的妖王与山精。

看累了，不妨听一听

四　龙宫得棒

美猴王得了器械，在花果山排兵演阵，清点山岭群猴，共有四万七千余名。早惊动了各山的妖王，共七十二个洞，都来参拜悟空。猴王逐日操演，有一天对众猴说道："你等的弓箭也熟了，武艺也会了。只是我这口刀不遂心。如何是好？"老猴奏道："大王乃是仙圣，凡间器械不堪使用。不知大王可会水否？"悟空道："吾有七十二变，哪里去不得？"老猴说："大王既有神通，咱这铁板桥下，水通东海龙宫。大王若能下海，寻着老龙王，向他要件兵器，岂不称心？"悟空大喜，即刻来至桥边，使了个避水神法，跳入波中。分开水路，直入东洋海底，往前走去。忽听一声喊叫说："你是何处的神圣？快些说了，我好前去通报。"猴王闻听此言，止住脚步，往对面观瞧，只见来人长得十分凶恶，但见他：

日月金箍扣顶，头上短发蓬松。
面如蓝靛紫还青，疙瘩怪肉横生。
巨口獠牙显露，红眉眼似铜铃。
腰系一条虎皮裙，钢叉手内擎定。
猴王看罢说道：“你要问我是谁，让我告诉你听！
你若问我名和姓，吾乃是花果山的大王孙悟空！
快去通报别怠慢，见你龙王有事情。”
巡海的夜叉忙说：“是！”转身进入水晶宫。
龙王敖广闻此事，率众慌忙往外迎。
猴王等得心焦躁，只见龙王出了宫。
见龙王，紫金冠上明珠闪，身穿龙袍血点儿红。
腰系一条白玉带，一双龙靴足下登。
面皮苍老精神好，手执牙笏嵌七星。
两旁站立人无数，奇形怪状貌狰狞。
有几个青脸红发多凶恶，有几个竖眉横目瞪眼睛。
有几个头上长着双犄角，有几个青筋外暴肉横生。
有几个面黑如锅底，有几个火盆大口十分凶。
有几个耳大鼻高凹子脸，有几个五绺长髯拖过胸。

猴王看罢拱手说道：“龙君请了！小仙闲来打搅，有罪，有罪。”龙君闻听，举目观瞧，见猴王身形不大，遍体黄毛，缩腮尖嘴，耳小头圆，身穿黄衫，腰系黄裙，赤足蓬头，精神百倍。不敢怠慢，连忙答礼，让到宫中，叙礼归坐。龙君满面带笑，口呼：“上仙，不知驾到寒宫有何吩咐？”猴王道：“因小仙操演儿孙，守护山寨，自家没个称心合手的兵器用。久闻龙王宫中神器很多，特来告求一件。”龙王闻听不好推辞，就叫鳜都司扛出一把大杆刀来。悟空道：“老孙不会使刀，请另赐一件。”龙王又叫鲌太尉和鳝力士两个人抬出一杆九股钢叉来。

抬出来九股托天叉，猴王一见笑哈哈：
“这钢叉太轻不合手，求龙王，换件别的我不要它。”
龙王说：“钢叉的分量三千六，再要重了就把手压！”
猴王接过耍了一耍，好像把灯草棍儿手中拿。
耍了两耍放在地下，龙王吓得手脚麻。
连声说：“抬出镇海方天戟。”猴王接过耍了几个花。
龙王说：“它的分量是七千二！”
猴王说：“我怕一下子弄折了它！”

老龙王一见心中怕，猴王说：“快些把那重的拿！”
老龙王正愁没办法，后殿走出一个女娃。
她本是龙王的小姐三公主，口尊：“父王听根芽：
我看大仙非小可，法力无边是真仙家。
海藏之中有一物，从来无人拿得动它。
名叫作天河定底神珍铁，这几日霞光艳艳放光华。
莫非此物该出现？咱何不送给这位大仙家？”

龙王闻听龙女之言，说道：“此物乃是大禹治水之时定海水深浅的定子，是一块神铁，奇重无比，如何使用？”龙女小声说道：“莫管他能用不能用，且送与他，他有力气就拿了走，拿不动就算了结。”龙君只好点头。悟空说道：“你快快引我去看。”龙君遂领他到海藏之内。只见金光万道，紫气千条，龙王道：“那放光的就是。”悟空上前摸了一把，乃是铁柱子一根，有斗来粗细，两丈多长。他用力抓住，心中说：“太粗太长了，再短些细些才好！”心中才这么一想，那宝贝真就短了几尺，细了一圈。悟空又掂了掂说：“再细些就更好！”那宝贝真就又细了几分。猴王拿起一看，原来两头是两个金箍，中间是一段乌铁，上刻着一行字——如意金箍棒，重一万三千五百斤！

美猴王得了如意金箍棒，心中欢畅喜洋洋。
抖起精神把它耍，把龙王吓得心发慌。
孙悟空一直耍到大殿上，洋洋得意叫：“龙王！
多谢龙王赠宝贝，还要求你帮个忙。
老孙身上无盔甲，将来上阵不相当。”
龙王说：“宫中实在没有盔甲，请上仙再找别处帮帮忙。”
猴王闻听心不悦，说：“你不要帮个半截忙。
若没盔甲送给我，我一棒打碎你的龙宫墙！”
老龙王心下着忙讲好话：“大仙啊，千万不要闹饥荒。
我找来敖钦、敖顺、敖闰三位舍弟，叫他们也来帮帮忙。”
猴王说道：“快些吧！我老孙不得盔甲不还乡。”
龙王说：“快些擂鼓把钟撞。”不多时请来了三海的三龙王。

钟鸣鼓响，乃是海中的号令。三海龙王一听，就知有事，一齐赶到东海龙宫。敖广迎出宫外。南海敖钦口呼：“兄长有甚么急事，擂鼓鸣钟，呼唤我等？”龙王说：“只因花果山中出了一位天生的圣人孙悟空，前来拜望愚兄，要一件兵器使用。献钢叉嫌小，献画戟说轻。把一块天河定底神珍铁，自行拿出。如今坐在殿上又要盔要甲，我这里一件也无有，才请各位贤弟来一同商议商议。你们可有盔甲披挂，送他一副，打发他走了，免得惹些个烦恼。”敖钦闻听，不由得心中不悦，大声喝道：“何处的妖仙，敢来搅乱龙宫，欺压我们布云行雨的正神？”

南海龙王气不平，心中动怒喊连声：
“何处妖仙好大胆？欺压龙王理难容。
无故到龙宫之中来搅扰，我定要降服这个小妖精。”
他迈开大步往里走，东海龙王吃了一惊。
说道是：“贤弟不可太莽撞！此人不是省油灯。
他能够单手擎拿神珍铁，力大无穷有神通。
你若是与他较量分上下，想要胜他万不能。
若依愚兄我的短见，不如省事图安宁。
凑一副盔甲赠与他，早早送走这祸害精。
咱这里写表再往天宫奏，就说妖仙闹龙宫。
玉帝一定心中怒，差派那天将神兵捉妖精。
一来你我身安静，也免得惹火烧身把是非生。”
西海龙王说：“有理，大哥的教训咱要听。
我有一副锁子黄金甲，现今收存于我的宫。”
敖顺说：“我有一双藕丝步云履。”敖钦说：“凰翅金冠也现成。”
四个龙王商量已毕全拿到，送与猴王孙悟空。
猴王一见心欢喜，急忙地披挂整齐出龙宫。

看累了，不妨听一听

022074

五　闹翻地府

美猴王大闹东海，得了如意金箍棒，心中甚喜。一路打出龙宫，分开水道，跳出波外，身上并无一点水湿。走上铁板桥，众猴一见，个个欢喜，跑过来叩头称贺。齐说：“大王，好一副鲜明的盔甲。”悟空将铁棒立在当中，众猴不知好歹，都来拿那宝贝，却似蜻蜓摇石柱，分毫也不能动。个个咂嘴吐舌，说：“这样重，大王怎么拿得来？”猴王将前事说了一遍，就叫众猴站开，说：“待我叫它变一变，给你们看看。”即将宝贝拿在手中，叫：“小！小！”宝贝立时就小得和绣花针一样，猴王用手一捻，藏在耳内。众猴齐说："大主还再拿来耍耍!"悟空又从耳朵里拿出来，放在掌上，叫声："大！大！"即又变得有一斗粗细，长下里二丈有余。自己又使一个法天象地的神通，把腰一躬，叫声："长！"就变得身高万丈，那宝贝也变得顶天立地万丈之高，吓得七十二洞的妖王叩头礼拜。霎时收了法相，将宝贝还变作绣花针，藏在耳内，复归洞府。猴王将四个老猴封为健将，把操演赏罚诸事都叫他们掌管。从此放心随意，腾云驾雾，遨游四方，交结朋友。这一日饮得大醉，睡在铁板桥边，松荫之下。忽见两个人拿着一张批文，上有"孙悟空"三字。走近身边，不容分说，套上铁锁，拉至一座城边。悟空抬头，见那城上有一横牌，写着"幽冥地府"四个大字。悟空喊道："幽冥乃阎王所居之地，你二人为何拉我到此？"

两个人闻听微微笑，慢条斯理叫："悟空！
今日该你阳寿尽，我二人奉命拿你赴幽冥。"
悟空闻听心好恼，大骂："公差理不通！
我老孙苦修已出三界外，此身不在五行中。
我早已不属阎王管，你等拿我为何情？"
二人闻听劈脸啐："猢狲不必假装疯！
你既然入圣超凡成仙道，就该苦修用深功。
谁叫你纵放精神乱饮酒，饮酒饮得醉哄哄！
我两个已然把你拿到手，要想逞强万不能！"
猴王闻听心好恼，此时酒醒心内明。
忙使那玄功妙法将身抖，抖下铁索一旁扔。
忙向耳内取宝贝，金箍棒迎风一晃掌中擎。
照着两人搂头打，两个阴差无影踪。
一路打入幽冥府，手抡铁棍往前冲。

美猴王闯入城中，吓得那些亡魂解差东跑西颠，鬼卒阴兵心惊胆战。有几个跑上森罗宝殿，口呼："众王爷！祸事不小，外边来了一个毛脸雷公，手执大棍，打上大殿来了。"十殿冥王闻听此报，心下着忙，一个个站起身形，往外观看。果见猴王手执金箍棒，闯将上来。大家急忙拱手赔笑，迎出宝殿，说："上仙贵驾到此，不知为了何事？"悟空说："我乃东海傲来国花果山水帘洞天生圣人孙悟空。你等是何官职？快报名来。免吾动手！"

众冥王未曾说话脸赔笑："上仙恕罪听我说明。
我等遵奉昊天旨，在幽冥专管人间死与生。
官居十殿为王位，统管阴间众魂灵。"
猴王闻言微微笑，大叫："十王仔细听！

既然在幽冥地府查善恶，为什么生死轮回查不明？
老孙修炼年月久，入圣超凡大道成。
为什么差遣鬼卒拘拿我？此事办得理不公。”
十王闻听忙赔笑：“上仙息怒望宽容。
普天下同名同姓人不少，错拿错放是常情。”
悟空说：“生死簿子拿来看。”你看他一屁股坐在宝座中。
判官双手把簿子送，美猴王稀里哗啦翻一通。
直看到一千三百五十号，才看见自己的名字孙悟空。
下写着此一石猴是天生，该活到三百四十二岁得善终。

悟空看到此处，不由得打了个冷战。连忙伸手取过笔来，把猿猴一类的簿子一概勾抹干净，将笔一扔，说道：“清了账了！不服你们管了。”说罢抄棒在手，打出森罗宝殿。那十王也不敢拦阻，忙往翠云宫，回禀地藏王菩萨，商量着去奏禀玉帝。

看累了，不妨听一听

六 一反天宫

这一天，玉帝驾坐灵霄殿，两旁站立众神仙。
忽见那东海龙王来告状，冥司十王也来诉冤。
说的全是一件事，状告妖猴闹翻了天。
无故地横冲直撞闹东海，生亡簿被他改得乱了篇。
若不早早把他灭，不久还要惹祸端。
玉帝闻奏降圣旨，要派神将下九天。
只听得有人说“且慢”，太白金星跪殿前：
“天生石猴根源大，苦炼苦修成真仙。
不如宣上灵霄殿，无拘大小给个官。
也省得劳师动众苦征战，又显着玉帝恩德大无边。
倘若他抗旨不遵违天命，再要擒他也不难。”
玉帝闻听心中喜，就派金星去招安。

太白金星领旨走出南天门外，足踏祥云来至花果山，对那些小猴喊道："我乃上天仙使，奉玉帝圣旨到此来召你家大王。快快前去通报！"小猴闻言，急忙入洞报与悟空。悟空出洞，迎接金星。金星说道："吾乃上界太白金星，奉玉帝招安圣旨，请你上天拜受仙箓。"悟空大喜，吩咐快摆酒席款待。金星说道："圣旨在身，不敢久留，就请同往。"悟空即令四员健将谨慎教练儿孙，遂与金星纵起云头，升在云霄之上。原来悟空的筋斗云十分疾快，先到了南天门外。正欲收云前进，被增长天王领着众神将挡在天门外，不肯放进。悟空说道："这个金星老儿乃是个奸诈之徒，既请老孙前来，如何又叫人挡住大门！"正然说着，金星来到。悟空大怒道："你这老儿，怎么哄我！既奉玉帝的旨意来请，如何又叫人拦阻不放进去？"金星笑道："大王息怒，这众神将与大王素不相识，怎敢放你闯入禁地？"遂高声叫道："天门神将，快些闪路！"众神后退，金星领悟空来到灵霄殿，朝上礼拜。悟空挺身在旁侍立。金星奏道："臣已将妖仙宣到。"玉帝问道："哪个是妖仙？"悟空躬身答应说："老孙便是！"

猴王略微打一躬，说："不才便是孙悟空。"
两旁众神心不悦，齐说道："好个胆大野猴精！
见驾不行参拜礼，还敢自己道姓名。
论道理就该上绑推出去，定叫他斩妖台上丧残生！"
玉帝座上传金旨，叫声："妖仙孙悟空，
初得人身不知礼，孤王把你来宽容。"
随问道："众家仙卿速查问，何处缺官快奏明。"
武曲星跪倒忙起奏："御马监实缺管事人一名。"
玉帝说："孙悟空可去管理御马监。"猴王朝上打了一躬。
下殿来至御马监，先把那册子簿子查个清，
众力士侍从在左右，孙悟空端坐正厅把令行。

那些天马见了猴王，尽皆抿耳攒蹄，过了些时候，倒养得肉满膘肥。这一日，御马监众官安排酒宴，与他贺喜。正在推杯换盏，悟空问道："我这御马监的弼马温是几品的官？"众人说道："没有品级。"猴王说："想必是大极了？"众人回答说："不大，不大。这个官叫作未入流。在此看马，养得肥壮，安然无事。少有些许瘦弱，还要受罚。再若有了伤损，必问大罪！"悟空闻言，不由得大怒，说道："如何这般小看老孙！我在花果山称王，是何等的英雄。怎么哄弄我来替他养马？我要走了！"遂把公案推倒，从耳中取出宝贝，晃一晃，碗口粗细，一路打出去了！

孙悟空手执如意金箍棒，一路打出南天门。

天兵神将不敢挡，认得他是玉帝新封的弼马温。
猴王就便冲出去，翻身驾起筋斗云。
登时回到水帘洞，按落云头来至洞门。
大喊一声："我来了！"惊动山中众猢狲。
一个个跑出叩头把悟空问：
"大王啊，在天上官居几品臣？"
悟空闻听添怒气，说："可恨玉帝不识人！
叫我替他去看马，封了个芝麻大的官儿叫弼马温！
老孙因此心不悦，反出天宫回山林。"
众猴闻听说："有理！这才称了我们的心。
花果山自在逍遥多快乐！何必去当弼马温？"
说着大家往里让，孙悟空平下怒气笑吟吟。

不提悟空和众猴们饮酒谈心。单表玉帝驾坐灵霄殿，忽有御马监监丞奏道："新任弼马温孙悟空，因嫌官卑职小，反下天宫去了。"又见南天门外增长天王奏道："弼马温不知何故反出南天门去了！"玉帝闻奏，龙心不悦，忙传圣旨命那驱邪灵官王元帅率领八员神将，乃是青龙、白虎、朱雀、玄武、黄幡、豹尾、丧门、吊客，速到东胜神州花果山捉拿妖猴，前来交旨。圣旨一下，王灵官哪敢怠慢，带领八位星神，拜辞玉帝，出了南天门，点起部下三千神兵，杀奔花果山而来。

看累了，不妨听一听

七　战败神将

天兵天将来至山前，扎下行营。青龙神当先，来至水帘洞外，只见有许多的猿猴在那里抡枪舞棒！

青龙神用刀一指高声叫："孽畜众猴精！
快快进洞去通报，报与那胆大妖猴孙悟空！
你叫他早早出洞来受死，他反下天宫罪不轻！
立刻归顺还罢了，若不然，杀尽山中众猴精！"
众猴闻听往里跑，跪倒在地把大王称：

"今有那无数天兵来到此，洞府之前骂连声。"
猴王闻听心好恼，手拿铁棒往外行。
四员健将排开队，后跟猿猴几百名。
青龙神用刀一指高声叫"妖猴啊！快快自己上绑绳！"
悟空闻听止住步，睁圆二目看青龙。
只见他头戴金盔光闪闪，青铜铠甲耀眼明。
壶中密插雕翎箭，鞘内一把青钢锋。
手擎偃月刀一口，一支钢鞭挂腰中。

只见他生得面如蟹盖，青中带紫，两道长眉，一双环眼，猪口獠牙，形容凶恶。悟空问道："你是哪路毛神？老孙不曾会过。"青龙神喊道："吾乃上界青龙神，奉玉帝敕旨，随同王灵官，到此捉拿你这作妖的泼猴！若知好歹，早些束手受绑，去至灵霄殿，哀求玉帝，还可以保全性命，若再逞强，叫你这花果山顷刻化为灰尘！那时岂不悔之晚矣？"悟空闻听，冲冲大怒："好一个毛神，休要夸口！待老孙前来拿你。"迈步上前，抡起铁棒，搂头就打，青龙神举起手中偃月刀，急忙招架。

这正是话不投机动了手，青龙和悟空赌输赢。
这一个搂头打下金箍棒，那一个双手举刀朝上迎。
战够多时分了高下，青龙的刀法渐渐松。
偃月刀招架不住金箍棒，"当啷啷"大刀飞到半空中。
青龙神说声"不好"往回走，败阵而去快如风。
悟空一见才要赶，只听迎面喊连声：
"胆大泼猴休无礼，吾神要擒你这泼猴精。"
猴王闻听忙止步，见一位神道面前迎。
只见他黄缎扎巾头上系，身穿战袍是大红。
腰悬一把降魔剑，胸前宝镜一轮冰。
脚踏云头来得快，手拿着竹节铜鞭黄澄澄。
赤红脸上红须奓，一双大眼似明灯。
他喊一声："作恶的妖猴休撒野！"手抡金鞭打悟空。
悟空一见忙招架，鞭来棍去赌输赢。

原来是王灵官见青龙神败阵，前来接应。他和悟空战够多时，只觉得气不佳，几乎招架不住。众星神看得明白，说声："不好！须得大家上前助力，共战妖猴！"此时，青龙神又找了一口钢刀，也一齐撞将上来。刀枪并举，棍棒齐抡，把悟空围在当中，一场恶战。花果山上的四员健将一见众天将把他家的大王团团围住，动手厮杀，忙派几个腿快的小猴前去报与七十二洞的妖王。众妖王闻听，随即各带本洞的群妖，驾云追风，登时来到山前，帮助悟空，大战群神。

只杀得黄沙滚滚迷宇宙，只杀得黑雾腾腾遮天空。

狼虫虎豹擎利刃，毒蛇怪蟒举钢锋。

悟空越杀越高兴，铁棒耍得似旋风。

王灵官累得流热汗，青龙神眼前冒金星。

朱雀神的月牙斧堪堪耍不动，黄幡神的宝杵光扑空。

丧门神险些扔了狼牙棒，吊客星脑袋上打了个大窟窿。

众天兵呐喊扬威来助阵，催军鼓打得似雷鸣。

耳内一片兵刃响，只杀得日月无光江水红。

大战多时无胜败，怒恼猴王孙悟空。

抓了把毫毛嚼了个烂，“噗”的一声喷到空中。

毫毛登时化作数百猴王，各执金箍棒，齐往上冲！众神将难以抵挡，率领天兵，往下败走。悟空一见哈哈大笑，并不追赶。收了毫毛，带领各洞妖王、本山猿猴，回洞大摆筵宴，饮酒庆功。

且说王灵官率领众家星神，败上南天门，走入灵霄殿，向玉皇大帝奏道：“臣等奉旨收服妖仙孙悟空，不想他神通广大，法力无边。小神等败阵回来，还望我主赦罪。”玉帝将手一摆，众神谢恩退下。玉帝问道：“猴妖这等猖獗，如何是好？”

太白金星忙跪倒，灵霄殿上把礼行：

“妖仙悟空虽无礼，我主不要再兴兵。

小神再去将他劝，也免得兴师动众不安宁。”

玉帝在殿上说：“准奏！”金星辞驾下天庭。

不多时来到水帘洞，小猴报与孙悟空。

猴王闻报走出了洞，金星上前打一躬。

悟空说：“老孙学就了长生术，奥妙无穷有神通。

却为何叫我给他去养马？大材小用不公平！”

悟空举手往空中指：“星官你且看分明！

他若依了我旗上的字，情愿讲和上天宫。

倘若不应老孙这旗上的字，想得安宁万不能！

不管他多少天兵和天将，我也要闹一个地动山摇不太平！”

金星闻听抬头看，高杆上，一面黄旗飘在空中。

上写着“齐天大圣”四个字，“哗啦啦”，风吹旗响震耳鸣。

太白金星见旗上写着“齐天大圣”四个字，随即带笑说道：“既然要做齐天大圣，待小神回奏玉帝。大仙听候佳音吧！”金星拱了拱手，脚踏云头，来至天庭，面奏玉帝道："那妖仙孙悟空叫我主封他为齐天大圣，方肯归顺。依小神愚见，陛下就降旨招安，封他一个'齐天大圣'。不叫他管事，养在天宫，空衔无禄，收收他的邪心，图一个天下清宁。"玉帝依奏，叫金星带着诏书去招安。金星走出南天门，复又来至花果山。小猴通报。悟空说道："此番来请，定有好意。"遂出洞迎接。金星入内，宣读圣旨已毕，叙礼归坐。

太白金星宣旨已毕落了座，带笑开言把大圣称：
"众神回奏玉帝怒，要派天将下天宫。
多亏老汉把好话讲，玉帝才把大圣封。"
孙悟空带笑说："多谢！多谢老头的好恩情。"
二仙一齐离洞府，足踏云头奔天宫。
南天门外住止步，众天神连把大圣称。
玉帝传旨召见孙大圣，面带笑容叫："仙卿，
从此后安分守己把神仙做，切莫要再生妄念乱胡行。"
悟空闻听把头点，朝上深深打一躬。
玉帝降旨修造天府，顷刻之间动了工。
不多时，齐天府第已修好，派了那五斗星君送悟空。
送给大圣金花和御酒，猴王身披十字红。
齐天大圣归府第，心中欢喜乐无穷。
终日清闲多自在，闲游各处会宾朋。
这一日玉皇大帝登宝殿，许真人跪在丹墀奏事情。

这一日玉帝驾坐灵霄宝殿，许真人出班奏道："今有齐天大圣孙悟空，朝朝宴乐，日日闲游。恐其后来生事，不如给他一件事照管，以免后患。"玉帝闻奏，传旨宣大圣上殿。猴王见驾，深打一躬。玉帝说道："朕见你身闲无事，想叫你掌管蟠桃园。早晚小心在意！"大圣闻听叫他去管桃，心内欢喜，连忙谢恩。他下了殿，立即来在蟠桃园。

看累了，不妨听一听

八　偷桃盗酒

本园土地力士闻听大圣奉旨来管桃园，连忙上前施礼参拜，领着大圣进园查看。大圣逛了多时，问土地道："此树共有多少棵？"土地说：

"桃子树一共三千六百棵，先熟后熟分三拨。
头一拨，三千年里结上一回果，吃上一个把大道得。
第二拨，六千年里收上一次，吃上一个，长生不老多快活。
第三拨，三三见九，九千年上才结果，
吃上一个，寿数和天地三光一般多！"
土地说罢一席话，喜得个大圣笑呵呵。
从此后，再不出去访朋友，他心里只想把桃吃几个。
恨只恨土地和力士不懂事，老是在屁股后头紧跟着。
这一天他眉头一皱心生一计，对着那土地和力士把话说：
"我要在这亭子上睡个觉，你们到园子外边伺候着！
我不发话谁也不许把园子进，谁要进来，就拿铁棒打脑壳。"
众仙使连声答应出园外，孙悟空乐得直把筋斗折。
脱去衣冠身灵便，上了树，哈喇子流了一尺多。
熟透的仙桃无其数，碰到哪个吃哪个。
一吃吃了个十分饱，捧着肚子往下挪。
穿戴上衣冠回了府，人不知来鬼不觉。

不论什么事，就怕习惯成自然，偷嘴吃也怕偷惯了。只要吃到了甜头，不因不由地就又去，并且越偷胆子越大。孙悟空偷吃蟠桃，一日两日连三日，把园子里九千年一熟的仙桃几乎吃了个一干二净。这一天正逢王母娘娘寿诞之日，设立蟠桃大会，大宴天上诸仙。王母娘娘差派七名仙女各提花篮，来至桃园摘桃。七名仙女来至园门，只见本园土地、力士和齐天府的众仙都在那里守门伺候。仙女说道："我等奉娘娘旨意，到此摘桃设宴。"土地说："仙子们哪！今岁不比往常，玉帝叫齐天大圣在此管理桃园。大圣允了，方敢开园。"土地说罢，就同着齐天府的仙使们到花亭，但见衣冠都在亭上，不知大圣何往。原来大圣吃了几个桃，一时高兴，变了个二寸长的小人儿在树梢上叶密之处睡着了。土地回复仙女，仙女们说道：“我等奉旨前来摘桃，寻不见大圣，怎敢空回!”仙使说：“我家大圣闲游惯了，想是出园会友去了。你等不必迟误，先去摘桃，我们替你回话就是了。”仙女们急忙走入桃林，先在前树摘了二篮，又在中树摘了三篮，又往后树来取，这一取可就坏了事了!

众仙女到后树来把蟠桃取，举目观瞧吃了一惊!
见树上只有树枝和树叶，红熟的仙桃无影踪。
但不知何人胆大偷了去？这个贼闯下的祸事可不轻!
众仙女心中诧异四下找，瞧见了一个仙桃半边红。
扯住枝儿忙摘取，摘下了桃儿把手松。
树枝子往上一弹打了树叶儿，“刷刷啦啦”响连声。
孙大圣正巧睡在这棵树上，猛然惊醒喊了一声。
现出本相把树下，耳朵内取出铁棒手中擎。
金箍棒碗口粗细长二丈，吓倒七个女仙童。
众仙女急忙跪倒尊声：“大圣，大圣手下可要留情。
我等并非来私取，王母的旨意要遵行。
王母设下蟠桃会，庆贺寿辰在天宫。
方才我们寻大圣，寻找多时无影踪。
摘迟了又怕违圣旨，还求大圣多宽容!”
众仙娥说罢一席话，大圣不由得吃一惊。

大圣知道自己偷吃蟠桃，罪过不小。随即说道：“仙娥请起，老孙还要动问一声，王母设下蟠桃盛会，不知请的是谁？”仙女说道：“瑶池盛会五百年一次，请的是西天佛祖、南海观音、太上老君、五方五老、二十四洞神仙，各宫各殿尊神都要来赴蟠桃盛会。”大圣笑道：“可请老孙不请？”仙女说道：“不曾听说。”大圣说：“待我前去打听打听。”

口中念咒用手指，定身妙法果然灵。
七仙女呆呆地站在桃树下，想走上一步也不行。
大圣急忙翻筋斗，又只见赤脚大仙面前迎。
孙大圣明知大仙去赴会，一条妙计想在心中：
“老道啊，是不是去赴蟠桃会？今年的规矩有了变更。
玉帝命我来传信，众仙家先到那通明殿上把礼行。
演礼以后再去赴会，谁要抗旨罪不轻。”
赤脚仙闻听把头点，拨转云头别了悟空。

孙大圣急忙摇身变，变作了赤脚大仙他的形容。

大圣变作赤脚大仙的模样，来至宝阁里面。只见飞龙舞凤，香烟缭绕，奇珍异味，铺设整齐。还不见众神仙来到。又闻见酒香扑鼻，仔细一看，见长廊之下有几瓮玉液琼浆，止不住地口角流出涎水。见那些管酒的仙吏都在那里聚坐闲谈，他就弄个神通，拔下几根毫毛，放在口内嚼碎喷出，喊了声："变！"变作几个瞌睡虫，飞到众人的脸上。顷刻之间，那些人低头闭眼，俱都沉睡。大圣拿了些奇珍异果，走入长廊，打开酒瓮，放量痛饮，不觉得醉了上来，暗想道："不好！须得快走！少时众仙佛一到，那就难以脱身了。不如早早回到府中去睡。"一溜歪斜，信步乱撞，把路行差，竟走进兜率宫中来了！

看累了，不妨听一听

九　二反天宫

孙大圣走进三清府，细看方知是兜率宫。
心中说："平日想来也不得空，倒不如将错就错会会仙翁。"
整整衣冠往里走，来至老君丹房中。
却原来老君也去赴蟠桃会，倒叫大圣扑了个空。
又看见炉旁有葫芦四五个，许多金丹在里面盛。
暗想道："此物乃是仙家宝，我何不吃上几丸得受用。"
拿起葫芦口内倒，好像吃炒豆，又香又甜"嘎嘣嘣"。
不多时五葫芦金丹全吃尽，大圣酒醒了七八成。
暗说一声："不好了！这场祸事可不轻！
不如趁早回山寨，离开这个是非坑。"
孙大圣转身跑出老君府，一个筋斗出了天宫。
王母正在瑶池等，不见那摘桃的仙女转回程。
赤脚仙奏明了悟空传假信，才知道又是猴王闹事情。
王母正然冲冲怒，跑来了看管仙酒的众仙童。
仙童说："失去几瓮琼浆酒，想摆酒席也摆不成。"
老君也跑来把事奏："五葫芦金丹丢了个空！"

齐天府吏也来奏："大圣私自离了天宫！"

玉帝大怒，即命李天王、太子哪吒，率领四大天王、二十八宿、十万天兵去至东胜神洲花果山捉拿妖猴，回来交旨。李天王领旨，率天兵天将，拜辞玉帝，出南天门直奔花果山水帘洞而来。一时来至洞前，天王传令，天兵扎营，上下设了一十八架天罗地网，把花果山围了个水泄不通。

李天王把天兵天将分派好，复又传令叫先锋。
一旁只听人答应，说道是："孩儿哪吒把令听！"
天王说："你去洞前把阵骂，务必擒住这个猴精！"
三太子答应说："得令！管保一战定成功。"
三太子转身把枪举，脚踏双轮奔山峰。
手指着洞口高声叫："把门的小怪仔细听。
快快进洞去通报，晓谕妖猴孙悟空！
我等遵奉玉帝旨，特来擒他回天宫！"
众小妖惊慌失措忙通禀："大王啊！杀来了天将与天兵！
有一个小小孩童来挑战，要擒大王上天宫！"
大圣闻听心不悦，提铁棒，跳出洞来喊了一声！

看累了，不妨听一听

孙大圣自从大闹天宫，偷桃盗丹，喝了仙酒，自知玉帝不会善罢甘休，必定发兵前来征讨。他早把那七十二洞妖王尽都调来，聚在水帘洞内，准备交战。众家妖王陪着大圣，正要摆酒设宴，小猴来报说有无数天兵天将将山场围住，又有个足蹬风火轮的孩童在洞外骂战。孙大圣不由得心中不悦，站起身形，手提铁棒跳出洞口，仔细观瞧。只见这位神将头挽日月双髻，身穿百花征袍，手拿银枪，足蹬风火轮，唇红齿白，眉清目秀，又清俊，又威风！

孙大圣看罢哪吒三太子，心中不悦怒气生：
"娃娃的奶毛未褪净，竟敢到老孙跟前来逞能！
慢说你这孩童辈，连你父李靖也稀松。"
三太子闻听此言一声喊："好一个妖猴孙悟空！
你不念玉帝待你皇恩重，三番两次反天宫！
偷吃蟠桃饮御酒，金丹被你偷了个空！
你竟敢搅乱瑶池私逃走，藐视玉帝罪不轻！
今日天兵来拿你，就应该束手就擒回天宫。
你若再执迷不悟来交战，管叫你银枪之下一命倾！"
三太子足踏双轮挺枪刺，孙大圣举起铁棒把枪迎。
孙大圣连窜带跳真灵便，三太子足下的双轮快如风。

孙大圣舒眉展眼如儿戏，三太子咬牙切齿瞪双睛。

一来一往杀了半日，激恼了说大话的小神童。

哪吒大喝：“妖猴，料你有多大神通，竟敢如此猖狂！不要无礼，看吾神擒你！”把身形一晃，变作三头六臂，恶狠狠手持六样兵器杀来，这六件兵器乃是砍妖刀、斩妖剑、缚妖索、降妖杵、绣球儿、火枪儿。悟空一见，心内吃惊，说：“这小哥倒也会些手段！等我也来变变。”把身一摇，也变作三头六臂，把金箍棒变作三条，架住这六般兵器，好一场恶战！

只杀得山摇地又动，只杀得尘土飞扬把红日蒙。

两下里，天兵和妖王都看花了眼，个个喝彩不绝声。

大圣想起一条计，他要在大众面前显本领。

拔了根毫毛把自家变，他自己抽身而退跳到空中。

跑到那哪吒背后一声喊，抡起铁棒不留情。

哪吒一时难招架，只听得棒打肩头响了一声。

三太子倒提银枪败了阵，美猴王哈哈大笑说：“真稀松。”

李天王一见心好恼，手托宝塔要擒悟空。

孙大圣正想收兵回山洞，又只见托塔天王往阵上冲。

李天王黄金宝塔挂在腕上，一杆金枪手中擎。

大圣看罢微微笑，说：“真是上阵父子兵！

老的又把小的换，换来换去也稀松。”

迎上前来一铁棒，恶狠狠搂头盖顶下绝情。

天王举枪忙招架，金枪一拧刺前胸。

大圣多加了几分力，铁棒飞腾带风声。

李天王想祭宝塔也不得空，摇动金铃喊救应。

看累了，不妨听一听

一〇　大战二郎

托塔李天王把金铃摇动，四大天王、二十八宿一齐杀上阵来，把个齐天大圣团团围住。花果山四员健将一见他家大王被众天将围住，连忙报与独角鬼王，独角鬼王率领七十二洞的妖王冲上阵来，和天兵天将打在一起，好一场凶杀恶战，有一段快板为证：

七十二洞众妖王，上阵厮杀真不善。
舞动兵刃真勇猛，杀得天兵团团转。
黑狼手执大板斧，猛虎枪扎一条线。
北方跳出狮子精，南来犀牛举宝剑。
鹿怪抡动大砍刀，狐精双刀如闪电。
上阵妖魔数不清，密密麻麻有几万。
征云直透斗牛宫，杀气冲上灵霄殿。

战够多时，众妖王俱被天兵天将裹入阵中。大圣见天色已晚，一个筋斗离了战场。四员健将领兵相迎，见了大圣大笑三声，大哭一阵。大圣问道：“为何又哭又笑?”健将道：“今日这场恶战大圣虽然得胜回来，但七十二洞妖王尽被天兵天将擒走。本山的猿猴也有不少伤亡。”大圣道：“胜败乃兵家常事，不必烦恼。等明日我去拿些天兵天将给大家报仇便了。”再说那李天王撤阵收兵，对众天将说道：“这个泼猴如此神通广大，要赶紧启奏玉帝添派别部神将，前来助战!”

李天王差派神将见玉帝，玉帝听了也没主意。
南天门的神将来启奏：“观世音法驾来到天宫里。”
玉帝闻听迎出去，见了观音把话提：
“妖猴搅闹瑶池会，闹得大家不欢喜。
偷桃盗丹饮仙酒，蟠桃会上没了酒席。
他又反出天宫去，任意而行把我欺。
天王和他战了一日，拿他不住干着急。
一根猴毛也没碰上，还望菩萨拿主意。”
菩萨闻听微微笑：“尊声玉帝莫着急。
我把一位神将来保举，擒拿妖猴甚容易!”

玉帝闻听，十分高兴，带笑问道：“不知菩萨保举何处神将，可拿妖猴?”观音奏道：“小僧所荐之神，乃玉帝令甥二郎神杨戬，现今镇守灌江口。他当年担山赶日，捉拿六怪，神通广大。玉帝可降一道旨意，叫他前去助战，定可成功。”玉帝闻奏，心中甚喜，忙传圣旨，差派大力鬼王去调二郎神。观音辞别玉帝回归南海。且说大力鬼王，领旨走出南天门，驾云来至灌江口二郎真君的庙前。早有把门神兵入内传报，二郎神急忙出庙迎接，鬼王入内宣读圣旨道：

今有东胜神洲傲来国地界花果山妖猴孙悟空，两次招安，不服拘束。胆敢兴心搅乱蟠桃大会，偷桃盗丹，偷饮仙酒，实属刁顽可恶。

现着天王李靖、太子哪吒，率领十万天兵前往收服，未能获胜。今特调贤甥带兵前往花果山助战，功成之后，重加升赏。钦此凛遵！

鬼王宣读已毕，二郎说道："天使请回。吾神遵旨，立刻前去助战。拿住妖猴，见驾交旨。"

鬼王回天去交旨，忙坏了真君二郎神。
忙传梅山六兄弟，提兵调将乱纷纷。
预备下弓弩和暗器，未曾上阵就存下黑心。
二郎神的兵器三尖两刃，两面三刀好杀人。
马后头你再留神看，有一条细犬紧相跟。
它本是二郎神的好帮手，会咬你个不留神。
二郎神一见全都齐备，率领着神兵神狗驾起了云。
霎时过了东洋海，花果山不远看得真。
梅山六将前去通报："二郎真君奉旨临！"
把营门的天兵报给李靖，李天王率领神将出寨门。

李天王率领太子哪吒和众家神将，出营门迎接二郎神。相见施礼，让进营中。二郎神问起胜败之事，天王将前事细说一遍。真君说道："可将幔顶的天罗地网撤去，天王替我手执照妖镜站在空中照住，防他败阵逃走。一见他败阵逃走，与我照耀明白。"天王点头说好。眼见得又是一场凶杀恶战！

李天王撤去了天罗地网，手执宝镜站空中。
二郎神急于要擒孙大圣，上马提刀出了大营。
水帘洞外来挑战，小猴报与孙悟空。
孙大圣忙掣如意金箍棒，走出洞外来交锋。
见二郎人高马大多威武，头戴金盔颤红缨。
身披着连环锁子黄金甲，护心宝镜扣在胸。
肋下悬挂鲨鱼鞘，一口宝剑里边盛。
一匹马鬃尾乱奓蹬云雾，三尖两刃拿在手中。
面如满月微红色，圆睁二目带怒容。
孙大圣看罢杨小圣，金箍棒指定二郎问了一声！

看累了，不妨听一听

孙大圣用棒一指，高声问道："你是何方毛神，敢来挑战？"二郎闻听，闪目观瞧，看看大圣是怎生打扮。有诗为证：

钻天盔红缨盖顶，双雉尾左右飘扬。
掩心甲金铃密布，挡利刃不怕刀枪。
白玉带腰中紧束，护心镜悬挂胸膛。

金箍棒金光夺目，打一下骨碎筋伤！
花果山为王称霸，性子傲如铁似钢。
反天宫偷桃盗酒，闹瑶池玉帝心慌。
雷公嘴黄毛满面，小耳朵两眼冒光。
孙悟空英名盖世，花果山自封为王。

二郎神看罢，用刀一指说道："吾乃玉帝之甥，敕封显圣真君二郎小圣是也！今奉上命到此捉拿于你。"大圣笑道："我想起来了。当年玉帝妹子思凡，偷下天庭配合杨君，所生一子名唤二郎杨戬。原来就是你？老孙看你是个苦孩子，我不打你，可叫李天王出来与我交战！"

大圣的言词还未尽，惹怒真君二郎神。
大喊："妖猴休无礼！"三尖两刃手中抡。
美猴王举起铁棒磕利刃，杀得难解又难分。
一个马上一个步下，看傻了两旁的众天神。
这一个窜蹦跳跃嘻嘻笑，那一个猛杀猛砍面色沉。
这一个举起铁棒轻轻邀，那一个横遮竖拦甚认真。
这一个泰山压顶搂头打，那一个玉女穿梭刺前心。
这一个两眼圆睁连声喊，那一个双眉紧皱暗沉吟。
只杀得尘沙滚滚迷宇宙，杀气腾腾锁阵云。

二郎神与孙大圣在空中动手，步马相冲，刀棒并举，来往战了有百十回合，不分胜败。真君动怒，大骂："泼猴！休得猖狂，吾神定要捉拿于你！"说着摇身一变，变得身高万丈，两手举着三尖两刃刀，青脸红发，巨口獠牙，恶狠狠照定大圣就砍。好大圣也将身形一晃，变得与真君一样高大，举铁棒搂头打来。此时，二郎神手下众将带领神兵冲向水帘洞前，赶杀群猴，一阵大乱。

看累了，不妨听一听

一一　三反天宫

大圣一见，慌了手脚，忙把金箍棒捻作绣花针大小，藏在耳内，摇身一变，变作个麻雀儿飞在树梢上落住。二郎定睛一看，见大圣变作个麻雀儿落在树上，也摇身一变，变了只饿鹰抖开翅膀飞上去扑打麻雀儿。大圣翻身跳进水里，变了条鱼儿。

大圣变成一条鱼，杨二郎找来找去好着急。
暗想到："他一定变成水里的物儿，我何不变个鱼鹰儿把他吃？"
他变了个鱼鹰儿浮在水上，孙大圣变了条水蛇躲进草地里。
二郎神见一条水蛇蹿出去，知道是猴精他变的！
赶忙变了只大仙鹤，飞上前去把大圣欺。
大圣连忙打了个滚儿，一滚滚到山坡里。
滚到山坡上又变了一变，变了一座小庙宇。
把嘴一张是大门口，眼睛变作窗棂子。
剩下个尾巴没法办，变了根旗杆可没挂着旗。
二郎赶到留神看：见一座小庙真出奇！
旗杆不在庙前立，竖在了后头是谁的主意？
杨二郎看透了是大圣的变化，他心里恶狠狠地起了杀机。
囊中一摸取出暗器，何物呀？铜胎铁把的弹弓子。
照准了窗户棂子就是一下，猴王一见着了急。
怕的是打瞎了眼睛落残疾！
"哎哟"一声收法力，现本相，猴王想把战场离。
忽觉得腿肚子被谁咬了一口，鲜血直流破了皮！
是哪个冷不防地把人咬？
哮天犬！杨二郎那个跟班儿的！
孙大圣腿肚子一疼坐在地，骂了声："该死的狗东西！"
二郎和众将一拥而上，捆仙绳把大圣捆了个挺结实。

杨二郎率领众将，会同李靖、哪吒押解悟空直到灵霄殿上，朝见玉帝，献上猴王。玉帝传旨："命大力鬼王带领六丁六甲，将悟空押至斩妖台上碎尸万段。"谁知刀砍斧剁，不能伤猴王一星半点。又叫火德星君放火焚烧，也不能烧着一根猴毛。叫雷部众神用雷击打，打了半天，大圣丝毫不动。神将回奏此事，玉帝说道："这猴妖如此难缠，如何是好？"太上老君出班奏道："那妖猴吃了蟠桃御酒，盗了仙丹，炼成金刚之体，一时也伤不了他。不如叫贫道领去放在八卦炉中，以三昧神火炼出我的丹来，把他烧成灰粉！"玉帝闻奏甚喜，即将大圣交与老君领去。

太上老君回了府，将大圣放在八卦火炉中。
多加劈柴烧旺了火，猴王将身藏在巽宫。
巽宫有风没有火，黑烟子熏得猿王红了眼睛。

整整地烧了七七四十九日，老君说道："大功成！"
连忙开炉取丹药，满打算烧化了孙悟空。
哪知道大圣炼成了金刚体，炼就了火眼与金睛！
这时他被烟熏得二目正流泪，忽见炉上透光明。
将身一纵往外跳，"轰隆隆"，蹬翻了仙炉响了一声。
老君上前抓了一把，美猴王推了他一个倒栽葱。
悟空脱身往外走，群神一见吃了一惊！
他耳中取出金箍棒，恶狠狠直往灵霄殿上冲。
众家天神说："不好！"玉帝在殿上发了蒙。
众神将一拥而上举刀斧，团团围住孙悟空。
这玉帝急忙派人请佛老，如来佛霎时之间到天宫。
止住神将莫动手，孙大圣也莫名其妙把手停。
问了声："你是哪一个？为什么拦住老孙动刀兵！"

如来见问笑道："吾乃西方佛祖，奉玉帝敕旨，特来收服于你。你这妖猴有多大本领，敢如此猖狂？依我说，趁早归服，也免得失了性命！"大圣说："我的本领多着呢，我有七十二变，我能不老长生，会驾筋斗云，一纵十万八千里！"如来说道："妖猴，你那筋斗云只怕打不出我的手掌心去！"大圣笑道："这如来好呆，我一个筋斗云打十万八千里，他的手掌心方圆不满一尺，如何跳不出去？"说道："老孙与你打个赌吧，若一个筋斗云打不出你的手心，我情愿归服。如果打得出去，就叫玉帝把灵霄殿让给老孙坐几天。你可做得主么？"如来说："做得，做得。"说着把右手伸开。

孙大圣收了如意金箍棒，纵上了如来佛的手心中。
一口气儿地翻筋斗，风车似地往前行。
忽然现出五根柱，柱子的颜色似肉红。
心想道：这里必是尽头路，留个记号作证明。
拔了根毫毛变作笔，当中的那根柱上写分明。
上写着"齐天大圣今到此"，一笔一画写得清。
柱子底下撒了泡尿，翻着筋斗往回冲。
口中说："我已跳出手心去，快叫玉帝让天宫！"
如来说："我就料你不中用，难出贫僧手掌中。"
大圣说："我已走到尽头路，那里有五根柱子青气蒙。
老孙也曾留记号，不信就同去看分明！"
如来说："来，来，来，你低头看！"大圣一看吃了一惊！

中指上写着一行小小的字，闻一闻，猴尿的气味还臊乎乎！
暗说道："如来果然有法力，我竟难出他的手掌中！"
才要纵身往外跳，如来手下哪容情。
反掌一合扑在手下，把大圣一把抓住出了天宫。
五指化作山五座，起个山名叫"五行"。
五行山压住了孙大圣，山顶还用符来封。

看累了，不妨听一听

一二　唐僧取经

孙大圣被压在五行山下，苦度春秋，按下不表。不知又过了多少年头，那东土大唐国长安城里，正是太宗皇帝李世民在位，受了观世音菩萨的指点，要选派高僧去西天取经。人人皆知此去万里迢迢，十分艰难困苦，因此并无僧人敢来应选。长安城中僧俗人等喧嚷此事，早惊动了一位有道的高僧。你道是谁？就是那化生寺的法师玄奘。

玄奘法师是洛州人，出家之前俗姓陈。
自幼爱听佛家事，十三岁上入佛门。
走遍了高山大川万里路，为访高僧习经文。
来在长安化生寺，都知他有德有行有禅心。
唐太宗命他举办水陆会，陈玄奘带领众僧宣佛音。
高声念佛传得远，传到了南海紫竹林。
观音变化一位老和尚，来到那化生寺内把玄奘寻。
他上殿参过如来像，眼望着玄奘法师打问讯：
"久闻法师办佛事，虔心忏悔度孤魂。
你岂知唐王杀人无其数，怨气冲天满乾坤。
若肯真心修善果，要上西天走一巡。
求取那三藏真经来超度，也可以永远留传度后人。
怎奈路上难行走，一步步都有灾难紧相跟。
谁能舍命把经取？取经人要有百折不挠的心。"

玄奘闻听心欢喜，急忙忙口宣佛号拜观音。

玄奘法师闻听此言，就知老僧不是平常之人，连忙施礼说道："多蒙大师指教，弟子愿上西天！"菩萨说道："唐王正要派人上西天雷音寺取经，只是路上妖魔甚多，取经不成，反倒白白送了性命。依我的良言相劝，倒不必动此念头。"玄奘说道："出家人不打妄语，开口是愿。哪管路途远近。"菩萨笑道："善哉！你既发此大愿，只好凭你的心意，听天由命罢了。出家人还有几件东西送给你。"说着，放下禅杖，打开包袱，取出僧帽一顶，袈裟一件，还有个紫金钵盂，一个金箍，都递给了玄奘。又将九锡禅杖拿了过来，付与玄奘，并教了他个紧箍咒，才笑吟吟地说道：

"你一心秉诚把经取，但愿你早日平安到西方。

这是佛门无价宝，要仔仔细细在身边藏！

这一顶家毗卢帽，神鬼瞧见都心慌。

紫金钵，一路上拿它化斋饭，盛上饭，冬天暖来夏天凉。

这一件袈裟避寒暑，穿在身上，刀枪水火不能伤。

九锡禅杖多奥妙，爬山越岭它能帮忙。

只要你一秉虔心将经取，定能有人把你帮。

只愿你心如铁石一个样，只愿你功德圆满早还乡。

眼前暂且相离别，有了难，途中相逢再商量！"

说罢驾云腾空起，陈玄奘心中喜非常。

陈玄奘见老僧腾空而起，急忙拜谢。只见半空中有一张柬帖飘落下来，取过打开一看，上写七言诗一首：

一秉虔诚去取经，整整十万八千程。

收服徒门为护法，慈航用意助唐僧。

玄奘看完，这才知道是观音菩萨前来点化，望空拜谢。拜谢已毕，来至宰相府，见了宰相肖瑀，把菩萨赐宝，情愿取经的话告诉了一遍。肖宰相十分欢喜。次日五鼓，唐太宗驾设早朝，众文武参拜已毕。肖宰相俯伏金阶，奏道："臣肖瑀见驾，愿吾皇万岁万万岁。"太宗一见满面带笑，口呼："肖卿上殿不知有何奏章？"肖宰相就把观音赐宝，玄奘情愿取经的话说了一遍。太宗闻奏，龙心大悦。传下旨意命玄奘法师入朝见驾。

黄门官奉旨来到朝门外，宣召玄奘有道的僧。

玄奘法师把朝上，喜坏了殿上的唐太宗：

"连日选人到西方去，并无和尚敢承应。

玄奘法师难得的很，自发宏愿去取经。"

看累了，不妨听一听

传旨免礼赐座位，满面笑容尊称：“圣僧！
只因为炀帝无道天下乱，合该大唐把国兴。
将勇兵强打天下，征服四野灭群雄。
伤了人命无其数，结下的冤家数不清。
孤一心只想消冤孽，烦劳圣僧取真经。
去到西天雷音寺，只求你拜求佛祖秉虔诚。
早得真经回故土，孤王一定加赏封！”
三藏躬身呼：“万岁！臣愿领旨往西行。
上西天求取真经和宝藏，报答王恩度众生。”
太宗闻听心欢喜，传旨又把御弟封。
亲赐法名唐三藏，玄奘法师谢恩情。
唐三藏回寺忙准备，心急如同箭离弓。
次日里起程来至城关外，唐王亲自来送行。
饮了一杯饯行酒，带领着两个从者上了路程。

唐三藏带领两个从者，直往西行，宿在法门寺。次日早行，数日之间，已过巩州城。又过了两三天，已是河州卫地界，此乃大唐山河边界，就在法源寺安歇。此时已是深秋时节，鸡叫得早，只有四更天气，这长老就起身赶路。三个人，一匹马，踏着遍地严霜，看着天边残月，直往西走。走了数十里，见一座高山挡路，忽然间黄风滚滚而来。

三人吃惊，不知究竟。原来是惊动了一伙毛妖，把三个人一齐拿住，来见大王，擎功受赏。老妖一见，满心欢喜，喝叫左右：“快把那两个大汉先杀了，请你家二大王、三大王前来，一同饮酒。留下这个和尚，明日再吃。”小妖答应，登时把两个从者杀死，把心肝献给三个妖王下酒，剩下的碎肉分散吃了。唐僧偷眼观瞧，见三个魔王吃得美味香甜，把一个圣僧几乎吓死。一群妖怪把两个从者吃完，天已大亮，各自散去，只剩唐僧一人，真是不知如何是好！

看累了，不妨听一听

一三　师徒相会

众妖魔饱餐一顿天大亮，一哄而散一窝蜂。
长老吓得浑身软，挣不开身上捆的一条绳。
但只见一堆白骨撂在地，鲜血淋漓草染红。
唐三藏看罢多时长叹气，阿弥陀佛念几声：
“到如今要想上天天无路，要想入地无门通。
行李马匹全不见，活活难坏我贫僧！”
长老正在为难处，忽听山洼有脚步声。
迎面来了一老者，慈眉善目像个仙翁。
眼望长老面带笑，用手一摸断了绑绳：
“这里有不少的山精和树怪，你为何孤身一人到了山中？”

长老说道：“贫僧乃京都的和尚，奉旨上西天取经，三个人同行至此，两个从人被妖精吃了，马匹包袱全都不见，正在为难。”老者闻听，用手一指说道：“那不是你的东西？”三藏回头，只见马匹行李俱在眼前。连忙拾起行李，拉着马跟随老者出离山洼，上了大道。老者说道：“此处狼精虎怪十分厉害，方才那三个魔王：头一名叫寅将军，是个老虎精；第二名叫熊山君，是一个熊罴精；第三个名叫特处士，是一个野牛精。你看那边老虎又来了！”吓得三藏回头一看，老者忽然不见，空中飘下一张柬帖，长老拾起留神观看，上面有四句言词：

吾乃天上太白星，特来救你出牢笼。
前行自有神灵助，莫为艰难怨取经。

三藏看完，对天拜谢了金星搭救之恩。牵定白马，独自一人孤孤单单往前苦走。到了山岭之上，忽见前有猛虎，咆哮如雷，后有长蛇，两眼放光。这匹马吓得瘫倒在地。长老正在着急，忽见毒蛇猛虎尽皆四散奔逃，见一人手执钢叉，走上山坡，唐僧一见，连忙跪倒，高叫：“大王救命！”那条大汉一见，连忙扶起，说道：“长老不要害怕，我是这双叉岭山中的猎户，姓刘名伯钦，人称镇山太保。不知长老何处人氏，因何孤身到此？”

唐长老叫了一声：“刘壮士，贫僧我奉旨西天去求经。

贞观万岁封御弟，钦赐三藏为法名。

相跟着两个从人为伴侣，清晨走到此山中。

遇见了虎精上了绑，他又请来熊精和牛精。

把从人吃了个一干二净，剩下贫僧孤零零。

妖精说留下贫僧为晚饭，绳捆索绑扔在山中。

贫僧正在强扎挣，巧遇一位老仙翁。

仙翁救了我的命，贫僧我一人也要去取经。

有命不怕家乡远，我只往西来不往东。

壮士啊，你千万带我过山岭，取经人忘不了你的恩情。”

镇山太保听到其言，不住地点头说道：“原来长老受了惊了！不必害怕。此山名为双叉岭，还是大唐地界。你我同是一国之人，先到舍下歇息歇息，明日我送你上路便了。”三藏闻听，满心欢喜，将行李放在马上，跟随刘伯钦来至家中，让进草房归坐。镇山太保走入后房对他母亲、妻子说明，老太太闻听说道：“儿啊，正好明日是你父亲的周年忌日，你去求他念一部经，超度超度你父升天岂不是好！”刘伯钦答应了一声，切了一盘子鹿肉，烫了一壶热酒，放在长老的面前，回身拿过盅筷说道：“师父请用。”三藏说道：“多承壮士好心，贫僧自幼出家，不敢动荤饮酒。”伯钦听了，撤去酒肉，收拾了些素菜素饭。唐僧饱餐一顿。吃罢饭，伯钦就把他父亲周年忌日奉母命求长老念一卷经超度超度的话说了一遍，三藏连忙应允。一夜无话，次日天明，三藏净手焚香，念了三卷超度亡魂的经文，刘伯钦全家欢喜。用罢素饭，长老收拾行李，母子拜谢已毕。伯钦拉马送三藏登山过岭，到了两界山头，伯钦望着长老说道：“此山东边属我大唐所管，西边乃是鞑靼的地界。那边的虎狼我降伏不下，我也不能过界，要和圣僧告别分手，你自己去吧。”三藏心中吃惊，正在为难之际，忽听山脚下叫喊如雷：“我师父来也！我师父来也！”吓得三藏惊疑不定。伯钦说道：“不怕，不怕！这必是山脚下石匣中的老猴！”三藏忙问：“什么老猴？”伯钦说：“这山旧名五行山，今改名两界山。听老人家们说，王莽篡汉的年间，天降此山，压住此猴。他不怕寒暑，有山神土地看管，叫他饥餐铁丸，渴饮铜汁。到现在有五百年了，竟自冻饿不死。我和圣僧一同下山看看是他不是。”说着下得山来，走不多远，只见石匣之中果然有一个猴子，露着头，伸着手，口中说道：“师父，你怎么这时才来？来得好，来得妙，快些救我出来，我好保你上西天取经去！”三藏闻听，上前细看，只见他尖嘴缩腮，金睛火眼，耳朵里的青苔足有一寸多厚！

刘伯钦秉性刚强胆子大，连忙动手不消停。

替他拔去鬓边草，又把那耳内的青苔掏干净。

开言就把老猴叫："你又喊又叫是什么事情？"
孙大圣眼望着唐僧尊称："师父不必害怕莫心惊。
休当我是一妖怪，我是猴王孙悟空。
花果山上称过霸，五百年前显过威风。
也曾下过东洋海，阴曹地府也逞过能。
我也曾闹过灵霄殿，玉皇大帝把官封。
老孙大闹了蟠桃会，一连三次反天宫。
到后来惹恼了如来老佛祖，如来我佛显神通。
筋斗打不出手心去，将我押在此山中。
前些天菩萨从此过，他对老孙施恩情。
他叫我耐性等候唐三藏，同上西天去取经。
师父你快些搭救我，我保你一路之上享太平！"

长老闻听，满心欢喜，念了一声阿弥陀佛，便对大圣说道："你既然愿意皈依佛门，是一件大好事，只是你身躯压在高山之下，叫我如何救你出来？"大圣尊了一声："师父！要救脱弟子倒也不难，当初如来佛曾在山顶上留下解脱咒语，师父你去仔细看一看，多念几遍，快救弟子翻身。"长老闻言，走到山上去观瞧，果然有一张封皮，上写碗口大的六个金字，真真楷楷，乃是"唵、嘛、呢、叭、嘧、吽"，长老看罢，眼望西方，至诚顶礼，高声朗诵，念了一遍。只见从山底下起了万道霞光，半空中一阵香风，刮走了这张封皮。又听得有人叫道："圣僧听着，吾乃监押大圣的揭谛。今日他的难满，吾等去见如来，交旨去也。"吓得三藏与伯钦望空礼拜。唐僧走下山来，对大圣说道："贫僧已经念过了，你出来吧！"大圣满心欢喜，说道："师父你同这位大哥站远些，我好出去，别吓着你们！"伯钦连忙领着三藏往东走了六七里路。刚下了山坡，只听一声响，真个山崩地裂一般！

看累了，不妨听一听

一四　过鹰愁涧

孙大圣唯恐惊了师父的驾，再三嘱咐又叮咛：
"快些躲到远处去，提防着山崩地裂受了惊。"

伯钦闻言不怠慢，拉着唐僧往东行。

刚然才把山坡下，忽听得“嘎啦啦啦”响了一声。

獐狍野鹿到处跑，虎豹豺狼乱奔腾。

只吓得深林的雀鸟没了踪影，鱼鳖虾蟹藏在水中。

唐僧回头往西看，跳出来大闹天宫的孙悟空。

美猴王急忙驾云腾空起，追上师父喊连声。

他在那长老面前双膝跪，叩谢师父的好恩情。

五行山下留了古迹，山底下，至今还有个大窟窿！

那猴王赤条条跪在地下，说道：“师父，我出来了。”拜了四拜起来，又和刘伯钦施礼说道：“多蒙大哥送我师父，又承你替我拔下鬓边青草、耳内青苔，多谢，多谢。”说罢，一旁站立。长老合掌念了一声阿弥陀佛，对悟空说道：“你今已脱离苦难，又要皈依佛门，只是此去西方有十万八千里的路程，只怕你志行不坚，又怕你受不得这样的辛苦。”大圣说：“师父但放宽心，弟子虽然是个猴子，但颇有灵根，志行倒也坚牢。若论十万八千里路程，还不消半刻就可以走到，只怕师父不会走这条路。若论辛苦，弟子是从苦里磨炼出来的，多苦也受得了。只望师父收留，莫要多心。”说罢复又磕头。长老说：“既然如此，你先向西方遥拜佛祖，我出家人好与你摩顶受戒。”大圣又向着西方磕了几个头，跪在三藏跟前。长老合掌口诵偈语说道：

一体真身转落尘，意诚心正复修身。

五行论色还空寂，百怪虚名总莫论。

长老念毕，扬起手在大圣头上连击三掌，就是摩顶受戒了。又对猴王说道：“徒弟还要起一法名才好。”大圣说：“弟子原先叫孙悟空，不知这个名字如何？”长老闻听，满心欢喜。师徒和刘伯钦施礼分别，直往西走。刚过了两界山，只见狂风大作，又听得一声怪吼，蹿出一只吊白额斑斓猛虎。大圣一见，满心欢喜，说道：“师父别怕，这是它给我送衣服来了！”说着从耳朵里掏出一根绣花针，迎风一晃，好不厉害！

山中跳出一只虎，大圣一见长精神。

急忙忙耳朵眼里取兵刃，拔出一根绣花针。

迎风一晃变成了棍，碗口粗细分量沉。

喊一声：“孽畜无知真胆大，竟敢前来惹老孙！”

老虎一见害了怕，吓得它俯伏在地不动身。

铁棒在头上打一下，脑浆迸裂鲜血喷。

霎时间这只老虎断了气，悟空收起绣花针。

看累了，不妨听一听

唐三藏先头吓得浑身颤，此时不由得笑吟吟：

“好徒弟啊好徒弟！我的徒弟是能人。

此去西天路虽远，有了徒弟省了心！”

唐长老见猴王一棒把个猛虎打死，不由得满心欢喜，望着猴王说道：“徒弟，像你这样赤身露体，短发蓬松，不像出家人模样。我这包里内有一个束发金箍，你可用它箍住短发，又有一件白布直裰，暂且遮住上身。前途如遇集镇，再买两件衣服遮体。你看如何？”悟空闻言，连忙说道：“甚妙，甚妙。拿来试试。”长老就从包里将菩萨所赐的金箍取出，只见光彩夺目，真是一件好宝贝，有诗为证：

日月金箍放金光，如来留下制猴王。

牢拴心性莫疏放，一念真言痛难当。

猴王接过，穿戴起来，他并不知这金箍的奥妙。长老见了，心中甚喜。叫了声：“悟空，你如今打扮起来，就像个头陀行者，我就叫你行者吧，路途上也好称呼。”悟空说：“甚好！师父，天色尚早，你在此略坐。待老孙把这虎皮剥下来，自有用处。”说着，从背后拔了一根毫毛变了把牛耳尖刀。将那虎肋挑开，剥下皮来，毛朝外，卷成一卷儿，挑在担头。挽着三藏上了马，手提金箍棒，挑起行李，往前奔走。不上三五里，天色已晚，望见一片树林，师徒二人打算在林中歇息一晚。行者扶师父下马，坐在地上，用了点干粮充饥，长老自去打坐安歇。

唐僧打坐养精神，行者去把河水寻。

跳在河里洗了个澡，洗去了五百年前的泥土并灰尘。

独自坐在月光下，毫毛拔了好几根。

吹口法气随心变，变成剪刀、线和针。

打开虎皮忙裁剪，不多时，缝成一条虎皮裙。

试了试怪合体，不肥不瘦正可身。

清早起，行者穿给师父看，唐僧说：“不错，不错，像个僧人。”

收拾好马匹和行李，师徒二人出了树林。

行走多时抬头看，见一座万丈山峰高入云。

尽是些悬崖峭壁崎岖路，唐僧一见不放心。

勒马回头把悟空叫：“徒弟啊，山势险恶多留神！”

看累了，不妨听一听

行者答应了一声，说道：“师父，我认得这地方。此处叫蛇盘山鹰愁涧，你听那“哗啦啦”水响，就是那涧中流水的声音。”三藏催马上前，来到涧边，才要寻路过去，只听“呼啦”一声响，从水内蹿出来一条白龙。滚浪翻波，到了岸上，张牙舞爪，直奔三藏扑来。行者慌忙撇下行李马匹，赶上去，把长老抱下马来，一下子跳在半山坡上。那条白龙将那匹马连同鞍辔一口吞入肚内，之后钻下涧去，踪影全无。行者放下师父，叫三藏坐在山坡上等候，自己来到山涧边上看了看，只剩下行李，不见了白马。他挑起行李，走至三藏面前说道：“师父，那孽龙吃了我们的马了！”三藏说：“你去寻找寻找。”行者答应一声，翻个筋斗云，起在空中，手搭凉棚，往四下里观看，还是不见马的踪影，说：“想必是真被龙吃了！”长老闻言，不由得伤心落泪。

看累了，不妨听一听

唐三藏听说白龙吃了马，不由心中一阵酸。
叫声：“马呀，疼杀了我！我疼你驮我过水又过山。
今日死在孽龙口，不能一同到西天。
半路途中闪下我，叫贫僧多受辛苦与艰难。”
长老不住地絮叨念，急性子的猴儿心内烦：
“师父啊，你瞧你这怂包相，叨念起来没有完！
叨念上一年也没用，白马也不能再生还。”
长老说：“此去西天路程远，没了马，几时能把路走完？”
悟空说：“我找白龙去把账算，师父你把行李看。
一定要回来咱的马，你不要叨叨念念泪不干！”

行者说罢，掩起虎皮裙，手提金箍棒，来至鹰愁涧上，半云半雾的，在水面上高声叫道：“死泥鳅！还我的马来！”骂不绝声。只听得山涧里一声响亮，翻波滚浪，那条白龙蹿了出来，张牙舞爪，要抓行者。行者急掣金箍棒，迎将上去，在涧边斗在一处。

一五　收白龙马

战够多时，白龙招架不住，败入涧中。行者使出翻江搅海的神通，把一条鹰愁涧搅成了浑水河。白龙精在涧中难以存身，又蹿了出来抗斗。不上三合，力软筋疲，招架不住，摇身一变，变了一条小水蛇，钻到草棵里去了。行者用金箍棒拨着荒草来回搜寻，并无踪影。念一声咒语，拘来了山神土地，问道：“你这鹰愁涧是哪里来的怪龙？吃了我师父的白马！”土地爷口尊：“大圣，这涧中从来没有妖怪。是去年观音菩萨擒了一条玉龙放在涧边安身，等候取经人，皈依佛教。要想降伏它，除非请来观音菩萨。”悟空听罢，又念动咒语，拘来了金头揭谛。猴王说道：“老孙在此不能动身，你速往南海去请观音菩萨，前来降伏孽龙，不可迟误！”金头揭谛连忙答应，说：“谨遵法旨！”驾云腾空而去。

看累了，不妨听一听

大圣自从归佛教，心无二意秉虔诚。
今日来至鹰愁涧，遇见了惹祸招灾的小白龙。
一口吋去师父的马，深深藏在涧水中。
知道了观音菩萨能降怪，又不敢离开师父远处行。
只怕孽龙来作怪，伤着师父可不行。
差派揭谛把观音请，前来收服小白龙。
不多时观音菩萨已请到，孙行者一个筋斗翻到空中。
见了菩萨高声叫：“菩萨，菩萨，理不通！
为什么遗留祸根在此处？叫它作怪又成精！
吃了我师父的一匹马，都是你纵容妖怪把人坑！”
菩萨听罢微微笑：“猴子你暂且把气平！”

菩萨说：“猴头莫要放刁！你师父那匹凡马怎能到得西天？我当初和玉帝把这孽龙要了来，安顿在此，专为给你们做一个取经脚力。算来还是你的同门师弟，不必着急生气！”菩萨说罢，吩咐：“土地速到涧边把白龙叫来。”土地走到涧旁，连叫三声：“玉龙三太子！”只听得涧中一阵水响，出来一位年幼的龙神。怎生打扮，有诗为证：

束发银冠八宝镶，滚龙战袍放银光。
二目有神面如玉，上下浑身似雪妆。

玉龙三太子出离鹰愁涧，跟随土地到了空中，一见菩萨，慌忙礼拜，尊声：“菩萨，弟子在此久等多时，怎么听不见取经人的音信？”菩萨闻言，哈哈大笑，指着悟空对白龙说道：“取经人的徒弟现在眼前，难道你不认得？”白龙抬头看见悟空，不由得二目圆睁，气不忿地对菩萨说道：“这是我的冤家对头！何尝提过一个取经的字儿？”说罢挥拳掳袖，要打行者。菩萨喝一声：“孽龙！少得无礼！”赶上去将项下明珠摘去，用杨柳枝蘸了些甘露水，往他身上一洒，说声：“变！”三太子翻身一滚，变成了一匹雪白龙驹。菩萨叫一声：“玉龙！你此去西天，须当出力，功成圆满，自有好处。”吩咐已毕，便叫悟空领他去见唐僧，自回南海去了。

行者收起金箍棒，两只手揪着龙驹项上鬃。
轻轻落在山坡上，唐僧一见露笑容：
“悟空，多亏你受累，你可实实有本领！”
行者闻听笑了一笑，前因后果细说明。

唐三藏听罢望空忙施礼，感谢那观音大士显神通。
又说道："虽然有马可无鞍辔，这马还是骑不成！"
白龙闻听张嘴吐，吐出来鞍辔和鞍绳。
这是他吞吃下的那一副，倒比先前更鲜明。
孙行者慌手慌脚备好了马，唐三藏慢条斯理骑上白龙。
也不知走了多少路，不觉得日落西山晚霞红。
影绰绰，远远望见一座庙，隐约约，仿佛听见撞晚钟。

行者看罢说道："师父，那山洼里像是一座庙，我们赶到那里正好借宿。"长老点头，纵马加鞭，不多时到了山门以前，只见上面写着"观音禅院"四个大字。三藏甩镫离鞍，行者接过马来，一同走进山门，上了大殿顶礼叩头。礼罢平身，只见有一个僧人出来问了来历，请入方丈献茶。刚刚归坐，只见有两个小沙弥搀着一个老和尚走了进来，相见问讯已毕，便叫看茶。小沙弥拿过一个羊脂玉的茶盘，上面放着三个法蓝镶金的小茶盅，三藏、行者、老和尚每人接了一盅。三藏喝了口茶，把茶盅看了又看，不住地夸奖说："真是美食美器。"老和尚见夸奖他的茶盅，好不得意！

老和尚虽然年高无德性，气量又小心又贪。
一听长老夸茶盏，喜得他眉开眼笑把话谈：
"似这样粗糙之物不稀罕，无非金玉共法蓝。
偏僻小地无珍品，大邦之地是长安。
吾师住持化生寺，京都一位统僧官。
贤师徒到此足有一万里，走过万水并千山。
防身必有无价宝，还望法师行方便。
取出来也叫弟子开开眼，也不枉和法师相见有善缘。"
唐三藏口内连连说："岂敢，老师说话实过谦。
行脚僧人多寒苦，并无宝物在身边。"
悟空一旁气不忿，气得嗓子直冒烟：
"老和尚，莫把我们来小看！想看宝贝并不难！"

看累了，不妨听一听

唐长老一闻此言，吓了一跳，说："悟空休要胡言！你我师徒乃行脚僧人，一路之上随缘募化，哪有宝贝在身？"行者说："咱们包袱里那件袈裟还不是宝贝！拿出来叫他们看看何妨？"老和尚听说有一件袈裟，不由得微微冷笑："我这寺里，足有七八百领袈裟，何足为奇！"行者说："袈裟和袈裟不同！待我拿出来给你们看看。"三藏再三相拦，怎奈猴王一定不听师父之言，竟把包袱打开，取出袈裟，行者这么轻轻一抖，只见满室红光，众僧齐声喝彩，老和尚眼都看直了。

美猴王脾气秉性多急躁，说话不管重和轻。
只为师父夸杯盏，他在一边气不平。
因此拿出无价宝，人前显贵来逞能。
看袈裟，大小和尚看花了眼，一齐喝彩不绝声！
老僧看罢多眼热，一条诡计想心中。
他假意伤心忙跪倒："老师留神在上听。
佛衣真乃无价宝，为什么弟子无缘看不清。
二目昏花不管用，禅堂黑暗未点灯。
老国师若肯慈悲行方便，借与我后房灯下看分明。"
三藏心软无防备，把袈裟交与这老僧。
老僧诓骗袈裟去，准备着杀人放火在半夜中。

看累了，不妨听一听

一六　烧观音院

这个老和尚把袈裟诓骗到手，拿到后面方丈之内，与众僧商议说："这件袈裟，真乃无价之宝。怎能到得我手，穿在身上，就死也甘心了。"众僧说："现今既然借来观看，穿上一穿又有何妨？"老僧说："我今日穿上一穿，他明日就要赶路，还得脱下来还他，不能长久。"有一个和尚名叫广智，口尊："师爷，若要天长日久，到老享用，却也不难。"老僧闻言，满心欢喜，说道："我的儿，依你有何高见？"

大圣不听师父话，大不该争强赌胜来逞能。
轻意拿出佛家宝，想压倒老和尚的金茶盅。
老和尚一见袈裟起了歹意，诓到手，后院灯下看分明。
和尚越看越爱看，看得他心中烦恼眼圈儿红。
徒弟广智献巧计，说："杀人最好夜三更。"
老和尚闻听忙摇手："你这个计策欠聪明！
那白脸儿的一刀能了事，那猴脸儿的像个是非坑！
你看他手脚轻巧多灵便，两眼发光不善静。
要想杀他非容易，碰见凶人莫行凶！"

小和尚闻听此言哈哈笑："师爷啊，一计不成二计生。
我还有一条绝户计，又省事来又干净。"

小和尚广智在老僧耳边叽叽喳喳地说了几句，老和尚点头称善。遂吩咐众僧如此这般，三更天行事。且说三藏在禅堂悄悄地对行者说道："你我是单身在此，众僧人把咱袈裟借去，许着明日奉还，恐怕有错。"行者说："师父只管放心，包在老孙身上。"长老点头，师徒又说了些闲话，各自安歇。那猴王是聪明人，并不沉睡。忽听得门外有声响，心中起疑。跳起来摇身一变，变了个小蜜蜂儿从窗棂钻出去一看，原来是那些和尚在禅堂四周，架起柴草，只等放火。大圣心说："不好！"连忙在半空中现了本相，一个筋斗打上南天门，找广目天王借了避火罩。翻身回到观音院，将避火罩放在禅堂的房上，就闪在一旁留神观看。且说寺僧人一个个手忙脚乱，到得三更，放起火来。

孙大圣天宫借来避火罩，护住了禅堂一间房。
保住了师父和白龙马，他自己，在后院的房上把身藏。
他恐怕袈裟有失闪，前来盯住了老和尚。
只见那合寺僧人来点火，一霎时黑烟四起冒红光。
猴王一见把咒念，要给和尚帮帮忙。
望着火光吹了口气，好狂风！飞沙走石漫天扬。
风借火势风声响，火仗风威火苗儿长。
大树上，燃得雀鸟难展翅，放生池，烧得金鱼热得慌。
燃了大殿和二殿，烧了斋房和客堂。
红光照耀如白昼，惊动了多年得道的老妖王。

大火顷刻间把一座观音院前半截烧化成灰。火光冲天，惊动了黑风山黑风洞的妖精，驾云扑奔火光而来。到了观音院，在半空中看见后院僧房里面霞光射目，知道定有宝物。溜了进去一看，是领袈裟，妖精满心欢喜，趁机打劫，拿起袈裟，走出僧房，驾起云头，回黑风山而去。那行者在禅堂房脊之上一直看到火灭烟消，取了避火罩，一筋斗打上南天门，将宝贝交还了广目天尊。拜谢已毕，坠云下来，又到了观音院，不觉太阳东升。就又变了个蜜蜂儿，飞进禅堂，现了本相，叫声："师父，天亮了！起来行路。"三藏醒来，出禅堂一看，大吃一惊。

唐三藏走出禅堂留神看，心内吃惊好半天。
问行者："何时烧的观音院？怎么单单不烧咱？"
猴王见问嘻嘻笑："砸了脚，是他自己搬的砖！
若不是老孙借来避火罩，三间禅堂早烧完。
和尚要把袈裟骗，叫咱们一同死在火里边。

却被我回风转火烧大殿，叫他们从今往后莫心偏。”

唐僧说：“咱们的袈裟在不在？”

行者说：“和尚就要还给咱！”

师徒二人进了后院，众僧一见打颤颤。

只当是死鬼前来把魂显，一个个藏躲无门乱成团。

老和尚吓得浑身颤，美猴王叱咤如雷走上前：

“还我袈裟好赶路，慢一慢来吃顿拳！”

众僧害怕，急忙各处寻找，并无袈裟踪影。面面相觑，一齐跪倒，尊声：“圣僧老爷，我们只顾搬箱挪柜，忙了半夜，袈裟不知哪里去了！”行者闻听，圆睁火眼，从耳朵里取出金箍棒来迎风一晃，登时碗口粗细，一丈多长，指着老和尚骂道：“你这个老孽障！还了我袈裟万事皆休，若是损坏丝毫，看我这一棍！”说着照定石头台阶子“当啷”一声，把条石打了个粉碎，还震倒了七八垛烧剩下的砖墙！

孙大圣双手抡开金箍棒，大小和尚发了慌。

“咯啷啷”，台阶打得粉粉碎，震倒了几垛院围墙。

僧人吓得直打颤，老和尚真魂出了腔。

图谋袈裟是他的主意，他怎么又能不着忙？

越思越想没活路，头撞南墙一命亡！

一旁惹恼了唐三藏，指指点点骂猴王：

“是你卖弄佛家宝，引得和尚坏了心肠！

惹祸根苗就是你，你给和尚把命偿！

现如今没了袈裟怎么办？”猴王一旁不答腔。

圣僧心中起了火，想起了紧箍咒儿字一行。

三藏见没了袈裟，又逼死人命。心中大怒，念动紧箍咒，把个猴王只疼得满地打滚儿，直翻筋斗，连叫：“师父！别动佛法！保管寻着袈裟还你。”众僧人一齐跪倒劝解，三藏方才住口不念。行者止了疼，爬起身来，叫声：“师父，这法儿倒也厉害，不知是哪里学来的？”长老说：“此乃观音菩萨传授的紧箍儿咒，以后你再敢无事生非，我还要多念几遍，管叫你疼死。”行者连说：“再不敢了！”长老喝道：“休说闲话，快去寻袈裟要紧！”行者慌忙答应：“知道，知道。”便向众僧问道：“你们这里可有什么妖精没有？”众僧一齐答应说：“离此东南十二里，有一座黑风山黑风洞，洞里有一位黑大王，常与这碰死的老和尚交往。只见他云来雾去，不知是妖精不是。”行者听毕，哈哈大笑，叫声：“师父，你且放心，不用说了，一定是这个妖精昨晚望见火光，趁空儿偷去的。等我去找他，一定要得回来！”

看累了，不妨听一听

一七　黑熊夸宝

孙大圣闻听众僧一席话，张开大嘴笑哈哈！
口中连连尊称："师父，你放心等我去找他。"
又吩咐："众僧须要加仔细，好好地服侍师父老人家！
看好行李，喂好了马，有了差池我拿棍儿砸！"
一翻筋斗朝南去，见一座高山蒙雾黑压压。
美猴王收云揽雾脚沾地，寻找洞口在哪搭。
听了听，有人在山坡来讲话，孙行者顺着声音来搜查。
山坡上坐着三个怪，高谈阔论闲磨牙。
一个变的是秀才样，一个头上把道冠扎。
还有一个黑大汉，一定是他偷的袈裟！

孙行者悄悄地躲在石崖子后边，就听那黑大汉说道："二位道友可知道么？后日是我的生日。昨夜得了一个宝贝，叫作锦襕袈裟，真乃无价之宝！我明日大开筵宴，庆贺佛衣，要办个佛衣圣会！大家痛饮一番，岂不是好？二位道友必定要来随喜随喜！"道士和秀才齐声说道："好，我们必要讨扰！"

黑大汉眼望二妖笑嘿嘿："我得了一件好宝贝！
明天要摆佛衣会，大吃大喝闹一回。
二位道友要早早地到，谁要来晚了罚三杯。"
二妖答应齐说："好，咱们要早起喝到大天黑。"
这才是不打自招画了供，黑大汉自己承认做了贼！
行者一旁起了火，骂一声："胆大的妖精把理亏！
偷了我的袈裟还不算，你还要大吃大喝闹一回！"
"休走，看棒！"一声喊，黑大汉吓得眼发黑。
欲待还手没兵刃，驾起黑风把洞归。
那道人脚下走得快，剩下那穿白的秀才倒了霉。
一棒打得原形现，是一条白花蛇儿盘成堆。
孙行者撇下死蛇往前赶，窜山跳涧走如飞。

见一个石头洞门在山洼内，门上头六个大字上边刻。

哪六个大字？“黑风山黑风洞”。行者看罢，高声叫道：

“里面小妖听着，快些报与你家老怪，把我们的袈裟送将出来，万事皆休！蹦半个不字，孙爷爷一顿棒打将进去，连一个妖精崽子也不留，那时休要后悔！”洞中小妖隔着门缝往外观瞧，大吃一惊。连忙往里飞跑，见了大王报道：“门外来了个尖嘴缩腮的和尚，喊着叫着要袈裟，口出不逊，乞大王定夺。”这老怪正是山坡上那个黑大汉，被行者赶得喘吁吁地逃回洞中，气还未定，一闻此报又吃一惊。定了定神，吩咐：“看我的披挂来！”结束停当，绰枪在手，飞身出洞。悟空正在洞外喊叫，听见“吱”的一声，洞门开放，只见领头的正是那黑大汉。

黑大汉用枪一指说道：“你是哪里来的野和尚？到此招灾惹祸！报上你的名来。”行者叫道：“我若说出姓名，不许你跑。你外公乃是大唐国天子御弟三藏法师的门徒，姓孙名悟空，人称齐天大圣。若知我的厉害，早早把袈裟献将出来，饶你不死。”老怪闻听，哈哈大笑：“原来是闹天宫的弼马温，谅你也没有什么本领！”行者最恨别人揭短，说声：“气杀我也！”举棒就打。妖怪闪身躲过，回枪便刺，杀在一处！那妖怪招架不住，逃回洞中。恐怕悟空又来寻找，喷了一股黑雾，把座黑风洞遮掩得无影无踪。行者赶到了山洼，找不着洞门。第二天，又找了一清早，仍找不着，心中十分急躁。

孙大圣不见洞门心急躁，圆睁二目骂老妖：
“你今天不还我的宝，我怎么回去把令交？
我师父紧箍咒儿念三遍，就害苦了我的后脑勺！
你快还袈裟还罢了，若不然，莫怪老孙使绝招！
我先发大水把你灌，后用大火把你烧！”
骂了半天无动静，只听得阵阵的风声响树梢。
他心说：不能光把工夫耗，骂干了嗓子也白饶。
又一想：我是在哪里丢的宝？是观音院里起的祸苗！
哪里丢的哪里找，我何不去到南海把观音朝？
观音院本是观音的香火地，这件事，按情按理他管得着。
猴王把主意才拿好，筋斗一纵上云霄。

孙悟空来至落伽山，收了云雾，脚踏实地，走进紫竹林，参见菩萨。菩萨问道：“你不在西方路上保唐僧取经，来此有何勾当？”行者说：“多蒙菩萨慈悲，收服了白龙马。我师徒来到一座观音禅院借宿，师父自不小心，被一个黑妖精将袈裟盗去，反来埋怨老孙。又蒙菩萨美意，传授他一个什么紧箍咒，找不到袈裟，他就念咒，念诵起来，险些儿没把眼珠子箍将出来。只得遍处查访，幸而查到了真贼，只是不肯交出袈裟，如今连贼的窝巢都不见了。恳求菩萨帮我去寻找贼巢，追还真赃，我师徒好往西去。”菩萨听了，骂声：“孽猴，你又瞒我！都是你大胆卖弄宝贝，惹出此事，本该你来承当，休要在此淘神！”行者大声叫道：“观音院乃是你的香火之地，你明明是个窝主，要坐地分赃，反来怪我！菩萨若不肯去要回袈裟，老孙也不往西天去了，且往花果山快活几年！”菩萨笑说道：“这猴头倒会放刁！我若不去，那黑熊怎肯还你袈裟？也罢，且看唐僧面上走一趟吧！”

孙大圣闻听此言换笑脸，跟随菩萨上云端。

不过顿饭茶时候，已经来到黑风山。

二人走到山坡上，见一道人至面前。

只见他小小道冠头上戴，八卦袍子身上穿。

尖嘴缩腮老鼠眼，手托一个硫璃盘。

硫璃盘子光闪闪，盘子里面盛仙丹。

行者一看很面善，是啦！他和妖怪有勾连！

昨日里妖怪约他来赴会，他这是赴宴来到黑风山。

赶上前去打一棒，这道士登时咽气把眼睛翻。

菩萨一见有了气：“猴子啊，为何任意逞凶残？

行者带笑说道：“菩萨有所不知，这个道人是那黑怪的朋友，并非善类。他今日是来庆贺佛衣盛会的。”说罢，提起来一看，原来是一只花狼。那个盘子里盛着两粒仙丹，盘子底儿上刻着“凌虚子”三个字。行者说：“老孙今有一计，不知菩萨依我不依？”菩萨说：“悟空你有何计，只管说来。”

大圣急忙把话提：“我有一个好主意。

菩萨依了我的计，擒拿妖怪很容易。

菩萨变作凌虚子，混进妖怪的山洞里。

我变作金丹在盘内，送给黑怪把我吃。

妖怪把我吃下去，管叫他得听咱的！

他要不献佛家宝，揪他的肝胆、五脏、胃和脾。”

菩萨闻听将头点：“依了你这条鬼主意！”

菩萨摇身变了一变，跟那个道士差不离。

行者忙把仙丹变，观世音拿来放在盘子里。

来至洞口把门叫，洞口里走出来一个倒霉的。

观音大士手托琉璃盘，走到黑风洞口，众小妖齐声说道：“凌虚仙长到了！”内中有一个内通报，不多时老怪迎接出来，把菩萨让进大厅，分宾主落座。黑熊怪带笑说道：“有劳仙驾。”菩萨说：“小道敬献一粒仙丹，与大王上寿。”说着就将丹盘递了过去。黑熊怪也不推辞，拿起仙丹，才往口中一放，那丹立刻滚到肚内去了！

黑熊怪刚把仙丹放口内，顺手端起小茶盅。

没等他用水来送，药丸子，顺着嗓子往里冲。

妖怪当时心害怕，忙把道友叫了一声：

“道友啊，你的灵丹我常用，为什么，这回与往回不相同？

往日里味道清香甜如蜜，这一回闻着有些臊乎乎！

往日都要茶来送，这一回，自己滚入肚儿中！”

妖怪说到这句话，忽然一阵肚子疼。

原来是猴王在肚内一伸腿，大着嗓门叫：“妖精！

快些献出佛门宝，不然叫你一命倾！”

猴王说罢又踹了一脚，黑熊怪摔了一个倒栽葱。

妖怪听见是行者声音才知中计，忍着疼痛，只求饶命。菩萨也现了本相，叫声：“黑熊！若要性命，快取袈裟出来！”那妖忙叫小妖取出袈裟。行者也从鼻孔中钻出，现了本相，取了袈裟。菩萨怕那妖怪野性复发，把一个箍儿丢在他头上。果然那怪拿枪要刺行者，菩萨念动真言，真也可笑，登时间行者和黑熊都疼得在地下乱滚。猴王说：“别念，别念，饶上我了！”那妖连连叩头说：“我愿皈依，望菩萨慈悲饶命。”依着行者将他打死了事，菩萨拦住说道：“休伤他性命，我那落伽山后，无人看管，我要带他去作守山大神。”黑熊叩头已毕，跟随菩萨回南海去了。

看累了，不妨听一听

一八　过高老庄

行者得了袈裟，高兴非常，径回观音院而来。见了师父，把菩萨收妖之事细说一遍。

孙大圣急忙回到观音院，收拾行李把路行。

师徒辞别众和尚，晓行夜宿赶路程。

这一天正走中间抬头看，西方坠落太阳星。

紧加一鞭往前走，但见路北一座大庄院。

门前站定一老翁，紧皱双眉愁无限，口中叹气打嗐声。

眼望师徒强赔笑，口中念佛身打躬：
“师父们面带风霜精神好，定是他乡有道僧！”
三藏回言说：“岂敢，老施主，望你慈悲把善行。
来至贵宅化斋饭，借住一宵请收容。”
老者点头说：“容易，请到里面献茶羹。”
家童牵过白龙马，师徒们跟随老者进院中。

老者把师徒二人让到屋内，落座饮茶。三藏带笑说道：“请问老施主贵姓 。”老者说：“岂敢，小老儿姓高。”长老又问：“不知贵处是什么所在？”老者说：“此处名叫高老庄，是个小庄子。”又问了二人的来历。老者二目落泪，长叹了一声。师徒忙问原因，老者说道：“小老儿膝下无儿，只生三女。长女名香兰，次女名玉兰，三女名翠兰。那两个大的出了嫁了，只有小的，为了要招个养老女婿，一直未找人家。不想三年前，来了一个汉子，长得却也罢了。他说是福陵山人氏，姓猪，要与人家作养老女婿，小老儿就把他招了。他成亲之后，倒也勤谨能干。谁知他会变嘴脸，初来时是个黑胖汉子，后来却变作一个长嘴大耳朵的呆子！他又会弄风，云来雾去，走石飞沙。吓得我一家大小和那邻舍街坊不得安宁。又把小女关在后宅，半年也不得见面，更不知是死是活。我是疼女儿的心盛，每日叫人做了菜饭，送到后宅门外，次日再取回空碗空盘。此事终非了局，想着请个法师拿他，怎奈此处无有能人。我老高今年活了六十岁，长处不掐，短处不算，为何遇上这样的逆事？”

高太公说到其间长叹气，二目之中把泪滴：
“老汉交了好运气，招来这样的好女婿！
我女儿娇生惯养非容易，嫁给呆子受委屈。
被他关在后宅内，见上一面都使不得。
‘活肠子难离’是古语，老汉怎能不着急？
众乡亲知道女婿是妖怪，你言我语瞎叽叽。
这个鬼名传出去，断绝了多少好亲戚。”
长老闻听将头点，口中不住长叹息：
“太公不必心伤感，听我贫僧出主意。
我这小徒孙行者，身量虽小有力气。
捉妖拿怪如儿戏，叫他替你撵女婿！”
高老闻听心欢喜，急忙行礼作个揖。

高老闻听长老之言，真是喜出望外。连忙望着圣僧作揖，又对行者行礼。口中说道：“若得小长老大显神通，捉住妖怪，救了小女，叫我一家得保平安，合庄解去疑团，这番功德实在不小！”行者道：“叫老孙降妖捉怪，能与不能，尚在两可之间。只好是应了一句俗语：‘骑驴看唱本儿，走着瞧吧。’”长老说：“猴头不必饶舌，快些同太公看看去吧。”行者连声答应，高老在前引路，来到后宅。高太公用手一指说道：“我女儿就被妖精关在这里！”行者上前，用金箍棒一捣，打开了门扇，里面并未点灯，黑洞洞的。高老叫道：“女儿你在哪里？”只听里面少气无力地应了一声说：“爹爹呀，孩儿在这里呢！”行者同高老走入里边一看，虽然天黑，借着月色，只见那女子头发蓬松，花容憔悴，一把拉住高老，放声大哭。行者说：“别哭，别哭，我问你那妖怪哪里去了？”翠兰说：“他云来雾去，不知踪迹。这几天知道我爹爹要请人捉他，他也常常防备，半夜方回。”行者说：“太公，你把令爱领到前边去，让我在此处睡吧。”高老连声答应，忙把女儿带走。且说猴王坐在牙床之上，自言自语地说道：“俺不免变作小姐的模样等候妖怪便了！”

行者忙把门关好，顺着手儿上了插锁。
回身坐在牙床上，仙家幻术变化高：
芙蓉粉面花初放，朱颜绿鬓杨柳腰。
绣花针儿藏在手，好变金箍棒一条。
牙床以上把工夫耗，一心捉怪要降妖。
看看等到五更鼓，忽听得一阵狂风把树摇。
走石飞沙往下打，来了妖怪身量儿高。
只因为高老要把法师请，这呆子十分胆怯总发毛。
不敢贸然进房内，窗棂以外听又瞧。
行者明知妖怪到，假作伤心哭声高。
颤巍巍的声音长叹气，说道是：“辜负奴家好良宵！
时光正是三春景，天短夜长好难熬。
空房寂寞谁知道？忽听檐前铁马摇。
可意的人儿你往何方去了？因何不来把奴瞧？
你在哪里贪欢笑？负义的冤家把我抛！
心中想来口儿念，柔肠上好像扎了千万刀！
奴若是负义，自有灾星照，你若忘恩，奴的命薄。”
猴王只顾来耍笑，窗外乐坏这老妖：
“小姐快快开门吧！我老猪心里痒痒好难挠！”

一九　收猪八戒

看累了，不妨听一听

妖魔听够多时，满心欢喜，说："小姐快些开门！"行者连忙手掣铁棒，现了原形。"呼啦"一声，开了房门，搂头就打。妖怪说声："不好！"把头一低，一道火光，腾空而去。行者随后追赶，赶到一坐高山，但见那妖怪把红光散去，现了本相，撞入洞内，取出一柄九齿钉耙，前来交战。行者大喝一声，说："你是哪里的邪魔？从实供来，饶你性命！"那怪见问，哈哈大笑说："料你也不知我的名号！听我告诉与你。我乃天蓬元帅是也！只因王母摆下蟠桃会，我老猪酒醉误入广寒宫，调戏了嫦娥，玉皇把我赶下天宫。我因有罪错投猪胎，俗名儿唤作猪刚鬣。"

孙大圣闻听妖怪一席话，哈哈大笑不绝声：
"我当你是个什么大妖怪，原来是天蓬水鬼来脱生。
高老庄强行霸占高小姐，无法无天理难容！
既在天河为总管，难道不知老孙的名？"
妖怪说："五百年前认得你，玉帝叫你看马棚。
当年惹祸把天宫闹，也是一个费油灯！
我老猪高老庄上做女婿，是两家情愿把亲成。
我给丈人把活干，谁也不欠谁的情。
我和小姐恩爱夫妻过得好，你何必来把是非生？
常言说井水不把河水犯，若不然，老猪的钉耙不留情！"

妖怪用钉耙一指，叫声："姓孙的！你不在东胜神洲花果山水帘洞修真养性，怎么来到这里，找上门来欺负我，莫非是我丈人请你来的？"行者说："你丈人却不曾请我，如今老孙改邪归正，当了和尚，保护三藏法师要往西天拜佛求经，是路过此地。"话未说了，只见那怪扔下钉耙，连忙作揖说："猴儿哥请了！不知师父在哪里？烦你引见引见。"行者说："你要见他干什么？"那怪说："我老猪遵奉观音菩萨法旨，叫我在此等候取经人，来收我做个二徒弟。况且前面尚有八百里荆棘岭，用我这张嘴，这么一拱，拱出条大路，好保师父西行。"行者说："你的话我有些不信，你要对天盟誓！"那怪闻听，连忙跪倒，念了声："阿弥陀佛！我若不是真心实意，还叫我犯了天条，碎尸万段！"行者方才信了，又叫他搬些山柴，塞在洞口，点起一把火，把个云梭洞烧得像一个破瓦窑。那怪说："我如今可没有牵挂了！你引我去吧！"行者拿着他的钉耙，揪着耳朵，驾起云头，直奔高老庄而来。唐僧和高老正在对坐饮茶，忽见行者把那怪揪到面前。高老连忙站起，但见那怪朝着三藏跪倒，口尊："师父，弟子失迎，早知你老在此，我早就来拜接师父了，岂不省了许多周折！"三藏说："你怎么肯来拜我为师？"那怪把菩萨劝善的话说了一遍。三藏大喜，遂净手焚香，望南拜谢。那怪又拜了三藏为师，拜了行者，尊为师兄。三藏说："你如今做了我的徒弟，我与你起个法名吧！"那怪说："菩萨已给起下了名字，叫作猪悟能。"三藏说："好！好！好！正和你师兄排在一起。"悟能说道："我受了菩萨的戒行，断了五荤三厌，今日见了师父，我开了斋吧。"三藏连说："不可！你既不动五荤三厌，我再与你起个别名叫作八戒！"呆子只好依从。高老吩咐摆斋，师徒用毕，那八戒摇摇摆摆地冲着高老作了个揖：

"丈人在上听我说，你和我几年相处很相得。
我如今已把和尚做，再不能帮你忙活庄稼活。
丈母娘面前你替我告个罪，走得忙，不能告辞把头磕。
还有大姨、二姨诸位姨夫，姑舅诸亲都要原谅我。
诸亲贵友应我一件事，好好看顾我老婆。
可千万不要再把女婿找，我此去也不把媳妇说！
西天路上光是妖怪，取真经，也不一定取得着。
不定哪天散了伙，我还要回家来过活。
这也是早早留下退身步，可别笑我心眼儿多。
倘若是鸡也飞了蛋也打，岂不是当不成和尚又没了老婆！"

行者喊道："夯货！别再胡说！"三藏说："少叙家常，赶路要紧！"忙着收拾了行李，八戒担着，备了白马，三藏骑好。行者手拿铁棒，前面引路。一行三众，辞别高老和众亲友，一路往西而来。

看累了，不妨听一听

022090

二〇　鸟巢访贤

正行间只见青峰叠翠冲霄汉，峻岭徘徊接碧空。

怪石纵横如猛虎，松柏成行似长龙。
又有那滔滔涧水翻银浪，对对黄鹂树上鸣。
鹿衔灵芝山中窜，仙鹤飞舞半空中。
三藏说："名山见过无其数，这座山必有佛子与仙翁。
一路上异香扑鼻真清爽，一阵阵不寒不暖地刮清风。"
八戒含笑吧嗒嘴，扇着耳朵叫："师兄！
师父猜得真不错，这座山里有仙翁。
这座高山我来过，树枝上住着乌巢老祖公。"

八戒说："此山名叫浮屠山，山中有一位乌巢禅师，在此修行，能知过去未来之事。"说着话来至山上。三藏在马上闪目观看，只见香桧树上有一个柴草窝，左边有麋鹿衔花，右边有山猴献果，树梢头青鸾彩凤齐鸣，玄鹤锦鸡展翅。八戒用手一指说道："那不是乌巢禅师！"三藏骑着马来到树下。那禅师见他三个前来，忙离巢窝，跳下树来。三藏下马叩拜，禅师用手相搀说道："圣僧请起，有失远迎。"八戒在一旁笑嘻嘻地说道："老禅师，作揖了。"禅师一见连忙问道："猪刚鬣怎么有此大缘，得与圣僧同行？"八戒道："蒙菩萨劝善，愿随吾师做个徒弟。"禅师说："好！好！好！他日功成圆满，少不得弄个净坛使者做做。"又问行者："此位是谁？"行者哈哈大笑道："这禅师怎么认得他，倒不认得我呢？"禅师说："素不相识，恕我眼拙。"三藏说："他是弟子的大徒弟孙悟空。"禅师赔笑说："失敬，失敬！"

这禅师浮屠山中成正果，暑往寒来不记年。
过去未来全知晓，本领高强法术全。
他本来认得孙大圣，故意和大圣逗着玩。
嗔怪他见了自己不参拜，想惹猴子把脸翻。
猴王果然有了气，叫声："乌巢你听我言，
八戒说你法力广，我看你空把虚名担！
既然认得猪八戒，为什么反倒不知孙大仙？"
长老一旁忙喝住："再要无礼我不容宽！"
孙大圣诺诺连声朝后退，沉着脸子看着天。
唐僧忙又打问讯："禅师啊，小徒无礼请包涵。"

禅师笑道："我不怪他。"三藏说："请问西天还有多远？"禅师说："远哩，远哩。远虽远，终有走到之日。却只是魔障难消。我有多心经一卷，若遇魔障之处，一念此经，自无伤害。"三藏拜求传授。禅师点头，念了一遍，三藏牢牢记住。那禅师传了经文，脚踏祥光，要上乌巢。三藏连忙拉住，定要问明西方的路还有多远。禅师见问，带笑念道：

“要问西天路，但听我嘱咐。
千山万水深，魔障一处处。
若遇接天崖，放心休恐怖。
仔细黑松林，妖狐来截路。
精灵满国城，魔王山上住。
老虎坐琴堂，苍狼为主簿。
狮象尽称王，虎豹皆作御。
野猪挑担子，水怪前面遇。
多年老石猴，那里怀嗔怒。
你问那相识，他知西方路。”

禅师说罢，化道金光，直上鸟巢而去。行者在一旁闻听骂他是老石猴，不由得心中动怒，大叫一声，说：“气死我也！”举起金箍棒，往上乱捣，只见莲花万朵，瑞雾千层，总不能伤损分毫。三藏连忙拦住说：“这样一位菩萨，你为何捣他的鸟巢？是什么道理?”行者说：“他骂了我弟兄两个一场，竟自去了！”三藏说：“他讲的是西天路程，何尝骂你?”行者说：“你哪里晓得！他说野猪挑担子，是骂猪八戒，老石猴是骂老孙！”八戒说：“师兄，这禅师很知道过去未来之事！”三藏说：“不必说闲话了，早早赶路吧！”行者答应，扶长老上马，八戒担担，往前行走。师徒三众，一路上饥餐渴饮，戴月披星。这一日天交正午，来到一座小镇，化了些斋饭，师徒用饱，辞别施主，复又登程。

唐三藏师徒来到太平镇，沿门托钵化一餐。
用斋已毕忙赶路，孙行者扶着师父上雕鞍。
师徒懒观路旁景，一心无二奔西天。
长老稳坐雕鞍上，顺口吟成诗一篇：
“自从奉旨出国外，几度春秋暑又寒。
涉水登山多辛苦，逢妖遇怪甚难缠。
至诚顶礼求经典，一心无二上西天。
不怕十万八千路，此心一似铁石坚。”
唐三藏马上吟诗朝前走，一座高山在面前。
行者扛着金箍棒，在前引路跳钻钻。
长老催马随在后，扬鞭勒马上了山。
八戒挑担后边赶，蒲扇耳朵把风扇。
孙大圣又窜又跳跑得快，转过山弯到平原。

看累了，不妨听一听

二一　遇黄风怪

师徒三人，欢欢喜喜往前行走，非止一日。这一天，走到太阳平西时分，来到一座高山之下。只因连日赶路，走得人困马乏，长老一心要歇息歇息。行者不敢违抗，将师父搀下马来，坐在山坡之上。八戒放下担子，把马拴在树上，大家歇息。坐不多时，忽听一阵风声，“呜”的一声，从山洼之内，蹿出一只斑斓吊睛白额虎。行者、八戒各持兵器上前，猛虎发威，前窜后跳，闹了半天，猛然又“呜”的一声，跑入山中去了。兄弟二人，回头一看，不见了师父！连忙四下找寻，并无踪迹。八戒见师父丢了，放声大哭。行者说：“呆子别哭！让妖精听见，减了咱们的锐气。我想师父一定在这山中，咱们快些寻找要紧！”兄弟二人穿山跳岭，正然寻找，忽见山崖之下有一座洞门紧紧关着。原来这座山叫作黄风岭，住着一家魔头名叫黄风大王。此妖神通广大，法力无边。手下有许多小妖，这一天忽见虎先锋欢欢喜喜，拿了个和尚进洞。

黄风怪这日正在洞中坐，走进来老虎先锋笑呵呵。
怀中抱定一个和尚，来在洞内往地上搁。
老妖睁眼往下看，馋得他往下咽唾沫。
只见和尚在地上卧，手足不动两眼合。
老妖说：“这个和尚肥又胖，一个就能煮一锅！”
先锋说：“小的们快去烧开水！我与大王把酒喝！”
老妖摆手说：“且慢，先要把来历问明白！”
唐三藏微微喘了一口气，老妖高声把话说：
“和尚啊，你的家乡在哪里？你的名字叫什么？
随行伴当人几个？对着大王说明白！”
三藏说：“贫僧法名唐三藏，来自东方大唐国。
同行还有俩徒弟，连我共是人三个。
大徒弟名叫孙行者，齐天大圣会降魔！
二徒弟名叫猪八戒，九齿钉耙耍得泼！”

黄风大王闻听长老之言，心下吃惊。望着虎先锋说道：“我叫你去巡山，只该拿些獐狍野鹿，怎么你将唐僧拿来？倘若他徒弟找来，如何是好？”先锋闻听，微微冷笑：“方才小将用分身法拿这和尚之时，也曾见过那两个和尚，不过也是我等之辈，大王请放宽心。不来时，是他们造化；如若来时，有一个，拿一个，有两个，拿一双。凑到一块儿，好歹与大王蒸熟了下酒！”老妖闻听，长叹一声。

先锋不知轻和重，惹得老妖长叹一声：
“先锋啊，你别小看孙大圣，五百年前他显过威风！
三反天宫诸神怕，大闹地府鬼神惊。
后来改邪归了正，保着唐僧去取经。
今日里，你把唐僧拿进洞，猴子可不是省油灯！
找到门前来吵闹，铁棒一举不留情！
不如依我的糙主意，送出唐僧保安宁。
我也知道吃了唐僧是好事，天地同寿得长生。
怕的是猴头铁棒惹不起，我看这唐僧吃不成。”
老妖说罢一席话，虎先锋鼻子里头哼了一声！

虎先锋生来性如烈火，闻听老妖之言，心中大怒，却不敢发作出来。今日把唐僧拿进洞来，心想着落个擎功受赏，没想到老妖打了他的兴头。勉强赔笑，口尊：“大王，你不要长他人志气，减自己的威风！小将不才，愿去拿了那两个徒弟来，在大王台前请功！”二怪正然说话，忽见小妖跑来报道：“外面一个毛脸雷公嘴的和尚，要他的师父呢！”老妖吓得两眼发直：“先锋啊！你要是将他拿了来，我愿和你拜为兄弟！”虎先锋说：“大王放心！此去一定成功。”忙点齐小妖，手拿兵器，走出洞外。原来悟空他们走到洞门，依着八戒就要打门，行者拦住说：“贤弟不要性急，你把行李马匹藏在山洼之内，不要出头，等我前去与他算账。”

猴王举棒长精神，腰间紧紧虎皮裙。
火眼金睛观仔细，洞门以上有匾文。
上写着“黄风岭来黄风洞”，行者一看怒在心。
小小妖怪也起个称号，咋咋呼呼吓唬人。
举起铁棒朝下打，一下子打碎了半扇门！
口口声声把师父要，守门的小妖吓掉了魂。
虎先锋出洞来迎战，后跟小妖一大群。
行者说：“你用的什么分身法？劫去我的老师尊！
快快送出饶你的命，迟迟延延灭你的门！”

这虎怪心说：“这猴子倒嘴巧！”他哪把猴王放在心上，微微冷笑，叫声：“毛脸和尚，我实话对你说，你那师父被我拿住了，如今就要与大王蒸了吃呢！你今要他，却也不难。只要你斗得过这两把铜刀，我便将唐僧还你。”行者闻听冲冲大怒，说：“好泼怪！休得饶舌！看老孙的铁棒！”手举金箍棒搂头就打！

那虎怪双刀一举忙招架，挡开金箍棒一条。

心头火起高千丈，圆睁怪眼皱眉梢。

猴头今朝遇见我，一定把他的首级削！

再不然生擒活捉拿进洞，大王定然把气消！

想罢两手抡利刃，对着大圣砍一刀！

行者横棒把刀架，棍法倒比刀法高。

只杀得观阵的小妖齐呐喊，“咚咚咚”花腔鼓儿紧紧敲。

征云滚滚从地起，黑雾弥漫透云霄。

大战多时无胜败，可把妖精累坏了。

就地一滚施法力，现原形，张嘴要把大圣叼。

虎怪正想着要现原形来咬大圣，被猴王一金箍棒扫着了右手。妖精“哎哟”一声，铜刀落地，往山坡下逃去。行者哪里肯放，随后赶来。“吆吆喝喝”，喊个不停。追到半山腰，撞着八戒在那里放马。呆子听见喊声，抬头看见一个人，左手提刀，扎撒着右手，奔了他来。好八戒，手举钉耙，赶上前，照着虎怪头上就是一钉耙。这一耙子筑得九个窟窿鲜血直流，倒在山坡之下。猴王赶来见那怪已死，心中大喜，说道：“贤弟你这功劳不小。可喜可喜。”八戒说：“师兄，弄怪风，拿师父去的可是这个东西？你可曾问他师父的下落没有？”行者说：“我问过他。他说把师父拿进洞去，要给什么大王蒸了吃呢！贤弟你在这里看守马匹，等我再去洞门讨战，一定拿住老妖，救出师父来要紧！”

孙大圣眼望八戒呼：“贤弟！要你留神听仔细！

方才打死的这妖怪，他是一个虎变的。

施法术将咱师父拿进洞，打算上锅蒸着吃！

我打上门去把他骂，妖怪胆大敢对敌！

他败阵脱逃来至此，遇见你，算他运气低。

九齿钉耙打得好，弟的武艺真出奇。”

呆子闻听心高兴，摇头晃脑笑嘻嘻：

“贤师兄啊，方才小弟多侥幸，这场功劳是蒙的。

您不要再来夸奖我，老猪最爱红脸皮。”

行者说：“光扯闲话忘了正事，忘了师父还在受屈！”

行者说：“干正经的吧！你还是在此看守行李马匹，等我前去捉妖！”八戒答应了一声，大圣手提铁棍来到洞门，高声大骂。老妖硬着头皮，走出洞来观看，见大圣毛脸雷公嘴，火眼金睛，面貌黄瘦，身形矮小，不由得哈哈大笑，说道："真是见面不如闻名，笑死人了。我当是怎么一个扳不倒的好汉，原来是一个病鬼！我看你血不中喝，肉不中吃，也来这里送死！"行者大声喝道："你这妖怪不知好歹，你孙爷爷的身子虽然矮小，可就治得了你这个大汉！你看我身体瘦弱，你把你那钢叉倒过来，搂头打我一下，试试你孙爷爷的厉害！"那怪两膀用劲，抡圆了叉杆，大喝一声，搂头打来。行者随即显弄神通，将腰躬了一躬，长到六丈多高，吓得那怪住了手。大圣见他住手，现了本相说："乖儿子，怎么又不敢打了?"黄风怪挺叉就刺!

黄风怪手托钢叉冲冲怒，大骂："猴头少逞能！
咱们俩真刀真枪来较量，看看谁更有本领。"
猴王闻听微微笑："泼怪，你说话太不恭！
金箍铁棒难抵挡，怕你在棒下一命倾。"
黄风怪大喝一声："气死我！"手拧钢叉刺悟空。
他二人话不投机翻了脸，黄风山下起战争。
一条铁棍急似箭，一柄钢叉快如风。
钢叉使了个龙探爪，铁棍耍了个凤抖翎。
这一个一心要救唐三藏，那一个要把长老上笼蒸。
二人战够多半日，不见谁输哪个赢。

孙行者要救师父的心盛，见老妖本领高强，连忙抓了一把猴毛，往空中一撒，但见无数的小行者，各持金箍棒蜂拥而来。黄风怪一见，急忙吹了一口妖气，化成一阵黄风。好厉害的大风！把行者两只火眼金睛刮得再也不能睁开，身子飘在空中，纺车一般乱转，也不知刮到哪里去了。

黄风怪一见行者败了阵，带领群妖回洞中。
孙猴儿撇下了猪八戒，八戒一人孤零零。
白马拴在柳树上，行李放在树窟窿。
眼看天色将将晚，西山坠落太阳星。
呆子觉着心难受，皆因无食腹内空。
手捂胸膛说："真要命！
这猴子要活活饿死我猪悟能！
也是我时气不好活倒运，当了和尚去取经。
每日挑着行李担，牵马坠镫赶路程。
一日常挨半日饿，衣裳破了有谁缝？
想当初在家之时多快乐？哪个不敬猪相公？"

正是呆子把凡心动，忽然来了孙悟空。

手捂眼睛说："疼杀我！"一头栽倒在山坡中。

二二 悟空治眼

八戒正在胡思乱想，只见行者从西而来，来至跟前，"咕咚"躺在地上，手捂着眼睛嚷道："疼死我了！"八戒连忙就问："师兄你与妖精交战，胜败如何？为什么这般模样？"行者摆手摇头说道："厉害！厉害！"就把怎么跟老妖打仗，怎么用分身法，又怎么被他的黄风吹了二目，败阵失机的话，告诉了一遍。八戒摇头说："如何是好？"行者叫声："贤弟！你别性急，要救师父，再作商量。我们且寻一个人家住下，治治我的眼睛。"八戒说："猴哥之言有理，老猪的肚子也得治一治才好。"他俩说罢，站起身形，牵马挑担，走出山洼，直奔大路。渐渐黄昏时候，只听得南山坡下有犬吠之声。二人停步观看，乃是一所庄院。影闪闪地露出些灯光。他两个也不管高低，直奔庄园而来。走到一家门前，上前拍门。只听得里边有一个老者的声音问道："外面是什么人？这般时候来此拍门击户！"

孙大圣闻听里面有人问，尊声："长者你细听，俺来自东土长安大唐国，要往西天去取经。

师徒今日来到此，黄风山上遇妖精。

师父被他拿了去，我们无法赶路程。

天色已晚无投奔，来此借宿等天明。

我弟兄设法捉拿黄风怪，救出师父好西行。"

老者闻听把门开放，迎进了悟能和悟空。

嘴里说："不知圣僧来此处，接待来迟未远迎。

此处山多人烟少，多有虎豹与狼虫。

因此上家家害怕常闭户，礼貌不周望宽容。"

行者回言说："岂敢，无故惊动老公公！"

猪八戒牵马挑担往里走，进草堂用罢斋饭又把茶烹。

孙行者揉揉眼睛面带笑，又把长者叫了一声。

行者口尊："长者，在下借问一声，此处可有药铺没有？若有药铺，领我前去求他治一治我的眼睛才好。"老者说："小师父你是害了眼病吗？"行者说："非也，我们当和尚的，从不害眼。只因方才打从黄风山经过，师父被妖精拿去，我弟兄找到他的巢穴，打门吵闹。妖怪出来与老孙大战三十余回合，不分胜败。论他的武艺倒也平常，只是他的黄风甚是厉害。劈面吹来，眼睛疼得难受。故此败到这里，寻些眼药，治治才好。"老者说："可笑，可笑。你这么小小年纪，就会说谎。那黄风大王的风，你可哪里招架得住？他那风不比寻常之风，吹一下，连影儿都飞了，你倒还能回来？"八戒在旁说道："莫不是羊角儿疯？"老者说道："你这大耳朵长老倒会取笑，你不知道这风乃是三昧神风，吹人一口，化为脓血。除非是神仙，才保无事。"行者说："那风果然厉害，我们虽然不是神仙，神仙却还是我的晚辈呢！我这条性命也是很难得死的。只是吹得眼珠酸疼。"

老者说："小老儿当年害过眼，只疼得死去活来多少天。
此处山多人烟少，无处请医开药单。
忽然间来了云游一道士，长得像个活神仙。
口称能医疑难病，葫芦里头有仙丹。
道士给我几丸药，治病的方法教得全。
一粒药治好我的眼，到现在不昏不花好使唤。
剩下的仙丹收在瓶内，送给长老结善缘。"
八戒一听心高兴，呼扇着耳朵便开言：
"长者心好行方便，你的恩情重如山。"
老者答应说："岂敢。"走入后屋取仙丹。

不多时将药拿进草堂以内，叫家童取了来无根水，将药调好，用鸡翎点在行者眼内，说："师父把眼闭上，耐着性儿睡到明早就好了。"说罢领着童儿走进后屋去了。八戒解了包袱，打开铺盖，弟兄安歇，一宿晚景休提。次日天明，行者醒来，眼睛复旧如初，满心欢喜说："真是灵丹妙药！"定睛细看，庄院全无，两个是躺在了青草地上，不由得吃了一惊，心中纳闷。

孙大圣醒来睁眼发了愣，不由心中吃一惊！
老者一家全不见，庄院房屋无影踪。
自己卧在青草地，八戒一旁打呼声。
猴王叫醒了猪八戒："贤弟快快把眼睁！"
呆子翻身忙坐起，两手不住揉眼睛。
口中连连说："奇怪，这样的人家理不通！
为什么不明不白偷着跑？临行如何不吭声？

你若搬家告诉我，我们也好饯饯行。

叫桌酒席请请你，老猪奉敬酒三盅。

你不辞而别扬长去，从今以后断交情。

师兄啊！我们真真睡得死，拆房子都没听见砖瓦声。”

行者闻听哈哈笑，连把呆子骂几声。

两个人说说笑笑，往黄风洞走来。周围尽是些山林树木。行者一抬头，见树上贴着一张柬帖，揭了下来观看，上面有四句诗写得明白：

庄院非是凡人盖，护法伽蓝点化成。

妙药与君治眼病，降伏妖怪往西行。

行者看完，满心欢喜：“八戒啊，这是护法伽蓝点化的庄院，接待咱们。”八戒说：“哥啊，既是这样，我们快去搭救师父要紧！”行者说：“你仍旧在此好生看守行李马匹，等我老孙前去打听打听，再作道理！”

看累了，不妨听一听

二三　灵吉降怪

孙大圣走到洞门口，变了个弯腰细腿的小蚊子。

展翅飞腾进了洞里，要到里面救师父。

落在了房梁用目看，只见老妖正着急：

“前后门上加防备！哪一个偷懒撕他的皮！”

众多小妖齐答应，把守洞门很仔细。

美猴王一展翅膀又飞起，不知师父在哪里？

飞进一座小院落，瞧见师父把泪滴。

愁眉不展长叹气，绳子捆得挺结实。

连忙飞上和尚帽：“我是悟空来救你！”

唐僧说：“你在何处贪玩耍？撇下为师受委屈！”

行者说：“马上救你出洞去，但放宽心莫着急！”

师徒二人正在讲话，只见一个小妖将院门推开，来至长老面前，放下钢刀，从怀内掏出一张饼来，叫声：“和尚！这是大王给你的，怕饿坏了你。”三藏低头不语。行者见此光景，知道师父的性命无妨，连忙飞至前庭。只见老妖坐在上面查点各路头目，群妖在那里耀武扬威。又见一个小妖肩扛令字旗，跑上前来报道："大王啊！小的巡山，见了一个长嘴大耳朵的和尚，坐在林中，若不是我跑得快，几乎被他拿住。就只没见昨天的毛脸和尚。"老妖说："想必是被我昨日那风吹死了！若不死，就是往哪里求救兵去了！"众妖说："大王若是吹死了他还好，若是他未死，请些天兵神将前来，我们就造化低了！那时怎么得了？"

黄风怪闻听此言微微笑："你等只管放宽心！
天兵天将全怕我，这风能降观世音！
除非灵吉菩萨到，我就怕他一个人！"
也是妖怪该倒运，孙行者一字一句听个真。
不由得心中欢喜得很，抽身一跳出洞门。
来到林中找八戒，只见他自言自语在地上蹲：
"这天到晌午日头热，我老猪，水米尚未沾过唇！
师父被人拿了去，师兄一去无回音。
这猴子不管人家饿不饿，想必是背着老猪把饭吞。
猴头真把良心丧，拿着师弟当外人！"
猪八戒饿得心慌胡埋怨，抬头一看吓掉魂。
只见行者面前站，臊得他黑脸紫到耳朵根。

猪八戒正在埋怨猴王，猛一抬头，看见行者站在面前，估量着方才所说的话，他全已听见，闹了一个羞刀难入鞘，往后一仰，"咕咚"躺在地上，假装沉睡，故意地打呼。行者见此光景，哈哈大笑，说："呆子，快醒醒儿，你刚才说的梦话我是全没听见。"臊得八戒爬将起来，说："哥啊！我们的马没了么？"行者说："那树上拴的不是马么？"八戒往树上瞧了瞧，复又对着猴王说道："马有了，咱们的行李呢？"行者叫一声："吃糠的夯货，你那身旁，放的不是行李吗？你是放屁拉桌子，遮臊儿呢！咱们说正经的吧，那妖怪的底细和师父的下落，全被老孙探听明白了！方才在洞中，有一个巡山的小妖瞧见你咧，他连忙进洞去报。说是山腰树林之中，坐着个长嘴大耳朵的和尚，在那里看守行李。只是不见和大王打仗的那个毛脸和尚。老妖说，想是被我的神风吹死了，再不然就是上别处取救兵去了。岂不知天兵天将我都不怕，就是观音菩萨也还怕我的风呢！除非他把灵吉菩萨请了来，我就只好认罪服输。贤弟你想，这不是师父五行有救，该当你我成功吗？"八戒说："哥！你虽然打听得好，只是还不十分明白啊！"

猪八戒大嘴一撇把师兄叫："师兄啊，我看你是白误了工！
老妖虽然说了实话，知道了灵吉菩萨有神通。

也不知他那菩萨住在哪山并哪洞，咱们哪里去打听？

咱们无法将他请，师父只好困在洞中。”

几句话问得猴王无答对，半晌低头不作声。

沉吟多时抬头看，路旁走来老公公。

白发童颜筋骨硬，银眉赤脸带笑容。

猪八戒叫声：“师兄，你快去，这个老头儿像个仙翁。”

行者闻听连说：“是。”走上前去打一躬。

老者一见行者到，捋了捋胡子把脚步停。

老者连忙站住问道：“不知师父要上哪里去？”行者说：“请问老公公，灵吉菩萨住在何处？顺哪条路可以找到他？”老者闻听，用手一指：“此处往南，直行三千里路，有一座山，名叫小须弥山。山下有一座道场，就是灵吉菩萨讲经的地方。你要找他，那不是灵吉菩萨来了！”哄得行者一回头，老者化一阵清风去了。从空中又飘下来一张柬帖，行者拾起来观看，上边有七言诗四句写得明白：

上复齐天大圣听，老人乃是李长庚。

须弥山有飞龙杖，灵吉能治黄风精。

行者看罢，满心欢喜，翻身来到八戒跟前。八戒说道：“造化低了，光遇见鬼魂！那一个一阵红光去了；这一个呢，一阵清风去了。到底是谁呀？”行者说：“这就是太白金星。”

八戒闻听是长庚到，黑脸一绷把气生。

长嘴一拱把话讲，叫声：“老道理不通！

你只告诉猴哥他一个，我老猪不能争先去立功！”

猴王说：“你在此处莫远走，我到那须弥高山走一程。”

八戒说：“见了菩萨要说好话，请他下山擒妖精。”

行者点头腾空起，筋斗一翻无影踪。

直奔西南如飞去，忽然看见一座山峰。

拨云揽雾往下落，双足立在山坡中。

但只见五彩祥云如宝盖，香烟缭绕上晴空。

门前站立一老道，对着行者眨眼睛。

孙大圣来到小须弥山，见门前站着一个道人，忙上前说明来历。道人眨巴眨巴眼睛，说道：“你来得真不凑巧。菩萨清晨起来，上雷音我佛那里听讲去了。等他回来，替你告诉吧。”行者说：“救兵如同救火，哪里等得。老孙自己上雷音寺去一遭吧！”说罢，刚要驾筋斗云，但只见一朵祥云飘飘飞到，正是灵吉菩萨。行者见礼，同上讲经堂，分宾主坐下。行者遂把路过黄风山，师父遇难的话说了一遍。菩萨闻听，口称："善哉！原来是这个孽障，待我前去收服于他！"说罢，站起。行者跟随，出了仙洞。

看累了，不妨听一听

二四　过流沙河

二人出了神仙府，一前一后飞上天。
心中有事走得快，眨眼来到黄风山。
菩萨叫声："孙行者，你去把妖精诓到洞外边。"
行者洞门去挑战，老妖一见不耐烦：
"猴子你是我手下战败的将，你何必死皮赖脸把我缠？"
美猴王并不答言举棒打，且战且退上了山。
老妖不知这是计，心眼儿里头怪喜欢：
今天打死孙猴子，回洞后，把唐僧就吃在肚里边。
不提防灵吉举起飞龙杖，一条金龙紧盘旋。
抓住妖精摔又打，摔得他，躺在地上不动弹。
美猴王忙把铁棒举，灵吉菩萨忙阻拦。

灵吉菩萨拦住行者，一同上前观看，原来是一个黄毛老鼠。菩萨说道："大圣，此怪当初住在雷音寺佛座之下，因偷如来海灯里的香油，惧罪逃走，到此作耗。如今又冲撞了圣僧，待我拿他到如来佛祖那里去治罪。"行者听说，拜谢灵吉菩萨，菩萨领着黄毛鼠腾空而去。

行者一见菩萨去，来至山坡喊悟能。
八戒闻听忙答应，牵马担担儿来见悟空：
"哥哥啊，妖怪拿住未拿住？到底是个什么精？"
行者说："妖精本是黄老鼠，方才已经现原形。
多亏了灵吉菩萨来帮助，禅杖变作一条龙。
金龙捉住黄老鼠，带到西天问罪名。"
八戒听说拍手笑："师兄果然有神通！"
二人走到山洞外，吆吆喝喝把洞门攻。

小妖一见魂吓掉，东藏西躲闹哄哄。

猪八戒钉耙一举进了洞，瞪圆二目找唐僧。

登时之间，众小妖东逃西散，两个人找到后洞门前，行者手起棒落，打碎了门墙，把一个长老吓得魂飞天外，昏了过去。八戒跑了进去，跪在师父面前，哭了起来。行者一见，骂一声：“夯货！还不快些起来解绳子，放师父，怎么哭起来了？”八戒听说，爬将起来，解开唐僧身上的绑绳，轻轻扶住，过了半日，这长老才苏醒过来。睁开二目，看见了两个徒弟，眼泪像断了线的珍珠一样。行者劝住，就将请灵吉菩萨捉拿妖怪的话说了一遍。长老望空拜谢。出了洞，唐僧上马，往西走来。走了数十日，遥遥听得一阵水响，原来有道大河拦路，一望无边无岸。三藏一见惊疑不定。行者将长老扶下马来，坐在山坡之上，商量等船来渡。忽听河内，“哗啦”一声响，露出一个怪来，直扑唐僧。行者一见，抱定长老一纵，跳上山坡。八戒急忙放下担子，举耙上前。二人也不答话，就在岸上杀在一处。行者上前助阵，水怪见不是对手，连忙跳下水中去了。行者说：“八戒你下水去引他出来，我好拿他。”八戒闻听，连忙答应。

八戒答应了好几声，一心要想立大功。

来到河边脱鞋袜，使出当年的好本领。

将身一纵跳下去，分水推浪显威风。

水怪一见忙迎战，大战多时无输赢。

八戒假装败了阵，引逗妖怪离开水中。

那妖怪站在河岸高声骂：“大耳朵和尚太无能！

你们人多我人少，以多为胜不英雄。”

猪八戒被人家揭了短儿，抿耳低头不吭声。

猴王也气得翻白眼，小脸儿越发像雷公。

抡起铁棒朝下打，那个水怪一缩脖子进了水中。

大圣生了真气，恨不能一棍把水怪砸一个脑浆迸裂才解心头之恨。谁知水怪更是奸滑，见事不祥，把身子往下一沉，只听得水声响亮，登时间踪影全无。长老十分忧愁，行者口尊：“师父，不要害怕，老孙自有道理。”一回身叫声：“八戒，你可休离师父左右，等我去往南海走走。”八戒说：“你往那里做什么去？”行者说：“呆子，你不知道取经是观音指教的？如今流沙河难过，只得去见菩萨，讨一个办法！”

孙行者告辞师父才要走，八戒开言叫：“猴哥！

此去见了菩萨的面，替老猪请安问好把头磕。

带口问问前程路，何时才能见我的佛？”

美猴王点点头说："知道！"急忙就把筋斗折。
霎时来至南海岸，拜见菩萨把情由说。
观世音吩咐了木吒几句话，叫他帮着去降魔。
木吒领命往外走，一个葫芦手中托。
果然是不用顿饭茶时候，二人来至流沙河。
收云揽雾往下落，八戒一见笑呵呵。
孙行者到师父跟前说一过，唐僧合掌念弥陀。
忙与木吒见过礼，客气话儿说了半车。
行者开言叫："师父，此时休把闲话说！"
拉着木吒腾空起，来到了流沙河边找泼魔。

看累了，不妨听一听

二五 收沙悟净

行者同木吒来至河边，行者笑道："不知方才菩萨吩咐的是些什么话，又不知要这个葫芦何用？"木吒见问，说道："大圣有所不知，这个水怪乃是天宫卷帘大将，因为失手打落王母娘娘的玻璃盏，遭贬临凡。菩萨叫我前来收服于他，和你们同去西天。这个葫芦放在水中就是一条船，可渡你们过河。"行者闻听，满心欢喜说："多承指教！"

小木吒眼望着河中一声喊，惊动水底一妖精。
只听得岸上有人叫："悟净，快保着师父去取经！"
水怪一听师父到，推浪分波往上冲。
出水看见小木吒，上前施礼打一躬：
"我的恩师在何处？"
猴子说："先来见见大师兄！"
木吒说："这是圣僧大徒弟，法名叫作孙悟空。
还有个八戒是二徒弟，法名叫作猪悟能。
菩萨叫我来收你，跟随圣僧去取经。"
水怪一听把眼瞪，摆手摇头怒气生：

“有一个长嘴和尚来交战，帮手就是这个雷公。

赶尽杀绝气坏了我，对头冤家巧相逢。

你死我活拼了吧！若叫我认罪服输万不能！”

木吒说：“些许小事，不必计较。快快见你师父去吧！”那怪闻听，连忙跑上岸来对长老跪下说道：“师父啊，弟子有眼无珠，不识尊颜，多有冲撞，万望恕罪。”三藏说：“你果然皈依吾教么？”水怪道：“弟子蒙菩萨教化，指沙为姓，与我起了法名沙悟净，岂有二心？”三藏大喜，给他削了发，悟净拜了长老，又拜行者、八戒，分了大小。三藏见他行动坐卧真像个和尚，就又起了个“沙和尚”的别名。木吒说：“早早结起法船，好渡此河。”遂将悟净脖下挂的骷髅数珠取下，把葫芦放在当中，吹口气，变成一只法船。请三藏师徒下岸登舟，左有八戒，右有悟净，行者在后看马，上有木吒护持。不多时，平平稳稳，身登彼岸。木吒收了葫芦，回山而去。骷髅化作一阵清风，寂然不见。长老望空拜了菩萨，沙僧扶师父上马，师徒四众，直奔西方走来。

孙行者手拿铁棒引着路，猪八戒挑担儿跟在马后头。

一口气走了数十里，日落西山坠金球。

呆子心中没好气，只皆因肚子里头直咕噜。

赌气子放下行李担儿，坐在地上直“哎哟”。

行者一见心不悦，过去就把耳朵揪：

“为什么走着走着不想走？又给师父来添愁！”

八戒闻听眼一瞪：“师兄说话顺嘴溜。

有道是路途远来无轻担，我挑到何时才有头？

你们不知道老猪的苦，空着手儿多自由！

你我一样当徒弟，单拿老猪当个牛！”

看累了，不妨听一听

行者大喝一声：“哇！你这个吃糠的笨货！我保着师父，你挑行李，沙僧看马，此是师父的安排。再要多问，打断脊梁骨。”八戒闻听，连忙爬起，无奈何肩挑行李，撅着嘴往前又走。走够多时，看见一座松林，显出一座庄院。三藏说：“好，有了住处了！”行者睁大火眼金睛留神观看，只见霞光万道，瑞气千条。大圣看罢，早知究竟。只说：“我们快走吧！”师徒紧行几步，来至庄前。但见敞着大门，往里看，真是雕梁画栋。三藏下马，八戒放担，长老就在上马石后坐下。沙僧、行者两旁站立，八戒说：“这一家好富贵呀！”说着就要进去。三藏急忙拦住说道：“不可！你我是出家人，私自走进人家去可使不得！等有人出来，再求宿化斋，才是道理。”八戒闻听，连忙站住。师徒四人，等够多时，并无动静。行者心中焦躁，走到门前往里观看，三间大厅，珠帘高卷，庭柱之上挂着一副对联！

上一联：丝飘琴柳平桥晚，下一联：雪点梅花小院春。
厅内陈设的好富丽，多看一会儿能乱了眼神！
大圣忽听脚步响，走出来四十多岁的一妇人。
细声细气开言问：“哪一个偷偷走进寡妇门？”
美猴王知道是菩萨临凡世，前来点化试禅心。
他假装害怕朝后退，满面赔笑打问讯：
“师徒四众求方便，多多可怜取经人！”
那妇人闻听此言微微笑：“师父们快快走进门。
小妇人也把佛教信：“人要不亲道还亲。”
行者连忙把师父请，八戒乐得脑袋晕。

看累了，不妨听一听

二六　巧试禅心

长老满心欢喜，连忙站起，抖了抖身上的灰尘，跟随行者走进大门。八戒挑担，沙僧牵马，跟在了后面。来到了庭前，那妇人一见，连忙花枝招展地迎将出来，口尊：“四位师父，小妇人接待不周，望勿见怪。”八戒冷眼偷观，好一个整齐的妇人！

猪八戒生来性情难更改，一双饿眼似流星。
偷偷细把佳人看，倒像是月里嫦娥下九重。
乌云高挽盘龙髻，压鬓金钗黄澄澄。
鹅蛋脸，不擦脂粉天然俏，白是白来红是红。
生成一双杏子眼，乌黑的眼珠亮又明。
身穿宝蓝团花袄，外罩背心是鸦青。
腰如杨柳迎风立，身材婀娜体轻盈。
怀中要再把琵琶抱，好像是出塞的昭君离了汉营。
怀中要再把玉兔儿抱，好像是嫦娥离了广寒宫。
呆子看得发了愣，冷不防，哎哟，咕咚，响了一声！

猪八戒一生一世，就是这点儿小毛病，自从高老庄皈依了佛教，一路西行。今日猛然见了这个半老的妇人，生得千娇百媚，他不由看入了神，冷不防，被台阶子绊了一个跟头，摔得鼻青脸肿，连忙爬了起来，手握着大嘴，不住地哼哼。那个妇人并不理会，口呼："众位长老，请到草堂献茶。"三藏低头不敢仰视，领了三个门徒，走进屋门。妇人让坐，转身叫一声："女儿们快来添茶！"只听里面娇滴滴一声答应，不多时，又听得里边叫母亲。

又听见女儿把母亲叫，妇人走进后院中。
不多一时又回转，手托着香茗四盏玉盘盛。
四众跟前挨次递，每人面前茶一盅。
唐僧说："实实不敢多劳动，施主的善心是至诚！"
那妇人杏眼多情腮含笑，忸忸怩怩又叫："圣僧！
不幸夫君早丧命，抛下我一个人孤零零。
寡妇女儿无依靠，田园地土少人耕。
幸喜今日天缘巧，三生有幸会圣僧。
常言道：有缘千里来相会，无缘对面不相逢。"
行者听说只暗笑，三藏低头不吱声。
沙僧不言低头坐，八戒心火往上升。
只见走出三姐妹，手执酒盏上前厅。
阵阵香风冲鼻内，金环玉珮响叮咚。
三藏一见头低下，连脖子带脸垂前胸。
猪八戒喜笑颜开心中乐，一对猪眼紧眯缝。
个个生得多齐整，高手丹青都画不成。
尖尖十指捧玉盏，一杯美酒敬唐僧。
三藏一见呼："施主，贵耳留神仔细听！
贫僧出世胎里素，永远不能动荤腥。
滴酒不闻守法戒，此酒怎能入口中？
眼前纵有无穷乐，叫我破戒万不能！"

唐僧说："我等要安歇了，明日还要赶路呢！"说罢，闭目合睛，低头不语。妇人一见，回头叫声："女儿过来，给那位小师父吃几盅。师父们不要辜负了我母女们的诚心！"三位小姐闻听将壶递与妇人，一齐劝酒。

那妇人眼望行者呼："长老，小女儿诚心奉敬酒三盅！"
三位小姐把酒敬，行者连饮三大盅。
沙和尚勉强也饮了三杯酒，低头不语满面红。
八戒看着心欢喜，不顾鼻酸猪嘴疼。

伸手接过黄金盏，观看佳人不转睛。

不小心，将手一松杯落地，只听“当啷”响一声。

吓得三藏睁开眼，骂声：“孽障休胡行！”

悟空气得双睛瞪，沙僧气得面皮青。

羞得那三位佳人往后退，轻移莲步转屏风。

妇人一见把脸变，吓得唐僧把礼行。

三藏手打问讯，说：“女菩萨，小徒失礼，望施主宽容。”妇人闻听叫道：“长老不必多心，咱们是自家人了，怎么说起宽容二字？请进后房换了衣服，好重摆家宴。”三藏闻听，回头叫道：“悟空！怎么样才好？”行者说：“师父，我们如今暂且答应，明早起身就没事了！”三藏无奈，只得低头不语。妇人见三藏不动，转身叫声：“小师父们，既然令师执意不肯，也是小妇人无福。请三位少长老与小女成亲也就是了，管保衣食不愁！”

看累了，不妨听一听

二七　八戒思凡

三藏听了，只是摇头，口尊：“女施主，你有所不知，出家人清净为本，一心修真养性，无牵无挂，不怒不嗔。将来到了极乐世界，真是快乐十分！”三藏正然讲得高兴，忽听得一声喊叫：“师父，哪里有这些啰嗦！叫你说起来，就光剩下和尚了。那在家的俗人都死了才对！”冒冒失失这一声喊叫，把众人全吓了一跳。大家一瞧不是别人，原来是呆子。只见他急得摇头晃脑，又叫了声：“师父，你应当慈悲为本！”一回头望着行者说：“猴儿哥，你我应当方便为门！”又对沙僧叫了声：“师弟，像人家母女这样孤苦伶仃，也该可怜可怜！依我老猪的主意，不如娶了她们吧！”行者闻听，金睛一瞪，骂声：“吃糠的笨货！谁许你多嘴？”妇人又对唐僧说道，“令徒说得有理。既是自己不愿意，留下他们三位给我当个养老女婿吧！”三藏摇头说：“女菩萨别问我了，他们有愿意的，只管在此招女婿。我自去取经。”妇人闻听，口尊：“长老，你听我说说当和尚的苦处！

细想你们真个苦，从小剃头把家出。

家中抛下父和母，终日在庙内读经书。

早晚撞钟又敲磬，一辈子不能娶媳妇。

不能生儿并育女，百年之后落个绝户。

劝你们留下头发还俗吧，在我这儿管保谁也不受孤独。

一双一对成夫妇，有家有业多舒服！

秋收冬藏把年过，忙了春耕忙夏锄。

快快活活过一世，胜似你马不停蹄赶路途！”

三藏闻听一合掌：“施主，施主太糊涂！

你说得死人能翻个儿，贫僧我也不还俗！”

妇人闻听，柳眉倒竖，杏眼圆睁，满面含嗔，叫声：“和尚，住口！招与不招，由你自己！你怎么说这些不长进的话？你们夜入人家，非奸则盗，还敢多说歹话！”把个三藏堵得闭口无言。八戒一旁说道：“师父！这位女菩萨一番好意，师父啊，咱们招了吧！”一句话未完，只听屏风后面，一声叫道：“母亲！拿什么铺盖?”妇人一转身进去不提。唐僧回头叫声：“悟空！”行者上前，三藏含泪说道：“咱们走吧，不要惹祸。”行者说：“无妨！有我在此，百事全无。”师徒坐了多一会儿，不见动静，八戒说：“师兄，不好了！那个妇人想是叫人去了！”长老闻听，甚是害怕，叫声：“悟空，这可怎么是好！”八戒说：“师父，等老猪去打听打听，回来好作准备。”行者心里明白，并不拦挡。三藏见八戒一心要去，只得点头应允。

猪八戒讨了口风心欢喜，好像漏了网的鱼。

走一步来回头看，只怕行者他不依。

两步并作一步走，下了台阶喘吁吁。

站在那天井之内四下望，见一个小红门儿在正西。

呆子一见心中喜，走到门前看仔细。

静悄悄地没个人影，他一推小门儿进了院里。

见一座小小绣房有灯亮，猪八戒心里美得了不得。

有心迈步走进去，两腿发软直犹疑。

要惹得人家不愿意，吵闹起来就搅了局！

猴子听见抓住了理，我老猪一定受委屈！

倒不如先在窗外沉住气，看事做事再拿主意！

只见妇人床边坐，对着女儿把泪滴：

“孩儿们！自从你们那爹爹死，抛下了孤儿寡母惨凄凄。

为娘的，终朝挂念一件事，每人给找个好女婿。

好容易盼来了四个好和尚，好像是宝贝送到大门里。

那和尚师父真可气，死去活来他不依！

只有那黑胖和尚还有情义，你们三个不知谁有这好福气！”

猪八戒听了好像喝了一口蜜，美得他心里直发迷。

猛听得房门一声响，吓得八戒差点儿摔了个嘴啃泥。

八戒细看，原来从屋里走出来个小丫鬟，呆子把耳一扇，想道：“有咧，我先问上他一问。”八戒想罢，叫了声：“姑娘，你往哪里去？”丫鬟说：“我奉主母之命，特请猪师父到房中，有要紧的话商议。”呆子闻听，如同领了圣旨一般，连忙把身上的尘土抖了又抖，就往里走。小丫鬟用手相拦，问道：“你且站住，我还有话问你呢。”八戒说：“问我什么话？”丫鬟说：“你方才在黑影子里头做什么来着？”八戒说：“等闲来没事，再告诉你。”丫鬟说：“不成，不告诉我，不叫你进去。”八戒心里着急，只得撒谎道：“我知道这两天是你家主的忌日，我方才是给他转咒呢！”女子说：“哦，这就明白了。”八戒说：“别说闲话儿了，免得进去迟了，你家主母见怪！”

猪八戒痰迷心窍一个样，口中不住叫：“姑娘！

去得迟了不大好，主母见怪谁担当？”

二人齐把卧房进，妇人迎接忙下床，

口尊：“师父请上坐。”八戒忙说：“不敢当！”

猪八戒满脸赔笑呼：“施主！有什么事情快商量。”

妇人见问长叹气，眼圈儿一红开了腔：

“只因亡夫去世早，抛下我母女四人受凄凉。

想招你们当女婿，没想到你们全是硬心肠！

在此还俗多么好，强似受罪当和尚！”

八戒闻听呼：“施主！你不可一概而论把人屈枉。

我和他们不一样，一心想把女婿当。”

你看他，摇头摆耳拍巴掌，好像要拜丈母娘。

八戒叫道：“女菩萨！我们的事，你不大明白。他们三个俱是遵奉贞观皇帝老官儿的旨意，上西天取经的，要耽误了限期，罪过不小。我可不怕！我本是半路出家，当初在高老庄就招过女婿的。当家理事，全是我一人担当！到春分之时，牛不够使了，把我套上还能耕个十亩八亩的呢！我们方才在厅上商议好了，要叫我在此招女婿，只怕您的千金嫌我耳大嘴长！”妇人说：“这倒不妨，只要能料理家务事也就罢了！”

那妇人眼望八戒呼：“娇客！猪大姑爷你听着！

今日一言就是定，一切俗礼一边搁。

长相不俊无妨碍，容貌当不了吃与喝。

只要你能管家务事，就算寒门有了德。
你先和师父商议妥，别到临时又改辙！"
八戒闻听心欢喜："岳母大人你听着！
还俗招亲全在我，他们管不了这么多！
他们仨又不是我的生身父，去问他们干什么？"
妇人说："我这跟前三个女儿，人才年岁都差不多。
姑爷招给哪一个？当娘的不好把话说。
别闹得两个哭来一个乐，当娘的又得受缠磨。
老身有个糙主意，不知使得使不得？"

看累了，不妨听一听

二八 出丑受惩

妇人说："老身倒想了个主意，只是委屈娇客你一点儿，我又于心不忍。"八戒说："我的老妈，这是怎么说话呢？俗话说：'女婿有半子之劳，丈母娘就是生身母。'有什么你老人家只管说吧。我这做儿女的，就是赴汤投火，倒吊着刷井，也甘心愿意！"妇人说："既然如此，我有一块手帕，你盖在头上，叫他们姐儿三个，站在当地，你抓着哪个就是哪个。这个方法不知好与不好？"呆子说："好！"暂且不提呆子抓媳妇，单讲师徒三众。

唐三藏师徒坐在前厅上，盘膝打坐合眼睛。
鼓打三更交半夜，八戒尚未回屋中。
长老低声叫："悟净！出去看看猪悟能！"
行者摆手说："不必，师父不用管猪精。
老孙管保没有事，次日清晨见分明。"
师徒正在把话讲，走进一个小女童。
丫鬟说："三位师父安歇吧！奶奶叫我禀一声。
你们那位猪师父，今夜晚，洞房花烛把婚成。
明日再把酒席摆，请你师徒吃几盅。"
丫鬟说罢走出去，长老连连叹几声。

不言三众把神养，再表呆子猪悟能。

跟定妇人往外走，霎时来到后花厅。

扯扯大襟正正帽，一心要洞房以内把好事成。

妇人领着八戒，小丫鬟手打着纱灯，往后走来。转弯抹角过了许多房屋，八戒心中说："好个大户人家！我老猪在此招了女婿，往后过不上来的时候，卖房拆砖，还足够我吃几年的呢！"走够多时，到了洞房，妇人说："姑爷，今日是黄道吉期，也没个宾相赞礼，也罢，你就朝上行个礼儿算了！"呆子连忙拿着架子，装模作样地拜了八拜。妇人把一条绸子手帕递与八戒。呆子接过来，欢欢喜喜地顶在了头上。说也奇怪，那手帕鸡笼一般罩在八戒头上，休想再取下来！八戒说道："岳母闪开，姐姐们出来吧，不要错过吉时，省得将来夫妻不和！"

猪八戒一言未尽环珮响，一阵一阵刮香风。

三位仙女从空降，猪呆子扎撒着两手直哼哼。

恨不能把姐儿三个全抓住，亲上作亲又亲一层。

顺着声音扑过去，冒冒失失扑个空。

脚底下，倒像有了绊马索，"咕咚"摔了个倒栽葱。

直碰得莲蓬嘴上流鲜血，只想招亲不喊疼。

爬将起来居中站，支棱着耳朵细细听。

这一边环珮"叮当"声不住，那一边低言悄语笑声轻。

听着听着发了火，抡开两手似旋风。

前一把来后一把，扑了西来又扑东。

一头撞在门框上，撞得眼前冒金星。

就地使了个旋风脚，门坎子绊倒猪悟能。

这呆子闹了个就地十八滚，翻身爬起发愣怔。

口中不断吁吁喘，碰得他脸肿鼻子青。

急得他浑身上下流乏汗，转得他眼花头晕耳生风。

赌气子坐地高声喊："这段婚姻好难成！"

八戒碰得鼻青脸肿，眼花头晕，赌气子坐在地上说道："老人家！不中用，不中用！你女儿十分乖滑，一个也捞不着。这段婚姻有些难成。"那妇人走上前来揭了盖头，说道："姑爷，不是她们乖滑。一来女儿家有些害羞，再者是她们谦让，所以不肯叫你抓住。我还有个法儿，我女儿每人有一件贴体穿的珍珠汗衫，你穿得哪一件，就把哪一个配你吧！"八戒说："好！老人家你把三件都拿来，我穿穿看。要都穿得上，就都配了我吧。"妇人走了进去，取出三件珍珠汗衫，先拿一件递与八戒。

那妇人手拿汗衫递过去，猪八戒接了过来穿在身。

伸上袖子扣钮扣，菩萨一旁笑吟吟。

（夹白：菩萨？是啊，那个妇人是菩萨变化的！）

三股绳子身上捆，越挣越紧像牛筋。

呆子直喊："疼死了我"，菩萨说："怕疼何必来招亲！"

八戒后悔来不及，骂声："猴子害死人！

明知老猪把当上，见死不救好狠的心。

没进洞房不要紧，眼看着我老猪要进坟。"

菩萨吹了一口气，呆子刮进了黑松林。

一挂挂在树枝上，想得救，要耐心等候到早晨！

唐僧三众，一觉睡醒，东方大亮。瞧了瞧，哪里有什么房舍。吓得三藏连说："不好，我们遇见鬼了！"行者说道："师父！我们倒没遇见鬼，只是八戒不知在哪里受罪呢！"一言未尽，空中飘下来一张柬帖。沙僧拾过来递与三藏观看，原来是四句颂词，写的是：

南海大士下高山，化成美女在林间。

圣僧有德心意正，八戒受惩为思凡！

长老刚刚念完，忽听得松林之内有人叫苦！

唐三藏把四句颂词刚念罢，忽听有人直哼哼。

细听却是猪八戒，长老不由得吃一惊。

顺着声音把松林进，看见了八戒吊在半悬空。

八戒看见唐三藏，大嘴一咧放悲声。

行者一见嘻嘻笑，叫一声："姑爷猪悟能！

昨夜晚洞房以内把福享，忘了师父和师兄。

新姑爷不在洞房睡，到树上练的什么功？

新媳妇如今在哪里？喊她快来拜师兄！

不拜师兄也可以，总得磕头认公公！

不是大伯子来争嘴，喜酒应该吃几盅！"

猪八戒止住悲声不言语，含羞带愧忍着疼。

沙僧一见不过意，急忙忙上前动手解绑绳。

沙僧解开绳子，把呆子放将下来。三藏又把菩萨的柬帖与他看了，越发羞愧难当。行者的眼尖，说："你们看看树上还贴着一张红帖呢！"沙僧上前把红帖揭下来，递与三藏，师徒大家观看。上写道："字启天蓬大帅，今日乃尊驾完姻之期，小神无物可敬，特备加粗绑绳一根，略绑片刻以为喜敬。礼物不重，望乞笑纳。"

下边落着款，却是本方土地拜具。八戒一见，又羞又气，骂一声：“好一个一百辈子不托生的老讨债鬼！菩萨治我，也还罢了。你也欺侮老猪！”说罢将帖子撕了个粉碎，穿上衣服，就要找了去打骂。行者一见，赶快把他喝住。师徒四人这才连忙收拾行李，乘马挑担，径奔西方大路而来。

看累了，不妨听一听

022106

二九　五庄仙观

这天正走中间，瞧见一座高山挡路。上得山来，只见松柏并茂，鹤鹿同游，满山青草，遍地朝花。长老一见，心中欢喜，高声夸奖：“好个所在！此处虽不是佛地雷音，看此景致，其间定有真仙！”

长老正在观山景，八戒开口叫：“师兄！
师兄你往远处看，一片房舍在半山中。
一定是庵、观、寺、院、一座庙，和尚吃饭先撞钟。
你听听，好像是有钟声响，我耳朵里头直嗡嗡。
咱们紧走几步还赶得上，去晚了一步扑个空！
要吃馍，一筐二筐全吃净。要吃面，叫他们用盆给我们盛。
肚子吃饱精神长，咱们也好赶路程！”
肚子饿了走得快，连人带马一阵风。
到庙前，长老下马细打量，大庙盖得像天宫！
庙门以上一块匾，十个大字刻得清。

那匾上题着“万寿山福地，五庄观洞天”。长老看罢，又念山门上的对联：“长生不老神仙府，与天同寿道人家”。

孙行者闻听，拍手大笑：“这牛鼻子太作怪了！老孙当日在三十三天都打听了，李老君是牛鼻子领袖，元始天尊是道家的祖师，门上也没敢贴这么副对联。可见小马出行嫌路窄，怎样个道士竟敢说这样的大话？”三藏说：“既出大言，必然有些来历。你等不可放肆！待我先去答话。”行者、八戒点头，沙僧把马拴好。唐僧来至东角门，叩响双环。里边出来了两个童子，问了声：“师父是何方来的？”三藏合掌当胸说：“小师父，贫僧问讯了。”见礼已毕，长老说明来历。童儿带笑说道：“原来是唐长老，多有失敬。家师镇元大仙出门之时，也曾吩咐说：‘圣僧如若到此，必须款待。’师父请里边坐。”三藏回头叫了声：“徒弟们，过来参见这二位小师父。”行者哈哈大笑，尊声：“师父，他们小人儿家当不起老孙的参拜。”八戒说：“道童你叫什么名字?”一个说：“我叫清风。”那个说：“我叫明月。”八戒说：“清风儿你几岁了?”清风说：“我一千三百二十岁了。”八戒把莲蓬嘴一拱，说道：“瞎话，瞎话。”又问明月：“你多大岁数了?”明月说：“我小呢，一千二百岁了。这猴子闹天宫的时候，我跟师父去看过热闹。这猴子如今皈依了佛门，就该有些规矩才是。还是这等野性未消!”

孙大圣闻听此言微微笑：“孩子说话有根基！
五百年前我把天宫闹，难为你还真记得。
八戒啊，别把他们来小看，他俩的年纪竟不虚。
小道士！你们的师父何处去？几时才能回家里?”
童儿说：“我们家师镇元子，他到那上清宫去讲经词。
几时回来可不定，临走未对我们提。”
道童儿说了个不一定，八戒一边着了急：
“道童啊，尊师虽说出外去，要不管吃喝可不依！”
道童说：“我们就管唐三藏，没给你们做吃的！”
八戒说：“老和尚从来最爱我，到处跟随总不离。
吃饭总得我侍奉，我要不在他不吃。”
清风含笑叫：“明月，你看这长嘴骚猪厚脸皮！”

明月望着清风说道：“不可厚一个薄一个的，叫他们全跟着圣僧进去吧。可有一件，好歹老实些儿，别贼手贼脚的。”唐僧说：“有贫僧在此，徒弟们不敢放肆!”

清风明月前引路，师徒四人进了庙中。
先登大殿把佛拜，圣僧进殿吃一惊。
殿中间设摆一张沉香案，上面有烛台、宝鼎、供花瓶。
一面金牌当中供，上悬一盏长明灯。
金牌上写着“天地”两个字，为什么不供仙佛众神灵?
莫非他信奉别的教，此教不在三教中?
既然不在三教内，为什么又有小道童?
只好先拜天和地，再把根由细打听。
三藏想罢忙下拜，道童儿连把玉磬敲三声。
唐三藏行礼已毕把道童问：“为什么不供仙佛众神灵?”
小道童从头至尾说一遍，把一位性傲的猴王脸气红。

唐僧便问那童儿道："大殿上面因何只供'天地'二字，不供三清教主?"童儿含笑答道："师父有所不知，供这'天地'二字，也只有上边这个'天'字还受得起家师的香火，连下边这个'地'字，都是多余供的。皆因家师过谦，所以才供这'地'字。三清教主是家师的朋友，诸天神圣都要来侍候应差，别说供在殿上受香火，他们到此处应差点卯，也只能在檐前站立。"美猴王闻听此话，又是气，又是好笑!

道童儿说罢一番话，笑得行者弯了腰：
"都说老孙会捣鬼，这童儿比我还要刁!
面不改色说大话，云山雾罩信口嚼。
坏毛病，从今以后要改掉，这一次，念在初犯把你饶!"
道童说："猴儿和尚太无礼！留神我童儿拔你的毛!
人敬人高宾客礼，不看你师父定不饶!
我们侍奉唐三藏，你们几个，快去厨下把锅烧!"
八戒答应说："我烧火！叫我师兄把水挑。
沙僧槽头去喂马，素菜拿来我掌勺。
所要的东西说给你，一样一样要记牢：
白面一担米二斗，木耳黄花豆腐条。
面筋不拘多少块，给几坛油盐酱醋把味调。"
呆子催促快去取，道童儿连连摆手把头摇。

八戒说："既叫我烧锅，把东西都交给我又有何妨?老猪从来不会偷嘴吃。等师父吃过了，剩下的我包下就是了。"道童说道："叫你烧锅温水，给你师父净面。我们又不放堂行好，要这些吃的做什么?自己园子的人参果，敬唐师父两个就成了。这果子闻一闻多活三百六十岁，吃一个多活四万七千年。你们若是饿了，早早外边化斋去!"八戒把手一拍，叫了声："道友！师兄方才说过，叫你们别撒谎，你又吹起来了！王母娘娘亲手种的蟠桃，三千年开花，三千年结果，三千年成熟，九千年才得七七四十九个。闻一闻才多活三百岁，吃一个才多活一万年。你家的东西，比王母娘娘的仙桃还尊贵不成?"清风说："三清道教的子孙不打妄语，我说话你信也好，不信也好。快烧得洗脸水，好出去化斋吃!"呆子没了想头，把嘴一撅。孙行者暗暗把他拉了一把，到外边去商议。

看累了，不妨听一听

三〇　偷人参果

猪八戒一赌气子往外走，无人之处叫："师兄！
不管斋饭还要说闲话，沉着脸子往外轰！
小牛鼻真可恨，说话做事少人情！"
行者说："你侍奉师父别走动，我到外边看动静。
找些馒头找些饭，咱们兄弟来受用。"
八戒闻听将头点："我知道师兄的好本领。
你别忘了有福一定大家拿，得着吃食千万想着猪悟能。"
呆子说罢去烧火，沙和尚抓料拌草喂白龙。
猴王变了一只鸟，一展翅膀飞到空中。
飞到前院飞后院，飞来飞去飞不停。

八戒在厨房内正然烧火，听得隔壁房中有人讲话。呆子留神细听，却是两个道童商量主意。清风说："师父出门说过，唐僧是金蝉子转世，所以叫把人参果打两个给他吃，你把金击子取来，我去打。"明月说："金击子我许久没见了。"清风一抬头说道："那丹炉上挂的不是？"明月取了下来说道："使完了回头还挂在这里，免得用它之时，到处混找。"清风点了点头，取了个托盘，把盖经的锦缎袱子盖在托盘之上。去不多时，打了两个人参果托在盘内。

两道童欢欢喜喜见唐僧，齐把长老叫了一声：
"圣僧啊，地僻山荒没的敬，两枚素果表虔诚。"
三藏带笑说："多谢。"接过一看吃了一惊！
往后倒退三两步，佛祖菩萨念几声：
"出家人慈悲方便为根本，道友莫非是妖精？
俩小孩大料三朝还未满，吃了他造孽罪不轻！
莫不是此处年荒无粮米，无可奈何吃幼童？
看我薄面放回去，大放慈悲放个生。
道友快快端开吧，贫僧看着都心疼。"
童儿一旁忙赔笑："圣僧啊，这并非两个小儿童。"

三藏说："我再也不敢看了，道友快端走吧！"清风说："此果名为人参果，又称为草还丹。从混沌初分之时，就有此树。九千年结一次果，比王母娘娘的蟠桃还强几分呢！家师若非尊敬长老，怎肯叫我们呈献此果？"三藏听见行者说过："小道士会撒谎！"哪里还相信他二人之话。

任凭那两个道童说破了嘴，唐僧只是皱双眉。
紧闭二目看也不看，把道童气得眼发黑。
他二人回到房中去商量，商量把果子送给谁。
明月说："给他的徒弟吃一个，算他们没有白白地来一回。
这一个，你我二人来享用，好久未尝这个滋味！"
清风说："那猴子是雷公嘴，说话难听生是非！
那猪精是个莲蓬嘴，那嘴拱过大粪堆！
看马的和尚也难看，脸上挂了一层灰。
不配不配全不配！果子还能送给贼！
咱们俩人一人一个吃了吧。"两个道童分了肥！

这座丹房与厨房相连，两个道童所作所为，全被八戒听见。引得他腹内的馋虫爬到了嗓子眼里，哈喇子滴滴答答，倒像是打破了的砂锅，顺着缝儿往下滴水。有心过去舍个脸要点儿，又怕道童不给。可又不知人参果树长在何处，只好眼巴巴地盼望行者。不多时，道童去给唐僧端茶，那孙行者正好回到了厨房。八戒说："师兄弄了些什么好东西来了？先给我点子，打打馋虫。"猴王说："休再提起，竟是穷损了的一家道士。各处却寻遍了，别说是饽饽、果子，连一把粮米也寻不出来。"呆子说："如何是好？如何是好？"行者说："方才还说取果子敬师父，莫不也是说句客套话儿，遮羞脸？"八戒连连摆手说："非也！"

八戒说："此处真有人参果，咱们师父认不得。
道童送给他两个，吓得师父把胡话说。
道童一人吃一个，还把坏话说了一车。
说你比雷公长得丑，说沙僧长得像阎罗。
没等说我，吃了人参果，有滋有味好快活！
望求师兄发慈善，想个办法把果子得。
那屋里，有个什么金击子，炼丹炉上高挂着。
拿它去敲人参果，想摘几个摘几个！"
猴王闻听把头点："这事难不住你师哥！"
行者找到了金击子，急忙就把筋斗折。
一折折到花园内，

看见了果树一棵又一棵，行者到了园中一看：瓜果梨桃，什么都有，就是不见什么人参果。思想多时，东寻西看，看见西北角上有一个小门，半掩半开。墙那边有一棵大树，树顶有数丈方圆，与别的树大不相同！猴王连忙进了角门，留神观看。

孙行者来至跟前留神看，这棵仙树不一般！
绿叶青枝如伞盖，阴凉儿，太阳一照半里宽。
行者的火眼金睛看得远，瞧见仙果树上悬。
好似初养的婴儿高吊起，小手小脚打秋千。
小风一吹好香的味儿，猴王一看好喜欢。
人参果想来真是仙家宝，摘一个老孙我先解解馋。
掖掖衣服挽挽袖，久惯做贼不费难。
三纵二跳爬上树，蹲在枝头把果子翻。
越瞧越爱连夸好！越看越爱越喜欢！
伸手使劲连枝撅，连一个小枝儿也不动弹。
猛然间，想起腰中的金击子，取出轻轻只一弹。
掉下一个人参果，得意的猴王往下窜。
下树一找找不见，找来找去好半天。
莫非它有脚会行走？急得猴王心内烦。

行者想了一会儿，恍然大悟，自言自语地说道：“哦，是了，这道士既然神通广大，必有土地在此看守，见老孙来偷果子吃，他暗中收去了。何不把土地拘来硬要！”猴王想罢，念动真言，喊一声：“本方土地何在？”忽听得连声答应：“来了，来了！小神在此侍候！”

土地爷躬身行礼尊：“大圣！呼唤小神什么勾当？”
行者动怒心好恼，骂一声：“你空有胡子一把长！
有名的贼头就是我，我也曾大闹天宫惹玉皇！
三月三偷过蟠桃饮仙酒，老君的灵丹吃个光！
无人敢把我老孙问，东西入肚就无赃。
今天要尝人参果，你敢不帮老孙的忙？
树上结果天生的物，飞鸟来吃也应当！
老孙刚刚摘一个，你为何帮着老道把果子藏？
快快拿来还给我，慢一慢，把你的胡子揪个光！”
行者一晃金箍棒，土地爷心中着了忙。

三一　怒拔宝树

土地说："大圣休要错怪小神，此乃天生灵物，小神是鬼仙，怎敢动这东西？连闻也不敢闻。"行者说："你既没有拿去，又往何处去了？"土地说："大圣有所不知，此宝益寿延年，最忌五行。它是逢金而落，若非金器打不下来；遇木而枯，放在木盘立刻就干；遇水而化；遇火而焦；遇土而入。大圣虽用金器打下来，没有丝棉接着，所以一落地，就钻入土中去了。"行者说："既然入土，你叫鬼卒们快寻出来！"土地摆手说："费事！费事！此土已有四万七千年，十分坚硬，如铜似铁，小神实在不能动它。"行者不信，取出金箍棒来挖了半天，果然纹丝不动。发放了土地，想了想，身上的直裰是件丝棉的，做了个兜儿，提在手内，复又爬上树去，一连敲了三个，落在兜中。欢欢喜喜，跳下树，直奔厨房而来。可巧沙僧也在，行者说："咱三人，每人一个。"八戒欢喜非常，夺到手中，"咕噜"一声整个咽下去了。行者、沙僧细嚼慢咽，品尝滋味。呆子两眼直勾勾地看着，莲蓬嘴张着，对行者问道："师兄，你吃着，是什么味儿？好吃不？"沙僧说："你先吃了，如何反来问我们？"八戒说："东西小，嗓子大，往口中一放，就掉下去了。也不知是酸的是甜的，有核儿没核儿。你们俩每人再拿一块给我细细的嚼嚼吧。"行者说："胡说！"

孙行者骂声："呆子真无赖！你的心肠就是歪！
每人一个无偏向，你想多吃不应该。"
八戒皱眉把耳朵摆，叫了声："猴儿哥你听明白。
皆因我嗓子眼大咽得快，没把滋味尝出来。
师兄只当行个好，我八戒馋得实难挨。"
行者说："闭上你的莲蓬嘴，趁早给我学点儿乖。"
行者送还了金击子，猪八戒扯着嗓子叫起来：
"猴儿哥啊，救人就要救到底，害得我半死不活不应该！
好歹再偷上三五个，也能顶上一顿斋。"
八戒只顾高声喊，不好了，两个道童把脸吓白。

明月叫声："师兄，你听见了没有？那长嘴的和尚说，还想再偷上三五个分着吃呢！要是别的果子，还不大要紧。万一要是人参果，那可不得了！"清风说："咱们去瞧瞧去。”他俩来到园中一看，把人参果数了又数，跺脚捶胸地嚷起来：“不好了！丢了四个。本来是三十个，开园的时候，师父吃了一个，咱们五十二个徒弟分吃了一个，今日又打了两个，还该剩下二十六个。树上怎么只有二十二个了？”明月说：“先去找老和尚说说！”

两道童大嚷大叫进了殿，一见长老怒冲冲：
“亏你教的好徒弟！偷人的本事练得精！
偷吃我们的人参果，惹下大祸把人坑！
你装了一个老实样，装腔作势假至诚！
你们给修行之人丢了脸，当什么和尚取什么经？
未曾做贼想一想，我师父可是省油灯？
元始天尊称小弟，太白金星是晚生。”
道童骂得正高兴，没提防，后边来了孙悟空。
一人一个脖儿拐，打了明月打清风。
道童儿害怕往外跑，座上吓坏了唐圣僧。

三藏说：“你这猴子到底偷了什么东西吃了？惹得他两个骂不绝声！”行者说：“休听他们胡说！常言说得好：‘偷花偷果不为贼！’我在他果园中打了三个人参果，弟兄们尝尝，有什么要紧？都是老道士没有规矩，才教出这样撒野的徒弟来！不看师父金面，定把他们的牛皮剥下来！”清风在殿外说道：“少时师父回来，你们这几张驴皮，休想长得住！”明月也叫道：“你这泼猴说什么偷花果不为贼，我这人参果乃至宝仙丹，岂是寻常之物？九千年才结三十个。王母娘娘瑶池会上庆寿，遇见师父高兴才送他四个！三十三天有几万大罗神仙，多少年才分一回吃吃！你们这起没要紧的人，悄没声儿地偷了四个吃，还说不算是贼？等我师父回来试一试吧，不剥驴皮，不算手段！”行者闻听，心中大怒。

行者闻言心中大怒，登时气得脸发红！
有心要打他们俩，又恐怕师父要念起紧箍儿经。
气得咬牙又发狠，恨的是道童小看孙悟空！
爽兴今天惹个祸，叫你们认识认识孙外公！
给你们一个无指望，看看还逞能不逞能！
拔毫毛变了一个假行者，殿前站立伴唐僧。
真身飞出大殿外，跳进园中一阵风。
金箍棒晃了一晃长数丈，举起铁棒心一横。
对着那人参果树下狠手，只听“咔嚓”响一声！
一棵宝树倒在地，孙行者胸中怒火稍稍平。

行者一怒，推倒宝树，才心平气和地回到大殿。见八戒沙僧站在师父左右，却不知两个道童哪里去了。猴王收了毫毛，只听唐僧说道："你们不守规矩，惹得人家破口大骂。我费了许多唇舌，才劝得他俩气平。方才后边地动山摇得响了一声，不知什么缘故？他二人此刻跑了出去观瞧，只怕他们抽空儿请了老道士回来，问住咱们，无言可对。不如快快备马，早早地走吧！"沙僧说："师父说得有理！"

沙僧外边去备马，再表明月和清风。
忽听后面一声响，他二人连忙飞园中。
见宝树枝叶发黄根出土，俩人吓得直了眼睛！
傻呆呆两人的真魂出了顶，大骂："害人的猴子精！
和尚里属他胆子大，五百年前闹过天宫！"
清风说："一定是他拔的树，这么大的祸事怎么担承？
快快去把绳子找，绑了徒弟绑唐僧！
等候师父来发落，他们自己领罪名。"
明月说："他们人多咱难动手，怎肯低头上绑绳？
依我说用上一个诓军计，假意地赔个笑脸送人情。
只说留他们用斋饭，等候师尊把账清！"
清风点头说："有理！"二人赶到大殿中。
大殿之中没了人影，急坏两个小道童。

三二　师徒夜奔

清风说："快奔山门！"跑到山门，见沙僧正然搀扶长老上马。明月上前，一把拉住，尊声："长老为何不辞而别？"沙僧说："前边化斋，少时回来。"清风说："家师吩咐过备斋款待师父，弟子怎敢违背？"八戒说："我们僧家不像道家，款待人还挑挑拣拣。你们留我师父吃斋，叫我们看嘴，老和尚咽不下去。我们要另去化斋，不如放我们走吧。"明月连忙答应说："有，有，有！四位都有供养，请回去吧！"

唐僧无奈往回走，猪八戒满脸笑容直嘿嘿：

“二位道兄真有趣，忽然这样发慈悲！
厨下的活计交给我，你们俩去把家师陪。
贫僧是门里出身会上灶，只要你作料调和把手随。
煎炒烹炸全得法，管保做得合口味！
馒首包子蒸几屉，管叫你吃了头遭想下回。
先把白面扛几袋，猪悟能专能对碱会使肥。
你们把剩下的馒首留着用，放上三年也不起霉！”
呆子正然胡捣鬼，忽听得“咯噔”一响，他把头回。
原来是师徒刚把山门进，两个道童就要拿贼！

八戒把头一回，只见清风手拿着一把大双簧铁锁，“咯噔”一声，把山门锁上了。八戒说：“天还未黑，怎么就上锁？”清风说：“锁起来吃饭。”八戒笑了一笑说：“这道士是小庙子鬼，你们这里又不是木兰寺，难道说还有个吕蒙正赶斋来不成？”

猪八戒一边说着一边走，走进厨房手儿不停。
大锅满满地添上水，灶下的火苗儿红腾腾。
霎时之间水烧滚，跑到前边找道童。
找到他们把米面要，没米面，巧媳妇也难把饭做成！
前院后院都找遍，两个道童无影踪。
八戒着急上了火，扯着嗓子喊连声：
“滚了锅咧快下米！包子馒首趁早蒸！
还有那菜蔬调和全没有，莫不是烧些滚水算斋僧？”
正然吆喝瞎捣鬼，沙僧过来叫：“师兄！
不必号丧快着跟我走！咱惹下了塌天大祸真不轻！”

八戒说：“打杀人了不成？”沙僧说：“比打杀人还厉害！”八戒说：“有什么厉害事呢？”沙僧说：“猴儿哥把人参果树连根拔起。老道士是元始天尊的朋友，太白金星的长辈，我打听了打听，我佛如来都是他的好朋友，咱们惹了他，他岂肯善罢甘休！他回来怒气不平，见你锅里的水正开着，先把你搁在汤锅里褪了毛！你怕是不怕？”八戒闻听此言，浑身打战，说：“师弟呀！这可怎么好？”沙僧说：“快跟我去见师父！”八戒说：“斋还没吃呢，怪饿的怎么好？”沙僧说：“死到临头，你还顾嘴？”

八戒、沙僧离了厨房，来到大殿见唐僧。
行者便把呆子叫：“为什么垂头丧气直了眼睛？
我们等候将斋用，饿着师父罪不轻？”

猪悟能闻听此言把眼瞪，骂声："惹祸的猴子精！

道童好意将斋供，你恩将仇报惹灾星！

为什么拔了人家的仙果树？

老道士可是那省油的灯？

小道童已经没了影，一定是去找师父搬救兵。

咱们驾云可以走，难道抛下老唐僧？

这个老道又难惹，横祸临头别看轻！

休说是饿得头疼花了眼，等着吧，就要剥皮剜眼睛！"

八戒之言还未尽，吓坏了师父唐圣僧。

长老听了八戒之言，大吃一惊，心内发狠，骂了声："孽猴！你到处里惹祸！道友好意留下吃斋，你又把他的仙果树拔起！道友回来，叫我如何答对？"行者说："既是好意留咱们吃斋，如何先将前后门锁起？我早已看透他是稳军之计！"唐僧说："你既知道，何不早说？我也好求求他们。如今锁在这里，怎能出去，孽猴啊孽猴！我与你何恨何仇，你来惹火烧身，带累于我！"行者说："不相干！爷做的爷当，儿做的儿当。师父要出去也不难，待我去看看动静，回来保师父出去！"

猪八戒叫声："师兄！咱俩去。"二人迈步出了殿中。

前前后后观仔细，各处留神看又听。

火眼金睛如闪电，香积厨下见了道童。

他两个大被蒙头呼呼睡，八戒一见骂了一声：

"万恶的贼牛真可恶，口是心非不老成！

他们用的是诓军计，哄我呆子猪悟能！

其情可恼难饶恕，打死牛犊气才平！

老道回来无对证，咱们一走也干净。"

行者摇头说："不可！千万别伤小道童。

待我将他们耍一耍，叫他们一觉睡到过了冬。

咱们走出几千里，他们两个还在梦中！"

行者说："当年跟增长天王下棋，赢了几个瞌睡虫儿，今日施展施展。"说罢，取出两个来，往清风、明月的眼皮上一弹，对八戒说道："咱们趁他睡熟，快快备马走吧！"二人回到殿上，八戒又说："他们睡了，咱们暂且弄些米面做顿斋饭，吃饱了好赶路。"沙僧说："走晚了，老道士回来撞见怎么好呢？"八戒把嘴一撅。唐僧说："性命要紧！快着走吧。"行者说："送师父上路，你们陪着先走，我再回来摘些果子，大家也好充饥。"八戒闻听，心中才有些欢喜。

八戒忙挑行李担，九齿钉耙也扛在肩。

沙僧斜提降魔杖，帮着师父把马牵。
孙行者使了一个解锁法，"哗银银"铁锁掉在地上边。
开了山门走出去，长老上马走下山。
行者开言叫："师弟！护送师父莫偷闲！
我回花园摘果品，也好在路上打打尖。"
二人点头齐答应，行者跳进后花园。
骑在树上把果子找，苹果、桃儿红又甜。
兜了一兜把师父赶，八戒一见好喜欢。
一边吃来一边走，渐渐东方亮了天。

看累了，不妨听一听

三三　大仙施法

师徒四众，直走了一夜，眼看着东方发亮。三藏叫了声："悟空！走了有多少里了？"行者说："走了有三百多里的路程。"三藏说："老道士赶不上了？"行者说："他要赶，还赶得上；不赶，就赶不上了。"三藏心内吃惊，又催着快走，按下不表。且说镇元大仙在上清宫讲经已毕，告辞回山。带领众徒儿驾云来至五庄观外，但见山门大开，铁锁在地。大仙不解其意，走上大殿归坐。问了声："清风、明月何在？"叫了半日，不见答应。真人心中疑惑，亲自去找。但见他二人躺在香积厨下，酣声如雷。吩咐徒儿上前喊叫，却推也推不醒。大仙见此光景，向徒儿们说道："这一定是什么人弄了鬼了！"

大仙念了一个咒，一口法水含在口中。
对着道童喷过去，他俩个打了冷战把眼睁。
口打哈欠说："好睡！咱们去看看取经僧。
跑了他们不打紧，师父回来祸不轻！"
真人便把童儿叫："快把原由说个清！"
两个道童抬头看，瞧见师父吃一惊。
一齐跪倒将头叩，连把恩师叫了几声：
"您出门时，吩咐款待唐三藏。可巧，来了东土一唐僧。

竟是一伙恶强盗！三个沙弥十分凶！
偷吃仙果还不算，把一棵人参宝树掀出土中！
不辞而别想逃走，我们俩稳军之计哄唐僧。
假称待斋诓回转，大门锁了紧绷绷。
等候师父归洞府，好与秃贼把账清！
并不是我俩偷懒查不到，皆因他人多势众怎相争？”
大仙闻听心中恼，骂了声：“一对无用的小畜生！
大闹天宫的孙大圣，是生事招灾的惹祸精！
你们要以礼相待无过错，他怎肯推翻宝树把恶行？
亏你们还会把门锁！看看吧！早走了孙猴与唐僧！”
清风明月闻此话，魂飞魄散战兢兢。
大仙含嗔往后走，急急地来到果园中。

镇元大仙亲身来到果园一看，但见仙树倒在地上，连一个果子也没了。便把清风、明月叫到跟前问道：“和尚们是几时到的？”童儿说：“是昨午到来的。在咱观中直闹了一天！”真人又问：“你二人可记得他们的面貌么？”童儿一齐答应说：“记得！”大仙吩咐众徒儿道：“预备下诸般刑具。等我赶上他们，拿了回来算账！”众徒儿齐声答应。

镇元仙领着清风和明月，足踏祥云到空中。
似箭如飞往前赶，千里只在顷刻中。
清风眼尖他先瞧见，用手一指叫仙翁：
“师父啊！那不是凶僧人四个？大树底下打盹儿中。
咱们总算没白赶，抓他们回去把账清！”
大仙闻听仔细看，树下藏着取经僧。
降落云头奔了大树，吩咐明月与清风：
“你两个先在一旁躲一躲，听我呼唤看动静。”
二人闻听连答应：“师父的言词记心中。”
大仙自己摇身变，云端之内显神通。
仙人变化多奥妙，一心要拿取经的僧！

镇元大仙变了个平常的云游道士的模样，来到树下，见那唐三藏、行者、八戒、沙僧一同坐着吃果子呢。大仙上前赔笑道：“师父们，贫道稽首了。”唐僧连忙答礼，大仙问道：“师父们，何方来的，要往哪里去？”长老说：“贫僧等是东土大唐国来的，奉旨往西天求取真经。道友从何处来？”大仙说：“小观就是五庄观，荒山名为万寿山。”三藏闻听，吃了一惊，心中想道：“这道士从上清观来，大概还没有回家。快走要紧!”想罢，尊了一声：“法师！贫僧的残食也不敢奉敬，还要趁清晨凉爽，赶些路程，也不能在此奉陪了。徒弟们拉马过来。”大仙说：“师父们吃的果子，好生眼熟！倒像荒山的土产，几时到的荒山？多有失迎！”行者一旁连连摆手：“五庄观我们从未到过！我们走的是小道儿。”大仙把清风、明月叫到跟前，说：“师父们认得他两个么?”

唐三藏一见童儿红了脸，吓得沙僧把白眼翻。
八戒着忙心害怕，孙行者满面生嗔抢上前：
“何方的野道来胡搅！太岁头上把土剜！
认得我们有何用？莫不是留我师徒过几年？
道不同，不相为谋是古训，不要死死地来纠缠！”
大仙闻听微微笑：“泼猴胆大嘴又尖！
饶了你偷吃仙果这一案，推倒宝树可难容宽！
不说是下气低声求饶恕，反要变脸逞凶顽！
你连个镇元大仙都不知晓，枉担虚名算个妖仙！”
行者闻听心起火，眼睛瞪了个滴溜圆！

行者无名火起，说：“老道士！你方才说老孙枉担虚名，不知道镇元大仙。那镇元子我早就认得，他生得身高丈二，道骨仙风，面如重枣，五绺长髯，倒立一双凤眼。不像你这牛鼻子老道，衣不惊人，貌不压众，假充字号！来，来，来！老孙与你比上三五回合，如若禁得起一金箍棒，我便赔你人参果树！”说着，从耳中取出绣花针，只见他把针一晃，口中高呼：“长!”

晃一晃，长数丈！呼一呼，碗口粗！铁棒上头有金箍。
搂头盖顶往下打，叫声：“牛鼻子快认输!”
大仙恼，骂：“狂徒！恶猴子，瞎眼珠！
有心慈悲饶恕你，你的心中反不服!”
镇元子不用刀枪和剑戟，笑嘻嘻地把胳膊舒！
袍袖一抖叫声：“变!”铺天盖地遮住师徒！
师徒四众身乱晃，似醉如痴心恍惚。
师徒四人还有白龙马，齐往老道的袖儿里扑！
这叫作袖里乾坤好法术，镇元子脚踏云头奔了归途。
大殿以上一抖袖，连人带马一齐往外直轱辘。
真人吩咐：“将绳取，先绑猴子后绑猪！
唐僧、沙僧也用麻绳捆，快把那刑具拿来审囚徒!”

三四　再逃虎口

镇元子吩咐徒弟将龙皮七星鞭取来，用凉水泡上。众小仙齐声答应道："已经泡上了。"大仙说："既然泡上了，将他们挨个儿拷打！"清风上前，揪着八戒耳朵，便往下拉。八戒大声怪叫道："松松手儿，先别打我！家有长子，国有大臣！

我老猪排行是个二徒弟，论理先打大师兄。
是他偷吃人参果，拔坏了宝树是他逞的凶！
到处招灾又闯祸，打顿皮鞭是报应！"
行者说："是你通风报的信，你的耳朵把你坑。
先把耳朵割了去，洗上一洗用油烹！"
真人上面忙吩咐："论理先该打唐僧！
身为师长缺家教，惯坏了徒弟把恶行。
先将三藏拉下去，三十皮鞭莫容情！"
行者大叫："别动手！我替师父把理争。
是我们瞒着师父去偷嘴，请打爷爷孙外公！"
大仙又气又好笑："这个猴儿倒实诚！
好吧，你的孝心实可敬，孩子们，先打这个猴子精！"
孙行者念动真言叫声："变！"猴王果然有神通。
变了两条熟铁腿，鞭子打上没动静。
一鞭起来一鞭落，也不痒来也不疼！
一连打了三十下，大仙说，"快快与我打唐僧！
打他个畏罪私逃奸又坏，对不起我待他的一片情。"
行者下面说："不可，出主意的是孙外公！
外公犯罪外公领，别打师父唐圣僧。"
大仙座上哈哈笑："好个刁钻的猴子精！"
这般顽皮不怕打，疼爱师父有真情！"
吩咐徒弟又把行者打，七星鞭雨点一般打不停！

小仙又打了半天，行者连哼也不哼一声。两条腿打得光瓦亮，便回禀大仙：“这个猴儿是两条铁腿，弟子的手累酸了，他的腿倒打亮了，也不哼哈一声，请师父再作主张。”大仙说：“且将他四人绑在柱子上。天色晚了，明日烧下一个油锅，将他师徒四众下在滚油锅里炸焦了，给我的人参果出气！”众徒弟答应一声，一齐动手！

镇元子一声令下如山倒，忙坏徒弟众小仙。
上前动手将人绑，都捆在将军柱上脱身难！
大仙自己下了殿，回到丹房去安眠。
猪八戒哼哼唧唧说：“疼杀我，都是猴儿连累咱！
做贼偷嘴没妨碍，不该刨树结下冤！
老道怎能不心痛？要想活命万万难。
小牛鼻子把我捆得实在紧，绳子往皮肉里头钻。
明天要把油锅下，炸一个筋骨成灰真可怜！”
行者大怒说：“别放屁！为嘴伤身莫怨咱！
谁叫你哼哼唧唧哀求我？偷盗仙果为你解馋。”
三藏也把行者骂：“指望你保我平安上西天，
没想到为师反被你连累，遭此无辜不白的冤。
我身一死不要紧，怎奈心中愿未完。”

长老自言自语地说道：“我受了贞观皇帝的托付，多少僧俗人等指望我上西天取得真经，回归东土。又谁知今天落在绝地，这心愿也难了了啊！”三藏一边说，一边又骂行者。行者一见心中不忍，口尊：“师父，你且忍耐片时，老孙自有道理！”八戒闻听，不住地冷笑。行者说：“呆子，师父啼哭，你倒发笑。我问问你，笑的什么？”八戒说：“我笑你说大话既然有本领，先前拿金箍棒打老道的时候，为什么往他袖子里跑呢？想是道儿不熟，先探探路径？”行者被八戒问住，骂了声：“吃糠夯货！大概你也不信服我。叫你这一说，老道厉害，咱们准定死在这里了？不用斗嘴，到夜里叫你看看手段！”

师徒们说话之间天色晚，一轮明月照当空。
猴王施展解锁法，吹口仙气真叫灵！
猴王把身子挣了一挣，挣开了绑人的一条绳。
孙行者伸腰舒臂精神长，解开长老与沙僧。
望着八戒呼：“师弟，我们三众向西行。
不能奉陪休见怪，取了经，再来超度你的亡灵！”
猪八戒闻听一撅嘴，低声下气叫：“师兄，不要把老猪另眼看，
扔下我一个受折腾！

快快放我一同走，快快给我把绑绳松！
若是撇下猪八戒，你们休想走得清静！
前脚一走我就嚷，老道士拿住你们放我悟能！”
唐僧闻言叫：“行者，快给八戒解绑绳。”
行者摇头说：“不可！放了呆子就走不成！”

唐僧说：“这是怎么讲？”行者说：“咱爷儿三个都变下替身，在此顶替。留下这吃糠的东西，是个活口，审问他的工夫咱就可以脱离此处了。”三藏闻言，心中十分为难，望着行者叫声：“徒弟！我们走了，那大仙岂肯轻饶善放？必然先要把八戒用油锅炸死，给人参果偿命。我心内如何得安？师徒一场，有福同享，有罪同受，才是正理！”

行者说：“若依师父这样讲，咱们西天去不成！
不留下一个来偿命，只怕他急急追赶不放松！”
八戒便把猴子骂：“损人利己不公平！
本是你惹下灾殃拔了树！叫我偿命万不能！
你们走我会嚷，大伙儿全都逃不成！”
沙僧便把二哥叫：“不必急得脖子红！
大师兄和你说玩话，你就当了真事情！
谁叫你说话行事太短见？这也不能怪师兄。”
三藏也忙劝大徒弟：“看我面上多宽容！”
行者说：“不看师父和师弟，老孙断不放猪精！”
八戒答讪着把师兄叫：“你是君子量宽宏！
既往不咎多原谅，从今往后一心一意敬师兄。”

人受一口气，佛受一炉香。行者见八戒告饶，也就没怒气，放了八戒，连忙掐诀念咒，把园中四棵柳树椿拘来，变作师徒四众，绑在将军柱上。行者在前引路，沙僧牵马，八戒担担，三藏跟定行者。开放山门，行者扶师父上马，趁着天边一轮明月，正好登程。

三五　二次被擒

师徒走了一夜，天色微明。长老向行者问道："这一夜走得比昨夜远近如何？"行者说："也不差上下！"唐僧说："你施法力变下替身，大料着还能哄得过那镇元大仙么？"行者说："这也难说一定！"话未说完，一连打了几个嚏喷。猴王大吃一惊，说声："不好！"说话之间，又打了个冷战。连忙口尊："师父，别说闲话儿了，快跑吧！我那替身已经挨打了。若被老道士看出原形，必来追赶，那时就难讨公道了！"唐僧闻听，心中害怕。顿辔加鞭，白龙马拼命飞跑，弟兄三个紧紧跟随。不言师徒赶路，且说镇元大仙。次日清晨升殿，看了看他师徒四众都捆在将军柱上，瞪着眼睛发呆。大仙望着唐僧的替身说道："我念你上西天取经，一秉虔诚，令人可敬，才叫徒弟款待于你。园中的人参果，自从长熟以来，连玉帝都未曾供奉，倒打了两个给你吃。就该知足才是正理！你不感恩报德，反倒纵放徒弟偷盗仙果，是何道理？

绝不该拔树除根伤至宝，先打你个不言不语装正经！"
大声吩咐快动手，走过来明月和清风：
"做贼之事唐僧全不晓，他倒不是装正经。
唯有猴头会作怪，是个领头的惹祸星！"
大仙闻听将头点，叫声："猴子孙悟空！
快快说些认罪的话，若不然下到锅里用油烹。
把你炸成糊家雀儿，才把胸中怒气平！"
大仙问了好几遍，不见行者哼一声。
镇元子冲冲大怒吩咐："打！"忙坏了明月和清风。
挥拳挽袖奔行者，他们是公报私仇打悟空。
鞭子抡圆使劲打，口中不住骂："猴精！
昨日的英雄豪气今何在？怎么不敢再行凶？"
霎时间二人打得酸了手，浑身热汗手腕子疼。
停鞭细把猴王看，只见他笑嘻嘻地眨眼睛。

清风说："这也奇了，难道说这猴子不是人生父母养的？我们的手都累酸了，他既不叫疼，又不告饶，是个什么缘故呢?”明月说：“想必是打死了!”用手摸了摸，对着大仙说道：“不好了！猴儿死了！浑身梆硬。师父快来看一看!”大仙说：“不能死，他在太上老君八卦炉中炼就的铁骨铜筋，所以不怕打。且把那两个徒弟每人打一顿，再说。”清风、明月一齐说道：“弟子方才劲使猛了，胳膊酸疼。”镇元子另派了两个徒弟又把八戒、沙僧各打了一顿，也不见哼一声。大仙心中也觉纳闷：“他二人也不怕打，是何缘故?”清风说：“我知道了，前日他师徒到此，没有吃斋，又饿了一夜。昨日又没吃斋，又绑了一夜。想必是都饿杀了!”大仙说：“不慌，等我看上一看。”说罢用慧眼仔细一观，不由得心中大怒，用手一指向众徒儿说道：“你们打的是木头，他如何知道疼痛!”

镇元子刚刚说破这句话，替身顷刻现原形。
却是四棵干柳树，看愣了清风明月两道童。
大众门人说：“奇怪，和尚个个有本领!
若是这样会弄鬼，宝树的冤仇报不成!”
大仙听说微微笑：“调皮全是那猢狲精!
哪怕他泼天本领能变化，要想逃走万不能!
你们逃走我也不恼，绝不该弄此玄虚把我蒙。
大料着走也走不远，一定要拿他回来把账清!”
大仙说罢离了座，足踏云头赶唐僧。
眨眼的工夫就赶上，喊一声：“快快站住莫前行!
你不该，井边挑水河边卖，孔子门前讲孝经!”
行者吃惊又恼怒，八戒吓了个倒栽葱!
登时吓傻了沙和尚，长老吓得面皮青。

唐长老师徒四众，自离五庄观，连夜逃走，自以为双手拨开了生死路，翻身跳出了是非门。三藏可还是吊胆提心，担惊害怕，紧紧地顿辔加鞭，不住地回头观看，总怕有人追赶。忽听得半空中有人讲话，却是镇元大仙的声音，把呆子吓了个倒栽葱，躺在地上不动。沙和尚吓得目瞪口呆，唐长老怕得浑身发抖，孙行者虽然吃惊，却还撑得住，口尊：“师父，休要害怕!”

美猴王，一跺脚，筋斗一翻跳得高。
双手抡起金箍棒，照着大仙头上敲!
大仙侧身忙躲过，手内不住把拂尘摇。
沙和尚开言便把二哥叫：“咱俩快快去帮着!
以多为胜打老道，拿住老道灾祸消!”
八戒答应说：“有理!”二人一同上云霄。

孙大圣金箍铁棒搂头打，沙和尚月牙钢铲也有几招。

猪八戒九齿钉耙拼命耍，好老道，碰不上他一根寒毛！

他不慌不忙只冷笑，手内拂尘摇几摇。

忽然间袍袖望空又一展，连人带马一齐捞。

先拿长老唐三藏，三个徒弟也没法逃。

大仙回到观中，众徒儿来问：“可曾赶上猴儿？”大仙说：“师徒四众，都拿到了！”从袍袖中一个一个拿了出来，上了绑绳。吩咐把行李收去，把马拴在树上。猪八戒浑身打战，望着行者说道：“这个老道真厉害！这一回又把我们当作放堂的馒首，轻轻地袖回来了。”猴王说：“他知道你肚子饿了，请你回来吃斋的。”大仙说：“猴头不必轻狂！这一次拿回来，我亲自看守。看你还能走么？”行者说：“这也只好走着瞧吧！”

孙行者眼望老道嘻嘻笑：“老道先不要把口夸！

你的本领果然好，我的本事也到家。

你会拿来我会走，我会走来你会拿。

老孙若是人一个，你十个老道也无办法。

可惜老孙有累赘，多着师父他们仨！”

镇元子闻听此言微微笑：“猴儿也不要把口夸！

你有本事你就跑，大料着弄鬼难以哄仙家！

屡屡欺心太无礼，定下油锅把你炸！”

忙吩咐：“徒子徒孙休怠慢，头号铁锅往外搭。

装上香油点起火，炉下多多把柴加。

再拿来二十四布绳一捆，两担生漆四斤麻！”

大仙之言还未尽，八戒一旁接话茬。

猪八戒尊声：“仙长，要白布二十四做什么？要是给我们做僧衣，我要一件青的才好。”大仙说：“过端午，包粽子！”八戒说：“挑几担江米，我帮着你包。”大仙说：“将你师徒用布缠裹起来，披了麻，用生漆漆上，好下油锅。看你们还往哪里逃？”行者说：“老道士，你别生气，有件事和你商量，不知你意下如何？”大仙说：“猴子有何话讲？”行者说：“备个小菜，请你一请，把我们放了吧！”八戒说：“师兄，你请老道，我当陪客的。你要置办个什么菜呢？”行者说：“全是你随身之物，叫他们将锅烧热，我下厨掌灶！”

行者说：“待我亲手去掌灶，小菜做得管保强。

锅烧蹄髈红烧肉，心肺肝花烧大肠。

扒猪头，拱嘴口条全在内，带膘的排骨要炸黄。

起名就叫猪八样，作料齐全口味香！
若要是愁着人多怕不够，外加竹笋白菜帮。
要图省油是白煮，保管肥猪出好汤。”
八戒听说心好恼：“为什么你叫老猪来顶缸？”
开言又叫声：“老道士！我老猪的手艺也不瓤！
我给你做个猴八样儿，每样儿你都尝一尝。
猴儿脑袋猴儿腿，猴儿心肝猴儿肠。
猴儿肝花猴儿肚，猴儿蹄子分外香！”
正是二人来拌嘴，但只见四个道士奔猴王。

三六　僧道讲和

老道士往下问道：“所有用的东西都齐备了么？”众弟子答应说：“齐备多时了。”老道士说：“既然如此，快把猴头用布缠了，披麻上漆。”行者说：“不可，不可！我这几天身上有些刺痒，正想着要洗个澡才好，何用如此费事，难道我还跑了不成？”大仙说：“不怕你飞上天去！”行者说：“可有一件，锅里的油要开得欢欢的才好，不然洗得不痛快。”说话之间，只见清风禀道：“油滚了。”大仙说：“快把猴头炸了！”就有四个徒儿上前动手，好猴王念动真言，早把山门外靠左边的一个石头狮子，拘来变作替身，自己隐身一遁，腾空而起！

孙行者手搭凉棚往下看，乐得个猴王挤眼睛。
众道童抬了多时抬不动，镇元子吩咐添道童。
添上四名不中用，又添八个还是不中！
十六个老道还是抬不起，真人动怒喊了一声：
“泼猴别施重身法，指望逃过万不能！
你会用法我会解！”你看他口中念咒又诵经。
断喝了一声，轻了一半，又叫手下众道童：
“一齐动手抬猴子！”众道童把石头狮子举在手中。
照着那滚油锅里猛一扔，只听得“哗哗啦啦”响了一声！

砸漏了锅底油烘起，烫坏了一群小道童。
这个热油烫了脸，那个甩手直嚷疼！
这一个脖子上起了些燎浆泡，那一个不住地“哎哟”揉眼睛。
火上浇油烧得旺，满地上火苗着得红腾腾。
登时吓坏了猪八戒，长老害怕喊沙僧。
镇元仙唯恐烈火烧殿宇，心中着急念真经。
大雨倾盆灭了火，举目留神瞧悟空。
原来是个石狮子，忽听得哈哈大笑在半空。

镇元子正要驾云找他，只见猴王站在半空中，手搭凉棚，哈哈大笑，叫了声：“老道士，你这个短命的令人生厌！老孙正要去解手，你又弄了条孽龙来下这么一阵大雨！有心打发他回去，又恐其火烧了你的天地牌位。你烧的油锅呢？老孙要洗澡了！尿屎拉净了，炸出来也干净！”大仙微微冷笑：“你这泼猴！太会弄玄。把我山门外石狮子拘了来，碰倒了炉灶，砸破了锅，你还敢来多嘴！”

八戒听见这些话，躺在地上笑哈哈。
大嘴张开叫：“老道，你别再惹我孙大哥！
也是该你活倒运，闹得倒灶又砸锅！
奉劝你趁早把我师徒放，免得他放火烧了你的窝！”
大仙动怒呼：“徒弟，别听猪嘴瞎胡扯。
先把他师徒三人整治好，然后再把猴子捉！”
众家徒儿齐动手，直吓得师徒两个直吆喝。
唐僧说：“悟空快快来救命，再待一会儿不能活！”
猪八戒咧着大嘴只管嚷，浑身的黑肉紧哆嗦。
唯有沙僧不言语，翻着两眼愣呵呵。
行者翻身往下落，摆手摇头说：“使不得！”

猴王说：“一人造罪一人当。偷吃人参果，搬倒宝树，都是我干的营生！你害我师父、师弟做什么？”大仙说：“你这猴子！有本事就治活了我的宝树，不但我信服你的本领高强，还与你结下交情。你若是不赔我的仙树，一定不能甘休！”行者说：“你起先若是好说好讲，哪用费这些气力？你偏要和我赌本领，讲手段，老孙一生一世总是吃软不吃硬！

老道啊，好好放了我的师父，高斋细供敬唐僧。
我去找海上仙方治活了树，管叫它复旧如初枝叶生。
你若愿意就把头点。不愿意，咱们接着动刀兵！”
大仙说：“方才说过讲和的话，两罢干戈莫相争。

非是山人将你怕，我敬你师徒受苦去求经！
两次三番将他捆，也是我一时忘了重和轻。
是我赶在了气头上，不要结记在心中。”
吩咐一声：“快松绑！”走过来明月和清风。
给那三藏解了绑，大仙下座迎唐僧。
行者说：“下边还有沙和尚！”
大仙说：“快给沙僧解绑绳！”

清风、明月放了沙僧。八戒说：“师兄，他们都放了，我还绑着呢！给我讲个人情吧。”行者说：“师弟之言差矣！把我们三个人都放了，我又先走了，岂不叫老道士疑心？说咱是和尚家难缠，变法儿哄他。你暂且委屈两天，绑在这里，当个抵押。等我老孙寻到海上仙方，将树治活，那时再放你，咱们一齐走路！”

猪八戒闻听此言心中恼，连骂：“短命的猴子精！
师兄弟有个先来与后到，当抵押，论理该当押沙僧。
为什么轮到猪八戒？难道说我的皮肉就不疼？
他们吃斋饿着我，他们睡觉我打更！
不知道你何年何月才回转，不知道海上仙方灵不灵。
有了仙方我有救，没有仙方害了悟能！
你回到花果山上过，我一辈子也不能松绑绳！
仙长啊！别听猴儿胡乱讲！快发慈悲放悟能！
留下长老与沙和尚，他们两个当信行。
老猪暂把解差做，替你押定孙悟空！”
行者连连说：“不可！这件事，有了八戒去不成！”

猪八戒本来就嘴大舌长，说起话来更爱抓尖抢快。又遇着唐长老心慈面善，耳软心活。因此悟空一说要留他当当头，长老心中先不忍，眼望着镇元子，口尊：“大仙望乞慈悲，连悟能也放了吧。有贫僧在此可当信行。悟空若不回来，贫僧情愿替宝树抵命。出家人从来不打诳语。”真人说：“既是长老说情，岂有不遵之理。大圣的本领，我也早已知道，他也断不会失信。”吩咐松绑。童儿答应，解去绳索。八戒站将起来，尊一声：“老仙长，你方才说我师兄不会失信，这倒也不一定。人贫志短，马瘦毛长，羞刀懒入鞘，要是不叫我跟着，我倒有个很好的办法！

师兄不叫我跟着去，我有个主意管保灵。
问他此行去多久，日期限定再登程。
他若是过了时限不回转，长老好念紧箍儿经。
不怕他不回五庄观，我这是金石良言你要听。”

大仙闻听说："有理！你的主意真高明！长老快把限期定。"

三藏急忙叫："悟空，去求仙方得几日，到时候不来我就念经！"

行者最怕紧箍咒，提起来就脑袋疼！

心里恨死了猪八戒，想打他一顿又碍着唐僧：

"师父啊，我到那十洲三岛把仙方找，限我三天成不成？"

八戒一旁把脑袋晃，唐三藏会意说："我不容！"

八戒说："两天也就成了！"唐僧说："他一个筋斗打十万八千里，哪用得两天？"镇元大仙说道："直来直去，一天去遍天下，他此去寻找仙方，哪能没有耽搁？至少得三日工夫，倒是限他三天吧！"唐僧说："既是仙长这样说，就限你三天吧！"八戒说："便宜这猴头了！"

三七　行者觅方

行者起身辞仙长，一个筋斗到了东海上。

半空中手搭凉棚把海景看，龙宫水府射金光。

海市蜃楼无边景，银浪金波万顷长。

唉！自从老孙当了和尚，终日里奔波劳碌化斋粮。

取了经来大家的好，惹了乱子我一人当。

自从挑上千斤担，看了这无边美景也没了心肠。

前日里不该打倒人参树，一时不忿欠思量。

既然夸口说了大话，少不得尽心竭力觅仙方。

此处已是东洋海，何不问问老龙王？

海藏中多有奇珍和异宝，找到了仙方免得奔忙！

孙行者收云揽雾，站立在东海之上，圆睁火眼金睛，往水内一看，但见那巡海夜叉，正在那波涛之中推波作浪。猴王一声断喝："小的们，你孙爷爷到了！一个个佯佯不睬，是何道理？"夜叉海鬼听得声音洪亮，震得那波浪滔滔，不由得心内吃惊。举目观瞧，是一个和尚。心中都十分不服，一个个舞剑托叉，奔了上来，大骂："秃厮！你是何处的野驴？敢来水府之前撒野！"行者见众夜叉骂得不善，气冲肺腑，把和尚帽子一摘，显出来毛脸毛头。内中有几个年纪大的海鬼，认得猴王的相貌，只吓得胆裂魂飞，往宫里就跑！

众海怪吆吆喝喝说："不好！大圣爷爷又上了门！"
见他手拿金箍棒，一个个脑顶以上走了真魂！
斧钺钩叉松了手，剑戟刀枪海底沉。
各顾性命往回跑，东栽西滚乱纷纷。
想奔水府逃灾难，就好像滚水锅里下馄饨。
手脚快的还算好，有一个螃蟹身被擒。
大圣开言把螃蟹叫："不必害怕吓掉了魂。
速见龙王报个信，就说来了我老孙！
我找龙王有大事，在此恭候等回音。"
海鬼闻听连答应，箭头儿一般进了宫门。

众夜叉丢盔撂甲，奔进水晶宫，来至银安殿，失惊打怪地跪下喊道："启禀千岁得知，大事不好！祸从天降了！"老龙王问道："有何祸事？急速奏来！"只见一个年老的螃蟹精向上回道："现有五百年前大闹水晶宫的齐天大圣，在海沿上手持金箍棒，耀武扬威。千岁躲避躲避才好！"龙王闻听，大吃一惊！心中暗想："这猴头跟随唐僧上西天取经，已经皈依佛教。怎么又来这里搅扰？躲是躲不得的，他一生吃软不吃硬，不如好好地迎接于他，看看他的动静。"想罢，正冠束带，率领众人，出了银安殿，来到水晶宫外。吩咐众水族，抬来香藤暖轿，迎接大圣！

老龙王水晶宫门把旨意传，忙坏了海里的文武官。
夜叉海怪来闻道，离开龙宫到海边。
鲞鱼扛定"肃静"牌两面，鲫鱼儿清道蓝旗扛在肩。
青鱼儿手执金瓜和钺斧，鲇鱼儿打着伞扇走中间。
黑红帽本是螺蛳和蛤蜊，吹吹打打是鼓乐班。
绿毛金龟打顶马，后跟着鲤鱼鳜鱼众文官。
螃蟹先锋虾元帅，黄鳝泥鳅将数员。
龙王爷坐骑分水青毛兽，后跟着水族兵丁一大团。
夜叉抬定八人轿，海怪相随捧轿杆。
一个个青脸红发雄赳赳，巨口獠牙甚威严。
大海之中都摆满，分浪推波箭一般。
霎时来至东海岸，老龙王紧行几步到岸前。
连忙下了分水兽，见了行者问根源。

东海龙王来到猴王跟前，连忙打躬说道："小王不知大圣驾到，有失远迎，望乞恕罪。”行者连忙伸手搀扶说：“不劳赐礼。我今有事，特来相求。”龙王说：“大圣但有吩咐，无不遵命。”行者说：“无事也不得空闲来拜望，我特来找你借一宗东西使用！

我跟师父往西天去，前日路过万寿山。
摘他几个人参果，道童儿可恶把我缠。
赌气子刨了他的仙果树，树根掀到土外边！
老道苦苦哀求我，他好话说了万万千。
没奈何我找个仙方把树来救，老龙王必有妙术与灵丹。
你可一定要帮帮我，不可推托和厌烦。”
龙王闻听这句话，急得直把龙眼翻：
“药方倒是有一本，小龙愿意送给大仙。
那上边各种药方真不少，就缺治树这一篇。
人参果混沌初开就生长，寿与天齐万古传！
大圣如何毁至宝？这个担子怎么担？
不但是小龙无法把树治，菩萨听说也心烦！”
行者听了龙王的话，只急得双眉紧皱眼瞪圆。

三八　走遍仙境

行者说：“如此说来那棵树是死定了！再也无法治了？”敖广说：“依小龙想来，这个药方实难寻找。”行者说：“惊动你了，你回去吧。我另去访寻高人医治便了。”龙王说：“已经备下轿马在此，请大圣到宫中饮上一杯，以表心意。”行者连连摆手说：“没工夫，改日再扰吧！”说罢一个筋斗，翻入云中。不言老龙率领虾兵蟹将回归龙宫，且说美猴王在云中前思后想，心中愁闷！

孙大圣不得仙方生烦闷，心中犯愁自沉吟：
“若不治活人参果，我抬不起头来怎么见人？
师父现在把我盼，如同旱天盼乌云。
耗上三日无音信，猪八戒一定献殷勤。

再遇上长老无主意，紧箍咒一念我就没了魂！

少不得耐着性儿把仙方找，我老孙怎能轻易就灰心！

若得方法活此树，众民就另眼看老孙！”

心中越想越有劲，双眉一展抖精神。

不多时来至蓬莱岛，降落云头进了松林。

树荫之下人三个，下棋下得正入神。

行者细看，原来是白云洞府。福寿二星对坐走棋，禄星在一旁观战，那白鹤童儿蹲在一旁烹茶，见了行者才要招呼，猴王摆了摆手，白鹤童儿会意，没吱声。行者站在禄星背后背着手儿观瞧二位仙长下棋，看是谁胜谁败！

孙行者站在禄星身背后，观看二仙走象棋。

一个使的当头炮，那一个连忙就使列马车。

使炮的隔着棋子把炮打，跳马的慌忙就用马来吃。

这一个拉过车来塞相跟，那一个喊“将”把炮提。

禄星说：“双车杀士快防备。”福星说：“这盘算我输了棋。”

正是二位把棋下，行者有事心中急。

大喊一声：“寿星老儿！”南极子答应一声看端的。

回头见是孙行者，骂声：“猴儿该剥皮！

听说你扶保唐僧将经取，怎么又溜到咱这里？”

行者说：“无事不到贵宝地！”福寿双星住了棋。

福禄寿三星赔笑说道：“大圣乃是贵客，因何来到此间？”行者说：“实不瞒三位仙翁，只因我惹了一个不值当的祸，特来寻你三位，想个办法。”寿星说：“你这猴精就是个惹祸的班头！到处里弄些个饥荒。你既然跟着唐僧，受了三皈五戒，就该改恶从善才是正理。如何还是这等淘气？又惹下谁家了？”行者见问，便把五庄观偷盗人参果，怒拔宝树，僧道门法，遍求仙方的话说了一遍。

大圣说罢一片话，吓坏了福禄寿三星。

一齐叹气又拍手，寿星说：“这场大祸实不轻！

镇元大仙根基重，他和老君称弟兄。

诸大圣人是朋友，我们见他称晚生。

五庄观的人参果，开天辟地就长成。

既然刨得灵根断，再想治活万不能！

倒不如见了大仙把好话讲，苦苦哀求是正经！

若是大仙不应允，你往那名山洞府去搬人情。

先把如来我佛请，菩萨也请到他的观中。

你可要低头又下气，再别逞强拉硬弓！”

行者闻听南极子之言，只气得跺脚捶胸，大叫：“肉头，快些与我住口！勿要劝我服输，也不想想老孙素日的为人，我是桑木弓，宁折不弯！实指望你们与我分忧。不但不出好主意，反倒要笑我，是何道理？”寿星见行者恼了，连忙赔笑，叫道：“大圣,你既然出了家，怎么还是这么大的火性？”福星说：“大圣不要动气。南极子说得也是好话。你且坐下，大家商量商量。我们岂有袖手旁观之理！”行者说：“你们把这回事也看得十分艰难，想来也没有什么可商量的。既然愿意为我操心，也罢，倒有一件事，烦烦你们三位。”禄星说：“但凡能做的，无不从命。”行者说：“并非别事，就是脑袋上套着的这个圈圈子，是个管主儿！我临来之时，师父只给了三天限期，三日内不回去，便要念紧箍咒。劳烦你们到五庄观内，见见家师，说个人情！”

大圣开言把三星叫：“三位多多帮老孙。
你们去见我师父的面，就说我正把仙方寻。
只求他别念紧箍咒，就算疼爱我老孙！
不过十天或半月，必定要求到仙方活灵根。
偌大的乾坤一个世界，岂无仙方与能人？
不把这三十三天全走遍，老孙如何肯歇心！”
三星闻听说：“有理！常言说，铁杵能磨绣花针。
大圣只管放心去，我们就去见师尊。
休说十天或半月，你去半年也不叫长老念咒文！
这事托给我们三个，管叫你自在逍遥总放心。”

行者说：“如此说来，你三位并非藏奸，果真没有方法，也就罢了。但是你们终日家烧丹炼汞配就的九转还阳丹，善能起死回生，多多地用上几丸，还救不活那树么？”三星连连摆手说道：“那丹只能救世人，凡间的昆虫、草木，哪里救得活仙树灵根？”行者说：“既然如此，失陪你三位了！烦你们快往五庄观走一趟吧！”福禄寿三星连声答应，收拾了棋盘，吩咐童儿好生看家，三人驾云，直奔五庄观而来。

三九　恳求观音

三人不多时到了观前，有小道童代为禀明，镇元大仙把三星引至殿上。镇元大仙带笑开言，说："三位贤侄为何来此？"三位星君说道："听大圣说，是他一时气愤，推倒宝树灵根，今去诸天洞府，寻找仙方。托弟子们前来在唐长老跟前讨个人情，别念紧箍咒，多宽他几天日限。"说罢又向唐僧行礼。长老答礼相还，说道："愚徒惹是生非，劳动仙驾，到此讲情，贫僧多有不安。任凭小徒多去几天，贫僧总不会念咒就是了。"大仙吩咐看茶，这且不提。单说那寻找仙方的孙行者。

按下五庄观的事，再说猴王孙悟空。
自从离了白云洞，天台山，去找孙膑老仙翁。
孙膑回答说："无法治！"又找九老说前情。
九老也说："无办法！"三星洞，见了师尊打一躬。
菩提祖问明此事冲冲怒，赶出洞门不留情。
孙行者羞愧难当发急躁，筋斗一翻上天庭。
张天师指引叫他寻元始，连忙又到上清宫。
童儿说："天尊他不在"，又去找东华大帝奔了正东。
来至九华山上留神看，只见那守门的是个小道童。
行者便把童儿叫："帝君可曾在家中？
快往里边去通禀，我有一件急事情！"
这童儿本是东方朔，微微地冷笑看着悟空！

东方朔说："东华帝君算就了今日有个偷御酒、盗金丹的弼马温从此经过。这洞门前葡萄成熟，要留着做酒，怕叫你这猴头偷着吃了，我是不敢离开此处的。不必心急，略等一等，有人出来再给你通禀。"行者哈哈大笑说道："老兄弟，贼不偷贼，你放心进去吧。我在此替你看守，少你一颗葡萄珠儿罚我十个。"东方朔说："你这个泼猴好没规矩，到处里要攀高作大。这样须发皆白的老头子，都是你的兄弟？"行者说："你在这里当道童，叫你声兄弟，还是抬举你呢！你比南极子如何？他见了老孙不敢不叫声孙大哥！"东方朔哈哈大笑："你这泼猴竟说出理来了！闲话少说，快说你是来做什么的？"行者说："见了帝君，我才回禀。"东方朔笑道："你这猴子还瞒我？我早已知道了。"行者说："你既知道，告诉告诉我吧。"

东方朔见问不住地笑，叫声："猴儿不必藏奸！
五百年前你造过反，如来佛将你压在五行山。
唐僧路过将你救，扶保师父上西天。
收服了沙僧、猪八戒，师徒们路过五庄观。
和尚应当守戒律，不该贪吃嘴头馋。
园中偷吃人参果，明月、清风把脸翻。
骂得你师徒难忍受，泼猴起了歹心田。
金箍棒打倒人参果，灵根刨到土外边。
惹下祖师镇元子，要把猴王上油煎。
应许下情愿赔还宝树，寻找仙方到此间。
是与不是从头讲，当着真人弄假难！"
行者闻听把头点："你快把老孙的名姓往里传。"

东方朔摇头说："帝君早起出门之时留下了话，说他的仙方可以点石成金，救人活命，枯木重生，游鱼化龙。唯有那人参果树，治不得。若要是救得活，镇元大仙也就不和你为难了。"行者闻听，把眼一翻："依你这样讲来，还是个不中用？"东方朔说："不中用！"

东方朔赔笑呼："大圣！听我贫道说明白。
帝君清晨出门去，留下话，说你今天一定来。
别在此处把工夫误，误上一年，猴拿虱子也是瞎掰。"
美猴王一闻此言如酒醉，急得抓耳又挠腮：
"东华帝君法力广，能使枯木把花开。
连他都无法来救治，我大圣要把跟头栽。
恨只恨一时火起沉不住气，凭空惹下这场灾！
真若不能活宝树，说下了大话收不回来。
一世英名成画饼，见人怎么把头抬？"
孙大圣心中着急生愁闷，东方朔带笑骂："蠢才！"

东方朔说："你这猴儿到处里逞强夸嘴，不是你逞能，焉能有今日之祸？你不必心烦，指你一条明路去吧。"大圣说："哪是条明路呢？"东方朔说："释教门中连如来我佛也无妙法医治此树。只有落伽山南海观音菩萨，他的净水瓶中的仙水，可以治活仙树灵根。你若不信，我给你说一个故事。当日太上老君不服菩萨净水瓶中圣水，叫赤脚大仙将菩萨瓶中的杨柳枝儿盗去，放在炼丹炉中炼了七七四十九日，炼得枯干焦脆。交还菩萨，菩萨把杨柳放在净水瓶中，养了七七四十九日，依旧青枝绿叶，复本还原。你信是不信?”行者闻听，连连点头说：“有理，有理。”辞别东方朔，一个筋斗，来至南海。行者按落云头，走进紫竹林来了!

只见菩萨莲台坐，大圣急忙把礼行。
菩萨座上睁慧眼，叫了一声：“孙悟空。
不保三藏将经取，到处闲游又把事生!”
行者不敢瞒大士，有头有尾说前情：
“我一怒拔掉仙果树，到处里寻找仙方都不灵。
求圣水救治人参仙果树，师徒们也好脱难往西行。”
菩萨闻听心不悦：“你到处招灾误事情!
不看你师父唐僧的面，今天不把你宽容!
我若是不救仙果树，西天真经又取不成!”
菩萨说罢离莲座，手中拿着净水瓶。
霎时来至五庄观，美猴王抖起精神长威风。

看累了，不妨听一听

四〇　治活宝树

孙行者先走进了山门，直奔大殿，正遇着福禄寿三星与镇元大仙抚琴对谱。那明月见了大圣便向清风说道：“猴儿回来了！这般舒眉展眼的，必定是得了仙方了。”大仙和三星闻听，都将琴放下。三藏满心欢喜。只见八戒嘻皮笑脸地说道：“你一去就是五六天，师父说你误了限期，终日家要念那紧箍经，不亏我再三地讲情，你在外边早疼杀了!”行者说：“不必扯臊了。”镇元大仙说：“大圣得了妙法了么?”行者说：“菩萨莲驾光临，亲来医治!”

大仙闻听菩萨到，整冠束带正衣容。
带着三星和唐三藏，满面春风往外迎。
后跟着沙僧猪八戒，领头是猴子孙悟空。
见了菩萨齐施礼，将菩萨请至大殿中。
清风明月将茶献，道士都来把礼行。
观世音眼望大仙尊：“道友！千万把三藏来宽容。

唐三藏纵徒行凶该领罪，我来替他说个人情。

念在他一路之上受尽苦，念在他再折不回很虔诚。

我们先去看看仙树，死活还在两可中。”

大仙说：“菩萨宝瓶盛甘露，仙树活该有救星！”

说罢大家齐站起，童儿引路到园中。

一同来在后园之内，大士拘来四大天王，将坑打好，把甘露倒了一些在坑内，栽上人参果树，将土盖严。菩萨足登祥云，起在空中，将净水瓶往下一倒，从树顶上往下浇，不消半盏茶时候，树枝上绿叶齐生，把人参果数了数是二十三个，连大圣打跑了的那一个也沾着甘露圣水回来了。众人一见，只乐得眉开眼笑。菩萨发放四天王归位。大家来至大殿归坐，大仙叫童儿将人参果打下十个。先敬菩萨一个，福禄寿三星每人一个，唐僧师徒四众分了四个，大仙奉陪一个，众门徒分吃一个。大家吃完，镇元子不负前言，要送三藏师徒赶路。菩萨告辞，回转南海，三星回山，四众上路西行。

唐长老自从服了人参果，觉得体健胜先前。

师徒赶路上了大道，四野的风景甚可观：

山禽野鸟枝头叫，芳草池塘鸥鹭眠。

对对黄鹂鸣翠柳，一行白鹭上青天。

过了些村庄镇店多热闹，过了些小河浅洲无渡船。

走了些高高低低不平路，走了些重重叠叠山连山。

见了些渔翁垂钓河岸上，见了些樵夫打柴把担儿担。

见了些农夫耕种多辛苦，见了些牧童牛背上来安眠。

这正是不长不短三春日，似寒似暖艳阳天。

师徒正然往前奔，猛抬头一座高山把路拦。

长老猛见一座高山拦住去路，又见云迷雾锁，树木遮天将白龙马笼住，望着三个徒弟说道：“你们看！这座峻岭，十分险恶。只恐其中又有妖魔，还是走别的路吧。”悟空说道：“师父，此乃上西天一条正路，并无别路可通，少不得抄着小路而行。这山中就有些毛妖小怪，料也无妨。”长老点头说：“总要你多加小心就是了。”说着催马前行。不多时来至山脚之下，举目观瞧，这座山十分凶险高大！

远观山岭重叠翠，近观绿树长满山。

参天树木排成阵，遍地花草织锦毡。

绿桧影摇如豹尾，苍松转折似龙盘。

峰叠千层冲霄汉，涧深万丈人胆寒。

师徒四众进了山口，又走了一会儿，来到一块平坦之地。三藏说：“悟空，我觉着腹中饥饿，你到哪里化些斋饭我吃？”行者连声答应，手托钵盂，纵筋斗云而去。自古道：山高必有怪。果然这座山中有一个妖精。他站在高崖上，一低头瞧见了三藏，不由得满心欢喜，说：“造化，造化！听人传说，东土来了个取经的僧人，名唤唐三藏。有人吃了他一块肉，延寿长生。今日来的这个和尚，想必是唐僧。我何不将他拿住！”想罢，才要上前动手，忽瞧见左右有八戒、沙僧护持。

这妖精才要上前拿三藏，瞧见八戒和沙僧。

有心不捉唐长老，这样的机会难再逢。

想起了调虎离山计，将身一纵离了山峰。

变了个十八九的大姑娘，一只竹篮提在手中。

她从那西边往东走，猪八戒眼前一亮直了眼睛。

只见她乌云巧挽堆鸦髻，一根金钗发上横。

耳坠着珠镶八宝灯笼坠，脸似芙蓉淡淡红。

八戒看罢吧嗒嘴，正好配我猪悟能。

郎才女貌是一对，何必西天去取经？

八戒正把凡心动，忽听师父叫：“悟能！”

三藏说：“悟净，悟能，你们看这荒郊野外如何有人行走？想来此处必有人家居住。”八戒闻听，迟了半天才说出话来，说：“师父，待老猪前去问问她住在哪里，姓甚名谁，多大岁数，几月生的。”沙僧说：“师兄，那个女子和你非亲非故，怎么问起履历来了？”八戒遂放下钉耙，摇摇摆摆，装出斯文的气派，走近前来问道：“女菩萨，往哪里去？不知手中提的是什么东西？”那女子见问，带笑说道：“长老，我这篮里是大米饭、炒面筋，是我亲手做的，为的是斋僧。”八戒闻听，真是不亦乐乎，说道：“女菩萨，既发慈悲，不必上庙里去找和尚，我们这里现成的就是三个。你瞧谁好，就施舍给谁，管保称你的心！”

猪八戒闻听女子一片话，满面堆欢笑吟吟。

连声喊叫：“女施主，你好像救苦救难的观世音！”

摇头摆耳往回跑，见了师父献殷勤：

“师父啊！今天实在有造化！女子是个善心人。

有绝好一罐大米饭，喷鼻香的炒面筋！

老猪求得她善心动，情愿施舍给咱们！”

说话间女子也来到，唐三藏连忙站起打问讯：

“女菩萨，慈悲了，多谢菩萨发善心！”

女子说：“长老一路多辛苦，快请用饭吃面筋。

我家中人人都行善，修桥补路念经文。

这些斋饭若不足用，家中还有饭一盆。”

唐长老合掌当胸忙致谢，猪八戒接过篮子闻了一闻。

呆子他把饭菜分成三份，忽听得一声呐喊吓死了人。

看累了，不妨听一听

四一 八戒进谗

唐三藏刚把那女子的瓷罐接过来，正要用饭，忽见行者回来，睁火眼金睛观看那女子，认得是个妖精，连忙放下钵盂，大喊一声，掣金箍棒搂头就打，吓得长老心惊肉跳，伸手拉住了行者，说：“悟空！你如何无故行凶？”行者说：“师父，松手！你面前这个女子是个妖精，她是来骗你的！”三藏闻言，心中不悦，说：“悟空，你是满口胡言！这个女菩萨是拿饭来斋僧的善士，怎么说她是妖精？”行者笑道：“师父，你哪里认得！妖魔若想找人肉吃，便是这等变化迷人。我若来迟了一步，你定遭她的毒手了！”三藏只是不信，说：“明明是个好人，怎么是个妖怪？”行者说：“师父，我知道了，你是见她美貌，动了凡心。果有此意，那也不难。就在这山洼之内，搭个窝铺，你与她圆了房儿，我们大家散伙岂不是好！”那长老本是个心软面善的人，被她这几句话羞得满面通红。行者举棒照着妖精劈头就是一下。那妖精也有些手段，使了个解尸法，真身预先走了，把个假尸首打死在地下。三藏大惊说道：“这猴头好生无礼！无故伤人的性命！”行者说：“师父，你看那篮子里是些什么东西？”

唐长老闻听此言忙观看，眼望着竹篮瞪双眼。

哪里有面筋与米饭，那是些活跳的蛤蟆和蛆虫。

连跳带爬真难看，小风一刮臭烘烘。

唐三藏看罢也有三分信，八戒一旁把是非生：

“师父啊！人家明明是个好女子，师兄错认是妖精！

可惜这美貌佳人棒下死，又弄这障眼法儿把你蒙！”

这呆子几句是非话，惹得长老把气生。

手内掐诀口念咒，行者当时嚷头疼！

连说：“师父，你先别念，有什么教训我愿听！”

三藏说："既然出家当和尚，三皈五戒要记心中。
必须时时行方便，心怀善念常把善行。
扫地不伤蝼蚁命，怕烧飞蛾纱罩灯。
谁像你行凶杀人伤天理，举棒就要害生灵。
我今不用你当徒弟，倒不如两下分开各西东！"

长老说："此去西方路途遥远，要像你如此行凶，无故杀人，罪孽滔天，纵然将经取来，也是枉然。你回去吧，我不要你这个徒弟了！"行者说："师父叫我回去，倒也使得，只是还没有报得你的恩情。"三藏说："我待你有什么恩情？"悟空见问，慌忙跪下说："弟子大闹天宫，惹下杀身之祸，被如来佛压在五行山下，幸亏师父救吾脱身，若不跟你同上西天，拜佛求经，显得我知恩不报非君子，万古千秋落骂名！"三藏闻听行者之言，也就回心转意，说："既然如此，我且饶你这次吧。"行者急忙叩谢。

孙行者叩谢师父忙站起，捧过钵盂两手擎。
且不提长老师徒把饭用，却说那妖精脱身到空中。
暗说："泼猴好神眼，竟能认出我是妖精。
若放了他们过此岭，再要相逢万不能！
我何不再将他们来戏耍，成与不成两可中。"
摇身变了个老婆子，老态龙钟发蓬松。
手拄拐杖往前走，口喊娇儿放悲声。
八戒一见说："不好！师父呀，此事真真了不成！
你看来了个老婆子，必是寻她的女孩童。
猴儿哥打死她的亲生女，人命关天罪不轻！"
长老闻听留神看，见婆子哭得两眼红。
年纪总在七旬外，白发苍苍似飞蓬。
不住地咳嗽头乱晃，口呼娇儿不住声。
猴王一见微微笑，迈开大步往前迎。
来到了跟前仔细看，认得还是那个妖精。
一举如意金箍棒，只听见"咕咚"响了一声。

行者上前细看，认得还是那个妖精，手起棒落，只听得"咕咚"一声，老婆子栽倒在地。把个三藏吓得"哎哟"了一声，掉下马来，更无别话，只是把紧箍咒念了足足有二十遍。疼得个行者满地下打滚儿，苦苦哀告道："师父别念了！有什么话，请好生说吧！"三藏说："有什么话说？我怎样劝化你，你只是行凶作恶，把好人打死一个又一个。"行者说："她是妖精！"长老喝道："胡说！哪里有许多妖精？

你是个有意作恶的人，你去吧，我不用你了！”

悟空说：“叫我回去也可以，有一事要请师父先答应！”
三藏问道：“有什么事？”行者叩头把师父称：
“师父啊！自从我跟你当徒弟，这个箍儿时刻箍住了孙悟空。
师父你当真赶我走，退下这箍来我感你的情。
我也曾跟你出过力，这点小事你要应承！”
三藏闻听将手摆，说：“这事我可不能应！
想当初菩萨传我紧箍咒，并没提到把箍松。”
行者说：“既然无有松箍咒，少不得你还要带我去求经！”
长老无奈把头点，两眼含泪叹了一声：
“如今我再饶你这一次，以后不可再行凶！”
行者答应说：“不敢！”搀扶师父上了白龙。
师徒正然往前走，迎面走来一老翁。
八戒大叫：“不好了！来了拼命的老公公，
猴哥打死了他妻和女，我看师父怎担承！”

行者说：“呆子不要胡说乱讲，等老孙再去看看。”行者上前，耐着性儿说道：“你这老儿瞒不得我，我认得你是个妖精。”那妖精吓得顿口无言。行者暗想：“这怪两次都逃走了，这一回再放了他，岂不是劳而无功！”遂念动咒语，将一方的土地山神召到，说：“这妖精两次三番戏弄我师父，这一回我要治他，你等在空中镇住，不许走了他的原身。”二神听令，都在云端里把守，那行者当头一棒打倒了妖魔。三藏在马上又吓得战战兢兢。忽见行者跑到马前，口尊：“师父！”

“师父，师父你快去，你去看看那精灵！
竟是一堆骷髅块。”唐三藏闻听此言吃一惊：
“才死之人肉身在，化作枯骨万不能！”
行者说：“他本是僵尸来作怪，三番两次化人形。
这一次打死原身现本相，脊梁上白骨夫人写得清。”
三藏闻听倒也相信，下了马走到跟前看分明。
八戒开言尊：“师父！休听猴儿鬼念诵！
明明他将人打死，又怕你一念咒语害头疼。
使的还是障眼法，诡计多端把你哄弄！”
三藏心活耳又软，念起那咒语不绝声。
行者头疼实难忍，翻跟头打滚儿喊头疼。
三藏说：“今日你连伤三条命，如此凶恶怎为僧？

快快走去离开我，迟延一时定不容！”
行者闻听尊：“师父！你老人家不圣明！
分明妖怪来害你，我降妖除怪立了功。
你反倒信了呆子的话，他的那冷语谗言不可听！
两次三番赶我走，好，好，好！你奔西来我奔东！”

四二　重整山寨

行者说：“既然再三地撵我走，我若不走，真成了无耻之徒了！我去是去定了，只是记挂着那紧箍咒语。”三藏说：“我从此再不念了。”行者闻听，二目流泪，说道：“自从在五行山下，师父救我出来，我也曾入深山，穿古洞，拿妖捉怪，受尽辛苦。今日一旦分手，叫我回去，叫人怎不伤感？”三藏听了他的言语，越发恼怒，忙取纸笔，写了一纸贬书，递与行者说：“你可执此为照。再不要你当徒弟了。你若不信，我再发个大誓！”行者接过贬书，说：“师父不用发誓，我去就是了。可受我一拜，我去也安心。”三藏赌气，转过了身形。行者使了个分身之法，拔下三根毫毛，吹了口气，叫声：“变！”变作三个行者，连本身共是四个，围住师父下拜。拜毕，收了毫毛。又吩咐沙僧说：“贤弟倘若途中遇见了妖怪，你就说，我是他的大徒弟。西方的毛怪，若闻我的声名，也就不敢伤害师父的性命了。”长老说：“我是个好和尚，不消提你这歹人的名字。”行者见三藏两次三番，不肯回心转意，没奈何才纵筋斗云而去。一路之上，心中还是感念不已，不住地伤心及至到了花果山，按落云头，留神观看！

山中景况荒凉得很，花草树木尽凋零。
峰倒崖塌都残坏，不见那子子孙孙来相迎。
不由地想起从前的事，当年纵性反天宫。
只杀得神兵仙将闻风怕，提起猴王都吃惊。
谁知佛法无边大，筋斗云不出如来的手掌中。
五行山下遭了难，幸遇唐僧去取经。
路上受尽千般苦，剿灭多少恶妖精！

又遇尸魔来戏弄，三番两次来逞凶。

谁知道唐僧不辨真和假，听信谗言贬悟空。

只得重回水帘洞，哪知道家业残败尽凋零！

想必是玉帝恐怕留后患，把我的山寨一扫平！

大圣正在长叹气，忽听背后喊连声！

大圣正然心中感叹，忽听得山坡后一阵喊，出来了十数个小猴，上前叩头，口尊："大圣爷爷！可喜今日回归山寨。"大圣说："我已来了多时，为何不见你等的踪影？"众猴闻听，一齐流泪，说："自从爷爷去后,先遭天兵之劫，到得后来，黑风潭又出了一个恶怪，手使两把铁锤，十分骁勇。时常带领手下群妖，来此搅扰。将咱这水帘洞当作了他的行围射猎之处！

这恶怪心毒意狠十分凶，在这里行围打猎任意胡行！

花草树木随意砍，杀猴捉鹿害生灵。

我等只好藏又躲，不敢出头惹祸星。

水帘洞成了他的安歇处，把咱们赶到荒林野地中。"

小猴之言还未尽，孙大圣怒火烧心红了眼睛：

"何处胆大毛妖怪？竟敢欺心占山峰！

踏践山场还不算，大不该伤损我老孙的子弟兵！

老孙若要拿住你，定把泼魔用油烹！"

"你等快去，把那四员健将叫来，我有话讲！"有个小猴站起来飞一般地去了。那四个老猴皆因杀不过黑风潭的真云大王，被迫替他看守洞门。闻听小猴来报，说大圣回了山寨，不由得满心欢喜，一齐说："大王来了，合该恶妖当灭！还怕什么？"忙忙赶来叩拜。大圣坐在石崖之上，众猴拜毕，站立两旁。此时大圣回到山中，众猴壮起胆量，山前山后，崖中涧下，藏在各处的猴子，俱都闻风而至，登时就有数千。一个健将上前问道："听说大王保护唐僧往西天拜佛取经，如何得回山寨？"大圣遂把前事说了一遍。又问道："此时水帘洞可有妖怪看守？"四健将说道："那黑风潭的怪正在洞中。"大圣说："喊他来送死！"四个健将一齐跑回洞口，高声大骂，不多一时引得妖怪杀了出来。健将把他引到山前，这个妖王领着些长短不齐的小妖，倒也有些威风！

只见他晃里晃当好大的个儿，肚大腰圆有点儿威风。

面如蓝靛青又紫，发似朱砂血点儿红。

黄眉两道如金线，可惜是两只小眼睛。

大圣看罢微微笑："妖精啊，爷爷跟前快报名！"

妖怪一听心中恼，摆动双锤要打悟空！

大圣一见忙招架，锤棒并举比输赢。

只杀得征云滚滚从地起，雾气腾腾把红日蒙。

这一边群猴助阵齐呐喊，那一边妖魔擂鼓响连声。

来往盘旋多一会儿，怒恼了一群小妖精。

团团围住孙行者，个个争先要立功！

众小妖见他家大王战够多时不能取胜，一齐上前围住大圣，刀枪并举，一阵乱杀。行者抓了一把猴毛，放在口内嚼了嚼，喷出来，叫声："变！"登时变作无数的猴王，各执金箍棒，把众小妖打得东逃西散，只剩下了乌云大王。这妖精心中一慌，急忙驾黑风往东北而走。大圣哪肯容情，抖身体，收了毫毛，一个筋斗，紧紧相追。

乌云怪驾着妖风往东跑，行者紧追不放松。

不多一时又赶上，恶妖魔扭转身形吼一声！

浑身用劲喷宝贝，一粒明珠奔悟空。

孙行者用毫毛变了个假形体，自己跳在半空中。

一粒珠打倒了假行者，乌云怪手举铁锤不留情。

赶上前两膀用力朝下打，瞪圆了一对小眼睛！

行者在空中也举铁棒，使了个泰山压顶打妖精。

行者打死乌云怪，看了看，是个乌龟变人形。

霎时回到水帘洞，说："子孙们，爷爷已经把账清！"

花果山重新挂起旗一面，"齐天大圣"随风招展在空中。

栽种起奇花异草与树木，整理得水也秀来山也清。

自在逍遥神仙难比，游山玩水乐无穷。

不提行者把福享，再表那西天取经的唐圣僧。

自从行者回山而去，唐僧叫八戒前去化斋，半晌未回。又叫沙僧寻找八戒，也是一去不来。长老等得心烦，散步闲行，忽见正南一片金光，细看是一座宝塔。走至跟前一看，有一个石头洞门，里面有三间大殿。四顾无人，长老只当是一座佛殿，想拜一拜佛像，信步走上殿来。抬头一看，正南桌上躺着一个魔王。好厉害！巨口獠牙，靛眼朱眉，披一领淡黄袍，身旁边倚一口明晃晃的大杆刀。把唐僧只吓得骨软筋酥，一转身，往外就跑。只听那个妖王叫了声："小子们！外面是什么人？快与我拿来！"

看累了，不妨听一听

四三　塔下遇妖

妖王一声喊叫，也不知从哪里走出一伙小妖，七手八脚把长老推进殿来。那妖王问道："和尚，你是哪里来的？要往哪里去？"

三藏说："贫僧生在大唐国，自幼出家甚虔诚。
遵奉那大唐天子一道旨，西天拜佛去求经。
法名玄奘称三藏，师徒三众一同行。
一个名叫猪八戒，一个名字叫沙僧。
两个徒弟去把斋化，整整地去了半日未回程。
贫僧一时心烦闷，散步来到宝殿中。
无心把大王来冲撞，望求开恩多宽容。
拜佛求经回东土，今生不忘你的恩情。"
妖王闻听哈哈笑："小的们，快烧滚水拿蒸笼！"

老妖见唐僧不住地磕头求饶，哈哈大笑："你不必饶舌，也休生妄想！世界上哪有个送上门的礼还不收下的道理？但只一件，你是上邦大国的人物，我也不能委屈了你。小的们！把他绑在后面，等他那两个徒弟来了，一齐拿住，细细地刷洗，上锅蒸着吃。够咱们受用一顿的了！"众小妖齐声答应，不由分说，把长老绑了起来！

不表长老身有难，单唱那沙僧去找猪刚鬣。
沙僧走出松林外，顺着山路奔了西南。
一气走了十几里，看不见悟能在哪边。
坐在路旁歇歇腿儿，忽听见草内有人把话谈。
急忙忙手拿禅杖拨荒草，听那话声儿像刚鬣。
一面拨来一面看，呵！猪八戒四脚拉叉面朝天。
闭目合睛说梦话，顺着嘴角流粘涎。
横枕着九齿钉耙把呼噜打，化斋的钵盂撂在一边。
沙和尚一见冲冲怒，揪住了耳朵打了几拳。

八戒被沙僧揪住耳朵，一顿拳打醒了。他倒没好气儿地说道："你这人好生无礼！人家正在这里盘算到什么地方去化斋呢，你为什么打我？”沙僧说：“呆子！师父说了，有斋也罢，无斋也罢，叫你回去。咱们好寻个地方安身。快走！”呆子睡得愣愣怔怔的，连忙翻身爬起，抖了抖身上的浮土。

沙和尚几拳打醒猪八戒，惊散南柯梦一场。
愣里愣怔忙爬起，解开怀伸进手去挠痒痒。
伸伸懒腰揉揉眼，正正帽子掸衣裳。
把化斋的钵盂托在手，九齿钉耙扛肩上。
一前一后出了草地，兄弟两个下了山冈。
霎时来至松林外，定睛一看脸吓黄。
白龙马、行李担子依然在，不知师父奔哪方。
沙僧埋怨猪八戒，八戒埋怨沙和尚。
他两个牵着白马到处找，见一座宝塔放金光。
八戒心中动了一动：“师弟不必再着忙。
常言说有塔必有庙，庙里必定有和尚。
师父准是吃上了饭，快走吧，别闹得素菜冷了饭冰凉！”

两个人走到跟前一看，原来是一座石洞，上刻着六个大字：“碗子山波月洞”。沙僧说：“哥，这不是什么寺院，是座妖精的洞府！说不定师父在这里边受罪呢。”八戒说：“你看守行李马匹，等老猪去问个消息。”好呆子抖擞精神，扛着钉耙，来到洞前，高声大叫：“里面可有人？快开门来！”言还未尽，洞门大开，有无数的小妖拥着一个妖王如飞而来！

两扇洞门开放了，里面出来一群妖。
为首的妖王多威武！杀气腾腾攥着刀。
猪八戒往后倒退十数步，看了看妖精心发毛。
只见他蓝靛脸上生横肉，鬓边红发火焰飘。
朱砂眉毛把花儿绞，张开大嘴，嘴角过了后脑勺。
四个獠牙露在唇外，下巴颏儿上红红的胡子一大掬。
身穿柳叶黄金甲，内衬织锦淡黄袍。
脑袋不比麦斗小，身量足有两丈高。
簸箕大小两只毛毛手，拿着追魂取命刀。
猪八戒壮着胆子高声叫：“妖怪，妖怪你听着！
我的师父唐三藏，不一会儿工夫就丢了！
你见了没见，快快地告诉我，不说实话我可不饶！”

妖王闻听微微冷笑：“你这长嘴大耳的和尚，想必就是猪八戒么？”呆子把手拱一拱说道："岂敢，岂敢！就是。你如何认得我？"妖王说："方才来了个唐朝取经的和尚，在我这里化斋，我安排了些猪肉打卤过水面与他吃呢，你不要嫌弃，也进来吃上两碗如何？"八戒信以为真，点点头就往里走。这时沙僧也赶到跟前，连忙一把拉住，说："哥，他哄你呢！师父几时吃过猪肉？他分明是个妖精，还不动手，等待何时？"

沙僧提醒了猪八戒，呆子点头骂了一声：
"妖怪你把我骗得好，花言巧语哄你祖宗！"
举起钉耙朝下打，妖精横刀忙相迎。
沙僧撂下白龙马，手抡禅杖来帮师兄。
不提僧妖动了手，再表那逢灾遇难的老唐僧。
唐三藏被绑遭擒想徒弟，想了悟净想悟能。
早来救我还罢了，来晚了，西天取经去不成。
圣僧正然把泪掉，忽听得有人把长老叫了一声。
三藏急忙抬头看，是个女的，吓得他低下头来闭眼睛。

看累了，不妨听一听

四四　公主相救

长老只当是花精柳怪，吓得惊疑不定，闭口无言。那女子又叫了声："师父，我看你不是本国之人，不知宝地何方，因何被擒受害？细细说来，我自然有个道理。"唐僧说道："女菩萨！你要吃，就把我吃了吧。问我怎的？"那女子说："师父，我不是吃人的妖精，不要害怕！"

那女子未曾说话先叹气，眼圈儿一红泪滴答：
"师父啊，你我二人一样苦，我和妖怪也不是一家。
离此西去三百里，宝象国，住着我的爹和妈。
我的父执掌山河为国主，我的母昭阳宫里掌印匣。
奴家乃是三公主，起了个乳名叫百花。
十三年前中秋夜，御花园里月色佳。
我正在园中赏明月，这妖精一阵妖风把我抓。

逼我和他成了夫妇，直到如今也没回过家。

想爹娘想得我肝肠断，白白地想念也无办法。

我和你同病相怜俱是一样，才敢前来把闲话儿拉。”

三藏说：“女菩萨，贫僧乃是东土大唐差往西天取经之人，被这大王捉住，如今还要拿我两个徒弟一块儿蒸着吃呢！”女子说：“师父既是要往西天取经，必然路过我国。我如今想办法救了你性命，你给我捎一封家信，拜上我那父母。你肯是不肯？”那三藏连忙点头应允。公主急急地修书一封，给圣僧松了绑绳，交了书信，说：“师父！你且在这里等一等，你两个徒弟正在跟妖精打仗呢。等我去与你讲个人情，你们好一同西去。”说罢，走到洞外，大叫：“黄袍郎快来！”且说那妖怪正与八戒、沙僧杀得难解难分，听见公主呼唤，撇下八戒、沙僧来至洞口，说：“公主，有什么话洞中说去，出来做什么？”

公主说：“今日有件要紧事，说出来，郎君千万别心烦。

我自幼多灾又多病，许下心愿在神前：

保佑我无灾无难长得大，广行方便种福田。

修桥铺路归道僧，舍财舍饭结善缘。

这是我自幼在神前许下的愿，至今牵挂在心间。

方才在后洞闲行走，见和尚哭得实可怜。

郎君啊，求你把他放了走，你为我大发慈悲多容宽！

不过少吃一块肉，叫他们也好求经上西天。

一来大王行方便，二来我把心愿还。

三来保佑身健康，美满夫妻过百年。”

妖王满面堆欢说道：“公主，这是什么大事？不要紧，不要紧！”连忙吩咐小妖把唐僧领到洞前，招呼八戒、沙僧收拾行李马匹，又差了两个小妖把他师徒三众送下碗子山，直奔宝象国而来。这一日进了城，来至金亭馆驿，说明了来历，驿丞接进馆内安歇。次日朝见家王，把太宗皇帝的关文呈上。国王阅毕，印上了本国的玉玺，递与三藏。圣僧收牒谢恩，复又奏道：“贫僧一来倒换关文，二来与陛下带来家书一封。”说罢从袖中取出公主的家信，两手高擎，往上一递。当驾官接过来放在龙书案上，国王仔细观瞧。

宝象王一见书信颜色变，忍不住地红了眼圈！

上写着：“幼女百花三叩首，算给爹娘问了安。

孩儿生长皇宫内，玉叶金枝非等闲。

未报深恩酬大德，意外的灾难把儿缠。

那年八月十五夜，孩儿闲逛御花园。

一阵狂风把儿卷，黄袍怪将儿拿到碗子山。

大风卷进了波月洞，他逼着孩儿把婚联。

有时也想寻自尽，怎奈妖精防备得严。

直到如今十三载，音不通来信不传。

怕的是不能再见爹娘的面，梦魂也难回家园。

前日里来了位圣僧唐三藏，拜佛求经上西天。

也被妖王捉拿住，要把他上锅蒸烂当晚餐。

孩儿讲情才饶了命，捎书寄信到驾前。

儿求父王多疼顾，发兵遣将到高山。

团团围住波月洞，救了孩儿，一家骨肉得团圆。

再和爹娘见上一面，即便是一死也心甘！”

宝象国王看罢书信，放声大哭，文武两班大臣也伤心落泪。此事传到了后宫，疼坏了昭阳国母、六院嫔妃。那国王痛哭多时，止住悲痛，往下传旨说："公主落难，哪位卿家领将提兵，为孤王打破波月洞，捉拿妖王，搭救公主，封他官居极品，位压人臣！"问一声箭穿雁眼，问两声钩搭鱼腮，问三声木雕泥塑！

老国王连问三声无人应，心中生气把脸沉。

用手一指高声叫："满朝文武无用的臣！

养兵千日一时用，既为臣子要报君恩！

孤王有了疑难事，尔等理当助寡人。

为什么装聋作哑两边站？枉食君禄花俸银！

如今公主有了难，就应该奋勇当先去把妖擒。

尔等不肯出出力，难道说孤王亲自去救人？

尔等既无忠君意，赶紧下朝回山林！"

国王着急说了绝话，金殿上跪倒文武众大臣！

文武百官在驾前拜倒，口尊："陛下，请息盛怒，臣等有话启奏。公主失踪已久，如今唐朝圣僧带来书信，一者未见真实，二者臣等俱是肉体凡夫，那妖魔云来雾去，神通广大，总有强兵百万，勇将千员，也未必是他的对手。想这求经的禅师，乃是上邦的圣僧，必有降妖之术。请陛下就劳烦这位长老降妖诛怪，搭救公主回国，实为万全之计。臣等拙见如此，圣主定夺。"

众朝臣奏罢平身归班站，国王心里好为难。

垂颈低头多一会儿，眼望着三藏禅师把话谈：

"既往西天求经典，法力通神大无边。

恳求长老行方便，降妖捉怪到深山。

但得父女重相会，大办佛事把愿还。”

三藏闻听说：“不敢。”两手一合在胸前：

“贫僧只知把经念，不会捉妖到深山。

我两个小徒倒有些本领，他们现在宫外边。”

国王闻听忙传旨，长老说：“小徒的相貌丑陋，惊了王驾可不敢担。”

国王回答说：“无妨碍！人丑更有好心田。”

当驾官员领了旨，不多时八戒、沙僧到了殿前。

吓得国王不敢睁眼，文武百官打战战！

老国王无可奈何赔笑脸，唐僧说：“你们脸朝外站面向南！”

国王说：“唐长老，但不知哪位高足会降妖捉怪？”呆子卖弄精神，把耳朵摇了两摇说：“老猪就会，只是还得我师弟帮帮忙才能成功。”长老叫声：“悟能，悟净，你二人前去战败妖精，搭救回公主也就是了。千万不可多伤性命！”二人连声答应。国王带泪含悲，口尊：“二位小长老，但愿大展神通，救回小女，孤家定有重谢！”八戒说：“放心，放心，略等片时就能成功！”说罢，手拉着沙僧，腾空而起。

四五　闹宝象国

国王见他二人腾云驾雾，满心欢喜，一把拉住唐僧说道：“长老！你在此陪着寡人坐坐，千万不要也驾云去了！”唐僧说：“国王放心，小僧不会驾云。”二人在殿上，谈些闲话，这且不表。

且说八戒、沙僧到了碗子山，按落云头，站在洞口，正巧遇见老妖在洞外操演妖兵。八戒冒冒失失地掣钉耙搂头就是一耙，妖王猛吃一惊，用刀架过，劈面当还。沙僧举宝杖，也来助战。来来往往战了八九个回合，八戒抵挡不住，使了一阵狂风，败到山坡之下，往那蒿草荆棘葛藤里面，不分好歹，一顿拱嘴，钻将进去，一咕噜摔倒，再也不动。却说沙僧见八戒败走，措手不及，被妖王一把抓住，捉进洞来。小妖把沙僧四马攒蹄捆住。这妖王气鼓鼓地走进后洞去寻百花公主！

黄袍怪怒发冲冠进后洞，公主连忙往外迎。
才要说些温存话，妖王此时不容情。
上前一伸簸箕手，把公主的头发抓在手中。
“咕咚”一声摔在地，黄袍怪暴跳如雷喊了一声：
“好贱人！我倒好心恩待你，为什么里外勾连把歹心生？
暗暗捎信回国去，又派和尚来行凶！
现在拿住沙和尚，你浑身是嘴也说不清。
贱人快快跟我走，你我一同去问沙僧！”
妖王说罢一片话，三公主真魂出窍吃一惊。

公主吓得昏迷不醒，沙僧在外洞听得明明白白，心生一计，要救公主性命，说道：“妖怪少要无礼！公主并无什么家书，只因我师父路过宝象国，倒换关文，见他国内画影图形访查公主的下落，国王又问我师父一路之上可曾听得消息。是我师父看见公主的图像，就把你洞中之事告诉了国王，因此烦我们来和你要人。哪里有什么书信？不要委屈了好人！”妖王闻听，信以为真，连忙松了手，扶起公主，回房而去。老妖闷坐多时，到底恼恨国王无礼，唐僧多事。吩咐众小妖好生看守沙僧，出了波月洞，摇身一变，变了个俊俏书生，脚驾妖云奔宝象国而来。到了午门，黄门官通奏说：“三驸马在午门候旨。”国王心中害怕，也无计可行，只得硬着头皮降旨：“把他宣进来看看！”黄门官去不多时，妖王来至丹墀，舞蹈山呼万岁。宝象国君臣见妖王相貌俊雅，只当是个好人，国王往下传旨问道：“那书生家乡何处？姓甚名谁？细细奏来！”

黄袍怪朝上行礼呼：“万岁！君父在上仔细听。
说起儿臣家不远，就在城西偏点儿东。
儿臣姓黄为秀士，饱读四书与五经。
自幼习文又练武，文学武艺都精通。
父母年高身辞世，又无四弟与三兄。
有一日去至山中把猛兽打，碰见山中母大虫。
背上驮着一女子，摇头摆尾上山峰。
儿臣开弓放一箭，猛虎后胯中雕翎。
撇下女子逃了命，我把女子救到家中。
女子感恩才成了夫妇，公主一直不肯说真情。
昨日他说了实情话，儿臣因此来在宫中。”
妖王说罢抬头看，假作吃惊喊了一声！

看累了，不妨听一听

妖王抬头一看，假装害怕，口尊：“君父，这绣墩上坐的这位僧人就是那年驮公主的老虎变的！他又来诓哄君父，仔细受了他的害！”国王闻听半疑半信，说道：“这明明是大唐取经的圣僧，你如何说他是老虎变的？”妖王说：“君父有所不知，这孽畜变化多端。儿臣自幼受过仙人的指教，能辨邪正。待儿臣施展法力，叫他现了原形，便知真假。”说罢，口中念咒，用手一指，那长老打了一个冷战，果然变成一条斑斓猛虎。国王君臣吓得东倒西歪，妖王上前一把抓住唐僧说：“君父莫怕！儿臣捉住他了，快拿铁锁锁住，放在铁笼里，慢慢地发落。”国王满心欢喜，传旨光禄寺大排筵宴，在光明殿款待三驸马，这且不表。且说八戒在乱草棵内一觉睡到三更时候才醒，也不管沙僧的死活，驾起云头，来到馆驿。看了看，不见师父。才要去找驿卒相问，忽听得有人叫了一声：“猪师兄！”八戒吃了一惊，看了看，四顾无人，只有白马在那里站着。八戒走到白马跟前，说：“师弟呀！师父往哪里去了？”

看累了，不妨听一听

白龙马口吐人言来讲话，一字一句都讲得真：
“师兄啊，师父如今遭了难，是驿卒们方才讲的新闻。
金殿上来了年轻一秀士，自称是驸马要见君。
金殿之上他见了驾，花言巧语地来认亲。
猛然看见咱的师父，他倒说师父是妖不是人。
把师父变成一只大老虎，你说伤心不伤心？”
八戒闻听撇撇嘴：“师弟啊，这又是妖怪来显魂！
黄袍妖怪难缠得很，再不能去到西天取经文。
大师兄回了水帘洞，沙僧今天也被擒。
师父也变了大老虎，统共剩下咱两个人。
倒不如你东我西散了伙，或是访友或投亲。
我还去高老庄上招女婿，这也是无可奈何才变了心！”

小龙说：“师兄呀！你不要灰心，还是上花果山把大师兄请了来，救出师父，早上西天，才是正理。”八戒说：“这可去不得！那猴子与我有些不睦。我请他，他必然不来！”小龙说：“这倒不妨，只要哄他一哄，他就来了！”八戒听小龙之计，整了整身上直裰，肩扛钉耙，驾起云头。日头刚出，早过了东洋大海，到了花果山。落将下来，往前正走，忽听有人招呼：“小的们，哪里跑来的生人？快些与我拿来！”话言未尽，只见许多的小猴一拥齐上，抓鬃的抓鬃，抱腿的抱腿，把八戒摔倒在地，扛的扛，抬的抬，来到大圣跟前，扔在了地上。行者一声断喝：“何处的野妖，敢闯大王的宝山？就该把你活活打死！”呆子把嘴往上一拱说：“师兄呀！你不认得我，难道你还不认得我的嘴吗？”

美猴王闻听此言哈哈笑：“呆子你到此干什么？

你不跟师父往西天去，为什么到处打磨磨？
从实说来饶你不死！一字说差把头割！”
八戒说：“老猪到此有公事，师父派我来见老哥！”
行者说：“呆子不要将我哄，瞎话我比你会说！”
八戒说：“真是师父将你叫！”
行者说：“师父已经不要我，你前来又有什么话说？”
八戒说：“师父时常把大哥想，半夜三更睡不着。”
行者说：“想不想的也罢了，出了家，不如在家多快活！”
八戒说：“师父只想看看你，沙僧也想看师哥。
若不然老猪何必苦奔波？”
行者说：“之乎者也我全不信，一定是师父在路上又遇妖魔！”

看累了，不妨听一听

四六　智激猴王

八戒说：“非也，非也！老猪从来不撒谎。师父自从贬你之后，嫌我二人无用，时常想念大哥！”大圣闻听八戒之言，心回意转，怒火全消。跳下石崖，把八戒拉起说道：“兄弟远路而来，到我荒山，无物可敬，你且和我玩耍玩耍去！”八戒说：“恐怕师父盼望你，咱们走吧！”大圣说：“你也是到此一场，游玩游玩再走不迟。”他二人携手揽腕，山前山后，峰头洞里，玩耍了半日。八戒心中有事，说：“哥，咱们走吧！”

孙大圣闻听微微笑：“呆子兄弟你听着！
若要起意将我哄，也想想老孙刁不刁！
师父既然赶了我，岂肯又想把我瞧？
必定是遇见了毒魔与狠怪，逢灾遇难碰见了妖！
急难之时用着了我，平安之时又把我赶下了朝！
若要是平平安安无灾难，你师徒西天路上乐逍遥。
拜佛求经成正果，就把老孙往一边撂！
唐三藏临别说了绝情话，到如今越思越想气难消！

老孙既然回了故土，你替我拜上唐三藏，叫他断了这心一条！
我今容你见一面，就算咱师弟师兄情义不薄！
不必多说快些走，迟走一步定不饶！”

八戒闻听行者之言，肚子里说：“这猴子有些磨嘴，估量也哄他不过，遣将不如激将，我且说出实话，看看如何。”想罢说道：“哥呀！你真是佛前的海灯明又亮！果然是师父有了难了。我两个无能，才来请你。”就把一往从头之事，说了一遍。行者说：“你这呆子好没用，我临行时再三嘱咐你，若有妖怪把师父捉住，你就提老孙是他大徒弟，他也就不敢害师父了，你如何不提我一提？”

猪八戒闻听把头点，这猴子要中我的计谋。
未曾说话先冷笑，不住地摆手又摇头：
“不提师兄还罢了，提起了师兄火上浇油。
我老猪才说了一句孙行者，黄梅妖王就吹上了牛。
他说会过师兄的面，他说你给他磕过头。
他还说拿住孙猴儿撕个粉碎，扒皮剔骨再把筋抽！
末了还有一句话，要把你炸成丸子蘸酱油！
这是妖精说的话，你要不提，我只好烂在心里头。”
好胜的猴王心好恼，气得他抓耳挠腮直转悠！
骂了声：“妖精气死了我！说大话，也不怕风大闪了舌头！”

猪八戒见猴王有了气，不由得满心欢喜，肚子里说：“有门儿呀！等我再闹个火上浇油！”想罢说：“哥呀，他还作了一首诗呢！他说：

先有武当后有天，我比武当还在先。
猴头若要惹着我，大王一怒把脸翻！
三拳捣烂水帘洞，两脚踢碎花果山！
剥去猴皮剔去骨，抽筋剐肉把眼剜！”

这呆子一派的瞎话，正然说得高兴，只听大圣“哇呀”了一声，喊道：“好妖怪！气死我也！竟敢在背地里出此狂言大话，毁骂于我。我这一去，把你拿住，定要碎尸万段！”说罢，摘了紫金冠，脱了赭黄袍，换上锦直裰，束上虎皮裙。吩咐群猴，看守洞口。手拉八戒，驾起云头，早到了碗子山上。按下云头，落在波月洞口，不容分说，一路铁棒，打进洞去。可怜那些小妖，打了个一干二净。百花公主吓得骨软酥筋，跪倒求饶。行者叫声：“公主，休要害怕。吾乃唐长老的徒弟孙悟空是也。今日特来擒拿妖怪，救你回国。你在此略等一时，老孙降了妖怪，好来接你！”说罢从定魂椿上救下了沙僧，一纵云头，一同去了！

三个和尚腾空起，呆子领路奔西南。

皂宫上头停云雾，叱咤如雷震破天：
“大胆无知黄袍怪！快些出来会会咱！”
妖王正在殿中坐，冷不防地吓了一蹿。
迈步出了光德殿，仰面抬头仔细观。
瞧见了沙僧和猪八戒，齐天大圣也站在云端！
妖王一见说：“不好！猴头怎么也到了此间？
他大闹地府多厉害！三反天宫最难缠！”
硬着头皮，他双足一跺腾空起，亮出宝剑光闪闪。
不容分说动了手，只听兵刃相磕响连天。

大战多时，不分胜败。行者心中烦躁，使了个叶底偷桃的招式，一棒把妖王打得一溜金光无踪无影。大圣见他化金光逃命，就知不是凡间的妖怪，吩咐八戒、沙僧下去保护师父。这大圣一纵筋斗云，进了南天门。找了四大天师奏闻玉帝，查遍诸天神圣，单少了奎木狼，即命本部星宿收他上界。二十七宿领了玉旨，出南天门，念动真言，把奎木狼拘到灵霄殿。奎木狼俯伏奏道：“臣和披香殿玉女动了凡心，因此下界，了却了夙缘。一去一十三载，今逢大圣到此，不敢隐匿，据实陈奏。”玉帝传旨：“奎木狼思凡下界，追回金牌贬入兜率宫为使者。披香玉女，等了却尘缘，复归本位。”发放已毕，大圣复至宝象国，一按云头，落在光德殿内。早有八戒、沙僧把公主接回。国王见了大圣，也不害怕，连忙迎接，让至殿上坐下，感恩不已。大圣又叫国王引路同八戒、沙僧来到朝房，从铁笼中把老虎放将出来。行者念动真言，用手一指，那假虎打了个冷战，现出本相。唐长老苏醒了半晌，睁开二目，这才看见了行者，上前一把拉住说：“悟空！你从哪里来？”

唐僧拉着孙大圣，心中难过眼圈儿红：
“徒弟啊！只因一时无主意，才把贤徒贬回山中。
只说你意懒心灰生了我的气，一刀两断了师徒情。
不料想今日前来将我救，足见徒弟你的心诚！
眼前若无你来到，妖精早就害了唐僧。
但不知徒弟如何得的信，晚来一步我也活不成！”
行者见问腮流泪，口尊：“师父听我禀明。
自从那日将我贬，弟子无奈回到山中。
虽然是花果山上风光好，难忘师徒一片情。
今天正在山中坐，教导子孙们练武功。
八戒与我去送信，才知师父把妖逢。
急忙就把高山下，宝象国捉怪降妖显威风！”

孙行者把八戒请救兵，一怒降妖的话说了一遍。三藏点头叹气说：“徒弟呀！千万不要寒心，都是我一时之错。”行者连说：“不敢。”国王大排素宴，款待师徒四众。次日，三藏告辞，国王苦留不住，率领百官送出郊外，洒泪分别。

四七　八戒偷懒

看累了，不妨听一听

这一日师徒四众走上一座高山，一齐举目观看，见此山十分险峻难行。往前正走，但见山坡上站着一个樵夫。只听那樵夫高声叫道：“东来的长老别往西走了！快些回去吧！”长老闻听，带住白马说：“徒弟，你听那个樵夫不叫往西走，必有什么缘故。谁去问他一问？”行者连忙答应，跳上石崖，说：“大哥，不叫我们往西去，想是有什么妖魔鬼怪，望求大哥告诉我们，好叫本处的山神土地，递解他们起身。”那樵夫微微冷笑说：“和尚，好大的口气呀！”

大圣只因艺高人胆大，他把万事当等闲。
眼望樵夫哈哈笑，叫一声：“樵夫大哥听我言。
无论妖魔与鬼怪，都有来历与根源。
要是那天魔下凡来作耗，我就将他解上天！
地魔解他归地府，铁棒一举不费难！
若要是鱼鳖虾蟹蛟龙怪，解归水府与深潭。
若是那无依无靠的孤魂鬼，我把他解到鬼门关。
我老孙一纸批文送了去，处处着忙都怕咱！”
美猴王句句都是实情话，樵夫笑得把腰弯：
“和尚真会说大话！信口开河把瞎话儿编！
就算你有了真本领，想过此山万万难！
平顶山山中有座莲花洞，两个魔王最难缠！
本领高强神通大，手下小妖万万千！
奉劝你们回去吧，再往前走，连人带马都难保全！”

樵夫说：“这两个魔王，一个唤作金角大王，一个唤作银角大王。神通广大，法力无边。随身有五宗法宝，十分厉害！手下小妖成千上万！现今他画影图形，要吃什么取经的唐僧肉呢！我看你们是僧家打扮，因此告诉你们。”大圣说：“这一座大山总有一半个毛妖精，也不妨事。”连忙跳下石崖来见三藏，说：“师父，没甚大事，走路吧！”长老策马前行，那樵夫忽然不见了。大圣闪金睛观看，半天上彩云飘飘，原来是值日功曹！大圣连忙跳在云端里喝声：“毛神！有话何不明说，装神弄鬼的是何缘故？”功曹连忙赔罪说：“大圣，此怪果然厉害，只靠你十分仔细运用神功保你师父，若是怠慢些，西天大路休想去得！”大圣牢记在心，按落云头，来见师父。

孙大圣按落云头脚沾地，见了师父把话提：
“你当樵夫是哪一个？他本是值日功曹变化的！
特意到此来报信，叫我老孙加仔细。
这山中虽有几个毛妖怪，本领却都不出奇。
如今有件为难事，还要大家拿主意。
我一人难办两宗事，须得八戒卖力气。”
美猴王刚刚说出这话语，呆子一旁着了急：
“师兄专会降妖怪，你天生是个好样的！
想当年三反天宫神仙都害怕，闹地府阎王小鬼都着急。
顶天立地没了比，到如今，为什么单叫我帮你？”
行者闻听眼一瞪：“谁爱听你瞎叽叽！
我顾了左来难顾右，顾了东来顾不上西。
有两件事情由你选，要想偷懒我不依！”
猪八戒一见师兄生了气，连说：“师兄莫着急。
师兄快快传将令，叫我往东我不往西！”
孙大圣安心戏耍猪八戒，故意地迟疑半晌才把话提：
“如今却有两宗事，你挑哪宗都可以。
头一件保护师父身无事，化斋牵马看行李。
第二件差使轻松得很，独自探路到山里。
看看好走不好走，可有妖怪把人欺？”
猪八戒闻听此言忙答应：“小弟情愿探路去！”
说罢将衣服忙掖起，扛起了九齿钉耙奔了山里。

大圣见呆子去后，估量着他再不肯去巡山，必是找个没人烟的地方儿，偷闲躲懒。连忙叫声：“师父，八戒此去恐怕要遇见妖精，等我去帮他一帮。”长老说：“好，好，好！你千万不要捉弄他！”行者答应，遂变了个蟭蟟虫儿，展开两翅，赶上八戒，叮在他耳根之后，听他说些什么。且说八戒走了八九里地路，站住脚，掉过头来，指手画脚地说道："大家拜佛求经，大家要成正果，为什么偏叫我巡山？你们却在那里快活自在！我也寻个地方打个盹儿，睡醒了，回去混他一混了事！"来到一个红草坡下，用耙搂了些荒草，搭了个地铺，一骨碌躺下，伸了伸腿，说："好受用呀！""呼噜呼噜"，鼾声如雷。

行者句句听得明白，又摇身一变，变了个啄木鸟儿，但只见铁嘴尖尖，翠羽艳艳，一双钢爪利如剑！展翅飞入林中，最喜枯树老杆。剥啄之声实堪听，虫虫蚁蚁吃遍。一翅飞来，照着八戒嘴唇上恶狠狠地啄了一下，好比扎了一锥子似的。八戒从梦中疼醒，伸手一摸，摸了一手鲜血。抬头看，原来是个啄打木，在半天上飞呢。呆子说："丧他娘的气！这样一个扁毛畜生，也欺负我！我也不睡他娘的了！编个谎儿，回复他们去吧！必须操演操演才好！"看了看，前面有块石头，就把它当作唐僧，将钉耙倚在旁边，当作沙僧和行者，朝上唱了个大喏，说："师父呀！老猪巡山回来了！"

猪八戒望着石头把揖作，自言自语把话说：
"老猪遵奉师兄的令，巡山探路看得明白。
师兄若把山名问，我就说此处名叫石头坡！
师父问起妖和怪，我就说闹闹哄哄一大拨！
师父问我叫什么洞，我就说洞门上头没写着。
师父若问此处离洞有多远，我就说山道曲曲又折折。
他要问洞门上钉子有多少，我就说老猪心慌记不得。"
呆子说罢哈哈笑，扛着钉耙下了山坡。
呆子暗地里编谎话，没想到，旁边跟着大师哥。
孙大圣展翅摇翎头里走，见了唐僧把实情说。
师徒三人抬头看，见呆子慌慌张张下了山坡。

说话之间，呆子下了山坡。长老说："悟能，你回来了。"八戒说："回来了。"长老说："山中可有妖精没有？"八戒说："有！闹闹哄哄一大拨。"长老说："山叫什么山？洞是什么洞？路有多远？门上钉子有多少？"八戒说："石头山，石头洞，山路曲曲折折。"行者忍不住笑将起来，说："呆子！底下的话不说了，我替你说了吧！门上钉子有多少？老猪心慌记不得了！"

孙行者学罢末后的两句话，猪八戒吓得蹿了一蹿：
"他又不曾跟我去，怎么知道得这样周全？
想是猴头弄了鬼，暗暗跟随在后边？
他若知道我撒谎，未必轻易饶了咱！"
八戒正然心害怕，行者一旁把脸翻：

“偷闲躲懒你去睡觉，撒谎误事胆包天！
未从起意将人哄，摸摸你嘴上的血痕干未干！”
问得呆子无言语，低头假装哑巴禅。
行者上前忙揪住，把呆子摔个面朝天。
吓得呆子喊又叫：“师父哇！你大发慈悲救救咱！”

看累了，不妨听一听

四八　过平顶山

长老说：“悟空！看我的面上饶他这一遭吧！叫他再去一趟，将功折罪。”八戒说：“我去，我去！”行者才松了手。八戒爬将起来，两脚如飞，又进山中去了。这一番，行者却未曾跟他，他反倒自惊自怪，乱疑乱猜。嘟嘟囔囔地走了二十余里，果然遇见了一伙巡山小妖，摆了个圈子阵，把八戒围住，先抢了钉耙，抓鬃揪耳，扯腿拉腰，扛扛抬抬，提进洞中去了。那两个魔头在洞中正坐，小妖报道：“启上大天爷，小的前去巡山，捉了个长嘴大耳朵和尚来了。”老妖吩咐抬进来。小妖把八戒抬来，放在地下。两个妖王打开图形，用手指着说道：“这个长嘴大耳的和尚叫猪八戒，是没用的和尚。”叫声：“小的们得了工夫，把他丢在后边净水池中，褪了毛，扒开脊背，用盐揉了，晒干了，预备着阴天下雨的时候煮来下酒！”八戒闻听，心说：“遭他娘的瘟了！遇见会吃腊肉的妖怪了！”不言众小妖把呆子抬在一边，且说二魔对大魔说道：“哥！你在洞中等等，待小弟前去把唐僧拿了来。”说罢，走出洞外，腾空而起。

银角怪洞门以外双足踩，足登黑云飞上天。
霎时来至山洼内，手搭凉棚把动静观：
孙大圣跳跳钻钻前引路，金箍铁棒扛在肩。
后面跟着沙和尚，肩头以上把担儿担。
师徒三众朝前走，说说笑笑过了山弯。
二魔一见不怠慢，悠悠落在山坡前。
才要上前捉长老，心里又不住地打算盘：
久闻猴头很厉害，神通广大最难缠！

必须要设计擒了孙大圣，再捉唐僧就不难。

想罢摇身猛一变，变了个道士蹲在路边。

面目青黄腮流泪，摔折了左腿血未干。

看见唐僧迎面至，假装着哭哭啼啼甚可怜。

师徒三人正往前走，忽听路旁有人叫唤：“师父呀！救命吧！”唐僧说：“善哉！善哉！深山旷野之中，什么人叫喊？”低头一看，原来是一个道士打路旁草棵中爬了出来，在马前叩头，直嚷救命。长老慌忙下马，就要伸手相搀。那怪说：“师父别拉，疼得厉害呀！”三藏定睛观看，只见他左腿摔伤，鲜血直流，长老心中不忍，说道：“道友你因何这等模样？”妖怪见问，口尊：“师父在上，容小道细细说来！

小道姓刘名诚正，就是这本山本土的人。

正西有座清云观，我在那里，焚香扫地苦修真。

昨日到岭南把经念，念罢经文已黄昏。

师徒两个往回赶，遇见了一只猛虎吓死人！

我的徒弟被它叼了去，将我吓得走了真魂！

跌折了左腿难扎挣，疼得好像摘了心。

三生有幸逢长老，小道我活该遇贵人。

望师父大发慈悲行方便，送我回家多劳神。

救人一命功德大，一世不忘你的恩。”

说罢不住地哭又叫，这假戏作得很像真。

看累了，不妨听一听

长老心慈面软，遇见有难之人，就像自己受了害一样心中十分不忍，就吩咐行者：“你把他背上，送一程吧。”行者明知是个妖怪，且不说破，连忙答应，把老道背起，故意地落在后面，安心要把魔头摔死。沙僧搀扶长老上马，款款而行。谁知这怪又毒又狠，使了移山倒海的法力，把武当、峨眉两座大山收来，压住大圣的双肩，又把座泰山拘来压在大圣的头上，只压得猴王三尸神暴跳，五灵豪气腾空。这妖王驾起长风，赶上三藏，就在云端里伸左手，先拿了沙僧，右手捉了三藏，脚尖勾着行李，口内叼着白马，一齐拿进洞内。见了大魔，把八戒、沙僧吊在西廊，三藏吊在中间。派了两个小妖，一个叫精细鬼，一个叫伶俐虫，拿了两宗法宝，一件是紫金红葫芦，一件是羊脂白玉瓶，前去捉拿齐天大圣！

二妖魔拿出两件无价宝，交与那精细鬼和伶俐虫：

“你两个前去捉拿孙大圣，直奔高山第一峰。

瓶底儿朝天口朝地，连声喊叫孙悟空。

他若答应就装了进去，要想出来万不能！

还有个帖儿贴在瓶口上，上边有一道符咒写得灵！

只要把猴子装进去，管叫他一时三刻化为脓！”
小妖接过两宗宝，走出洞去把计行。
单说那高山压住的孙行者，拘来了本处的土地山神众神灵。
众神灵商议了半天无妙算，三山压定了孙悟空。
孙大圣不能脱身救师父，唐僧怎么去取经？
大圣说：“山上一定贴了符咒，你们赶快去查明！
若有符咒就揭了去，我大圣就能脱身捉妖精！”

土地、山神、小鬼一窝蜂上了山，一看，山顶上真有一张咒语，急忙揭去，只见大圣跳起身形，高声大叫说：“好毛神！为何与妖怪通同一气？不早来庇护我师徒？先吃老孙一棒！”众神连忙施礼说：“大圣息怒！休要错怪小神。非是我等不来保护，皆因那妖魔神通广大，法力无边，常常念动真言，拘唤我等到他洞中轮流当差！”行者闻听此言，不由得吃惊：这妖魔可真有些难缠！正在惊慌之间，忽见山洼内霞光闪闪而来。

行者问道：“你们既在他洞中当差，可知那放光的是何物件？”土地说：“那是魔王的宝贝放光，想必是妖精前来拿你来了！”

看累了，不妨听一听

四九　行者诓宝

土地山神俱散去，行者急忙显神通。
变成一个老道士，坐在了山顶之上直念经。
两个小妖也奔了山顶，手拿着紫金葫芦白玉瓶。
一心要拿孙行者，瞧见个道士正念经。
仙风道骨不俗气，念念有词闭双睛。
头戴七星冠一顶，身穿道服是皂青。
面如古月生光彩，银白的胡须飘前胸。
小妖一见忙止步，客客气气地问了一声：
“你是哪里一道长，来到了我们山里可有事情？”
一连问了好几遍，猴王故意装耳聋。

耗了半天才睁二目，上下打量小妖精：

“我乃蓬莱三岛客，特来到此访神童。

度几个徒弟成神圣，不知谁肯去修行。”

且说精细鬼、伶俐虫两个小妖，闻听行者说要度个徒弟前去修仙入道，不由得满心欢喜，一齐跪倒，口尊：“师父，若不嫌弃，我俩都愿跟了你去！”行者说：“善哉，善哉！原来你们是有缘的人。你两个起来，我有话讲。”二妖闻听，连忙站起。行者说：“不知你二位是从哪里来，要往何处去？”小妖说：“我们从莲花洞来，奉大王之命，说我家二大王遣了三座山，把孙行者压在山下，今叫我们拿两件宝贝前来装他呢。”行者说：“不知是什么样的宝贝就能够装人？”小妖遂把红葫芦、玉净瓶、如何装法等情由说了一遍。行者闻听不由得心内吃惊，遂带笑说：“你二位将那宝贝借与我看看。”那两个怪在袖中取出宝贝，递与行者。行者看了看，复又递回说：“这宝贝也不稀罕，我也有宗宝贝。”小妖说：“师父有什么宝贝？也借于弟子们看看。”行者遂伸手把毫毛拔下一根，即变一个一尺七寸长的红葫芦，自腰间拿出来说：“你们看我的葫芦！”那伶俐虫接在手中看了看，说：“好个葫芦，不知有何奇处？”行者说：“我这葫芦能把天装在里面！”小妖说：“可真么？”大圣说：“当真！”伶俐虫对精细鬼说：“哥，我们的宝贝与他换了吧！”精细鬼说：“他装天的东西怎么肯与咱装人的相换？”

伶俐虫说：“师父他若不肯换，咱何不贴上这个玉净瓶？

两件东西换一件，大料师父也应从。”

孙行者闻听此言心欢喜，伸手拉住伶俐虫：

“徒弟你当真要来换？”

小妖说：“贴上这个玉净瓶！”

行者暗中念了咒，拘来值日的众神灵：

“你替我上天奏玉帝，帮我老孙骗妖精。

帮着我把天装到葫芦内，才能把妖精的宝贝骗到手中！”

值日的神将如飞去，玉帝闻奏骂：“猴精！

胡出主意乱生事，这青天怎么能装到葫芦中？”

哪吒出班呼：“万岁！要想装天也可能。

陛下降旨问真武，借他的七星皂旗助悟空。

七星旗能遮天光和日月，天下遮得黑通通。

就说是装了天哄弄妖怪，保管大圣得成功！”

玉帝依奏，就派哪吒前去行事。值日游神也急到大圣耳边报知此事。行者闻听，心中甚喜，即对小妖说：“你们看，我要装天了！”就将假葫芦往上一抛，南天门外三太子哪吒看得明白，遂把七星皂旗一展，将日月星辰遮蔽，一时黑得伸手不见五指。二妖一齐吃惊说："天才晌午，怎么这样黑呢？"行者说："装了天，怎么不黑？你两个站稳了，不然地塌了，一失脚栽下去，七八天还到不了底儿呢！"二妖闻听，十分害怕："师父放了天吧！我们知道是怎么装法了。"行者遂念咒语，早惊动了哪吒，将旗卷起，依旧日光正午。小妖笑道："这样好宝贝，怎能不换？"

才将那玉瓶葫芦递过去，孙行者接过宝贝忙腾空。

两个小妖刚把葫芦拿到手，就不见了才拜的师父老仙翁。

伶俐虫连忙把哥哥叫："道长不知何处行？"

精细鬼说："我们也来试一试，把天装到葫芦中！"

说着把葫芦往上扔，只见它掉在地上响了一声。

两个小妖说："不好！怎么装天装不灵？

莫非是孙猴假变神仙样，骗了咱的葫芦和玉瓶？"

大圣在空中将身抖，收了毫毛，地上的葫芦也没了影踪。

两个小妖急得眼中流热泪，无可奈何往回行。

行者暗中忙跟定，变成一个小苍蝇。

两个小妖进了洞，一齐叩头，口尊："大王，小的们万千死罪，我们手拿宝贝，去拿行者。走到半山之中，忽然遇见一位仙家。谁知他也有个葫芦，善能装天。小的们一想，咱们葫芦只能装人。也是我俩一时妄想，就与他换了。还以为十分便宜，心中不过意，把净瓶也贴给他了。谁知仙家之物经不得凡人之手，转眼之间连人带葫芦都不见了。大王爷千万饶过我们的死罪！"

小妖不住将头叩，老魔气得喘似牛。

大叫一声："气死了我！骗宝之人准是猴头！

骗去宝贝实可恨，我一定前去把他收！"

二魔闻听呼："兄长！要想擒他不用愁！

论宝贝，咱们手中还有三件，哪件也能把猴来收！

扇子、宝剑都在手，赶紧派人去把老娘求。

请老娘到此来吃唐僧的肉，顺着手儿带来仙绳捆妖猴！"

老魔闻听把头点："兄弟啊，赶快派人把老娘求！"

派下了倚海龙和爬山虎，两个小妖急忙出洞下了山头。

大圣也展翅出了洞口，变了个小妖使计谋。

看累了，不妨听一听

五〇　装进葫芦

大圣原变的是苍蝇，展翅出洞，跟在小妖后头。行不多远，也变成个小妖，高声叫道："二位哥哥，等我一等！"爬山虎回头一看，问道："你是哪里的？"行者说："我是外班的，大王差你二位去请老奶奶，又恐你们来迟了。今又差我前来催促，为的是来得快些。"二妖闻听并不疑惑，急忙同行。行者说："还有多远？"倚海龙用手一指说："前面松林之内就是！"行者仔细观看，相离不远了，遂拿出棒来将两个小妖打死，拉下路旁。拔一根毫毛变作爬山虎，自己变作倚海龙，奔入松林之内。只见一座洞，有扇石门半掩半闭，有个女妖出来，见了行者问道："你们是哪里来的？"大圣说："我们是莲花洞差来的！"那女妖闻听点头说："随我进来！"

女妖转身前引路，行者在后紧跟从。
进了洞中留神看，上边坐着个老妖精。
但见她鱼尾金冠头上戴，腰中系着黄绒绳。
鬓边白发飘银线，一双眼睛亮如灯。
孙行者心中暗暗说："喪！老孙今天要拜妖精！"
口尊"奶奶"行了个礼，老妖叫了声："倚海龙！
来见奶奶有什么事？莫非说平顶山上出了事情？"
行者说："大王差我来把您请，去到山上吃唐僧！
为了要拿孙行者，请您带上那条绳。"
老妖闻听心欢喜，连忙出洞把轿乘。
半路上大圣要动手，举铁棒要打多年作怪的精！

老妖起身出洞，坐在轿内，有两个小妖抬轿而行。行者跟随在后，走了有十数里，行者趁抬轿的小妖停轿休息，掣出棒来，照头顶上各打一下。那老妖闻听响动，伸出头来观看，被大圣也一棒打死。揪出轿来一看，原来是条九尾狐狸。行者遂把晃金绳搜出，掖在腰内。拔下两根毫毛，变成爬山虎、倚海龙。又拔上两根毫毛，变作轿夫。自己变作老狐狸奶奶，坐在轿里。轿夫抬起就走，不多时到了莲花洞。那把门的小妖看见，连忙去通报。两个魔王闻听，迎出洞来。行者下了轿，走到里边，只见那大小群妖都来迎接跪拜，及至到了正厅上，归位坐下。两个魔王双双跪倒，口尊：“母亲，孩儿拜见。”行者说：“我的儿，起来吧。请老身到此，不知为了何事?”老魔说：“母亲听禀。孩儿们今日拿得东土唐僧，不敢私用，特请母亲前来同吃，可以延寿长生。”话犹未落，只看几个巡山的小妖报道：“大王爷在上，祸事不小！今有孙悟空半路上将老奶奶打死，他却假装老奶奶前来捣乱！”

老妖听了小妖的话，扯出宝剑砍悟空。
大圣一见将身晃，霞光一道无影踪。
吓得个老魔当时只发愣，二魔把哥哥叫一声：
“兄长不用心害怕，等我前去捉猴精！”
二魔出洞高声叫：“猴子快来比输赢！
杀人的一定要偿命，杀母的仇人不能容！”
行者空中骂：“恶怪！不必猖狂少逞能！
快快放我师父与师弟，想活命，还得叫我三声孙祖宗！”
二魔闻听心好恼，一纵云头到空中。
手抡宝剑搂头砍，行者举棒来相迎。
行者心中想主意：“何必与他苦相争?
耽误工夫白费力，倒不如拿妖精的宝贝捉妖精！”

大圣想罢，一只手招架着宝剑，那只手将绳抛起，只听“唰”的一声，把二魔绑住。谁知那魔王有两句咒语，若捆住别人，就念紧绳咒，若捆住自家，就念松绳咒。他认得是自家的宝贝，遂念松绳咒，把绳脱下来，反对着行者抛去，也是“唰”的一声把大圣捆住，忙念紧绳咒。行者不能解脱，细看，扣在项下的是一个金圈子拴着绳子，绳子头儿在妖精手里。那怪将绳一拉，拉将下来，揪进洞里，口中高叫：“兄长，我拿了孙行者来了！”老魔一见心中甚喜，吩咐把他拴在柱子上。二魔又在行者身上细搜，搜出了葫芦与玉瓶两宗宝贝。

二妖魔搜出两宗无价宝，同归后洞去饮酒浆。
只剩下大圣绑在柱子上，猴王心中拿主张。
拔毫毛变作一把纯钢锉，扳过来项上的圈子锉得忙。
不一会儿，就把金圈来锉断，柱子上溜下来美猴王。
变了个假的在柱上捆，他自己化作小妖进了后堂。
口呼：“大王，不得了！行者在柱上乱晃荡。
怕的是工夫长了把绳弄断，换一根粗壮的绳子才妥当！”
老魔闻听把头点，解下了腰中的鹰带递给猴王。
孙行者用鹰带捆住他的假相，替下来晃金绳在腰内藏。
拔毫毛变作根假绳金晃晃，拿进后洞交给妖王。

二魔只顾来饮酒，未辨真假被人诓。

行者急忙出了洞，现出本相开了腔：

“魔王快快来送死！今天给你大开膛！”

小妖忙问：“你是哪个？”行者说：“猴王的弟弟二猴王！”

二魔走出洞外大喊道：“你是什么人在此喧哗？”大圣说：“我是孙行者的弟弟者行孙，闻听你们拿住我的兄长，特来报仇！”二魔说：“你来报仇，先不要交战，我也不与你动手。我只叫你一声，你敢答应么？”行者心说：“假名字大概不要紧！”说道：“怎么不敢答应？”那妖手执宝贝跳在空中，把底儿朝上，口儿朝地，叫了一声：“者行孙！”大圣就应了一声，早被他吸进葫芦里头去了。妖精急忙贴上帖儿。原来那宝贝不管名字的真假，只要应声儿就装得进去。行者到了葫芦之中，两眼漆黑。心中暗想：“我老孙五百年前被老君放在八卦炉中，炼成了铜胎铁背，火眼金睛，怕他何来！

葫芦虽然是宝贝，一时三刻能把活人化为脓。

那凡人才能叫他化，要化老孙万不能！

我只等他揭开盖儿，跳出葫芦再动刀兵！”

这时节二魔迈步往里走，口中不住叫：“长兄，

者行孙被我装在葫芦里，一会儿就要化成脓！”

老魔闻听心欢喜，说：“贤弟又立一大功！”

两个说着去饮酒，葫芦内急坏了孙悟空：

“我再将他来哄弄，早些出去好办事情！”

大叫道：“我的大腿都化了，连腰带腿都化了脓！”

老妖闻听叫：“贤弟！腰腿要化了他跑不成！

揭开盖儿咱看一看。”行者在里头正把话儿听。

拔根毫毛变了个半截的孙行者，自己变成蟭螟虫。

小虫贴在葫芦口，二妖魔一揭帖子他就往外冲。

半截的假身子留在里面，妖魔说：“还有半截没化脓！

这者行孙化脓化得慢，再迟一会儿也就成功！”

看累了，不妨听一听

五一　收服二童

老魔心中欢喜，斟了一盅酒，与二魔说："贤弟雄功非小，该多饮几盅！"二魔连说："不敢！"接过酒一饮而尽。他二人传杯递盏，彼此相让。哪知行者早已飞将出来，变了个小妖，站在一旁，趁空把个葫芦拢在袖内。拔根毫毛，变了个假的，放在那里。行者走出洞外，现了原身，厉声大叫。小妖出来问道："你又是什么人?"行者说："你们快去报与泼魔知道，我乃行者孙来也！"小妖闻听，急忙报与老魔。老魔吃惊说："贤弟！怎么好?"二魔说："哥哥放心，咱这葫芦能装一千人呢！这才装了一个者行孙，怕他什么行者孙？等我出去，一同装了来！"

二魔手拿假葫芦，迈开大步出洞中。
连问："你是哪一个？胆大到此逞威风！
我今不与你动手，叫你一声你可敢应?"
行者闻听哈哈笑，大叫："妖精你仔细听！
你要叫我我答应，我要叫你你可敢应声?"
妖魔回答说："你只管叫！谁不答应算无能！"
大圣说："如今我让你先叫！"二魔闻听笑盈盈。
一纵身形腾空起，"行者孙！"扯着嗓子叫了一声！
猴王口中连答应，答应完了没动静。
二魔一见心胆怯，暗说道："我的宝贝怎么不灵?"
行者说："你先下来吧！轮到我来叫你一声！"
急纵筋头跳上去，掏出葫芦手中擎。
他也底儿朝天来口儿朝地，叫了声："银角老妖精！"
银角大王才答应，立刻装进葫芦中。
二魔装到葫芦内，孙行者手执铁棒打进洞中。

到了洞口，把葫芦乱摇，里头"嗦嗦啰啰"直响，越摇越响。洞门口的小妖看得明白，忙往里跑，口中嚷道："大王爷，祸事不小！那行者孙竟把二大王装到葫芦里头去了！"老魔闻听，大叫一声，跌倒在地，满洞群妖一齐痛哭。猪八戒吊在梁上，忍不住叫道："妖精，你别哭了。令弟既死，哭也无益！快些备办些香烛素菜，请我师徒与他超度超度，叫他到好处去托生吧！”老妖闻听，心中动怒，叫道：“尔等快把猪八戒搭下来，褪毛洗净，去了头蹄、下水，加上花椒大料，给我蒸了来！”小妖们答应一声，大家就要动手，忽然一个小妖来报：“大王！快去堵挡一阵儿，行者孙打进门来了！”老妖闻言，心中吃惊，吩咐道：“先不要蒸洗八戒，捉了猴王再说。”急取芭蕉扇，插在背后，手提八星剑，气冲冲跑出门来，一抬头看见了行者，用手一指，骂道：“泼猴！你将我兄弟害死，我与你仇深似海！恨重如山！咱两个以死相拼！”二人战了多时，不分胜负。众小妖一齐上前，把大圣团团围住。行者急忙嚼了一根毫毛，向外一喷，变作无数行者，把那些小妖打得星流云散，四下里乱跑。老妖不由得心中动怒，回手将芭蕉扇取出来，用手照定行者一扇，只见那地起烈焰，火光冲天。大圣见此烈火，真身一纵，跳将出来，又将一根毫毛变作假身，和老妖周旋。这行者奔莲花洞口，落下来，手执金箍棒一路打了进去！

行者打进莲花洞，铁棒耍得一阵风。
忽见案上霞光闪，细看方是玉净瓶！
忙伸手拿起玉瓶揣怀内，迈步如梭出洞中。
只见妖精也赶到，行者急忙隐身形。
老妖逃进莲花洞，闪目观瞧吃了一惊！
小妖一个也不见，老魔此时好心疼。
哭够多时止住泪，趴伏在石案之上入了梦中。
行者回头进洞内，见石案上睡倒老妖精。
芭蕉扇斜插在他的背后，七星宝剑在案头横。
孙行者轻轻把扇子拿在手，回身就往洞外冲。
妖魔惊醒抓宝剑，随后追来不放松！
来至洞外二人交战多一会儿，老魔败阵奔了正东。
大圣一见不怠慢，纵起身形跳在空中。
腰中急把葫芦取，连把那金角大王叫了一声！

行者解下了葫芦，高声大叫：“金角大王！”那怪随口应了一声，只听“嗖”的一下装了进去。行者甚喜，即将帖子贴好。只听得“当啷”一声，七星剑坠落尘埃。大圣连忙跳到地上，拾起宝剑，回到洞中，将三藏师徒解下，对师父说明此事，长老甚喜。就在洞中寻了些粮米，煮饭充饥。大家用罢斋饭，收拾马匹，四众出洞，起身西行，忽听半空中有人大叫说：“孙行者休走，还我宝贝！”八戒说：“不好了！又有妖怪来了！”转回身就跑。三藏心中也是害怕，连忙下了白马。行者说：“不要怕！待我老孙看来！”行者腾空一看，原来是太上李老君。

行者说："老君要往哪里去？
丢了宝贝，为什么来找我孙悟空？"
老君见问忙赔笑，叫了声："大圣你仔细听。
红葫芦乃是贫道盛药的物，盛水的就是玉净瓶。
七星宝剑防身用，勒袍子的一根晃金绳。
扇火用的芭蕉扇，还有金银二道童。
他两个偷我的宝贝临下界，到处寻找无影踪。
谁知却被你拿住，我前来寻找宝贝和道童。"
大圣闻听微微笑："老君说话理不通！
你为什么纵放家奴把人害？约束不严有罪名！
反倒前来要宝贝，来，来，来！咱们去找玉皇上天宫！"

老君闻听行者之言，赔笑说道："这件事休要怨我，此乃你师父应有的磨难，不然就不能成为正果！"大圣点头说："既是如此，将宝贝拿去吧！"老君忙把五件宝物接过，又将葫芦盖揭开，冒出两股白气，用手一指，化作金银二童，相随左右。老君拱手相别而去。行者按落云头，对师父尽言老君收宝之事，三藏合掌念佛。师徒赶路西行。

看累了，不妨听一听

五二　国王托梦

一日天色将晚，只见前边有一座大庙。长老催马来至山门以外，但见门上有五个大字"敕建宝林寺"。

长老连忙下坐骑，叫了声："悟净、悟能、孙悟空，
你们在此莫走动，等我上前去打听。"
三个徒弟齐说："好！"三藏走进山门中。
但只见里面出来一个老道，问长老："到此为了什么事情？"
长老说："弟子名唤唐三藏，乃是长安东土僧。
奉圣旨前往西天拜佛祖，去到雷音求真经。
走到宝方天色晚，住一宿，明日清晨早登程。"

老道说："师父在此等一等，我要到僧官面前说一声。"
老道转身朝里走，见了僧官细禀明。
僧官闻听好心恼，说："我这里不留行脚僧！
此乃国主的香火地，丢了东西谁担承？"
老道遵命往外走，见了三藏说真情。
唐长老闻听此言长叹气，无可奈何退出庙中。

行者见师父满面愁容，连忙问道："师父，你前去借宿，不知怎样？"三藏说："他这里不留游方的和尚，咱们别处去吧。"行者笑道："你不济事！等我进去看看。"他手执铁棍闯入山门，直上大殿。只见那个道人吓得一栽，又连忙爬起来，回头一看，又是一个跟头！战战兢兢，站起来就跑，一步一跌，奔入方丈室中，说："长老，长老！外面又有一个和尚来了！"僧官说："你这道人真正该死！方才吩咐过了，如何又来禀报？"

道人说："这个不同前一个，相貌长得恶又凶！"
僧官闻听心不悦，埋怨老道太无能：
"待我出去将他看，看看他怎样恶来怎样凶！"
僧官连忙出了方丈，立刻来到前院中。
抬头看见孙行者，果然是杀气腾腾甚威风。
手中拿定金箍棒，碗口粗细放光明。
生成的凹腮雷公嘴，头圆耳小眼圈红。
满面黄毛真可怕，光闪闪的两只眼睛。
僧官看罢浑身软，手脚冰凉面皮儿青。
又听得大圣喊叫如雷吼，手抡铁棒带风声。
对着那石头狮子打了一棒，只听得"啪"的一声，震得耳朵疼！

大圣一棒，把院内石狮子打了个稀碎，石片迸溅，火星子乱飞！把僧官吓得骨软筋麻，浑身乱抖，跪倒在地，叫道："圣僧爷爷饶命！"行者说："你叫什么名字？寺中共有多少僧人？快说！"僧官说："小僧法名圆禅，此寺乃是乌鸡国王护国之寺，由小僧掌管。这庙里共有五百僧人。"行者说："快去叫那五百僧人，穿了袈裟，前来跪接我师父进寺。不然，每个人头上打一下！"僧官说："爷爷若不打，就是把长老抬也抬进来了。"

那僧官口中答应忙站起，吩咐道人聚众僧。
登时之间钟鼓响，全寺的和尚到了前厅。
问明缘故把袈裟换，站队排班把长老迎。
见了圣僧齐下跪，大家磕头尊："圣僧！

唐老爷取经过此处，接待来迟要多宽容！”

三藏一见不过意，两手合十把身躬。

僧人站起往里让，牵马挑担进了庙中。

师徒来到方丈内，几个沙弥献茶羹。

僧官吩咐摆斋饭，三藏连把院主称：

“打搅宝刹多有罪。”僧官说：“怠慢吾师望宽容。”

三藏说：“师徒可有安歇处？”僧官说：“就在前面禅堂中。”

师徒四众出了方丈，来至禅堂之内，只见灯火光明，两边铺着四张竹床。行者叫道人将草料拿来，放在禅堂外面，拴下白龙马。三藏坐在禅堂中间，众和尚都来伺候，不敢散去。三藏欠身说道：“列位院主请回，贫僧好自安歇。”众僧闻言，俱都散去。唐僧步出禅堂，只见明月当空，如同白昼，叫声：“徒弟们！”行者、八戒、沙僧一齐答应，走出禅堂：“师父呼唤我等，有何吩咐？”长老用手一指说：“你们看此皓月！”三人仰首齐观，果是清光皎皎，玉宇无尘。三藏对月，赋诗一首：

皓月当空宝镜悬，山河摇影十分全。

琼楼玉宇清光满，冰鉴银盘爽气旋。

万里此时同皎洁，一年今夜最明鲜。

处处窗轩吟白雪，家家院宇弄冰弦。

今宵静谧来山寺，何日相同返故园？

行者闻听长老之诗说：“师父！你只知月色光华，心怀故里。便不知月家之意，乃先天法相之规绳也！我也有诗一首：

前弦之后后弦前，药味平平气象全。

采得归来炉中炼，志心功果即西天。”

长老听说，一时解悟，明彻真言，满心欢喜，称谢了悟空。八戒上前拉住长老说：“师父莫听他胡说，误了睡觉！”三藏说：“有理。徒弟们走路辛苦了，大家歇息吧！”行者、八戒、沙僧全都歇息以后，三藏在灯下温习经文。忽听禅堂门外一阵怪风，吹得那案上的灯火忽明忽暗，昏昏惨惨，透底冰凉。又听见有人啼哭，那哭声越来越近，长老连忙闪目向外观瞧，只见一人站在门外，口尊：“禅师，望你大发慈悲，搭救于我！”

长老闻听仔细看，见来人穿衣打扮似帝君。

头戴冲天冠一顶，赭黄龙袍穿在身。

足登一双无忧履，满面愁容带泪痕。

又见他鞋帽衣服全湿透，浑身上下水淋淋。

长老一见忙追问："你是哪朝哪国的君？
为何深夜来至此？为何全身水淋淋？"
那人口中呼："长老！千万设法救寡人！
我家离此七十里，乌鸡国内我为尊。
立业兴邦传数代，祖父相传为国君。
五年之前遭了横祸！"这国王一言未尽泪纷纷。

那国王提起以往之事，落泪伤心，勉强止住悲痛，复又说道："前数年真是风调雨顺，国泰民安。谁知五年前大旱，寡人求雨无效，旱了三年。忽然终南山来了一个道士，自称善能呼风唤雨，法术高强。我请他登坛祈雨，顷刻间，大雨滂沱，真是沟满壕平，军民欢悦。寡人深感其情，因此与他结为兄弟。同居半载，气味相投。一日正逢阳春天气，屏退左右，孤与他同至御花园中赏玩。走到八角琉璃井边，不知他抛下了什么物件，井中闪出万道金光，他哄我去到井边看宝贝，谁知他暗起歹心，下了毒手！"

看累了，不妨听一听

五三　戏耍太子

国主说："妖魔他把歹心生，猛然把我推入井中。
忙用石板盖井口，又用泥土把井口封。
挪了棵芭蕉树种在上面，神鬼不知真干净！
他摇身变作我的模样，称孤道寡把王称。
满朝文武他辖管，占了六院并三宫。
冤仇似海无处诉，魂游井底已三冬。"
唐三藏见他自称是冤鬼，吓得发抖战兢兢。
忙说道："你自身遭魔害，为什么不到阴司去告明？
捉住恶怪将仇报，血海冤仇全洗清。
为何前来把我找？难道说贫僧与你有冤情？"
那人闻听呼："长老！只因此怪有神通！
阴司不敢把他找，我受屈含冤等了三冬。

如今该我把仇报，三生有幸遇圣僧。”

国王说：“方才有夜游神对我言讲，说禅师坛上有个大徒弟齐天大圣孙悟空，神通广大，善能斩怪拿妖。故此用神风一阵，把我送到此处，拜求禅师大发慈悲。万望拿住妖魔，辨别邪正，我自当结草衔环以报恩德！”三藏道：“若叫我徒弟悟空捉拿妖怪，却倒不难。但则一件，恐理上难行。”那人说：“怎么理上难行?”三藏说：“那怪既变得与你相同，满朝文武、三宫的妃嫔一个个跟他意合情投。我徒弟纵有手段，决不敢轻动干戈。倘被众人拿住，说我师徒欺邦灭国，岂不是画虎不成吗?”国王说：“不妨！朝中尚有我亲生的储君，能给你们作主。只是这三年以来禁他入宫，不能与他母亲相见。”长老说：“这又是什么缘故?”

国王说：“只因恶怪担虚惊，禁止吾儿入内宫。

怕他母子见了面，闲谈论，走了消息透了风。”

三藏说：“朝中纵然有太子，如何能够见贫僧?”

国王回答说：“容易！太子明日就出城。

带领人马去打猎，师父与他能相逢！

见了他将我的遭遇对他讲，我留下玉圭作证明。”

长老说：“留下玉圭有何用?”国王说：“禅师不知其中情。

恶妖当年变成了我，这玉圭随我落在井中。

太子看见这玉圭，睹物思人就想起前情。”

长老点头说：“有理！”国王告辞往外行。

唐三藏连忙站起往外送，跌了一跤，喊了一声。

长老起身送那国王，忽然绊了一跤，不由得大喊一声，醒来原是一梦。行者闻听，连忙跳起来说：“师父！怎么样了?”长老说：“悟空，方才我做了一梦，甚是奇怪。”遂将梦境一一说与行者。行者笑道：“这又是照顾老孙一场生意！他说了留下表记，我且出去看看。”说着走出禅堂观看。此时天光已亮，但见阶下果有一柄金镶白玉圭。行者连忙拿进来，口尊：“师父，既有这个玉手板，想来是真事。明日拿妖，只要师父依我而行。”三藏说：“但不知你有什么主意?”行者说：“我与你一件东西！”遂拔了根毫毛，叫声“变”，变作一个红金漆匣儿，把玉圭放在里面，说道：“师父将此匣捧在手中，穿上锦斓袈裟，去到正殿上，你依我之言行事，他自然相信！”行者说罢，一个筋斗，跳在空中观看，只见有一座城池，城上面黑云漠漠，妖气纷纷。行者正然观看，忽听得炮声响亮。只见那东门里闪出一队人马，内中有一个为首的小将军，生得甚是威武！

只见他紫金冠上插雉尾，一朵簪缨映日红。

身穿一副黄金甲，袋内斜装铁背弓。

坐下一匹赛红马，金鞍玉辔坠金铃。
手中并未持兵刃，皆因是并非打仗与交锋。
小太子奉旨打猎来郊外，率领三军出了城。
又见他眉清目朗方海口，鼻如悬胆面色红。
凛凛身材高八尺，腰圆膀阔甚匀停。
行者一见心欢喜，摇身一变显奇能。

行者一见，心中暗喜："这就是太子，待我戏耍他一回！"想罢，按落云头，摇身一变，变作一个白兔，在太子马前乱跑。太子一见，连忙抽弓拔箭，认扣搭弦，一箭射去。大圣一转身形，将箭叼住，往东便跑。那太子以为白兔中箭，放马赶将下来。看看赶到宝林寺前，行者早已现了本相，将箭插在门槛之上，走到后面去了。见了三藏说："太子来了！"又变作个二寸的大和尚，钻入红匣之内。且说太子赶到山门，不见了白兔，只见门槛上插着他那一支箭。太子说："怪哉！分明是我的箭射中了白兔，怎么不见？"

小太子连忙下了枣红马，拔下雕翎放壶中。
举目抬头仔细看，山门上五个红字写得清。
乃是"敕建宝林寺"，庙宇高大围青松。
太子才要往里走，闹嚷嚷赶来了保驾的众兵丁。
御林军兵齐赶上，前呼后拥一窝蜂。
众僧慌忙来迎太子，把储君迎进大殿中。
进大殿，太子拜佛忙行礼，只见佛旁有一高僧。
见了太子不行礼，不言不语不出声。
双手捧定匣一个，却是金漆血点红。
太子看罢心不悦：这和尚傲慢无知眼太空！

太子心中动怒，吩咐左右把和尚拿下。两边校尉一齐上前，把长老捉了下来。太子面带怒气，叫声："和尚！你是哪方来的？"三藏合掌说道："贫僧乃东土唐僧，上西天拜佛进宝的。"太子说："你有什么宝贝？"三藏说："我身上穿的这件袈裟，是第三等的宝贝，还有第二等、第一等的好宝贝呢！"太子说："那袈裟只遮半边身体，能值几何，如何敢称'宝贝'二字？"三藏闻听，微微冷笑，说："我这袈裟虽仅遮半体，却有一宗好处！"

唐三藏双手捧定红匣子，说："我本是东土大唐人。
金山寺里当和尚，今奉圣旨奔雷音。
一来取经二进宝，来到贵国换关文。
昨日天晚宿城外，未能进城拜国君。

这袈裟本是无价宝，严寒酷暑不能侵。
万线千针缝得巧，天衣无缝不染尘。
仙娥金女来织造，赐给贫僧穿在身。
我穿了它，见驾不迎是小事，太子你父仇不报枉为人！”
长老一言还未尽，太子一旁把脸沉！

五四 太子见母

太子闻听，心中大怒："你这个野和尚，满口胡说！你的袈裟随你自夸，我的父仇未报，从何说起？"三藏见问，说道："贫僧这红匣子里有个宝贝叫作立帝货，他能知过去未来之事。殿下问他，即知其详。"太子说："拿来我看！"三藏扯开匣盖，行者就跳将出来，拐呀拐地两边乱走。太子一见，不由得哈哈大笑说："似这样不大的一个小人儿能知道什么事?"行者闻听嫌小，把那腰伸了一伸就长了好几尺。太子同众校尉一见，人人害怕，个个吃惊，壮着胆子，仔细观瞧。

太子一见心惊异，这个小人儿太出奇！
只见他把腰一伸随着长，一霎时长到七尺还有余。
一道金箍拢短发，身穿一件黄布衣。
虎皮裙就在腰中系，抓耳挠腮又翻眼皮。
太子心中虽害怕，表面上装得挺匀的。
叫了一声："立帝货！快把实话对我提。
老和尚说我未把父仇报，谁肯信他一面词！
告诉我国中一往从前事，说得不对我可不依！"
行者见问将头点，口尊："殿下听仔细！
五年前，乌鸡国内遭大旱，米贵如珠灾情急。
国王求雨不见效，忽然来了一道士。
自称终南山上客，呼风唤雨能把神拘。
君王与他来结拜，从此后，道士住在皇宫里。"

行者说："我的话对与不对？问明了好往下讲。"太子说："不错！"行者复又说道：“后三年，不见了那个道士。请问你宝座上称孤道寡的是谁？”太子说：“做皇帝的是我父王，何必又问？”行者闻言，微微冷笑。太子说：“你为何不往下讲？”太子见他言语有因，遂令手下人俱都退出门外，殿上只有唐僧、行者、太子三人。行者这才正言厉色地说道：“那走了的是你父王，如今做皇帝的就是那老道！”太子说：“休要胡讲！”行者对唐僧说道：“如何？我说他不信，果然不信。如今拿出那宝贝与他倒换关文，往西去吧！”三藏连忙取出白玉圭献与太子。太子将白玉圭看了看说道：“此宝三年前被一个道士骗去，是他又装作和尚来进献，人来！快与我拿了！”行者上前说道：“休嚷，看走了消息！我实对你说了吧，我不叫立帝货！”太子说：“你快说了真名实姓，我好送你到有司定罪！”行者说：“若问我真名实姓，你先见过我师父大唐圣僧唐三藏，我是他的大徒弟孙行者。我们师徒四人，行至此处，夜宿庙中，梦见你父，说了被害情由，留下玉圭为证。只因你父亡灵求我师徒降妖报仇，老孙才变了一只白兔，引你到此，特为说此缘故。”太子闻听，心中踌躇，低头不语。行者又说道：“太子不必狐疑，你回去问你国母娘娘一声，看他夫妻恩爱之情，比三年前如何。只此一问，便知真假！”太子回答说：“是。”手拿玉圭，转身就走。行者一把拉住说：“你带这些人马回去，岂不走了消息？你只可单人独骑，进城莫入正阳门，须从后宰门进去。到宫中见了你母亲，莫要高声。须防那妖怪神通广大，一时走了消息，你母子们性命难保！”太子闻听，连忙答应说：“谨遵指教。”出山门，吩咐军士们在此等候，上马而去。不多时回到城中，入后宰门，进了后宫，拜见娘娘。原来这娘娘夜间也做了一梦，正在那里猜疑不定。见太子进宫跪在面前，心中大喜，说道：“我儿！三年不得见你，今日怎得到此？”太子叩头说：“母亲，孩儿有一句话要问，母亲先屏退左右。”娘娘即叫宫娥等退去。太子叩头说道：“请问母亲与我父王的恩爱之情，三年前如何？三年后如何？”娘娘见问，不由得一阵心酸，手拉太子，二目落泪。过了半天才止住悲痛，说了两句话：“三年之前温又暖，三年之后冷如冰！”太子听到后，急急地站起身来就走。娘娘一把拉住说：“孩儿，你如何这样慌忙？”太子就把早晨出城打猎，遇见唐僧行者之事说了一遍。太子从袖中取出玉圭递与了娘娘，娘娘认得是当时国王之宝，止不住泪流满面，叫声：“孩儿，我昨夜也做了梦，梦见你那父王水淋淋地站在我面前，说他请了人来降妖救他。我今日正在这狐疑，你又来问这话。我如今且把玉圭收下，你快快去请那僧人除妖降怪，辨明邪正，报你父王养育之恩才是。”太子答应，急忙出宫上马。

太子上了枣红马，出皇宫马快如飞似腾云。
眨眼来到宝林寺，独自一人进了山门。
急急跑进大殿内，只见那行者正在等回音。

行者说："可曾问过你的母？我们的话语可是真？"
太子说："只求禅师发善念，捉妖降怪把冤伸！
但能够水落石出辨真假，弟子一世感大恩。"
行者闻听说："容易！太子只管放宽心。
捉怪降妖如儿戏，只是要等到明日早晨。
你如今暂且先回去，这件事千万不可告诉人！"

太子说："我今日出城打猎，连一个野物也未得到，如何入城交旨?"行者说："这有何难！你只管回去，待老孙在路上送些与你。"说罢掐诀念咒，拘来了山神土地，吩咐众神快去寻些个山禽野物，放在离城四十里的路上。且说太子传令回城，只见那路上果有许多的獐狍野鹿。军士一齐捕捉，太子大喜，一拥进城去了。这夜将近一更时分，行者对长老说道："老孙与八戒先进城去寻着那皇帝的尸首，明日进城捉妖时，若有人疑心，也好将死尸与他看。再叫太子上来哭爹，皇后出来认夫，文武百官见主。这才是有对证的官司好打。"三藏点头说："正该如此。"行者连忙来到八戒床边。

孙大圣来到床前看老猪，只见他睡得好舒服。
四脚朝天腆着肚，口中不住打呼噜。
行者一见没好气，揪住了耳朵喊老猪。
猪八戒"哎哟"一声睁开眼，气得把长嘴一咕嘟：
"师兄，师兄，别玩笑，我连一睡还没睡足！
有话明天早晨讲，你再揪耳朵我喊师父！"
行者闻听嘻嘻笑，"有件事不知你可愿意不？
乌鸡国王是怪物，他有一颗斗大的夜明珠！
打上仗，他用珠子把人打，打上谁，都得筋断骨头酥。
到明日你我与他去交战，碰上珠子就得输！
怎能够将这宝贝偷到手，管叫那妖精口服也心服！"
呆子闻听心欢喜，他一心想把宝贝图。
说："既然如此咱们快走，拿到珠子可给我老猪！"

五五　八戒下井

八戒叫声："猴哥，我先与你讲过，若得了宝贝，可得给我！"行者说道："老孙只是图名，那宝贝就给你吧！"呆子大喜，爬起来穿上衣服，同行者纵起云头，不多时到了城中，按落云头。此时方交二鼓，二人寻到御花园，将门开放，走进去，往四周一看，果见一株芭蕉。行者说："宝贝就在这棵树下。"八戒连忙举起耙，筑倒芭蕉，然后用嘴一拱，拱了三四尺深，见一块石板，又用嘴拱开石板，一看原来是一口井。八戒说："哥呀！这是一眼井，又没绳索，怎么下去？"行者说："你且脱了衣服，我自然有个办法。"

孙行者瞧见八宝琉璃井，心中大喜笑呵呵：
"贤弟啊，你愁下去无绳索，我有个办法你瞧着。"
孙行者拿出铁棒说声："变！"长下里足有三丈多。
呆子一见心欢喜，说："真是我的好师哥！"
连忙摘去头上帽，上下衣服一齐脱。
顺着铁棒下了井，行者在上面手提着。
不多一时他到了水面，猪八戒看够多时叫声："哥！
这是一井好凉水，除了凉水没什么！"
行者说："宝贝准是沉了底，你再下去摸一摸。"
八戒闻听松了手，一个猛子扎下去足有七丈多！

八戒深知水性，真个松了铁棒，一个猛子扎将下去。忽然睁眼一看，见一座牌楼，上有"水晶宫"三字，八戒大惊说道："我怎么跑到海里来了？"原来，八戒不知此处是井龙王的水晶宫。早有巡水的夜叉看见，急忙进去报道："大王，井上落下了一个长嘴大耳朵的和尚，现在门口，请您定夺。"井龙王说："这是天蓬元帅，怪不得昨夜夜游神来取乌鸡国王的魂魄，前去拜见唐僧，请齐天大圣降妖。这是他们来了。吩咐快开宫门，待我出去迎接。"说着整整衣冠，往外就走。

四个水卒前引路，玻璃灯笼手中提。
一同来至宫门外，龙君施礼笑嘻嘻：
"小王失迎多有罪，恕我接待来得迟！"

八戒闻听人说话，睁大了眼睛看虚实。

但只见数盏提灯高举起，在当中，一人相貌甚出奇。

一顶金冠头上戴，身穿一件滚龙衣。

一条宝带腰中系，穿着打扮甚整齐。

一张脸好似乌金纸，金睛凹面没胡须。

八戒一见心欢喜，眯缝着两眼笑嘻嘻。

往前走了个俏三步，光着个身子就作揖：

"老猪有何德能处？敢劳贵驾降丹墀！"

井龙王深打一躬往里让，让到那水晶宫内把茶吃。

水卒献茶已毕。八戒带笑说道："老猪无故搅扰，衣帽不齐，多有得罪。"井龙王说："但不知元帅为了何事到此？"八戒说："我师兄孙悟空多多拜上，叫我来取什么宝贝来哩。"龙王说："这里比不得那江湖海，哪里有宝贝？"八戒说："不要推辞。若有就拿出来吧！"龙王说："有是有一件宝贝，只是不大好拿。请先看看如何？"八戒说："很好。"就随着龙王转过正殿，只见廊下停着一个死人，龙王用手一指说："这就是宝贝！"

井龙王手指着死尸叫："元帅，这就是那宝贝东西。

大圣叫你来取宝，快将他背走莫犹疑！"

八戒闻听哈哈笑："龙王不要把我欺！

莫非是戏耍我猪元帅？存心惹我来着急？"

龙王说："这是宝贝不能假，天蓬元帅你看仔细！

平常的死尸早变了样，这个死尸还好好的。

他本是乌鸡国王遇了难，三年以前落在井里，

多亏我龙王照看得好，专等大圣来把病医。

你若是把他背出去，孙大圣能把他治成活的。

要什么宝贝他都有，这还不是宝贝东西？"

八戒说："好吧，背就背，咱们是先小人后君子。这个死人我给你背出去，你给我多少脚力钱？"龙王说："我实没钱。"八戒说："没钱不背！"转身就走。龙王叫两个夜叉把尸首抬出宫门，放在牌楼以外，摘了避水珠，只听得水响。八戒急忙回头一看，不见了水晶宫，一把摸着死尸，慌得他蹿出水面，大声喊叫："师兄，快些伸下棒来，接我一接！"行者说："有宝贝么？"八戒说："没有。只有井龙王叫我背的一个死人，我不肯背。"行者说："那就是宝贝，为何不背上来？"八戒说："一个死尸，背他没用！"行者说："你若不背，我就回去睡觉去了。"说着，就要盖那石板。八戒慌忙说道："哥啊！不要如此，等我背他上来吧！"说着依旧一个

猛子扎下去，摸着尸首，背在身上，浮出水面，叫声："哥哥，背上来了！"行者把铁棒伸下，八戒一手抓铁棒，被行者一拉，提了上来。八戒将尸首放下，穿上衣服。行者说："你看这国王死了三年，容貌如生，是何缘故？"八戒就把井龙王之言说了一遍。行者大喜说："造化，造化！该当我们成功，该当在这乌鸡国扬扬名！

贤弟啊，你快快把他来背起，背到那宝林寺里见恩师。"
八戒心中不愿意，把嘴撅得高高的：
"我上来下去忙了一气，为什么还叫老猪背回去？
轮班儿也该轮着你，累死我一个我不依！"
悟空说："一个揖你作到底，救人要救到旱地里。
再说半个不愿意，哥哥的铁棒要犯脾气！"
猪八戒勉强把死尸来背，驾起云，霎时回到大庙里。
唐僧一见甚欢喜，止不住得又把泪滴。
八戒说："不是亲丧不掉泪，师父你掉泪是假的！"
长老闻听有了气，骂声："八戒，没出息！
你的心硬好似铁，亏你还是我徒弟！"
长老生气是真生气，岂不知八戒要出坏主意！

五六　师徒勤王

八戒心中想道："方才那猴头捉弄了我多半夜，叫我下井，叫我背死人，我算给谁支使的？有咧，我也捉弄捉弄他！"想罢，叫了声："师父，不是我心硬，只因我师兄对我说过，他能够治得活，不然我也不背他回来了！"唐三藏原有些耳软心活，一闻此言，信以为实，便叫："悟空，你果有手段医活这国王，胜似那拜佛求经！"行者说："师父，你怎么信这呆子的话！人死如灯灭，这国王已死去三年，如何治得活？"三藏点头说："罢了！"八戒气还不平，又说道："师父，别听这猴头的话，你念念那个话儿，管保叫他还你一个活人！"唐僧真个就念紧箍咒，行者登时头疼难忍，哀告说："师父，莫念，莫念，等我治治他吧！"三藏说："你怎么治？"行者说："我去见太上老君，求他一粒九转还魂丹来，管保治活他！"三藏大喜说：“快去快来。”行者答应，怎敢稍停！

孙大圣答应一声出门去，筋斗云一翻快似风。

进了南天门一座，霎时来到兜率宫。

老君正在丹房坐，修丹炼药用玄功。

猛抬头看见大圣迎面站，不由着忙又吃惊。

吩咐：“童儿加仔细，贼人进门不走空！”

猴王闻听嘻嘻笑，叫声：“老官你是听，自

从皈依入佛教，老孙的手脚很干净。”

老君带笑忙让座，“大圣到此可有事情？”

孙大圣根本原由说一遍，老君摇头说：“不中！”

猴王闻听忙站起，头也不回地往外行。

老君暗想说：“不好！猴头不是省油灯。

少时必要行偷盗，因小失大了不成！

倒不如作个人情送丹药，快快送走是非坑！”

想罢连忙把童儿叫：“快快追回来孙悟空！”

童儿答应，连忙跑出来，点头高叫：“孙大圣，你回来，我家祖师有请哩！”行者闻听，复又转身随童儿进内。老君说：“你来了会子，没有空手而回之理，我送你一丸去吧。”行者说：“你既知道老孙的手段，快把金丹拿来给我！”老君连忙取出葫芦，倒出了一粒金丹，递与行者。行者接过，拜谢出宫，径回到宝林寺中。叫声：“师父！”三藏说：“悟空回来了！可有丹药？”行者说：“有，有，有！”又叫沙僧取些水来，行者取出一粒，放在国王口里，掰开牙齿，用清水把金丹冲灌下肚。停了有一个时辰，只听得腹内乱响。行者说：“这久死之尸，元气尽绝，须得有人渡他一口气才好。”沙僧连忙上前对着国王的嘴唇，把一口气吹入咽喉。只听得“呼噜”一声响亮，那国王气聚神归，一翻身连忙爬起！

这国王气聚神归有了气儿，四肢活动翻了个身。

睁开二目留神看，瞧见师徒四个人。

见唐僧头戴一顶黄僧帽，慈眉善目有精神。

黄绒丝绦腰中扎，黄色袈裟穿在身。

背后站定三个徒弟，形容古怪好怕人！

头一个一脸黄毛雷公嘴，两只火眼小耳轮。

第二个长嘴大耳多凶恶，脑后的钢鬃乱纷纷。

第三个晦气脸上生横肉，太阳穴上暴青筋！

国王看罢明白了，双膝跪倒叫师尊。

乌鸡国王双膝跪倒，叩谢救命之恩。三藏慌忙挽起，一同进房归坐。那本寺的僧人来献早斋，忽见那个水衣皇帝，人人吃惊。行者说明来历，大家齐来叩拜。师徒四众和国王一同吃罢斋饭，行者叫那国王将身上冠袍带履尽皆脱下，叫僧官取了一领布直裰，一条黄绒绦，一双旧僧鞋，一顶僧帽，与他换了。将国王的衣冠交与僧官，等今夜送进城去。众僧领命而退。于是三藏更换衣服，师徒同着国王，五人一齐上路。

唐三藏出门上了白龙马，僧俗五众向西行。
心中有事走得快，不多时进了乌鸡这座城。
一齐来至朝门外，唐长老对着门官打一躬：
“贫僧是东土唐王亲差遣，西天拜佛去求经。
到此来把关文换，用了印，贫僧也好赶路程。”
黄门官员忙奏事，妖王传旨宣圣僧。
五个人一齐来至丹墀下，殿前站立不把礼来行。
两旁文武心不悦，齐说：“和尚无知，不懂人情。
见了万岁不下拜，大王一怒罪不轻！”
只听得妖王座上把话问：“你们是哪方来的僧？”
行者把公文递过去，近侍官接过公文往上呈。
妖王打开看了看，拿起宝刀跳在空中！

妖王打开关文一看，见上面有“唐僧”二字。心中大吃一惊，连忙拿起一口宝刀，驾起云头，往空中而去。气得八戒、沙僧一齐埋怨行者说：“你为何不早些下手？如今他驾云而去，可往哪里追寻？”行者微笑说：“兄弟们且莫乱说。先叫太子出来拜父，皇后出来认夫，百官前来朝王，大家认了旧主人，老孙自去拿妖。”沙僧等一一如命而行。大圣急忙跳在空中四下观望，只见那怪往东北逃去，行者筋斗一翻，连忙赶上，大叫：“妖魔往哪里逃走！老孙来也！”

看累了，不妨听一听

五七　降服狮精

恶妖魔一见大圣来追赶，心中怒火腾腾地烧！

大骂："泼猴无道理！你竟然赶尽杀绝逞英豪！"
右手一举吹毛刃，盖顶搂头往下削！
美猴王一横铁棒忙招架，磕开金环八宝刀。
心头火起冲冲怒，一声喊叫震九霄！
口中不住骂："妖怪，老孙定不把你饶！"
说着举棒狠狠打，僧妖动手把兵交。
棒打天灵龙探爪，刀劈顶上凤抖毛。
一来一往急又快，刀光棒影杀气高。
只杀得半悬空中黑云长，只杀得烟雾弥漫遮碧霄。
只杀得作怪的妖魔吁吁喘，浑身热汗透龙袍。
口中连连说："不好！今日性命保不牢！"
虚砍一刀朝下败，心想着抽身要脱逃！

僧妖大战多时，那妖王刀慢不能抵挡，急忙抽身跳入城中，闯到白玉阶前，混进文武群中，摇身一变，变得与唐僧一般模样，并立阶前。行者赶到，见两个唐僧，不知谁真谁假，又不敢举棒乱打，心中十分焦躁。只见八戒在旁哈哈大笑。行者心中大怒，说："你这呆子！怎么这般欢喜？"八戒说："哥哥！每日说我呆，你比我更呆！师父既然难认，你何不忍些头疼，叫师父念念那话儿？但念着你头不疼的，定是妖魔！"行者说："有理，有理！"遂向两个师父说："你们念念看！"果然一个先念了，行者便叫头疼；一个后念，行者全然不觉。八戒说："这个定是妖怪！"举耙就锄，那怪跳在空中便走。八戒、沙僧一齐赶到空中，左右夹攻。行者随后赶上，正要下手，只见东北上一朵彩云里面叫道："孙悟空棒下留情！"行者回头一看，认得是文殊菩萨，连忙收棒上前施礼。文殊说："悟空，我今特来替你收这妖怪。"行者说："这怪却是何物？"文殊说："这怪乃我座下的青毛狮子，偷跑临凡，我今收他回去。"行者说："此畜真真可恶！他玷污了人家三宫六院，如何治罪？"菩萨说："不能，不能！他是个骟了体的狮子。"八戒闻听，不由得哈哈大笑！

闻听菩萨讲一遍，笑得八戒转了音：
"这才是酒糟鼻子不吃酒，太监成家不成亲！"
行者说："既然如此收去吧。"这菩萨领着狮子回了禅林。
三弟兄按落云头回朝内，君臣叩谢救命恩。
拜毕平身齐归坐，行者一旁叫国君。
他把那收妖的经过说了一遍，大家闻听笑吟吟。
八戒一旁又凑趣，口尊："国王，你放心！

三宫六院全无事，老猪的言语全是真！”

唐僧闻听把呆子骂：“好畜生！再要多嘴抽你的筋！”

三藏喝住八戒，又听黄门官奏道：“外面又有四个和尚求见！”天子说：“请他们进来！”原来是宝林寺的僧人捧着那国王的冠、袍、带、履来见君。行者大喜说：“来得好！陛下快些穿上，登殿称孤！”那国王复又跪倒，满脸垂泪说：“我已死三年，今蒙师父救我回生，怎么敢又妄自称尊！愿请长老为君。”三藏闻听，哪里肯受！国王无奈，又请行者，行者又不肯受。让之再三，那国王不得已，换上衣帽，登殿面南称孤，大赦天下，又赏赐了宝林寺的僧人。大开东阁，款待师徒四众。次日倒换关文，三藏告辞，国王苦留不住，大排銮驾，君臣送出城郭，洒泪而别。

五八　渡黑水河

且说师徒四众，在路上走了有两个多月，无非饥餐渴饮，晓行夜住。这一日，师徒四众正走中间，忽见前面一道黑水滔天，马不能前进。三藏说：“徒弟！这水怎么如此浑黑？”八戒说：“想是哪家子染房泼了靛缸了。”沙僧说：“不然。定是谁家洗砚台呢。”行者说：“不要胡言乱语！大家设法保着师父过去。”正在商议之间，但见上游有人撑下一只小船来。三藏一见，满心欢喜，说：“有了船了！叫他渡我们过去。”沙僧大叫道：“撑船的！这里来，渡我们过去，重重谢你。”那人闻听，将船靠近岸来，说：“师父们，我这船小，你们人多，怎么办？”三藏进前观看，那只船原来是一段独木舟，只能坐两个人，看罢说：“怎生是好？”沙僧说：“可分两次渡吧。”八戒连忙扶师父下马上船，先渡过去。那艄公撑开了船，行到河中间，忽然间起了一阵狂风，卷浪翻波，遮天蔽日，十分厉害！

猪八戒搀扶长老把船上，不多时撑到黑河正中间。

忽然一阵狂风起，卷波翻浪水连天。

小船登时团团转，犹如风车直打旋。

转眼之间沉了底，行者说：“定有妖魔来弄玄！”

沙僧不由得吓一跳，口尊：“师兄听我言！

你在此处守着马匹，小弟下水去看看。”
沙僧脱去鞋和袜，摘去僧帽甩偏衫。
倒提着宝杖跳下水，见一座亭台在水中间。
门上写着河神府，笔走龙蛇墨迹鲜。
忽听里面有人说话：“不枉辛苦这二年。
想不到今日方才到了手，这和尚十世修行非等闲。
有人吃他一块肉，长生不老寿万年！
尔等快快去动手，洗刷笼屉莫迟延！

沙僧在门外侧耳细听，又听那怪说道：“抬铁笼来！好将这两个和尚刷洗干净，上屉蒸熟，请二舅太爷来与他庆寿。”沙僧闻言，不由心中大怒，料想自己难以取胜，不如见了师兄再说。想罢，回身跳出来，见了孙行者，将所见所闻之事说了一遍。行者说：“不知他是个什么怪物，哪个是他二舅太爷。”弟兄两个正在猜疑，只见从远处走来一老人，远远地跪下叩头。行者问：“你是什么人?”那老人说：“大圣容禀！

小神我，本来执掌河神府，风平浪静很太平。
由古至今几千载，从来未曾闹妖精。
去年来了一怪物，他与小龙起战争。
怎奈小神年纪老，妖魔占了我的府。
小神逃到大海中，西海龙宫将他告。
龙王敖顺是他的亲娘舅，叫我逆来顺受不要争。
今闻大圣来到此，特来参拜把礼行。
望乞大圣显本领，捉拿妖怪救圣僧！”
行者闻听将头点，叫声：“河神你仔细听！
在此暂陪沙和尚，待老孙去到西海走一程！”

行者说罢，驾起筋斗云来至西洋大海，念着遁水诀，分开波浪。正往前走，迎头有一个黑鱼精捧着一个拜匣，游了上来，被行者一棒打死。行者将匣打开，里面有一张红帖，上写着：“愚甥鼍洁，顿首拜上二舅太爷敖老大人台下。向承嘉惠，感之至深。今日获得东土僧人，实为罕物。甥不敢自用，因母舅圣诞在即，特设菲筵，预祝千秋，万望车驾速临是荷。”行者笑道：“这厮自把供状递与老孙了！”收了帖子，又往前走。

大圣看罢红柬帖，不由得冷笑一两声：
“一条凭证拿在手，赶快进宫找孽龙。”
行者把主意来拿定，两脚如梭走不停。

早有个巡海夜叉瞧见了，慌忙报入水晶宫。
西海龙王不怠慢，整冠束带把大圣迎。
一见行者沉着脸，低头弯腰打一躬：
“小王不知尊驾到，接待来迟请宽容！
听人说大圣皈依入佛教，扶保大唐有道僧。
师徒要上雷音寺，叩拜如来取真经。
哪阵风把你送到此？请到里面献茶羹。”
孙行者冲着龙王翻翻眼，不言不语进了宫。
红帖一张扔地上，老龙王双手拾起看分明。

龙王敖顺将帖拾在手中，举目一看，只吓得变颜变色，连忙赔罪，口尊：“大圣，那厮是舍妹第九个儿子，我叫他在黑水河养性修真，不想他做出恶事。我即刻差人前去擒他就是。”遂唤太子摩昂领五百龙兵，将小鼍捉来问罪。行者别了老龙王，随着摩昂太子，领兵来到黑水河边。太子命蟹将报与那怪，那怪心中疑惑道：“我叫黑鱼精投帖请的是母舅，为何是表兄来了？其中必有缘故！”遂把钢鞭带在身上，走出门来，高声大叫：“表兄，小弟在此恭候。”摩昂一见，带怒开言：“你请我父王为了何事？”妖魔见问，满脸赔笑说：“表兄容禀：

小弟一向蒙恩待，赐与我河神府第把身容。
娘舅跟前缺孝道，自己抱愧在心中。
昨日里侥幸捉了一和尚，是一个十世修行得道的僧！
有人吃他一块肉，可以不老永长生！
小弟不敢来受用，请一请母舅把孝行。”
太子闻听冲冲怒，叫一声：“表弟小鼍龙！
和尚本是唐三藏，徒弟名叫孙悟空！
英名盖世谁不晓，震动乾坤有奇能。
我劝你快把唐僧送出去，两罢干戈免战争。
你若不听愚兄的话，只怕你一条小命活不成！”
鼍龙闻听心不悦：“表兄说话理不通！
我既然动手拿了唐三藏，怎肯轻轻把手松？
哪怕凶僧有多少，我管保个个拿来上蒸笼！”

太子闻言，一声喊叫，大骂：“泼妖，果然无礼！我如今奉父王之命特来拿你！”两人说话变脸，各逞英雄。太子将三棱锏闪了一闪，举在空中，照着鼍龙搂头一下，打中右肩，鼍龙疼痛难忍，躺卧在地。众龙兵连忙上前按住，用绳子绑了，拿上岸来。太子来到行者面前，请大圣定夺。行者说：“你这厮不遵旨令，你舅舅叫你在此养性修真，你怎么强占河神之宅，倚势行凶？你将我师父师弟如今困在何处？”小鼍龙连忙叩头说：“他师徒现时捆在水府。望大圣放了我，等我送他们出来。”太子说：“不可！这厮奸诈，若放了他，恐生恶念。”沙僧说：“我认得他那里，等我寻师父去。”遂同河神跳入水中，来至水府，打退群妖，将唐僧、八戒解下，背出水面。呆子见那个妖精绳捆二臂，举钉耙就打，行者连忙拉住说：“兄弟，饶了他吧！看敖家父子之情。”太子说：“大圣，小龙不敢久停，既然救了令师，我带这厮去见家父。虽然大圣施恩，家父决不轻饶。”行者说：“既然如此，你领他去吧。见了令尊，替我道谢。”太子押着那怪，径回西洋大海。那河神谢了行者复得水府之恩，连忙施起阻水的法术，将上游挡住。不多时，下游闪出一条大路。师徒四众平安走过，谢了河神，往西而去。

看累了，不妨听一听

022124

五九　路遇红孩

这天来至一座高山之下，忽见山峰上冒出了一朵红云，直飞九霄云里，聚成了一团火气！大圣一见，心内吃惊。连忙把长老搀下马来，望着八戒、沙僧说道：“兄弟们不要走了，妖怪来了！”吓得个八戒举起钉耙，慌得个沙僧抡动宝杖，把唐僧围在中间。

且不言师徒四众有准备，再表空中一妖精。
他在红光里面偷眼看，瞧见了东方来的取经僧。
只见他盘膝坐在尘埃地，三个徒弟把他围在正当中。
一个个手拿兵器瞪圆了眼，威风凛凛杀气腾。
妖精一见心暗想：“此时要动手落场空！
要照定唐僧抓一把，三个徒弟定不容！
少不得变个法儿将他戏，必须见景再生情。”
一按红光朝下落，妖精当下显神通。
身形一晃变得妙，变作一个小孩童。
一条绳把自己吊在松树上，专等心软的唐圣僧。
行者抬头仔细看，红光妖气没了影踪。

忙把师父搀上马，慌慌张张赶路程。

顺着大道往前走，山高石大路难行。

忽听见有人直叫苦，好像是小小孩童的啼哭声。

圣僧闻听吓一跳，顺着声音看分明。

但只见一个孩童六七岁，赤条精光吊在空中。

长老一见心不忍，念了声弥陀叫悟空。

长老一见，心中不忍，勒住了马，叫声："悟空，这深山旷野之中，不知是谁家的孩子吊在了树上，一定是落难之人。你去救下他来，岂不是一件好事?"行者闻听，闪火眼金睛一看，认得是妖精弄玄。又恐怕师父害怕，也不敢说破。把头摇了两摇说："师父走路吧。且把慈悲心暂且收起，过了此山再发慈悲吧。这里凶多吉少，不是好玩的。"长老不知就里，只说悟空野心未退，无心行善。扭回头来说道："悟能快把这孩子解救下来!"呆子闻听，连连答应。

猪八戒弯腰放下行李担，摇头晃脑要逞能。

轻轻跳上枯松树，解去那孩子身上的三股绳。

抱着小孩儿把树下，轻轻放在树荫中。

孩童往前走了几步，双膝跪倒拜圣僧。

唐长老在马上点头长叹气："不要怕，你是谁家小儿童?

姓甚名谁何方住?你家中可有父母和弟兄?

为何吊在松树上?慢慢地说给我听一听。"

这妖精乘机跪爬多半步，连忙把师父叫了几声：

"提起家来不甚远，离此处二十里地挂点儿零。

父母双亲好行善，斋僧敬佛甚虔诚。

常言道不怕贼偷怕贼想，昨夜晚一群强盗进了家中。

父母双亲遭杀害，万贯家财一场空。

把我吊在松树上，骨头发木浑身疼。

幸亏师父来救命，您的恩德真不轻。"

妖精说罢将头叩，长老在马上叫："悟空!"

唐长老把一片鬼话信以为真，连连点头："悟空，这孩子既然知道家乡住处，你就把他背上，送到家中。虽然他父母被害，岂无三亲六故?交给他们，保全此子的性命也是一件好事。"大圣还未答言，妖精顺着口气说道："外公家住在山南，姑姑家住在岭北，姨夫家住在涧西，叔叔家住在林东。师父救了我的性命，不管到了哪个家里，他们也是感恩不尽。"长老闻听说道："小孩子，你家虽然不远，离此只有二十余里，但你小小年纪如何走得动!也罢，将他抱上马来，我带他去。"妖精说：“师父，我浑身都吊得麻木了，骑不了马。”唐僧要叫八戒背着，妖精说：“我不敢叫这位师父背。他脑后鬃硬，我怕扎得慌。”唐僧说：“沙僧你背他吧。”那妖精说：“师父啊！那些贼来打劫之时，一个个都是一脸灰，我叫他们吓破了胆了。见了这位晦气脸的师父就怕，越发不敢叫他背了。”唐僧便叫行者背。大圣哈哈大笑说：“我背，我背！”那妖精暗暗欢喜，顺顺溜溜地叫大圣背上他了。

大圣把妖精忙背起，不由得冷笑两三声。
不好明言心暗骂：“好妖精，胆大包天来逞能！
有心当面识破你，又怕师父受了惊。
也是你恶贯满盈该当死，叫我背你赶路程。
老孙一时得了手，摔你一个肉煎饼！”
大圣正然来盘算，早已惊动了那妖精。
掐诀念咒吸了口气，变了个假壳子骗悟空。
使了一个解尸法，真身跳在半空中。
孙大圣知道他要把玄虚弄，双手举起假孩童。
对着石崖瞧了个准，只听得“噗嗤”响了一声。
半空中妖精观看心好恼，骂声：“狠心的猴子精！
我虽然有心要吃你师父的肉，你怎敢先下毒手来行凶？
我要饶了唐三藏，枉在那火云洞中称圣婴！
先把唐僧拿了去，咱们俩再斗武艺比神通！”
妖精当下吹了口气，登时间西北角上起怪风。
播土扬沙难睁眼，推林拔树响连声。
只刮得八戒双手将头抱，沙僧低头闭双睛。
长老马上直打晃，紧抱着鞍子不放松。
妖王伸下拿人手，把一个三藏禅师提到空中。
孙大圣一见风头来得猛，不由心中吃一惊。
赶上前来瞧师父，只吓得目瞪口呆两耳聋。

看累了，不妨听一听

六〇　战场认亲

大圣赶至跟前，抬头观看。只见风定尘息，红日当空，白龙马“咴儿咴儿”乱叫，行李担搁在路旁，八戒趴在地下，沙僧蹲在一边，单单不见了师父！行者一见，心下着忙。忙将八戒踢了一脚说：“夯货！师父哪里去了？”呆子听见是行者的声音，两只手揉着眼说：“师父在马上呢。”沙僧也睁开二目，一看不见了师父，吓得连忙站起，一把拉住行者说：“师兄，师父怎么不见了？莫非被风刮丢了不成？”八戒这才睁开眼说：“兄弟，风哪里刮得动人，想必是叫妖精抓去了！”

猪八戒听说师父没了影，睁开眼睛叫沙僧：
“贤弟啊，方才你说的是呆话，此时没有这么大的风！
必定是又有妖精来作耗，把师父抓到洞府中。”
行者闻听将头点：“呆子说话倒合常情。
方才那树上吊的小孩子，老孙认得是个妖精。
再三来把师父劝，怎奈他一定要救小孩童。
他这是心慈面软生祸害，好话当作耳旁风。
如今得快把妖精找，迟一步，恐怕师父活不成！
你俩在此看行李，老孙我去把消息来打听。”

大圣说罢，将身一纵，跳上山顶，手搭凉棚，往四下里观看，看不见妖精藏在何处。行者心中急躁，就使出了大闹天宫的法相，三头六臂使着三根金箍棒，耍得像风车子一般，打飞了满山上的树木石头，声音响亮，惊动了山神、土地一伙穷神，他们一齐跪在山顶之上，口尊：“大圣！小神等接待来迟，望乞大圣恕罪。”行者带怒说道：“这座山叫作什么山？有多少妖精？藏在何处？怎么就有这么多的山神、土地？”众神见问，答道：“大圣在上，此山叫作六百里钻头山。十里一个山神，十里一个土地。这山中有一条涧，叫作枯松涧。涧边有一座洞，唤作火云洞。洞中有一个魔王，神通广大，乃是牛魔王之子，罗刹女所生，乳名叫作红孩儿，绰号为圣婴大王。”行者闻听，满心欢喜，喝退了山神、土地，跳下了山头！

大圣得了真实信，心中欢喜长精神。
跳下山岭高声叫：“两位贤弟请听真！

咱师父，虽叫妖精拿了去，幸亏妖精不是外人。
他是老孙的侄子辈儿，我与他父亲交情深！”
八戒闻听连忙问：“师兄啊，你和妖精是什么亲？
是本族？五服以内还是以外？若不然，两姨姑舅哪一门？”
行者说：“呆子不要乱喷粪！老孙没有骨肉亲。
我本是天产石猴无父母，我的亲人，除了师父就是你们。
牛魔王本是这妖精的父，想当初也曾结拜把香焚。
盟嫂本是罗刹女，这妖精就是他们的后代根。
老孙前去将他找，一报名姓他准放人！”

大圣把话说完，沙悟净满心欢喜，说道：“照师兄这么一讲，师父是万无一失了！话虽如此，事不宜迟。师兄你别怕辛苦，赶快就去。人有见面之情，他放了师父出来，咱们也好赶路。”大圣说：“咱三人一同前去！”兄弟三人牵马挑担，走了百十余里，忽见一座松林。林中有一条深涧，涧水滔滔，涧头显露一座石桥，桥那边有一座洞府。沙僧看守行李马匹，行者、八戒各持兵刃闯过桥来，见有一座石碣，上刻“火云洞”三个大字。有一群小妖正在那里操演枪棒，行者一见，大声叫道：“众小妖们听真，快去报与洞主知道，就说今有他孙叔叔到了！叫他快些出来迎接，将唐僧也送将出来，免得叔侄们伤和气！如若不然，我就要打进洞去，刀刀斩尽，剑剑诛绝！”小妖闻听，急忙报与妖王：“外面有一个毛脸雷公嘴的和尚，有一个长嘴大耳的和尚，要他的师父呢！”且说妖王把长老摄入洞内，刷洗干净，才要蒸着吃呢，闻听小妖之言，就知是行者、八戒来了，连忙吩咐众小妖，先把五辆小车儿推出去，按金木水火土摆好。这妖王提一根丈八长的火尖枪，赤着双腿，走出洞来。行者、八戒抬头观看，但见他，

面如敷粉净又白，唇若涂朱桃花腮。
鬓挽青丝赛靛染，眉分新月似刀裁。
双手提枪威凛凛，红光护体出门来。
大喝一声春雷动，恍如哪吒下瑶阶！
要知此魔真名姓，本领高强唤红孩！

行者大喝一声：“贤侄，快些送出我师父来，不要伤了叔侄的情意！”

美猴王眼望着妖魔把贤侄叫：“贤侄你暂且放下枪和刀！
这才是大水冲了龙王庙，叔叔和侄子把手交！
五百年前我与你父曾结拜，我们弟兄的义气高！
那时节你父母尚未成婚配，咱爷儿俩压根儿还未见过一遭。
你洗三、满月我全没到，一直未去把你们瞧。

我说的全是大实话，贤侄，快把你师爷往外交！”
一席话，气得妖精把脚跺，叫了声：“猴子你别放刁！”
火尖枪对着悟空猛一刺，孙大圣侧身躲过这一招。
两个人大战多时无胜败，猪八戒上前助战来捉妖。

看累了，不妨听一听

六一　烧伤行者

妖王敌不住两般兵刃，虚刺一枪，败下阵去。八戒好打胜仗，攥着钉耙随后赶，大圣也吆吆喝喝地跟将下来。看看赶至洞口，只见那怪跳在了一辆小车儿上面，一支手提着火尖枪，一支手攥着拳头在自己的鼻子上打了两拳。八戒一见，哈哈大笑说：“你这小子放刁！必是要捶破了鼻子，把血抹在脸上，要和我们打场热闹官司！”话未说完，只见妖魔把口一张，喷出了一股火来！五辆车上火光四起，只烧得半天通红，好不厉害！

妖王炼就三昧火，喷出来烈焰腾腾火势凶。
猪八戒“哎哟”一声说：“不好！”回头就跑一阵风。
大圣一念避火咒，把头一低进了火中。
但只见五辆车儿分为五处，炼就阴阳配五行。
妖精一见害了怕，连把真火喷不停。
又是烟来又是火，熏得行者眼难睁。
避火神咒失了效用，只得暂脱五行中。
筋斗云一纵，跳出火光外，败阵而去快似风。
妖王一见哈哈笑，把猴头连连骂几声：
“休得害怕慢慢跑，大王放你去逃生！”

妖王见行者败走，也不敢追赶，收了小车，进洞打点着蒸唐僧肉吃。且说大圣败回山坡，和八戒、沙僧商议，要到东海去借水族来灭妖火。急驾筋斗云，早到了东洋大海。使了个避水咒，进了水晶宫。请了东海龙王和虾兵蟹将，来到枯松涧，众水卒在空中等候。大圣按落云头，在洞口挑战，小妖报进洞去，妖王叫把五辆车子先推出去，然后手提长枪又走出洞来。这一番，并不答话，两个人就杀将起来。

战了有二十余回合，妖王不能取胜，仍旧跳上了一辆小车儿，把鼻子打了两拳。扑腾腾火光乱滚，烈焰飞腾，直扑行者。行者掐着避火诀，在火内横冲直撞，大声叫道：“那水还不来，等到何时？”

孙大圣一言未尽雷声动，瓢泼大雨往下冲！
水泼火苗火更旺，不亚于火上又把油来烹！
妖王一见哈哈笑，吓坏了大海的众神龙。
熏得大圣难睁眼，四肢发麻遍体疼。
邪火攻心难禁受，心中发迷头发蒙。
手里的金箍棒沉又重，险些摔个倒栽葱。
把铁棒扛在肩头上，筋斗一翻腾了空。
妖王一见心欢喜，哈哈大笑不绝声。
忙吩咐众多小妖收火具，五辆小车回洞中。
妖王回到山洞内，一心打算吃唐僧。

话说东海龙王，在半空中收了雨泽，往下吆喝道：“天蓬元帅，卷帘将军，你二人休要怠慢，快些到枯松涧内寻你师兄要紧！”说罢，领着手下的虾兵蟹将，在云端等候。且说八戒、沙僧听见龙王招呼，连忙跑出松林，到涧边观看。只见波浪滔滔，上游漂下一个人来。好沙僧将身一纵，跳在波心，一把揽住，抱上岸来。是谁？不是别人，正是大圣！

沙和尚怀抱行者上了岸，轻轻放在水旁边。
同着八戒留神看，两个人不由得胆战又心寒。
只见大圣身直挺，四肢发硬不能弯。
闭双睛牙关紧咬断了气，不哼不哈不动弹。
沙僧一见吓破了胆，二目之中泪涟涟。
口中直把师兄叫：“师兄啊，今日你活活坑死了咱！
师父被妖精拿了去！师兄你眼睛一闭上了西天！
叫谁去把师父救？谁保他西天拜佛把功德完？”
沙僧哭得如酒醉，八戒一旁把耳朵扇：
“贤弟放心不要伤感，听我老猪谈上一谈。
猴头素日多鬼诈，必是装假来哄咱。
他有七十二变化，这条命至少活上几万年。
老猪我使上一个接气法，管叫他立刻把阳还！”
八戒说完忙蹲下，一口气吹到了大圣的口里边。
大圣翻身睁开了眼，沙僧、八戒有了笑颜！

大圣“哎哟”一声，睁开二目，叫了声：“师父，弟子好苦!”沙僧连忙回答说：“师兄，不是师父，是我们在这里。”大圣一见说：“兄弟们，老孙今日可吃了亏了！我岂肯和妖魔善罢甘休!”说着话，挣扎起来，发放了龙王归位，就要上南海请菩萨降妖。怎奈浑身酸痛，驾不住云头。他没奈何差了八戒去请菩萨，自己在林中静养精神，沙僧坐在一旁看守。且说圣婴收了车子，回到洞内，才要把唐僧蒸起，忽又想道：“孙行者虽然败了阵，未必能烧死。我先去看看动静，再请了老大王来，一同享用才是。”想罢走出洞外，跳在空中，往四下里观看。只见八戒驾着云雾，往正南上去了。妖王早知其意，把云头低了一低，赶到八戒的前面，在一座山崖之上，变作个假观音模样，等候呆子上当！

且不说圣婴大王弄玄虚，再把呆子提一提。
八戒驾云往前走，心中有事走得急。
忽看见观音菩萨山上立，手中拿着杨柳枝。
八戒一见不怠慢，按落云头忙屈膝。
口中不住将佛念：“大士真是好心的！
我老猪正要前去将你请，这么巧半路途中遇见了你。
这一来省得老猪朝南海，免得我万里奔波把汗滴！”
猪八戒不住地磕头头碰地：“菩萨啊，你老快快施法力！
我师父被妖精困在山洞里，我师兄被火烧得寸步难移！”
妖王闻听心高兴，对着八戒笑嘻嘻。

妖王故意说道：“悟能，你不保三藏西天取经，来此何干?”八戒连连叩头，就把唐僧遇难，行者逢灾，差他拜求菩萨的话，说了一遍。妖王说：“火云洞主从不肯伤生害命，想是你们冲撞了他了！你且跟了我来，叫他放出你师父也就是了。”说罢，站起身来腾空而起。八戒在后驾云跟随，直奔火云洞而去。这且不提。

单说那大圣打发呆子上路之后，就和沙僧谈天说地。忽见一阵腥风迎面吹过。行者打个嚏喷，说声：“不好！这阵风凶多吉少!”沙僧连忙问道：“师兄，为何这等吃惊?”大圣说：“必是八戒走错了路，撞见妖怪了！你坐在这里看守行李、马匹，等我去打听打听，看个究竟!”沙僧说：“师兄腰痛，等小弟去吧!”行者说：“你不济事，须得我去才好!”大圣说罢，咬定牙关，前去观看动静不表。

再说那妖精装的观音大士领着八戒来到洞口，落将下来，才到门前，喝一声：“小的们，快把八戒拿住!”众小妖齐声呐喊，冷不防把八戒按倒，装在了皮口袋以内，将口袋角用绳扎紧，吊在了房梁之上。妖精现出本相，冲着口袋叫道：“八戒，你这笨猪有什么本领？也敢保唐僧西天取经！既然是肥猪拱门，就将你宰了做几桌猪八样儿，赏给小的们吃吧!”八戒闻听，在口袋里大声骂道：“怪物，你既然把老猪诓来了，任凭你们处治！只是一件，等我师兄来时，管叫你们替老猪偿命！”正值呆子与妖王拌嘴，那大圣已来至火云洞口，见洞门紧闭，连忙摇身一变，变了个苍蝇，从门缝儿钻进来！

六二 冒充魔王

大圣奥妙真无穷，变成一个小苍蝇！
轻轻钻入洞门内，一心要打听大事情。
恐怕八戒遭了害，又怕师父一命倾！
无心观看洞中景，展翅飞到了当院中。
轻轻落在廊檐下，仔细看来仔细听。
忽听见几个小妖来讲话，呼兄唤弟乱哄哄。
这个说大王吩咐了一件事，叫我前去洗猪精！
一锅开水将毛褪，肚肠下水要洗干净！
大圣闻听这些话，又是欢喜又吃惊。
喜的是二人并未丧性命，惊的是晚到一步就坏了事情。

大圣正自心中盘算，忽听见梁上吊着的皮口袋里面有人哼哼唧唧，细听倒像八戒的声音。大圣“嗡”一声飞过去，叮在口袋外面，只听见八戒说道：“好妖怪，假装菩萨哄得我好苦！还说要吃我，若是我师兄来到时，叫你们一洞的妖精同归于尽！”行者闻听，心说：“这呆子倒也有些志气！”正自盘算，只听得妖王在厅上叫道：“六健军何在？”原来这魔头手下有六个心腹的小妖：一个叫云里雾，一个叫雾里云，一个叫急如火，一个叫快如风，一个叫兴烘掀，一个叫掀烘兴。六个妖精一齐上前跪倒，口尊：“大王，呼唤我等，何方使用？”妖王说：“你等连夜去把老大王请来，一同享用唐僧之肉！”六健将连忙答应说：“遵令！”

一齐站起出了洞中。
大圣也连连说：“有趣！老孙也和你弄弄神通！
我知道老大王他是哪一个，就是那牛魔王我的盟兄！
我们当年曾结拜，他那个形容我记得清。

我今天变成他的模样，见景生情做事情。”
美猴王想罢不怠慢，一展双翅快如风。
赶到了小妖的头里去，摇身一变更高明。
变了个老妖活灵活现，拔毫毛变成一帮小妖精。
拿着弓来抱着箭，牵着细犬架着鹰。
装作出门来打猎，一齐站在山洼中！

那六个小妖转过山坡，举目观瞧，只见有一伙人，在那里行围打猎。仔细一看，为首之人正是老大王。小妖们十分欢喜，一齐跪倒，口尊：“老大王爷爷在上，我们是圣婴大王那里差来的，请老大王爷爷去吃唐僧肉呢！”行者说：“孩子们起来，前边引路！”

孙大圣变作了牛魔王的样，要骗那圣婴大王小孩童。
吩咐那六个小妖前引路，后跟着毫毛变的小妖精。
转过山坡越山涧，山沟崎岖路不平。
不多一时来得快，到洞口，红孩儿连忙往外迎。
满洞小妖排班立，把行者接进了山洞中。
大厅当中落了座，面前跪倒小圣婴。
拜了四拜忙站起，孙行者大模大样出了声：
“我的儿，请我来有什么事？快些告诉为父听。”
圣婴说：“现今来了一和尚，他是东土取经的僧。
法名叫作唐三藏，要上雷音去取经。
有人吃他一块肉，永远不老可长生！
孩儿我不敢私自来受用，请您来略表孩儿孝顺情。”

孙大圣一闻此言，故意地吃惊，说道：“我的儿！这个唐僧就是孙大圣的师父么？”妖王说：“正是！”行者连忙摆手摇头说道：“惹不得，惹不得！倘若齐天大圣找上门来，要他的师父，如何是好？”妖王站起，口尊：“父王，请放宽心。那猴头被孩儿用三昧真火烧得七死八活，逃命去了。”行者闻听，微微冷笑。

大圣微微发冷笑，连把冤家叫了几声：
“齐天大圣非小可！五百年前闹过天宫。
十万天兵也难取胜，震动乾坤留美名！
为父与他曾结拜，我们两个有交情。
你今拿了唐三藏，猴王一定动刀兵。
孙大圣七十二变有本领，能变那花草树木飞禽走兽与鱼虫。
不小心他就溜进咱的洞，怕的是孩儿你的小命活不成！

为父的岂不缺了后！你的母岂不白白把你疼？”

孙大圣正然说到得意处，妖王一旁把气生。

妖王闻听行者之言，不由得心中起疑：“不好了！莫非是猴头弄玄虚，前来哄我？”复又想道：“且住，此事不可造次。若是以真作假，得罪了父王，其罪不小！”口尊：“父王，休长他人志气，灭自己的威风！那孙行者被孩儿杀败了两阵。后来他请来了龙神，下了一阵雨，也难灭孩儿真火！那八戒去请菩萨，被孩儿诓进洞来，装入口袋，吊在房梁之上，还要赏与子孙们吃呢！”大圣闻听此言，连忙把手一摆说：“我的儿，非是为父的胆小，那行者实在厉害！他也会变成我的模样，趁我不在这里的时候来哄你，你又不能认得清楚，岂不错认了爹吗？”妖王说：“父亲放心，凭他怎么变，为儿一见便知！”说罢，吩咐：“小的们！快把唐僧带来，老大王过了目，好装笼屉！”

大圣座上将手摆：“我的儿，为父的言语你要听！

只因为父年高迈，时常发喘心口疼。

你母亲常把我来劝，他倒说：‘多吃人肉把病生！’

许了个花斋吃点儿素，果然喘病就见轻。

今天正是斋戒日，犯了斋期有祸星！

我儿原为行孝道，难道说一定叫我动荤腥？

吃点儿素饭才是正理，明天再杀唐圣僧！”

美猴王装腔作势说假话，妖王闻听转眼睛：

“我的父素日吃人不眨眼，为何今日把善行？

莫非其中有了诈？莫非他真是猴子精？”

看累了，不妨听一听

六三　收红孩儿

红孩儿犹疑不定，说道：“红孩遵命就是！”一面说，一面走出厅外，把六健军暗暗叫到面前问道：“你们请老大王是从哪里请来的？”小妖们说：“路上遇见老大王打围，接来的。”妖王说：“未曾到府去接吗？”小妖们说：“正是！”妖王说：“不好了！请了来的不是真父王，怕是猴头作怪。你等俱要弓上弦，刀出鞘，听我的号令，一齐动手!”众妖答应，妖王转身上了大厅，来到行者的旁边侍立。大圣带笑说道：“吾儿你也坐下，咱们爷儿两个，也好谈心说话。”妖王落座，赔笑说道：

“本想着请父王吃块唐僧肉，表一表孩儿的一点孝心。
谁知今日该斋戒，父王吃素不动荤。
孩子遵了父王命，明天早上，再拿唐僧做点心!
孩儿我还有一件事，拜求父王多劳神!”
大圣说：“不知是什么事，细细说给你老父亲听!”
妖王说：“那日遇见一位道士，他倒说孩儿生来有福分。
他想给孩儿相相面，孩儿我忘了生日和时辰!
拜求父王告诉我，过几日好找道士去谈心!”
孙大圣闻听妖王这一问，急得两手直抽筋!

妖王这一问，把个美猴王问了个张口结舌，暗暗说道：“好一个小妖精，真问得厉害! 你要是问我家常里短，我倒能支吾支吾，要问生辰八字，我怎么知道呢? 也罢，待我混他一混。”说道：“我的儿，你父亲年岁大了，一时不能想起，等我回去问问你母亲再告诉你。”妖王闻听，明知中计，跑出去叫了一声，许多小妖各持兵刃杀进门来。大圣一见，知道露了馅，哈哈大笑说：“我的儿，你怎敢杀你生身之父？“将身一晃，化道金光去了。大圣出了火云洞，来至松林，见了沙僧，把前情说了一遍，叫沙僧看守行李。大圣一路筋斗云，早到了南海，把观音菩萨法驾请了来，在南山坡上端坐。大圣手持铁棒，自去洞门挑战。小妖报将进去，妖王又羞又臊，气得浑身颤抖。手提长枪，跳出洞门，并不答话，两人就杀在一处。

猴王不由得哈哈笑，连把儿子叫了两声：
“我儿素日多孝顺，为何翻脸就无情?”
妖王闻听心冒火，气得两眼全变红。
手拿长枪分心刺，大圣忙把铁棒迎。
二人大战多一会儿，不分谁输与谁赢。
妖王连忙施法力，拳打鼻梁血染红。
霎时喷出三昧火，火苗儿奔了孙悟空。
孙行者虚打一棍往下败，直奔了正南快似风。
生气的妖王随后赶，赶来赶去没了影踪。
妖王抬头仔细看，看见菩萨端坐莲台中。
倒运的妖王冲冲怒，长枪一举下绝情。
照定了观音大士把枪抖，怪蟒出洞扎了个空。
观世音一纵金光腾空起，把莲台撇在山坡中。

菩萨一纵金光，腾空而起。圣婴哈哈大笑说：“菩萨必是猴头请来的救兵，被我一枪扎得踪迹不见，撂下了莲台，我且上去快乐快乐。”妖王想罢，将身一纵，跳上了莲花宝座，端然稳坐。

恶妖王一看菩萨无踪影，胆大包天把事生。
端然坐在莲台上，一时得意忘了形。
观世音杨柳枝儿只一指，就听见妖王直喊疼！
莲花瓣变作无数刀子刃儿，刺肉穿皮不留情。
这妖王伸出两手拔刀刃，越拔越多数不清！
这妖王仰面朝天高声叫：“菩萨！菩萨！”不住声。
“弟子我有眼无珠该万死，冲撞了菩萨罪不轻！
只求你大发慈悲饶了我，红孩儿情愿皈依佛门中。”
这妖王说着说着眼流泪，不住地磕头放悲声。
菩萨一见心不忍，心中有意放精灵。

孙大圣叫红孩儿烧得好苦，心中把他恨入骨髓，恨不能把他千刀万剐，方消胸中之气，一见菩萨有发放妖魔之心就说声：“不好！”手抡铁棒，朝着精灵就是一下。菩萨一见，用手一指说：“悟空，还不住手！”大圣的金箍棒干使劲，再也落不下来。观音大士却望着妖魔说道：“你方才说愿入佛门，可是真心么？”红孩儿点头。菩萨说：“等我与你摩顶受戒。”就从袖中取出剃头刀来，递与惠岸，木吒连忙接过，给妖王落了发，留下三绺顶心发，挽了三个抓髻。菩萨与他起了法名，称为“善财童子”，妖王叩首谢过。菩萨用手一指，喝声：“退！”只见钢刀脱落，仍旧化为一座莲台，菩萨坐在上面，妖王脚沾实地，一抖身躯，疼也不疼，痛也不痛。恶念复发，辟心未退，绰枪在手，朝着菩萨便刺。大圣同木吒才要招架，菩萨说：“你二人且退。”菩萨将身一纵，取出金箍儿，迎风一晃，化作三个大箍儿，往下一抖，只见五道金光，夺人二目，照定妖王套去！

观世音手抛金箍说声：“快！”五道金光往下沉。
一个箍儿化成五个，套住了兴妖作怪的人！
一个套在头顶上，疼得妖王走了魂。
两手两脚全套上，金箍见肉就生根。
菩萨念动紧箍咒，疼得红孩儿直抽筋。
倒在地上直打滚儿。连呼：“菩萨发善心！
情愿皈依入佛教，随你前去紫竹林！”

看累了，不妨听一听

这菩萨见红孩儿真心归降，就用手一指，立刻止住疼痛。大圣一见，哈哈大笑说：“你老人家套老孙的这个箍儿也借与他吧！”又对那妖王说：“我的儿，为父今日把你舍给菩萨了，也该拜我一拜!”童儿闻听，又羞又恼，拿起火尖枪就刺! 行者连忙一闪，躲在菩萨的身后，说:“快念咒!”菩萨便把杨柳枝儿点一点，甘露往下一洒，叫声:“合!”只见红孩儿手中长枪落地，一双手合掌当胸，再也不能分开。妖王方知菩萨的法力，心口皆服。菩萨说:“悟空，如今妖怪已降，你快救你师父去吧!”说罢，领着惠岸和善财腾空而去。行者谢了菩萨，进了松林，见了沙僧把前后的事情说了一遍。兄弟俩快快乐乐来到火云洞，一路棒打了进去，把唐僧、八戒解救出来。行者又把菩萨收服红孩儿的事说给师父，三藏望空拜谢。八戒找了些柴米，做起斋来。用罢，师徒四众出洞，长老上马，直奔西方而来。

六四　装神偷供

这一天师徒四众来到了车迟国关厢以外，但见沙滩空地上有四五百僧人挖河抬土，只累得一个个哭哭啼啼，恨天怨地，又有许多官人手拿棍棒，胡抽乱打，打得那些和尚东躲西藏，叫苦连天。长老不解其意，忙忙来至无人之处，下了马，坐在地上，叫行者把一个老年的僧人请至跟前，问明究竟，才知此处兴道灭僧。长老心中不忍，叫行者设法相救。大圣就将背上毫毛拔下一根来，吹口气，一变十，十变百，百变千，交与老僧，叫他散给众僧，散工以后，每人帽沿里掖上一根，明早自有应验。老僧领了毫毛而去，到晚间分散给众人，各按行者的话而行，到次日天明，一个个都改变了形容，全成了俗家打扮，四处奔走，逃生而去。这是后话。且说师徒四众上马前行，进了关厢，又碰见十数个和尚，在马前跪倒，满脸垂泪，口称:“圣僧爷爷救命!”师徒四众闪目观看:

一个个衣衫褴褛真难看，面目焦黄似病人。
齐说道:“我等受尽无限苦，铁石人听了也痛心!
十年前来了三个贼老道，走上金殿骗国君。
钦封国师职位重，灭僧兴道起歹心。
拆毁寺庙无数座，推倒佛像坏金身。
抓我们和尚把苦工做，也不知死了多少念经人。
和尚如果偷偷跑，官人拿住了打断筋!

这半年夜间常有神托梦，叫我们忍气吞声等圣人。

又说是齐天大圣神通广，到此能把妖道擒。

今日一见圣僧的面，真比那看见爹娘还要亲！

只求大圣发善念，捉拿妖道把冤伸。”

众僧说罢哭又叫，心软的唐僧泪纷纷。

长老闻听，心中不忍，滚鞍下马，用手相搀，说道：“师父们请起，且随贫僧进城。明日见了国王，自有道理。”内中有一个老僧说道：“圣僧既要进城，这城内还有一座智渊寺，寺内供有先皇圣祖的御影，因此不曾拆毁。圣僧老爷可到寺内安歇。”长老四众跟着这十数个和尚，进了城，就在智渊寺住下。天色已晚，各自安寝。大圣心中有事，睡不安稳，只听得那边吹吹打打一片音乐之声，忙忙地爬起身来，出了屋子跳在空中，往四下里观看。

正南一片灯光亮，吹打细乐响连天。

大圣定睛留神看，原来是一伙道士上法坛。

香烟缭绕冲霄汉，银烛辉煌像白天。

上面供着三清像，许多道士站两边。

香炉宝鼎案上供，层层的宝盖和幢幡。

各样宫灯烧红腊，亚似蓬莱小洞天。

殿阁巍峨多齐整，明柱以上挂对联。

上联写“雨顺风调无量法”，下联配“河清海晏有余年”。

大圣看罢心欢喜，他想个主意去玩一玩！

大圣看罢，心中暗喜，想要下去，乱他一乱。怎奈单丝不成线，孤掌难鸣，就把八戒、沙僧叫了出来，一同驾云来至三清观。大圣向西北吸了一口气，往下一吹，起了一阵狂风。好厉害！登时播土扬沙，只刮得灯火俱灭，钟鼓不鸣。众道士闭目合睛，齐声嚷道：“好风呀，好风呀！”这内中就有三个妖道，自称虎力大仙、鹿力大仙、羊力大仙。一个个神通广大，法力无边。见此大风，说：“徒弟们，收了功课，明日再念。”众道士齐声答应，摸摸索索，散了道场，各自去了。行者三人一纵云头，走进了三清殿。八戒在黑影子里，一伸手抄了一个馒首，就是一口。行者听见嘴响，说：“呆子，且别吃东西。咱们必须变作三清的模样，爽快扰他一桌席！”八戒就变作太上老君，大圣变作元始天尊，沙僧变作灵宝道君。行者说：“呆子，你把这三尊泥胎背了去，撂在僻静之处，别叫人看出破绽来。”这八戒原有些笨力气，把三座圣像背起来，出了大殿。瞧了瞧，东边有一座小门，原来是个茅房。这八戒口里嘟嘟囔囔地说道：

“三清三清，我说你听。远方到此，来灭妖精。

借你座位，享点供奉。你等让座，暂下茅坑!”
猪八戒祷告已毕不怠慢，往下一扔忙转身。
急急上殿归了位，弟兄仨拿起供品任意吞。
汤饭馒首炉食供，这一吃，好似大风卷残云。
猛听得“吱”的一声门扇响，从外边走进来一个人。
原来是个小老道，拿着灯笼来找头巾。
听见殿上有人喘气，吓得腿肚子转了筋。
猪八戒忍不住地哈哈笑，小老道跌跌爬爬跑出门。
扯着嗓子一路嚷，惊动观中许多人。
众道士拿着灯笼进了大殿，你言我语乱纷纷。
这个说：“桌上的供奉没了影，殿上为何不见人?”
那个说：“吃果子还把核儿吐，不知这是哪路神。”
虎力大仙说奇怪，鹿力大仙暗沉吟。
羊力大仙心欢喜，口尊：“师兄请听真!
想是你我太虔敬，感动天尊降凡尘。
快些跪倒求圣驾，求些圣水献当今。”
虎力、鹿力说有理，他们仨磕头碰地出了声音!
大圣在座上暗暗笑，八戒、沙僧稳不住心。

看累了，不妨听一听

六五　僧道斗法

八戒、沙僧心中害怕，不约而同，一齐说道：“师兄呀，咱们快走吧!”大圣暗暗推了他两个一把，稳稳坐定。就听行者扯着嗓子说道：

“晚辈小仙，且休拜礼。
洗耳恭听，听个仔细。
我等今日，路过此地。
念你虔诚，赏些东西。”

那些大小道士，听见圣像说话，一个个战战兢兢，磕头碰地。都说是活灵活现的三清爷爷，好歹留个长生不老之法，度一度徒子徒孙，好兴道教。三个大仙也不住地祷告。沙僧悄悄地说道："师兄呀，他们这样祷告，如何是好?"八戒说："要不咱们走吧!"大圣又把他两个推了一把。二人心中会意，默默无言。这大圣又开言说道："晚辈小仙，念你们诚心礼拜，与你们留些圣水，切不可泄露天机，快取器皿来。"虎力大仙忙忙地拿来一个铜盆，鹿力大仙取来一个砂锅，羊力大仙找到一个花瓶，都放在了供桌之上。之后领着小道士们出了大殿，关了槅子，在外面等候。行者掀起虎皮裙，溺了一泡猴儿尿，八戒、沙僧也都溺了一泡，归位坐下。大圣说："小仙们，领圣水来吧!"

孙大圣刚才说了这句话，大小道士进了殿中。

虎力大仙忙把圣水喝一口，羊力大仙来了一盅。

鹿力大仙也抿了一抿，呵，这个味道臊又腥!

三个人一齐都把圣水吐，孙大圣哈哈大笑两三声。

叫声："妖仙休做梦!我们本来不是三清!

我们是东土大唐佛家子，前往西天去取经。

师徒路过车迟国，听说你等要灭僧。

老爷心中气不忿，今天来打抱不平!

你们喝了和尚的溺，明天怎么去念经?"

三个妖仙拉出宝剑要动手，弟兄仨一驾云头无了影踪。

大圣弟兄回到智渊寺，不敢惊动师父，暗暗睡下。次日天明，师徒来到午门，指望拜见国王，倒换关文。忽见朝内跑出八个武士，不容分说，把四众上了五花大绑，两个搀着一个，走上金阶。把个长老只吓得抖衣而颤。行者口尊："国王，无故捆缚僧人，不知身犯何罪?"国王说："你等大闹三清观，就该万死!"行者微微冷笑说："贫僧来至贵邦，也曾听见人说三清殿乃是三位国师设坛说法之处。既然有人大闹三清殿，国师为什么不把他拿住，何必又上朝奏事?如此血口喷人，真乃无影之谈!"国王见大圣的言词说得有理，两只眼只瞅着左边。原来这三个妖仙，都坐在了殿左边的绣墩上。行者的话，全都听见了，可又不好直说昨夜的境况。正在为难，只见黄门官启奏："今有四路乡民来报，今春无雨，天气干旱。求哪位国师求一求雨，普救众生。"虎力大仙闻听，忙在国王的耳边"叽叽喳喳"地说了几句。国王连连点头，先叫松了和尚的绑，请长老上前讲话。

这国王听罢妖仙一片话，座上急忙把旨传。

武士急忙松了绑，把唐僧请到龙案前：

"和尚啊!非是寡人兴道教，有个缘故在其间。

自从国师来到此，雨顺风调万民安。

现今百姓来告旱，请国师去求雨一坛。
你和尚如果有法力，替朕的国师求苍天。
只要求下一场雨，孤王放你上西天。
大闹三清也不追问，一概免咎多容宽！
要是不能求来雨，想要脱身万万难！
绑赴刑场去问斩，那时节可别怨孤王心眼儿偏！”

大圣闻听，急忙说道：“国王，若说别的法力，不敢夸口。要讲求雨之事，老孙自小儿就会，不知哪位大仙与老孙较量？”虎力大仙闻听，走下了龙楼。行者上前，一把拉住，说道：“往哪里去？”妖仙说：“上台求雨！”大圣说：“你是怎么求法？”妖仙说：“我一上台，只以金牌为号。一声响，风来；二声响，云起；三声响，雷闪齐鸣；四声响，雨至；五声响，云散雨收。”行者笑道：“妙哉，妙哉！老孙让你先求。求不下来，老孙再施法力。”虎力大仙也不答言，迈步前行，三藏等跟在后边。国王率领文武群臣上了五凤楼，看他们斗法。且说师徒四众在坛下站定，妖仙走上了法台。

虎力仙来到台上心暗想，腹内辗转两三遭：
“野僧胆大真可恶，他竟敢大闹三清逞英豪！
少时若求下来雨，显显咱的法力高！
那时候奏明万岁将他们绑，推出午门把首级削！
并非祖师心毒狠，横祸是你们自己招！”
妖道想到得意处，不由得喜气上眉梢。
抖精神，单手高擎三环剑，朱砂就在口内嚼。
默默地掐诀又念咒，画了道万应灵符火上烧。
金牌拍得当啷啷响，阵阵清风把云彩飘。
猪八戒一见说：“不好！妖仙法力果然高！
他若求下一场雨，老猪今日难把命儿逃！”

大圣说：“呆子不必害怕,先别和我说话，我干正事去了。”好大圣，拔根毫毛变成自己的模样，站在了台下。真身跳在空中，大声喝道：“司风的是哪个？”吓得那风婆婆捻住了风袋，忙忙答应：“小神伺候大圣！”大圣怒冲冲地说道：“你这老婆子无礼！如今是老孙和那妖仙斗法，快快风头止住！若有一点儿，定打二十铁棍！老孙要风的时候，才许抖开风袋。”风婆婆连连答应，把虎头口袋捻了个十分紧，树叶儿不动，灶火烟也成了直的！

六六　行者显能

孙大圣忙叫风婆止住风，八戒喜气上眉峰。
口中只把老仙儿叫："今日里你的法儿却不灵！
金牌响了好一会儿，怎么不见有清风？
老猪劝你下来吧，让我们和尚显显神通！"
呆子在台下高声嚷，虎力仙羞得面皮儿红。
口颂真言又念咒，二道灵符起在空！
金牌响亮通三界，登时乌云遮天空。
大圣一见心好恼，挡住兴云布雾的童。
万里乾坤明亮亮，太阳又高照在当空。
八戒在台下哈哈笑："老仙儿呀，不必装腔胡逞能！"
长老、沙僧心暗喜，虎力仙心中焦躁似火烘。
摘下金冠桌上放，甩开青丝发蓬松。
手中仗剑忙掐诀，口含朱砂喷在空。
火化灵符腾云起，金牌响了第三声！

登时间雷公、电母腾云而至，迎头遇见猴王，急忙躬身施礼，口尊："大圣，在此有何贵干?"行者就把斗法求雨，兴教除妖的话，说了一遍。邓天君说："大圣有所不知，那道士用的是五雷正法，惊动了昊天上帝，我等是奉御旨前来助雷下雨的。"行者说："你们既是奉旨而来，且在这里等一等，听候老孙发落。"果然雷也不鸣，电也不亮。虎力仙越发心慌着急。画符念咒，步斗踏罡，"当啷啷"，第四声金牌响亮，就有四海龙王一拥而来。大圣迎头挡住说："敖家弟兄们哪里去?"那敖广、敖钦、敖顺、敖闰一起行礼，口尊："大圣，我等奉玉帝敕旨，前来行雨。"行者又将前边的事说了一遍，又说道："如今全仗你们帮忙，老孙也不会画符念咒，只看我的棍子为号。一指风来，二指云起，三指雷鸣，四指雨至，五指就要晴天。千万不要违了我的号令!"风、雷、云、雨诸神连连答应，俱在空中听令。大圣一按云头，把身一抖，收了毫毛，显出本相，高声大叫："老仙儿请了，四声令牌已响，并无风云雷雨，不要折腾了，快下来，让我们求求吧!"虎力大仙心中惭愧，不便久站，下了法台，来见国王。

虎力仙无可奈何将台下，带愧含羞把旨交。
国王带笑呼："仙长！为何今日这么糟糕？
雷不打来雨不下，莫非是错把灵符烧倒了？"
妖仙见问不言语，只觉得脸上光发烧。
勉强开口呼："陛下！并非我的艺不高。
风神爷、雷公、电母都有事，龙王今日也上了天曹。
因此违了山人的令，诸神回来我定不饶！"
妖仙正自瞎捣鬼，忽听得行者叱咤喊声高：
"没本事的老仙儿快住口！不必顺嘴瞎叨叨。
风、云、雷、雨诸神全无事，龙王也没有上天曹。
国王若是不相信，等老孙求场小雨儿你们瞧瞧！"

大圣一声怪叫说："老仙儿住口，那四海龙王俱都在家，只是没有老孙的号令，他们不敢行雨！如今该我们上台了，也不用画符念咒，也不用摔打金牌，我把棍子一指，要风就是风，要雨就是雨，要下就下，要晴就晴！"说罢，搀着长老来到台上，暗暗叫声："师父，休要害怕，你老只管念佛。求雨之事，自有老孙安排。"这长老无可奈何，就把鸟巢禅师传授的多心经念将起来。大圣打耳朵内拿出金箍棒，迎风一晃，有一丈多长，往上一指。

孙大圣金箍铁棒只一指，忙坏了风婆和巽二郎！
这个抖开风口袋，那一个播土把沙扬。
耳内只听得"呼呼"响，拔树吹林天地黄！
大风刮了好几阵，孙大圣又拿铁棒指上苍。
四面阴云平地起，雾气蒙蒙遮太阳。
大圣三举金箍棒，"嘎啦啦！"沉雷响亮震天堂！
电母娘娘施法力，火蛇乱蹿闪金光！
金箍铁棒又一指，惊动了四海的老龙王。
张牙舞爪把鳞抖，瓢泼大雨下了一场。
唐僧台上将佛念，沙僧、八戒喜洋洋。
国王君臣齐喝彩，都说是："佛门法力果然强！
不用画符不用咒，呼风唤雨当寻常。"
三个妖仙脖子软，一个个含羞带愧难把头扬。
大雨下了多半日，车迟国沟满壕平水汪洋。

这场雨打辰正下到午末，足足两个半时辰。国王传旨止雨，楼下的差官报与圣僧。大圣把金箍棒一指，登时间雨住云收，太阳高照。国王满心欢喜，率领群臣回到金殿，要与长老倒换关文。三个妖仙心中不忿，口尊："陛下，这场雨还是我们求下来的！方才小仙上台拘请龙王，正遇着龙王上天奏事，所以雷雨一时不来。后来听见小仙的号令，赶了来行雨，正遇见他们上台。机会凑巧，算来还是我们的法力！"行者闻听，哪里放得过去，忙忙地叫声："国王，这件功劳，也别算我的，也别算他的。如今四海龙王还在空中，老孙还未曾发放。谁能叫龙王显出法身，叫陛下和群臣看见，这件功劳就是谁的！"国王说："此话讲得有理。哪位国师能叫龙王显圣？"三妖口尊："陛下，小仙等不能！既是他请来的，就叫他们请龙王显法身吧！"大圣闻听，向上高叫："敖家弟兄们何在？快显法身，叫国王过目！"那四海龙王就在半云半雾之中显了金身。

孙大圣无边法力神通大，要叫龙王露金身。
登时间四海龙王领法旨，齐抖威风在半天云。
东海敖广展青甲，西海敖钦闪白鳞。
南海敖顺摆赤尾，北海敖闰滚乌云。
这一个胡须飘飘如白练，那一个双角弯弯亮如银。
这一个二目发光明又亮，那一个弯曲膀臂把玉爪伸。
祥光瑞气通三界，搅乱了一天的紫雾和彩云。
国王看罢心欢喜，急忙行礼把香焚。
孙大圣叫了一声："归本位！"
发放了风、云、雷、雨众天神。

国王率领群臣，在殿上焚香礼拜。又见行者神通广大，十分欢喜。传旨光禄寺设宴与圣僧酬劳。虎力大仙上前拦住说："陛下，且莫赐宴，待小仙与他赌一个云梯显圣之法，见一个高下，然后再赐宴也不迟。"国王说："国师，怎么叫作云梯显圣？"妖仙说："就在大殿以前，各用高桌五十张搭起两座高台。各自驾起一朵祥云上台坐下。坐不稳的，就算输了！"这国王本有些昏庸，又搭着受了妖气，越发糊涂，立刻传旨，搭了两座高台，望着长老说道："圣僧，哪位师父上台与国师坐禅？"大圣悄悄地叫声："师父，只管应他！老孙送你上去。"长老只得合掌当胸说："贫僧愿往。"虎力大仙把长老瞧了瞧，走下金殿，站在白玉阶前，将身一纵，驾了一朵云彩，飞上了西边的高台，端然坐下。

孙大圣一见妖仙将台上，一条妙计想在心间。
暗暗掐诀又念咒，他把那五个力士请下了凡。
五色祥云托着长老，轻轻送到台上边。
唐长老在法台之上盘膝坐，一心无二来坐禅。

眼观鼻来鼻观口，纹丝不动好安然。
不言僧道对打坐，再说鹿力这个妖仙。
他在那绣墩之上留神看，一条毒计想在心间：
“常言说既当和尚就会打坐，既为道士就会参禅。
我如今必须暗助一膀力，好叫师兄能占先！”

六七　斗智斩妖

鹿力大仙想罢，往台上扔了个臭虫，叮在长老的脖子上，恶狠狠钻入毛孔呷血。长老先前是痒，然后是疼，疼痒钻心，实在难受，哪里还坐得稳。只是双眉紧皱，咬定牙关，如坐针毡一样。大圣一眼看见，说声：“不好！师父受了魔了！”使了个替身法，摇身一变，变了个蟆蟆虫儿，飞在唐僧头上。留神一看，原来是个黄豆大的臭虫叮在脖子上。连忙动手捻下，替师父挠挠抓抓。这长老不疼不痒，坐在上面纹丝不动。

唐三藏打坐参禅入了定，大圣一旁又显神通。
一翅飞上金銮殿，兽头之上隐身形。
将身一晃说声：“变！”变了个三寸长的小蜈蚣。
跳在妖道的鼻子上，鼻孔之内下绝情。
往里一钻实难忍，虎怪“哎哟”叫了一声。
翻身栽下尘埃地，差一点儿丧残生！
国王一见说：“不好！摔着了国师朕心疼。”
忙吩咐大小官员搀妖道，到文华殿里梳洗把衣更。
行者一见哈哈大笑，忙驾祥云驮圣僧。
荡荡悠悠落到台阶下，这一番又把虎力妖仙赢。
鹿力大仙见此光景不服气，眨眼间又把诡计生。

鹿力大仙口尊：“陛下，师兄原有羊癫风的疾症，一时发作，这才输给了和尚。如今我再与他赌一个‘隔板猜物’的法力，如若赢了小仙，就放他们出去。”国王说：“国师，什么叫‘隔板猜物’之法呢？”妖仙说：“板箱一个，不拘什么物搁在里面，用锁封好，要他猜里面是何物件。他要是猜着，就放他们取经而去。小仙若是猜着，就割他们的人头。”那国王十分昏庸，连忙传旨，命太监将一个朱红的柜子抬进后宫，叫娘娘放上一件宝贝，重新抬出，放在白玉阶前，叫僧道两家赌个法力。妖道让三藏先猜，长老如何猜得着，少不得彼此谦让，挨磨时候。好大圣摇身一变，又变了个蟆蟆虫儿，飞将去，从板缝内钻入里面一看，原来是一裙一袄。行者用手一抹，吹口仙气，变了破烂流丢一口钟，还从板缝里飞出来，叮在长老耳朵上，告诉了一遍。长老说："这里面是破烂流丢的一口钟。"

鹿力大仙一听不由哈哈笑，心中暗暗骂僧人：

"三句话儿不离本，这才是信口开河把粪喷。

我如今当面赢了你，替道友报仇雪恨把冤伸！"

那妖仙越思越想越高兴，舒眉展眼笑吟吟：

"这柜里放着一件山河社稷袄，还有件乾坤地理裙。"

又催国王传旨快开柜，取出丹盘把胜负分。

国王命当驾官把丹盘取出来。当驾官一看，果然是件破烂流丢一口钟。国王勃然大怒，说："是何人放上此物？"旁边宫官连忙跪倒："启奏万岁，是娘娘亲手放的，原是宫裙绣袄，不知怎么变成此物。"国王迟疑多时说："把柜抬进去。寡人亲放一物，便见分晓。"宫官将柜抬入后宫，将御花园桃树上结的一颗红桃摘来，放里面，抬将出来，放在丹墀。行者早已飞在里面，把桃儿吃了，只剩下了个桃核儿，又飞出告诉长老。只见妖精说："这番等我先猜。"回头尊声："陛下，这里面是一颗红色的鲜桃。"三藏说："贫僧猜它是个桃核儿。"国王闻听微微笑：

"和尚你这次休逞强。

一颗桃儿红又大，是寡人亲手把它装。

国师这番赢了你，再也休想上西方！

传圣旨，快把唐僧拿下去！"长老听说可着了慌。

连呼："陛下且息怒，是真是假看看有何妨？

我贫僧倘有一字说不对，情愿挨刀赴法场。"

长老的话儿刚出口，鹿力大仙开了腔：

"和尚说得也有理，打开看看也无妨。"

国王点头传旨意，命武士快快开板箱。

僧道君臣齐观看，呵！直吓得那昏聩的国王张口结舌脸焦黄。

开柜后大家一看，把个国王直吓得面黄失色，望着妖仙说："国师，这真是奇怪。方才分明是寡人亲手放的一颗鲜桃，怎么就变成了一个桃核儿？想是有神灵暗中帮助于他，快换关文打发他们去吧。"虎力大仙口尊："陛下，不可如此。这是他们的搬运小法，如今看贫道破他的法术。”国王说：“你怎么破法？”妖仙悄悄地尊声：“陛下，大凡搬运之法，只搬物件，搬不动生人。如今且把小道童儿放在柜内，再叫他猜。倘若猜着，就放他们走。”国王依言，叫当驾官安排妥当，将柜子抬下丹墀。不知行者早已变了个蠓虫儿，藏在柜内。放了个瞌睡虫儿，把道童治住，将金箍棒变了一把剃头刀儿，登时把头发剃下来；把他穿的一件葱白色云头花绢锦缎沿边的鹤氅脱了来，抖了一抖，变了一件黄布的直裰儿，与他穿上；又拔下两根猴毛变了一个木鱼，一卷佛经，放在面前。收了瞌睡虫，念了个迷魂咒，把道童迷住，这才飞出来，暗暗告诉师父。唐僧会意。只见虎力大仙走下丹墀，说：“陛下，这里面放的是个小道童。”三藏合掌当胸，说：“阿弥陀佛，这里面是个小沙弥，如何说是个道童？”

唐三藏一言刚出口，国王传旨看输赢。
小和尚木鱼敲得“梆梆”响，“阿弥陀佛”不住声。
钻出柜来往外走，剃的光头亮又青。
两边的文武公卿心欢喜，鼓掌喝彩不绝声。
三个妖仙如泥塑，害怕见忙又吃惊。
登时恼了猪八戒，撅起长嘴发了疯：
“几次连把国师胜，快换关文快放行！
牙缝里蹦出半个‘不’字，一嘴把大殿拱个平！
打死满朝文共武，捎带着六院与三宫！
国都城池全拱倒，看你们何处坐朝廷！”
他不住摇头吧嗒嘴，抡开大耳撒开钢鬃。
满朝文武齐害怕，国王面前带忧容。
三个妖仙把牙咬，齐说：“陛下，莫担惊。
只要有我三个在，定与和尚见输赢。
我和他割下头来再长上，开胸剜心还要长平！
滚油锅里洗个澡，看看谁能谁不能！”
立逼着国王传旨意，刽子手蜂拥而上杀气腾。
虎力大仙往下喊：“哪一个僧人先试刑？”
言未尽人群中答应一声“有”，上来了行者孙悟空。
他拱一拱手说：“有僧！”
刽子手一拥而来上绑绳。
长老看着直害怕，八戒、沙僧齐担惊。
国王传旨快动手，只听得“咔嚓”响了一声。

钢刀一过头落地，像一颗西瓜滚在法场中。

六八　油锅洗澡

唐三藏师徒正在担惊害怕，只听大圣腔子里说话，叫声：“头来！”鹿力大仙大吃一惊，默念咒语，把当方土地拘了来，将大圣的首级按住。行者连叫了三声，那颗头就像生了根一样。好大圣浑身使劲，挣断了麻绳，把腔子晃了两晃，又长出了一个头来，摇摇摆摆，走上金銮殿。喜煞唐僧、八戒、沙和尚，吓坏了妖道、国王和满朝文武。国王战兢兢传下谕旨，宣大唐圣僧上殿，领关文路引。

孙大圣迈步上了金銮殿，叉手躬身把国王称：
“发给关文是正理，我老孙还有一事要奏明。
那三位国师说过大话，叫他们出来显显能。
他要能割下头来长得上，僧人立刻就登程！
倘若无有真法力，欺灭沙门万不能！
立刻拆了三清殿，修盖寺院住高僧！”
大圣的话儿还未说尽，虎力妖仙气炸胸。
大叫：“和尚快住口！
祖师爷今日与你见输赢！”
叫刽子手们快动手，丹墀以上上绑绳。
推推拥拥把丹墀下，对准了老道下绝情！
钢刀一闪人头落地，老道的腔子之中出了声。

妖道腔子里面也叫了一声：“头来！”大圣也有些发毛，拔了根毫毛变了一只大黄犬，扑上去，一口咬住，四蹄如飞，把妖道的头扔到御水河中去了。这妖仙哪里有大圣的手段，连叫了三声，唤不回头来，“咕嘟嘟”冒了一堆鲜血，躺在地下，气断身亡，现出原形，原来是个黄毛的老虎。

虎力仙身死现本相，原来是只野大虫。
国王一见变了色，眼望着两个妖道不作声。
鹿力大仙尊：“陛下，障眼法儿要认清。

我师兄纵然命尽应该死，死后也不会变了形。

这都是和尚使的坏手段，故意把师兄当畜生。

贫道与他赌法力，剖腹剜心逞逞能！”

猴王连声说：“有趣，我腹中发痒正好用刀通一通！

暂借陛下龙剑，让老孙划开肚子把五脏清！”

说罢迈步往下走，走至椿橛前面把脚步停。

刽子手揎拳掳袖把行者捆，下半截身子上了绑绳。

牛耳尖刀拿在手，脱去直裰露前胸。

只听“哧”的一声响，胸口上开了个大窟窿！

好大圣，两只手把肚皮分开，把肠、肚、心、肺、肝、胆掏将出来，左一把，右一把，摆弄多时，仍旧装在肚内，捻着肚皮，吹口仙气，喝声：“长呀！”仍然长得和当初一样。国王吓得胆战心惊，两只手捧着关文说：“圣僧快些领了关文，早上西天拜佛求经去吧！”大圣微微冷笑：“关文事小，也请二国师施展施展法力，老孙见识见识。”国王望着鹿力大仙说：“国师，此事不与寡人相干，是你要与他作对头，请去请去！”鹿力仙说：“我主万安，贫道输不与他。”果然也像孙大圣一样，摇摇摆摆，径到丹墀，绑在桩橛之上。刽子手解开衣服，将刀一探，割开肚皮，他也把五脏掏将出来，摆弄着玩耍。

孙大圣一旁观看不怠慢，拔根毫毛要弄玄。

吹口仙气说声：“变！”变了只铁爪鹞鹰飞上天。

双翅一抿往下落，抓住了肠、肚、肺、胆和心肝。

但只见鹞鹰展翅往上起，悠悠飞翔在云端。

登时之间无踪影，把五脏抛弃在山涧。

大圣将身只一抖，毫毛立刻又归还。

鹿力大仙断了气，躺在地上不动弹。

死后成了个空肚子鬼，少肺无肠缺了心肝。

原来是一只白毛鹿，上下浑身是粉团。

羊力大仙顿时脸色变，满面通红带羞惭。

半晌开言呼：“陛下，这又是障眼法把陛下瞒。

贫道与他将法斗，我两个对下油锅用滚油煎！”

美猴王听见这句话，拍手跳跃真喜欢。

“我和尚好久没洗澡，油锅里洗一洗倒也新鲜！”

国王无奈传下了旨，当驾官把锅灶拿来放在殿前。

当驾官立刻安下油锅，架上干柴，点着烈火将油烧滚。大圣把手拱了拱，说：“老仙儿，孙某累次占先，望乞恕罪。”说罢，脱了上下衣服，将身一纵，跳在锅内玩耍，真是人人喝彩，个个称奇。把个呆子只喜得眉开眼笑，望着沙僧，悄悄叫声：“师弟，你看这猴子的本领实在高强。”沙僧点头答应。且说大圣正然玩耍得高兴，见猪八戒与沙僧讲话，起了疑心，说：“这呆子笑我呢。等老孙耍他一耍。”好个行者，正洗之间，忽然扎了个猛子，扎在油锅底下，变了一个枣核钉儿，再也漂不起来。妖仙一见，哈哈大笑说：“这个和尚被油炸死了。”国王听了，心中欢喜，传旨打捞上骸骨来验看。刽子手领旨，拿铁笊篱左一捞，右一捞，哪里捞得起来。妖仙说：“万岁，这个和尚被油炸化了，快把这三个和尚拿下，扔在锅内，叫他们一路去吧！”

这昏君宝座之上说：“准本！”忙坏了两旁值班的人。
拿索提绳一齐往前跑，气势汹汹赛凶神。
头一个揪住猪八戒，摺倒在地下狠心！
拧着耳朵掐着嘴，条条麻绳捆住身。
单三扣来双三扣，猪八戒咧着大嘴直呻吟。
三藏禅师魂不在，泪流不止哭老孙：
“想当初五行山下收了你，保我到西天得经文。
实指望一同成大道，谁知今日你命归阴！
生前只为求经卷，死后还存念佛心。
万里英魂须等我，我与你幽冥做鬼上雷音！”
长老越哭心越痛，沙僧一旁泪淋淋。
猪八戒上了绑绳无好气，张开喉咙骂老孙。
骂声：“闯祸的泼猴子，你真是要命的弼马温！
你一命归阴不要紧，闹得俺师徒三人也难脱身！”
八戒的话儿还未尽，油锅内“咕咚、咕咚”发出声音。

六九 路逢道场

俗话说，人急造反，狗急跳墙。呆子是真急了，他这才泼猴子长，弼马温短，一路子山嚷怪叫，把个猴王惊醒了。原来行者正睡得高兴，忽听八戒骂他，忍不住现了本相，跳在油锅边上，一声喊叫："该死的东西！骂谁呢？"吓得那文武官员人人惊慌，个个失色。国王溜下龙座，指望要走，大圣上前一把拉住说："陛下，不要走！也叫你那三国师下下油锅去！"羊力大仙喝道："哇！和尚休得撒野！等我下油锅与你看！"说着用手解衣，往下就走。行者知道他有些法力，早已拘了一条火龙盘在锅底等候他。行者穿好了衣服，国王传旨松了唐僧、沙僧和猪八戒之绑。大家只见妖仙脱了衣服，往下一跳，冒了股黑烟，霎时间皮焦肉烂，只剩下几根枯骨、一对羊角。

这国王一见妖仙丧了命，眼泪滚滚放悲声：
"三位国师身辞世，什么人保我坐朝廷！"
行者闻言尊："陛下，你这人真是不聪明！
三位国师都非人类，原来是妖精变化把你蒙。
同心合意把你害，要夺你的江山坐朝廷！
时机未到他们未动手，才呼风唤雨故意逞能。
等上一年或二载，推倒你，他们就要把基登。
夺你的江山害你的命，占你的六院与三宫！
祖上的香烟难继续，大好江山属妖精。
那时节国破家亡遭了害，纵然后悔是一场空！
陛下若还不相信，看一看三妖的原形就把真相明。"
大圣说罢一席话，老国王连连点头不吭声。

大圣一席话说得国王心中醒悟，文武百官一齐跪倒，都说："圣僧之言有理，陛下不可不听。"那国王减去忧愁，换上喜色，宣左丞相亲送三藏到智渊寺安歇。次日天明，四门八路张挂招僧的榜文，修盖庵观寺院，大排銮驾，率领合朝文武，亲到智渊寺送上文牒，大排筵宴，答谢师徒四众。且说那沙滩上放了的五百僧人，复了本相，来交大圣的毫毛。三藏告辞，国王君臣送出郊外。大圣口尊："陛下，不必远送，回国去吧。从今后再不可听信妖言。只要你把三教平等，勿生偏见，管叫你江山永固。"国王依言，感谢不尽，洒泪而别。且说长老师徒取路向西天而来，正是：

得意春风快马蹄，三伏暑热雨淋漓。
忽然又是秋景至，遍地黄花开野菊。

师徒四人一路上无非饥餐渴饮，晓行夜宿，春去夏来，又到深秋时候。

唐三藏驾骑着白龙马，顿辔加鞭往前行。
齐天大圣前引路，猪八戒肩担钉耙走如风。

沙僧挑定行李担，师徒四众赶路程。

此时正是三秋景，金风飒飒细雨蒙蒙。

菊花满地似金毡，红扑扑一林枫树染霜红。

小虫儿“啾啾唧唧”声不断，鸿雁成队过长空。

白茫茫的芦花迎风舞，青川高耸在云空。

山林古寺人烟少，荒庄野店少人行。

师徒懒看途中景，满怀虔诚去取经。

这一日正然向前走，见前面有条大河把去路横。

这时天色已晚，正然要寻找庄村，化斋借宿，忽然前面一道大河拦路。行者说：“师父且住，等我看看这河的宽窄。”说罢，驾上筋斗云跳在空中，手搭凉棚，火眼金睛仔细一看，哪里看得见边岸。按落云头，尊声：“师父，宽得很！”长老抬头，看见前面有座石碣，走到跟前，定睛一看，上面有三个大字，乃是“通天河”。下面有十个小字，乃是“径过八百里，亘古少行人”。长老大吃一惊，说：“徒弟呀，水宽河大，自古无人行走，如何是好？”大圣说：“师父，天色已晚了，暂且寻找个有人家的去处，借宿一宵，到明日再作道理。”说话之时，忽听有钟鼓之声。师徒四人，顺着声音找到了一个所在。

通天河东西径过八百里，亘古以来少行人。

师徒一见实无奈，也只好找个住处且存身。

忽听一阵钟鼓响，师徒四众笑吟吟。

猴王、八戒前引路，长老、沙僧随后跟。

顺着声音找了去，过了沙滩望见一个小庄村。

走进庄内留神看，路东有座广亮门。

门旁边又把幢幡立，里面还有钟鼓音。

长老连忙下了马，只见那门内走出一老人。

手掐数珠把佛念，看模样是因天晚来关门。

长老一见走上几步，合掌当胸把施主尊。

那老者，举目观仔细，长叹一声把脸沉：

“小老儿今日办好事，可叹你一步来迟错过时辰。

俺舍下斋僧管吃饱，外有衬钱五十文。

这时候一天好事都办了，为什么晚上才来登门？”

长老说：“施主，我们不是化缘的和尚。贫僧乃是东土大唐国差往西天取经的。师徒四众，路过宝方，因为天晚，前来借宿，明早就走，望乞慈悲。”老者说：“我这里房屋倒有，只是佛事未完。也罢，且到里面暂坐，片时待佛事一毕，再为安歇吧。”长老忙令徒弟过来见礼，长者一见，只吓得不禁往后倒退两步。长老说：“施主，不必害怕，顽徒虽然生得丑陋，却是心肠慈善。”老者点头，把他师徒领进院内，拴马放担，来到经棚。且说那些念经的和尚，抬头瞧见他兄弟三人的相貌，只吓得一个个惊疑不止，正是：

阇黎还念经，班首叫：“行吧。”难顾磬和铃，佛像且丢下。一齐吹灭灯，惊散光乍乍。跌跌与爬爬，门槛何曾跨！你头碰我头，似倒葫芦架。清清好道场，翻成大笑话。

看累了，不妨听一听

七〇　计救孩童

长老恐怕吓坏了人，连忙喝道：“这泼物，还不退后！”行者三人诺诺而退。老者见长老骂徒弟，这才不怕，重新点上灯火，和尚们俱各散去。刚要落座，只见从里面又走出一个老者，说：“什么邪魔外道，敢来我家作祟？”这个老者连忙站起说：“哥哥，这是大唐国来的圣僧，徒弟们相貌虽然丑陋，却都是慈悲心肠。”那老者方才明白。大家归坐，吩咐摆斋。师徒饱餐一顿，撤去残席坐谈闲话。

斋饭已毕残席撤，这老者端上清茶敬圣僧。
长老带笑：“尊施主，请问贵姓与高名？”
老者回答说：“岂敢！在下姓陈叫陈澄。
但不知四位长老上下字，望乞说与我们听。”
长老见问合双掌：“贫僧法名三藏号唐僧。
孙悟空、猪悟能与沙悟净，就是这三个顽徒的姓和名。
请问你办下的什么善事，为什么门立幢幡又斋僧？”
老者见问腮流泪，带痛含悲泣不成声：
“只因为此处有座香火庙，神威赫赫佑生灵。
年年在庄上施甘露，岁岁有庆云落村中。
恩多可是还有怨，慈悲中却有几分凶！
这神灵好吃童男和童女，提起来大人小孩都心惊！”

老者说到此处，哽咽得再也说不下去。行者一旁说道：“既有那甘露庆云，想来也是好意，怎么又要吃童男童女呢?”老者说：“小师父有所不知，此处属车迟国元会县所管，地名陈家庄，离通天河五里之遥。河沿有一座灵感大王庙，年年到十月初一日，合庄之人必须前去祭祀、焚香、供献三牲福礼。后有神人托梦，要一对童男童女。我这庄上共有百十户人家，俱是一姓，轮流献供。小老儿名唤陈澄，今年六十三岁。这是舍弟陈清，今年五十八岁。小老儿五十岁上纳了一妾，所生一女，年方八岁，名唤一秤金；舍弟有个儿子，也是庶出，今年七岁，名唤陈官保。目下轮着我家上供，明日十月一，父子情肠难舍，因此做些佛事，预先超度超度他姐弟二人，往生福地!”

二老者越说越难受，对着师徒放悲声。
数数落落腮流泪，感动了大圣孙悟空：
“老者，请你莫难过，把令郎领来我看看形容。”
陈清答应朝里走，双手抱出小儿童。
口中连叫：“我的宝贝!”轻轻放在屋当中。
这孩子不知死活嘻嘻笑，手拿着核桃直摆弄。
行者急忙显手段，说声“变”，摇身变了个小儿童。
面庞也和官保一个模样，他们俩手拉手儿打愣愣。
老者一见吓一跳，双双跪在屋当中。
口中连把爷爷叫，感谢悟空显神通。
大圣听说哈哈笑，把脸一抹显原形。
叫声：“老者休害怕，我替官保去送生!
明日将我去上供，大王庙上喂喂妖精。”
陈清闻听心欢喜，口内连连尊圣僧：
“但能救下小儿的命，这真是山高海深的大恩情。
小老儿把你师徒来供奉，焚香顶礼秉虔诚!”
陈清的心里好高兴，老陈澄双膝跪倒呼圣僧。

人逢喜事精神爽，老者陈清听说大圣应许救他的儿子，欢喜得眉开眼笑，正像一句俗话说的：“骑着骆驼吃肉包，乐颠了馅儿了。”老大陈澄听悟空说能救官保，也双膝跪倒，口尊：“圣僧，既发慈悲搭救舍侄，爽利把小女儿的命也救一救吧!”大圣把他拉起来说：“不要你说，施法平等，要救自然都救。只是我一个人替不得两个，还得我二师弟凑上，方能成功。”

猪八戒一闻此言忙站起：“师兄你何必故意把我攀!
你会七十二变化，捉怪降妖只当闹着玩。
你要行好你就去，与我悟能有何干?”

大圣闻听心好恼："笨货你不该出此言！
吃了人家斋和饭，解闷分忧理当然！"
呆子闻听摇脑袋："你不必花言巧语来哄咱！
方才吃的斋和饭，最多能顶小半天。
我腹中饿得正难受，你怎么不替老猪进一言？"
八戒言词还未尽，二老连忙把话传。
吩咐童儿看斋饭，汤饭馒首往上端。
呆子并不多谦让，稀里呼噜吃了一个肚儿圆。

猪八戒吃了个饱，走将下来。大圣说："师弟，斋也吃了，你变一个一秤金，大家看看，咱们好去上供。"呆子说："我可不会变，就这么去吧。"大圣说："去不得，去不得！"呆子说："去不得就饶了我吧。"大圣喝道："好笨货！你不变，先吃我一棒！"呆子说："你不用动气，等我变与你看。"也叫老者把一秤金领来。呆子眼内看着，手内掐诀，口中念咒，摇着头，一声叫："变！"变得和一秤金模样差不多，就是个儿大一点。行者又变作了陈官保，看了看天色，已有三更时分。

孙大圣吩咐："大家莫乱讲，传扬出去就坏了事情！"
二老闻听忙说："是！我们管保走不了风。"
先将儿女送进去，打点上供不消停。
用两张八仙桌儿串绳杠，丹盘两个放当中。
陈澄抱起猪八戒，陈清抱定孙悟空。
一齐放在丹盘内，盘膝打坐正居中。
摆上钱粮和纸马，馒首素菜共三牲。
忽听门外人声喊，进来了合庄之上众百姓。
见了二老齐道喜，作揖唱喏把身躬。
都说是令郎令爱升天去，从此五谷要丰登。
弟兄二人装悲痛，哭哭啼啼送出门庭。
鼓乐喧天真热闹，灯笼火把耀眼明。
四个后生抬着童男和童女，一路之上快如风。
霎时来至大王殿，乡民们磕头焚香表虔诚。
焚化了钱粮纸马放完了炮，大家各自回家中。
且说呆子猪八戒，眼望行者叫："师兄，
趁此黑夜无人知晓，咱两个就应该见机而行。"

八戒说："依我看，咱们两个趁此天黑夜晚，无人知晓，且回陈家庄见了二老，就说灵感大王今日斋戒，不肯吃童男童女，大发慈悲，饶了性命，释放回家。哄过一时，天明走路，谁管他们的死活！正是：‘各扫自己门前雪，休管他人瓦上霜。’”呆子言还未尽，只听外面“呼呼”直响，走来了一个魔王，只见他头带束发紫金冠，身穿柳叶黄金甲，面如赤金，两眼如灯，耳坠金环，眼望童女，哈哈大笑，自言自语说：“每年间我总是先吃童男，后吃童女。如今这个童女生得又肥又胖，今日改改旧规，先吃童女。”只吓得八戒哀告道：“大王，你往年先吃童男，还是照老规矩吧！”魔王道：“往年童男童女都吓得半死，怎么今年的童女竟能说起话来了？不要讲，还是先吃你！”说罢，伸手就抓。

七一　冰河遭险

八戒“哎哟”一声，现了本相，手举钉耙，劈头就是一下。那妖侧身躲过，手中并无兵刃，跑出殿外，又被行者赶上，一棍打在脊背之上，那妖精疼痛难禁，逃了性命。行者听见“哗啷”响了一声，忙叫八戒拿出灯来，一看，但见地上有三片金鳞，俱有瓦片大小，行者拾起来同八戒回庄而去。且说魔王败返窝巢，坐在金交椅上低头不语。有一个斑衣鳜婆送过一杯香茶，带笑开言：

“往常大王去赴会，俱都是欢天喜地转回还。
今日为何不喜欢，为什么愁锁双眉透着烦？”
魔王见问长叹气：“提起此事气死咱！
碰上两个凶和尚，假扮童女与童男。
只因我身上没带兵刃，吃了败仗转回还。
听说是取经的唐和尚，师徒四众非等闲。
为首的名叫唐三藏，他本是十世修行的真童男。
有人吃他一口肉，便是长生不老仙。
有心要捉唐三藏，怎奈他手下徒弟最难缠。
方才不是跑得快，险些儿闹得命归天！
有心放过唐三藏，可实实难舍这机缘。
想来想去心烦闷，想不出方法急死咱！”
鳜鱼闻听嘻嘻笑，说：“捉住他们并不难！”

鳜鱼精当下献了一条计，唐三藏受灾遇难在眼前！

魔王正然为难，鳜鱼女怪口尊："大王，要享唐僧之肉，这有何难！只须依我的计策行事，不怕唐僧不是大王口中之食。"鳜鱼怪如此这般地说了一遍，妖王闻听，满心欢喜，说："妙哉，妙哉！果然成功，定与你拜为兄妹！"

鳜鱼怪嘴尖舌又快，意狠心毒有本领。

方才献出了一条计，妖魔立刻喜气生。

口中连说："妙，妙，妙！

你好似三国的诸葛孔明。

倘若拿住唐三藏，情愿与你兄妹称。"

魔王说罢忙站起，翻身离水不消停。

带领虾兵与蟹将，脚踏阴云到空中。

恶魔王半悬空中施妖力，掐诀念咒把法行。

一天星斗正明亮，忽然间黑雾烟云锁碧空。

阵阵寒风刺骨冷，鹅毛大雪乱飞腾。

顿时间大雪下得深三尺，通天河水冻成冰。

又命虾精与蟹怪，变了些经商客人赶路程。

明早都从冰上过，假装去西洋外国作经营。

魔王作法已毕，回归水府，暂且不表。且说行者、八戒战败妖魔回至陈家庄，将此事告诉了师父并两个老者。四众在厢屋内安歇，只觉得越睡越冷，天还未亮，直冷得浑身打战。八戒哼哼唧唧，爬将起来，叫声："师兄呀，天气好冷！"行者说："真冷真冷！"师徒都睡不着，穿了衣服，开门一看，原来降了一场大雪。只见陈老带着几个仆人分开雪道，送出洗脸水来，还有一大盆炭火。师徒净面烤火，少时安排早斋，大家用毕。三藏说："老施主，贫僧意欲西行，怎奈大河阻路，为之奈何？"老者说："师父，不要心急，且在舍下暂住几日，等天气晴朗，打造一只大船，多雇些水手，送师父过去，就费上千数两银子，小老儿也还拿得起。"长老未及开言，只听街上有人说话。

忽听得大街之上人吵嚷，个个都说好冷天。

鹅毛大雪深三尺，一道大河冻了个严。

长老闻听呼："施主，你我一同去看看。"

二老者齐声答应说："好，好，好！"一同举步到门前。

三个徒弟跟着师父，大家闪目四处观。

阴云密布如墨染，大地乾坤玉一般。

连河带地成一片，白雪漫漫望不到边。

又只见一伙行人朝河边走，背上背包把担担。

乱乱哄哄朝前走，冒着风雪不怕寒。

三藏说：“这些人雪天奔波为了何事？”

老者说：“都为名利把身缠。”

陈澄说：“师父，这通天河那边就是西凉女国，听前辈人讲过，说先前曾有人来往贸易，我们这边百钱之物，到了那边就值万钱。那边百钱之物，到这边，也值万钱。就只是河宽水大，三九天也不能冻冰，扎筏子过去，往往伤了性命。今已多年无人来往。这些人都是附近的商人，必是为谋重利舍着性命履冰而过。”长老闻听，一声长叹，说：“他们舍生觅利，贫僧冒险为名，能差多少?”吩咐悟空快些收拾行李马匹，趁着冰冻过河。二老再三苦留，怎奈长老取经的心切，执意要去。老者无奈，打点些个炒米、干粮，会同了合村的当家，就在河边拜送，洒泪而别。三藏师徒脚踏寒冰，孤零零径奔通天河而来。

唐三藏只为求经把众生度，不避艰险履冰霜。

通天河宽八百里，哪里有城郭店铺与村庄。

无处去化斋和饭，全凭炒米当干粮。

西北风呼呼刮得紧，天寒冰冻冷难当。

长老说：“此河若是不上冻，必然一片水茫茫。

既无远峰近岫山与岭，也无树木和田庄。”

长老心中多疑虑，瞧不见那些经商的客人在哪方。

行者情知不是路，点破了，又怕师父心里慌。

只好是随机应变胡打诨，之乎者也乱接腔。

说：“咱们自扫门前雪，休理他人瓦上霜。”

长老闻听将头点，不住顿辔把鞭扬。

从早晨走至正晌午，眨眼之间落太阳。

不辞辛苦连夜走，趁着那冰上的积雪与星光。

走着走着东方亮，一轮红日出扶桑。

不言师徒来赶路，再表表作怪的恶魔王。

且说这个妖魔，率领着手下的水族，在冰底下等了一日一夜，听见马蹄响，他使了神通，“呼啦啦”一声巨响，犹如地裂山崩，立时把冰河炸开。大圣着忙，一纵筋斗云跳在空中。白龙马早已陷到河底下去了。那怪把三藏一把抓住，率领群妖径回水府而去。魔王大叫：“鳜妹何在?”鳜婆连连答应：“有！有！”那怪满面堆笑说：“多亏你的妙计良谋！捉了唐僧，应当与你拜为兄妹。把这和尚收拾出来，办一个喜庆筵席，未知贤妹意下如何?”婆子说：“大王，且不要吃他，看他三个徒弟寻了来吵闹，等过两日他们不来找寻，然后自在受用，岂不是好?”妖魔闻听，连连答应。

老妖点头说：“行，行，行!”
急忙吩咐众虾兵：“把唐僧装在石匣内，好好看守放在后宫。”
不言长老身遭难，再说那半天云里的孙悟空。
孙悟空只见河水往上冒，冰上塌了个大窟窿。
见八戒沙僧也出了水面，白龙马带水拖泥跳在空中。
单单没了唐三藏，大圣不禁吃一惊。

七二　金鱼作怪

这道通天河，乃是一个两国交界之地，河东属车迟国所管，河西属西凉所管。河内住的这个妖魔，神通广大，法力无边。因为想吃唐僧之肉，显弄神通，把冰层炸裂，将长老捉去，只剩下弟兄三人、马匹行李!

大圣、八戒和沙僧，带水拖泥在空中。
收拾好行李放在马上，驾起祥云往回行。
行者心中早明亮，必然是河中的妖魔要害唐僧。
来至陈家庄里停脚步，迎出来陈澄和陈清。
忙问：“长老到何处去?”八戒说：“沉到河底喂了妖精!
以后不要把长老叫，‘沉到底’就是我师父的名!”
二老闻听吓一跳，珠泪滚滚哭出声。
大圣连忙呼：“老者，不必悲哀莫吃惊。
师父虽然沉河底，我管保平安无事情。
我兄弟到此不为别的事，把行李存放你家中。
明日我就去讨战，搭救师父拿妖精!”

二老闻听，满心欢喜，说：“大圣要搭救师父除了此怪，我们这里以后再不受害了。”说罢，连忙收拾房屋，用斋安歇。次日天明，三个人一齐来至河边。大圣变了个猪虱子，叮在八戒的耳朵里边。八戒、沙僧从冰窟窿之内，跳将下去，分开水道，行了有百十里远近，看见了一座楼台。门上挂着一面横匾，写着“水鼋之地”四个大字。沙僧说：“二师兄，这里想是妖精的住处了。你我不知虚实，请大师兄到里面去打听打听师父的存亡下落，好搭救他。”行者打耳朵内跳将出来，又变了一个长腿的虾婆，三跳两跳跳在门里，闪目睁睛细看。

但只见作怪的妖魔居中坐，斑衣鳜婆站在旁边。

正商量要吃唐僧肉，他们俩一问一答把话谈。

妖魔说：“昨日擒了唐三藏，这真是千年难遇的好机缘！”

婆子说：“和尚虽然到了手，三个徒弟可难缠。”

妖魔说：“徒弟虽然神通大，料他难以到此间。”

婆子说：“从容等他三两日，然后吃他才安然。”

妖魔说：“藏他之处多严紧，哪怕唐僧飞上天。”

婆子说：“话虽如此须仔细，多加小心保平安。”

行者闻听心欢喜，知道了师父并未丧黄泉。

只是不知藏何处，见不到师父也枉然。

猴王心中正思想，有一个大肚虾婆走到面前。

行者正在为难，忽然走来一个大肚虾婆。行者跳至跟前，叫声：“姐姐，大王商量着要吃唐僧肉，不知这个唐僧现在哪里？”虾婆说：“你问唐僧么？他被咱家大王降雪结冰，拿入水府，现在后宫中石匣之内。只等他徒弟不来吵闹，就要享用他了。”行者闻听，哪敢怠慢，慌忙往后转来。

孙大圣连蹦带跳往后转，四下里举目留神看又听。

进了后宫仔细看，果有个石匣放在当院中。

长下里大约有一丈，高下里五尺有余零。

左右并无人看守，猴王忙忙纵身形。

轻轻跳在石匣上，侧耳留神仔细听。

听见那长老在里面正叹气，自言自语直哼哼：

“可叹贫僧多命苦，为了求经落到水中。

为什么悟空不来将我救，迟来一会儿难相逢！”

长老正然心悲痛，猛听得石盖之上有人声。

大圣在盖上叫声：“师父，不必忧愁，老孙来了！”长老听见是那行者的声音，忙叫：“徒弟呀，快来救我！”行者说：“师父，只管放心，保你平安无事。”说罢，急忙跳出宫门，叫八戒、沙僧前去骂阵，他却跳出水面，在半空中现出本相，执棒等候。且说八戒手托钉耙，走至宫门，高声叫骂：“哇！该死的泼怪，快些送出师父来！”慌得小妖急回身报与老怪。老怪连忙披挂整齐，手执铜锤，带领着百十个小妖，耀武扬威走出门来。

恶妖魔听见和尚来吵闹，不由心中怒气发。
二目圆睁眉紧皱，两腮乱奓咬钢牙。
耀武扬威走出门外，小妖列队把阵压。
八戒一见不怠慢，跑上前去就是一耙！
老妖侧身忙躲过，九瓣铜锤往下砸。
沙和尚手执宝杖来助阵，帮助师兄来厮杀。
二僧一怪动了手，耍起了铜锤、宝杖与钉耙。
一个是天蓬大帅当了和尚，一个是卷帘将军穿了袈裟。
夹攻水怪施威力，妖魔他力敌二僧并不乏。
九瓣铜锤如雨点，辉煌夺目放光华。
猪八戒的钉耙紧又紧，只杀得妖怪心中乱如麻。
沙僧宝杖也不弱，舍死忘生为释迦。
妖魔只顾挡宝杖，不提防呆子搂头就是一耙！

七三　骑鼋渡河

八戒见妖魔的锤只顾招架沙僧的宝杖，他看着得了手咧，劈头就是一耙。妖魔说声："不好！"把身子一闪躲过头顶，肩膀上叫耙齿儿着了一下，鳞甲齐飞。虽然不大要紧，可把妖魔吓了一跳。妖魔一声喊叫："哇！好个长嘴凶僧，竟敢锄了我一耙！来，来，来！大王与你势不两立！"沙僧见老妖急了就中取巧好引他上岸，赶紧给八戒丢了个眼色。呆子会意，回头就跑。妖魔哪里肯放，随后赶来，"呼啦"一声，跳出了水面。行者急忙双手抡棒，朝着那怪搂头就是一棒。妖魔一横铜锤，虽然架过，又是震得两膀发麻，虎口流血，哪里还敢动，"咕咚"打了个猛子钻入水中去了。急得大圣双足乱跳，复令八戒再去引阵，怎奈那怪死也不肯出门。行者无计可施，叫八戒、沙僧巡查河岸，一纵筋斗云来至落伽山，按住云头，落在普陀崖上。

孙大圣筋斗一折急似箭，登时来至竹林内。

惊动了二十四路众诸天，守山大神忙施礼。

行者说："请问菩萨在哪边？"

众圣回答说："少待，观世音到竹林深处去游玩。"

大圣等了多一会儿，不见菩萨好心烦。

抬腿纵身朝里走，众圣诸天谁敢拦。

一直走进竹林去，见菩萨手拿一个小竹篮。

行者一见微微笑："嘿！佛祖菩萨也贪玩！"

大圣笑着自言自语说："菩萨也会玩耍。编这个小筐儿做什么用？"只见菩萨手提竹篮，走出林来，说："悟空，我早知唐僧有难，编下了紫竹篮儿擒拿妖怪，救你师父的性命。"大圣连忙说："弟子遵命。"菩萨驾祥云腾空而起，大圣在后相随，顷刻间到了通天河。八戒、沙僧叩拜已毕，左右侍立。菩萨解下束腰的丝绦，把竹篮拴住，提着丝绦把竹篮抛在河内，口中念道："死的去，活的来！"连念七遍，往上一提，拿在手内，便叫："悟空，快些下水，救你师父去吧。"行者说："菩萨未曾降得妖邪，如何救得师父性命？"

孙大圣听说叫他救师父，口尊："菩萨听我言，

妖魔现今未拿住，怎救师父上西天？"

观音见问腮含笑："妖怪早已入竹篮。"

行者三人忙来看，小竹篮内有物件。

原来是一尾金鱼刚三寸，摇头摆尾在里边。

大圣不解其中故，恳求菩萨道根源。

菩萨说："这尾金鱼非小可，生在莲花池里边。

每逢说法常听讲，闲暇无事就参禅。

变化无穷通玄妙，守护莲池不计年。

谁知他偶然动了红尘念，随着潮头到此间。

胆大欺心害三藏，险些儿叫圣僧不得上西天。

今日特来收此怪，搭救唐僧到岸边。"

菩萨说罢一席话，孙大圣满面带笑又开言。

行者口尊："菩萨，既然大发慈悲，且请法驾稍停，等弟子把陈家庄的众善人等传来，叫他们见见菩萨的面，好叫他们细心供养。"菩萨点头应允。八戒跑到庄上，把那些老少乡民一齐传来拜见观音，观看鱼篮。众人望空礼拜，从此传下个"鱼篮观音"的图像，家家供奉。菩萨回南海而去。八戒、沙僧跳入河中，分开水道，来至水鼋之第。只见那些虾精鱼怪，尽皆走散。一直找到后宫，打开石匣，救出唐僧，出了水面，与众人相见。陈老者立刻叫人打造船只准备渡唐僧师徒过河，

并请长老师徒到家中居住。正说之间，只听河中应声高叫：“孙大圣，不必打造船只花费民财，我送你师徒过去好了！”众人大吃一惊，闪目观看，打水底钻出一个怪物！你道他怎生模样，有诗为证：

方头神物非凡品，九助灵机号水仙。
曳尾能延千年寿，潜身静隐百尺渊。
翻波跳浪冲江岸，向日朝风卧海边。
养气含灵真有道，多年粉盖癞头鼋。

大圣一见此怪，不知他心怀何意，急忙抡动铁棒喝道：“你这孽畜！若到岸前，这一棒就将你打死！”

美猴王用棒一指高声骂：“孽畜休要往前爬！
大胆无知不听话，金箍棒把你的盖子砸！”
老鼋说：“大圣，大圣，请息怒，待我给你说根芽：
通天河内水鼋第，当初原是我的家。
九年以前遭不幸，河水涌涨把水发。
随潮来了个金鱼怪，大好的府第归了他。
只因为长老落水身有难，大圣一怒请菩萨。
竹篮收去金鱼怪，这一座水鼋府第才又归咱家。
全家大小重团聚，再不离散受欺压。
大圣的恩德如山大，愿效微劳为报答。
不耽误岁月省民力，不用造船把桥搭。
不消半日就渡过去，我保管平平稳稳无错差。
尊驾若还不凭信，情愿对天把誓发！”
行者闻听心欢喜，跳上鼋背细观察。

大圣跳在老鼋的身上，看了看，盖子方圆有四五丈大小，用金箍棒不轻不重地捣了几下，纹丝不动。行者又跳到岸上，说：“师父，倒也稳当，咱们坐在他身上，渡过去吧。”两村居民一齐叩送。大圣搀着长老，八戒、沙僧牵马挑担。此时冰雪皆化，河水全开，不消一日工夫，就渡过了八百里的通天河。他师徒们登上岸去，长老合掌称谢。老鼋说：“有劳师父赐谢。只求师父见了如来佛祖，替我问问，何时可得一个人身。回来告诉与我就感恩不尽了。”

唐三藏满口应承说：“容易！”老鼋闻听多喜欢。
道谢已毕钻到水里去，师徒们一直奔了西天。
此时正是三冬景，雪大风狂天气寒。
正走中间抬头看，一座高山在面前。

唐僧马上呼："徒弟，防备妖魔把我缠！"
行者回头说："无碍，不必担惊心放宽。"
说话之间入山径，登峰越岭过山弯。
但只见怪石乱堆如虎坐，苍松斜挂似龙盘。
白马足踏高低路，师徒冒雪上了山。
转过山弯朝前看，有座楼台在西南。
长老一见心欢喜，满面带笑把话言：
"咱们走了这一日，又饥又渴遍体寒。
你们看那座楼台真不小，不是寺院就是尼庵。
快行几步到那里，可以拜佛化一餐。"
唐僧只当是良善地，哪晓得一场灾祸在眼前！

看累了，不妨听一听

七四　青牛逞凶

行者闻听长老要上那楼台的去处化斋，闪火眼金睛一看，只见凶光隐隐，恶气纷纷，口尊："师父，到那里有些不妥。师父要饿了请下马在这里坐坐，等我到别处去化些斋来，你老吃吧。"长老依言下马，坐在无雪之处。大圣嘱咐两个师弟好生保护师父。因这去处凶多吉少，又用金棒在地上画了个大圈子，将长老、八戒、沙僧和白龙马都圈在里面，说："此乃铁壁铜墙，哪怕狼虫虎豹，鬼怪妖魔，都不敢靠近。师父千万别出圈，老孙去了。"一纵筋斗云，登时不见。且说长老坐在圈子里等了有两个时辰，不见行者回来，一来腹中饥饿，二来心中急躁，不由得抱怨起来。八戒见师父埋怨猴王，他就在一旁扯淡，说："师父，他寻常化斋去得快，来得急，如今故弄玄虚，画了个圈子，把咱们圈在里面，也不知道他往哪里玩去了。玩耍够了才肯来呢。这个圈子能挡住什么？倘有虎狼妖魔前来，只好白白地送与它吃。依我的主意，咱们且往西走，到有楼台的去处，化些斋饭吃。等他回来，看他何言答对。"长老不由得信了呆子的言语，一齐站起，牵马挑担，出了圈子往西南而行。走到楼台之下，抬头观看。

唐三藏楼台跟前忙下马，又只见朱红门上挂金环。

一扇开来一扇掩，空旷幽静少人烟。

猪八戒一旁尊："师父，这家子想是怕天寒。

都在里边烤炭火，香斋细供把咱偏。

等我进去把斋化，今朝定要把饱饭餐！"

唐长老点头吩咐加仔细，呆子说："老猪闹不出乱子山！"

抖了抖直裰跺跺脚，假装斯文往里钻。

进了大门抬头看，正中大殿整三间。

帘栊高卷金铃吊挂，摆设着桌椅围屏样样全。

转过屏风往里走，顺着走廊到后边。

一座高楼画五彩，楼底下朱红隔扇更新鲜。

正中间挂着一顶黄罗帐，四个金铃红线拴。

呆子一见心暗喜："这些人怕冷又贪玩！"

不分内外掀了一把，把呆子吓得眼发蓝。

八戒不分内外，把幔帐一掀，抬头观看，只吓得倒抽了一口凉气。你道是什么东西，原来是白花花的一堆枯骨，骷髅有笆斗大小，腿挺骨有五尺余长。这呆子定了定神，反倒赞叹起来，说：

"骷髅哇！也不知你是哪朝哪代都元帅，何邦何地大将军。

当年豪杰多威武，今日凄惨露骨筋。

不见妻女来侍奉，不见士卒把香焚。

我观骷髅真堪叹，可惜兴王霸业人！"

八戒自言自语地转过床后，见有一张八仙桌，桌上乱搭着几件锦绣棉衣。呆子提来观看，原来是三件花锦背心。他又不管好歹，抓起来搭在肩上，走出门来，尊声："师父，这里不是人家的住宅，是一个停亡灵的所在。里面有一堆白骨，还有几件花锦背心，天气寒冷，我拿了来，咱们每人穿上一件，遮遮寒气，也是好的。"长老说："不可！快些与他送去，出家人不可如此。"呆子哪里肯听，抖开一件穿在身上。

猪八戒好歹吉凶全不管，抖开一件锦背心。

抬起胳膊身上套，遮风御寒正可身。

沙僧说："我也穿一件。"走上前来把手伸。

拾起一件抖一抖，穿上可体又可身。

回手才要扣钮扣，"咕咚咚"跌倒在地头发晕！

猪八戒"哎哟"一声，说："受不了！师父呀！快些给我脱背心。"

长老着急干跺脚，目瞪口呆像个痴人！

急忙上前把背心解，背心好像扎了根。

师徒正然心害怕，惊动了吃人的妖精一大群。

师徒三人正然害怕，早惊动了一个魔头，高声喊叫问："小子们何在？外面有了偷衣服的小贼，快些与我拿来，好问问他们的口供。"众小妖齐声答应，忽的一声，跑出了许多狼神虎怪，手拿刀枪绳索，如鹰拿燕雀一般，拉进去了。这魔王收了楼台回归妖洞，升位坐下，喝令小妖，把唐僧推到面前。长老战战兢兢，双膝跪倒。

唐三藏害怕担惊浑身颤，双膝跪倒求超生。

妖怪座上微微笑："胆大秃贼敢逞能！

既在佛门为弟子，为什么无法无天任意行？

白天行劫真万恶，推情度理实难容。

真赃实犯拿住了你，从实招来免动刑。

姓甚名谁何方住，一路之上几人同行？

倘若一字有差错，叫你立刻丧残生！"

长老见问忙答对："大王听我诉实情。

贫僧玄奘唐三藏，拜佛西天去取经。

我们师徒共四位，路过宝山把身停。

大徒弟托钵去把斋来化，小僧三人坐山中。

不料小徒多莽撞，冒冒失失闯进仙亭。

他只是贪图便宜爱小利，并非是抢劫财物来行凶。

望乞大王发慈念，放我们西天去取经。"

唐僧说罢连叩首，泪珠滚滚好伤情。

恶魔王看了唐僧哈哈笑："你想到西天万不能！

听人说谁吃你一块肉，白发转黑变年轻。

走遍天下无处找，今日里送上门来岂能放松！"

老妖说："我且问你，你说是师徒四人一路同行，大徒弟化斋去了，不知他姓甚名谁，告诉与我。"长老未及回答，八戒在地上把头一抬，先答了话："提起我那师兄来，不是好惹的，五百年前称为齐天大圣的便是！"

猪八戒躺在地上答了话："提起我师兄鬼神惊。

他家住在花果山上水帘洞，胆大智广武艺精。

当年闹过灵霄殿，玉皇害怕把官封。

因嫌那'弼马温'的官职小，他在那蟠桃会上撒酒疯。

三反天宫谁不晓，他也曾下海闹过水晶宫。
东海龙王无其奈，把如意神针送给师兄。
闹地府十殿阎罗皆丧胆，牛头马面都心惊。
司狱判官齐害怕，城隍土地都头疼。
阎王也觉得没法办，生死簿上，众多猴类尽除名。
如今他改邪归正入佛教，法名叫作孙悟空。
方才前去化斋饭，大约着不久就要转回程。
妖怪若是知时务，趁早儿些放俺师徒去取经！”

七五　闹金兜洞

老妖听见是齐天大圣，心中就有些发怯，暗想道：“当年我在兜率宫，亲眼看见老君将他放在八卦炉中，炼了四十九日，指望将他烧死，谁知反倒炼了个铜头铁臂。原来是他皈依佛门，做了唐僧的徒弟，这倒要小心防备才好。”想毕，吩咐众小妖把唐僧上了绑，再拿两条绳索，换下八戒、沙僧身上的锦背心，一齐吊在后面，等着拿了行者一块儿蒸着吃。这且不表。且说大圣一个筋斗云往正南上走了有千里路程，才看见了一处人家。按住云头，落将下来，走入村庄，看见一个老者站在路旁。

孙大圣按住云头朝下落，急忙迈步进了村。
庄村之内留神看，路东有座小柴门。
有一个年老之人门前站，年纪大约有六旬。
头戴一顶羊皮帽，一件破衲穿在身。
半条麻绦腰中系，手拄藜杖甚斯文。
行者看罢忙施礼，口中连连把施主尊：
“贫僧我东土大唐受差遣，前往西天求经的人。
路过宝地腹中饿，施主要大开方便门。”
老者把悟空打量一遍，摆手摇头暗沉吟。

老者摆手摇头，想了一会儿，说道：“长老，你且不要化斋，你走错了路了。往西天的大路在正北，离此有千里之遥，快些返回去吧。”行者笑道：“正是，正是，我师父还在那道上等着呢。我是特意到此化斋。”老者闻听，哈哈大笑，说：“你这个和尚，净是撒谎，千数里地，要是腿快，来回也得十天。等你回去，把你师父也晒成干了。原来你是个流口的和尚，这里不施舍，别处化去吧。”说罢就要转身进去。大圣慌忙跑至跟前，拦住说：“老施主，贫僧化些斋，还要赶路回去，与师父充饥。”老者说：“不大方便。我家老小七八口，下了三升米，还未曾熟，你到别处化一化吧。”大圣说：“阿弥陀佛，古人云，走三家不如坐一家。我在这里等一等吧。”那老者却不理睬，走进去把门关上。大圣心中恼怒，暗暗说：“这老儿好生无礼，竟把老孙关在外头。他方才说饭还没熟，不知是真是假，我且去看他一看。”想罢，使了个隐身法儿，躬了躬腰跳入院内，找至厨房，果然见那锅内热气腾腾，有半锅干饭。行者用钵盂往锅内一掏，掏了满满的一钵热饭，驾起云头回归旧路，径到山坡落下。抬头观看，却不见了师徒三人的踪影。

孙大圣停身站在山坡上，心中着忙又吃惊。
睁开眼睛往地下看，看不见长老、八戒和沙僧。
回头又往山洼里看，殿阁楼台无影踪。
口内连连说：“不好！一定又有灾祸生。
这都怨师父不听话，走出圈子遇精灵。”
他顺着马蹄印子朝前走，忽听对面有人声。
大圣抬头观仔细，半山坡有一位老者赶路程。
头戴一顶狐裘帽，半旧油靴足下登。
有一个童儿随在后面，折了枝腊梅花儿拿在手中。
不紧不慢朝前走，山歌小调不绝声。
大圣一见不怠慢，喊了一声：“老公公！”

大圣走上前来，放下钵盂，唱了个大喏说：“老公公，贫僧问讯了。”那老者还礼道：“长老，你从哪边来的？”行者说：“公公在上，贫僧是东土来的，往西天拜佛求经。一行师徒四人。我因师父腹中饥饿，到别处化斋，他师徒三人坐在山坡下乱草棵里等候。贫僧化斋回来，却找不见他们，不知往哪里去了。公公可曾看见？”

孙大圣和颜悦色问了一遍，那老者唉声叹气带愁容：
“若要提起这件事，叫你担忧又吃惊。
方才我从山前过，遇见了三个僧人把路行。
有一个白面长老生得胖，两个徒弟不像人形：
一个是长嘴大耳猪模样，一个是晦气的脸上肉横生。
一担行李一匹马，撞到了妖魔他的手中。”

老者说到这句话，急坏了猴王孙悟空。

大圣闻听此言，心中害怕，说：“公公，不知这个妖魔的洞门在何处，望乞指教明白，我好向他讨取师父。”只见那老翁立刻显了本相，双膝跪倒，口尊：“大圣恕罪，小神是本处的土地。方才见圣僧有难，特意变化前来，与大圣报信。此山叫作金兜山，山中有一洞，叫作金兜洞。洞中有一妖魔称为独角兕大王，神通广大，本领高强，手下有许多小妖。大圣可把钵盂汤饭与小神收藏。大圣身轻体便，施展神通搭救圣僧要紧。”行者这才明白，忙把钵盂交与土地，叫道：“好好地与我收藏，老孙降妖去也！”

孙大圣闻听山神报凶信，怒火直冒气填胸。
抖抖直裰束束带，金箍棒迎风一晃握在手中。
一纵身形腾空起，筋斗云驾起快如风。
手搭凉棚往下看，圆睁火眼看分明。
但只见乱石滩头生怪气，石门隐隐半山中。
洞外一片平川地，小妖成群乱哄哄。

这大圣观看不尽，迈步径至门前，厉声叫道：“那小妖，快进去与你洞主说，我本是唐朝圣僧的徒弟齐天大圣孙悟空。快叫他送我师父出来，免叫你等丧了性命！”众小妖心中害怕，乱哄哄跑进洞门，急报：“大王，外面来了个毛脸雷公嘴的和尚，他说找他师父来了。”那魔王闻听就知道是大圣来了，忙吩咐小子们拿兵器过来。只见两个小妖抬过了一根长枪。老妖魔跳下石床，提枪在手，带领群妖撞出洞门，列成阵势，应声高叫：“孙悟空快来受死！”大圣闪目观看，这魔王生得好生凶恶。

行者看毕高声叫：“胆大的毛妖仔细听：
快些送出唐长老，咱们俩一笔勾销我赶路程。
牙缝里蹦出半个不字，定让你在金箍棒下丧残生！”
老妖闻听抬头看，打量猴王孙悟空。
虽说他皈依佛门为弟子，威严还与旧时同。
当真动手打起仗，只有输来不能赢。
倘若失机得不了胜，金兜高山住不成。
魔王正在犯思虑，气坏了猴王孙悟空。

七六　大战青牛

孙大圣一声喊道："妖魔不要发愣，吃你外公一棒！"双手抡起铁棒，搂头就打。那怪连忙用枪招架，两个人杀在一起。

金箍棒举祥云绕，长杆枪迎火焰生。
棒来枪架，火炉打铁叮呜响；枪去棒迎，好似元宵走马灯。
门外小妖擂战鼓，排成队伍大交兵。
这一边行者逞本事，那一边妖魔抖威风。
这正是，英雄汉遇英雄汉，对手正把对手逢。
棋逢对手显本领，将遇良才各逞能。
魔王口中喷紫雾，孙大圣眼放光华秀云生。
只为长老身遇难，悟空舍命苦相争。
魔王偷眼观仔细，暗暗地夸奖猴王棒法精。
真乃是鬼没神出人难测，一团宝霞不透风。
魔王看毕暗喝彩，赞美大圣是英雄。
怪不得五百年前施威武，三反天宫享大名。
他两个冲杀盘旋多一会儿，不见谁输与谁赢。

大圣安心要施展玄功，降妖捉怪。使了个金蝉脱壳的神通，真身跳在空中，剩下了个假皮囊。那怪掂了掂长枪，劈心窝刺倒，才要抽枪，只觉得头上一股凉风贯体。抬头一看，只见大圣的金箍棒离顶门不远，把个恶魔王直唬得一身冷汗，说声："不好！"把身一晃，将棒躲过，腾空而起。两个在空中枪来棒去，又大战一阵。老妖渐渐抵挡不住，立时心生一计，虚刺一枪，拨转云头，往回就走。大圣怒气冲冲，随后赶来。老妖把口一张，喷出一股黑气，把身形隐住，摇摇头变成了一个怪物，有五六丈长，二三丈高，顶生独角，身如靛绿，张开巨口，就像血染的一口水缸，来吞大圣。好猴王把身子躬了一躬，吐一股黄气，也把身形隐住，变出了一只猛虎，张牙舞爪，扑上前来。你一头，我一爪，来来往往，斗成一团。

僧与怪各用玄功显手段，施展变化逞奇能。
斑斓猛虎恶狠狠，独角大牛势汹汹。

你一头来我一爪，来来往往赌输赢。

大战多时无胜败，复现本相苦相争。

这一个金箍铁棒劈头打，那一个浑铁钢枪刺前胸。

老妖暗暗传号令，上来一群小妖兵。

又是围来又是裹，里里外外好几层。

大圣一见微微笑，猛然间把金箍铁棒抛在空中。

孙大圣将身一纵，跳出圈外，把金箍棒往上一丢，抛在空中，喝声："变!"登时间一变十，十变百，百变千，千变万，遮天蔽日，漫天遍野，如雨点儿一般，打将下来，只打得那些大小群妖哀叫不止，把个恶魔王只气得喊叫如雷，说："猴子，不要弄玄，看大王爷的宝贝!"忙从袖中取出个圆丢丢、白森森的圈子来，往空中一扔，喝声："着哇!""呼啦"一声，把无数的金箍棒收在一处，夺将去了。弄得个大圣赤手空拳，翻筋斗逃了性命。

孙大圣失了如意金箍棒，剩下两手攥空拳。

一纵筋斗败了阵，翻身坐在金兜山。

独自一人无情趣，不由心焦又作难：

"师父啊，老孙自从遇见你，蒙你救出五行山。

皈依佛门为和尚，随你一路上西天。

实指望陪你拜佛将经取，功行圆满转长安。

不料此处逢妖怪，皆因是师父不听老孙言。

我去化斋嘱咐过你，千万不可走出圈。

必是那呆子暗地挑唆你，才遇到灾难有今天。

我方才与他苦争战，闹得赤手攥空拳。

师父若有好和歹，前功尽弃化云烟!"

猴王想至为难处，忽然一事想在心间。

曾记得老妖方才有句话，却是无心对我言。

他说我大闹天宫好手段，看样子好像认得咱。

一定不是毛妖怪，也许是天上凶星降下凡。

何不去到灵霄殿，见见玉帝问根源?

查清了妖魔的来踪和去路，那时节设法拿他不费难!

行者想毕，驾起筋斗云直入南天门。来至灵霄殿上，见了玉帝，言明此事。玉帝降旨，命众神稽查诸天星宿，有思凡下界者，随即复奏。不多时，查明回奏，满天星斗一个不缺。玉帝说："既然如此，命孙悟空挑选几员天将下界去擒妖魔。"行者说："天上众将像老孙的本领者很少。想我大闹天宫的时节，不曾有一个对手，如今那怪又强过老孙，怎能取胜?”许旌阳说道：“一物降一物也。但凭高见选用，不要违了旨意。”行者说：“既然如此，只叫托塔天王与哪吒太子，再用两位雷公，就够了。”

七七 悟空搬兵

玉皇准奏差李靖，还有哪吒太子、雷公邓化和张蕃。

跟随猴王来助阵，登时来至金兜山。

大圣洞门前头来叫阵，哪吒跟随站一边。

小妖忙忙报进去，老妖闻听怒冲冠!

急忙披挂提兵刃，耀武扬威到洞前。

但见行者迎面站，旁边一个小儿男。

妖王认得三太子，气昂昂带怒含嗔把话言。

大骂：“猴头太无礼! 好不该打上门来欺负咱!

唐僧、八戒、沙和尚，早被我拿住用绳拴。

早晚就要装笼屉，足够大王吃一天。

劝你不必生妄想，想救唐僧难上难!

就让你请来天兵共天将，大王也毫不挂心间!”

妖魔无知说大话，气炸了哪吒的肺和肝!

手持长枪分心刺，老妖急忙把枪还。

老妖魔见太子的枪临切近，用战杆急架相还，杀在当场，战在一处。行者着急地转过山坡，叫雷公用雷劈，邓化、张蕃即踏云光，正要下手，只见哪吒使出法术，变作三头六臂，手执六般兵刃，乃是斫妖刀、斩妖剑、缚妖索、降妖杵、绣球儿、火枪儿，望着妖魔杀来。那怪也变作三头六臂，使着三柄长枪，急架相还。这太子又把六般兵刃扔在空中，喝声：“变!”一变十，十变百，犹如急雨飞蝗，往下直打。那魔王公然不惧，一只手取出那白森森的圈子来，望空一抛，说声：“着!”遂把那六般兵刃全都套去，慌得那哪吒空拳逃命。妖王得胜而回，进洞去了。

兕大王得胜回洞去，吩咐小妖闭洞门。

且说哪吒三太子，战不胜妖魔真焦心。
暗暗说："妖魔真厉害！"转过山坡见了父亲。
他把那败阵的情由说一遍，孙行者急忙赶来问原因。
天王闻听把眉皱，你言我语乱纷纷。
哪吒开言呼大圣："我想了妙法能把妖擒！"
猴王闻听心欢喜："太子，你快快告诉给老孙！"
天王在旁也忙催问，小哪吒连把父王尊：
"妖魔纵然本领大，取来那圣水神火能把他擒！"

"自古说，水火无情。大圣若能求得这两宗东西，保管那怪的圈子套不上去。"两位雷公一齐说："三太子主意不差。大圣，你莫辞辛苦，快些驾云前去。"大圣忙把火德星君请来战了一阵，不料被妖魔把火龙、火蛇、火鸽、火马全给圈套了去。又请了水德星君，指望水淹洞府，那怪用圈子连晃三晃，大水归漕而去。行者见水火不能成功，只急得暴跳如雷，说道："妖物可治，只是圈子难降。怎生是好？"天王说："如此看来，若要取胜，除非先得了他的宝贝。"行者说："他那宝贝如何能得？除非偷去。"天王笑道："要讲偷，除了你不行。"行者说："既然如此，待老孙去了。"急忙跳下山头，来至洞口。摇身一变，变个麻头苍蝇，轻轻飞到洞口，从门缝儿钻将进去。只见那群妖排列两旁，老妖高坐上面，开怀畅饮。

大圣要偷那件宝，特意变作小苍蝇！
门缝之内钻进去，但只见一群小妖列洞中。
独角魔王居中坐，自斟自饮乐无穷。
猴王左右留神看，看不见宝贝的影和踪。
看了多时心急躁，展翅转身到后庭。
猛瞧见当中设摆一张案，金箍棒放在案当中。
行者一看心欢喜，拿起兵刃现真形。
一面走来一面喊，只慌得那大小群妖乱哄哄。
老妖闻知心气炸，手提长枪赶悟空。
行者止步回身看，用棒一指喝连声。
大骂："妖魔哪里走，爷爷要与你见输赢！"
老妖一见也急了眼，口中不住骂悟空：
"白昼里竟敢劫物件，要想逃生万不能！"

僧妖大战多时，不分胜败。天色已晚，那妖大喝一声，率领众妖回归洞府，将门紧闭。行者忙变了一个蛐蛐儿，从门缝内钻将进去，闭目养神。天有一更时分，睁眼观看，但见那群小妖都安窝铺睡觉。行者蹦了两蹦，来至后面房中，见老妖正要脱衣睡觉。左胳膊上白森森地套着那个圈子，他不摘下来，反倒往上捋了一捋，紧紧地箍在胳膊上，方才睡下。行者一见，又变了个黄皮跳蚤，跳上石床，爬在那怪胳膊上，着实咬了一口，叮得那妖翻身骂道："这些该打的奴才，被也不抖，床也不扫，不知是个什么东西咬了我这么一下。"说着，却把圈子又往上捋了一捋，依然睡下。行者爬在圈子底下，又咬了一口，那怪只是不理。行者料偷他不得，跳下床来，又变了个蚊子，飞出房门，径至后面。只听得龙吟马嘶，原来这层门内是个大空院子，有几个石头椿子，锁着火龙、火蛇、火马、火鸽等物。地下放着哪吒的六件兵刃。猴王一见，哪敢怠慢。

孙大圣七十二变多奥妙，仙家幻术变化高。
蚊虫抿翅还本相，一回手忙从背后取毫毛。
拔了一把放口内，"咯吱咯吱"一个劲儿地嚼。
"噗"的一声喷将出来说声："变!"一群小猴乱糟糟。
这个拿起斩妖剑，那个拿起枪一条。
乾坤圈子擎在手，抡枪舞棍闹吵吵!
行者忙念解锁咒，火鸽火鸟展翅逃。
他跨上火龙往外撞，纵起火势把洞烧。
"乒乒乓乓"如放炮，腾腾的火焰冲天曹。
孙大圣率领群猴齐呐喊，惊醒睡觉的众小妖。
哭的哭来叫的叫，一个个走投无路乱奔逃!

孙大圣率领群猴，开了洞门，齐往外闯。来至山坡，与众位神祇相会，言讲此事不表。且说独角怪闻听众妖哭喊之声，心中大惊，忙开房门一看，只见火焰纷纷，忙取出圈子来，东推东灭，西推西灭，前前后后跑了一遍，四下里烟火俱熄。查点群妖，烧死了一半。到空院一瞧，火具、兵刃皆无。又到后面房中，见八戒、沙僧与长老还捆住未解，白马、行李亦在。老妖回至前厅就座，对众妖说道："这必是那个贼猴变化进来要偷我的宝贝，见不能下手，这厮意毒心狠，烧死我许多的手下。我若拿住贼猴，碎尸万段，方解我恨!"吩咐众妖泼灭余火，看守洞门，一夜无眠。且说哪吒太子得了兵刃，对大圣说道："我们趁那妖怪挫了锐气，何不再去讨战，大家齐心努力，定能一战成功。"大圣说："有理，有理。老孙叫阵去也!"

七八　牛儿归家

孙大圣翻身来至洞门口，抬头举目看分明。
但见群妖一阵乱，一个个泼水灭火忙不停。
小妖见行者来叫阵，入洞报给妖魔听。
老妖大怒忙披挂，手提长枪要战悟空。
手指悟空高声骂，“贼猴！贼猴！”不住声。
“你有什么真本领？竟敢劫寨来偷营！
你还敢到我门前来窥探，不杀妖猴气不平！”
老妖魔长枪一抖分心刺，美猴王铁棒抡圆往上迎。
“当啷”一声架过去，猛一纵身占了上风。
骂一声：“烧不死的贼妖怪，爷爷火下还留着情。
不说知情来谢罪，反倒对我出恶声。
今天若要饶过你，你爷爷一定把姓更！”
金箍棒抡圆朝下打，老妖魔连忙招架不放松。
二人大战多一会儿，惹恼了雷部众神在高空。
展开双翅空中舞，齐举雷楔下绝情！
李天王手抡宝刀搂头剁，哪吒银枪也端平。
朝着妖魔分心刺，齐声呐喊震耳鸣！
老妖一见微微笑，一转身取出了一个圈儿擎手中。

兕大王向袖中取出宝贝，抛在空中，叫声：“着哇！”遂把哪吒的六般兵刃，还有天王刀、雷楔公、行者棒，全都圈去，一个个只落得赤手空拳。妖魔得胜回洞。众神走上高峰，彼此抱怨。行者说：“列位不必如此，待老孙到西方问问我佛便知此怪的来历。”众神说：“好，好！快去，快去！”行者方才要走，只见一朵祥云从空而落，乃是伏虎罗汉，望着行者说：“我奉如来的法旨，晓谕悟空知悉，如若不胜妖魔，速到太上老君处寻他的踪迹，即可一鼓而擒。”言罢驾云而去。行者纵筋斗云直入南天门，径至兜率宫前，见两个仙童侍立两旁，他也不通姓名，往里便走。忽见老君自内而出，问道：“悟空，你不去取经，到此何干？”行者说：“取经，取经，昼夜不停，有些阻碍，到此行行。”老君说：“西天阻路，与我何干？”行者说：“西天，西天，你且休言，寻找踪迹，与你缠缠。”老君说：“我这里乃无上天宫，有什么踪迹可寻？”行者走入里面，东张西望，走过几层廊宇，忽见那牛栏边一个童儿睡觉，青牛不在栏中。行者说：“老君，你走了牛了！”

孙大圣大声吆喝把老君叫：“牛儿怎不在栏中？”
老君闻听吓一跳：“这畜生何时走出兜率宫！”
说着迈步朝后走，要到牛栏看分明。
且说那看牛童儿睁开了眼，看不见青牛吃一惊。
吓得他战战兢兢往外跑，迎头遇见主人公。
一屈双膝跪在地，李老君眉头紧皱骂：“顽童！
你因何白天睡大觉？快些与我说个清。”
童儿见问忙叩首：“容弟子从头至尾说给你听。
方才间弟子拾了丹一粒，我一口把它吞腹中。
不知不觉睡了一觉，没料到一觉之间牛失踪。”
老君闻听心明亮，眼望行者叫：“悟空，
七返火丹掉了一粒，竟被这厮吞到腹中！
服丹后一定要睡七日整，趁空儿跑掉了青牛这畜生。
还不知偷了什么东西去，待我仔细查个清。”
行者回言：“无别物，只有你那个圈子闹得凶！
那件东西真厉害，能抵住天将与天兵。”
老君闻听将头点：“金钢琢被他偷去逞威风。
不知他如今在何处，待我去收他回天宫。”
行者说：“你要找他跟我走，不必迟疑咱往西行。”
老君答说：“好，好，好！”跟着大圣足踏祥云起了程。

孙大圣同着老君出了南大门，来到金兜山，与众圣相见，俱言前事。老君说：“悟空，你快去诱他出来，我好收服。”行者答应，来至洞口，高声骂道：“泼孽畜！快出来受死！”老妖挺枪出门。行者说：“你这泼怪，今番是死的时候了！”说着将身一纵，朝着妖魔就是一拳，回身就走。兕大王一见冲冲大怒，骂声：“猴头，哪里走！”手拧长枪，随后赶来。忽听得高峰上叫道：“那牛儿还不归家，等待何日？”独角怪抬头一看，见是太上老君，只吓得浑身打战，说：“这贼猴真是个地理鬼儿，他怎么就访得我主人来了！”

独角怪一见老君心害怕，手端长枪发愣怔。
腹中暗暗犯思想：“这猴子果然能干有神通。

他竟是个地理鬼儿，访着了我的主人公。
今日里现出本相活出丑，没脸再见那众妖兵！”
妖魔正在胡思想，老君岂肯把他放松。
手中举起芭蕉扇，扇一扇那妖魔就把圈子扔。
老君接着又扇了一下，那妖魔昏倒在地叫了一声。
独角青牛原形现，老君忙忙抛红绳。
金刚琢穿上牛鼻孔，告辞了众位天神与悟空。
李老君跨上青牛回天去，行者赶忙进入洞中。
众位神圣随在后，见小妖早已走个空。
穿过前厅到了后洞，救出了长老、八戒与沙僧。
诸神各自取兵刃，辞别长老回天宫。
师徒才要把路赶，忽听有人呼：“圣僧！”

看累了，不妨听一听

七九　过子母河

且说孙大圣在金山大展神通，扫灭众妖，救出师父和八戒、沙僧。师徒四人收拾行李、马匹，才要赶路，只听得路旁有人叫道：“唐圣僧，吃了斋饭再走不迟。”三藏闻听，吓了一跳。行者睁眼一看，原来是当方的土地，捧着金钵盂等候。那土地接着说道：“圣僧啊，这钵饭是大圣化来的，因你不听良言，错入妖魔之手，令大圣劳苦万端，方才得救出来。且来吃了饭再走不迟，莫辜负大圣一片恭孝之心。”三藏望着行者道：“徒弟，万分亏你，早知不出那个圈子，哪有这场大祸。”行者说：“都是这个吃糠的笨货，弄得师父遭此大难，叫老孙翻天动地，请天神水火，俱不能降此妖魔。多亏如来指示根源，才请得老君至此，方能收服，原来是个青牛作怪。”三藏闻听，感激不尽，说：“贤徒，今番经此，下次定然听你吩咐。”四人将饭分用，收了钵盂，辞别土地，三藏上马，往西而来。

唐长老扳鞍上了白龙马，加鞭顿辔下山坡。
行者肩扛金箍棒，迈开大步如穿梭。
沙僧挑定行李担，八戒后面紧跟着。

他师徒在路行程非一日，辛苦劳碌受折磨。

此时正逢三春景，桃花开放满山坡。

对对黄鹂鸣翠柳，双双紫燕补旧窝。

他师徒一望四野人烟少，迎面拦路一小河。

三藏勒马留神看，不由得腹中辗转暗琢磨：

来往并无人行走，缺少桥梁怎过河？

又只见数间草房在西岸上，小船一只河内搁。

长老观看多一会儿，眼望呆子把话说：

“八戒你快到前边去，叫那艄公把船拨，

将咱师徒渡过去。”八戒答应笑呵呵。

张着大嘴高声喊：“艄公！撑过船来渡俺过河！”

猪八戒连叫数遍，只见那西岸边撑过一只船来，不多时，已到东岸。艄公叫道：“过河的这里来。”长老近前观看，原来是个老妇人。行者说：“艄公为何不在，却叫艄婆撑船？”妇人微笑不答。三藏师徒等都上了渡船。那妇人用篙撑开，不多时到了彼岸。三藏叫沙僧解开包袱，取出几文钱钞与他，那妇人笑嘻嘻地上船去了。长老见那河内水清凉，一时口渴，说：“八戒，用钵盂舀些水来我用。”八戒舀了一钵，递与长老。长老喝了一半，还剩下一半。八戒一气饮干，扶三藏上马而行。

猪八戒搀扶师父上了马，顺着大路往西行。

走了不过十数里，唐长老忽然觉得肚子疼。

口中连连说：“不好！”手捂小腹皱眉峰。

问行者：“腹内疼痛是怎么回事？”大圣说：“恐怕是天凉冒了风。”

沙和尚一旁摇头说：“不是，依我看，是喝多了凉水才肚子疼。”

沙僧之言还未尽，忽听“哎哟”喊了一声！

瞧了瞧原来却是猪八戒，倒在地上直哼哼：

“肚子里不知有些什么病，一团一块乱咕噜。”

唐僧马上说：“对，对，对！咱两个的病症正相同！”

师徒二人腹中疼痛难禁，嚷叫不止。行者说：“呆子，你且起来，顺着我的手瞧。离此不远，有一户人家，咱们到那里化些热汤吃了，也就好了。”呆子挣扎着爬起来，两只手捂着肚子往前走。师徒四人来至这家门首，行者搀扶长老下马。只见门外有一个老婆子，坐着绩麻。行者上前说道：“女菩萨，我师父是东土大唐差往西天取经的，因为过河饮了河水，肚腹有些疼痛，求乞方便，化些热汤吃吃，临行必有重谢。”那婆子闻听，忙忙站起，闪目仔细观看。

老婆婆站起身来留神看，从上到下看悟空。
头带金箍压着发，虎皮裙子系在腰中。
黄绒丝绦十字绊，草鞋一双足下登。
肩扛着一根如意金箍棒，身量轻便甚精明。
尖嘴缩腮毛儿脸，一双火眼瞪金睛。
另一个是头带一顶毗卢帽，圆领偏衫把云鞋登。
面如古色多秀气，眉清目朗与众不同。
他紧皱双眉愁无限，手捂肚子直嚷：“疼！”
在地下躺着的那个更奇怪，浑身上下一色青。
黑毛长嘴蒲扇耳，哼哼唧唧不住声。
看完八戒看沙僧，只见他身高一丈还挂零。
大脑门子亮圆眼，晦气脸上肉横生。
肩扛行李牵着白马，降妖杖拿在右手中。
婆子看毕心害怕，嘀咕了半天才出了声。

老婆子壮着胆子，笑着说道：“四位既称是取经僧人，请里面坐吧。”师徒闻言，连忙道谢，说：“女菩萨慈悲了。”行者搀扶三藏，沙僧搡着八戒，入草堂坐下。行者说：“施主婆烧点热汤与我师父吃。我们临行必有重谢。”婆子说：“烧汤却倒容易，只是不能治那肚痛。”行者说：“是何缘故？”婆婆说：“你们乃是远方来的，不知这河水的厉害！”

这婆子眼望行者面带笑，口尊：“长老听我言，
方才过的是子母河，饮水怀胎自古传。
这里乃是西凉国，自古来只有女来无有男。
城西有座迎阳馆，门前有个照胎泉。
女孩儿长到十八九，至大不过二十三。
须得去饮河中水，便觉得腹内有胎直动弹。
三日后照胎泉上照一照，生产之时不费难。
你师徒饮了子母河中水，分娩就在早晚间。
热汤热水不中用，喝上百碗也枉然。
胎气已成无法治，只好听命且由天！”
唐僧闻听心害怕，八戒登时被吓瘫。
沙僧不住长叹气，师徒们着急又作难。

八〇 觅落胎水

三藏、八戒听婆子说不久就要分娩孩儿，直唬得惊疑不止。八戒说："我的天呀！老猪却是个男身，如何生产呢？"行者笑道"古人云'瓜熟自落'，到了临盆之时，一定从肋条底下裂个窟窿钻出来。"师徒二人闻听行者之言，越发害怕。三藏眼含痛泪，说："女菩萨，你这里可有医家么？叫我徒弟去买副打胎的药吃了，打下胎来吧。"婆子说："有药也不济事。只有一个法儿，正南上二三十里路远近，有座解阳山，解阳山有一个破儿洞，破儿洞有个落胎泉，吃一口泉水就解了胎气。可是如今却不能取那泉水了。上年间来了个道士，自称为如意真仙，把破儿洞改为聚仙庵，护住那泉水，不肯轻易与人。"行者闻听，满心欢喜，说："师父，只管放心，待老孙取些水来，你用。"忙向婆子借了一个瓦钵，出草舍纵云而去。婆子一见，望空叩拜说："这和尚原来是个神仙，会腾云驾雾！"忙又叫出几个妇人来，向三藏叩头，称为罗汉菩萨，一边烧汤做饭，供奉唐僧不提。且说齐天大圣。

他走出草舍腾空起，筋斗云一直扑正南。
一心去寻破儿洞，不多时来至解阳山。
急忙忙收云揽雾落在地，见座庵观在面前。
门外坐着个小老道，年纪不过十二三。
行者往前走几步，还未说话带笑颜：
"道友啊，贫僧要问一件事，此处可是解阳山？"
道童欠身忙还礼，举目留神把行者观。
只见他一脸紫毛雷公嘴，金睛火眼滴溜圆。
虽然他谦恭有礼腮带笑，看样子不是妖魔也是妖仙。
小道打量一遍尊："和尚，此处正是解阳山。
不知你到此处有何贵干，莫非是前来寻找落胎泉？"
行者见问忙赔笑："尊道友，请你慢慢听根源。"

大圣见问，连忙赔笑，说："贫僧乃东土大唐差往西天取经的和尚，因我师父误饮了子母河之水，腹痛难忍，问及当地人，说是结成胎气，无法可治。访得宝山有落胎泉可消得胎气，故此特来拜见，求些泉水，救我师父。烦你指引指引。"道童说："我师父护住此泉，岂肯白白送你，请回去吧。"行者说："人情大似圣旨，你去说我是孙悟空，他必然作个人情，连井都送我，也未可知。"道童只得进去通报，不料那仙闻听"孙悟空"三字，勃然大怒，手拿一把如意钩子，跳出庵门，叫道："悟空何在？"行者合掌答道："贫僧便是。"

如意仙听说他是孙大圣，气得两眼发了红。

用手一指开言问："你可是唐僧的徒弟孙悟空？"

猴王回答说："正是，特意前来会仙翁。

求些泉水治胎气，取经回来再补情。"

真仙闻听冲冲怒，大骂"猴头"不住声："正想到五湖四海找猴精。

没想到今天你倒来送死，这真是苍天助我灭悟空！"

如意仙说罢把双钩忙抡起，要与行者斗输赢。

猴王一见忙躲闪，取出那绣花针儿放手中。

一捻变作金箍棒，纵身而起骂妖精：

"妖仙，妖仙你太无礼，你竟敢泼口骂俺孙悟空！

咱们俩素不相识有何仇恨？不该朝俺耍威风！

西方路上访一访，谁敢错待俺孙悟空！"

妖仙闻听微微笑，骂一声："猴头！你休逞能！"

妖仙说："也罢，待我告诉你，叫你死而无怨。你在路上可会着一个圣婴大王么？"行者说："圣婴大王是火云洞红孩儿的绰号，你问他做什么？"妖仙说："他是我的侄儿，我乃牛魔王的兄弟。前些时候，家兄来信，说你将他害了。我正没处找你报仇雪恨，你倒来找我。还要什么泉水，真是岂有此理！"行者笑道："道兄差矣！你令兄曾与我拜为弟兄。如今令侄得了好处，随观音菩萨做了善财童子，我等尚且不如，怎么反来怪我？"妖道喝道："好猴头，还敢嘴硬！我侄儿是自在为王好，还是与人为奴好？不必饶舌，吃我一钩！"行者举棒相迎，两个人就杀起来了。

话不投机翻了脸，庵门以外各逞能。

来来回回苦争战，如意仙热汗滚滚似笼蒸。

无可奈何败了阵，径奔山坡快如风。

大圣并不把他赶，忙去寻水到庵中。

偏遇道童把门关上，猴王一见怒冲冲。

一脚踢开门两扇，直奔井口看分明。

见道童伏在栏杆上。口中大骂不绝声。

行者举棒才要打，吓得他跌跌爬爬回到洞中。

吊桶撂在井台上，大圣拿来笑盈盈。

才要井内去打水，不提防妖道赶来又战悟空。

钩着行者一条腿，往后一扯不放松！

猴王摔了一个嘴啃地，忙爬起挥动铁棒来相迎。

妖道自量敌不过，转身又跑到山坡中。

行者二番来打水，左手拿棒右手提绳。

妖道暗暗又来到，手拿金钩气势猛，又钩着行者一条腿，顺手一拉不留情！

猴王“哎哟”了一声说：“不好！”又被他闹了一个倒栽葱。

孙大圣心中大怒，爬起来，双手抡棒，回身就打。妖仙依然走了，却在门外哈哈大笑，说：“猴头，我看你怎样取得我的水去？”行者才要打水，奈何吊桶跌下井中去了，有心用棒去捞，又怕妖道再来勾扯。心中暗想：“有咧，且去叫个帮手来。”即拨转云头，径回村舍，见三藏忍痛呻吟，八戒哀声不止。行者对长老将取水之事说了一遍。

唐三藏闻听心害怕，连把徒弟唤了几声：

“道人不让咱取水，师父岂不是活不成？”

行者摆手说：“不要怕，这一回沙僧跟我走一程。

我与那如意道人打上仗，沙僧取水定成功。”

长老说：“你们两个全走了，我和八戒谁照应？”

婆子说：“你二位只管放心去，烧汤做饭我担承。”

沙僧忙把吊桶借，兄弟俩一起拜别老唐僧。

霎时来至破儿洞，落在洞口把计行。

行者吩咐沙和尚：“暂且躲起莫吭声。

等我和妖道打上仗，你乘机把泉水打到桶中。”

美猴王说罢往前走，到门外大骂妖道不绝声：

“老孙特意来取水，牛鼻子你敢出来赌输赢。”

八一　至女儿国

孙大圣手执铁棒，高声大骂："牛鼻子，快快开门，让老孙取水！"道童忙忙通报，如意仙大怒，提定如意钩，出门喝道："泼猴！你又来做什么？"大圣说："我来取水。"道人说："泉水是我家的，不管是谁，我爱给就给，不想给就取不得水走。况且你是仇人，岂肯与你！"行者大怒，举棒就打。如意仙用钩子相迎，两个交战，直到山坡之上。沙僧一见，急忙提着吊桶闯进门去。只见道童站在井边拦住说："你是什么人？敢来取水！"沙僧放下吊桶，取出宝杖，一下把道童的左胳膊打折。道童呼天叫地爬往后面去了。沙僧遂用吊桶打了一桶水，走出庵门，架起云头，望着行者叫道："大哥，我已将水取出，饶了他吧。"大圣闻听，抽身便走，驾起云头，赶上沙僧，同回村舍。见了三藏，说："师父，水取来了。"长老忍疼欠身说："徒弟受累了。"那婆子忙取一个茶杯，舀了半碗，递与三藏说："老师父请喝一口，就解了胎气。"唐僧接过，一饮而尽。八戒说："我不用杯子，拿过桶来，都喝了吧。"婆子说："我的爷爷，这还了得！若吃了这桶水，连五脏都化了！"吓得呆子不敢胡为，也只吃了半碗。不多时，两人只觉得绞肚揉肠，八戒忍不住，大小便齐流。三藏也往净处解溲。连行了几遍，才觉止了疼痛，消了腹胀，化了那血团肉块。婆子又熬了些小米粥，与他们补气。还烧了些热水。师徒净了手，歇息了一夜。次日天明，拜谢婆子出离村舍，找路西行。

孙悟空扶着唐僧上了马，顿辔加鞭往西行。
走了不过四十里，望见西凉一座城。
路途上来来往往人不断，情景和别处大不同。
士、农、工、商都是妇女，看不到一个男子把路行。
长老马上忙吩咐，叫声："徒弟，留神听，
我们来到女儿国，谨慎斯文是上乘。"
三人齐应："是，是，是，师父之言记在心中。"
登时来至东关内，但只见人烟稠密甚繁荣。
许多妇女齐来看，端详那三个徒弟和唐僧。
有一个女官拦住了路："不可擅自走进城。

且到驿馆将名注，待下官奏明圣上方能放行。”

三藏闻听忙下马，猛抬头，一座衙门在面前迎。

有块横匾写着大字“迎阳驿”三个大字写得清。

师徒四人来至迎阳驿前下马。三藏对行者说：“悟空，那村舍人家所言是实，果有这座迎阳驿。”沙僧满脸带笑说：“二哥你去照胎泉边照照，看有双影儿没有？”八戒说：“休得胡言，老猪已经小产了，还照什么？”三藏忙叫谨言，遂上前与女官见礼。女官请他们到正厅坐下。献茶已毕，女官问明来历，急忙入朝将此事一一奏明。女王闻听，满心欢喜。

女皇闻奏心欢喜：“满朝文武仔细听。

我昨夜忽然得一梦，梦见了玉镜放光明。

今天果然应喜兆，神佛保佑恩非轻。”

群臣闻听齐叩首：“求我主把前因后果快说明。”

那女王未曾开口腮含笑，叫了一声：

“众爱卿，西凉国亘古以来无男子，世代只把女人生。

如今来了大唐国的四位和尚，路过此地去求经。

唐王御弟从天降，寡人想和他把亲成。

他为皇帝我是皇后，从此后阴阳相配把子女生。

生子生孙传帝业，万寿无疆庆升平。”

百官闻言将头叩，齐说：“我主所见甚高明。”

礼毕平身归班立，独有驿丞想不通。

驿丞又奏道：“那唐僧相貌堂堂，可为我国之主。但他那三个徒弟，却个个相貌凶恶，犹如鬼怪一般。”女王说：“既如此，叫他徒弟领取关文，往西天取经，只留御弟在此，有何不可？”众文武拜奏道：“话虽如此，但是匹配之事，无媒不成婚。”女王说：“依众卿所奏，就令太师为媒，先去馆中向御弟求亲。待他应允，朕再摆驾出宫迎接。”太师和驿丞领旨出朝，直奔驿馆而来。

他师徒正在驿中吃斋饭，驿卒走来报事情。

说：“女王派人来求见，就是那当驾太师和驿丞。”

长老不知什么事，忙问行者孙悟空。

孙行者未曾说话面带笑：“师父啊！我肚里点灯心内明。

他们此来无别事，叫你和女王把亲成！”

三藏闻听吓一跳，不由着忙又担惊：

“果然是他们前来提此事，强迫成亲怎么应承？”

猴王摆手说：“无妨，当面只管来答应。

事到临头还有我，保管平安无事情。

我叫她猫咬尿泡空欢喜，竹篮打水一场空！”

话未说完抬头看，两位女官进屋中。

一见唐僧忙下拜，唐僧还礼甚谦恭。

施礼已毕齐落座，太师躬身尊圣僧。

太师躬身道：“敝处乃西凉女国，自古以来没个男子，幸有御弟降临，我王愿以一国之富，招赘御弟为夫，南面称孤，我王愿为帝后。传旨叫下官为媒，驿丞主婚，故此特来求亲。”三藏闻言，低头不语。太师说：“大丈夫遇时，不可错过。似此招赘之事，天下虽有，搭上一国之富，世上少有。请御弟速允，也好回奏。”三藏无言可对，叫声：“悟空，这可怎么好？”行者说：“依老孙之见，你老在这里也好。”三藏说：“我在这里谁去西天取经？岂不想坏了贞观万岁！”太师说：“御弟在上，我王旨意，只求御弟为亲，叫你三个徒弟倒换关文，往西天取经。”行者说：“太师言之有理，我等情愿留下师父与你主为夫，放我等西天取经，真乃两全其美。”

孙大圣举手当胸腮含笑：“多谢太师来成全。

承蒙女王垂青眼，我师父如同平步上青天。

留下他跟你们女王成婚配，我弟兄牵着白马去把佛参。

成婚、取经皆无碍，两全其美多周全！”

太师闻言连称“是”，驿丞在旁也很喜欢。

说毕告辞回朝去，唐三藏低头无语皱眉尖。

行者一旁不住地笑：“师父不必把心担。

此乃一条稳军计，管叫她镜花水月空喜欢。”

孙行者如此这般说一遍，唐三藏才把心放宽。

不表师徒有准备，再说那驿丞太师两个女官。

进朝奏明女皇上，女王脸上露笑颜。

马上传君去接驾，接来唐僧凤配鸾。

八二 女王招亲

却说女王大排銮驾，率领众官出宫，来至迎阳驿外，驿卒忙报与长老。长老带着三个徒弟，整衣出迎。女王下辇，香腮带笑，粉面生春，望着太师说道："爱卿，不知哪一位是大唐的御弟？"太师用手一指，说："为首穿锦襕袈裟的便是。"

太师躬身呼："陛下，为首的一位就是唐僧。"
女王抬头仔细看，见唐僧果然是与众不同。
头戴一顶毗庐帽，锦襕袈裟耀眼明。
上挂着玉钩金环生宝色，一双云鞋足下登。
面如古色精神好，鼻直目朗眉又清。
身背后那三人的相貌甚丑陋，形容古怪令人吃惊。
一个是一脸紫毛雷公嘴，长就的一对金眼睛；
一个是长嘴大耳吊角眼，脑袋后边竖刚鬃；
一个是晦气脸上生横肉，青筋外暴瞪双睛。
女王看了多一会儿，不由得又是喜欢又吃惊。

女王把唐僧师徒四人打量了一遍，不禁惊喜交加，喜得是唐僧貌美，惊得是徒弟们的长相过分丑恶。叫道："御弟，快些更换冠带，随寡人进朝为君，速成百年之好。"说着轻移莲步，把长老的偏衫拉住，说："御弟请上辇吧。"行者也在一旁撺掇。三藏万般无奈，只得勉强应允，与女王并坐辇上。那文武百官，一个个眉开眼笑，御林军排开銮驾缓缓而行，进城去了。大圣、沙僧牵马挑担，随驾而行。八戒跳在銮驾前面，横冲直撞，先跑至五凤楼前，吵闹着要吃喜酒。早有光禄寺摆下筵宴，长老坐在首席，女王一旁相陪，下面是行者、沙僧、八戒三人按次序坐下。

女王在殿上摆喜宴，坐下来男女僧俗五个人。
金盏银壶斟上酒，荤素齐来样样新。
酒过三巡菜过五味，三藏滴酒未沾唇：
"陛下啊，你的龙恩臣拜领，请登宝殿换关文。
趁看此时天色早，我师徒赶奔西天取经文。"
女皇帝闻听此言将头点，未曾说话笑吟吟：

“御弟之言甚有理，孤家马上换关文。”

女王命太师换了关文，递与大圣。女王又赐了一盘散碎金银，以为路费。行者说：“我们出家人，不用金银，途中自有斋化之处。”女王见行者不受，又赐御米三升，作为途中做饭之用。三藏尊声：“陛下，敢烦圣驾同臣送送他三人，吩咐他们几句言语，回来还俗，与陛下同享荣华永受富贵。”女王不知是脱身之计，忙忙传旨，摆銮驾伺候。

女皇传旨摆銮驾，扶着唐僧携手同行肩并肩。
五人端坐沉香辇，两旁排列文武官。
君臣们出了朝门往西走，穿街越巷到了西关。
居民百姓齐来看，挨挨挤挤闹得欢。
一则前来看摆驾，二来看大唐的男子是何容颜。
尽都是云环绿鬓娇女子，并没有半个男人在里边。
众人在接官厅前止住步，孙大圣高叫一声把话言。

瞧热闹的军民百姓，犹如千头佛一般，拥拥挤挤，围着观看。大圣、八戒、沙僧牵马挑担，来至接官厅，停住脚步。大圣高声叫道：“女王，君臣不必远送，我等就此告别了。”唐三藏慢慢下了龙辇，向女王打了个问讯，说：“圣驾请回，贫僧去也！”女王闻听，大吃一惊。慌忙欠香躯，伸玉腕，十指尖尖，将长老的偏衫拉住。

唐三藏溜下龙辇才要走，女王岂肯来放松。
伸手一把忙拉住，连把御弟叫几声：
“既在我国招女婿，为什么又要西天去取经？
大丈夫一言为定不必犹豫，犹犹豫豫非英雄。
一国之富非小可，快快同我回朝中。”
女王说罢忙传旨，吩咐文武快回宫。
文武官员不怠慢，围住唐僧不放松。
长老吓得浑身颤，暗暗说：“猴子这回把我坑！”

话说唐长老在西凉女儿国的接官厅上，被女王拉拉扯扯，誓死不放。这时八戒气得眼睛乱眨，耳朵乱摇，大嘴“吧嗒”得山响，沙僧怒发冲冠，直唬得女王胆战，文武心惊。长老得便，甩开袍袖，抽身便走。大圣恐怕她们拉拉扯扯，不大稳便，才要用定身法将她君臣定住，忽然起了一阵怪风，直刮得天昏地暗，红日无光。师徒四人和西凉国的君臣，个个站立不住。

这大风刮了连三阵，直刮得红日无光天地昏。
大家举目留神看，忽然间空中落下一女人。

面似桃花娇又嫩，柳眉杏眼红嘴唇。
她伸手抱住唐三藏，一阵旋风刮走了人。
八戒、沙僧发了愣，女王和群臣吓掉了魂。
行者连连说："不好！"纵身驾起筋斗云。
手搭凉棚四下看，只见那尘沙滚滚不见人。

大圣跳在空中，闪开火眼金睛，往四下里观看，只见尘沙滚滚，往西北去了。行者朝下高叫："兄弟们，快些驾云同老孙追赶师父！"沙僧牵马，八戒扛起行李，双足一跺，腾云而起。君臣见此光景，齐声念佛，都说是活佛临凡。一个个磕头礼拜，回朝而去，落了个狗咬尿泡空欢喜。且说大圣三人，赶至一座高山之上，只见风定尘息，不知那怪往何方去了。三人落在半山坡之上，闪目细看，见那树叶中显出一座洞门。找到跟前，抬头一看，门上横刻着六个字，乃是"毒敌山琵琶洞"。洞门紧闭，鸦雀无声。八戒无知，上前就使钉耙打门。大圣忙忙拦住，说："呆子，且不要忙，等我进去看个虚实，才好行事。"说毕摇身一变，变个蜜蜂儿钻进洞去。

八三　妖怪逼婚

孙大圣变了个蜜蜂儿飞进山洞，一心要偷观动静看实虚。
来至二道门里面，闪目留神看仔细。
花亭上坐着一女子，年轻貌美娇滴滴。
使女丫鬟旁边立，一个一个笑嘻嘻。
一张桌子当中放，椅子摆得很整齐。
孙行者轻轻落在槅扇上，留神侧耳听端的。
两个女子来上酒菜，站在桌旁把话提：
"一盘是人肉馅儿的荤馒首，这一盘子是素的。"
女怪带笑把丫鬟叫：
"快请御弟赴筵席。"
女童答应往后跑，不多时搀扶三藏到院里。
只见他面色焦黄愁眉不展，眼泪不住往下滴。

女怪连忙来迎接，搀扶三藏共筵席。

那女怪下花亭，伸玉腕，把长老搀住，推在左边椅子上坐定，自己右边相陪，满脸带笑说："御弟呀！我这里虽比不得西凉女国富贵，却也清闲自在，正好看经念佛，我和你当个道伴儿，真乃是百年偕老，美满良缘。我知道你在西凉国不曾吃饱，我这里荤素馒首都有，随意用些吧。"

女怪含笑呼："御弟，粗饭暂且把腹充。"
说着伸手把馒首取，分为两半递给唐僧。
长老低头不言语，想来想去好伤情：
长途跋涉多辛苦，刚脱了灾难祸又生。
不与女妖来答话，又怕她翻脸来行凶。
如今既在矮檐下，只好是勉强周旋等救星。

唐长老想罢，拿了个人肉包子囫囵递与女怪。女怪笑道："御弟怎么不掰开与我？"长老道："贫僧自幼不敢破荤。"大圣见他两个换口说话，恐怕师父迷了真性，忍不住显了本相，抡起金箍，大声喝道："孽畜！休得无礼！老孙来也！"那怪慌忙喷了一口黑烟，把花亭罩住，使女丫鬟把长老抱去。这女怪手提一柄三股钢叉，跳出门外，喝声："泼猴头，怎敢私入内室，偷看我的容貌，好生无礼！哪里走，吃老娘一叉！"

女怪不由冲冲怒，钢叉一拈刺前胸。
大圣一见哈哈笑，手拖着金箍铁棒往上迎。
口中不住高声骂："粉头妖精你休逞能！"
他且战且退到洞门外，那女怪紧紧追赶不放松。
猪八戒连忙上前来助阵，举起钉耙战妖精。
沙僧看守行李担，手拉白马看分明。
只见那女怪多勇猛，手摆钢叉显奇能。
搪过了大圣金箍棒，八戒的钉耙也落了空。
女妖魔心中一动使妖术，要与悟空赛输赢。
只见她鼻子底下冒烟火，樱桃口中乌云生。
转身使了个倒马椿，朝着猴王下绝情。

女怪使出倒马椿，喝声："着！"把大圣的头皮扎了一下。行者疼痛难禁，抱着脑袋败下阵去。八戒见事不好，也拖着钉耙败退。女怪得胜归洞，把石门紧闭。且说行者败阵回来，抱着头，皱着眉，只嚷："厉害！厉害！"八戒不知好歹，说："哥哥，那怪想必也会念紧箍咒吧，怎么你抱着脑袋跑回来了？"大圣忍着疼痛，叫声："呆子，少说废话，如今天色已晚，就在这山洼里坐着，等天明再作道理。”兄弟三人看守行李、马匹，坐在山洼，这且不表。且说那怪回到洞房，放下凶恶之相，重整欢喜之色，叫使女们把前后门关闭，小心防守，又叫两个丫鬟：“设摆香案，请御弟来，我与他交杯合卺！”

众使女听吩咐连忙答应，分头各自去安排：
有几个前后洞门去上锁，有几个端出香炉摆蜡台。
有几个后房搀出唐长老，有几个服侍着女怪走出来。
那女怪拉着三藏同跪倒，拜罢天地站起来。
女怪喜得合不上嘴，唐长老直吓得浑身颤抖发了呆。

唐长老欲待不从，又恐她妖性一发，自己的性命难保，只好从权与女怪进入洞房，闭目合睛，双腮落泪，哪里还抬得起头来。

好一个有道行的唐长老，心如铁石功夫深。
低头不语床前坐，他看那花容月貌似灰尘。
女怪一旁把殷勤献，香腮带笑面含春。
伸手拉住唐长老，樱桃小口唤：“亲人，男婚女配是正理，亘古相传到如今。
人人都有花烛夜，御弟何必太认真！
奴家容貌还不算丑，结为夫妇你也称心。
我这里天不拘来地不管，你正好逍遥自在读经文。
呼奴唤婢有人服侍，横祸飞灾不上门。
闲了来，夫妻对坐谈今古；
闷了来，答对吟诗散散心；
倦了来，锦帐牙床把精神养；
烦了来，寻花问柳游围林；
饿了来，山珍海味般般有；
渴了来，嫩蕊香茶满满斟；
冷了来，对倚红炉多添炭；
热了来，凉亭之上去养神。
无限逍遥无穷乐，强过取经去雷音！”
女怪说得天花坠，唐长老低头不语如痴人。

女怪做出千般的娇态，万种的风流，紧紧拉着长老的双手，脸对着脸，看了多时，见三藏低头垂泪，紧皱眉梢，一言不发，犹如一个死人。任凭女怪怎样勾引也是白费，只落了一场没趣。女怪不由恼上心来。

看累了，不妨听一听

八四　八戒挨蜇

女妖魔见此光景没好气，带怒含嗔把御弟尊：
“为人须要知时务，好歹高低要细分。
虽说是佛法无边将人度，哪一个好儿女肯入空门。
不是无爷少娘的坑家子，就是那遭逢天灾和有病的人。
无倚无靠八分死，无奈何才去出家做僧人。
师父打骂是常事，苦行苦练更伤心。
闲了来，不敢到街上去游逛；烦了来，还要上殿念经文；
饿了来，吃些残茶与剩饭；渴了来，瓢盛凉水腹内吞；
热了来，依然要闷头苦修炼；冷了来，一件衲衣来遮身。
说不尽的凄凉说不尽的苦，谁见过成佛上天的人！
只不过是指佛穿衣将身养，赖佛吃饭度光阴。
死后做个凄凉鬼，我劝你别执迷不悟当僧人！”

女妖魔好一阵，歹一阵，一会儿冷言恶语地激发，一会儿百媚千娇地引动，整闹了一夜，直至红日东升，长老依然低头不语。女怪无法可治，正在为难之际，有个丫鬟进来报道：“现有两个和尚在外打门吵闹，要他师父。”女妖本来正在气头儿上，一听此言，心中大怒，忙站起来，手拿兵刃，吩咐：“开门！”使女答应，开了洞门，往里旁一闪，女怪走出门外。且说大圣、八戒弟兄二人，正然叫阵，只见妖魔来至跟前。

大圣、八戒来叫阵，要擒妖魔救唐僧。
忽见洞门分右左，出来了又狠又毒的女妖精。
手提钢叉往外闯，杀气腾腾挺威风。
气势汹汹来得不善，蛾眉紧皱眼圆睁。
口中大骂：“贼和尚，竟敢无礼来相争！”
迎头遇见猪八戒，将叉一拈刺前胸。
呆子侧身忙躲闪，高举钉耙劈面迎。
孙悟空也抡起金箍棒，兄弟二人战妖精。

又来耙去叮当响，棒打又迎冒火星。
来回走了十几趟，女妖又要弄神通。
鼻孔中两道红光喷烈火，樱桃口内乌云生。
呆子不晓其中故，手举钉耙往上冲。
妖怪使出倒马椿，猪八戒捂着大嘴直哼哼。

女妖祭起倒马毒椿，扎败八戒，唬跑悟空，得胜收兵。吩咐使女用石块把洞门垒住，立逼着长老成亲去了。且说八戒败上山坡，行者随后也到。沙僧见呆子捂着嘴，“哼哼唧唧”地跨了来，连忙招呼说：“二师兄怎么样了?”八戒说：“了不得，了不得! 疼，疼，疼!”这时一个年老的婆婆，左手提着个竹篮儿，从南山坡挑菜而来。沙僧一眼看见，说：“大师兄，你看那边来了个挑菜的老妈妈，咱何不去问个信息，打听打听这山中是什么妖怪，为何这等厉害。”行者闻听，闪目观瞧，认得是观音变化而来，忙忙招呼两个师弟说：“菩萨莲驾到了，还不参拜，等到何时？”说罢，三人一齐跪倒，向上叩头。菩萨见悟空识破行藏，忙忙复了本相，叫声：“悟空，此妖乃是蝎子成精，当年住在老佛莲台之下，时常听经，那日佛爷失神用手按了他一下，中了他的毒，只疼了三日三夜。佛爷动怒，令众伽蓝捕捉他，才惧罪逃下灵山，在此作祟。非昴日星官不能除却此怪。”说罢驾祥云回南海去了。且说行者依菩萨之言，立时将昴日星官请来。行者将女怪引至山头之上，星官现了原形，原来是一只双冠子的大公鸡，抬起头来，竟有七八尺高，望着那怪“哏哏哏”大叫了三声。

昴日鸡运用元功“哏哏”叫，动地惊天震耳鸣。
那怪浑身打冷战，不由得就地一滚现原形。
身躯倒有琵琶大，头尾三尺还挂零。
青头蝎子从来有，这只蝎子与众不同。
这星君抬头又把鸣儿打，蝎子怪遍体酥倒在山中。
八戒往前跑两步，钉耙一举下绝情。
耳内只听“乒乓”响，那蝎子被捣成烂泥丧残生。
昴日星官显法体，云光一纵归天庭。
弟兄三人忙拜谢，抡起兵刃进洞中。
丫鬟使女齐跪倒：
“爷爷、爷爷”不绝声：
“我等是西凉国中的老百姓，被她抢来做妖精。
为奴作婢受尽苦，望爷爷高抬贵手来放生!”
说罢叩头又流泪，感动了齐天大圣孙悟空。

行者闪金睛留神观看，果然不见有什么妖气，说：“你们既是好人，不必害怕。我师父现在哪里？”众使女说：“现在后厢房里坐着哭呢。”大圣等遂至后面，寻着师父。三藏见三个徒弟一起来到，就知妖怪已除，满心欢喜，说：“徒弟呀，有累你们了。那怪到底是何物件？”八戒把除妖之事说了一遍，长老这才心下明白。叫众妇女安排些素斋，饱餐一顿，把那些妇女打发下山，指与了她们回家的路径。放了一把火，把妖洞烧毁。师徒收拾行李，备了马匹，找路向西而来。

唐长老师徒出了琵琶洞，平平稳稳下高山。
这正是花明柳媚三春景，一路之上甚好玩。
家家庆祝端阳节，五色丝纶斗龙船。
长老心中甚清净，马上吟成诗一篇。
说道是：“自从奉旨出长安，几度春秋暑又寒。
涉水登山非容易，逢妖遇怪受熬煎。
一心叩拜雷音寺，至诚顶礼上西天。
咬钉嚼铁将身守，留得真金百炼丹。”
吟罢诗篇朝前看，忽看见一座高山把路拦。

师徒四人在路上行走，非止一日。这天长老坐在白龙马上抬头观看，只见有座高山阻路。长老跨马扬鞭，上了山头，转下西山坡，就是一段平阳之地。八戒叫沙僧挑着行李，他便举耙前去赶马。那马真也奇怪，任他怎么赶，只是慢慢而行。大圣微微笑道：“呆子，你躲开，看我的！”把金箍棒晃了两晃，喝声：“快走！”

孙大圣举棒喝声：“快走！”白龙马四蹄走动快如飞。
转眼之间无踪影，徒弟们后边紧跟随。
一气跑了数十里，忽听得一声喊叫似春雷。
长老马上抬头看，有一伙强人把长老围。
为首的是两位莽撞汉，杀气腾腾抖雄威。
这一个黄缎扎巾包脑袋，红锦征袍身上披。
那一个鹰翎大帽头上戴，黄金铠甲放光辉。
这一个肥头大耳钢须参，脸似锅底一般黑。
那一个脸似一张乌金纸，圆睁二目紧皱眉。
这一个晃里晃荡高一丈，手内双提两把锤。
那一个凛凛身材高八尺，斜提铁棍有虎威。
一棒锣鸣声震耳，又听得一声呐喊似春雷。

长老一见直吓得魂不附体，又听得一声怪叫，说：“和尚！快把买路的金银留下，饶你们过去！”长老口呼：“大王，贫僧乃东土大唐差往西天拜佛求经，一路上乞化为生，哪里有银钱？万望大王行个方便。”两个强人听说没钱，气冲两肋，举棒要打长老。长老见势头不对，急忙撒谎说：“二位不必动怒，贫僧还有些盘费在后面小徒的身上带着。等他来了，都送与你们好了。”那个黄面的强人说：“也罢，且将他捆起来！”众贼答应，一齐动手，把长老用绳捆起，高高吊在树上。

八五　棒打强盗

众强人一齐答应不怠慢，七手八脚走上前。
有的拉去白龙马，又用绳索把长老拴。
按下唐僧且不表，再把那惹祸的徒弟谈一谈。
沙僧挑着行李担，大圣将铁棒扛在肩。
猪八戒倒拖钉耙朝前走，三人不住把闲话谈。
往前正走抬头看，瞧见师父在半空悬。
八戒忍不住哈哈笑，叫声：“沙僧你听我言。
顺着愚兄手儿看，树林一座在西南。
这件事情真可笑，你看咱师父在半悬空里玩。
一定是跑在前边将咱等，趁空儿爬在树上打秋千。”
行者一见说：“不好！有了歹人咧，你我快快赶上前！”

行者抬头一看，说：“呆子，不要胡说，师父遇见强盗了！你们俩且在这里等等，待老孙前去打听打听，再作道理。”好大圣摇身一变，变了个年幼的沙弥，摇摇摆摆地走上前来。且说众强人听信长老一面之词，呆呆地只往东看，只见从大路上来了一个小沙弥，年纪不过十来岁，甚是欢喜。

众强盗是一群浑人缺才智，把长老之言信为真。
一个个痴呆呆地朝东看，但见远方来一人。
只见他新剃的光头滑又亮，可体的直裰穿在身。
年纪不过十来岁，眉清目秀红嘴唇。
低着脑袋走得快，摇摇摆摆挺斯文。
强人看毕一声喊：

“沙弥，快快留下买路银！
倘若是牙缝里蹦出半个‘不’字，你师徒休想活着再做人！”
大圣止步抬头看，只见强盗一大群。

孙大圣闪目观看，有两条大汉带领着二三十个强人，把去路挡住。行者忙忙放下包袱，打了个问讯，说：“列位好汉，不必动怒，盘费在这包袱里，虽然不多，却有十锭马蹄金，七锭雪花银。散碎的还有些，你们可以拿去。只求把我师父放下，不要伤着他。”强人闻听，心中大喜，把三藏放将下来，交还坐骑。长老得了活命，蹿上白龙马，也不管好歹，连打几鞭，跑回旧路而去。大圣高叫：“师父，不要忙，走错路了。”提着包袱就要去赶。那伙强人哪里肯放，上前拦住喝道：“小秃驴，哪里走？快留下金银，免得大王爷动手。”

美猴王回头就要走，故意撒赖耍笑着玩。
众贼一见心中怒，岂肯把他来放宽。
“哄”的一声朝下赶，好像是恶虎扑食下高山。
为首的怒目横眉说：“休想走！快些留下买路钱！
再要迟延耍无赖，你的小命就要上天！”
行者闻听微微笑：“毛贼！你休得信口喷胡言！
我师徒正然缺路费，要向你们借盘缠。
快献出你打劫的金银共财宝，双手奉送交给咱。”
大圣的言词还未尽，那黑脸的“哇哇”怪叫声震天。
双手抡开齐眉棍，一个箭步往上蹿。
行者并不把手还，“乒乓”不住响连天。
一连打了七八下，震得两手痛又酸。
孙大圣若无其事叫：“朋友，哪怕你今年打到过年！”

大圣说：“朋友暂且住手，你要讲打，就从今年打到过年，也没有银钱与你。你们略闪一闪，等我拿出来你们看。”说着，由耳朵内取出了个绣花针：“列位，贫僧不曾带得东西，把这个针儿送给你们吧。”黄面强人埋怨众人，把一个骑马的和尚放走了，却留下这个穷秃驴，想是裁缝出身，随身带着针线呢。行者说：“你们嫌小，我叫它长长。”行者晃了晃铁棒喝声：“长！”立刻有碗口粗细，丈二多长，戳在地上说：“列位，你们要拿得动，就送给你们。”那个黄面的强人跑上前去，指望要拿，怎得能够，犹如蜻蜓撼石柱一般，使尽平生之力，却是纹风儿不动。

孙大圣将脸一抹显本相，金箍铁棒握手中。
众贼一见齐呐喊：“小和尚如何登时变身形？”
只见他一脸紫毛腮无肉，金睛火眼似雷公。

紫金箍儿在头上戴，虎皮裙儿扎腰中。
一双靴子登足下，锦布直裰系黄绳。
黑面的强人冲冲怒，口中不住骂悟空：
“障眼法儿来哄我，算你错认定盘星！”
手举大棍搂头打，猴王连忙转身形。
双足一纵跳过去，强人的齐眉铁棍落了空。
往前一栽又挺住，险些儿摔个倒栽葱。
行者回手只一棒，头颅之上响一声。
死尸倒在山坡上，花红的脑浆四下迸。
黄面贼一见心好恼，一声喊叫如铜钟。
手抡双锤搂头打，美猴王高举铁棒往上迎。

大圣架开双锤，还了一棒，又将黄面贼打死。众寇四散奔逃，跑得无踪无影。且说唐僧催马加鞭，往正东跑将下来，八戒、沙僧迎头拦住。长老带住马叫声：“悟能，快去和你师兄说，叫他棒下留情，千万不可伤了人命。”八戒答应，放开腿飞跑到行者跟前，叫道：“猴儿哥，师父说了，叫你不要打伤了人命。”大圣说：“打是不曾打，只有两个头儿在这里睡觉，那些人全都散了。”八戒过去瞧了瞧拔脚就跑，到长老跟前说：“师父，不好了！师兄打死人了！”长老连忙催马前来观看，只见两个强人死于非命。长老是个心慈面软之人，哪里见得凶恶之事，忙叫八戒刨了深坑，将他二人埋了，堆了个坟堆。长老滚鞍下马，撮土焚香，祝告荒坟：

好汉好汉，细听原因，念我弟子，东土唐人。奉太宗皇帝旨意，上西天拜取经文。路过此地，遇尔多人，我以好言哀告，尔等不听生嗔。却遭行者，棒下伤身。尔等森罗殿下告状，拔树生根，他姓孙，我姓陈，原是各名而异姓。冤有头，债有主，切莫告我取经僧人。

大圣闻听，微微冷笑叫声：“师父，你老人家太无情义。为你取经，老孙受尽了万苦千辛，如今打死两个毛贼，你还叫他去告我。虽是老孙动手杀人，你也想想为的是哪个！”

孙大圣心中埋怨唐长老，带怒含嗔把话云：
“虽然老孙下狠手，并不是无事生非害好人。
你想想打死毛贼为了哪个，赌胜争强为何人？
你若不拜佛将经取，我也不拜你为师尊。
如今到此凶险地，为了你才打死强人除祸根。
既然叫他将我告，我也与他念篇祭文。”

说着举起金箍棒，捣碎了新埋的黄土坟。
手指土堆高声骂："强盗听我念祭文。
也是你运气不好遇见了我，金箍棒下命归阴。
上有天堂下有地，东西南北有衙门。
凭你各处将我告，老孙不惧半毫分。
玉皇大帝认得我，托塔天王是熟人。
二十八宿与九曜，府县城隍大鬼小鬼全都怕老孙。
东岳大帝是朋友，十殿阎罗是故人。
五路神祇是晚辈，五司三界情意深。
凭你告遍天和地，看谁前来问老孙?!"
说罢收起金箍棒，紧皱双眉气不忿。

八六　误宿盗家

长老见猴王说出这般言语，却又心惊说："悟空，我方才说的话不过是劝你行好，你何必这等认真?"行者说："不必讲了，快赶路吧。"三藏只好扳鞍上马，师徒们各怀嗔意，顺着大路，往西而行。

唐三藏心中嗔怪孙大圣，猴王也有些不耐烦。
一气走了三十里，但只见有座庄院在面前。
周围尽是垂杨柳，一座庄门面向南。
长老马上呼："徒弟，咱们去化顿斋饭结善缘。"
徒弟们一齐答应说："好好好!"说话间来到庄门前。
只听迎面脚步响，出来了须发皆白的一位老人。
长老一见不怠慢，勒马翻身下雕鞍。
往前走了两三步，和颜悦色把话谈：
"贫僧是大唐钦差奉御旨，求经拜佛上西天。
路过宝庄天色晚，万望施舍行方便。"
老者带笑呼："长老，你休用花言巧语来哄咱。

大唐至此路途远，相隔万水与千山。

一路上毒魔狼怪无其数，怎么单人独马到此间？”

三藏闻听忙赔笑，尊：“施主，请你听我说根源。”

三藏带笑说道：“施主，并非贫僧一人而来，还有三个顽徒相伴。”老者说：“既然有贤徒，不知现在何处？”长老用手一指说：“那不是么？”老者抬头一看，吓得回头就跑。长老一把拉住说：“老施主，请你大发慈悲，借住一宿，明早就走。”老者说：“不方便，到别处去吧。”正说话间，从里面走出来一位年老的婆婆，还领着个七八岁的孩童，近前问道：“你们在这里吵嚷什么？”长老把借宿的事说了一遍，并又说道：“我那三个徒弟相貌虽丑，心性却甚良善，不要害怕。”老公婆闻听，这才将心放下，说：“既然如此，请来相见。”长老把三个徒弟叫至面前，打了个问讯，随老者和婆婆到草堂坐下。用过斋饭，老者陪师徒闲谈。

唐三藏心怀谢意尊：“施主，多谢你借宿舍斋照顾咱。

唯愿施主增福寿，无灾无病乐安然。

请问你贵姓高名年多大，膝下有几个女儿几个男？”

那老者连连说：“岂敢，看佛敬僧理当然。

在下姓杨名德旺，今年虚长六十三。

所生一子叫二横，三十二岁正当年。

娶的是本村西头张家女，跟前一个小儿男。

也是老汉没家教，逆子冤家甚凶顽。

懒读诗书不务正，结交下狐朋狗友闹得欢。

耍枪弄棒骑劣马，整天整夜在外边。

杀人放火如儿戏，打家劫舍只当闹着玩。

五日以前出门去，直到如今未回还。

不定惹出什么祸，被人捉住进牢监。

有子不如无子好，也省得每日忧愁把心担。”

老者说到这句话，不由得一阵心酸泪涟涟。

老者说到这里，不由得伤心落泪。三藏暗暗想道，方才悟空打死的强盗，说不定是这老人之子，等我拿话探他一探。连忙欠身离座说：“老施主，像这样不肖之子，要他何用，等我叫徒弟替你寻了来打杀他便了。”老者说：“老汉也几次要送了他，怎奈他是孤子，老伴儿再三相劝，好歹要留着他抓把土儿埋了我们老两口儿，不忍送他。”长老闻听，不便多说。行者说：“老施主，我们在哪里搭铺？明日还要赶路呢。”老者说：“你们师徒就在草团瓢内安歇好了。”师徒四人依言安铺歇息不表。且说那伙强盗内中，果有老者的儿子，因大圣打死了两个头目，俱各四散。约摸到四更时分，重新又搭了些人来，杨二横回家叫门，老者起来，开了柴门，那伙人一拥而入。

杨老者用手开放门两扇，一群强贼进院中。
杨二横又把妻子叫："快些个点灯煮饭莫稍停！"
二横后院将柴抱，瞧见那白龙马大吃一惊。
急忙忙回到厨下问妻子，把前因后果问了个清。
恶子告诉了众强盗，暗定计谋害众僧。
要与头儿将仇报，行李马匹抢到手中。
一个个摩拳擦掌准备厮打，提枪执剑逞威风。
老者瞧见心害怕，悄悄儿蹑足潜踪往后行。
草团瓢内报知长老，子午卯酉尽说明。
师徒们连忙收拾不怠慢，唐僧上马就起程。
行者搀定唐三藏，后跟八戒和沙僧。
出了后门找道路，师徒四众去逃生。
那老者打发四人逃跑后，悄悄回入卧房中。
按下老者行方便，再把那万恶强人明一明。

且说杨二横同众寇饱餐了一顿，一个个仗剑提刀，抡枪弄棒，恶子在前引路，来至后院草团瓢上，一看，哪里有人影，连白马也不见了。众贼四下搜寻，并无踪影，只见后门大开，就知是走漏风声，逃了性命。都道："从后门走了，走了！"一声喊叫，顺着大路，耀武扬威，赶将下来。

看累了，不妨听一听

八七　师徒反目

按下群贼且不表，再说那唐僧去逃生。
他出了后院向西走，不住地顿辔加鞭赶路程。
行者掣棒前引路，后跟八戒和沙僧。
走着走着东方亮，只听得后边呐喊不住声。
长老马上回头看，不由得着忙又心惊。

但只见一股尘沙从地起，无数贼人往上拥。
手执刀枪抡棍棒，高声呐喊显威风。
三藏一见说："不好！徒弟们快快前去把贼迎！"
行者答应不怠慢，奔回旧路往东行。
迎头拦住说："你等止步，为什么无故追赶修行的僧？"
强寇一见冲冲怒："你这个秃驴快住声！
你把我两个大王活打死，今日里你也休想去逃生！"
大喝一声往上裹，把行者围了个不漏风。
斧剁锤砸鞭又打，枪刺刀劈不留情。
大圣耍起金箍棒，只听得兵刃相磕震耳鸣。

众贼人乃是肉眼凡夫，哪里是猴王的对手，一顿棒打了个落花流水，一个个跪在地下只求饶命。行者喝道："哪个是前庄老者之子？"有个带伤的人说道："那穿黄的就是。"大圣赶上去，夺过刀来，"咔嚓"一声，削了人头，提着杨二横的人头，来至长老马前，尊声："师父，那老儿的逆子，被老孙取将首级来也。"长老一见血淋淋的人头，大惊失色，慌得跌下马来，骂道："这泼猴，快拿开，快拿开，唬死吾也！"八戒把那颗人头一脚踢在路旁埋了。沙僧扶起师父，那长老坐在地上，不管好歹，口里"咕咕哝哝"地念起紧箍咒儿来。只见猴王"哎哟"一声，躺倒在地上。

唐长老念起紧箍咒，倒下了大圣孙悟空。
面红耳赤眼冒火，直疼得满地乱滚叫连声：
"师父，师父，饶恕我，从今后再也不杀生。"
行者叫得喉咙哑，三藏只当耳旁风。
一连念了好几遍，美猴王死去活来好苦情。
好一会儿，长老这才住了口，带怒含嗔骂悟空：
"可恨的猴子心太狠，取经的路上乱行凶！
昨日伤了两条命，就该后悔牢记心中。
夜晚投宿逢老者，扰斋扰饭有恩情。
虽然是他的儿子多不孝，自有家法与官刑。
你不该伤害他的命，更不该提着人头来逞能！
看起来你全无善念慈悲意，凶残的本性还未变更。
出家人从今不用你为徒弟，我往西来你往东。
不必迟疑快些走，斩断师徒父子情！
再迟一会儿不肯走，我让你立刻把命倾！"

三藏说罢一席话气坏了三反天宫的孙悟空。

孙大圣自从在五行山下，皈依佛教，一路上保唐僧降妖捉怪，受了千辛万苦，不但没有落出好来，反被师父训教了一顿，逼着叫走，稍有迟延，长老还要念咒。这番委屈，向谁去诉？今见长老断义绝情，行者不由一阵心酸，把心寒透，只说："莫念，莫念，老孙去也。"一纵筋斗云腾空而去。

孙大圣一纵筋斗腾空起，越思越想越心酸。
有心要回到水帘洞，又恐怕小妖无知耻笑咱。
罢罢罢，暂忍一时风火性，还保师父上西天。
按住云头朝下落，双膝跪在白马前。
磕头施礼尊："师父，还望你大发慈悲多容宽。
徒弟知过必然改，再不敢杀人放火惹祸端。"
大圣说着将头叩，长老的无名大火往上蹿。
不问青红与皂白，口中默默念真言。
猴王"哎哟"一声叫："师父，你且息怒听我言。
非是老孙来缠你，只恐怕没有我不得上西天。"
长老闻听冲冲怒，说："你不必花言巧语把我缠！
只要恶人离了眼，我们会慢慢上灵山。
纵然命丧妖魔手，也不用你跟着咱！"
三藏说出绝情话，孙大圣心中犹如乱箭穿。

长老说罢，翻身站起，望着八戒、沙僧说："悟能，悟净，拉马过来，咱爷儿三个趁早赶路。"说罢，上马扬长而去。大圣见师父并不回心，没奈何翻身爬起，驾筋斗云起在空中，无精打采，思想了半晌，忽然醒悟道："这和尚负了我心，如今到南海告诉观音菩萨，再作道理。"

孙大圣思想多时无其奈，驾起祥云上普陀。
霎时来至南海岸，收云揽雾上山坡。
紫竹林，莲台座下参大士，滔滔珠泪似滂沱。
菩萨座上叫："行者，何事伤心对我说。"
大圣不住将头叩，口尊："菩萨请听着，
想当初五行山下遇法驾，大发慈悲来超脱。
自从皈依唐三藏，终朝每日受折磨。
不遭毒魔与狠怪，就是登山与渡河。
万苦千辛还犹可，想不到师父也来难为我。
动不动就赶我走，师徒的情义一旦割！"

大圣说到这句话，抽抽咽咽不能往下说。

菩萨一见将头点："悟空快些讲明白，

你师父怎样难为你？哭哭啼啼为什么？"

大圣越哭越痛，泪流不止。菩萨说："悟空，想是你师父又赶你了，不知为着何事？对我说来，我与你评一评谁是谁非。"行者就把打死草寇，师父动怒，二次遭贬的话告诉了一遍。菩萨说："悟空，你师父是个慈善之人，不忍杀生害命，就是草寇猖狂，你只该显个神通，唬他回去也就罢了，绝不该无故伤生。这还是你的不是。但你也是为了救护他，你师父只该戒饬与你，不该赶你回去。你也不必伤感，且在我这里等候，你师父眼下就有大祸，不久便有人来寻你。等我与你师父说和，叫他还同你去取经，也就是了。"大圣只得依从，立在宝莲台下，这且按下不表。

唐三藏师徒三众忙赶路，顺着大道往西行。

八戒扛耙前引路，后面跟着的是沙僧。

往前走了多半日，长老在马上叫悟能：

"这会儿我腹中饥饿口发渴，快去化斋走一程。"

呆子听说止住步，回过头来忙答应：

"请师父下马坐一坐，待老猪找个村庄去打听。"

呆子登时显手段，双足一跺腾了空。

四面八方看一遍，看不见村庄望不见城。

按住云头往下落，"师父啊！这顿斋饭吃不成。

方近并无村和店，也没有山堡和县城。"

长老闻听长叹气，又把八戒叫了一声：

"你且去寻些水来解解渴，咱再赶路往前行。"

八戒答应说："容易！"忙托钵盂起到空中。

直奔西南扬长去，半天不见转回程。

唐长老口内发干心冒火，直渴得鼻孔之中把烟生。

一轮红日往西坠，望不见呆子的影和踪。

沙僧心急尊："师父，等我去找找二师兄。"

唐三藏点头答应说："可以，八戒专会误事情。"

沙僧答应说："知道！"双足一跺去无影踪。

荒郊剩下唐长老，哪晓得又有飞灾大祸生。

八八　以假混真

沙僧前去找寻八戒，剩下唐僧，独坐荒郊，心中愁闷。猛听得“唰”的一声，直唬得长老连忙站起，定睛一看，原来是行者跪在地下，双手捧着一个瓷杯，尊声：“师父，离了我老孙连杯清水也不能到口，这是一杯绝好的凉水，你老人家喝一口解解渴吧，我再去化斋你吃。”长老见是大圣，仍旧坐下，说：“谁喝你的水？快些去吧！纵然渴死，我也甘心瞑目。”大圣说：“师父呀，你离了我，只怕到不了西天。”长老说：“去不了也罢，总不与你相干！”

行者连连尊：“师父，喝水吧，嗓子干得冒了烟。
八戒沙僧都不中用，酒囊饭袋傻又憨。
上西天若是不用我，拜佛求经难上难。”
长老摇头说：“不必，饿死不与你相干！
快些离开我的眼，不可在此瞎胡缠！
再若无知不听话，无怪贫僧戒律严。
我立刻就念紧箍咒，管叫你小命一旦完！”
长老说罢一席话，大圣立刻把脸翻。
一怒挺身忙站起，手指唐僧把话言：
“老和尚真真无道理，无情无义恼死咱！
有意今朝饶过你，怎奈我无名大火往上蹿。
叫你知道孙行者，我不怕地也不怕天！”
说着举起金箍棒，一棒打着长老的肩。
“哎哟”一声昏过去，直挺身躯不动弹。
这大圣把两个包袱拿在手，筋斗云一纵上了天。
唐僧遇难且不表，再说那寻水的悟能到山湾。

且说八戒驾着云头转了半日，过一个山弯，才瞧见了一座房屋。先前被高山挡住，不曾看见，如今来到面前，方知是个人家。呆子心中暗想说：“有人家何不化些斋去，与师父充饥，作个脸儿，岂不是好？”又想道：“我若这副嘴脸下去，别说化斋，连水也化不出来。须得变化变化才好。”你看他掐着诀，喝声：“变！”变了个有食痨病的黄胖和尚，收云揽雾落在地上，走到人家门首，但见有个年老的婆婆在门外站立。

猪八戒走至跟前尊："施主，施舍些残茶剩饭救贫僧。

行善自有天加护，保佑合家永康宁。

贫僧过路来至此，求些剩饭与残羹。"

婆子闻听抬头看，她把来人看了清：

只见他头戴一顶破僧帽，破烂衲袄补补丁。

旧绒丝绦腰中系，白布长袜足下登。

大腹便便脖儿细，面皮焦黄眼发青。

说话时不住地吁吁喘，哼哼唧唧不住声。

婆子看罢将头点，原来是个有病的僧。

老身没见过这和尚，想必是路过此乡赶路程。

想罢启齿尊："师父，你在那何处出家什么法名？"

八戒见问长叹气："待我说给施主听，

贫僧在东土大唐奉差遣，要上西天去取经。

千山万水来到此，饿得两眼冒金星。

请结善缘把斋饭舍，保佑你多福多寿永康宁。"

那婆婆见他这等可怜，连忙入内取出些饭来，满满地与了一钵。八戒拿过来走出庄外，现了本相，径回旧路。正走间，碰见沙僧，便叫他用衣衫兜饭，自己来至一道小河，舀了钵凉水，弟兄两个，说说笑笑，径往回走，转过山坡，来至路上，只见三藏倒在尘埃，白马在一旁长嘶跑跳，"咴儿""咴儿"地乱叫，行李、衣包全不见踪影。慌得二人魂不附体，八戒跺脚捶胸说道："这必是行者赶走的余党来此，把师父打煞了，抢了行李而去。"沙僧连忙跪在师父面前，轻轻托起头来，脸偎脸放声大哭说："师父啊！疼煞弟子了！"八戒在一旁也不禁伤心落泪。

猪八戒痛哭多时止住泪，眼望着沙僧吭了声：

"贤弟贤弟起来吧！

常言道人死不能再复生。

师父既然身亡故，西方路上去不成。

大师兄已回花果山上去，占山为王乐无穷。

若要愚兄拿主意，大家散伙是正经。

来一个将军不下马，咱们各自奔前程。

将尸首刨个坑儿埋了吧，以尽师徒父子情。

你回流沙河里去，我回到高老庄上把地耕。

白马还归鹰愁涧，仍然变化小白龙。

出得家来归佛教，也不过当天和尚撞天钟。

还俗罢来还俗罢，各人去干旧营生。”

呆子之言还未尽，忽听得三藏“哎哟”叫了一声。

沙和尚正然啼哭，只听得长老哼了一声，连忙叫：“二哥，快来，师父还未伤命。”八戒上前扶起，三藏苏醒过来，“哎哟”一声说：“好猴头，打煞我也！”沙僧说：“是哪个猴头？”长老要过钵来喝了几口水，说：“你们去后，那悟空又来缠我，我坚持不收，他一赌气子站将起来，指着脸骂了几句，一棒就将我打倒，此时方才苏醒过来。不知行李马匹在也不在？”八戒闻听，心中大怒，叫道：“好泼猴，怎敢如此无礼！等我找了他去要回咱的包袱来，他若给我便罢。如要不给，我老猪与他势不两立！”沙僧说：“你且不用发怒。咱两个把师父搀到山洼人家，化点热汤，调理师父，再去寻他。”八戒答应，搀扶师父上马，直至那家门首。可巧婆子还在门前站立，瞧见他师徒三人慌忙说道：“我家没有男子，请往别处去吧。”三藏闻言，扶着八戒下马，躬身说道：“女菩萨，我是东土大唐国的和尚，要上西天求经，从此路过。”

唐三藏眼望婆子尊：“施主，待我慢慢说给你听。

贫僧名叫陈玄奘，长安城弘福寺出家为僧。

受贞观万岁亲差遣，奉旨西天去取经。

师徒四众为侣伴，跋山涉水一路行。

大徒弟招灾惹祸不学好，再三教训不肯听。

因此将他撵回去，省得我终朝生气在心中。

未提防他怀恨在心将我打，包袱行李抢一空。

我想派徒弟去把他找，要回包袱好登程。

漫荒野地无歇处，特意前来到府上。

权坐一时歇歇腿，找回行李就登程。”

那婆子闻听把头点，口尊：“禅师你是听。

方才间来了个食痨病和尚，也说是到西天去取经。”

八戒闻听嘻嘻笑，“那和尚就是我变成”。

婆子一听心害怕：“不好了！这必是一伙妖魔闯进村中！”

老婆婆听八戒说，方才那个食痨病的和尚是变化来的，立刻惊慌失色，说：“不好了！这必是一伙妖魔寻上门来，这还了得！”说着就要喊叫四邻。

看累了，不妨听一听

八九　真假猴王

长老连忙拦住说：“女菩萨，不必害怕。我们不是妖怪。”说话之间，来了一个老者，婆子叫声“当家的”，就把他师徒的来意说了一遍。老者连忙与长老见礼，让至家中，斋饭已毕，三藏叫声：“悟净，你可到花果山去要包袱，他若不肯给你，切莫与他争竞，可至南海菩萨处，将此情由告诉菩萨知道。”沙僧领命出庄，驾起云头，行了三昼夜，过了东洋大海，来至花果山。见有无数小猴，来来往往。那行者坐在石崖之上，双手扯着一张纸，高声朗诵。沙僧听了，知是念的通关牒文，忍不住进前高声说：“师兄啊！师父的关文你念它做什么？”那行者摇头，装着不认得沙僧，叫道：“快给我拿下！快给我拿下！”众猴一齐上去把沙僧围住。行者问道：“你是何人？敢私窥老孙的山寨！”沙僧见他变了脸，不肯相认，只得朝上行礼说：“上告师兄，前者师父性暴，错怪师兄，以致师兄将师父打倒，把行李取去。今师父已被救转，特来请你同小弟将行李拿回去，保护师父同上西天。”

沙和尚情知不是他的对手，倚强讲横是徒然。
屈着心肠赔笑脸，尊一声：“师兄在上听我言。
你我弟兄三个人，好比那一奶同胞把心连。
保护着三藏去往雷音寺，一路上受尽辛苦和饥寒。
每逢遇见妖魔怪，舍生忘死不怕难。
从来是我们二人把师父守，上阵全是你当先。
前两天惊走白龙马，三藏逢贼被绳拴。
高高吊在树枝上，晃悠悠不上不下半空悬。
若不是师兄将他救，十个唐僧命也完。
虽然是打死盗寇人几个，也是出于无奈间。
师父一怒将你贬，说的言词不太堪。
不但师兄将他恼，就是小弟也心寒。
虽然是一笔写不出两个徒弟，兔死狐悲总一般。
师兄虽然将他打，他如今并未丧黄泉。
苏醒过来吩咐我，来取包袱到此间。

你若是愿意去把唐僧保，一同拜佛上西天。

师兄若是不愿意，请把包袱赐予咱。”

沙僧的话还未说尽，那行者微微冷笑把话言。

沙和尚还未说完，但见那行者冷冷笑道：“贤弟，你来讨取行李，不过是要那通关牒文，保唐僧上西天取经。难道没有唐僧我就不能上西天取经么？我如今也已安排停妥，明日就要起身，你不信，待我请出来你看。”叫声：“小的们，请长老出来。”小猴们跑进洞去，牵出一匹白马，请出一个唐三藏，一个八戒肩挑行李，一个沙僧手拿锡杖。这沙僧一见，心中大怒，手抡宝杖，搂头一下把个假沙僧打死，原来是个猴精。那行者连忙站起，抡动金箍棒，率领群猴，团团围裹上来。沙僧东冲西撞，打出路口，逃了性命。那行者并不追赶，回洞另选了一个会变化的妖猴，还变一个沙僧，要上西天不提。且说这沙僧离开花果山，直奔南海去了。

沙僧登时过了东海，一直径奔落伽山。

足驾祥云急似箭，心中烧起火一团。

不多一时到南海，但见波涛上下翻，

“哗啦啦”一片汪洋千层浪，海市蜃楼半空悬。

沙僧懒得瞧风景，停住云头落在岸边。

迈步来至朝阳洞，但见木吒站门前。

木吒说：“悟净到此可有公干？这等惊慌为哪般？”

沙僧上前忙行礼：“请你留神听我言。

弟子有件为难事，来见菩萨诉根源。

你替我入内去通报，悟净候旨在外边。”

木吒闻言不怠慢，转身来至莲座前。

就将那沙僧来意说了一遍，菩萨带笑把话言。

眼望行者把悟空叫：“这必是唐僧有难被魔缠。

悟净前来将你找，必然先到过花果山。

见你不在水帘洞，所以到此问根源。”

大圣躬身忙行礼：“叫他进来谈一谈。”

菩萨吩咐：“叫他进来。”木吒答应，转身出去，登时把沙僧引进来。朝上跪倒，正要告禀，忽见行者站在一旁。他连忙爬起，手抡宝杖，搂头就打。行者更不还手，侧身躲过。菩萨喝道：“悟净，不要动手！有什么话告诉我说。”沙僧怒冲冲地将前事说了一遍，尊声：“菩萨，弟子如今，特来奉告，不料他驾筋斗云预先到此。不知将什么花言巧语瞒哄菩萨来也。”菩萨说：“悟净，不要冤人。悟空在此，今已四日，他哪里有另请唐僧、自取真经之理？”沙僧说：“现今水帘洞就有个孙行者，我怎敢胡讲。”菩萨说：“你不必着急，叫悟空与你同去看看，自有分晓。”大圣闻言，与沙僧辞别菩萨，径奔花果山而来。

孙大圣同着师弟沙和尚，驾起祥云起在空。
霎时来到水帘洞，两个人按落云头落在山中。
猴王留神观仔细，石崖上坐定一个孙悟空。
只见他日月金箍拢短发，锦衣直裰系绒绳。
又见他一脸紫毛雷公嘴，一双火眼瞪金睛。
指手画脚把话讲，群猴一旁把教训听。
身旁立着一条金箍棒，瞧面貌却与自己一般同。
猴王看罢心中怒，胸中怒火烈焰腾。
一个箭步蹿出去，大喝一声似雷鸣：
“你是何处妖魔怪？竟敢前来变悟空！
占我的仙山住我的洞，还大胆变化假唐僧！”
手举着铁棒搂头打，照着妖精下绝情！
口中大骂：“妖魔怪，休想在老孙手中逃残生！”
那个行者忙站起，身形一纵战悟空。
一回手提起如意金箍棒，二人山前斗输赢。
沙僧一旁发了愣，真假虚实认不清。
有心上前助一阵，不知哪个是师兄。
思想多时得主意，我何不寻找行李到洞中。

沙和尚手拿禅杖，打进洞口，惊散群猴，寻他的包袱，四下全然不见。复转身来至山前，但见两个行者还在那里大战，内中一个高声叫道：“沙兄弟你既助不得力，在此也是无益，且回复师父，说我与此妖打上南海去见菩萨，分个真假。”又听那个也是如此说了一遍。沙僧只得拨转云头，去见师父不表。且说两个行者直斗到落伽山，早惊动拥法诸天，连忙报与菩萨。菩萨出门一看，果是两个行者，连忙吩咐：“你两个不必相争，有话说来。”这行者说道：“这厮果像弟子模样，愿求菩萨慧眼与弟子认个真假，辨明邪正。”

这大圣眼望菩萨开言道：“请听弟子说分明。
弟子方才回山去，同沙僧去捉这猴精。
这厮竟与我一样，我与他相斗在山中。
求菩萨慧眼看一看，好捉这个假悟空。”
那个行者开言道：“这厮欺人了不成！
假变我齐天孙大圣，霸占高山和翠峰。

他竟敢半路打了我的师父，让老孙误担不义名。”

你一言来我一语，吵吵闹闹不断声。

观音菩萨没了主意，猛然一计生心中。

叫声：“善财和惠岸，拉住他二人别放松。”

二人闻听忙答应，一齐上前拉悟空。

这惠岸拉住这个孙行者，那善财拉住那个孙悟空。

菩萨暗念紧箍咒，两个行者都头疼。

满地打滚儿将头叩，一齐说：“请菩萨慈悲把我宽容。”

观音大士因为认不出真假，暗念紧箍咒语，两个行者齐嚷头疼。菩萨住口，他两者又揪在一起。菩萨无可奈何，叫道：“悟空，你二人同到师父面前去辨个真假吧。”两个闻听，遂一齐驾云同往西方路上而来。且说沙僧离开花果山，又行了三昼夜，回至庄上，把前事细细对唐僧说了一遍。唐僧说：“当时只说是悟空打我，哪知是妖精变的。”正说话间，只听半空中乱嚷，慌得都出来观看，却是两个行者打将来了。唐僧看不出虚实。两个行者又到阴司阎罗殿上，阎王也是查不出真假。他二人又来西天雷音寺，那四大金刚，八大菩萨，五百阿罗，三千诸谛，比丘尼，比丘僧，优婆塞，优婆夷诸天圣众，都在七宝台下听如来说法。正在稽首皈依，流通诵读之际，如来说道：“你等皆是一心，且看二心竞斗而来也。”众人举目观看，只见两个行者，吆天喝地，打至雷音胜境，众金刚抵挡不住，直嚷到台下，跪在佛祖之前，将前事细说一遍：“望佛祖佛悲，与弟子辨明邪正。”大众见他两个声音面貌一般无二，亦莫能辨，唯有如来早已知道。

如来佛正要说出其中故，忽见那菩萨到雷音。

莲台以前来参拜，如来带笑把话云：

“目下两个孙行者，谁是假来谁是真？”

菩萨说：“前者他俩到荒境，是真是假很难分。”

如来点头微微笑，叫声：“大众要听真，

五仙者乃是天、地、人、神、鬼，五虫者乃是蠃、鳞、毛、羽、昆。

似这厮五仙五虫全不是，是四猴之一乱乾坤。

他乃六耳猕猴怪，假变悟空来骗人。”

如来说破其中故，假行者害怕着忙吓掉魂。

那猕猴闻听如来说出他的本相，胆战心惊，连忙跳起要走。如来即令大众下手擒拿，那猕猴变了个蜜蜂儿往上便飞。如来将针撇去，正扣着那蜜蜂儿，落下来。大众不知，以为走了。如来笑道：“妖精未走，现在我钵盂之下。”大圣上前，把钵盂揭开果然现出本相，是一个六耳猕猴，大圣忍不住抡起铁棒，劈头一棒打死。至今绝此一种。如来说：“善哉，善哉！”大圣说：“如来不须慈悯他，他打伤我师父，抢夺我包袱，依律也该问斩哩。”如来闻听带笑开言。

如来佛祖叫：“行者，你今快去会唐僧。
西方路上寻三藏，保定他来至西天取真经。”
大圣闻听摇脑袋：“这事弟子不敢应。
唐三藏断情绝义不要我，叩求我佛放了悟空。
快快念了松箍咒，弟子永远感恩情。
还俗回到水帘洞，决不夺利和争名。”
如来说：“悟空休得生乱想，我叫观音送你一程。
唐僧一定收留你，快些去罢莫消停。”
观音合掌将恩谢，带领悟空起了程。
收云揽雾往下落，门口外面遇沙僧。
沙僧忙把师父叫：“快些来把菩萨迎！”

三藏、八戒连忙跑出房门，同沙僧叩头迎接，菩萨入房归坐说道：“三藏，前日打你的乃是个六耳猕猴，幸被如来识破，悟空已将他打死。你今须将悟空收留，保护与你，才能到灵山见佛取经，再休嗔怪。”三藏叩头说：“谨遵教旨。”菩萨点头告别，驾云回山而去。行者复到花果山水帘洞，与群猴言明其中缘故，那假唐僧、假八戒、假沙僧一齐复了本相，一个个兢兢业业看守宝山。大圣吩咐已毕，取了行李，回到庄舍。师徒拜谢婆婆，挑担上马，径奔西方大路而来。

看累了，不妨听一听

九〇　过火焰山

唐僧师徒离了村舍，逍遥自在往西行。
饥餐渴饮把缘化，晚来常宿古庙中。
此时已过重阳节。秋景凄凉寒气生。
遍地黄花开满地，枫叶落地一片红。
凉风阵阵扑人面，虫音嘹亮又中听。

又听得碧天云外征鸿叫，檐前铁马响连声。

唐僧虔诚将佛拜，他师徒一心一意赶路程。

这一日过了山一座，此处的天气大不同。

一轮红日当空照，腾腾热气把人蒸。

江上渔翁难垂钓，樵夫怕热把凉乘。

农夫拿锄浑身流汗，学生摇扇懒把书攻。

三藏马上说："奇怪，为什么九月的天气像笼蒸？"

长老在马上一阵阵只是出汗，眼望着三个徒弟，说："如今正是九月天气，怎么还这等的燥热？"沙僧说："想是天气不正，秋行夏令的缘故。"八戒说："热得很！热得很！像暑伏天一样。"行者说："天不早了，你们看前面像是一座庄村，咱们快到那里借宿一宵，明日清晨趁着早凉儿也好赶路。"

师徒们说话之间天不早，红日西坠要黑天。

快步加鞭往前赶，不多时来到村舍边。

路旁人家不少户，红门红屋红墙垣。

唐长老来至村中忙下马，有一位老者立在门前。

年纪不过七十岁，慈眉善目面堆欢。

鹤发童颜飘银髯，满脸赔笑把话言：

"可是行路的大和尚，一路之上受风寒。"

三藏回答说："岂敢，望乞施主莫嫌烦。

来至贵宅将斋化，借宿一宵把身安。"

老者点头说："容易，请到家内把斋餐。"

老者将师徒四人让至家中，摆斋供奉。吃罢饭，撤空家伙，僧俗对坐闲谈。三藏问道："请问老施主贵姓高名，此处是什么地方？不知离雷音寺还有多少路途！"老者说："在下姓吴名贞。这里叫作吴家庄，又叫作火焰山。无春无秋，四季皆热。"三藏说："火焰山却在哪边？"老者说："那山离此有六十里，正是西方必由之路。却有八百里火焰山，四周围寸草不生。若要过此山，就是铁打身躯也要化成汁水。"三藏闻听大惊失色，不敢再问。行者一旁接着说道："你们这里既是寸草不生，如何栽种五谷？"老者说："若要栽种五谷，须求铁扇仙。"行者说："求他干什么？"老者说："铁扇仙有一把芭蕉扇，求得来时，一扇熄灭，二扇生风，三扇下雨，我们就布种，及时收割，故得五谷养生。我这里每年求他一次，备办花红礼物，到那里请他前来。"行者又问："他在何处？离此多远？"老者说："师父容禀。"

那老者口尊："四位老师父，贵耳留神听我言。

若问此人何处住，他的洞府在西南。

离此约有二千里，地名唤作翠云山。
山中有座芭蕉洞，洞中住着铁扇仙。”
老者言词还未尽，行者一旁好喜欢。
说：“好好好来妙妙妙，我要去趟翠云山！”

九一　借芭蕉扇

行者笑道：“不要紧，待老孙前去借他扇子扇熄火焰山的火，才好过去。”说罢纵云而去。老者一见说道：“这位爷爷原来是腾云驾雾的神人！”忙与长老三人叩头，愈加恭敬。且说行者霎时到了翠云山，按下云光，正欲寻找洞口，忽见有一个樵夫伐木。行者说：“借问大哥一声，这里可是翠云山么？”樵夫说：“正是。”行者又问道：“铁扇仙的芭蕉洞在什么地方？”樵夫说：“芭蕉洞虽有，却无个铁扇仙，只有个铁扇公主，又名罗刹女，乃是牛魔王之妻。”行者闻言大惊，心中暗暗想道：“又是冤家了。当年收服的红孩儿，说是他养的。前在破儿洞遇见他叔叔，尚且不肯与水，还有报仇之意。今又遇他父母，怎生借得扇子？”既然到此，也无奈何，只得别了樵夫，径至芭蕉洞口，但见洞门紧闭。行者上前叩门说：“牛大哥在家么？”只听里面有人说话。

孙大圣正然叩门来相问，忽听里面有人答应：
“哪个到此将门叫，叫我家大王可有事情？”
说着开放门两扇，出来了一个小女童。
行者一见腮含笑：“小姑娘听我说分明。
贫僧烦你去通禀，禀报你那主人公。
我本是东土唐王亲差遣，要往西天去取经。
火焰高山挡住路，不能过山向西行。
今日拜借芭蕉扇，万望大王能答应。”
女童闻听连忙问：“不知贵姓与高名，
快快说与我知道，我好禀给大王听。”
行者说：“若问我的名和姓，五百年前孙悟空！”

女童入内说一遍，直气得铁扇公主脸发红。

女童转身进洞，将行者的来意和姓名说了一遍。罗刹女听说“孙悟空”三字，直气得香腮带怒，粉面生嗔，手提两口青锋剑，走出洞外，高声叫道：“孙悟空何在?”行者见问，连忙施礼说：“嫂嫂在上，老孙在此拜揖。”罗刹女说：“谁是你的嫂嫂?”行者说：“尊府牛魔王当初与我老孙结拜七弟兄，今闻公主是牛大哥的令正，怎得不与嫂嫂相称！”罗刹女微微冷笑叫声：“泼猴！既有兄弟之亲，为何陷害我的儿子红孩儿？今日你休想借扇！”

孙大圣闻听忙赔笑，尊：“嫂嫂待我从头说分明。
大唐有个唐三藏，奉旨西天去取经。
路过五行山一座，收下我大圣孙悟空。
师徒四人把路赶，涉水登山往西行。
有一日路过火云洞，遇着红孩儿小圣婴。
将我师父拿了去，要把三藏上锅蒸。
老孙说情他不允，反倒用火把我攻。
幸亏那观音菩萨临尘世，收去红孩儿小圣婴。
令郎现在菩萨处，善财童子把正果成。
不说知恩将我报，反倒嗔怪老孙把气生。
以德报德是正理，以怨报德行不通。
快把扇子借与我，别伤了我和大哥的老交情。
倘若说出半个‘不’字，老孙翻脸不留情！”

罗刹女闻听行者之言，心中大怒，杏眼圆睁，大声喝道：“呔，好泼猴！我且问你，我那红孩儿在火云洞独霸称尊，纵横六百里无人敢惹，称为圣婴大王，何等逍遥自在。你把观音菩萨请下山来，将我孩儿制服，手脚套上圈，一步一拜，拜到南海落伽山朝阳洞。猴头啊，猴头！你于心何忍?!”行者闻言笑道：“你那令郎的圈子还是二号的呢！”罗刹女说：“头号的又在哪里?”行者说：“头号的在老孙头上箍的就是。”铁扇公主说：“猴头！不要饶舌，吃我一剑！”

罗刹女双手抡动青锋剑，怒气冲冲喊连声：
“我与你冤仇深似海，正想找你这猴精!
谁知猴头真胆大，你竟敢找上门来送残生。
狭路相逢难回避，眼下叫你赴幽冥!
给我那圣婴孩儿把仇报，才把胸中恶气平。
我若不把你的猴头斩，就算我罗刹非英雄!”
说罢抡剑搂头剁，行者急忙用棒迎。

大喊一声如雷吼，怒发冲冠瞪双睛！

喝声："恶妇太无礼，不该辱骂俺孙悟空！

芭蕉扇借与不借是本分，恩将仇报理不通。

我若不看大哥面，管把你一棒打成肉煎饼！"

公主闻听心蹿火，大骂："猴头休逞能！"

说着怀内取出芭蕉扇，把猴王一扇扇得飞在空中！

罗刹女哪是猴王的对手，刚才一剑砍去，被行者用棒轻轻儿一搪，就把虎口震破，险些儿宝剑落地，连忙纵身取出芭蕉扇，照着行者扇了一扇，把行者扇得无影无踪，不知哪里去了。罗刹女得胜回洞。那行者飘飘荡荡如旋风翻败叶一般，落在一座山上。行者定神多时，睁睛细看，认得是小须弥山，说道："好厉害！这个妇人怎么把老孙送到这里来了！我记得当年来此处求灵吉菩萨降黄风怪，走过一遭。那个火焰山至此，不知有几万里。等我下去问问便知分晓。"连忙走下山坡，找至禅院，那个看门的老道认得行者，急入里面通报。菩萨出迎，请入里面，分宾主坐下。菩萨笑道："恭喜大圣，想是功成缘满，取经回来了。"行者说："尚未到西天呢。"灵吉说："未曾到雷音，为何回头？"行者道："说起来真气煞我也！"

行者说："提起此事气煞我，待我给你说根源。

为取经扶保师父唐三藏，走过万水共千山。

路途上不是逢魔就遇怪，每日害怕把心担。

正往西天把路赶，师徒来至火焰山。

烈火阻路过不去，老孙拜求铁扇仙。

指望借他芭蕉扇，扇灭大火好过山。

没想到遇见罗刹女，人送称号铁扇仙。

只因为他儿子被观音收了去，和我结仇种下冤。

不但不肯借宝扇，刚一见面就把脸翻。

冷不防被他扇了我一扇，忽忽悠悠到此间。

顺便来望看望看问问路，莽莽撞撞请多包涵。"

灵吉回答说："岂敢，有劳贵驾到此间。

若提这把芭蕉扇，本是出自昆仑山。

开天辟地就有此扇，太阴精叶非等闲。

有人若把他扇一下，要飘摇八万零四千。

你才飘了五万里，大圣算把便宜占。"

行者闻听说："厉害！你有无法儿捉那铁扇仙？"

行者说："请问菩萨，这件事如何是好？"灵吉说："大圣放心，我当年受如来教旨，赐我一粒‘定风丹’，一柄‘飞龙杖’。飞龙杖已降了黄毛豹鼠，定风丹尚未曾用。如今送给你，管保他扇不动你了，就可成功。”行者连忙道谢。灵吉遂从袖中取出定风丹递与行者。行者接来，收到衣领里边，用针线缝了，遂辞别灵吉，驾筋斗云来至翠云山，使棒打着洞门叫道：“老孙又来借扇子使使哩！”女童急忙通报，罗刹女闻听，心中恐惧，说：“这个泼猴，真有本事！我的宝贝扇着人要去八万四千里，才把他吹去，怎么就回来了？这番等我一连扇他两三扇，叫他永不能找回归路。”急纵身手提宝剑走出门来，叫声：“悟空，你又来寻死！”行者笑道：“嫂嫂不要吝啬，把扇子务必借我使使。”罗刹女大怒，不容分说，取出扇子望着行者“唰唰唰”连扇三扇。

九二　假芭蕉扇

罗刹女拿出芭蕉扇，冲着猴王下绝情。
双手使尽平生力，“唰唰唰”连扇三扇起阴风。
行者手擎金箍棒，纹丝不动笑盈盈。
罗刹女见此光景心害怕，连忙回身跑进洞中。
随手紧紧将门闭，不由得心中打扑腾。
行者时下不怠慢，变了一个蟭螟虫。
顺着门缝钻进去，又听得铁扇公主呼：“女童，
我的嗓子有点渴，取杯茶来润喉咙！”
女童急忙将茶倒，行者一见喜心中。
展翅飞入茶杯内，罗刹女接过来小茶盅。

罗刹女接过茶来，一气喝干。行者已到他腹内，现了原形，叫道：“嫂嫂，把扇子借我使使！”罗刹女吓了一跳，说：“悟空，你在哪里?”行者说：“我今已到嫂嫂腹内了。我知你饥渴了，先送你个坐碗儿解渴！”说着就把脚往下一蹬。那罗刹女小肚子疼得难受，坐在地上叫苦。行者说：“嫂嫂我再送你个点心充饥！”又把脑袋往上一顶。罗刹女心疼难禁，只在地上打滚儿叫道：“孙叔叔饶命！”行者说：“我看牛大哥面上，且饶你性命，快将扇子借我使使。”罗刹女说：“叔叔有扇！

有扇！你出来拿了去！”行者说：“你先拿扇子来我看。”罗刹女连忙叫女童拿一柄芭蕉扇，举在旁边。行者探到喉咙说：“你把嘴张开我好出去。”

行者说：“你快让我老孙跳出去。”铁扇公主忙答应。
叫：“叔叔快些出来吧，这个玩笑可开不成。”
说着张开樱桃口，里边飞出蟭螟虫。
一翅飞上芭蕉扇，抖了抖翅儿现原形。
劈手夺过芭蕉扇，叫声：“娘娘请你留神听。
老孙暂且失陪你，扇灭烈火再补情。”
说着迈步往外走，足驾云头快似风。
不多一时回庄院，把前因后果告诉唐僧。
师徒四众齐欢喜，收拾行李就起程。
拜别老者离庄院，出了村庄往西行。

唐长老见大圣借了芭蕉扇来，满心欢喜。师徒四众，收拾行李、马匹，拜别老者，径奔西方大路而来。大约走了有四十余里，渐觉酷热蒸人。行者说：“师父，请且下马。等我扇熄了火，来了风雨之后，再过山去。”行者说着双手举扇来至火边，尽力一扇，那山上的火光烘烘着起；再一扇更着百倍，又一扇，那火足有千丈多高。行者回头就跑，来至唐僧面前说：“师父，快回去！快回去！火来了！火来了！若不是跑得快，把毫毛都烧光了！”话犹未了，忽听得有人叫道：“大圣，不必烦恼，且吃些斋饭再作商议。”四众闻听，一齐观看，见有一位老者站在路旁。

唐三藏师徒四众细留神，打量后面说话的人。
这人原来是一老者，年纪大约有七旬。
四楞方巾头上戴，一件道袍穿在身。
土黄丝绦腰中系，水袜云鞋崭崭新。
右手拄着过头杖，面目和善又斯文。
身后边还站着人一个，奇形怪状甚怕人。
赤脚蓬头烧饼脸，长眉圆眼似凶神。
从头到脚无二色，犹如蓝靛涂满身。
腰围着豹皮，头上顶着一铜盆。
里面盛满粳米饭，蒸饼糖糕样样新。
长老一见说：“不好，这又是鬼怪妖魔来害人！”

唐长老看罢不由得心中害怕，暗想道：“这必是妖魔鬼怪前来害人。”连忙扬鞭打马，就要跑开。只见那老者赶上前来，伸手将偏缰拉住，笑道：“长老休要惊慌，我不是歹人，吾乃火焰山的土地，特献一斋，略表敬意。”行者说：“吃斋倒是小事，这火光不知几时能灭。”土地说：“要灭火光，须求罗刹女，借芭蕉扇。”行者指着扇子说：“这不是么？怎么那火越扇越着？”土地接来一看，笑道：“此扇不是真的，你被哄了。”行者说：“如何方得到真的？”土地说：“若要真的，须求牛魔王。”行者说：“这火想必是牛魔王放的。”土地说：“不是。说起这火，乃是大圣放的。”行者闻听，心中大怒。

孙大圣闻听此言冲冲怒，登时气得眼睁圆。
用手一指骂土地：“毛神你说话太欺天！
老孙心中正有事，不要给我添麻烦。
这个火从何说起是我放，你真是会把瞎话编！”
土地闻听忙赔笑，深打一躬把话谈。
口尊：“大圣请息怒，话语不周望包涵。
我纵然吃了熊心与豹胆，也不敢捏造是非把大圣攀。
若问放火这件事，有个缘故在其间。
此乃五百年前事，当初原没这座山。
只因大圣把天宫闹，被获遭擒用绳拴。
八卦炉中将你炼，整整四十零九天。
开鼎时太上老君失防备，被你蹬倒几块砖。
一团余火落此处，才化为这座火焰山。
我本是看守丹炉一老道，那日正是我值班。
太上老君嗔怪我，贬下天庭到此间。
当了本方一土地，苦熬岁月实可怜。”

土地说：“说起来可怜得很，这座火焰山，寸草不生，往东六十里才有人家。小神在此，五百余年，苦熬岁月，永远摸不着香火。”猴王半信半疑说：“闲话休提，这个牛魔王现在何处？”土地说：“牛魔王自称为平天大圣，乃是罗刹女的丈夫，因积雷山摩云洞有个孤王，死后遗下一名女儿叫作玉面公主。她有百万家私，无人掌管。年前访着牛魔王，神通广大，遂招赘为夫。那牛魔王贪恋新婚，弃了罗刹女，永不再回家。想借此扇，除非到摩云洞找到牛魔王才行。”

九三　探摩云洞

土地说："积雷山中摩云洞，在以前有个孤王住里边。
孤王去年身辞世，遗留下玉面公主好容颜。
百万家私无人掌，年轻貌美受孤单。
差遣那獾婆为媒提亲事，牛魔王招赘把婚联。
直到如今将一载，牛魔王贪恋新婚不把家还。
大圣若要借宝贝，须得去趟积雷山。
借了他的芭蕉扇，扇灭了余火上西天。"
行者说："不知此山在何处？请你快快告诉咱。"
土地连忙用手指，说："就从此处奔正南。"

土地说："此去正南，顶高的那座山就是。"行者说："既如此，老孙去走一遭。"遂即吩咐八戒、沙僧，好生看守师父，又说："土地在此陪伴，不可远离左右，等我回来再行发落。"土地连声答应说："谨遵法旨。"八戒连忙搀扶师父下马，找了一个土坡，大家坐定，等候不提。且说孙大圣驾起筋斗云，霎时来至一座高山，按下云头，寻找路径。穿过丛林，忽然看见一个石洞，门上有一块大匾，上写着"积雷山摩云洞"六个大字。行者连忙前去，才要叫门，忽听门声一响，从里走出一个绝色的女子。行者闪在一旁，留神观看。

只见她年纪不过二十岁，赛过貂婵与文君。
乌云巧挽盘龙髻，芙蓉粉面胭脂匀。
眉儿弯弯如新月，樱桃小口点朱唇。
身穿红裙和绿袄，外罩着金边线掐青背心。
身段不高又不矮，模样儿长得甚迷人。
猴王一见不怠慢，上前施礼一躬身。
才要开口来讲话，那女子忽然抽身关上门。

且说这个女子，正是玉面公主。见行者相貌丑陋，在洞外探头探脑，不觉大吃一惊，忙跑进去，把门关了，来至卧房，对牛魔王说道："我方才要出洞采药，忽见一个毛脸雷公嘴的和尚，在洞口探头探脑，把我吓了一跳，不知是什么妖怪。"

牛魔王说：“贤妻只管放心，等我出去拿他。”说罢，提起钢叉，走出洞门。行者认得是牛魔王，连忙上前，唱了个大喏说：“兄长，还认得小弟么？”牛魔王看了，答礼相还说：“你是齐天大圣孙悟空么？”行者说：“正是。一向久别，特来拜访。”牛魔王喝道：“且休饶舌！你保护唐僧往西天求经，为何把我小儿牛圣婴害了？今日还敢来此见我！”行者说：“兄长勿得错怪小弟。当时令郎捉住吾师，要蒸要煮，小弟拿他不住，幸亏观音菩萨劝他归正，做了善财童子，与天同寿，有何不美？为何反倒怪我？”牛魔王说：“既然如此，我看在旧日之情，饶你去吧。”行者说：“小弟此来，有事相求。因随唐僧西行，来到火焰山，把去路挡住，特来向你借芭蕉扇。”

孙大圣未曾开言先赔笑，口内连连尊：
“长兄，小弟自从归佛教，保着那长老唐僧去取经。
火焰高山拦去路，烈火腾腾路不通。
有人说须得求借芭蕉扇，扇灭了大火才能西行。
昨日小弟到尊府，只望兄弟两相逢。
见了娘娘罗刹女，一往情由细说明。
怎奈他咬定牙关不肯借，我才来此处找仁兄。
望求借与芭蕉扇，小弟我扇灭余火好西行。
我一定把扇送归还府上，登门拜谢好恩情。”
牛魔王闻听这些话，登时气得眼通红。
手捻钢叉分心刺，猴王举棒往上迎。
这才是酒逢知己同欢饮，话不投机难相容。
五百年前为朋友，到如今为仇作对动刀兵。
二人大战多一会儿，看不出哪个输来哪个赢。

牛魔王与行者在摩云洞外，大战多时，不分胜败。忽听山上有人叫道：“牛爷爷，我家大王多多拜上，幸赐早临，久候多时了。”牛魔王闻听，用钢叉将棒架住说：“孙悟空，你且听着，我本要将你拿住，与我那圣婴红孩儿报仇！但有朋友相邀，请我吃酒，饶你去吧。”说罢翻身回洞，望着玉面公主叫道：“贤妻，方才那个雷公嘴的和尚，被我一顿叉，杀跑了，他再不敢回来，你只管放心。我要到一个朋友家吃酒去也。”说罢，出洞跨上避水金睛兽，半云半雾向西北而去。大圣在高峰之上看得明白，心中暗想：“这老牛往哪里去赴席？等我跟他去走走。”逐将身变作一阵清风，赶上同走。到了一座山中，牛魔王忽然不见了。大圣显了原身，四下里观看。

大圣在山中把原身现，火眼金睛看分明。
有一个小小石碣旁边立，六个大字写分明。

“乱石山碧波潭”写得端正，笔走龙蛇墨更浓。
看罢多时心暗想，老牛定然下了水中。
这座深潭多奇怪，里面一定有精灵。
待我下去看一看，虚实真假好弄清。
美猴王想罢忙变化，变了个螃蟹跳到水中。
不多一时沉潭底，呵！眼前的美景难形容。
但只见一座牌楼高又大，五彩缤纷挂红灯。
里面并无一点水，一片悦耳丝竹声。
猴王来至中庭上，看一桌筵席摆当中。
牛魔王就在上面坐，对坐着一位老龙精。
两个妖魔来饮酒，推杯换盏兴正浓。
行者看罢生一计，急忙忙迈步翻身往外行。

猴王看罢，心生一计，连忙回身来至牌楼下边，现出本相，将拴在楼柱上的金睛兽解了缰绳，跨上雕鞍，骑出水面。摇身一变，变作牛魔王的模样，驾起云头，不多时已到芭蕉洞口。

九四　变猪八戒

悟空叫声：“开门！”女童开了门，见是牛魔王，即忙进内通报说：“奶奶！爷爷回来了。”罗刹女连忙出外迎接。大圣下了雕鞍，牵进金睛兽，罗刹女不辨真假，携手而入。须臾间，叙了寒温。罗刹女带笑说道：“大王宠幸新婚，抛撇奴家，今日是哪阵风儿吹你前来？”

罗刹女一同行者归了坐，口尊：“大王请听言，只因獾婆提亲事，
你与那玉面公主结姻缘。
燕尔新婚成恩爱，蜜里调油香又甜。
翠云洞招赘至今将一载，并不思家返故园。
结发之情全不念，撇下俺单身度日多可怜！”
公主说到伤心处，秋波闪动泪涟涟。

猴王一见忙赔笑："贤妻你且莫心酸。
我在外留连不回转，有个缘故在其间。
只因为玉面公主年纪小，家事琐碎把人缠。
又有那亲朋常拜访，我常想回家也不得闲。
今有那唐僧取经到西天去，目下被阻在火焰山。
三藏有个大徒弟，孙悟空神通广大法无边。
怕他来抢芭蕉扇，贤妻不能把他拦。
害子之仇尚未报，我不能借给他扇子把火扇。
因此愚夫回家转，准备防患于未然。
倘或悟空他来到，再不轻饶来放宽。
一定将他擒拿住，咱与那婴孩儿报仇冤！"
公主闻听一片话，尊一声："大王听我言。"

罗刹女眼望悟空，尊声："大王，奴家的性命险些儿被那猢狲害了。"大圣故意装出吃惊的样子说："那泼猴他是几时来的？"罗刹女就把与行者交战的情由和给他扇子的缘故说了一遍，大圣假意动怒，跺脚捶胸说："夫人，你错了。为什么把这个宝贝与了他？恼杀我也！"罗刹女笑道："大王息怒，我给的是个假的，哄他去了。"大圣连忙问道："真的现在何处？"罗刹女笑眯眯地从嘴内吐出，只有个杏叶大小，递与大圣，说："这个不是宝贝？"大圣接在手中，说道："这个小小儿的扇子，怎能够扇灭那八百里的火焰？"罗刹女笑道："大王你竟自被那玉面公主弄伤神思，怎么连自家宝贝的用法都忘了？只用左手大指头捻着那扇柄儿上第七缕红丝，念一声'呬嘘呵吸嘻吹呼'就立刻长到一丈二尺长短，何愁那八百里火焰不灭？"大圣闻言，满心欢喜。

孙大圣闻听此言心欢喜，遂将宝贝含口中。
把脸一抹现本相，说："多谢嫂嫂你的恩情。"
说罢迈步朝外走，出洞口跳跳窜窜快如风。
铁扇公主发了愣，气得她半晌无言不作声。
乐坏了猴王孙大圣，一个筋斗上了山峰。
吐出扇子念咒语，登时间长成一丈二尺零。
只会变大不会变小，无奈何肩担芭蕉去见唐僧。
按下行者归旧路，再提魔王老牛精。
吃罢酒席出门外，找不见避水兽的影和踪。
龙王连忙问左右，小卒跪倒呼："主公，
小的们只在筵前忙斟酒，外边之事弄不清。

并无闲人来此地，只有个小小螃蟹到过庭中。”

牛魔王说：“不要讲了，这一定是孙悟空变化前来，将我的坐骑偷走。等我赶他去吧。”逐分开水路，跳出深潭，驾起云光来至芭蕉洞。只听得罗刹女跺脚捶胸，大呼小叫。推开门，见金睛兽拴在里边，牛魔王高叫：“夫人，孙悟空哪里去了？”罗刹女见了牛魔王，一把拉住，骂道：“老天杀的！怎么这般不谨慎，被那猢狲偷了金睛兽，变作你的模样到此骗我的宝贝！”牛魔王闻听，气得咬牙切齿，说：“这泼猴如今哪里去了？”罗刹女说：“那猢狲现了原身，走了。气杀我也！”牛魔王说：“夫人，不必生气，待我赶上那泼猴，夺了宝贝，拿住他，剥皮剁骨，与你出气！快拿我的兵器来。”女童说：“爷爷的兵器不在这里。”牛魔王说：“拿你奶奶的兵器来吧。”女童将两把宝剑捧出，牛魔王接过出洞门，径奔火焰山而来。

牛魔王足驾云光急似箭，霎时赶上孙悟空。
摇身变作猪八戒，抄小路迎着悟空往南行。
口中连把师兄叫：“你怎么一去半天不回程？
咱师父火焰山前将你等，急得他眼前冒金星。
恐怕牛魔王神通大，特差老猪来寻师兄。”
行者闻听腮含笑：“贤弟前来我承情。
芭蕉扇已被老孙取到手，扇灭火焰好西行。”
牛魔王说：“师兄的本领真不小，你把那得扇的情由说给我听。”
猴王见问甚得意，指手画脚尽说明。
牛魔王假意将头点：“恭喜师兄立奇功。
快把那扇子交给我，替你扛着走一程。”
行者粗心不介意，把扇儿递到牛魔王他的手中。
那魔王立刻现本相，骂：“泼猴！这回你可落了空！”

九五　降服牛魔

牛魔王假变猪八戒把宝贝诓在手中，他知道收放的根本，接过来不知念了什么诀，那芭蕉扇依然小似一片杏叶，含在口中，现出本相，骂道：“泼猴！你可认得我么?”行者一看，只气得暴跳如雷，抡铁棒搂头就打，牛魔王用宝剑急架相还，两个在空中杀在一处，这场恶战，真是难解难分。却说唐僧坐在路旁，火气蒸人，心焦口渴，叫声：“悟能，你去迎迎悟空。倘或遇敌，就当用力相助，借得扇来，好早早过山。”呆子说：“我早就要去，只是不认得路径。”土地说：“小神认得，且叫卷帘将军陪伴你师父，我带领阴兵同你前去。”三藏大喜。八戒肩扛钉耙，与土地阴兵驾起云雾径奔正南而去。正行之间，忽听得喊声震耳。原来那牛魔王使的是短兵器，十分不称手，本来心就虚了，今又见八戒前来助阵，连忙望着行者虚晃了一剑，径扑积雷山败将下去。

牛魔王失机败下去，驾云直奔积雷山。
八戒悟空紧追赶，老土地率领阴兵跟在后边。
牛魔王跑进摩云洞，吩咐小妖把门关。
见了那玉面公主忙施礼，喘吁吁对着公主把话谈。
话未说完脚步响，有一个小妖跪面前，口尊：“大王，不好了!
有两个和尚在外边。
九齿耙筑坏咱的门两扇，破口大骂声震天。
口称来把大王找，要借宝扇把火扇。
那一个雷公嘴的更凶狠，说要把大王的眼睛剜。”
牛魔王闻听心中怒，三股铜叉手中端。
气昂昂地出洞外，八戒连忙跑上前。
九齿耙又是筑来又是打，牛魔王钢叉劈面还。
仇人见面红了眼，僧妖大战在山前。
大圣手举金箍棒，他给八戒来助拳。
牛魔王不由得冲冲怒，怒发冲冠眼瞪圆。
三股钢叉飞上下，好比风车打旋旋。
左冲右撞甚骁勇，威风凛凛招数严。
只杀得云遮红日天色暗，雾锁长空黑漫漫。
只杀得征云直透灵霄殿，地动山摇海水翻。
只杀得守洞小妖往后退，一个个心惊又胆寒!

牛魔王的后力不佳，虚刺了一叉，败阵失机，要回古洞，却被土地率领五百阴兵把去路挡住。牛魔王不得进门，急忙回身，又见行者、八戒赶来，连忙拖了钢叉，摇身一变，变作一只天鹅，望空飞去。行者一见，哈哈大笑，说：“老牛走了!”连忙吩咐八戒说：“你同土地阴兵打进此门，把群妖尽情剿除，拆了他的窝巢，绝了他的归路，等老孙与他赌赛赌赛!”那八戒与土地依言去攻洞门不表。且说大圣摇身一变，变作一个海东青，飞在云里，倒飞下来，落在天鹅身上，抱住颈项。那牛魔王嘻嘻地笑了笑现了原身，是一只大白牛，头如峻岭，二目闪光，两只犄角似两座铁塔，牙排利刃，连头至尾，有千余丈长，自蹄至背，有八百丈高。白牛对行者叫道："泼猴！你如今将奈我何？"行者也就现了原身，把腰一躬，喝声："长！"长得身高万丈，头似泰山，眼如日月，口若血池，牙似门扇，手执铁棒，照顶便打。

他两个对现法身来比赛，惊动了虚空过往的众天神。

护法伽蓝十八位，还有那六丁六甲揭谛神。

齐举兵刃往下落，围困魔王助老孙。

牛魔王就地一滚复本相，败阵逃走驾黑云。

孙行者收了法相忙追赶，后面跟随众天神。

霎时来至芭蕉洞，大家围住古洞门。

又听得空中直喧嚷，落下兵士一大群，领头的却是猪八戒，率领阴兵把阵临。

呆子来至洞门口，手举钉耙筑洞门。

慌得女童往里跑，牛魔王听说气炸心。

口中吐出芭蕉扇，递与了铁扇公主来保存。

拿起两把青锋剑，急急忙忙出洞门。

正遇八戒迎面站，魔王气得蹦青筋。

手举宝剑劈面砍，猪呆子连忙招架把命拼。

大圣才要来助阵，猛听得空中有人把话云。

孙大圣见八戒与牛魔王动手，不分胜败，才要上前助阵，只听半空中有人说话。闪目观瞧，原来是李天王带领哪吒三太子收云揽雾，来至面前。哪吒带笑说道："大圣，衣甲在身，不能为礼，休要见怪。愚父昨日见如来，发檄奏闻玉帝，言唐僧路阻火焰山，孙大圣难伏牛魔王。玉帝传旨，特差我父子前来助阵。"太子正与行者讲话，早有李天王执金刀径奔牛魔王而来，大声叫道："天蓬元帅略闪一闪，让吾神捉拿此怪。"八戒闻言，跳出圈去。且说牛魔王闻听此言，留神观看，原来是托塔天王，不由心中大怒，手举青锋剑劈面砍来。天王用力磕开，这时只见哪吒脚蹬风火轮，手拈钢枪，闯将上去，大喝："妖魔，休要无礼！吾神前来擒你！"说着照心窝就是一枪，牛王侧身躲过，手举宝剑才要还手，只见十八位护法伽蓝、六丁六甲、金头揭谛帝、孙大圣、猪八戒各举兵刃，一拥而上。

九六　寺中遇怪

牛魔王抵挡不住，变作一只大白牛，用两只角去顶天王，天王举刀就剁。行者在一旁说道："这厮神通不小，又变作这等身躯，刀枪不能伤他，这便如何是好?"哪吒说："大圣不必焦心，你看我去擒他！"遂大喝一声："变！"变作三头六臂，飞身跳在牛魔王背上，将斩妖剑望牛头上一挥，不觉把牛头斩下。那牛魔王腔子里又钻出一个头来，口吐黑气，眼放金光。被哪吒又砍一剑，牛头落地，又钻出一个头来。非只一次，俱是如此。哪吒大怒，取出火轮挂在牛魔王的犄角之上，吹动真火，烈焰烘烘把牛魔王烧得张狂大吼，摇头摆尾。才想脱身，又被天王用照妖镜照住本相，腾挪不动，无计可使，只叫："莫伤我命！情愿皈依佛教！"哪吒说："既是如此，快拿扇子出来！"牛魔王说："扇子在我山妻那里收着呢。"大众听说，簇拥着白牛，回至芭蕉洞口，老牛叫道："夫人快把扇子拿来救我的性命！"罗刹女听说，哪敢怠慢，手捧着芭蕉扇走出洞门。

罗刹女一见牛魔王被擒获，心中犹如乱箭穿。

双手托着芭蕉扇，双膝跪倒泪涟涟：

"望菩萨饶我夫妻两条命，再不敢给众位天神找麻烦。

孙叔叔请把这扇儿拿了去，扇灭余火好过山。"

行者接过芭蕉扇，大家伙直奔火焰山。

霎时之间已来到，唐僧一见好喜欢。

大众收云揽雾，落在面前。唐长老急整袈裟，合十行礼，连连拜谢，说道："弟子有何德能，敢劳列位尊圣临凡！"伽蓝一旁说道："圣僧，十分功行将完！吾等奉佛旨前来助你，你当竭力修持勿得怠惰。"三藏顶礼受命，众神各自回去，哪吒牵牛径归佛地交旨。只有土地押着罗刹女在旁伺候。大圣拿着扇子，来至山根，尽力一扇，那火焰山平平熄焰，寂寂除光；又扇了两扇，满天云漠漠，细雨落霏霏。三藏大喜。罗刹女跪倒说："大圣，原说扇熄了火还我扇子，如今烟熄火灭，望孙叔叔赐还，使我修身养性去也。"行者说："我听乡间人说，这山扇熄了火只收得一年五谷，便又火发。怎能够叫这火除了根，我方好还你扇子。"罗刹女说："若叫此火除根，却也不难。只要连扇四十九扇，永远再不发了。"行者闻言，望着山上扇了四十九扇，但见大雨淙淙。果然是宝贝：有火处下雨，无火处天晴。大家在无火处坐了一夜，次早收拾行李、马匹，把扇子还了罗刹女。罗刹女接过了扇子，拜谢而去。土地感激谢恩，随后相送。行者、八戒、沙僧保着三藏上马前行。真个是：身体清凉，足下湿润。土地送了一程，告辞而去。师徒四众非止一日，过了八百里火焰山。时值秋末冬初，正好赶路。

一路上观山玩水，自在逍遥。一日遇到一座城池，唐三藏师徒四众，进了城门，但见衣冠隆盛，人物豪华。正走时，忽见有十数个和尚，披枷带锁，沿门乞化。三藏一见，心中不忍叹道："兔死狐悲，物伤其类。悟空，你上前去问他一声，如何这等遭罪？"行者答应，连忙叫住那几个和尚，问道："你们是哪寺里的？为什么披枷带锁？"众僧连忙答道："我等是金光寺负屈的和尚。"行者说："金光寺在何处？"众僧说："转弯就是。我等的苦楚不敢相告，请到荒山，细说苦楚。"长老连忙下马，大家来至山门，但见门上横写着七个金字，乃是"敕建护国金光寺"。师徒们进得门来，众僧将正殿推开，请长老拜了佛，转到后面。见那方丈柱上又锁着六七个小和尚，三藏甚不忍见。来到方丈，众僧俱来叩头，问道："列位老爷相貌不一，可是东土大唐来的么？"行者笑道："众和尚有先知之明？你们怎么认得众僧？"众僧说："我等有什么先知之明。只因苦楚无处分明，终日呼天叩地。想是惊动了天神，昨日我等同做一梦，梦见本庙伽蓝前来指教。说你们前来能救我等性命，故此认得。"三藏说："此处是何方？你们有何冤屈？请讲好了。"

众僧说："此城名唤祭赛国，乃是西邦古京城。
四方的小国偏邦来朝贡，年年岁岁把臣称。"
三藏说："可是这国王行仁义？
因此感化尽投诚。"
众僧摇头说："不是，有个缘故在其中。
我住的这座金光寺，有座宝塔十三层，
终朝祥云常笼罩，时有瑞气透晴空。
五色毫光冲霄汉，远近瞻仰有名声。
只因为三年以前中秋夜，下了场血雨带腥风。
金塔登时无宝色，再要放光万不能。
这两年外国偏邦不朝贡，我们国王想派兵将去出征。
众臣生疑奏万岁，说我们把塔上的宝贝偷手中。
将我等拿到当官枷又打，终日受刑好苦情！
四位老爷在上，我等就是有天大胆量也不敢欺心盗取塔中之宝，
望爷爷怜悯，拯救我等性命！"

三藏叹道：“这件事真相难明。悟空，天有什么时候了？”行者说：“申时前后。”三藏说：“我当日离了长安，立愿逢庙拜佛，遇塔扫塔。今日至此，遇这受屈僧人，乃因宝塔之累。你与我办一把新笤帚，待我沐浴了，上去扫扫，看这事如何，方好面君奏明，解救他们的苦难。”

众僧人闻听心欢喜，摆斋款待取经人。
师徒四众齐用饭，日落西山到黄昏。
三藏沐浴将衣换，小袖偏衫紧着身。
手拿笤帚开言道：“大家只管去安寝。”
行者一旁尊：“师父，我一同去看假和真。”
长老点头说：“也好，有你保护我放心。”
两个人一齐来到后院内，行者开了宝塔门。
唐僧自下往上扫，一层一层甚累人。
唐三藏扫到十层不住地喘，四肢无力汗满身。
叫一声：“悟空替我扫了吧，务必扫完方称心。”
行者答应说：“交给我！”接过笤帚抖精神。
十一层上扫干净，十二层上把笤帚抡。
忽听塔顶人说话，孙行者轻轻钻出宝塔门。

九七　八戒捉妖

孙大圣轻轻钻出第十二层的塔门，踏着云头一看，只见第十三层塔心里坐着两个妖精，在那里吃酒呢。行者掣出铁棒，拦住塔门，大声喝道：“咦！好怪物，偷塔上宝贝的原来是你！”那两个怪物见行者上来急忙起身要走。行者使棒逼将上去，那怪贴在墙上不能动转，口里只叫：“饶命！”行者使了个拿法，一只手抓将过来，叫声：“师父，我拿住偷宝贝的贼了。”三藏正自困睡，忽听此言又惊又喜，说：“从哪里拿来的？”行者把怪物揪到长老面前跪倒说：“他两个在塔顶上吃酒，被老孙捉来。师父可问他两个的口供，便知分晓。”三藏点头，叫道：“妖魔，你是哪里的精怪？偷的宝贝现在何处？”二妖见问，向上叩头说：“老禅师容禀。”

妖怪说："若问我俩出身处，原来是万圣龙王驾前的人。
一个名叫奔波儿灞，一个名叫灞波儿奔。
只因为龙王膝下生一女，现年二八正青春。
招赘了一位九头驸马，神通广大聪明过人。
说是塔内有奇宝，施法力把佛家宝偷出塔门。
公主又把天庭上，瑶池内盗取灵芝数十根。
养在碧波潭底下，金光四射五彩缤纷。
听人说有个猴头孙大圣，是一个好管闲事的古怪人。
保护着什么唐三藏，要去取经到雷音。
因此差遣我们俩，在此拦挡那老孙。
行者闻听嘻嘻笑："老泥鳅！你竟敢在此惹老孙！"

行者说："不想是这个老泥鳅作祸，怪不得他前日请牛魔王赴席！原来他结交这泼魔干此不良之事！"话犹未了，只见八戒与两个和尚自塔下提着灯笼走来。行者说："师弟，你来得好，塔上的宝贝乃是万圣老龙偷去。今着这俩小妖巡塔，探听我等消息，却才被我拿住。"八戒举耙就打，行者连忙拦住说："且留着活的，好去见国王说话。又好做眼线去寻贼追宝。"呆子答应。弟兄二人一家一个，都抓下塔来。小和尚提灯引路，来至方丈。众僧看见，欢天喜地，说："圣僧爷爷！今日拿住了偷宝的怪物，我们可见了青天了！"行者叫拿铁锁来，穿了琵琶骨，锁在这里，令小和尚轮班看守。大家安歇一宿，次日清晨，师徒四众，拿上关文，押解二怪进朝去见国王。

国王据黄门官奏报，知是大唐取经者到此，即刻传长老入朝。长老礼拜已毕，呈上随身关文，并把昨日进城所见枷锁之僧，以及金光寺夜来扫塔擒妖之事，一一细说了一遍。国王闻听大喜，连忙传旨，命当驾官去请长老的三个高徒押解妖贼入朝。当驾官领旨即刻出朝，传宣悟空、悟净、悟能见驾。弟兄三人，押解二妖来至阶前。国王望着二妖问道："你是何处贼怪？几时盗我宝贝？从实招来！"二妖跪下供道："三年之前，七月初一日有个万圣龙王率领许多亲戚来到本国东南，离此百里之遥，地名乱石山碧波潭。老龙的公主招赘了个九头驸马，神通广大，法力无边。他知道塔上有宝，与龙王合伙作贼，先下血雨一场，后把舍利偷去，我两个不是贼头，乃龙王差来小卒。今夜被擒，所供是实。"国王说："既取了供，暂着锦衣衙好生收监。"传旨："赦了金光寺众僧。叫光禄寺在麒麟殿上设宴款待圣僧。"宴席毕，国王望着三藏道："圣僧，敢烦哪位高徒率众出师，擒捕贼首。"唐僧扭项便问："你三个谁去？"早有沙和尚答应："弟子愿往。"国王说："沙长老既去，可要多少人马？用什么器械？"八戒忍不住大声嚷道："用什么人马器械！我与师弟同去，手到擒来!”国王闻听，连忙满斟一觥御酒与二位长老添威。大圣叫把两个小妖提来，带去做眼线。二人各扯一个小妖，驾起云头，使个法，直上东南而去。

沙僧和八戒拉着妖怪，直奔东南快似风。
霎时来到碧波潭，放开了两个小妖精。
八戒说："冤有头来债有主，下水告诉老龙听。
就说是唐朝来了僧四位，特意前来会老龙。
你叫他快快送出舍利子，免得我们动刀兵。
倘若说出半个‘不’字，管叫他一门老幼丧残生!”
小妖精闻听将头叩："多谢饶命的大恩情!"
八戒、沙僧一松手，两个小妖跳到水中。
且说那龙王正然排家宴，陪着驸马饮酒作乐兴正浓。
忽然跑进人两个，失魂落魄面皮青。
老龙停杯连忙问，小妖跪倒诉分明。

二小妖禀道："报大王得知祸从天降!”老龙停杯忙问："祸从何来？快讲!”两个小妖就把昨夜之事说了一遍。老龙听说内有齐天大圣，吓得魂不附体，胆战心惊，对驸马说道："贤婿，这便如何是好?”九头怪笑道："太岳只管放心，等愚婿出去与他们交战三合，管叫那厮缩首归降。”说罢，起身披挂，使了一柄月牙铲，步出水晶宫，上了岸，一声大叫："是什么人敢在此处喧哗？快来纳命!”沙僧上前用降魔杖一指，叫声："妖魔！你快把宝塔上舍利子送将出来，饶你不死!”九头怪微微冷笑，说道："你叫何名？报将上来。驸马爷好取你项上的人头!”沙僧喝道："妖怪休得胡言！听我对你讲来!

我本是天宫卷帘将，腰悬虎牌手执杖。
往来护驾我当先，出入朝门吾居上。
适逢王母会蟠桃，设宴瑶池邀众将。
失手打破玉玻璃，天神个个魂俱丧。
玉皇发怒将吾罚，将身推赴法场上。
多谢赤脚老天仙，越班启奏将吾放。
免死还遭八百鞭，贬落流沙多业障。
饱时困卧在河中，饥时翻波寻食饷。
来来往往吃人多，项上骷髅是榜样。
皈依佛教入空门，法名叫作沙和尚。”

九头怪闻听微微冷笑，用月牙铲指着八戒说："那个长嘴大耳朵的和尚，你叫何名？急速讲上来!”呆子嘻嘻地傻笑一阵，叫声："我的儿，要问你祖宗的名姓，可要站稳脚步！

我在天为帅号天蓬，总督天河执符节。
只因王母会蟠桃，开宴瑶池邀众客。
那时醉入广寒宫，风流仙子来相接。
见他容貌长得美，日日凡心似火烈。
忘记上下和尊卑，拉住嫦娥要陪歇。
色胆如天叫似雷，险些震倒天关阙！
巡查灵官奏玉皇，玉皇怪我太猖獗。
押赴灵霄见昊天，依律推问该处决。
幸遇金星救吾生，责打二千折骨节。
放生遭贬出天关，福陵山下成家业。
皈依佛教入空门，法名叫作猪八戒。”

九头怪闻听，不由得哈哈大笑，说：“我以为是什么出乎其类拔乎其萃的英雄好汉，原来是两个无名小辈！看你们肉不中吃，血不中饮，饶你两个的性命，早早回去，叫那猴头前来，我与他见个强弱！”妖魔言还未尽，把个猪八戒只气得三尸神暴跳，五灵豪气腾空，大喊一声：“好个该死的妖魔气杀我也！”

看累了，不妨听一听

九八　驸马败阵

猪八戒大骂：“妖怪！你快住口！”抡起铁耙下绝情。
九头怪连忙使开月牙铲，拿好了架式往上迎。
沙僧手举降魔杖，上前助阵争输赢。
口中不住高声骂：“胆大妖邪你休逞能！
我二人若不拿住你，算不得好汉和英雄！”
九头怪闻言双眉皱，咬牙切齿骂：“囚僧！
放着西天你不去，多管人家闲事情。
自找烦恼来送死，竟敢前来把是非生！”
说罢抡动月牙铲，青光闪闪带风声。

弟兄二人施英勇，愤怒厮杀苦相争。

僧妖大战多半晌，九头怪一晃身现原形。

九头驸马与沙僧八戒在乱石山头，来来往往战了有三十多个回合，不分胜败。妖魔怒现原形，乃是个九头虫，张开大口，把八戒、沙僧叼进龙宫之内，复还本相，令水卒将沙僧、八戒捆起。老龙与驸马设宴贺功，不提。且说行者放心不下，唯恐八戒、沙僧有失，禀明师父，要去相迎。三藏点头应允。猴王纵起筋斗云，霎时来至碧波潭，看了看，并无踪迹，就知是二人被获遭擒。正在犹疑之间，只听得狂风滚滚，从东方径往南去。行者仔细观看，乃是二郎小圣从此经过。行者急纵云头，彼此相见，一齐落在高峰之上。猴王就将老龙盗宝，二弟遭擒之事，说了一遍。二郎说："既然如此，大圣可下水讨战，吾神在此等候，你把他诓将出来，我情愿拔刀相助。"行者闻听，连连点头说："既承小圣的美意，事完再谢。"说着跳下高峰，来至碧波潭，用金箍棒把那水搅得彻底儿混，早有水卒禀报，九头驸马手拿兵刃，跳出水面，见了行者，并不答话，就杀将起来。僧妖大战多时，九头驸马复现了原形，要叼行者，被二郎神撒出细狗，咬下一个头来，那怪负痛逃生而去。且说老龙率领水卒正在水面上观敌略阵，见驸马受伤败走，他要与女婿报仇，手执大刀跳上岸来，还未动手，被二郎爷用金弓银弹子打中左眼，倒在尘埃，被天兵拿住。众水卒败下水去。行者假变九头驸马模样随后来至龙宫之内。

孙行者假变驸马到龙宫，万圣公主往外迎。

你看他上前扶住孙行者：

"为什么这般狼狈回龙宫？"

孙行者装模作样说假话："这场祸事可不轻。

齐天大圣真厉害，一人能战百万兵！

我变化原形也无效，父王已被上绑绳。

事急无奈败了阵，你快把佛宝拿来莫消停！

待我放个好去处，然后再与他去相争。"

公主难辨真和假，急忙取宝去后宫。

取来宝贝，双手递与孙大圣，行者接过揣入怀中。

将脸一抹现本相，冷不防抡起铁棒下绝情！

万圣公主丧了命，水卒一见甚吃惊。

美猴王急忙找至西廊下，救出八戒与沙僧。

各取兵刃施英勇，只杀得虾兵蟹将四处逃生。

弟兄三人出水面，二郎告辞转天庭。

行者吩咐猪八戒，押解老龙见唐僧。

弟兄三个回至金光寺，将上项之事告诉师父一遍。四众押解老龙进朝见驾，国王下殿相迎，称谢神功。行者遂把佛宝进献，一个浑金盒，装的是舍利子；一个白玉盒，装的是九业灵芝。国王吩咐摆宴，三藏说：“且着小徒归了塔中之宝，方可饮宴。”国王准奏，急忙排驾同三藏携手出朝，率领文武百官至金光寺内安放佛宝，将舍利子安放塔上，宝瓶中间，插上九业灵芝，整旧如新。但见霞光万道，瑞行千条。国王设宴饯行。

宴罢，三藏等师徒四人辞别祭赛国王，继续西行。正是时序易迁，不觉冬残春至，不寒不暖，正好逍遥行路。忽见一条长岭，岭顶上无路。三藏勒马观看，那岭上长满了荆棘、薜萝，一眼望不到边，即命行者打探。行者驾起祥云，看罢多时，按下云头道：“师父，这去处远哩！”三藏问：“有多远?”行者道：“一望无际，似有千里之遥。”三藏大惊。八戒道：“莫要怕，跟老猪来好了。”好呆子，念个咒语，叫声：“长！”长了有二十丈高大的身躯，把钉耙变了三十丈长短的把柄，迈开大步，用耙将荆棘搂开，带着师徒三人前行。将次天晚，来至一块空阔之处。当路上有一块石碣，上有三个大字，乃“荆棘岭”；下有两行字，乃“荆棘蓬攀八百里，古来有路少人行”。八戒继续带领师徒前行。又行了一日一夜，天色已晚，忽听得风敲竹韵，飒飒松声。却好又是一块空地，中间有一座古庙。庙门之外，有松柏凝青，桃梅斗丽。三藏下马，与三个徒弟同看。只见：

崖前古庙枕寒流，极目荒烟锁废丘。
白鹤林中度岁月，绿芜苔下自春秋。
竹摇青珮遥闻语，鸟弄余音似诉愁。
鸡犬不闻人迹少，闲花野蔓扒墙头。

行者看了道：“此处凶多吉少，不宜久坐。”话犹未了，忽起一阵阴风，庙门后转出一个老者，头戴角巾，身穿布服，手持拐杖，足踏芒鞋，后跟一个青面獠牙、红发赤身的鬼使，头顶一盘麦饼，跪下道：“小神乃荆棘岭土地，知大圣到此，特备蒸饼接待。”八戒欢喜，伸手就要取饼，不知行者端详已久，喝一声：“且住！这厮不是好人！休来哄我！看棍！”那老者见他打来，将身一转，化作一阵阴风，“呼”的一声，把个长老摄将起来，飘飘荡荡，不知摄到什么处所。

九九　巧遇树精

当时慌得那大圣没个寻处，八戒、沙僧俱都失色。远远张望，并没一丝下落，前后找寻不提。

且说长老被风刮至一座石屋之内，见一个老者带笑说道："圣僧休怕，我等不是歹人。吾乃十八公是也。因为风清月朗之宵，特请你来会友吟诗，别无他意。"说话之间，又进来了三个老者，一个青脸红发的壮士，俱与长老施礼。三藏顶礼相还，说："弟子有何德能，敢劳众仙长见爱？请问列位的大号？"十八公说："这位是孤直公，这位绿鬓者号凌空子，这位虚心者号拂云叟，这位青脸者号赤发鬼，在下号曰劲节十八公。"话言未了，童子来禀说："杏仙姑到了。"

唐长老闻听抬头看，只觉得阵阵香风往鼻内冲。
两个女童前引路，手内高提绛纱灯。
一位仙女随在后，轻移莲步到屋中。
生成闭月羞花貌，真有沉鱼落雁容。
只见她乌云巧挽仙人髻，发鬓刀裁墨染成。
头上并无珠和翠，翡翠梳簪别顶中。
宜嗔宜喜芙蓉面，好似丹霞一般同。
生成的两道蛾眉弯又细，弯弯好似月初升。
一对秋波杏子眼，对面观瞧似亮星。
外罩着背心天蓝色，四角镶云闪金星。
下配着罗裙裙拖地，绣花的鞋儿一捻红。
长老看罢头低下，十八公一旁吭了声。

众人一见杏仙姑来到，一齐欠身让座，问道："杏仙何来？"女子笑道："知有佳客在此，特来相访，敢求一见。"十八公指着唐僧说道："佳客在此，何劳求见！"三藏躬身，不敢言语。十八公将唐僧让了首座，杏仙二座，四老同壮士两边相陪，每人作诗一首，吃了些果子素酒。那女子搭讪着在三藏身边，微有见爱之情，把长老的衣服一拉，低言悄语，叫声："佳客，趁此良宵美景，何不到后面耍戏一番，生来一世，光阴能有几何？"三藏不言，忙忙躲闪。十八公一旁答道："妙哇，杏仙既有此高情，圣僧无不俯就之理。如不见怜，是不知趣了。”孤直公说：“圣僧乃有道之士，决不苟且行事。老拙倒有个好主意，管保两全其美。

杏仙既有怜才意，圣僧岂无惜玉情？

不可苟且行此事，诸般须得顺礼行。

赤发鬼、拂云、劲节为媒妁，凌空子与我主婚把礼成。

名正言顺来招赘，大约佳客必依从。”

三藏听言吓一跳，带怒含嗔骂出声：

“你等竟敢将我害，信口胡言戏贫僧！”

长老言词还未尽，赤发鬼一旁怒气生。

大叫：“和尚不知趣，这样的好事还不答应。

杏仙姑本是瑶池天仙女，悟道参禅有神功。

哪里配不上你穷和尚，为什么故意推脱不应承？

我劝你不必迟延快应允，再若是拿腔做势我不容！”

赤发鬼揎拳挽袖，就要动武，长老心中害怕：三个徒弟全不在此，孤身到此，几时方能出去。想罢，口打嗐声，眼中落泪。杏仙心中不忍，香腮带笑，打袖中取出一方红绫手帕，与长老拭去眼泪，说：“佳客，不必伤心，快些随我到后面绣房内成亲去吧！”

那杏仙慢启朱唇呼：“佳客，不必含羞假为难。

趁着这月朗风清良宵夜，英男美女结良缘。

洞房花烛成婚配，却又何必带愁烦？”

说着往前走两步，伸出玉指扯衣衫。

唐长老满面通红朝后退，用手推阻紧遮拦。

拉拉扯扯来厮闹，赤发鬼一声叱咤声震天。

大叫：“和尚休无礼，再不知趣不容宽！”

十八公、拂云叟和凌空子，满脸赔笑也开了言：

“圣僧，你休要太任性，错过良缘后悔难。”

这唐僧眼含痛泪往外走，那些人也拉拉扯扯到外边。

不多时丑末寅初东方亮，猛一抬头看见天。

长老正在为难处，忽听得空中有人言。

长老正在着急之际，忽听半空中有人叫了声：“师父！”原来行者、八戒、沙僧牵马挑担，半云半雾，东张西望，直找了一夜，过了八百里荆棘岭，听见长老喊叫，行者忙忙叫了一声。长老听得出是行者的声音，使劲挣出门外，说：“我在这里！快来救我！”只见四老、鬼使和那女子将身一晃，都不见了。行者三人来至跟前，长老就把夜间之事告诉了一遍。行者闻听，闪目观看。

孙大圣闻听师父一席话，怎肯怠慢与迟延。
圆睁火眼留神看，有一座小小石洞在面前。
石碣一座旁边立，上边写的是“木仙庵”。
回身又往四周看，几棵大树在前山。
一棵老槐无枝叶，亭亭直立透云端；
一棵松树甚苍老，冬夏长青耐风寒；
一棵多年香柏山坡长，横杈老杆似龙盘；
一棵老竹枝稍茂，蒂固根深不记年；
又有一棵红杏树，绿叶成荫甚新鲜；
东南上一棵枫树多茂盛，片片叶儿似血染。
悟空正自来观看，忽然间起了阵阴风透骨寒。

师徒四众正在荆棘岭上找寻妖魔的踪迹，忽然间，起了一阵阴风，只刮得毛骨悚然，冰凉透体，把个长老只吓得面色苍白。

看累了，不妨听一听

一〇〇　参拜假佛

长老口中连说：“不好！妖精又来咧！”八戒急执钉耙，沙僧忙举宝杖，一左一右，保着师父。不多时，风定尘息，当空露出一轮红日。行者来至长老面前，口尊：“师父，不必害怕，这是妖魔的一股阴气，光天化日，不能作祟，怪物的踪迹，老孙看出来了。”长老说：“他们是个什么妖怪？现在何处？”行者用手一指说：“师父，你老顺着我的手瞧，那山坡之上，无枝无叶，亭亭独立的，名为柏树，一定是孤直公了；那一棵松树，就是劲节十八公；那桧树就是凌空子；那一棵老竹就是拂云叟；那一棵枫树一定就是赤发鬼了。山坡之下，那棵杏树就是杏仙；那几棵绿柳红桃，一定就是仆人使女。”

孙大圣说罢一席话，长老点头暗思寻。
这定是花妖与树怪，“木仙庵”三字有原因。
八戒一旁沉不住气，口中连连呼：“老孙！

管他什么妖和怪，老猪要让他断了根！”

高举钉耙走过去，要把树怪拔断根。

先拔了仆人和使女，后拔掉四个老仙和玉美人。

登时间多年竹木连根倒，从此后，青枝绿叶化灰尘。

修养千年非容易，采炼精华枉费心。

长老看见心中不忍，叫声：“悟能，树倒根绝，妖气已断，不必刨他，咱们走路好了。”八戒提着耙子，嘴里嘟嘟哝哝地说道：“这几棵树兴妖作怪，弄得我们一夜不曾睡觉，如今看你还戏弄人不?”说着走入石洞，拾了许多剩果子，每人吃了几个，八戒挑起行李，沙僧服侍长老上马，大圣当先引路，不多时过了荆棘岭。说不尽饥食渴饮，夜住晓行，在路上行走非止一日，又遇上一座高山阻路。

唐三藏带领徒弟往西走，逍遥自在乐安然。

晓行夜住非一日，忽然间一座高山把路拦。

峭壁孤峰高千丈，森森古木势参天。

道路崎岖难行走，滔滔不断流清泉。

长老马上呼：“行者，小心引路在前边。

自古山深必有怪，多加防备才平安。”

美猴王带笑回答说：“知道，师父只管把心放宽。

不是老孙说大话，哪一个作怪的妖邪敢惹咱！”

三藏闻听将头点，但愿无事保平安。

师徒们转过山坡越陡涧，走过峻岭与高山。

往前正走抬头看，有座楼台在眼前。

长老只当是寺院，心中得意甚喜欢。

紧催坐骑来得快，山门以外下雕鞍。

长老仰面往上看，有四个金字写得全。

唐三藏仰面观瞧，但见山门上横书着四个金字，乃是“小雷音寺”。长老一见，满心欢喜，说：“你看咱们到了小西天了，离大西天想必不远。此庙一定是我佛如来的行宫，理当进去参拜佛像，顺便化些斋吃，好过此山。”行者把头摇了两摇，说：“师父，老孙自从皈依佛门，保师父求经，西天路也曾走过几次，并不曾听见有个小西天雷音。依我说，一定是妖精点化，大约凶多吉少。咱们走吧。过了此山再化斋投宿，方保平安无事。”

孙大圣回禀师父一席话，八戒旁边叫：

“老哥，自古常言两句话，僧入禅林匠入作。

僧家相见就得拜，哪有个经过山门不拜佛？

眼下明明是雷音寺，为何说是有妖魔？
果是妖精来点化，你我为何走得脱？
不如进去看一看，看看虚实再定夺。
若是妖精将人哄，咱兄弟并力齐心捣老窝。
倘或要是僧家住，化斋投宿拜弥陀。”
八戒的舌能嘴又巧，说得个三藏心性活。
长老开言呼：“行者，徒弟不必想太多。
八戒说得有道理，进去看看倒使得。
倘或错过宿头去，别无住处怎么说？”
长老说着往前走，八戒担担紧跟着。
沙僧拉马随在后面，美猴王到此也无奈何。

师徒四众进了山门拴马放担，来至大雄宝殿，抬头观看，原来是释迦牟尼佛的金身坐在中间，左有阿难，右有伽叶。真是香花艳丽，瑞气缤纷！长老和沙僧、八戒一见，连忙双膝跪倒，独有行者公然不拜。又闻得莲台座上厉声喝道："那孙悟空，见如来为何不拜？"哪知行者又仔细观看，见得是假，遂丢开行李、马匹，掣棒在手，喝道："你这伙孽畜，十分胆大！怎么假倚佛名，败坏如来诸德！不要走！"上前便打。只听得半空中"叮当"，撇下一副金铙，把美猴王合在金铙之内。

赤金铙本是佛门无价宝，妖魔偷盗下凡尘。
今日扣住孙大圣，唬坏了长老师徒三个人。
圣僧浑身只打战，八戒、沙僧发了晕。
忽听得大叫一声："快动手！"
上来了虎怪狼妖一大群。
乱乱哄哄朝上跑，揎拳挽袖要拿人。
八戒把钉耙高举起，沙僧忙抡杖一根。
群妖害怕朝后退。
恶魔王微微冷笑下狠心。
回身忙忙取宝贝，撇下一条大手巾。
只听"哎哟"一声响，八戒、沙僧掉了魂。
登时间全都缠在手巾内，和唐僧一道遭了擒。
大圣被扣在金铙内，圆翻着金睛火眼气炸心。
左旋右转无出路，黑洞洞的甚闷人。
忽然一阵头发眩，心中犹如烈火焚。

孙大圣被妖魔的法宝扣在里面，只觉得天昏地暗，起初还不大理会，后来两眼发黑，心中焦躁，说声：“不好！”孙大圣将身一扭，长了数丈还高，那两金铙也就随着而长。大圣着了急，叫声：“小哇！”登时小成寸半来长，金铙也就随着而小。行者又一躬身喝声：“变！”变了个丈三法身，显出三头六臂，六只手使着三条金箍棒，丢开解数，就像风车子一般。只听得叮当打得金铙乱响，打了半日，纹风儿不动。天有黄昏时候，大圣无计可施，收了法身，纳了会子闷，说：“有了，我何不把五丁力士请来，叫他们齐心努力，把这个脑瓜骨子揭开，脱身出去，再和妖魔算账。”忙忙念咒，登时把五丁力士请来，问明大圣，一齐动手来揭，更不中用。五丁神只得回禀大圣。大圣说：“你们既不中用，暂且闪在一旁，等老孙再想法儿。”说罢又念动真言，喊道：“二十八宿速降！”霎时间众星官来至金铙之外，口尊：“大圣，呼唤我等有何使用？”行者说：“借仗你们同五丁力士一齐努力，把这两扇金铙揭开，老孙出去，尔等俱有赏赐。”二十八宿与五丁力士一齐努力，抓住金铙，指望分开，不料又是纹风儿不动。

一〇一 行者搬兵

二十八宿与五丁力士一齐说：“小神等不能成功，请大圣发落。”行者低头想了一想，说：“有咧，尔等俱各退后，单令金牛星显出本相，你们大家拥着，叫他用犄角把这东西开个缝儿，老孙就出去了。”牛宿闻听，现了原形，用一只犄角把金铙的缝儿顶住，众神靠了一个结实，金牛星将身跪倒，使尽平生之力，顶开了一道缝儿，透进亮儿大圣一见满心欢喜，摇身一变，变了个芥花子儿，滚将出来。

孙大圣抖身现了相，圆睁火眼瞪金睛。
回身取出金箍棒，往上一举下绝情。
只听“当啷”几声响，金铙散碎飞空中。
率领诸神往后闯，惊动了正在梦中的老妖精。
连忙顺手提兵刃，带领群妖战悟空。
一抬头看见大圣和力士，二十八宿面前迎。
妖王一见心害怕，不由得着忙又吃惊。
明明地将他扣在铙里面，如何又钻出孙悟空？

有心上前打死仗，又怕他本领比我高明。
况且又有众神将，我寡不敌众难取上风。
倒不如施展佛门降妖宝，省得胜负有变更。
回手怀中摸一把，小小的搭包掌上擎。
大叫一声：“孙行者，今天你休想去取经！”
美猴王一同众神举目看，那妖魔长得十分凶。
黄发蓬松飘金线，獠牙巨口貌狰狞。
两道黄眉粗又大，一双怪眼似明星。
身穿着淡鹅黄袍遮身体，狼牙铁棒提手中。
大圣看毕不怠慢，急忙忙调动天曹众神灵。

孙行者调动二十八宿、五丁力士，各举兵刃，齐往上裹。妖王见气势凶猛，把搭包一抖，“哗”的一声响亮，把五丁力士、二十八宿一齐装去，大圣纵入云中逃了性命。妖王得胜回去，抖出众神，用符贴在顶门，监禁在空房之内，令小妖看守。且说大圣一个筋斗云打上山头，坐在山尖之上，心中甚是愁闷。

孙大圣独自坐在山顶上，心中纳闷皱眉尖。
想起师父唐三藏，到如今生死存亡两可间。
两个徒弟无踪影，定是遭擒被绳拴。
恶妖魔那件法宝真厉害，只一抖就把众神装在里边。
虽然不能伤性命，现在如何能上天？
倘若玉皇有差遣，这个沉重谁敢担？
行者想至为难处，一条妙计上眉尖。
事不宜迟我快去，南瞻部洲请玄天。
拜求那荡魔天尊来助力，哪怕妖魔他难缠！
猴王想毕不怠慢，驾云径奔五当山。
到山前手搭凉棚往下看，但只见仙山圣景果非凡。
四时不老长青树，八节长开花卉鲜。
梅花鹿口含灵芝来往走，摘果猿猴在树巅。
对对仙鹤栖树上，双双彩凤对青鸾。
大圣懒观仙山景，收云揽雾在清泉山涧前。

话说大圣落在清泉涧边，定了定神，连蹦带跳，找到太和宫外，只见祥云滚滚，瑞气纷纷，簇拥着五百威严的灵官，手执金鞭上前拦住，问明来历，进内禀报。天尊降阶相迎，同大圣上殿叙礼，归坐。行者把前后事说了一遍，天尊道：“吾当日镇守北天门的地方，各路邪魔俱已收尽，后来南瞻部洲复有妖气，奉上帝敕旨，调镇五当山，收服妖群，地方才得安静。今蒙大圣相召，理当前去与令师解危，奈无玉帝敕旨，不敢擅自前去，就差龟、蛇二将与五大神龙去给大圣助力，可以收服妖魔，解脱圣僧之难。”行者谢了天尊，天尊即点了五龙、二将，跟随大圣前去降妖捉怪。

孙大圣离座拜别真武帅，走出了南瞻部洲太和宫。
带领五龙和龟蛇将，足驾祥云起在空。
回到了高山往下落，破口大骂：“众妖精，
快些送出唐长老，否则让你们丧残生！”
看门的小妖不怠慢，连忙报知老妖精。
不多一时齐呐喊，出来了虎怪狼妖一窝蜂。
魔王当先打头阵，大骂：“猴头你休逞能！
你几次怕死贪生逃性命，大王把你多宽容。
不料你竟不知趣，带领毛神又到山中。
放虎归山把人害，决不再叫你逃生！”
说罢挺身窜上去，铁棒抡圆下绝情。
大圣一横金箍棒，僧与怪大战龙潭虎穴中。
龟蛇二将来助战，团团围住老妖精。
双方决战多一会儿，看不出谁输与谁赢。

大战多时，不分胜败，五龙二将一齐呐喊说：“泼怪物，少要撒野！吾神乃五当山太和宫混元教主北极真武大帝荡魔天尊部下五大神龙和龟蛇二将。今蒙齐天大圣相邀，特来擒你！还不送出唐僧，竟敢与吾神等动手，好生可恶！”说罢，只见那五条龙翻云动雾，两员将播土扬沙，又战了半个时辰。那怪又把搭包取将出来，大圣一眼看见，叫声：“列位仔细！”一纵筋斗云先逃了性命。五龙二将不知厉害，还往上裹，那怪将搭包一抖，又把七位神圣装将去了。孙大圣一个筋斗云打上峰头，坐在石块之上，正是：人逢喜事精神爽，闷来愁至瞌睡多。

孙大圣孤身坐在石头上，思前想后甚为难。
五龙二将遭擒获，不能回转五台山。
师父、沙僧、猪八戒，五个力士众星官。
一个个被囚在妖洞内，独有我一人逃在外边。
一个人孤掌难鸣怎么好，思想起来好心烦。
心神恍惚合上眼，昏昏沉沉似在睡梦间，
忽听得大叫一声：“大圣你休偷懒，不可在此来贪眠。
那怪意毒心又狠，你师父死活在眼前！

快些各处去求救，再要迟延后悔难。”
孙行者大吃一惊忙站起，火眼圆睁仔细观。
细看不是别人叫，值日功曹在面前。
大圣不由生了气：“毛神胆大来哄咱。
这几日不来何方去？点卯不到罪难宽！”

一〇二 太子助战

值日功曹见行者有气，忙忙抱拳赔笑一齐说道：“大圣，我等连日保护唐长老，所以不能前来参见，昨日因见那怪擒了五丁力士、二十八宿，今又擒了五龙、二将，知是大圣请了来的救兵，不能成功，恐怕大圣心生懈怠，故此前来惊动大驾，还是别辞辛苦，再往别处去求救，搭救圣僧要紧。”

大圣说：“你们所说虽有理，但不知老孙为难在心中。
羞临海藏寻消息，怕上天宫求救兵。
愧见南海观音面，懒参如来诉真情。
非是老孙故意不去，总觉着又是烦恼又脸红。
五丁力士拿了去，二十八宿也难逃生。
五神龙还有龟蛇将，又被妖魔拿入寺中。
叫我何方去求救，再无脸面请天兵！”

大圣说罢为难的情由，值日功曹道：“大圣不必忧愁，小神想起一路救兵，可以请来，南瞻部洲盱眙山有一位大圣国师王菩萨，神通广大，法力无边，手下有一个徒弟，叫作小张太子，本领高强。大圣要借得这支兵来，哪怕妖魔厉害。”行者闻听心中大喜，连忙驾起筋斗云，不多一时，来至盱眙山，落在山门以外，仙童进内回报，令大圣进去参见。那国师王菩萨早知其意，叫声：“悟空，我早知道你师父有难，理当前去相救，怎奈新收服了个水猿大圣，那厮凡心未退，恐我不在这里，那厮野性复发，诸神难治。今着小徒领四将与你助力捉妖去吧。”行者辞了国师王菩萨，同小张太子、四大神将驾起祥云，来至小西天，打门讨战。早有小妖报进去，妖王提狼牙棒，带领群妖走出门外，喝声：“猴头！你又请了哪里的救兵来了?”行者未及开言，只见小张太子大喝一声!

小太子大喝：“孽畜休无礼！今朝你休想再逃生!”

妖王闪目抬头看，这小将果然威武与众不同。

束发金冠头上戴，白袍银甲耀眼明。

白面无须多雄壮，梨花银枪执手中。

身背后一排站定四员将，形容相貌甚是凶。

这一个身穿青铜甲，那一个红袍金甲放光明。

这一个身穿一身素，那一个黑袍好似墨染成。

这一个面如青靛胡须奓，那一个孤拐脸上泛赤红。

这一个面似秋霜白又亮，那一个青筋外暴黑肉横生。

这一个斜提宣花斧，那一个手提利刃有威风。

这一个方天画戟缠豹尾，那一个钢叉手中擎。

妖王看罢微微笑，说：“你们休要来逞能!”

双手抡开狼牙棒，照着太子下绝情!

这正是仇人相争动了手，一来一往大交锋。

四大神将齐呐喊，法体金身往上冲。

大圣使开如意棒，前窜后跳不放松。

魔王一见微微笑，又把搭包取到手中。

恶魔王从怀中把那搭包儿掏将出来，才然要抖，早被小张太子看见，说声：“不好！他又要出主意咧！大家且闪一闪，让吾神擒拿这个泼怪!”说毕，将手中的战杆紧了一紧，照着妖魔分心就刺。妖王一见，忙忙招架。但见小张太子这条枪，使得真是神出鬼入！西江月为证：

头路银枪探爪，玉蟒翻身好瞧。

丹凤朝阳放光毫，猛虎呼风奇妙。

猿猴摘果最狠，恰似出水毒蛟。

招架不住赴阴曹，眼下吉凶难保。

上下左右飞舞，真似白龙一条。

太子奋勇逞英豪，气得妖魔乱叫。

唱：

张太子肉体成圣非小可，本领高强武艺精。

国师王菩萨心中爱，因此收他为门生。

昔日曾降水猿怪，今朝又到此山中。

奉法旨跟随大圣擒妖怪，要救三藏显奇能。

一见妖魔要祭宝，太子岂肯来放松。
对准怪蟒用枪刺，不离两肋共前胸。
妖魔一见甚害怕，紧抡铁棒来相迎。
前遮后挡搪战杆，急得热汗似蒸笼。
妖魔招架多一会儿，要想还手万不能。
神圣越战越勇猛，冷不防那妖魔把搭包抖在空中。

话说小张太子与妖魔大战多时，魔王不是对手，抽冷子将手中的搭包儿一抖，佛家的法宝真正厉害，登时把小张太子、四大神将全都装去。大圣见势不祥，驾筋斗云逃至山峰站立，正然拿不定主意，只见有一个矮胖和尚，手拿数珠，满脸带笑，冉冉而来，叫声："猴头！你不保你师父西天取经，在此何干？"大圣见问，闪目观瞧，原来是弥勒尊者，忙忙答应："笑和尚你往哪里去？"遂把师父遇难，众神被获之事说了一遍。弥勒佛哈哈大笑，叫声："大圣，原来如此。

妖魔非是真妖怪，他本是黄毛童儿偷下山。
两扇金铙是先天宝，佛门法器非等闲。
打磬槌变作一条狼牙棒，一齐偷来到凡间。
皆因你师该有难，七十二魔未曾完。
可恨这黄毛童儿真胆大，私拿神器罪滔天！
贫僧因此把高山下，收服童子转回还。"
大圣说："你纵放徒门为强盗，山中点化小西天。
拦路径劫夺行李害人命，无法无天行为不端！
咱俩此处不用讲，与你同上大西天。
手拉手儿见佛祖，如来座下去诉冤。
笑和尚家教不严窝妖怪，依律查清罪怎担?！"

一〇三　收黄眉童

弥勒佛哈哈大笑，说："猴头，不必歪刁，快与我把妖怪引来，我好带着他回山。"大圣说："这话倒也干净，老孙受了他许多的委屈，正没处出气，你收了他去，难道就罢了不成?”弥勒佛说：“你要出气，这也不难，必须如此这般，这般如此。只是不可伤了他的性命。”大圣闻听，满心欢喜，伸开左手，弥勒在他的手内写了几个禁字，就在山坡之上，点化了一间草房，还有一片瓜地，弥勒佛变了个种瓜的老农，在这里等候。大圣攥着拳头，跳跳窜窜地来至山门挑战，小妖飞报进去，那怪手执狼牙棒出了山门，大喝：“好猴头！又往哪里调了天兵来了?!”

恶妖魔眼望行者微微笑，连叫猴头两三声：
“三番五次败了阵，你就该远走高飞隐姓名。
如何今日又来到，想必是又到别处搬来救兵。
让你把诸天诸圣全请到，大王也不放在心中！”
行者大叫：“快住口！杀得过爷爷算你能！”
单撒手抡动如意金箍棒，劈头直打老妖精。
老妖侧身忙躲过，狼牙棒劈手相还不放松。
这一个倚仗至宝欺大圣，那一个山前请来主人公。
这一个狼牙铁棒猛又快，那一个金箍铁棒来势猛。
来往大战多一会儿，大圣趁机走如风。
妖怪一见止住步，行者忙将右手松。
妖魔时下动了气，怪叫如雷震天庭：
“猴头你往哪里走！这次你休想再逃生！”
赶着赶着来得快，一片瓜田面前迎。

那怪着了弥勒的禁法，也不想施展宝贝，也不肯返步回去，拼命地往前追赶，一直地赶至西山坡下。行者先进了瓜田，就地打了个滚儿，变了个顶大的熟瓜。那怪赶进了瓜地，不见大圣的踪影，四下观看，原来是一块瓜地，中间盖着一间茅庵。走至跟前，叫道：“哇！这瓜是何人种的?”弥勒佛打庵内走将出来，说：“大王，瓜是古人种下的，我在这里看守。”妖王说：“可有熟的摘个来解渴。”弥勒走到跟前，就把大圣变的那个熟瓜摘将下来，双手递与妖王。妖王接过来，张口就啃。大圣使了个滚法，“咕噜”钻入咽喉之内。

妖魔王误将大圣吞腹内，大圣挺身把话言。
大叫：“妖魔休撒野，外公和你玩一玩！”
一拳打在心尖上，又一抬脚踢肺肝。
妖魔腹内疼难忍，翻身躺在地上边。
连说：“饶命！快饶命！”只疼得满地打滚儿喊连天：
“哪一个将我救一救，天大之恩非等闲！”
弥勒佛显了本相哈哈笑，原来是弥勒尊者站面前。

直唬得魄散魂飞千里，双膝跪倒求容宽：

“主人，请你饶了我，从今后再不敢无知偷下凡！”

弥勒佛上前一把揪住，解了后天袋，夺过打磬槌儿，叫声：“悟空，看我的份上饶了他吧。”大圣这才杀了火性，说：“泼怪，张口，让你外公出去。”那怪忍着疼痛，张开大口，行者把身子一躬，“哎”的一声，跳将出来，显了本相。老妖执棒搂头就打，早被弥勒佛把后天袋一抖，把老妖装在里面，紧在腰间，手拿着磬槌，喝声：“孽畜！我的金铙在哪里呢？”妖怪在袋内连声答应，说：“金铙被大圣打碎了！”弥勒说：“金铙破了，金子呢？”那怪说：“金子现在殿上。”弥勒哈哈大笑，带着大圣上了大雄宝殿，将打碎了的金子攒在一处，吹口仙气，就是两扇金铙，连磬槌全都装在后天袋内。大圣手执铁棒，跑进后殿，把那些小妖尽皆打散。先放了诸天众圣，后放了师父和八戒、沙僧，弥勒用手一指，楼台殿阁，踪影全无。长老顶帽搭衣，拜谢了弥勒众神归位而去。长老扳鞍上马，师徒四人自在逍遥，直奔西天大路上而来。

唐三藏脱离大难上了马，师徒四众往西行。

此时正逢三春景，桃红柳绿耀眼明。

碧沉沉小桥绿水清见底，一声声，枝头鸟叫甚中听。

走了不知路多少，一轮红日坠山中。

长老马上叫：“徒弟，往何处投宿化残羹？”

大圣回答：“只管走，自有村镇与县城。”

八戒说：“趁早找个安静处，此时正逢三春景。

桃红柳绿耀眼明，夜静更深难把路行。

身受辛苦是小事，腹中饥饿可不成。”

沙僧说：“二哥不必多说话，叫你走不到大天明。”

你言我语往前走，西南上影影绰绰有座树林在面前迎。

师徒正往前走，但见迎面有一片树林，行者说：“好了！好了！树林之内，必有庄村，咱们快行几步，好去借宿。”长老紧催白龙马，来至庄前，只见村头上有一家人家，柴门紧闭。长老上前用手将环子拍了两拍，从里面走出一个老者。

唐三藏举目留神观仔细，打量年高有德人。

头戴一字巾一顶，土黄道袍穿在身。

腰束黄绒绦九股，水袜云鞋不染尘。

看面目年纪约在七旬上，颏下长髯亮似银。

虽然年高精神爽，相貌不似寻常人。

长老看毕忙合掌，口内连将施主尊：

“贫僧是东土唐王亲差遣，奉旨西天取经文。
路过宝庄天色晚，因此斗胆惊动你老年人。
投宿贵府歇一夜，望求周济发善心。
借一间草房来打坐，明日一早就起身。”
三藏言词还未尽，老者摇头呼僧人：
“你们师徒走到绝地，休想到西天取经文。”

看累了，不妨听一听

一〇四　斩除蛇妖

老者摇头说：“和尚，西方是去不得的，只好在这里歇歇，回去吧。”长老说：“老施主，西方路乃是光明大道，人人可走，莫非此处就是尽头了不成？怎么去不得了呢？”老者用手一指说：“和尚，你顺着我的手瞧，从这村庄西去三十里，有一座七绝山，山中有一条稀柿同，经过八百里，自古无人行走。”长老说：“怎么叫作七绝山，望乞指教。”老者说：“这山内一带都是柿子树，古云：‘柿有七绝：一、益寿；二、多阳；三、无鸟窠；四、不生虫；五、霜叶可玩；六、嘉果可食；七、落叶肥大。’因此叫作七绝山。”每年间柿子熟烂，落在地下，把一座夹石山沟尽皆填满，日久坏烂，每刮西北风，就臭气熏人。如今正是深秋时候，西南风多，就有此恶味了。难道你们闻不见么？”长老闻听，心中有些愁烦，说：“老施主，天色已晚，暂借一宿，明日再作道理，如何？”老者也是积德好善之人，就把他师徒让进家中。

那老丈秉性纯良好行善，对答着长老说得甚可怜。
心中不忍让进家内，草堂让坐道寒暄。
仆人服侍师徒净了面，连忙倒茶把饭端。
师徒四众齐举箸，八戒一瞧生笑颜。
粉汤素菜共馒首，放量开怀往肚里填。
不多一时全用毕，老者相陪把话谈。
讲了些东土风俗与国政，说了些一路之上多少难。
问了些五谷瓜果庄稼事，论了些真经宝卷在西天。

说话之间天色晚，老者说：“诸位熄灯去安眠。
夜晚休要到外面走，免得又把是非添。”
长老不解其中意，眼望着老者问根源。

唐三藏道：“请问老施主，方才嘱咐快些安歇，早熄灯火，又说免得惹些是非，这些话是从何说起？贫僧不明，望乞指教。”老者长叹一声，说：“圣僧有所不知，只因今年六月间，庄头上有几个农夫乘凉瞌睡，到三更时分忽然刮起一阵大风，农夫尽皆不见。至次日天明，使人四下寻找，并无踪迹。上月间我有个叔伯侄儿在老汉的贱辰之期，前来拜寿，吃了些酒饭，天有三更时分，告辞回家，也被一阵大风刮去。故此嘱咐与你。”

那老丈还未说话先叹气：“提起这事好伤心。
夏天出了件奇怪事，一阵风刮去了农夫几个人。
上月二十单四日，正逢老夫庆生辰。
合庄的亲戚朋友全来到，畅饮到日落天黑才把手分。
我侄儿一直饮到三更后，他要扶醉回家门。
我老汉再三再四留不住，他打着灯笼出了村。
派了个家人来作伴，去了一夜没回音。
次日差人去打探，到处不见这两个人。
大料也是被风刮去，因此家家尽留神。
带着太阳将门闭，黄昏以后少行人。”
俗与僧正在房中来讲话，忽然间一阵狂风吹开门。
老者慌忙爬上炕，钻进大被遮住身。
唐长老吓得浑身只打战，大圣和八戒走出房门。

大圣同着八戒各执兵刃走到门外，探听动静，沙僧闭上房门，斜提宝杖，保护师父。忽听院内“哗啦”响了一阵，房上的砖瓦齐飞，周围群墙皆倒，影影绰绰显出一个怪物。大圣一见，怎肯怠慢，照着风头就是一棒。那怪身上着伤，“呼”的一声，驾着风往西逃去，行者、八戒紧紧相随，往下追赶。足有三个时辰，赶至一座高山之下，那怪扑过山头，往一个大石窟窿里一钻，钻进去多半截身子，还剩下半截子尾巴在外头，有数丈来长。大圣看得明白，带领八戒赶过山头，天已大亮，仔细观瞧就看见这半截子尾巴。八戒摇头说：“哥呀，你看，原来是个长虫钻进窝里去了，尾巴有这么长，身子还不知有多大呢！要是吃起人来，五百人也不够一顿呢！”说着撂下钉耙，跑上去，两只手攥着尾巴使劲往怀中乱拽，哪里能拽得动。行者笑道：“呆子，不必倒拽蛇了。我想，这怪身子榔槺，石洞狭窄，难以转身，这一定是个直洞，这边钻进去，那边钻出来。这是前门，一定还有后门。我在这里，他一定从后门趴出去，你好就势儿结果他。”八戒说：“是！是！”拾起钉耙，一溜烟跑至后面，果然有个洞门。还不曾站稳，不料大圣那边用铁棒一捣，那怪负痛往前一趴，八戒不及提防，被他一下子撞了一跤，躺在地下，忍着疼左扎右挣，再也爬不起来。且说行者瞧了瞧洞中，不见蛇怪，知道他爬出后洞，提着铁棒跳过山头，只叫：“快拿妖怪！”

孙大圣大嚷：“拿妖怪！”呆子满面带羞惭。
忍着疼痛忙爬起，他把那九齿钉耙指着天。
怪叫吆喝说：“着打！”不管妖精在哪边。
东一下来西一下，只听得尘沙乱迸土生烟。
大圣一见哈哈笑：“笨货无能太不堪！
也不看妖精如今在何处，胡扑乱打笑死咱！”
八戒说：“不为别的事，我这里打草惊蛇玩一玩。”
大圣说：“不要取笑快追赶！”二人飞奔一溜烟。
妖怪着急无处躲，奔下山坡盘成团。
扬起头来张开口，吓得八戒往回窜。
行者趁势身一纵，钻入精灵肚里边。
八戒急得乱喊叫：“不好了！猴哥今日被妖餐！”
行者在里面哈哈笑，叫声：“呆子不必把心担，
打个跟头给你看，好与不好望包涵！”
说着就用铁棒拄，那妖怪腹内疼痛似刀剜。
将腰一躬高抬起，犹如长桥空中悬。
八戒一见哈哈笑，大叫：“师兄真会玩！”
大圣说：“叫他搭桥不算了，还叫他变只江上的船！”
说着抽回金箍棒，往下一捣不迟延。
妖怪疼痛实难受，头尾高扬立在半天。
八戒说：“果然像只船模样，就是上面缺桅杆。”

一〇五　变猪开路

大圣说："要立桅杆，倒也容易，等我与你立起桅杆来，还叫他使个风与你看看。"说着把金箍棒攥了攥，用力往上一捅，脊背上扎了个窟窿，冒出金箍棒，有三丈多高，就像桅杆一样。那怪负痛往前一窜，"呼噜噜"一阵狂风，跑了有二十余里，"呼啦"倒在地下，纹风不动，气断身亡。行者出来，拔了一根毫毛，变了条绳索，拴在脖颈上，兄弟两个拉拉扯扯，来至庄外。登时间，惊动了合村的百姓。

众百姓一个知道传百个，登时之间传遍全村。
早起之人先来看，忙坏了那些偷安好睡的人。
梦中惊醒忙爬起，要到庄头看假真。
有几个妇人穿上男子裤，有几个男人披上女人裙。
有几个起得慌了滚下炕，有几个赤脚蓬头跑出门。
有几个光着脊梁挽着裤，有几个穿鞋不顾提后跟。
老老少少人无数，男男女女乱纷纷。
慌慌张张往上拥，闹闹吵吵一大群。
喜得那哑巴拍手哈哈笑，乐得那瞎子听声音。
闷得那聋子不住将人问，慌得那瘸子拿拐满地墩。
众人正然来观看，忽然间一阵腥风臭死人！

话说长老、沙僧与合村的男女老幼在庄头上见行者、八戒拉着一条死蛇，足有十丈开外，放在庄前。那些男男女女俱在路旁跪倒说："佛祖爷爷，原来这个妖精在此伤人，幸亏佛祖爷爷除了大害，感恩不浅。"大圣把捉拿妖精的事对着众人告诉一遍。老者指挥众人将死蛇抬在山坡之上。这个工夫，忽然间起了一阵西风，刮来一股臭气，只熏得众人噎气倒仰。众人齐说："不好！这是稀柿同犯了风，咱们快进庄吧。"进得庄去，大家感念师徒之德，请至家中，供养数日，长老苦苦推辞，众人无奈，打点金银，分厘不收，又备了许多干粮果品，花红彩礼，送长老西行。这庄中有五百多户人家，有八九百人相送。不多时，来至七绝山下稀柿同口，只闻得臭气熏人。长老在马上打量了一下，只见那夹石沟里黄澄澄，一眼望去，无边无岸，说："悟空，你看这满山烂柿，把道路塞严，闻听人说，有八百里远。咱怎么过去?”大圣一只手捏着鼻子，一只手乱摆说：“师父，这样路径，实实难过。”长老听大圣连说“难过”，不由眼中落泪，长叹不止。

唐三藏闻听行者说难过，长叹不止泪纷纷。
口中连把如来叫，又尊声大慈大悲观世音。
想是弟子无缘分，不能朝山拜至尊。
常言道：出家就在佛会上，算来都是有缘人。
弟子受尽千般苦，一心无二上雷音。
只望成功完宏愿，谁知万事不遂心。
长老正然来悲叹，众人一旁把话云：
“长老不必心焦躁，这种事交给村中众黎民。
大家齐心来出力，开山路众人宁愿把命拼。
哪怕三年并五载，把你们送过山去取经文。”
大圣闻听微微笑：“诸位的情意我记在心，
可惜这山高又大，如何能开路通雷音?
不是老孙说大话，看来还得我们的人。
只要大家管斋饭，这件事可交给八戒和老孙。”
众人闻听齐带笑，口中不住把罗汉尊：
“既有神通开道路，斋饭何须挂在心。
任凭耽搁多少日，细供香斋不用劳神。”
大圣说：“既然大家来应允，即刻准备快回村!”

行者说：“既承列位费心，不必迟延，快快去办两石米的干饭，二百斤蒸饼，请我这长嘴师父吃饱了，叫他变一个大猪，拱开山路。”众人闻听，满心欢喜。

众百姓即刻差人回庄去，只不过半日工夫置办完。
或是驴驮或马载，或是人们用担担。
大圣说：“猪师父快些来变化，拱出条大路好过山。”
八戒闻听撅了嘴，嘟嘟囔囔把话谈：
“你们都要图干净，肮脏事儿找着咱!”
唐三藏连忙叫：“八戒，不必推辞别作难。
果有本事开山路，这一件天大功劳非等闲。
到了西天雷音寺，如来佛前我说个周全。
取真经修成正果超凡世，你的功劳应占先。”
八戒说：“非是弟子不尽力，有个缘故在其间。
要叫我变猪变狗都容易，唯有一事好为难。”

众人闻听尊："师父，有什么委屈烦难只管谈。"

众人说："猪师父有什么为难之事，只管说来。大凡我们办得来的，无不尽力。"呆子说："实不相瞒，老猪有三十六般变化，又是天生的神力，变猪也不难，拱路也不难，只是身体变得大了，肚肠越发榔槺，必须吃得饱饱的才好做活。方才我师兄说的那些米面，刚够我一顿吃的，你们才打发人进庄，总得半天的工夫，远水解不了近渴，你们有带来的干粮没有?"众人说："有！有！有！烧饼馒首，原打算要送老爷们过山的，且都拿出来，你老先垫补垫补，等做活的时节，我们的人就送饭来了。"八戒听见有了吃的，不觉满心欢喜，脱了衣服，丢下兵器，说："列位，不要见笑，看老猪立这场臭功！"你看他掐诀念咒，摇着头，喝声："变！"果然变了个大猪，怎见得，有诗为证：

此身长有百丈饶，首尾千尺似神獒。
一时僧俗齐称赞，争羡天蓬法力高。

一〇六　行者揭榜

百姓一见齐称赞，都说罗汉有奇能。
这几个取出白馒首，那几个怀中掏出大烧饼。
登时攒了无其数，这呆子一股脑儿吞进肚中。
吃了干粮就拱道，大嘴八尺还挂零。
稀里呼噜不住响，拱出条大路光又平。
长老一见心大喜，扳鞍上马起了程。
沙僧挑起行李担，后面跟着孙悟空。
众人一齐朝前送，行者回头把话明：
"你等就此回去吧，用了干粮就领情。
常言道：送君千里也得分手，终归还要转回程。
你等若有情和意，送些米面给贫僧。"
众人闻听齐拜谢，一个个转身往回行。

众人之中有一多半是骑骡马的，闻听大圣之言连忙回庄，置办斋饭，登时间赶了回来，他师徒已经去远，众人不舍，催赶着骡马，一滑一跌地连夜赶来。直到次日，东方大亮，方才赶上。有一位嗓子大的，高声叫道：“哇！取经的老爷，慢些儿走！我们送饭来了！”且说八戒拱了一天一夜，正然饿得心慌，听见有人送饭，哪里还顾得拱路，立刻站住。

猪八戒听说众人来送饭，连忙站住好喜欢。
大叫一声说：“好饿！快拿饭来结善缘！”
众居民跑至跟前不怠慢，一大堆干粮摆在面前。
干饭馒首家常饼，肉馅包子用油煎。
荞麦饸饹素三角，麻花薄脆和汤圆。
大饼火烧过水面，还有蜜供几十盘。
盐水烧饼油炸鬼，南糖苹果和广柑。
油炸面筋黄花菜，山药白菜豆腐干。
萝卜蘑菇龙须菜，香菜木耳拌咸盐。
许多点心并素菜，刚够呆子一顿餐。
长老三人也用饱，师徒拜谢要去西天。
众乡民目送一程回庄去，长老跨马紧加鞭。
沙僧挑起行李担，孙大圣肩扛铁棒跟在后边。
八戒伸腰嘴拱地，闷着头儿奋勇当先。
拱开稀柿一条路，满地焦黄臭气熏天。
风吹臭气实难受，一个个捏着鼻子往前钻。
整整走了三昼夜，马不停蹄人不打尖。
这日刚出西山口，猪八戒“哎哟”一声倒在路边！

师徒四众出了稀柿同，来至平坦之地，八戒复了本相，“咕咚”倒在地上，吁吁发喘，“哎哟”不止。长老看不过意，说：“八戒的功劳不小，真真难为于他了。”呆子把嘴咂了两咂，说：“师父哇！以后再别难为我了，变猪拱道，不是高营生，叫外人闻之，岂不耻笑！”大圣说：“呆子，你不拱道，如何有那些东西与你吃呢?”沙僧说：“二哥，道已经拱完了，挑你的担子来吧。”长老说：“悟净，你且替他挑几天，让他歇息歇息吧。”师徒们说说笑笑，进了一个庄村，化些斋饭充饥，正是：脱离秽污之地，步上逍遥之途。

唐三藏师徒四众朝前走，正是炎炎大暑天。
红日当空如火烤，行人心中似油煎。
几棵榴花红映日，清溪泉水衬白莲。
牧童儿头戴草笠横牛背，砍柴樵子坐林间。

书生学内频搁笔，秀女房中彩扇扇。
渔船系在柳荫下，猜枚行令又划拳。
长老懒观途中景，丝缰连顿马加鞭。
往前正走抬头看，有一座城池在面前。
城垣坚固人烟广，市井繁华街道宽。
师徒们一边走来一面看，不知不觉进东关。
买卖居民齐哄动，围围绕绕闹喧喧。
长老吩咐："好生走，不许胡为惹事端！"
猪八戒长嘴一搬揣怀内，沙僧低头挑着担。
行者头里引着路，不住地东瞧西看跳钻钻。
过了关厢将城进，来到了会同馆驿大门前。

来至会同馆驿，长老离鞍下马，说："徒弟，天气尚早，且在馆中歇歇，等我进朝换了关文，好出城赶路。"八戒听说要歇息，忍不住把嘴拉将出来，把耳朵扇了两扇，唬得那些瞧看之人跌倒了十几个。长老只叫："斯文些！莫惹祸！"说着走入驿馆。馆内的官员问明来历，让进客房坐下。三藏合掌说："请问尊官，贵国何名？国王可曾登殿？贫僧好倒换关文。"

馆吏见问忙还礼，态度和蔼又谦恭：
"敝处名叫朱紫国，西方路上是名城。
只因为我国国王有疾病，至今龙体欠安宁。
一切国政在宫中办，久不临朝理事情。
今朝良辰黄道日，商量着挂榜招医才把殿登。
错过今日登宝殿，未知何日出后宫。
要换关文快些去，稍要迟延误事情。"
长老回答说："知道。"回头连忙整衣容。
吩咐徒弟好好在此来等候，去不多时就回城。
跟随馆吏出门外，来至五凤楼前把脚步停。
来踪去路说一遍，黄门官连忙回奏进朝中。

唐三藏跟随着看馆的官员，来至五凤楼，见了黄门官，说明来历。黄门官进朝奏明倒换关文一事。国王听说是东土大唐来的和尚，忙忙传旨，宣来见驾。黄门官走将出来，望着长老说道："圣上有旨，宣东土大唐国来的圣僧见驾。"

黄门官宫外传圣旨，长老跟随往里行。
脚踩金阶步玉路，朱紫殿前看分明。
左边是象简扑头龙门客，右边是蟒袍玉带众英雄。

长老看毕将头点，暗暗夸奖不绝声。

人品清奇风俗好，竟与天朝一般同。

合掌当胸忙施礼，殿上的国王叫："圣僧，

上殿免行君臣礼。"传旨宫官搀圣僧。

这国王说话的声音甚微弱，句句话儿带咳声。

长老下面说："遵旨。"上了三禅大殿中。

玉案旁边止住步，双手高抬把关文呈。

国王接来叫："归坐。"龙腕轻轻拆套封。

从头至尾看一遍，不由得满面带笑容。

国王看毕关文，不由得满面堆欢，两腮带笑叫声："圣僧，东土大唐到底是天朝福地，君正臣贤，人君有难，臣下可以分忧，不似寡人有病在身，竟无忠正之官救得寡人性命。传旨：光禄寺快在披香殿办斋伺候，寡人陪圣僧用膳。"这且不表。且说大圣、八戒、沙僧三人在会同馆歇下，就有供奉官供给米面菜蔬。沙僧厨下造饭，行者、八戒出去置办作料。两个人走出馆门，直至西街，只见买卖兴隆，人烟稠密。行至鼓楼，只见有许多人在那里挨挨挤挤，喧喧嚷嚷。八戒说："大哥看那里是什么事？怎么这样热闹？"行者说："你我何不上前去瞧瞧，只是千万不要惹祸。"他两个走至跟前，打人空里挤进去。大圣抬头观看，原来是一张皇榜，上面写的是：

朱紫国王谕：朕自登殿以来，四方平服，百姓清安。近因国事不祥，偶得重病，日久难愈。本国太医并无良方调治。今出榜文，普招天下贤士。不论北往东来，中华外国，若有精于医道之人，请揭榜上殿，病好之日，情愿平分疆土，必不虚言。为此张榜示众。

行者看毕，满心欢喜，说："妙呀！等老孙今日做个医生耍耍。"好大圣往西北上吹了一口气，暗暗喝声："急呀！"登时起了一阵狂风，劈面卷来，只刮得尘沙滚滚，"呼呼"直响。

一〇七　八戒搬兄

但只见狂风一阵把人刮散，孙大圣蹑足潜踪到榜前。
伸手揭下皇王榜，安心捉弄八戒玩。
见八戒闭目合睛面朝里，嘴拱着墙根不动弹。
大圣拿着皇王榜，揣在呆子怀里边。
一转身形扬长去，直奔闹市买油盐。
霎时回到馆中去，把八戒丢在鼓楼前。
猪八戒迟了半晌睁开眼，说："想不到遇上大风天！"
抬头不见孙行者，急得两眼直发蓝。
不言八戒寻大圣，再表那位看榜官。
风定尘息抬头看，不见皇榜在那边。
冷眼瞧见猪八戒，一拥齐来要把呆子用绳拴。

八戒见无了师兄，急得四下寻找，五十名官兵被这一阵风刮得合睛闭目，不敢抬头。少时风定尘息，抬头不见了皇榜，只吓得惊疑不止，四处找寻。有一太监找到北墙根下，看见八戒在那里发怔，怀中露着一个纸边儿，太监撑着胆子，跑上去一把拉住，说："和尚！你揭了招贤榜还不进朝医治万岁，站在这里发什么怔呢？"呆子把长嘴一撅，说："你们不要胡说，哪个揭了你的皇榜？叫谁医治你家国王？还不快些走开！再要胡缠，我老猪的性子发作了，你们可大有不便！"说话之间，众太监、校尉、五十名官兵各持绳索聚在一处，一齐说道："和尚不必嘴硬，你看看你怀里揣的是什么东西？"

猪八戒低头只一看，不由得着忙又吃惊。
一张纸边露在外面，明明地上面印着一条龙。
用手往外只一扯，立刻丢在路当中。
大骂："猴头！你真无礼，诡计多端把我坑！
一定是他揭的榜，暗暗揣在我怀中。
冤家得便回馆去，叫我在此上绑绳！"
有一个年老太监尊："师父，不必埋怨把气生。

听你的话音不是本地人，看衣帽打扮是个行路僧。
哪里来的往何方去？几个人一起来同行？
如今现在哪里住？始末情由快讲明。”
八戒说：“我们是东土唐王亲差遣，西天拜佛取真经。
师父法名唐三藏，孙悟空他是我的大师兄。
师弟叫作沙悟净，老猪法名叫悟能。
只因为路过宝方把关文换，住在会同馆驿中。
师父进朝去见驾，会同馆剩下了我们三弟兄。”

八戒说：“你要问我们来历，提起来话长，我师父法名三藏，乃是东土大唐贞观万岁的御弟；我师兄就是五百年前大闹天宫的齐天大圣；我师弟名叫沙和尚，他原先在流沙河，独占八百里为王；要提起我老猪来，也是个有名的人物，当初住在云栈洞，后来在高老庄招了女婿，谁不知道我老猪的本领？后来才当了和尚。”

猪八戒打开话匣拦不住，不叫他说万不能。
眼望众人呼：“列位，请听我从头说分明。
我是在半路当和尚，并非生来归佛宗。
想当初云栈洞内为事业，高老庄上把亲成。
任意纵横多快乐，谁人不敢俺猪相公?!”
呆子说到得意处，点头咂嘴带哼哼。
老太监一肚子没好气，叫声：“和尚你快住声！
简短截说问问你，私揭皇榜为何情？
快些个随我进朝去治病，医治万岁有赏封。
你若一定不肯去，送进衙门问罪名！”
大叫：“小的们快动手！把这和尚上绑绳！”
猪八戒心下着忙连摆手：“听我贫僧诉衷情。
只因家师进朝去，会同馆剩下同堂三弟兄。
师弟在家收拾饭，我的师兄领我出来办事情。
来到街前把油盐买，信步走到这个榜棚。
忽然一阵旋风起，尘沙飞扬迷眼睛。
大风刚刚刮过去，皇榜就在我怀中。
一定是师兄捣的鬼，故意捉弄我猪悟能。
他有七十二变化，神通广大力无穷。
你们若还不相信，同我到馆中问个清。”

八戒说：“实对你们说吧，我师兄神通广大，法力无边，如果是他揭了皇榜，你们国王算有造化，定能病退灾消。”众太监闻听大喜，齐说：“和尚讲得倒也有理，咱们同到馆中，当面一问，便知分晓。”众太监、校尉、官兵与那些看热闹的闲人推推拥拥，把呆子直推到馆门以外。八戒说：“你们站住，我师兄比不得我，他要一喜，人就可活；他要一恼，人就要死。你们见了他，必须行个大礼，叫他声‘孙老爷’，他就没得说了。要不然，惹得他变下脸来，事情就麻烦了。”众人俱各点头应允，齐在门外站立。

猪八戒一直走进馆驿内，忽听屋内笑呵呵。
原来是行者讲起揭榜事，沙僧说：“呆子定要受折磨！”
猪八戒连忙往里跑，气得浑身直哆嗦。
一把拉住孙大圣，大嘴一张叫：“猴哥！
你倚仗神通法力广，暗里坑人把我捉弄。
只惹得众人一齐缠住我，扯扯拉拉摆不脱。
变着法子捉弄我，不想想使得使不得！”
大圣闻听微微笑：“呆子，你不必胡撒泼！
方才是咱俩一齐出馆驿，同到街市去张罗。
信步走到贴榜处，迎风站立我犯不着。
你在墙根将风背，我先回来把饭忙活。
谁知道是谁揭了什么榜，你信口胡言为什么？”
八戒闻听摇脑袋：
“猴儿哥，你别再天花乱坠瞎胡说！”

一〇八　悟空行医

八戒说：“猴哥，你既不曾揭榜，为什么不与我同来？我估量着你必要耍赖，现有看榜之人，跟我找你来了。”说着打外面进来了几个太监，朝上跪倒，不住磕头，说道：“孙老爷，这也是我国万岁命中有救，天差老爷下降。孙老爷请不必推辞，治好了国王，情愿平分疆土。”说着两手把皇榜往上一举。大圣闻听，正颜厉色，把皇榜接将过来，说：“你们就是看榜的官么？”太监们叩头答道：“奴仆们是司礼监的内臣，这几个是锦衣校尉，俱都是看榜之人。”

孙大圣一闻此言将头点：“尔等留神听分明。

要得国王病体好，必须要亲自到此请我悟空。”

众人答应说：“遵命，老爷之言记心中。”

拜别行者齐上马，如飞似箭进朝中。

这国王正陪长老用素宴，内监行礼忙禀明：

“奴婢看守招贤榜，来了唐朝孙圣僧。

亲手儿揭了皇家榜，现在会同馆驿中。

必须是万岁亲自去一趟，迎接那位孙圣僧。

将他请上三禅殿，手到病除妙又灵。”

众太监奏罢一席话，国王闻听笑盈盈。

眼望唐僧呼：“长老，有几位高徒在馆中？”

三藏说：“虽然有三个小徒来作伴，山野之人无本领。

若是到了急难处，只会降妖灭精灵。

不但不能来治病，药性一窍也不通。”

国王闻听呼：“长老，说话不必太谦恭。

高徒若无医国手，怎能揭榜来答应？

想来定然通医道，寡人应该有救星。”

说罢座上忙传旨，晓谕合朝文武卿：

“寡人我气短神虚难坐辇，众卿替我迎圣僧。

见面须行君臣礼，开口定要叫圣僧。

务必请上三禅殿，孤家病好定加封。”

文武群臣说：“遵旨。”一拥而出下了朝廷。

出门齐上能行马，“呱哒哒”，直奔会同馆驿中。

满朝文武公卿霎时来至会同馆，一齐下马，进内排班参拜，唬得八戒、沙僧闪在屏风之后。好大圣，看他端然而坐，纹丝不动，百官舞蹈朝拜已毕，分班启奏：“上告神僧，我等乃朱紫国王的大臣，今奉王命，拜求神僧。因我王气弱神虚，不能乘辇，特差我等与国王代劳，恭请神僧入朝，到大殿搭救我王之命，则君臣共沾神僧慈悲之恩矣。”大圣听罢，方才立起身来，打量稽首说：“列位请回，老孙随后就到。”百官辞了大圣，回朝交旨。不多时，大圣到了朝中，当驾官连忙上奏。国王问道：“哪一位是神僧？”孙行者进前一步，高声答应说：“老孙便是。”

大圣一肚子没好气，皆因国王礼不恭。

闻听上面来相问，故意使劲喊一声：

"那位神僧就是我!"

声音洪亮似雷鸣。

那国王冷不防地唬一跳，抬起头来看分明。

只见他扣项金箍光闪闪，虎皮裙儿束腰中。

一件直裰遮身体，靴子一双足下蹬。

满脸紫毛雷公嘴，一双火眼衬金睛。

矮小身量筋骨硬，顾盼自若甚威风。

国王看罢魂不在，面如金纸战兢兢。

一头倒在龙床上，内监宫官吃一惊。

跑上前来搀国主，送进昭阳正院中。

群臣埋怨孙行者，长老一旁也骂悟空。

都说是举动粗鲁惊了驾，圣主怪下了不成。

大圣闻听心好恼，眼望着文武百官把话明。

孙行者说："列位，不必埋怨老孙。你国王为病求医，理应虚心下士。见老孙进来，就该下殿迎接，他竟然端坐在床上，动也不动，岂是敬重高人的规矩？如这样慢待人，他的病症就是一世也不得好。且念首诗儿与你们听听：

医道通天有异传，望闻问切不可偏。

若不望闻并问切，今生莫望得安全。"

太医院的官员一齐说道："神僧之言，十分有理，必须请驾临朝，与神僧好行望问之法，医治病症。"群臣依言，烦司礼监奏进后宫。少时，传出旨意说："圣驾神虚胆怯，怕见生人，不用治吧。"大圣说："既然国王怕见生人，老孙能悬丝诊脉，再去启奏。"司礼监进去多时，走将出来，到昭阳宫外，立住身形，说道："国王应允，宣你悬丝诊脉。"行者拔了三根毫毛，变了三条金线，有二丈四尺长。

孙大圣将线递与司礼监，如此这般交代清：

"金线拴在寸关尺，就能知道国王的病势重与轻。"

太监答应说："知道了，神僧不用细叮咛。"

龙榻之前忙启奏，国王伸手放得平。

司理监轻轻系好递出金线，行者把金线拿手中。

看了左脉看右脉，望闻问切分外灵。

将脉看完身一抖，金线三条无影踪。

美猴王眼望宫内尊："陛下，你的病症可不轻。

惊恐忧思得的病，'双鸟失群'是病名。

腹有陈食难消化，须服良药通一通。

陛下服药要注意，庸医能够把人坑！”

行者说：“据我看陛下这病，乃是惊恐忧思所致，名为‘双鸟失群’之病，未免忘食废寝，遍体发烧，胸隔腹满，夜多怪梦，不知对与不对？”国王在里面听得明白，满心欢喜，抖起精神说：“神僧指得明白，指得明白，果然是惊恐忧思所致，请到外面开方。唐长老留在文华殿用饭，等寡人服药之后，倒换关文送行。”司礼监领旨，同着行者，走出大殿，对众官把旨意传说一遍。文武群臣，满心欢喜，倒把个长老吓了一跳，一把拉住行者，叫声：“徒弟，这分明是留我作挡头了。要你医好了国王，平安无事；若医不好，我命休矣。”大圣笑道：“师父，请放心，不必害怕。”

看累了，不妨听一听

一〇九 悟空配药

孙大圣眼望唐僧嘻嘻笑：“师父不必挂心怀。
国王病症全说破，我管保手到就能除病灾。”
说罢连忙下大殿，吩咐医官预备药材。
医院官员不怠慢，药库的人等尽传来。
送来了生熟八百八味药，整箱成捆用扛抬。
霎时间送到馆驿内，一宗一宗交明白。
大圣吩咐：“全回避，不叫不许闯进来。”
驿官驿卒齐答应，一个一个全躲开。
美猴王手执钥匙忙开锁，一样一样看明白。
别样药材全不用，配了副巴豆丸儿包起来。

孙大圣用的是生大黄、生巴豆，配了三丸丹药，包将起来。至次日清晨入朝，将药交与司礼监，说：“烦你拿进去，用无根水送下，泻肚之后，大病痊愈。”司礼监说：“神僧此药是什么名号？我好启奏圣上。”行者说：“此乃‘万应乌金丹’。”司礼监将药拿进宫中，奏明国王，随即取了无根水，分作三次，送将下去。不多时，只听得腹中响亮，十分疼痛，说声：“不好！快把净桶端在龙床之下！”国王在床上倒歪龙体，有两个偏妃看验，净桶内所走之物，说不尽的污秽痰涎，内有扇米饭块一团。两个偏妃奏明国王，龙心不悦，一翻身，坐在龙床之上，进了些米粥，顿觉精神清爽，体力强健，大病痊愈，喜出望外。连忙顶冠束带上辇临朝。先拜谢了长老，然后一同就座，文武朝贺已毕，便请大圣三众入朝。国王一见行者，千恩万谢，就在三禅殿上大排筵宴，款待他师徒四众。

这国王大排筵宴酬行者，叙礼就座甚喜欢。
虽无龙肝与凤髓，素馔佳肴色色鲜。
国王坐上腮带笑，眼望大圣便开言：
“寡人染病三年整，不遇禅师命归天。
禅师的恩情我多感谢，再把那得病的原因谈一谈。
孤家原有三宫院，三位姑娘赛天仙。
三年前正逢五月端阳节，御花园内同赏玩。
忽然一阵狂风起，只刮得地暗天昏黑漫漫。
大风刮了连三阵，忽听得空中有人言：
‘我住在麒麟山上獬豸洞，我名为赛太岁法力无边。
大小群妖无其数，缺少妇人陪着我玩。
金圣宫娘娘多美貌，快送给我到麒麟山。
若是迟延说不肯，你的江山难保全！
我先吃三宫与六院，后吃百姓与官员！’
寡人无奈只得应允，把姑娘献给麒麟山。
只听得空中“呼啦”一声响，金圣宫娘娘上了云端。
当时寡人正吃江米饭，谁想到受了惊吓存在心间。
又加上想念金圣后，昼不思食夜难眠。
神僧呀，你说的病源实不错，‘双鸟失群’非笑谈。
今朝救活了我的命，神僧的大恩我说不完。”
国王说罢前后话，行者脸上生笑颜。
大叫：“国王休忧虑，我管保搭救娘娘把朝还！”

孙大圣说：“国王，那怪要了金圣宫去以后，可还来过么？”国王说：“那怪自从五月间摄去金圣宫后，十月间来要了两个宫娥，去服侍娘娘。去年三月间，又要了两个；七月间，又要了两个；今年二月间，又要去了两个。不知道几时又来要呢。”行者说：“他这样常来，你们怕也不怕？”国王说：“害怕。旧年四月间，盖了一座避妖楼，但听风响，就知他来，朕与后宫嫔妃，都在楼上躲避。”大圣说：“国王若不嫌弃，请领老孙到这楼上看看，倘或想个方法降住妖精救回你的金圣宫，也未可定。”国王闻听行者打算与他降妖，还要救回皇后，只喜得眉开眼笑，撩起龙袍，跪在地上。

这国王一撩龙袍双膝跪倒，口中连连呼：“圣僧！
果然能够降妖怪，搭救梓童转后宫。
寡人无可以为报，平分江土与神僧。”
朱紫国王施大礼，一旁笑坏了猪悟能。
口内连连说：“不可，国王行礼欠聪明。
父母又没得什么病，为什么大礼磕头求贫僧?!”
大圣说：“呆子休要胡乱讲，这样粗鲁可不行！”
说着把国王忙搀起：“国王行礼我怎担承?
不是老孙说大话，捉怪降妖属我能。”
说着一同把楼上，大家举目看分明。
国王排筵来款待，素馔佳肴谢圣僧。
国王长老并肩坐，两边陪着三弟兄。
众人刚刚就了位，忽听得外面起狂风。
国王害怕说：“不好！”内监宫官齐吃惊。
有的是呆若木鸡望大圣，有的是四散乱奔去逃生。
八戒慌忙朝后跑，美猴王伸手拉住不容情！

猪八戒听见风响，先有几分害怕，又见国王胆战心惊把长老拉住说：“圣僧呀，不好了！怪物来了！快请孙老爷爷救命！”这呆子看见这个光景，哪里还坐得住，一翻身，往后就跑，被大圣一把拉住，说：“笨货！不要害怕，咱们出去看看是个什么妖怪。”八戒挣扎不脱，没奈何，他也把沙僧拉住说：“兄弟，要看妖精，大家一块儿去！”你看他弟兄三个，各执兵刃，腾空而去。只见狂风滚滚，内中果有一个怪物。

一一〇　杯酒灭火

只见他虎脑壳在头上戴，身披着掩心盔甲是青铜。
九尺多长双獭尾，战靴一双足下蹬。

面似瓜皮青又亮，赤发朱眉火焰腾。
凛凛身材高丈二，一根铁枪擎手中。
滚滚妖光高千尺，腾腾怪气令人惊。
美猴王看罢多时迎上去，“叱咤”一声如雷鸣：
“怪物休要往前走，快些在爷爷面前报姓名！”
那怪闻听睁怪眼，打量拦路的三弟兄。
一个是矮小身材雷公嘴，铁棒金箍手内擎。
一个把钉耙高举起，黑毛长嘴耳扇风。
一个手使降妖杖，晦气脸上肉横生。
妖精不由冲冲怒，挺起铁枪喝一声！

那怪物见他们三个拦住去路，不由得冲冲大怒，用枪一指，喝道：“尔等听真，吾非别人，乃麒麟山獬豸洞赛太岁大王爷爷部下的先锋是也。今奉大王之命，到此取宫女二名，服侍金圣娘娘。尔等是何人？竟敢拦我的去路！”大圣闻听，微微冷笑。

孙大圣眼望妖魔发冷笑：“怪物不要出狂言！
齐天大圣就是我，闹天宫算来整整五百年。
东海龙王闻名丧胆，如意神针赐予咱。
闹地府十殿阎罗让了位，生死簿子把名圈。
后来皈依入佛教，跟随师父上西天。
昨日来到朱紫国，才知你等行不端。
金圣宫竟被老妖摄了去，真正是千罪万恶胆包天！
回去告诉赛太岁，你叫他快把皇后送回还。
牙缝里呲出半个‘不’字，休怪孙某把脸翻。
捣乱窝巢灭众怪，祸到临头后悔难！”
大圣言词还未尽，妖魔闻听气炸了肝。
大叫一声撞上去，浑铁钢枪双手端。
照着心窝用力刺，惹得行者把脸翻。
叫一声：“不知死的小妖怪，你竟敢在老孙面前逞凶顽！
爷爷不把你打死，誓不取经上西天！”
金箍棒往上一举千斤重，犹如怪蟒把身翻。
浑铁钢枪磕为两段，胆裂魂飞蹿上天！

八戒发威要追赶，大圣说：“呆子，不用赶他了。回禀了国王，再捉妖怪。”三个人按住云头，落在楼上，叫声，“师父，妖怪走了，请国王出来吧。”长老扶着国王出来，还是满面焦黄，说："神僧，不知来的是个什么妖怪?"大圣说："是老妖部下的一个先锋来和你要两个宫女，被老孙打跑了。"国王闻听满心欢喜，亲手取杯，斟了一盅酒，递给大圣说："神僧饮此一杯，略表敬意。倘能救回我那梓童，再吃大酒，永世不忘。"

这国王满斟酒一杯，递与行者表衷情。

大圣端杯才要饮，忽见宫官跑进楼中。

尊："万岁，西门以内着了火，烈火熊熊要烧城!"

行者闻听心好恼，把金杯顺手撇在空中。

那国王一见失了色，以为是得罪了孙悟空。

欠身离座忙道歉：

"礼数不周望宽容。"

美猴王转过脸色忙还礼：

"陛下不必太谦恭。

方才那怪败了阵，必是他回头来行凶。

我方才是暂借国王杯中酒，扑灭大火救全城。"

行者之言还未尽，进来个太监报事情：

"方才下了一阵雨，大火全灭天放晴。

满街流的全是酒，军民百姓尽吃惊。"

司礼监奏毕忙站起，那国王又惊又喜呼："神僧，都亏神僧的法力大，杯酒能够把火灾平!

寡人感恩无以为报，愿把江土分给神僧。"

行者说："这些小事别挂念，愿讲捉妖的大事情。

小妖这一次败回去，老妖岂肯把气平。

一定要把仇来报，朱紫国中起战争。

王爷若不早打算，等到他一拥而来可了不成。"

孙大圣望着国王说道："陛下，妖火既灭，只怕那怪逃回山去，老妖一定动气，要亲自前来，与他的先锋报仇。倘在国中打起仗来必然惊动百姓，不如我老孙迎了他去，就在半空中擒住那厮，救回金圣宫，与你除大患。但不知这座山在何处？离此多远?"国王说："小王也曾差人打听过，据说这座山坐落在正南方，离此地大约有三千里。"行者闻听，哈哈大笑，吩咐："八戒、沙僧好生保护师父，老孙去也!"立刻不见踪影。君臣俱各望空拜谢。

一一一 行者访人

且说大圣将身一纵，早到了一座高山，停云揽雾，落在山峰之上。手搭凉棚，闪开火眼金睛，正然找寻山洞，只见山洼里冒出了一股烈火，照得满天通红。烈焰之中又冒出了一股恶烟，比火更毒。又听得"哗啦"一声响亮，烟火之中冒出一股沙来，真乃是：遮天蔽日，黄沙滚滚，遍野漫山唬死人。猴王看罢，不解其意。正在纳闷，忽见一个小妖转过山坡，身上背着一个包袱，手内筛着铜锣，迎面而来，倒像是送文书的，口内咕咕哝哝，听不清说的什么。大圣将身一晃，变了个蜢虫儿展开了双翅，轻轻飞将过去，落在包袱之上，听这个小妖说些什么。

孙大圣轻轻飞在包袱上，那小妖怒骂："大王太凶残，那年到了朱紫国，硬把皇后抢上山。

实指望鱼水和谐成恩爱，不料相会却无缘。

年年又把宫女要，俱都死在洞里边。

今日里又差先锋把宫女要，吃了苦头败阵而还。

又差我去把战书下，与那先锋报仇冤。

一心要生吃国王和百姓，还有满朝文武官。

面南为君称皇帝，我等朝中也做官。

想起来虽然是件快活事，只是天理难容宽。"

小妖说着往前走，孙大圣变作道童把小妖盘。

大圣心中暗想："听这个小妖说话，存心倒还不错。但说妖王抢了金圣宫以来，至今三年，未曾沾身，不知真假，等我细细地盘问盘问便知底细。""嘤"的一声，一翅子飞到前面，迎风一变，变了个道童！转过山弯，迎着小妖，打了个稽首，满脸带笑说："长官往哪里去？送的是什么文书？"小妖听见有人招呼，住了铜锣，抬头一看，原来是个道童，连忙答话说："道友，我往朱紫国下战书去。"大圣随口打探说："朱紫国的金圣宫与大王和谐了么？"小妖见问，连连摆手。

大圣问起金圣后，小妖摆手把话云：

"三年前将她拿到高山上，有位神仙到洞门。

手拿丝绸分五色，送与金圣做衣裙。

大王闻听心欢喜，千恩万谢敬玄门。
老道士并不扰斋扬长去，皇后把彩衣穿在身。
穿上仙衣不打紧，谁知她浑身遍体长钢针。
大王若要拉一把，扎得十指疼钻心。
因此害怕不敢将身近，直到如今整三春。
今差先锋到朱紫国，又给国王要宫人。
遇见一个孙大圣，吃了败仗回洞门。
大王爷心中动怒提兵将，叫我前去下战文。
明日就要分上下，只恐怕苦死他君臣百姓们。”
猴王闻听心欢喜，故意带笑细追询。

大圣道："长官，这么说大王在哪里动气呢？"小妖说："这个时候，大约也散了朝了，你去唱个道情儿与他听听，解解闷儿也好。"大圣拱了拱手，抽身便走。小妖依旧敲着锣，唱唱舞舞地往前走。好大圣，一转身形，现出本相，手拿铁棒，搂头一砸，早已结果了小妖的性命。打开包袱，把战书藏在袖内，铜锣藏在草里，扯住他的脚要往涧下扔时只听"当"的一声，掉下个镀金牙牌，牌上有一行字，乃是："心腹小校一名，有来有去。五短身材，疙瘩脸，无须。常川悬挂，无牌即假。"

孙大圣看罢不怠慢，解下牙牌系在腰中。
手执铁棒只一捣，把小妖挑进山涧中。
驾起祥云快似箭，朱紫国就在面前迎。
连忙进了三禅殿，长老一见喜气生。
问声："悟空回来了，始末情由快讲明。"
两旁文武排班立，国王欠身迎悟空：
"妖魔的窝巢真不近，三千余里是远路程。
不大工夫就回转，神僧的本领真高明。
请问你可曾到了獬豸洞？
赛太岁可曾在洞中？可曾见过金圣后？
她如今是死还是生？"猴王见问腮含笑，前前后后都交代清。

行者对国王、长老把前后话告诉了一遍。国王喜之不尽，求大圣大展神通，救回他的金圣官。行者说："救她倒也容易，不知娘娘临别之时，有什么表记留下，请你告知老孙，好去打探真实消息。"国王闻听表记二字，不由得一阵心酸，说："神圣，因当初仓促，未曾留表记。"大圣说："既无表记，可有什么心爱之物么？让老孙带去，娘娘一见，自然信服，然后才好搭救她出离虎口。不然，老孙纵然杀败妖精，娘娘不认得我，也未必肯跟我来。”国王说：“神僧言之有礼，我那金圣宫的梳妆台上有一对黄金宝串，原来是她手上戴的，自离别后，再不忍看见。神僧将此物拿去，御妻自然认得。”连忙叫宫女把金串取了来，递与大圣。

孙大圣伸手接过黄金串，双足一跺到云端。
斛斗祥云急似箭，霎时间麒麟山就在面前。
山洼之内忙变化，变了个“有来有去”不费难。
草内拿出一面锣，镀金牙牌系腰间。
挺身径奔獬豸洞，群妖出来把行者拦。
这个说：“有来有去回来了，你真是飞毛腿儿不虚传。”
那个说：“你走路比风还要快，怨不得大王夸你本领全。”
这个说：“战书下在朱紫国，是不是攻城在明天？”
那个说：“大王接了你两三趟，快去禀报细细谈。”
大圣闻听不怠慢，急忙忙闯进洞里边。
一面走着一面看，妖精成群乱作一团。
进了二门朝里走，霎时来到亭子下边。
正中间摆定一张金交椅，端坐着一位魔王甚威严。

一一二　悟空传信

话说孙大圣变作小妖儿走进獬豸洞，见了老妖，岂肯下跪。心生一计，一扭身，脸朝外站住，只管筛锣，“当当”响作一片。妖王问道：“你来了么？”大圣假作没听见。那怪又问：“有来有去，你来了么？”又不见答应。这老妖便跑下来，一把拉住说：“你是怎么咧？来到洞里面，只管打锣是何道理？”大圣把锣往地上一摔说：“我本不愿意去，你一定叫我去。他那里见了战书，就要将我推出朝门斩首，亏了百官保奏，留下性命，把我重打了四十棍，撵出朱紫国。他那里不久就要发兵。”妖王说：“原来你吃亏了，这也难说了。你我明日亲自前去，与他会战，任他雄兵百万，战将千员，只用一阵烟火，烧他个一干二净！但只一件，你娘娘昨日听见下战书，便眼泪汪汪，哭将起来。你如今去告诉她，只说那里兵强将勇，只怕我这里难以取胜，且宽她一时之心。”行者听见，满心欢喜，连忙转过角门，穿过厅堂，直到后边宫里，远见彩门壮丽，好像娘娘住处。走进屋内看时，但见有七八个侍女，两旁侍立，正中间象牙床上坐着一个佳人，正是娘娘。行者上前打了个问讯道：“接喏。”娘娘冲冲大怒骂道：“哇！好撒野的泼怪，十分无礼！想我在朱紫国中太师宰相见了还得拜几拜，你这毛妖精怎么叫声‘接喏’？你是哪里的？还不与我出去！”

金圣宫把脸一沉动了气，两旁侍女吃一惊。

尊声：“娘娘请息怒，不必和大王的心腹把气生。

这个人随机应变多伶俐，‘有来有去’是他的名。

奉差去把战书下，朱紫国中走了一程。”

娘娘听见这句话，忍怒含嗔问一声：

“既然到朱紫国把战书下，可曾面君到朝中？”

孙大圣点头说：“不错，三禅殿下走过一程。

那国王练将操兵要来交战，为的是昼夜思念金圣宫。”

说着不住瞧左右，伶俐的皇娘心内明。

回避了两旁的女妖与女怪，行者立刻现真形。

叫声：“娘娘休害怕，我就是齐天大圣孙悟空。

东土大唐受差遣，跟随师父去取经。

朱紫国中把关文换，知道国王相思病不轻。

宴席之间提起旧事，他说你被劫在山中。

求我前来捉妖怪，搭救娘娘转回宫。”

这娘娘听到此处不言语，半疑半信暗叮咛。

行者参透其中意，接着把始末情由细说明。

大圣见金圣宫沉吟不语，就知她不敢相信，便把变作小妖探信始末情由说了一遍，又把黄金宝串取将出来，递给娘娘说：“娘娘，你若不信，看看此物从何而来？”这娘娘一见金串，不由得满眼落泪，双膝跪倒，口尊：“圣僧！能救我回国，恩同再造！”行者说：“娘娘，你且起来。救你去不费难，只是不知那怪王放烟火的是件什么宝贝。”娘娘说：“哪里是什么宝贝！乃是三个金铃。他把头一个晃一晃，有三百丈火光烧人；第二个晃一晃，有三百丈烟火熏人；第三个晃一晃，有三百丈黄沙迷人。烟灾还可以躲闪，黄沙十分厉害，若要钻入鼻孔中，立刻就伤了性命。”行者将头点了点说：“娘娘你若有回国之心，就照老孙之计，把妖怪摄住，将那铃儿偷到老孙手内，才好捉拿妖怪，救你回国。”行者如此这般地交代了一遍，娘娘点头应允。孙大圣仍旧变作小妖的模样。娘娘把那些侍婢叫将进来，吩咐道：“有来有去，快到前边把你大王爷请来，我有话讲。”大圣答应一声，走到剥皮亭上，高声叫道：“大王在上，娘娘有请！”

老妖王听说娘娘将他请，不由心中好喜欢：
“皇后寻常将我躲，为什么今日请我去面谈？”
行者旁边忙答话：“都因我花言巧语将她哄瞒。
我告诉他朱紫国王已把心变，另举美女凤配鸾。
不久要派兵遣将来打仗，与大王大战麒麟山。
倘若不幸把你擒获，你的性命难保全！
她一时听信了我的话，才来请大王叙温寒。”
老妖怪闻听乐得直跳，说：“好一个聪明得用的小校官。
等我取了朱紫国，定封你在朝中为大官。”
美猴王一见妖王中了计，故意说：“多谢大王夸奖咱。”
妖王离座往外走，立时来到后宫院。
娘娘望见妖王至，说：“接驾来迟请包涵！”
妖王连忙往后躲，摇手说：“有劳凤驾不敢担！”

金圣宫满面腾欢，迎接妖怪。妖怪吓得倒退几步，摆手摇头，说道：“不敢！不敢！娘娘请坐。”一面说着话，只是往后躲，生怕挨着娘娘身上穿的那件五色仙衣上的毒刺。金圣宫说：“大王，请坐，我与你有话商议。”

金圣宫奉陪妖王归了坐，未曾说话面堆欢：
“妾身到此整三载，从未面对把心谈。
并非是大王与我无缘分，皆因国王恩爱牵。
故此舍命将身守，想落个九烈三贞万古传。
谁知昏君心肠变，选美女竟然把我舍在一边。
他既然扔了恩情谁还有义，再守贞节是枉然。
因此才把大王请，咱夫妻知心知意地谈一谈。
依我看，大王有意将人慢待，看我如同蒿草般。
非是妾人凭空讲，有个缘故在其间。
想当初我在朱紫国中为皇后，三宫六院我占先。
外国偏邦进宝物，一件件送进宫中交给咱。
除了君王就是皇后，国母之尊非等闲。
大王也有安邦的宝，为什么自己收藏在身边？
想必是另有得意的人掌管，把妾身当作外人丢在一边。”
娘娘暗使诓君计，倒运的妖王倒挺喜欢。

连连点头说："请原谅，娘娘怪我理当然。
小王原有一件宝，现今收放在腰间。"
说着忙解豹皮带，说："这件宝贝非等闲！"

一一三 猴变丫鬟

妖王闻听金圣皇后一片谎言，信以为实。连忙带笑说："娘娘，怪不得给我生气呢。我原有一件宝贝，现在身边，今日交与娘娘掌管，只是千万不要摇动。"说着即将豹皮包袱递给娘娘，娘娘接过说："就放在这妆台之上，无人敢动。"吩咐："设宴与大王欢饮。"众使女一齐答应，登时设下锦屏，擦抹桌椅，酒宴齐备。娘娘让妖王落座，自己在对面相陪，满斟了一杯，双手递过，放在妖王的面前。赛太岁自己连忙也斟了一杯，回敬娘娘。

赛太岁满斟一杯酒，回敬娘娘金圣宫。
他两个推杯换盏挺得意，大圣趁机溜进屋中。
搭讪着走到妆台旁边站，伸手暗暗取金铃。
藏在身边溜出去，一直来到八角亭。
四顾并无人来往，打开包袱看分明：
但只见一个圈儿套三个，塞丝夹棉不出声。
两边两个拳头大，正中间一个金铃似茶盅。
掏出棉丝观真假，这个宝物果然灵。
摇了摇"叮当"一声红光冒，烟火黄沙往外冲！
大圣一时难收敛，霎时烧得满洞红。
烧得群妖如麻乱，东跑西奔乱哄哄，
一个个口中直嚷："不得了！"赶忙报与老精灵。
老妖闻听脸色变，辞别娘娘跑到前庭。
原来是有来有去拿着金铃晃，黄沙烟火十分凶。
妖王大喝一声走上去："小鬼你竟敢玩金铃！
你为何偷拿无价宝，在此乱晃来逞能?!"

吩咐："手下快拿住，推到山头问斩刑！"

小妖答应往上跑，美猴王慌了手脚现原形。

大圣慌了手脚，撂下金铃，现了本相，使开铁棒，往外乱打。妖王收住宝贝，吩咐："小妖们，快把洞门关上，好捉拿贼盗！"行者难以脱身，收了铁棒，摇身一变，变了一个麻头苍蝇，落在无火之处。众小妖前前后后，里里外外，再也找不着影子。内中有一个虎将军说道："大王，依小的想来，此事大有可疑。细想此贼，不是别人，必定是打败先锋的那个恶和尚孙悟空前来寻找大王，在路上遇见有来有去，伤了他的性命，抢了铜锣腰牌，变作有来有去，欺哄大王。"

虎将军眼望老妖把话说：

"大王留神听明白，我听说有个齐天大圣孙和尚，神通广大变化多。

必定是他将玄虚弄，盗铃帮助朱紫国。

幸亏他没偷了去，若是差迟了不得！"

妖王闻听猛醒悟，吩咐小妖山前山后紧巡逻！

拿住秃贼有重赏，王爷决不把谎说。"

群妖应命各自散去，孙大圣暗笑群妖太笨拙。

展开双翅往后转，去看看金圣娘娘做什么。

只见她独坐牙床上，珠泪滚滚自把话说：

"可叹哀家真命苦，到山中受困三年多。

幸遇神僧发慈念，搭救哀家出网罗。

实指望安排巧计擒妖怪，一举成功把灾祸脱。

谁知天不从人愿，机关漏泄这还了得？

妖魔生来毒又狠，未知神圣死与活。"

娘娘正在悲痛伤心之际，只觉耳朵上有个苍蝇打转儿，金圣宫才要用手轰打，忽听得耳边有人说话："娘娘不必伤心，老孙未曾伤命。今日少不得还要将计就计，把妖王诓来，老孙好来擒他！"

孙大圣如此这般说一遍，娘娘立刻生笑颜。

连忙大声呼："使女，大王如今在哪边？"

使女说："大王现在前庭上，指挥兵将去搜山。"

娘娘吩咐："快去请，就说我有话和他谈。"

不多时把妖魔请到后面，一见娘娘甚喜欢。

口中不住呼："娘子，何事相商呼唤咱？"

娘娘说："火灭烟消贼已去，黄昏以后应该安眠。

为何你还在前边坐？我在房中心不安。”

吩咐侍女摆酒宴，霎时间美味珍肴俱摆全。

丫鬟执壶斟上酒，金圣宫手擎玉杯把话谈。

金圣官皇后手内擎杯，香腮带笑，说道：“大王在上，这是水酒一杯，望勿见却，一来压惊，二来略表心意。”妖王说：“不敢！不敢！放在桌上，我自己取吧。”娘娘知他害怕手疼，将酒放下。妖王一饮而尽，也回敬了一杯。这时大圣一翅子飞在隔扇上，拔了根毫毛，用嘴嚼烂，变了几个瞌睡虫儿朝着众使女撒了去。

瞌睡虫分头飞过去，扒住眼皮不放松。

使女丫鬟齐困倦，霎时都在梦乡中。

行者趁势把丫鬟变，走到席前忙剔灯。

眼望妖王嘻嘻笑：“我有句话儿愿意说给爷爷听。

自从娘娘来此地，不知不觉过了三冬。

从来没有说句话，你二人之间很陌生。

娘娘今日心回意转，愿跟大王把婚礼成。

丫鬟我也十分欢喜，献上一杯水酒表衷情。”

说罢伸手忙斟酒，送与这个恶妖精。

春娇又斟上二杯酒，说：“请大王与娘娘换个盅。”

娘娘要用诓君计，忙将杯子递给妖精。

说：“请大王多饮几杯酒，能进喜来能压惊。”

妖王欠身把娘娘谢，一气喝了四五盅。

春娇旁边紧斟酒，金圣娘娘更不放松。

满面堆欢腮含笑，慢吐清音把大王称：

“方才听说失了火，那宝贝是否失了踪？”

妖王摇头说：“没有，如今带在我腰中。”

娘娘说：“何不取出看一看？”老妖摆手说：“不行！

非是不叫娘娘看，有个缘故在其中。

现而今万恶猴头还没出洞，不知在何处藏身形。

那厮专会作偷盗，再失去金铃可不成！”

老妖狡猾不上当，把行者急得脸发红。

看累了，不妨听一听

一一四　盗紫金铃

孙大圣见老妖不肯上当，只急得抓耳挠腮，忽然心生一计，暗暗地拔下一根毫毛，放在口内，嚼了个稀碎，“扑”地喷在妖王身上，用手一指，说声：“变！”登时变了三样恶物，是哪三样呢？是跳蚤、臭虫、虱子，钻进身内乱咬。那妖王瘙痒难当，伸进手去，这里抓抓那里挠挠，用指头一捏捏出几个虱子来，放在桌子上，蹄爪乱动。假春娇一旁凑趣儿说：“呦！娘娘，你老快来看吧！还没行香走会呢，先有了一档儿狮子滚绣球咧！”赛太岁满面羞惭说：“可是呢，我从来不生此物，不想今日出丑！”娘娘带笑说：“这个小丫头子，十分贫嘴！大王不必理她。看看里边还有没有，请脱下来，我与你拿拿。”妖王羞愧难当，连忙解带脱衣，假春娇用手一指，叫了声：“大王爷！你且看看这铃儿里吧，还有两三个虱子打架呢！快拿拿吧！”老妖不分真假，就把铃儿递与假春娇。大圣拿在手中，十分欢喜。拔了根毫毛变了三个假铃，与真的一模一样，拿在手内，捣捣弄弄，早把真的揣将起来。身一抖，把那些恶物收上身来，把个假铃递与妖怪。妖怪回手掖在腰间，穿好衣服。这个工夫，众差女齐都睡醒，两边侍候。行者暗晃身形，走出洞外。金圣宫吩咐撤去残席，请大王归寝帐安歇。次日清晨，行者在外叫战，妖王率领群妖，呐喊摇旗，杀出洞来。

赛太岁率领群妖杀出洞，大圣叱咤震破天：
“外公今日来擒你，快把那金圣皇后送回还！
牙缝里蹦出半个‘不’字，管叫你一命丧黄泉！”
老妖魔一听此言心好恼，直气得双眉紧皱眼睁圆。
用手一指破口骂：“泼猴胆大太无端！
弄鬼装神将我骗，今朝叫你认识咱！”
雄赳赳一纵身形撞上去，抡起大斧冲向前。
大圣一见微微笑：“泼怪真真胆包天！
今日里你在老孙眼前来动手，分明是想到鬼门关！”
说着一横如意棒，那妖王也急忙招架把手还。
二人大战多一会儿，累得那老妖魔后力不加还手难。

赛太岁自料不是行者的对手，连忙跳出圈外，站在风头上，叫声："姓孙的！等我摇摇铃儿看！"大圣微微冷笑说："妖怪！一个铃儿有什么好处，你就摇与我看看。"老妖怪说："猴儿，你哪里晓得我这铃儿的好处，你且听我道来：

太虚仙境道源深，八卦炉中久炼金。

炼成金铃称至宝，老君留下到如今。"

行者哈哈大笑，说："妖怪！老孙也有个铃儿，也是那时节来的，你且听我告你知道：

道祖烧丹兜率宫，金铃烧炼在炉中。

二三如六循环宝，你的雌来我的雄。"

妖王说："铃儿乃金丹之宝，又不是飞禽走兽，哪有雌雄，只是摇得出宝来就是好的。"行者说："口说无凭，你摇与我看看。"

赛太岁闻听此言心欢喜，暗说："猴头你该命终。"

举起金铃不怠慢，照着那齐天大圣下绝情。

开手先摇头一个，干摇不见火光红。

老妖魔心下着忙说："奇怪，宝贝为何不灵应？"

回手又摇第二个，仍然不见青烟生。

使劲又摇第三个，也不见黄沙的影和踪。

老妖魔三个金铃齐摇动，先是平常后稀松。

妖王害怕黄了脸，不由得着忙又吃惊：

"宝贝不放烟、沙、火，想胜猴头万不能。

莫非是母儿真把公儿怕，我这个雌的见不起雄？"

妖王正然乱思想，大圣一旁叫："外甥！

你的铃儿不中用，看看我的灵不灵！"

大圣说着不怠慢，伸手举起紫金铃。

迎风一晃真厉害，"骨碌碌"！烟火黄沙往外迸！

阵阵黄沙四处滚，"呼呼"不住响连声。

烈烈红光火势猛，滚滚青烟扑妖精。

大圣口中念咒，往西南上吹口仙气，"呼"的一声，起了一阵大风，真乃是风随火势，火仗风威，但只见：

红焰焰满天烟火，黑沉沉遍地流沙。

眼看着把妖王裹住，性命难保。大圣正然欢喜，忽听得半空中一阵喧嚷，但只见满天上祥光滚滚，瑞气纷纷，原来是南海观世音菩萨下降。行者连忙收了金铃，向上敬礼磕头，参拜法驾。大士叫声："悟空，我无事不来，特意收服此怪。不想此怪跑来，却与朱紫国王消灾来也。”大圣闻听，尊声：“菩萨，这话说反了。此怪在这山中，招聚群妖，欺君骗后，我且请问一声，此妖到底是个什么怪物？”

观世音菩萨见问腮含笑：“待我给你说分明。
他是我座下青毛犼，修炼多年甚用功。
三年前我佛提起因果事，提起了朱紫国中一段事情。
想当年国王在东宫为太子，专好打猎害生灵。
落凤坡前设围场，遇见了孔雀王的二娇生。
落凤坡前停住翅，不想到太子一见就开弓。
两个孔雀无防备，射死雌来飞了雄。
回到了雷音寺内见佛母，大哭一场诉冤情。
佛母一怒传法旨，让国王夫妻拆散把病生。
那时我座下此犼听法旨，谁想他暗暗记心中。
那日牧童去打盹，他啃断铁锁离天宫。
占了麒麟山一座，獬豸洞内聚妖精。
朱紫国摄了娘娘金圣后，吓得国王把病生。
今日该他灾难满，悟空治病大享名。
我今前来收神犼，你快领皇后转皇宫。”
菩萨说罢一席话，悟空还是气不平。

一一五　闹盘丝洞

大圣闻听，高声叫道：“菩萨，虽然有此一段因果，怎奈他玷污皇后，伤风败俗，该当万死！”菩萨说：“悟空，你有所不知，其中有段缘故，你只管领娘娘回国，自然有人说破。”说罢，手拈杨柳枝，轻沾甘露水，往下一洒，喝声：“孽畜！还不现形，等到何时！”那怪就地一滚，现出本相，原来是一只青毛大犼。菩萨要过金铃，拴在项下，骑着回南海而去。

观世音招展云光回南海，大圣这里气不平。
双手抡开金箍棒，把那些虎怪狼妖杀死洞中。

金圣娘娘心欢喜："大圣啊，快快把我救回宫。"

大圣点头说："请起，一切有我孙悟空。"

说罢山坡寻荒草，登时变作一条龙。

大圣说："请娘娘骑在龙背上，凤目双合不要睁。"

耳边只听风声响，三千里路途顷刻中。

龙楼凤城转眼到，金殿上轻飘飘地把身停。

国王一见金皇后，好比那斗大明珠落掌中。

离开宝座往下跑，伸手拉住叫"梓童"！

"哎哟"一声朝后退，两只手一齐乱摆直嚷"疼"！

八戒旁边哈哈笑："蜇死朝廷了不成！"

国王不知金圣宫后穿的五色仙衣的厉害，伸手来拉，被毒刺所伤，只疼得双手乱摆。八戒的嘴贫，在一旁哈哈大笑："皇帝真是没福！蜇死了可不是玩的！"行者才要喝他，只见张紫阳驾祥云从天而降。大圣连忙走上前去，叙礼已毕，大圣满面带笑，口尊："龙虎真人法驾至此，不知有何吩咐？"天师说："山人无事不来。只因金圣宫三年前被妖犼摄去，恐怕她失节，我送给她一件粽衣穿在身上，遍体生了许多毒刺，妖魔不敢近身，保住清名。如今难满灾消，前来道喜。"娘娘一旁闻言，如梦方醒，连忙脱下仙衣，双手奉上，磕头拜谢。天师拿来披在身上，告辞大圣，腾空而去。

且说国王和娘娘拜谢三藏师徒救命之恩，换了关文，亲自饯行，在十里长亭洒泪分别。师徒四个继续西行。一路上免不了饥餐渴饮，晓行夜宿。这日正走中间，只见前面有座庄村。长老叫声："悟空！你三个在此略坐片刻，等我前去化顿斋吃，再走不迟。"行者带笑说道："师父，你要吃斋，我去化来你吃。"长老说："平日庄村甚远，俱是你们去化。今日庄村就在面前，待我自己去吧。"说罢换上衣衫，手持钵盂，向村庄走来。只见花亭里有几个美貌女子在那里玩耍。唐长老站立多时，不见有人出来，待要回去，又怕徒弟们笑话，忍不住高声叫道："女菩萨，贫僧随缘化顿斋饭吃。"那些女子闻听，一个个欢天喜地，放下针线，丢下气球，走到跟前，叫声："师父，我们这里虽然是边野人家，俱各敬信三宝，再不敢当道斋僧，请到里边准备斋饭，好供养高僧。不知师父是哪里来的？到我们这里化什么缘？"长老说："女菩萨，贫僧不是化缘的和尚。"

唐三藏举手当胸开言道："贫僧并非化缘的僧。

我生在长安大唐国，奉旨西天去取经。

我师徒路过宝庄腹内饥饿，化顿斋吃就登程。"

众女子一听心欢喜，粉面生春笑脸迎。

争先恐后前引路，长老跟随到村中。

但只见里面地窄房屋少，一间石室在面前迎。

石床、石凳、石桌椅，一阵阵透体凉风冷似冰。

唐僧一见这光景，不由内心暗吃惊。

此处定非善良地，少主吉来多主凶。

长老正然心害怕，有一个女子呼圣僧。

这一个女子说："师父，请坐。妹妹们快些安排素饭，与长老吃了，好上西天取经。"长老只得在石床上坐下。有两个女子就在厨下安排素斋。你当他安排什么东西？原来是油炸的人肉，熬得黑黑的当作面筋，又将脑子剜出，炸得黄黄的，当作豆腐，用两个盘儿端将上来，放在石桌之上，说："师父，不要笑话，家常便饭，暂且充饥。"

三藏举目仔细瞧，桌上斋饭好蹊跷。

颜色乌黑焦黄不好看，臭味难闻腥又臊。

长者欠身忙站起，阵阵发虚心内毛。

这样的东西我怎入口，就要脱身把命逃。

手托钵盂往外走，可把女子们急坏了。

跑上前去将门挡，大骂："和尚敢发刁！"

一把拉住偏衫袖，顺手牵羊摔一跤。

送上门来难逃命，现放着肥羊谁肯饶！

急急忙忙取绳索，横三竖四绑得牢。

把长老高高吊在中梁上，两眼之中泪滔滔。

精灵一齐显手段，唐三藏灾难临身命难逃。

七个女子把身上衣服解开，各显神通，从肚脐中冒出了白丝，有鸭蛋粗细，"骨碌碌"，迸玉飞银，立刻把庄门漫了个风雨不透，按下不表。且说行者、八戒、沙僧，俱在大路旁边等候。八戒、沙僧二人放马看担，唯有行者闲不住，跳在树梢之上，翻叶寻果，东瞧西看。猛回头瞧见西北上一片白光，吃了一惊。慌忙跳下树来，连说："不好！不好！师父遇着妖精了！"用手一指说："你两个看看那个庄院，如今忽然变了样了！"

猪八戒爬将起来抬头看，沙僧也闪目看分明。

前面庄村无踪影，西北上一片白光冲天空。

呆子急得干跺脚："师父准又遇妖精。

咱们仨快些前去将他救，稍若迟延了不成！"

大圣回答说："且住，等我前边去打听。"

连窜带跳朝前跑，睁开火眼和金睛。
但只见万道白丝千层雪，映日生辉亮又明。
大圣不解其中故，说："也罢！待我问问便知情。"
大圣想罢把咒念，山神土地拜悟空。
连忙躬身尊大圣："呼唤小神可有事情？"
行者说："师父化斋把村庄进，至今不见影和踪。
此处可有妖和怪，这座高山叫何名？"
土地说："此山叫作盘丝岭，盘丝洞住着七个女精灵。
武艺高强多厉害，神通广大令人惊。
每日里设下天罗并地网，走兽飞禽难逃生。
过往行人遭擒获，不出三天化血脓！"
行者闻听说："不好！"不知师父死或生。

看累了，不妨听一听

一一六 八戒被擒

孙大圣又问道："这七个女怪，除此地网天罗，还有什么本领？"土地说："小神也不晓得她有多大手段，只是这正南三里远近，有一座濯垢泉，乃是天生的温水，原是上方七仙姑的沐浴池。自从这群女妖到此，占了此泉，七个仙姑前来与她们争斗。那时节，她们不是这般模样，一个个青脸红发，巨口獠牙，肚大腰粗，身生六臂，布下天罗地网，摆成阵势，七仙姑无法可治，不敢争竞，白白地让了。她们七个遂即变成七个仙姑的模样，占住此山，兴妖作耗。后来，这七怪一日三次前来洗澡，如今巳时将尽，午时就来。小神见九天仙女都不敢惹她，一定是神通广大。"大圣说："好！你且回去。等我自家拿她吧！"

孙大圣发放土地归了位，想看看她是什么东西变人形。
变了个麻豆苍蝇趴在草上，等候洞中七妖精。
只听得"呼呼噜噜"一阵响，一片白云无影踪。
显出庄村与树木，从门内走出七个女精灵。
携手揽腕多清俊，个个都是挺年轻。

他们过了石桥来散步，采花斗草喜盈盈。
东瞧西看多一会儿，中间的女子笑盈盈：
“早晨间拿了那个唐和尚，如今吊在中大厅。
看他相貌多清秀，方面大耳与众不同。
眉清目秀牙似玉，鼻直口方嘴唇红。
长得不高又不矮，论年纪不过三旬正年轻。
妹妹我先有俯就意，姐姐们岂无怜香惜玉情。
倘或捆坏他胳膊腿，那时咱大伙瞧着岂不心疼！”

内中有一个年长一点的女子，望着这说话的女子，恶狠狠地啧了一口唾沫，说：“七丫头！好不害羞，你也不想，他是一个人，咱们姐儿七个，谁肯让谁呢？况且咱们俱是金刚不坏之身，何用借阳补阴？不如等咱们洗澡回来，将他杀死，把肉细细切成馅子，蒸一顿包子吃吧。”那五个女子一齐说：“姐姐言之有理。”说话之间，来到一座门楼之下，众女子走上前来，把两扇门推开，那中间果有一池塘热水。自开天辟地以来，原有十个太阳，被后羿开弓射落九乌坠地，只存金乌一星，乃太阳之真火也。天下有九处汤泉，俱是众乌所化。是哪九处呢？乃是香冷泉、伴山泉、温泉、东合泉、满山泉、孝安泉、广汾泉、汤泉，此乃濯垢泉。

濯垢泉一池清水温又暖，众妖来到甚喜欢。
解带脱衣跳下去，一个个滚浪翻波水内玩。
大圣一见犯思想，暗暗琢磨好几番：
我要是抡开了铁棒俱打死，赤身露体不好上前。
不如使个绝妙计，且和妖精玩一玩。
想毕摇身猛一变，变了个鹞鹰起在天。
忽一声双翅低垂往下落，钢爪抡开箭一般。
一堆衣服抓了去，展翅摇翎一溜烟。
飞过山头现本相，子午卯酉说了个全。
猪八戒眼望行者嘻嘻笑。“我有句话儿给你谈。
老猪暂告一时假，濯垢泉中去看看。
要把妖精全打死，好保师父上西天。”
这呆子抖擞精神朝前走，迈开大步过山弯。
来到池边留神看，瞧看了水中七个女婵娟。
站在水内不敢动，你言我语正嘟念。
这个说：“扁毛畜牲无道理，抓去衣服坑了咱。”
那个说：“以后可不敢来洗澡，无缘无故惹麻烦。”

这个说："你我真算活倒运，鹞鹰岂肯把衣裳还！"

那个说："倘若有人把咱瞧见，赤身露体多难堪！"

女妖们正然来讲话，猪八戒拍手说："乐死咱！"

猪八戒自幼儿就有些呆气，所以孙行者给他送了个外号儿叫他"呆子"。他见了这七个赤身露体的女子，站在水中，就忍不住哈哈大笑，叫声："女施主，你们在这里洗澡么？要胰子不要哇？待老猪每人送你们一块玉容宫香皂，保管能去油泥。"那些女怪正然咒骂鹞鹰，听见有人说话，抬头看见了八戒，惊疑不止，一个个连忙蹲在水内，不敢站起。

众女怪蹲在水内将身隐，觉着赤身露体怪憨蠢：

"师父宝刹何方住，为什么来至池边把人寻？

出家之人行方便，暂且躲躲我们感恩。

请把法名告诉我等，以后好报答大恩人。"

呆子闻听摇脑袋，心中不住暗思寻。

我当日曾叫卖糖的将我哄，从今不信嘴甜人。

趁着此时不下手，若要是放走妖精没处寻。

说着举耙往下打，女怪霎时吓掉魂。

赤着身子忙站起，卧云亭上停下身。

一个个挺着肚子忙作法，肚脐里冒出丝绳好多根。

霎时把呆子捆绑住，急得呆子蹦青筋。

众女怪一齐跑过石桥去，慌慌忙忙进洞门。

众女子跑进洞中穿好衣服，跑出洞门，叫声："孩子们何在？"原来这七个女怪乃多年蜘蛛成了气候，每个有一个儿子，却不是她们养的，俱是认的干儿，名字唤作蜜蜂、马蜂、驴蜂、斑毛、牛蝱、抹蜡、蜻蜓。原来那蜘蛛满天结网，打住这七般毒虫，这些虫儿哀求饶命，愿拜为母，从此采花寻卉供养妖精。忽听得叫了一声，一个个都来到面前，尊声："母亲，呼唤孩儿有何使令？"众怪说："儿啊！我们早间惹了唐朝的和尚，方才被他徒弟奚落了一顿，几乎要伤了性命。你们前去退他一退，若得了胜可往你舅舅庙中找我。"众女怪各施法力，收回罗网，往正西去了。七个毒虫，遵了女妖之命迎敌而来。

一一七　找黄花观

毒虫个个怀壮志，要与那唐僧师徒争输赢。
呆子被捆在池边上，黑洞洞不辨南北与西东。
眼望钉耙正生气，霎时之间退了丝绳。
呆子一见心中喜，跑下山坡一溜风。
大道旁见了沙僧与行者，从头细细诉分明。
猴王闻听叫："笨货！你惹下这场大祸真不轻。
女怪如今回山洞，定叫师父把命倾。
咱们仨不必迟延快些走，稍要迟慢了不成！"
沙僧答应忙拉马，八戒挑担也起了程。
行者提棍前引路，顺着小路往西北行。
过小桥八角亭子离不远，忽听对面喊连声。

却说孙行者、八戒、沙僧走过石桥，只见一个小妖，挡住去路，高声叫道："唐朝的和尚慢来，你小爷们在此等候多时，快些留下项上人头！"大圣三人听见有人招呼，止住脚步，抬头观看，原来是七个小人儿，高不满三尺重不够十斤，把去路挡住。大圣微微冷笑道："你们是谁家之子，敢来送死！"那怪用手一指说："问我的真名，吾乃七仙姑之子是也。你等欺侮我母亲，休得逃走！"

小妖魔说着说着冲冲怒，挽袖揎拳往上攻。
八戒一见心好恼，手举钉耙骂："幼童！
恶口伤人无道理，胆大欺天怎能行！
不是祖宗说大话，杀你们如同抹臭虫！"
手举钉耙朝上闯，劈头直打众毒虫。
众小妖一见慌忙使法力，显出本相乱飞腾。
说声急来喝声"变"！一霎时遍地毒虫乱哄哄。
抹蜡成群遮天日，遍地纷纷起蜻蜓。
蜜蜂飞来蜇脑袋，驴蜂扎得更是疼。
花点斑毛前后咬，细腰马蜂蜇眼睛。

火肚牛蝠毒又狠，长嘴伸开上下叮。

乱纷纷映日遮天无其数，“嘤嘤”叫唤不绝声。

八戒抡耙忙抵挡，不愿脑袋被虫叮。

俗话说：“双拳难敌四手，好汉打不过人多。”况且七个小妖全是虫王，一声令下，那些属下一拥而上，真是厉害。八戒抵前，不能挡后，被一个斑毛叮了一下子，只叮得疼痛难忍，嚷道：“厉害！厉害！”行者一见，赶忙拔下了几根毫毛，喝声“变！”变作七样莺鸟，满天飞去，嘴鸽爪抓，翅敲尾打，哪消顿饭工夫，打了一个干干净净。他兄弟三个找进石室，见长老吊在梁上，八戒上前把唐僧解下。八戒、行者问道：“师父，妖精哪里去了？”长老说：“七个女妖，赤条条地进来，穿上衣服，往后面去了。”行者等各持兵刃，找到后面，寻了半日，踪影全无，便将妖洞放火烧掉。每人吃了几样果品，搀扶长老出来，上马，出了盘丝洞。师徒四人，径奔西天而来。走了不到半晌工夫，忽见一处楼台隐隐，殿阁重重。唐三藏勒马道：“悟空，你看那前边是个什么地方？”大圣闪开火眼金睛一看，说：“师父，那前面好像一个庵观。”说话之间，走到跟前，果见山门上横刻着“黄花观”三字。长老滚鞍下马，师徒四人走进山门，只见二门上挂着一副对联：

右手边是：黄芽白雪神仙府，左手边是：瑶草琪花羽士家。

进了二门，只见正殿紧闭，东廊下坐着一个道士，在那里炼丸药。请看他怎生打扮：

只见那一顶道冠在头上戴，一颗金针扣在正中。

一件衲衣披身上，腰束着黄绒丝绦九股拧。

面色苍老精神好，鼻凹眉粗相貌凶。

唐三藏只当是位玄门客，合掌当胸问一声。

老道正然炼丹药，闻听人言吃一惊。

抛了丹药忙站起，迈步慌忙往外迎。

带笑连连尊：“长老，接待不周望宽容。”

三藏回答说：“不敢，无故地打搅仙宫多担承。

老道先把台阶上，把长老引到正殿中。

唐长老走进殿来抬头看，当中供的是三清。

礼拜已毕到丹房坐，那道人准备茶点待高僧。

原来这个老道与那七个女妖，同堂学艺。只因早晨七个女妖逃在此地，与他商议报仇之事，妖道就想了这么一个法子，将他在山峰之上收的那些瘴气，喂成了十数个红枣儿，泡了一壶香茶，暗暗将枣儿放在里面，打算把他师徒治死。谁知大圣瞧破，尊声：“师父，自古道：客不欺主，主必敬客。你和这位先生换个茶杯，以表敬意。”长老未及回言，妖道就说话了。

那妖道闻听此言心害怕，忙把长老尊一声：
“荒山敝处无可敬，一杯清茶行人情。
僧道一家休谦让，礼从外来说不通。”
说着举杯将茶让，和颜悦色多谦恭。
长老不解其中意，欠身将茶接到手中。
大圣一见说：“不好！”急得他伸手忙去打茶盅。
半杯茶已经咽下去，那两个也将毒茶吞腹中。
登时间八戒、沙僧发愣怔，唐长老牙关紧闭翻眼睛。
师徒三个身乱晃，“咕咚咚”倒在丹房中。

行者情知茶中有毒，把茶杯打碎，可是长老已喝了半杯，八戒、沙僧每人也各喝下了一杯。这毒茶实在厉害，只见八戒脸上变色，沙僧眼中落泪，长老口内吐沫，一齐栽倒在地。大圣明知中了毒药，喝声：“妖道，哪里走！吃吾一棒！”妖道侧身躲过，取出宝剑，和孙大圣杀在一处。

孙大圣明知中了毒药计，岂肯把妖道来放松。
手举铁棒搂头打，恶妖魔一闪身形跳到院中。
回手取出三环剑，大骂：“猴头休逞能！
快出来与你祖师试一试，胜了你爷爷算高明！”
猴王闻听心窜火，一个箭步跳到院中。
口中大骂：“贼老道，毒药伤人不算能！”
这一个三环宝剑搂头剁，那一个铁棒耍起带着风。
二人大战多一会儿，分不出谁输与谁赢。
后殿惊动七女怪，急忙出来看分明。
见有三人躺在地上，僧道大战在院中。
七女怪一见不怠慢，要与妖道添威风。
一个个摩拳擦掌解钮扣，想用妖法战悟空。
口内连连呼：“兄长，让我姊妹擒恶僧！”
妖道闻听把头点，腾空而起没了影踪。

一一八　收服蜘蛛

这妖道将身一晃，无踪无影。大圣越加气怒，赶上前来，一阵乱打。那些女怪作起法来，冒出丝蓬，困住大圣，眼看着越盖越紧。行者见事不好,翻筋斗，崩破天蓬，逃了性命，在半空中留神观看，只见那些白丝遮天映日，把黄花观楼台殿阁、树木园林尽皆罩住。大圣看罢，连说：“厉害！厉害！”思想多时，心生一计，回手将尾上猴毛拔了七十二根，吹一口仙气，喝声：“变！”立时变了七十二个小行者，又将金箍棒一晃，变了七十二根双角叉儿棒，每一个小行者拿着一根。他自己使着一根，站在外边，将叉儿棒扎下去，搅那丝绳。一齐用力，打了一个号，说声：“搅呀！”把那丝绳都搅断，每人各搅了十余斤。里面拖出七个蜘蛛，有芭斗大小，伏手敛足，只求饶命！行者说：“只要你们还我师父、师弟，我就饶你等性命。不然，休想逃走！”

众蜘蛛闻听此言不怠慢，连把师兄叫了几声：
“快放出唐朝众长老，免得我等把命倾！”
言未了，忽听对面一声喊，妖道顿时现身形。
将身跳在天井内，说：“尔等留神听分明。
我今要吃唐三藏，吃了唐僧能长生。
如今死活随你们去，想放唐僧万不能！”
众妖精闻听此言腮流泪，孙大圣举起铁棒下绝情。
只听得“叭”的一声响，众妖立时丧残生。
孙行者将身一抖说声：“快！”收下猴毛骂妖精。
喝声：“妖道哪里走！祖宗送你赴幽冥！”
双手抡开金箍棒，直扑妖道不放松。
那妖道侧转身形忙躲过，手擎宝剑战悟空。
僧道大战多一会儿，那妖道浑身无力手腕疼。
心中暗暗说：“不好！猴儿果然有神通。
此时若不使法力，只怕性命保不成。”

这妖道用宝剑架过铁棒，连忙逃出圈外，解带脱衣，两只手一齐抬起。原来那胁下有一千只眼，眼中放出金光，黄澄澄，四面方，金花乱舞，犹如铁壁铜墙，把大圣困在里面。猴儿说声："不好！"口中念咒，把身形一扭使了个地行法儿，"唰"一声往下钻了有二十余里，方才出头。那金光只困得十里。大圣出了罗网，只累得他骨软筋酥，浑身是汗，说道："妖怪的本领虽然不济，只是那金光十分厉害，老孙这次败下阵来，妖魔回去，岂肯容情？万一师父有个差错，如何是好？"思想之间，只见迎面有一位佛祖，冉冉而来。细看不是别人，乃是紫云山毗芦寺毗蓝尊者。行者一见，连忙上前施礼，问其来意，原来是替他降妖。行者满心欢喜，同着毗蓝佛急驾祥云，来至黄花观，点破金光，治住妖道，一同来至客堂，举目观瞧，只见长老三人口吐白沫，昏迷不醒。大圣着急，叫声："师父，师父，你怎么样了？"不由得眼中落泪，哭将起来。毗蓝佛说："大圣，你休伤悲，有山人在此，自能救活。"回手从袖中取出了三丸丹药，撬开牙关，每人一丸，放在了口内。少时间，药味行开，一齐把毒气吐将出来。

唐长老师徒三众一齐呕吐，弯腿伸腰把眼睁。
八戒"哎哟"了一声说"罢了"！翻身爬起发愣怔。
口中只说："真是困！"睡得眼花头怪疼。
沙僧把长老搀扶起，二人直嚷"困煞贫僧"。
又叫呆子与沙僧："快谢尊者来搭救，若不然想要重生万不能。"
唐长老师徒三众不怠慢，施礼谢恩不绝声。
拜谢已毕站立起，行者把始末情由说给唐僧。
呆子闻听冲冲怒，大骂妖人不住声：
"我和你并无新仇与旧恨，为何撒狠把俺坑！
今日若能饶过你，这个情理说不通！"
手提钉耙往外跳，毗蓝含笑叫：
"天蓬，奉劝你先息息怒，且看山人面上情。
山人将他带回去，与我巡山来值更。"
八戒闻听止住步，孙大圣又把尊者叫一声。

行者说："我师徒感念大恩，无不从命。但只一件，必须叫他现出原形来，我师徒看看，饶他不死。"毗蓝佛说："此物在西方路上，千年有余，自称多年魔君，叫他现形，有何难哉！"说罢，一齐来至道士面前，用手一指，喝道："孽畜！还不现形，等到何时！"且说那妖怪，被毗蓝治住，只好是闭目合睛垂手侍立，忽然打了个冷战一滚，现出原形，原来是一条扁担来长的金头蜈蚣。长老一见，吓得惊疑不止。只见毗蓝佛说声："再会。"带着金头蜈蚣，驾起祥云，径向紫云山而去。

毗蓝佛带领魔君归山去，师徒四众往西行。

受了些奔波风尘苦，过了些村庄与县城。
吃了些没时没晌的斋和饭，喝了些冷冷热热的茶和羹。
见了些奇奇怪怪的禽和兽，走了些高高低低的岭与峰。
长老说："此去西方多少路？"八戒说："师父请问大师兄。"
沙僧说："大料走了多一半。"大圣说："常言功到自然成。"
他师徒说说笑笑朝前走，晓行夜宿赶路程。
那日正走抬头看，忽看见一座高山面前迎。

师徒四人这天来至一处所在，有座高山拦路。长老策马上山，行有十数里地，忽见一个老者，白发银鬓，手拄着过头拐杖，远远地立在山坡之上，大叫："西去长老，少往前走！仔细你等性命！"

那老者立在山坡高声叫："东来的长老听分明，
不必迟延快回去，再往前行了不成！
此山有伙恶妖怪，专吃行人过路僧。"
唐长老闻听此言魂不在，翻身栽到半山中。
大圣着忙朝上跑，连忙搀起唐圣僧。
大叫："师父休害怕，老者之言不必听。
这山中纵有几个毛妖怪，谁敢惹俺孙悟空！
师父不必心害怕，等我去问个虚实再西行。"
长老闻听将头点，孙大圣到老者面前去打听。
大圣说："方才承你来指教，说是此处有妖精。
老妖一共有几个，望乞公公细讲明。"
老者见问腮含笑，说："师父啊，让我慢慢说给你听。"

看累了，不妨听一听

一一九　入狮驼洞

那老者用手摸着大圣的光头，笑嘻嘻地叫一声："小师父，你是哪里来的！"行者说："我是东土大唐来的，特上西天拜佛求经，路过此处。闻听公公说，有妖怪吃人，请你指教指教。"老者把头摇了两摇，说："小师父，厉害得很呢！站稳着点儿，别吓倒了。

此山名叫狮驼岭，狮驼洞在半山中。
三个魔王霸占此山为世业，本领高强武艺精。
南岭北岭东西路，八百余里任意横行。
手下小妖无其数，大约四万有余零。”
孙大圣闻听把头点，急急忙忙转身形。
来见长老唐三藏，说：“师父不必来担惊。
只有三个小妖怪，并无本领与神通。
老人胆量特别小，信口开河乱作声。
你老暂且坐一坐，我老孙再到山中去打听。”
大圣说罢回头看，老者不见影和踪。
孙大圣驾起云头忙赶上，原来是那位李长庚。
长庚止步腮含笑：“大圣留神仔细听。
妖魔果然不好惹，还要你施展法力显神通。”
说罢告辞归天去，美猴王手搭凉棚看分明。

李太白将话说完，告别大圣，归天界而去。行者手搭凉棚，四下观瞧，静悄悄的。看了多时，才要回去，只听得山背后“叮叮当当”有梆铃之声。原来是小妖儿肩扛着一杆“令”字旗，腰间掖铃，手内打梆，从北向南而走。好一个凶恶相貌，但见他怎生打扮，有赞为证：

亮银尖帽头上戴，焦黄花袄身上穿。
虎皮靴子足下登，丝线带子束腰间。
赤发朱眉飘火焰，青筋叠暴脸焦蓝。
晃里晃荡高两丈，头大膀粗腰又圆。

大圣暗隐身形，观看动静。又见那小妖打梆摇铃，口内念念诵诵地说道：“我等巡山的，大王共派了二百四十四名，军校名为小钻风。三位大王有令，要我们谨慎提防，说是有个什么齐天大圣孙行者，他法力无边，专会变化苍蝇。大王说咧，谁若拿住孙行者，封他为一字并肩王。又说，要吃唐僧一块肉。多活一千二百年。这才是件有影无形的事呢。”一面说着话，梆铃乱响，往前走去。

小钻风自言自语往南走，手打梆铃响连天。
身高腿长步子大，走路犹如箭一般。
猴王一见不怠慢，筋斗一纵扑正南。
显神通变得和小妖一个样，出山洼低着脑袋往北窜。
二人走得正对面，不防把小妖儿撞个脸朝天。

爬将起来只发怔，大圣故意把脸翻。

骂一声："小辈无知真胆大，冲撞上司为哪般？"

钻风闻言吓一跳，作揖赔罪装笑颜：

"小的该死瞎了眼，高抬贵手多容宽。

但只是从未会过尊驾面，不知几时到此间？

官居何职住在何处？望乞你细细告诉咱。"

行者见问眨眨眼，带怒含嗔便开言：

"总钻风并无两个就是我，四路巡查昼夜不眠。

唯恐你等不尽力，玩忽职守尽贪玩。

差我前来巡四路，昼夜奔波身不闲。

伙计们个个都往何处去？怎不前来把俺参？

胆大欺天把我小看，漏了空，被我查出打一千！"

孙行者装模作样假生气，小钻风害怕着忙说根源。

小妖连忙回话说："官长，不必动怒，等我领你老人家到鹿岭上，会见那一群兄弟，自然参见。"小妖当先，大圣随后，不过数里，到了南山岭上，这名大妖把前后话告诉一遍，大圣跳在高崖上，坐下，喝声："钻风们！都过来！"那班小妖，闻听呼唤，在下面躬身唱喏。大圣说："今日清晨，大王有令，派我四处巡查，告诉你们俱要小心，唯恐孙大圣变成你们模样，真假难辨。"小妖一齐开言说："长官，我等俱是真的。"大圣故意微微冷笑说："尔等口说，真假无凭，我有一个试验，你们把三位大王的本领说上一遍，说是了，就是真的。一字言差，便是假的。我定拿去见大王处治！"

众钻风闻听大圣一席话，有一个小妖吭了声：

"若问大王他的本领，总巡爷听我说分明。

大大王生得多威武，法力无边有神通。

那法身能大能小随时变，张口能吞十万兵。

二大王英名谁不晓，身高三丈有余零。

面色紫红胭脂染，说话好似美人声。

卧蚕眉来丹凤眼，能唤雨来能呼风。

三大王两个翅膀飞得快，说腾空来就腾空。

还有一件无价宝，名叫阴阳二气瓶。

若要把人装进去，一时三刻化成脓。

这就是三位大王的真本领，唯有我等知得清。"

行者闻听将头点，设巧计要擒这群恶妖精。

大圣把三个妖魔的来历记在心中。又问道："你们说得倒也不错，但有一件，不知哪位大王要吃唐僧的肉？"又有一个小钻风上前说道："原来，你老不知么？"大圣大声喝道："休要胡说！难道我还没有你知道？我恐怕你等言语不对，所以我才问你，怎么说我不知道！"那个小钻风连忙说道："咱家大王、二王俱在狮驼洞中，三大王不在这里，离此西去四百里，有座城池，叫作狮驼国，他五百年前，吃了国王及满朝文武和军民百姓，夺了万里江山，自称飞天大圣，手下皆是我等之辈。不知他哪一年打听的，说东土有位取经的唐僧，十世修行的好人，吃他一块肉，长生不老。他有一个徒弟孙行者，乃是五百年前大闹天宫的齐天大圣，神通广大，本领高强。三大王说过，当年与他原有交情，自从他当了和尚，才断了来往，三大王约摸着不是对手，特来这里，与我们两位大王拜为弟兄，合意同心，好拿唐僧。"行者连忙站起说："不错！不错。先前我就在狮驼国三大王麾下当差，新近才来，所以你等不认知。"

一二〇　妖扑苍蝇

众钻风话已说完垂手立，孙大圣又把小妖训一番：
"尔等在此加仔细，我上东路去巡山。"
他穿过山坡朝东走，忽听得锣鼓响连天。
大圣听响停脚步，火眼圆睁仔细观。
但只见向阳之处一洞府，洞外一块地平川。
摆设着刀枪剑戟旗幡招展，无数小妖列两边。
美猴王看罢多一会儿，暗自思寻好几番。
我今要进狮驼洞，探听虚实到里边。
偏被小妖挡住洞口，前进不得后退难。
我何不这般如此将他哄，哄散群妖才保平安。
大圣主意安排定，只见他摇摇摆摆走上前。

孙行者将身形一晃，矮了一尺，摆摆摇摇地扛着旗，敲着梆，晃着铃，大模大样闯进头层营门，两边的小妖一齐乱叫，说："小钻风，你回来了！你遇见孙行者了么?”大圣昂然不理，直往前闯，又进了二层门。眼看走进第三层门，被一伙小妖拉住说：“小钻风，你回来了!”大圣说：“来了，来了。”众妖说：“你一早巡山去，可曾遇见孙行者么?”大圣说：“不错，遇见的正是孙行者，他在那山洞里耍杠子呢。”众妖说：“那孙行者是怎么个模样？他要的是什么杠子?”大圣说：“你们把脑袋按稳，免得吓掉了魂。你道他长得怎么个模样？他蹲在山洞里，比开路神还高；要是站将起来，只怕有百丈长，手中拿着一根杠子，有碗来粗细、桅杆长短，撩一把水，磨一磨，口中念念诵诵地还嘱咐他呢。”众妖说：“他嘱咐的是什么言词?”大圣说：“他道：

‘杠子杠子，请你听清。将有半截，未曾吃腥。

狮驼岭上，广有妖精。哪怕妖精十万整，一个一个难逃生!’

这就是行者亲口说的话，一句一句听得清。

我偷偷摸摸往回走，特地前来报军情。

我从来不会说假话，照实说给你们听。

唐僧能有多少肉，你我如何吃到口中?

倘若是惹恼孙大圣，岂不是白白丧残生?

我想来想去浑身软，直吓得腿肚朝前头发蒙。

事到如今要拿主意，依我看不如各自奔前程。

在下说的是实话，不知道贤弟仁兄可赞成?”

猴王说罢一席话，众小妖彼此商量乱哄哄。

这个说：“钻风的主意真不错，金石良言咱要听。”

那个说：“纵然拿住唐三藏，大王一口就吞肚中。”

这个说：“咱们不必生妄想，喝口汤儿也不能。”

那个说：“倘若有些好和歹，你我先要把命坑!”

这个说：“争名不如埋名好，保住自身是正经。”

那个说：“你我在此为妖怪，不知道伤了多少过路僧。”

这个说：“平素吃人还可以，怎么偏要惹唐僧?”

那个说：“趁着行者未来到，不如各自去逃生!”

这个长枪抛在地，那个就把短棍扔。

这个撂下锣和鼓，那个把旗幡扔在洞中。

闹闹吵吵分南北，乱乱纷纷各西东。

一袋烟的工夫还不到，数万小妖没影踪。

这好比张良用的退兵计，一管箫吹散八千子弟兵。

大圣一见心欢喜，走进狮驼妖洞中。

大圣走进狮驼洞中，又走了七八里路，过了三四层门，猛抬头，瞧见三个妖魔端坐在石床之上，一个个相貌凶恶，身形高大，两旁站着百十个大小头目，俱是些奇形怪相的虎狼妖兽，顶盔贯甲，手拿刀、枪、剑、戟、鞭、锏、锤、抓，威风凛凛，杀气腾腾。好大圣，全无惧色，大摇大摆地走进门来，撂下梆铃，叫了声："大王！"上坐三个老妖，一齐笑吟吟地说道："不必行礼，站着说吧。小钻风你今早去巡山，可曾遇见孙行者么？他是什么模样？"大圣又把告诉小妖的话，告诉老妖一遍。老妖闻听，直吓得浑身是汗，叫一声："兄弟！我说莫要惹唐僧，他徒弟神通广大，他先作了准备，要用杠子打我们呢！小子们！快把洞门以外的妖儿全调将出来，关住洞让他过去吧。"头目中有知道的，上前回话说："启奏大王，洞口的小妖都散去了。"老妖连说："不好！一定是他们！知道风声不好，各自逃命去了。小的们！快些关门！"众头目"乒乒乓乓"把前后门关了个结实，一个个面面相觑，望着老妖的眼色发怔。

众妖魔把前后洞门齐关上，面面相觑不作声。
望着老妖看眼色，一个个害怕着忙又吃惊。
大圣暗暗说："不好，不该把自己关到洞中。
倘若是言错语差机关泄，老孙如何出洞中？
等我把他吓一吓，哄得他开开洞门是正经。"
主意已定不怠慢，又把大王叫一声：
"孙行者他还说了几句话，我要说出来不好听。"
三妖魔吩咐："只管讲，别管好听不好听。"
大圣说："他拿住大王要剐肉，拿住二大王上油烹，
拿住三大王把筋抽，合洞小妖也难逃生！
他会七十二变化，到处专爱变苍蝇。
打门缝之中钻进洞，一把火能把咱烧死在洞中。
不如快把门开放，倘有差池好逃生。"
大圣言词还未尽，老妖魔连忙叫了声："小钻风。"

老妖魔说："小的们，我这洞中，从来没有苍蝇，倘有苍蝇，那就是孙行者。"行者腹中暗笑："这厮上了我的当了，我且吓他一吓。"伸进手去拔了一根毫毛，变了一个马头苍蝇，展开双翅，"嗖"的一声，朝着老魔脸上扑了一下，把个老妖魔吓得往后一仰，叫声："兄弟，不好了！孙行者进来了！"二魔害怕，三魔着忙，喝令大小群妖各拿叉把扫帚，乱乱纷纷，叫叫嚷嚷一齐上前来扑苍蝇。大圣忍不住地笑将起来。

猴王复又使法力，抓了根毫毛变苍蝇。

望着那老妖脸上扑将去，妖王害怕又吃惊。
大叫："兄弟，不好了！行者当真进了洞中。"
喝令群妖："快动手，稍若迟延了不成！"
众头目齐声答应不怠慢，又把扫帚手中擎。
东一下来西一下，乱纷纷前后左右扑苍蝇。
大圣不由得微微笑，一失神，不知不觉现出原形。
恶魔王一纵身形扑上去，抓住猴王不放松。
扭过头来叫头目："快抬阴阳二气瓶。"

一二一 悟空钻瓶

这个阴阳二气瓶乃先天之宝，内有七星八卦、二十四气，高才二尺四寸，必须用三十六个小妖凑上天罡之数方能抬动。众怪把行者按住，剥了衣服，借着瓶中仙气，"嗖"的一声吸将进去，盖上瓶口，贴上封皮，一面开洞门，一面收拾酒宴为三妖庆功，这且不表。单言大圣蹲在瓶口之中，心中纳闷。

孙大圣蹲在里面暗思想，这个瓶儿真稀罕。
看来不过二三尺，为什么能够把我放里边？
将我老孙吸在内，也不窄来也不宽。
眼前漆黑什么也看不见，好像坐在狱里边。
四面八方不透气，这可活活闷死咱。
赌气子躬身说声："小！"身长变成三寸三。
瓶儿随着也变小，这件事仔细想来真稀罕。
忽然身上打冷战，阵阵凉风扑面寒。
美猴王不由哈哈笑，自言自语把话谈：
"闻听说瓶儿多厉害，一时三刻上黄泉。
若要是这般凉爽无热气，就住十年不相干。"
大圣只顾来说话，哪晓得此瓶奥妙果非凡。

这个阴阳二气瓶，是个先天至宝，后来落在鹏魔之手。大圣未知此瓶的厉害，若要装进人去，一年不说话，一年清凉，但闻人声，就有火焰红光，烧将起来。

孙大圣一言未尽红光起，腾腾烈火把人烧。
耳边只听“呼呼”响，美猴王全然不怕烧掉了毛。
避火神诀念个紧，烈火红光四下飘。
又听得“乒乒乓乓”连声响，出来火蛇四十条。
大圣一见冲冲怒，手又抓来口又嚼。
火蛇刚刚无踪影，飞来火龙整三条。
孙大圣一见说：“不好！”不由害怕暗发毛。
千万火蛇我不怕，三条龙一拥齐上我怎么逃？
此时若不显手段，怕的是一命呜呼赴阴曹。
掐诀念咒将身扭，登时长了百丈高。
宝瓶随身往上长，直上虚空透九霄。
行者又将身变小，仍旧变作三尺高。
三条火龙来得猛，一个个张牙舞爪头乱摇。

但见三条火龙，口中喷火。大圣觉着孤拐上有些疼痛，用手一摸，竟都被火烧软了，说声：“不好了！再迟一会儿，吾命休矣！”这时忽然想起一件事来，说：“且住！当年菩萨在山上赐了我三根救命毫毛，长在脑后，到了急难之处，方许施展。如今事到为难之时，等我摸摸看看。”随手往脑后一摸，果然有三根毫毛，特别硬挺，一齐拔将下来，吹口仙气，喝声：“变！”一根变成金刚钻，一根变作竹片，一根变作棉绳。把绳拴在竹片之上，成了一张小弓儿，绕住金刚钻，对准了瓶底，就像小炉匠一般，“嗖嗖”就钻将起来。

猴王装作小炉匠，照着瓶底下绝情。
里面只听连声响，霎时钻了个小窟窿。
热气全无生凉气，蹲在里面乐盈盈。
忙变个蟭螟虫儿爬出去，展开双翅飞在空中。
落在魔王帽沿上，三个妖王正在饮酒来庆功。
又见老妖放下盏，口中连将三弟称：
“孙行者此时想必废了命，浑身骨肉化成脓。”
三魔闻听微微笑，吩咐小妖去开瓶。

三十六个小妖将瓶抬起，只觉轻了许多，连忙跪倒说：“启上大王爷爷，这宝贝轻了！”三魔大喝一声说：“胡说！胡说！宝贝乃阴阳二气之全功，怎会轻了！”有一个小妖把瓶提上来，说：“大王不信，揭开看看便知。”二魔走下来，揭开盖，仔细一看，忍不住“哎哟”了一声，说：“不好了！这瓶儿空了！”老魔一看，也大吃一惊。大圣正在他的头上，也忍不住叫了一声："我的儿呀！老子走也！"大小群妖一齐乱嚷，说："不好了！孙行者走了！快些个关门！"大圣将身一抖，收了剥去的衣服，跳在洞外。

孙大圣站在洞外高声骂："胆大恶魔你真欺天！
瓶子被我钻了个洞，从今后再不能拿它把人关！"
你看他一面说来一面笑，筋斗云一纵飞上天。
霎时间来到唐僧处，欢欢喜喜说根源。
子午卯酉说一遍，唐僧又惊又喜欢。
"如此说来怎么好？何时才能到西天？"
美猴王故意长叹一口气："想过此山就是难。
三个老妖真厉害，还有那数万小妖也甚凶残。
老孙一人中何用，必须要八戒帮助咱。"
八戒闻听说："快走！"随大圣一起飞上狮驼山。
狮驼洞口站住脚，但只见两扇石门紧紧关。
群妖的踪影全不见，美猴王大喝一声便开言。

孙大圣带领八戒，来至狮驼洞口，瞧石门紧闭，静悄悄不见妖精。看罢，不由心头火起，手持金箍棒，大喝声："恶妖魔！快些开门，老爷来也！"洞内小妖听见大圣来讨战，慌慌张张跑将进去，叫声："大王！不好了！孙行者打门叫战！"

小妖魔进洞连忙报真情，老妖闻听吃一惊。
眼望三魔长叹气："都为你妄想吃唐僧。
招惹万恶猴头进了洞，变成钻风把人蒙。
虽被贤弟来拿住，倒叫他把宝瓶钻了一个窟窿。
探完消息逃了命，这如今反倒前来斗输赢。
哪位上去斗一阵，奋勇当先战悟空？"
老妖问了两三遍，并没一人敢答应。
老魔座上冲冲怒，叱咤如雷喊连声。
吩咐头目抬兵刃，披挂整齐往外冲。
口中不住高声骂："哪一个胆大囚徒来逞能！"
大圣闻听哈哈笑："泼怪留神仔细听，
我本无心来寻你，全是你无事生非惹外公。
安心要吃唐僧肉，聚妖成群来行凶。
我老孙不除群妖清山路，怎上西天去取经！"
老妖闻听叫："行者，大王跟前别装疯！

也不用调出神兵共天将，人多取胜不英雄。

咱俩一个对一个，你只有输来没有赢！”

一二二　妖精吞猴

大圣闻听，忙叫八戒闪在一旁，说：“妖怪！咱是文战还是武战？”老魔说：“文战怎么讲，武战怎么说？”行者说：“咱俩杀上三昼夜五昼夜，不许歇手，是武战。我打你三棒，你砍我三刀，不许还手，是文战。”老魔说：“既然如此，咱俩文战吧。可有一件，俗话说客不欺主，你过来先与我作个样子，让我砍上三刀，你若招架住，让唐僧过去，我等不敢相拦；若是当不起，快把唐僧送了来，与大王下饭。”大圣微微冷笑说：“泼怪！不要扯谎！来砍吧！”老妖满心欢喜，说：“猴头！站稳脚步！”双手举刀，搂头就砍。

老妖魔此时甚欢喜，暗暗把行者骂几声：

“打着主意和我斗，真是错打定盘星。

哪晓得大王比你的法力大，变着方法抢上风。

猴头让我先动手，也是该他寿命终。”

恶狠狠地抡利刃，照着大圣下绝情。

只听得“咔嚓”一声刀卷刃，行者头上冒火星。

老魔一见发了愣，莫不是猴子的脑袋是钢打成。

孙大圣见此光景哈哈笑，叫声：

“老魔你是听，常言留情不动手，既然动手别留情。

砍了一下又不砍，真是吃鱼又嫌腥。

不是老孙夸海口，哪怕你砍到来年杏花红！”

大圣哈哈大笑，叫声：“泼怪！你且听我道来，老孙是，

生成钢头与铁顶，古往今来世上无。

唐僧还恐不坚固，顶上又戴紫金箍。”

老魔一声大叫：“猴头，不要夸口。管你什么钢头铁顶，我这一刀，叫你滚下头来！”大圣微微冷笑，说：“泼怪！让你再砍一刀，来试试你孙外公的本领！”老

魔跟上去，手起刀落，一声响亮，把个大圣劈为两段。大圣就地一滚，变作两个身子，挺身高叫："泼怪！你砍外公一万刀，还你两万个齐天大圣！"

老妖魔手内提刀干发愣，哆哆嗦嗦好吃惊。
半晌工夫才说话："猴头啊，这一手早在意料中。
久知你会使分身法，分为两身不算能。
若能够两个身子收一个，咱俩今朝就罢兵。
愿让唐僧走过去，放你师徒去取经。
你要不会收身法，学艺不精不算能。"
孙大圣闻听不由得哈哈笑，叫声："妖魔你是听，
君子一言就为定，说了不算非英雄！"
说罢两身合一处，老妖一见哪留情。
手举钢刀搂头剁，行者急忙用棒迎。
口中大骂："恶妖怪，你口是心非是狗熊！"
金箍棒高举搂头打，犹如风车带着风。
老魔一见忙招架，大砍刀不离两肋与天灵。
大战多时无胜败，脚踏云头到空中。
按下大圣战妖怪，再把呆子明一明。

八戒一看半悬空中杀得高兴，他也耐不住了，抖擞精神，双足一跺，纵到空中，大叫："妖怪！休要逞强！猪祖宗来也！"连肩带背就是一耙。那妖被大圣一顿棒打得筋疲力尽，又搭上八戒的九齿钉耙，他哪里招架得住，虚砍一刀，败下阵去。呆子好打胜仗，见老妖败阵，越发威风，提着耙，随后赶来。那怪落在石崖之上，现出本相，张开大口，来吞八戒。八戒吓得魂不附体，一头扎在乱草荆棘之中，圆睁两眼，摆动蒲扇耳朵，在那里听看动静。只见大圣随后赶来，那怪一见，摆尾摇头，张开口要吞齐天大圣。

猴王随后也赶到，口内吆喝骂妖精。
老妖一见不怠慢，摇头摆尾抖威风。
一纵身形拦去路，张开大口吞悟空。
孙大圣看见妖精张海口，趁机收棒把身躬。
"唰"的一声迎过去，竟被妖怪吞在肚中。
八戒一见魂不在，大喊大叫不绝声。
声声只把师父叫，又骂："猴头你不机灵，
妖怪吃你你不逃命，为何反倒往上迎！
竟被妖怪吃了你，尸骨也落得无影踪。"

猪八戒趴伏在荆棘棵子里头，正胡思乱想，忽听得闹闹吵吵，跑来了许多小妖，手提刀枪绳索，一齐在山坡下站住。原来他们是观敌瞭阵的小兵，见他家的大王得了胜了，预备着好来拿人。这时老魔十分欢喜，带领妖兵回洞而去。八戒这才爬出来，驾起云头，归旧路而去。且说唐三藏坐在山坡之上，正与沙僧盼望消息，只见八戒从天上落下来，气吁吁地跑到面前。长老一见，吓得惊慌失措，说："悟能！你怎么这样狼狈？悟空怎么不来？"八戒见问，将眼一瞪，把手一拍，说："师父！快来吧！咱趁着妖精吃饱了不饿，你老快快穿上袈裟，快逃命吧！悟空被老妖吞到肚里去了！"唐僧闻听吓倒在地。

唐三藏"哎哟"一声倒在地，咽喉堵塞气不通。
这呆子且不上前搀师父，扭过头来叫：
"沙僧，快些动手休怠慢，散伙去干旧营生。
我到高老庄上招女婿，你回到流沙河当妖精。
逍遥的日子不去过，为什么受怕担惊去取经？"
八戒正说泄气话，长老苏醒哭出声。
不言唐僧流痛泪，再表表狮驼洞的老妖精。

且说老妖一口吞了行者，满心欢喜，复变了人形，回到洞内，望着群妖说道："已经拿了一个来了。"二魔说："哥哥拿的是哪一个？现在何处？"老妖说："是孙行者，已被我一口吞在腹内。"二魔闻听吓了一跳，说："哥呀！我不曾嘱咐你，那行者不中吃，吃了又是大祸！"大圣在肚子里说，"没祸！没祸！老孙中吃得很呢！又能充饥，又不淘气！"那些大小群妖一齐怪叫说："不好了！大王爷！孙行者在肚内说话呢！"老妖微微冷笑说："哪管他说话不说话，有本事吃他，自然有本事摆布他。快拿些盐汤来，等喝下去，灌他出来，用油炸着，慢慢下酒。"

一二三　搅肠翻肚

小妖答应不怠慢，忙取盐水用碗端。
老妖接过来一张口，"咕噜噜"登时就喝完。
伸着指头往下按，阵阵恶心吐黏痰。

直吐得胸口疼痛两膀酸，脑胀头昏眼发蓝。
任凭妖魔用力吐，猴王稳坐正中间。
老魔喘气多一会儿，抚摸肚子开了言。
声声连叫："孙行者，你不出来我心不甘。"
大圣闻听哈哈笑：
"进去出来全由咱。
老孙自从当和尚，忍寒挨冻受熬煎。
眼看秋凉天气冷，腹内无食衣裳单。
你这肚里十分好，又有吃来又有穿。
过了残冬再出去，这会子叫我出去难上难！"
老妖闻听心焦躁，气得七窍冒了烟！

老妖心中焦躁，恶狠狠地叫了声："行者，你真要在我肚内过冬，我就坐起禅来，使个搬运法，避起素来，一冬不吃食，饿也饿干了你！"大圣说："我的儿呀，你还不知道呢！你外公打广州路过带了个小广炉儿来，就在肚子里支起锅来，煮你的杂碎吃，也够吃好几顿的呢！"二魔心中害怕，说："哥呀！他要吃你的杂碎呢！不知在哪里支锅！"大圣说："有地方！有地方！三叉骨上正好支锅。再将金箍棒往上一捅，顶门上捅了个窟窿，一来当烟囱，二来当天窗，也好透风出气。"

老妖闻听也觉心惊，强打精神喝了一声：
"猴头不必说大话，等我把药酒拿来喝几盅。
先药死你猴头孙行者，然后再去绑唐僧！"
小妖闻听不怠慢，连忙把药酒端了两瓶。
老妖接来要喝下去，大圣连忙显神通。
变了个喇叭口朝上，恰好放在喉咙中。
老妖魔"咕嘟咕嘟"往下灌，喝了一瓶又一瓶。
喇叭口正对老妖嗓子眼，想洒一点也不能。
老妖魔连喝数瓶没动静，口称奇怪不绝声。
老妖正然心纳闷，孙大圣伸腰踢脚显神通。
常言猴儿见了酒，醺醺大醉脸绯红。
一时也是耐不住，站将起来打跳蹬。
一个筋斗翻过去，老妖魔"哎哟"一声直嚷疼。
捧着脖子浑身抖，睁开大眼似金铃。
大圣里面闹得紧，老妖魔喊叫如雷疼得凶。
一阵更比一阵热，老妖魔浑身热汗如蒸笼。

直疼得口中不住“嗷嗷”叫，“咕咚”栽倒在洞中。
二魔害怕干搓手，大小群妖齐发蒙。
待要上前去帮一把，怎奈行者是在腹中。
孙大圣趁着酒性把拳脚练，哪管老魔疼不疼。
左一拳来右一脚，东一撞来西一冲。
老魔疼痛实难忍，死去活来叫连声。
一翻腾半天住了手，行者又大骂恶妖精。

大圣要了一路拳脚，酒醒了八分，在肚里骂道：“妖魔头！快快许愿，请你外公出去。稍若迟延你外公索性把你的心肝揪断！你的性命就难保了！”说着，伸开手就往下掏。老妖他是疼怕了，到这会子气力全无，忍不住哀告起来，叫声：“大圣，我许什么愿？我这洞中也无有什么金银送你，你若肯出来，咱兄弟三个备一顶香藤轿儿，把唐长老送过山去如何？”

大圣闻听，心中欢喜，说：“妖怪，只要把我师父送过山去，不要你的金银财宝。张开口，让你孙外公出去！”

妖魔闻听心欢喜，大嘴张开似火盆。
三魔往前走两步，“叽叽咕咕”要哄人：
“如此这般来行事，咬死猴头才称心！”
老魔闻听将头点，孙大圣侧耳留神听得真。
心中暗暗骂：“泼怪！叫你枉费这场心！
还叫你知道老孙不好惹，我先把金箍棒儿往外伸！”
出喉咙才到嘴头外，那妖魔咬定牙关下狠心。
只听“咔嚓”一声响，“咯嘣嘣”上下门牙要断根！
老魔“哎哟”一声说：“不好！”顺嘴流血头发昏。
行者抽回金箍棒，大骂：“妖精好毒的心。
我是好心饶了你，你反倒口是心非要害人。”

大圣把棒抽开，大骂道：“该死的泼怪！我倒好意出去，你如何反来害我？我不出去了！等着杀掉你我再出去好了！”三魔见机关泄漏，一心要用激将之计，叫道：“姓孙的！人闻你的英名，如同轰雷贯耳，皓月当空，你曾在南天门外施威，灵霄殿上逞勇，我只当你是个顶天立地的好汉，谁知你是个畏刀避剑的匹夫！你果有本事，出来与我大战三合，见一个高低上下，才是好汉。为什么在人家肚子里作怪呢？”

鹏魔王安心要使激将法，故意动怒放高声。
口中大叫：“孙行者，听我把以往情由说给你听。

你我当初曾结义，五百年前拜弟兄。
牛魔王居长我排二，蛟魔王排行第三名。
数到后边才数着你，同尊结拜共死生。
那时你要去访道，一去数载未回程。
三反天宫诸神怕，闹地狱森罗殿上众鬼惊。
光头佛祖来施法，五行山压住你个孙悟空。
唐僧收你为徒弟，入了佛教当了僧。
倚仗你本领高强神通广，到处只显自己能。
绝不该逢山过岭擒妖怪，赶尽杀绝害精灵。
饮水思源想一想，岂不念兔死狐悲同类情？
某家因此发下愿，不斩猴头把姓更！
你若是顶天立地奇男子，快些出来见雌雄！”
三魔言语还未尽，孙大圣心里早把底摸清。

一二四　喷出行者

三魔这一片言词，本是个激将之法，大圣心中早已明白。论起道理来，真有交情，想五百年前，猴王出世的时节，称为四大圣，哪四大圣呢？乃是平天大圣牛魔王，飞天大圣鹏魔王，擎天大圣蛟魔王，齐天大圣猴魔王。四个人拜为朋友，各霸一方。牛魔王在火焰山为王，鹏魔王在狮驼国作耗，蛟魔王在连阴岛独霸，大圣在花果山称尊。那鹏魔王为人嘴尖舌快，狡猾非常。猴王当初与他就有些不睦，又加上大闹天宫之后，在五行山受困，众弟兄并无人前去瞧看。五百年难满灾除，观音点化，唐僧收为徒弟，皈依佛教，保师父西天取经，逢山遇怪，遇岭逢妖，大圣伤了许多灵怪，并非是出于本心，只为搭救师父。常言："私骂无好口，私打无好手。"又说："人无害虎心，虎有伤人意。"那些妖魔若不妄想吃唐僧之肉，焉有杀身之祸？虽然如此，但是人有见面之情，大圣想道："鹏魔王既提到五百年前之事，我也难杜绝旧日朋友之好，不如就把这个人情儿送在盟兄的身上，让师徒四众平平安安地过了狮驼岭也就完了。"想罢，叫道："鹏二哥，你方才既提起陈事，想来不忘旧交。小弟出去，大家见见，因亲知亲，因友知友，老弟兄们看老孙薄面，让条大路，保师父西行，恩有重报，义不敢忘。”鹏魔王闻言，将计就计，心想诓出来再说，就和言悦色地说：“既是老兄弟回心转意，你出来吧。别的都好商量。”谁知道二魔王在一旁听见二人说话，以为是真的讲交情，先不依了，叫声：“姓孙的，你休生妄想!”

二妖魔秉性偏僻心肠窄，身大无才腹内空。

心中生气耐不住，带怒含嗔叫出声：

“大王爷狮驼岭上独称霸，弟兄三个有英名。

访遍天下英雄汉，交的全是好宾朋。

你猴头本是胆小辈，贪生怕死出家为僧。

一路上降妖捉怪为不义，不念兔死狐悲情。

朋友原在五伦内，猴子竟把五伦扔。

大王本是英雄汉，决不同你论弟兄。

什么叫因亲知亲知朋友，借脸高攀混认亲朋。

你若真是个好汉子，出来咱俩见雌雄。

畏刀避剑无能耐，在腹内作怪非高明。

纵让你在腹中能活命，大不过是条混屎虫!”

一句话激怒孙大圣，叱咤如雷骂连声。

行者气冲两肋，大声喝道：“哇！好小辈！休得胡言!”又叫声：“妖怪，你张开口，我出去与你等比拼三合！只是这洞中窄小，不便动手，到宽阔之处才好。”二魔闻听，连忙点齐大小妖精，列成阵势，等候交锋。三魔挽着老魔，去出洞外，叫声：“孙行者，你出来吧！不瞒你说，这里排下战场，等着你呢！你要是害怕，就别出来!”大圣心中暗想：“我要不出去，是失信于他。要是出去，恐怕他人面兽心，反复不定。有了，给他个两全其美，出便出去，还在他肚子里生下个根儿才好。”想罢，拔根毫毛，变作一条绳儿，有四五十丈长，绳头挂住妖魔的心肝，打个活扣儿，不拉不紧，一拉就疼。又把身子变小，像芥子一样，爬至喉咙上。一看，只见那怪张着血盆大口，上下两溜钢牙，如利剑一般。大圣心中暗想，我若是从他口内出去，这条绳儿被他咬断，实为不美。一只手拉着绳儿，爬到他鼻孔之内。那怪只觉鼻中发痒，“阿嚏”一声，打了个嚏喷，大圣将身一纵，跳出了二丈远近，把身子躬了一躬，长了有三丈多高，在三个妖魔的面前站住。

孙大圣逗着老妖把嚏喷打，只听“阿嚏”响了一声。

就着势儿身一纵，蹿出了两丈把身停。

肩膀扛定金箍棒，左手拉定一条绳。

他把那火眼金睛挤了又挤，哈下腰儿躬了一躬。
登时长了有三丈，腰圆膀厚甚威风。
老妖不知好与歹，双手抡刀剁悟空。
孙大圣连忙一横金箍棒，架开钢刀战妖精。
三魔旁边不怠慢，举枪上前把棒迎，
鹏魔王的方天画戟高举起，咬牙切齿下绝情。
行者一见忙躲过，一纵云头到空中。
手内绳子扯一扯，老妖魔“哎哟哎哟”直叫疼。

孙大圣不想与群妖久战，足驾祥云，跳到空中，将手中的绳儿不住地乱抖，老妖魔心内疼痛难当，只得也纵起云头，跳到空中。行者忽然打一个筋斗，往下一坠，落在山峰之上，那妖怪已经起了三四十丈，行者在山坡之上，将绳儿往下一拽，“咕咚”一声，把老妖摔在尘埃。众小妖一齐乱嚷：“这猴子真不知时务，还没到清明节，他就放起风筝来了！”大圣将绳子连抖了几抖，老妖魔疼得满地打滚。二魔连忙伸手，将绳捏住，双膝跪下，只叫：“大圣爷爷饶命！”

二魔连忙双膝跪，大圣爷爷不住声：
“只当你是真君子，做事慷慨量宽宏。
都怨俺口是心非多嫉妒，妄想跟爷爷斗输赢。
爷爷饶了兄长的命，我等再不害唐僧。
情愿准备香藤轿，送长老过山西行去取经。”
孙大圣闻听哈哈笑，口中不住叫：
“妖精，我本是真心将你们待，叙叙从前旧交情。
谁知你等心肠歹，口是心非把我蒙。
头一次暗使奸心将我咬，弄巧成拙把牙崩。
二次又摆下个莽牛阵，倚仗人多占上风。
你们三个战一个，还有数万小妖精。
你们自己想一想，哪个不是真英雄？
有心伤了妖魔的命，显见得孙某度量不宽宏。
我今传你一条计，快用钢刀割断绳。”

一二五　象卷八戒

大圣说："妖怪！我传你一条计，快取把刀来，把绳儿割断。"二魔说："不中用！割断了绳，扣儿还在里边，不是长法。"大圣说："要不然，让我进去解开吧。"老魔忍着疼痛，说："不好！你进去，再不肯出来，那还了得？只求使个法力，除了病根，我愿送你师父过去。"大圣说："只怕放了你，你就不肯送了。"老魔说："但肯放，就肯送。"大圣说："君子之言如白染黑。我放了你，不怕你不送！"说罢，将身一抖，把毫毛收到身上。老魔立刻就不疼了，连忙站起来，说："大圣你且收拾行李，我等回洞就抬轿来，送长老过山。"

老妖说罢将身转，群妖一同归洞中。

大圣忙把山坡下，直扑大路找唐僧，下了山坡往回走，圆睁火眼看分明。

但见长老低头坐，不时长叹一两声。

美猴王一见心难过，感激师父有恩情。

必是八戒传凶信，师父心疼我孙悟空。

想罢紧走好几步，叫声："师父你莫吃惊，

老孙降伏了那妖怪，少时就抬轿送你去取经。"

大圣上前把师父搀起，长老抬头看分明。

唐长老抬头观看，见是行者，连忙止住悲声，爬将起来，叫声："八戒，你说悟空被妖精吃了，你看这不是他来了么？"八戒闪目观瞧，说："不好了！师父呀！他今日已死，想是显魂来了！"大圣上前揪住耳朵，打了个脖子拐，骂声："笨货，什么显魂不显魂，快些收拾行李，那怪不久就抬轿子来送师父过山。"接着把降伏老魔之事，对长老告诉了一遍。八戒、沙僧收拾行李，在路旁等候不表。

且说老魔回到洞中，还不曾就座，就叫小妖们快些收拾香藤暖轿，送唐僧过山。只见二魔气忿忿地叫声："兄长，略等一等。等小弟独自前去，与他打上一仗，他要赢得我手中之枪，情愿送他过去。不然，唐僧乃是咱口中之物！"说罢拿枪在手，跳上山峰，高声大叫："泼猴头，快来受死！"八戒闻听，说："哥呀！你降伏的好妖精，这不又来了么？"大圣故意说："呆子，这个妖精是送死来的。三妖之中，就是他的本领不济，等老孙拿了他来，作个当头。”八戒闻听本领不济，要在师父面前献殷勤，他叫一声：“师兄！待老猪拿了他来！叫他送师父过山去！”

猪八戒抖擞精神往前走，双足一踩上山冈。

口中大骂：“恶妖怪，猪祖宗面前你少逞强！”

说着说着扑上去，九齿钉耙往上扬。

恶狠狠连肩带背砸下去，妖怪忙将战杆搪。

这一个中了大圣遣将计，只把妖精当寻常。

那一个雄心勃勃要取胜，杀气腾腾冲上苍。

这一个一生爱上莽牛阵，来往冲杀似金刚。

那一个生来力大世无比，越杀越勇在疆场。

二人大战多一会儿，猪呆子筋疲力尽着了忙。

钉耙乱摆无后力，难挡妖王一杆枪。

虚晃一耙败了阵，大叫哥哥快帮忙！

八戒敌不住二魔，倒打一耙，败下阵去。二魔哪里肯放，一纵身形，赶将上去，甩开鼻子，如蛟龙一般，把八戒卷住回至洞中，摆在地上，吩咐小妖绑了，放在后洞池塘中洗干净了，杀来下酒。大魔三魔安排宴席，与二魔贺喜，这且不表。且说大路旁边，唐僧观阵，见八戒被擒，唬得惊疑不止，叫声：“悟空，不好了！八戒被妖精捉了去了！你快去救他一救才好！”

孙大圣带笑开言尊：“师父，老人家行事太心偏。

老孙若是遭擒获，大料着师父心里就不动弹。

八戒被妖精捉了去，你挂肚牵肠心不安。”

长老说：“你有七十二变化，辗转腾挪不费难。

八戒本是无能辈，软弱无能太不堪。

你要不去将他救，定要一命丧黄泉！”

长老说着流下泪，大圣闻听生笑颜，叫声：

“师父休忧虑，老人家只管把心放宽。

不是老孙说大话，管保把呆子救回还。

然后再降伏三个恶妖怪，叫他备轿来送咱。”

长老闻听将头点：“但愿如此我才心宽。”

大圣说：“沙贤弟保师父的驾，千斤担儿你要担。

倘若一旦有差错，往日功劳化青烟。”

沙僧答应说：“知道，师兄不必把心担。

但愿你大展神通施法力，先把二哥救回还！”

大圣点头起身走，眨眼间来到狮驼妖洞前。

孙大圣将身一纵，来到高山，摇身一变，变了个蟭螟虫儿，轻轻地飞到狮驼洞，留神观看，只见众小妖，东一攒，西一伙，抡枪舞剑，比拳踢脚，正在练武。他又飞进了三四层门，看见三个妖魔在那大厅之上，调开桌椅，饮酒作乐。飞进后洞，原来是一片空地，耳中又听得哼呀哼的好像猪叫的声音，顺着声音走去，原来是八戒泡在池塘之内，露出长嘴，犹如出水的莲蓬一样。

孙大圣一见想主意，要再把八戒惊一惊。
变了个勾魂取命的无常鬼，形容相貌非常凶。
浑身上下穿重孝，拦腰系着一条绳。
白布方巾头上戴，恶眉直竖发蓬松。
哭丧脸犹如一张窗户纸，愁容泪眼带忧容。
左手高擎狼牙棒，勾魂锁握在右手中。
走到池边止住步，大叫一声："猪悟能！
生死簿查明该你死，快些跟我赴幽冥！"
八戒闻听抬头看，直吓得浑身打战脸发青：
"长官你饶了我的命，老猪日后报恩情。"
大圣闻听微微笑："笨货，你说话理不通，
阎王要你三更死，谁敢留人到五更？
你若跟老爷耍无赖，狼牙铁棒不留情！"
呆子吓得魂不在，求饶的话儿说得好听：
"非是老猪要犟嘴，实有个缘故在其中。
我八戒既然被擒住，情知必死难逃生。
三个魔王发下愿，还要拿师父、师弟与师兄。
不过一朝或半晌，全都被擒到洞中。
那时节弟兄师徒见一面，手拉手儿来同行！"
呆子说着流下泪，大圣故意喝一声。

行者大声喝道："哇！好孽畜！生死自有定数，谁敢徇私？快跟我走！"说着，举起锁来，搂头就套。八戒着忙，叫声："长官，只容我半日的空儿，等着我师父、师弟被妖怪拿来，脱不过都是他口中之食，那时节，我们一同跟你走好了，省得又要劳驾。"大圣说："这话讲得也有些道理，我这一张票上，共是三十六人，我把别人勾完了回来，也得一日的工夫，这点情儿，倒还作得。只是我盘费短少，你送我些盘费，我便容你一日，不然立刻跟着我走！"呆子想多活一日，连忙答应说："长官，行路人没有多少盘缠，这几年只积下三钱银子，在我耳朵内收着，我手脚被绑，你自己拿去。”大圣走到池边，手往耳朵里一伸，果然掏出个白纸包儿，掂了掂，足有三钱，拿在手内，把脸一抹，现了本相。

一二六　假意送行

孙大圣三钱银子诓到手，将脸一抹显身形。
眼望呆子嘻嘻笑：“吃糠的笨货你听清，
挽起眉毛认一认，看看是无常还是悟空？”
猪八戒抬头一看是行者，登时臊得脸通红。
嘟嘟哝哝低声骂：“泼猴头！你算什么好弟兄！
人家被擒把苦受，你还要故意嘲弄俺猪悟能！”
孙大圣含笑伸下金箍棒，挑上八戒解麻绳。
呆子伸开两只手，叫：“猴哥，咱趁着无人快逃生！”
行者说：“偷偷一跑非好汉，擒不住妖怪非英雄！
不必迟延快快走！”八戒赶紧应了一声。
霎时来至二门口，拾起钉耙抖威风。
行者使动金箍棒，霎时间一连打开门四重。
大小群妖谁敢挡，乱纷纷地去逃生！
有几个头目慌忙去禀报，大厅上气坏了三个妖精。

有几个头目跑上大厅，说：“大王爷，不好了！孙行者救了猪八戒，在大门上打人呢！”二魔闻听，冲冲大怒，提枪在手，赶出洞外，大喝一声：“泼猴头！少得无礼！”一拈长枪，分心就刺。大圣举棒相还，杀在一起。不多时，金箍棒把战杆磕飞，二魔手无寸铁如何交战，被行者左一棒，右一棒，“乒乒乓乓”，没头没脑地乱打。八戒在山头上，叫声：“师兄！只管打他管什么用，用棒往他鼻子里一捅，就够他受用的了！”大圣果然把棒一伸，如鸡子粗细，两丈长短，对准鼻孔里一扎，那怪疼痛难当，“唰”的一声，甩开鼻子，大圣使了个顺手牵羊的架式，一伸手，往怀里一拽。

孙大圣抓住鼻子只一拽，妖怪疼得现原形。

原来是只白玉象，毛如雪练眼通红。
两条长牙白又亮，身形高大像座城。
低着头跟随大圣朝前走，不敢哼哈不出声。
八戒一见心欢喜，抖擞精神上山峰。
手举钉耙打后胯，一下重来一下轻。
一直出了山嘴归大路，沙僧抬头看得清。
连忙回头尊："师父，师兄捉住了恶妖精！"
长老闻听不怠慢，急忙闪目看分明。
但只见行者拉着大象走，八戒随后不放松。
走一步来打一步，赶下山坡往东行。
三藏看罢叫："悟净，快些告诉你师兄，
他若肯老老实实将我送，对他应该多宽容！"
沙僧答应说："知道。"迈开大步往前迎。

沙和尚迎将上去，见了行者，把师父吩咐的言词告诉了一遍。那怪走到三藏跟前，把两只前蹄跪下，尊声："唐老爷若肯大发慈悲，饶我的性命，一定抬香藤小轿，送老爷过山，再不敢虚言诓哄！"说着泪流满面。长老一见，心中不忍，叫声："悟空，他若肯送咱师徒过去，放了他吧。"大圣说："泼怪！我师徒俱是好善之人，你若肯送，饶你去吧！"

孙大圣说罢撒开手，二魔心中好喜欢。
将身一纵腾空起，眨眼工夫进了山。
一直落在洞门口，垂头丧气不似从前。
变成人形往里走，唉声叹气皱眉尖。
大魔三魔离了座，唤弟呼兄问根源：
"你被行者拿了去，怎么又轻易放你转回还？"
白象怪见问长叹气，始末情由谈了一谈。
老妖害怕不言语，滴溜溜圆睁怪眼只看天。
大小群妖发了愣，个个惊慌带愁烦。
面面相觑多一会儿，也不语来也不言。
三魔一旁微微冷笑，两眼如灯瞪了个圆。
张开尖嘴呼："兄长，请允小弟进一言。
唐三藏若要不叫咱们送，天大造化上西天。
唐三藏若叫咱们送，管叫他师徒的性命保不全！"

老妖在座上说："二弟，咱们还是送唐僧不送呢？"二魔说："怎么不送？小弟被行者拿去，受了无数的折磨，出乖丢丑，好容易在他师父的面前磕头礼拜，央告了半天才把我放将回来。原许下预备香藤轿，送他师徒过山，若要改悔，那孙行者岂肯甘休？他若一恼，谁是他的对手？”三魔微微冷笑，说道：“二位兄长，那唐僧要不叫送，偷着过去，是他的造化；他必定要叫咱们送，正中了我的调虎离山之计。”

三魔说：“二哥答应了把他送，咱正好将计就计设牢笼。
名为调虎离山计，保管能够捉唐僧！”
老妖魔闻听连忙问：“不知此计怎么行？”
三魔见问腮含笑：“二位兄长细细听。
此去正西四百里，就是一座狮驼城。
如此这般将他哄，他必定跳进咱的坑。
不怕沙僧与八戒，也不怕猴头孙悟空！
不是我小弟无知夸海口，管叫他师徒上绑绳！”
老妖闻听将头点：“贤弟之计甚高明。
不必迟延快打点，趁早儿安排巧计捉唐僧！”

老魔说：“三弟，事不宜迟，你快分派好了。”三魔点头，叫声：“小的们，听我吩咐！”众小妖齐声答应，站在两边，听候调遣。三魔遂派了三十名会造厨的预备米饭、菜蔬，沿路伺候。又拨十名腿快的小妖分作两班，抬一顶香藤暖轿，洞口伺候，安排停当，三个妖王率众来至大路旁边，躬身施礼，满脸赔笑说：“请唐老爷上轿。”

唐三藏见此光景心欢喜，暗暗夸奖孙悟空。
不是悟空显手段，怎能够降伏这些恶妖精。
猪八戒收拾行李担，沙和尚牵住小白龙。
服侍长老把轿上，众小妖抬起轿子往西行。
孙大圣扛着金箍棒，在前引路看吉凶。
霎时上了狮驼岭，三妖魔手扶轿杆紧照应。
香藤暖轿走得稳，稳稳当当朝西行。
路途上一日三餐好斋饭，吃得八戒直哼哼。
晓行夜宿整六日，一齐来至狮驼城。
长老轿内抬头看，大圣也闪目看分明。
但只见一片妖光罩四野，黑雾烟云上下腾。
并无军民与百姓，虎狼成群妖气满城。
大圣看罢多一会儿，不由得着忙又吃惊。

一二七　师徒被蒸

大圣见满城的妖气，正然着急，忽听得后面风声响亮，一回头，见三魔双手举方天画戟，往大圣头上打来。大圣急转身形，使棒相迎。他两个并不答话，只杀得难分难解。老魔见三魔动了手，连忙手举钢刀砍八戒，八戒丢下担子，用耙劈面相还。二魔手拈长枪，望着沙僧分心就刺，沙僧用降妖杖抵住，三僧三妖杀在一起。那十个小妖，遵了三魔的暗令，“哄”的一声，抢了白马、行李，抬着轿子，径至城边，高声叫道：“大王爷到了，快开城门！”城上的小妖不敢怠慢，跳下城来，开了城门，狮驼洞的小妖吩咐道：“大王爷爷有令，各营俱要偃旗息鼓，不许呐喊筛锣，怕吓坏了唐僧。唐僧禁不得恐吓，一吓，肉就发酸不中吃了。”众小妖谁敢违反，把长老抬进至金銮殿，轮班看守，不表。且说三僧三妖仍在城下大战。

僧与妖大战多时天已晚，八戒累得汗津津。
虚晃一耙败阵去，老魔哪里肯放松。
大骂：“秃厮哪里走！”张开那血盆大嘴不留情，
一口叼住猪八戒，小妖赶忙上绑绳。
二妖魔一见登时威风长，伸开鼻子卷沙僧。
沙僧害怕才要走，被妖魔拦腰搭上了捆人的绳。
美猴王见此光景说“不好”，纵起筋斗到空中。
三魔时下现本相，展开双翅快如风。
连忙赶上孙大圣，伸开尖爪下绝情。

孙大圣一个筋斗能打十万八千里路，这怪展开双翅，扇一扇就是九万里，连扇两扇就把大圣赶上。一把抓住大圣拿回城内，摔在尘埃，叫小妖捆住。三个妖王同上大殿。长老师徒四众被放在一处，唐僧在灯光下，忽见三个徒弟俱被擒获，直吓得胆战心惊，面如白纸。

长老浑身打抖战，面如白纸嘴唇青。
两眼痛泪止不住，叫一声：“能干的徒弟孙悟空，
两界山中我收了你，保我西天去取经。
处处逢灾遭魔难，全仗你变化施威显神通。

今日你也遭擒获，叫谁搭救我贫僧？
贤徒既然遭毒手，大料着性命保不成。
你我在此逢绝地，再休想西天拜佛取真经。”
唐僧越说越难过，泪珠滚滚放悲声。
八戒沙僧也落泪，直哭得哽咽不止眼圈红。
大圣一旁微微笑：“师父不必这样吃惊，
不是老孙说大话，我能战胜众妖精。
大小群妖留一个，算我悟空不英雄！”
师徒正然来说话，忽听见老妖的说话声。

老妖在座上得意地说：“多亏三弟智广才高，拿住唐僧四众。叫小的们快刷锅，抬铁笼屉来，把那四个和尚蒸熟，让我们受用，你们也各分一块尝尝，也叫你们得个长生不死。”众小妖闻听，一个个欢天喜地，七手八脚，安排停当。只见烧火的小妖来报：“水烧开了。”老妖说声：“抬呀！”众小妖一齐拥来，先把八戒抬在第一格，沙僧装在第二格。大圣估量着要来抬他，在灯光之下，拔根毫毛，变作自己的模样，真身跳在空中，往下观看，那些妖兵不分真假，把假行者抬在第三格上，这才把长老捆住放在第四格上。盖上屉盖，架起了干柴，烈火熊熊，烧将起来。

小妖奉命烧烈火，红光黑烟往上升。
猴王空中观仔细，暗暗着急又吃惊：
“师弟们还能蒸两滚，我的师父一滚就要丧残生。
肉嫩皮薄难消受，再若迟延就把命倾！”
美猴王手内掐诀忙念咒，叨念灵文不住声。
大圣的法术真奇妙，西北角上乌云生。
一位神圣迎面至，原来是北海老神龙。
躬身施礼尊大圣：“唤来吾神为何情？”

大圣说：“无事不麻烦你。如今我师父、师弟被妖魔捉住，上了铁笼，要蒸吃他们，请快些与我保护保护，不许伤了他们的性命！”龙王领旨，将身一晃，变作一阵清风，吹进锅底，盘旋回护，一点火气也扑不到锅上。将有三更时分，只听老妖吩咐：“小的们，我等劳神费力，拿住唐僧四众，如今装铁屉内，大料难以脱逃。尔等小心看守，十个一班，轮流烧火，我们安歇去了。到五更时分，安排盐、醋、清酱、烂蒜，请我们起来，空心受用。”吩咐已毕，三个老妖各归寝宫而去。大圣在空中看得明白，按住云头，摇身一变，变了个黑苍蝇儿，叮在笼屉之上，只听得呆子说道：“他娘的，起先还温暖，这会子怎么倒冷起来了？”沙僧说：“二哥，冷还好受，热起来，就要丧命了！”长老在顶上也答话说：“你们别忙，时候到了，自然会热。”这时大圣知道他们不曾丧命，暗想：你言我语，走了风声，可就不大稳便。如今要救他们出来，先得把烧火的治住。想罢，回手摸出十个瞌睡虫儿，往外一撒，抛在十个小妖的脸上，钻入鼻孔之中，渐渐打盹儿都睡熟了。大圣现了本相，走到蒸笼跟前，叫了声：“师父！”长老听是大圣的声音，连忙答应，说：“悟空，快来救我！”沙僧说：“你在外面说话么？”大圣说：“我不在外面，难道和你们在里头一起受罪不成？”八戒忍不住，大叫起来：“好哇！好哇！灵便的先溜了！叫我们在这里头受闷气！”大圣说：“笨货！不要嚷叫！等我救你。”

大圣说着不怠慢，伸开双手揭蒸笼。
头格放出唐长老，第二格忙把毫毛收在手中。
三格放出沙和尚，又揭笼屉第四层。
放出呆子猪八戒，然后发放老神龙。
呆子出来甚高兴，迈开大步要逃生。
大圣一把忙拉住，笨货连连骂几声：
“不要害怕也不要跑，快寻行李和白龙。
要走大家一齐走，撂下师父怎能成！”
八戒无奈止住步，找到行李和白龙。
孙大圣肩扛铁棒前引路，八戒拉马紧相从。
沙僧挑着行李担，搀扶长老往西行。
磕磕绊绊往前走，奔出大殿要出城。
耳边忽听对面梆铃响，成群的小妖来巡城。
大圣低声说：“不好！”四个人赶忙转身奔正东。
不想到东门也有梆铃响，来往不断巡逻兵。
唐长老害怕着忙无主意，行者说：“这次可要把人坑！
我等若要出此地，必须腾云到空中。
师父本来是凡体，想离地三尺也不能。”

一二八　唐僧进柜

八戒说："哥呀，师父肉体凡胎，难以脱身，依我说，找个背眼的地方，撮着师父，爬过墙去吧。"大圣只好依从。师徒四众，径奔净墙边而去。且说那三个魔王一觉睡醒，翻身爬起，急忙登宝殿，叫声："小的们，把唐僧烧了几个滚了？"那些烧火的小妖却睡得正熟，打也打不醒。那些没有执事的小妖惊醒了几个，冒冒失失答应道："七—七—七—七滚了！"一个个跑到锅边，抬头一看，只见烧火的小妖东躺西卧，满地下丢着笼屉格子，十分着忙，又来报道："大王爷爷！不—不—不—不好了！走—走—走—走—了！"

三个妖怪一听此言吓一跳，心里不住地打扑通。
连忙下殿往后跑，争先恐后去看蒸笼。
只见笼屉撂满地，不见师徒的影和踪。
烧火的十个小妖东西倒，犹如死狗把尸横。
灶内无柴不生火，铁锅内汤凉水冷寒似冰。
三妖一见不怠慢，率领群妖追唐僧。
来到了净墙跟前留神看，瞧见了长老和三弟兄。
八戒拽着唐三藏，正要越墙去逃生。
众妖一见齐呐喊："快快过来捉唐僧！"
一个个手持刀枪扑上去，长老一看好心惊。
手足酥软身无主，栽倒在地叫了一声。

这时老魔已走到跟前，喝声："哪里走！"伸手把他抓住。大圣见事不好，早已溜之乎也。二魔捉了沙僧，三魔擒了八戒，群妖拿了马匹、行李。三个魔王来到殿上，吩咐把八戒吊檐前，沙僧捆在柱上，唯有老魔抱住唐僧不放。三魔说："大哥，你抱着他做什么？难道要生吃不成？好容易捉住这样稀奇之物，必须要整治清洁，细吹细打地好好受用。这样生吞活咽，没什么滋味。"老魔说："话虽这等说，只是没拿住孙行者，恐怕他变化进来，救了出去，反为不美。"三魔说："这倒无妨。"凑上去如此这般把哄骗行者之计告诉了老妖魔。

老妖魔闻听三妖一席话，两腮带笑真喜欢。

就依三魔这条计，把唐僧悄悄地装在柜里边。
吩咐小妖传出去，只说大王不耐烦。
等不得煎炒烹炸熏蒸煮，生吞活咽把他餐。
魔头这里施诡计，孙悟空将身落在山巅巅。
师父二次遭了难，少不得又进虎穴与龙潭。
变了个蟭螟虫儿飞进去，火眼金睛四下观。
前门找到后门上，层层门楼没阻拦。
大殿里外全找遍，不见师父在哪边。
急得他出来进去直打转，急得大圣红了眼圈。
大圣正在伤感处，忽听得房檐之上有人言。

行者正然心中伤感，忽听房檐之上有人说话，抬头观看，原来是八戒吊在那里。瞧了瞧，四顾无人，现了本相，走上前来，叫声："呆子，你在这里，可知师父的下落？"八戒睁眼看见行者，说："师兄，你问师父么？我听见小妖们说，妖精等不得蒸煮，生吃了他了！"大圣闻听，哭将起来。八戒说："这是耳闻，并不曾眼见。你再找一找沙僧，问一问便知真情。"大圣依言，找到东配殿，看见沙僧捆在柱上，问起师父来，也是这般回答。大圣不由得一阵心酸，落下泪来，叫声，"师父呀！

为闹天宫困网罗，师来救我出沉疴。
潜心笃志把经取，努力修身共炼魔。
岂料今朝遭毒害，不能相伴上娑婆。
西方胜景无缘到，生死离别可奈何！"

大圣凄凄惨惨，自思自忖："这都是西天如来造下的苦处。他坐在西方极乐之处，闲着没事干，弄了一部三藏真经，叫我们来取！一路上受了多少苦难，到了此处，师父命丧妖魔之口！如今找了你去，问一问，看你说些什么！"好大圣，一纵筋斗云，霎时到了雷音寺，来至山门，硬往里闯。四大金刚上前挡住，喝声："哪里走！"大圣才要答话，又有永住金刚上前挡住，喝道："你这猴儿，好生无礼！可记得大战牛魔王之时，将我请去，帮助你成功，为什么见了我连个光儿也不借，就要闯进玉门？此处本是法王之地，比不得南北天门，任凭你出入！"大圣本来就有一肚子气，见他拦住去路，只急得抓耳挠腮，喊叫如雷，早惊动如来佛祖，令阿罗汉出来，把大圣唤至宝莲台下，参见已毕，止不住地悲伤，眼中落泪。

孙大圣参见如来心痛酸，眼泪滔滔似涌泉：
"如来啊！自从皈依入佛教，保护师父上西天。
一路上逢山过岭遭魔难，万苦千辛不可言。

如今来到狮驼岭，遇见毒魔把路拦。
费尽心机难搭救，师父竟被老魔餐！
八戒、沙僧也入罗网，一个一个被绳拴！
眼前没了唐三藏，还叫谁拜佛取经上西天?！
弟子万分无其奈，才来到此处把佛参。
只求你大发慈悲念念松箍儿咒，弟子仍回花果山。
非是弟子不尽力，怎奈师父丧黄泉！”
大圣越说越难过，如来带笑便开言。

如来叫道：“悟空，想是那妖怪的神通广大，你不能取胜，所以才这样伤心。”大圣说：“实不相瞒，弟子自为人以来，从没受过这般折磨，如今反遇妖魔毒手，真叫人伤心！”如来说：“悟空，你师父未曾丧命，不必烦恼。我认得那妖怪。”大圣猛然站将起来，叫道：“如来，老孙听说这妖精与你有亲！”如来笑道：“悟空，少要放刁，听我告诉与你。”

一二九　过狮驼国

如来佛宝座之上开金口，满面带笑叫：“悟空，
大魔二魔俱有主，他本是青狮白象到山中。
文殊、普贤能降伏，我如今差人宣召主人公。”
说着忙把罗汉叫：“快上那五台峨眉走一程！”
罗汉领命不怠慢，金光一闪无影踪。
如来座上又讲话：“我把那三魔的出身说给你听。
开天辟地分清浊，走畜飞禽万物生。
走畜之中麒麟为大，凤凰为尊在飞禽中。
凤凰行得交合礼，又生孔雀大鹏鹰。
孔雀出世多厉害，惯吃行人十分凶！”

如来说：“孔雀出世，甚是凶恶，四十里之内，能吸人于腹中。那时，我在雪山顶上，修成丈六金身，也被它一口吸去。我想要从它便门出去，恐怕污了金身，

是我在它背上挖开一洞，跨上灵山，封它为鹏王圣母。此怪乃是大鹏金翅雕，非我下山，不能降伏此怪。”

如来佛说罢站起往外走，悟空跟随在后边。
但只见两朵祥云迎面至，原来是文殊与普贤。
二位尊者参佛驾，如来正颜说根源：
“唐僧失陷狮驼岭，你俩的脚力把他缠。
还有大鹏金翅鸟，率领群妖把路拦。
唐和尚十世修真非小可，受敕奉唐王差遣上西天，
路上多有灾和难，八十一难未了完。
快去收服三妖怪，救唐僧脱灾出难得安然。”
尊者一齐说：“领旨。”金光滚滚下灵山。
狮驼城前往下落，见一座城池在眼前。

孙大圣在前引路，后跟如来大众，真是霞光万道，瑞气千条，彩雾纷纷，不多一时，来至狮驼国地面。行者用手一指，口尊：“我佛，请看那放黑气的地方，就是妖魔的所在。”如来点头赞叹说：“善哉！善哉！”叫声：“悟空，你下去与妖精交战，许败不许胜，引它前来，我自有收它之法。”大圣答应，一按云头，来至舞凤门外，用棒一指，大声喝道：“咦！众小妖听真，快些报将进去，叫那三个泼魔出来受死！”小妖连忙通报，不多时，三个妖王各持兵刃，跳出朝门，彼此相见，更不答话，战在一处。

孙大圣看见妖魔心中怒，抡铁棒照着老妖下绝情。
青狮钢刀忙招架，恶战仇敌斗输赢。
三魔的画戟一拈如怪蟒，挨上一下就不轻。
二魔的长枪使得有个门路，更比别人狠又凶。
老魔的利刃甚沉重，上下飞腾不透风。
大圣的如意金棒耍得如意，封闭腾挪快又灵。
来回走了十几趟，美猴王双足一跺到空中。
扭过头来往下叫，大骂妖怪不住声：
“外公开恩饶你们不死，不许再赶我孙悟空！
快些回去是造化，若要追赶就把命倾！”
大圣言词还未尽，鹏魔王叱咤如雷叫一声。

鹏魔王见行者败走，还说大话，十分生气，骂一声：“猴头！哪里走！”驾起云头，赶将上来。大魔、二魔随后也跟了上来。大圣连忙藏在佛祖的身后，三魔赶到跟前，一抬头看见现出三世佛与五百阿罗汉、三千揭谛，排列得齐齐整整。忽然金

光一晃，把三个妖魔裹在其中。

老妖魔瞧见文、普二尊者，不由着忙又担惊：
“猴头真是地理鬼，他如何找着咱的主人公？”
三魔回答说：“无碍，就是佛祖又有何能?!
咱们仨急速上前快动手，拿住如来是正经。
大家夺了雷音寺，坐坐莲台多威风！”
说着大话往前闯，方天画戟拧了几拧。
大妖魔双手抡开那柄利刃，二魔把钢枪忙端平。
大叫一声往上撞，二尊者岂肯把三妖来放松。
用手一指施法力，喝声：“孽畜快现形！”
白象、青狮打冷战，将身一滚现原形。

大魔、二魔现出原形，一左一右，将身站住，原来是青狮、白象。二位尊者将莲花台往下一抛，撂在二怪的脊背之上，文殊跨上青狮，普贤坐上白象，一左一右，立在金光之内。唯有三魔不知好歹，展开双翅，飞在空中，抡开钢爪，来抓大圣。大圣站在金光之内，他哪里害怕。如来连忙显出雀巢贯顶之功，化了一块鲜红的血肉，那怪伸开爪，尽力一抓，如来用手往上一指，那怪只在佛光中打转，再也飞不出去，随着佛光，径往西方皈依佛教去了。大圣辞谢了如来、诸佛，按住云头，落在城内。

孙大圣按住云头到城内，直往龙凤门里冲。
迎头遇见虎元帅，还有那四十八路小钻风。
大小群妖无其数，抡枪舞剑迎悟空。
打算着摆下一个莽牛阵，给大王报仇显显威风。
行者一见哈哈笑：“该死的妖怪休逞能！
再把小妖留一个，誓不为人把名姓更！”
脑后的毫毛抓了一把，变化了成千上万的小悟空。
无数的小猴乖又巧，犄角旮旯捉精灵。
虎元帅先被猴王活打死，小妖纷纷走西东。
大圣来至东偏殿，放了八戒和沙僧。
八戒翻出行李担，沙僧拉马跟着悟空。
美猴王前前后后细寻找，信步来至香云亭。
但见当中放铁柜，忽听得铁柜里有人直哼哼。
连忙打开黄金锁，才知锁的是唐僧。
行者一见心欢喜，急忙忙搀扶师父到殿中。

大圣找到香云亭，救出师父，搀到大殿之上坐下，八戒、沙僧过来，问安已毕，行者吩咐众小行者，前前后后，搜索了一遍，连一个小妖儿也没找着，猴王这才收了毫毛。又叫八戒到厨房内收拾了些素斋饭，师徒四众就在大殿上调开桌椅，饱餐了一顿。喂了白龙马，天色已晚，打开铺盖，安歇了一宿。至次日天明，一齐起来。八戒温热脸水，大家净了面，随便吃了早斋，服侍长老上马，八戒牵马，沙僧挑起行李，行者在前引路，出了狮驼国，径奔西天大路而来。

一三〇　进小子国

孙大圣使碎心机降妖怪，救出来师父、八戒和沙僧。
自自在在朝前走，师徒们说说笑笑赶路程。
提起狮驼国内事，你言我语话不绝声。
唐僧说："你我师徒遭罗网，几乎一齐赴幽冥。
多亏悟空施法力，才搭救我们出火坑。"
行者说："自从师父身有难，生生急坏俺孙悟空。"
八戒闻听咧嘴笑："那卷人的妖魔实在凶。"
沙僧说："那个老妖也不弱，张开嘴就能把人吞在肚中。"
一面说着不住地笑，快马加鞭把路行。
爬山越岭非一日，残秋已过是隆冬。
只见梅花开满岭，河中绿水冻成冰。
往前正走抬头看，瞧见一座锦绣城。

话说唐长老师徒四众，自从离开狮驼国，一路之上，无非饥餐渴饮，晓行夜住。这日正往前走，只见迎面有座城池，师徒迈步前行，离城门不远，长老带住白龙马，叫声："悟空，你去问问，这是什么所在？"大圣答应，走到城楼之下，见一个老军在向阳墙下偎风而睡。大圣说了声："长官，这是什么地方？"那个老军睁眼一看，只吓得战战兢兢，双膝跪倒。

这老军战战兢兢忙跪倒，连把尊神叫了几声：
"弟子吃斋好行善，孝顺父母敬长兄。

又不为非与作歹，凡事公平照理行。
只求爷爷饶了我，我与你修盖庙宇报恩情。”
一面说着连叩首：“天神呀，高抬贵手把我宽容！”
大圣一见哈哈笑：“长官长官莫吃惊。
我又不是妖和怪，也不是列宿周天一神灵。
如何这样哀告我，请把那始末情由细说明。”
老军闻听将头点，连把正神爷爷称：
“你本是那位活雷祖，察看善恶的大神灵。
今日下界来显圣，一定要动怒施威风。”
老军言词还未尽，直笑得大圣脸发红。

大圣闻听，笑了个不能合口，说：“老人家，我不是雷公爷爷，我是一个人，生成的相貌就是如此。你不要害怕，起来吧。我问问你，这是什么地方?”那个老军擦了擦眼，端详半晌，这才爬将起来，暗暗丧气：“遇见了这么一个人，有理无情地叫我与他磕了一顿头。”咕嘟着嘴说：“我们这里原叫比丘国，如今改为小子城了。”大圣问了地名回来，告诉了长老，长老说：“悟空，你该问问他如何叫作小子城。”大圣随口打了个狂话说：“师父，他给我说了，只因老王去世，如今太子登基，是一个年轻的小子，所以改为小子城。”长老说：“无此理，无此理，等我进城面圣之时，自然问个明白。”

唐三藏说罢不怠慢，丝缰一抖进了关。
进了城门抬头看，人烟稠密买卖全。
买金贩锦人如蚁，夺利争名只为钱。
还有一宗稀奇事，大街上有两溜鹅笼在路边。
五色彩缎遮盖定，又有红绒上面拴。
长老不解其中意，望着行者开了言：
“你看看两溜鹅笼在街上放，什么东西在里边?”
大圣回答说：“不知道，待我上前去看看。”
变了个蜜蜂钻进鹅笼去，笼子里头黑暗暗。
里面也没有别的物件，有一个小孩在里边。
美猴王又看第二个，也有个孩童睡得香甜。
大圣飞出又飞进，不多时两溜鹅笼全看完。
每一个笼中装着人一个，并无女孩全是男。
有的在里面嘻嘻笑，也有的面带愁容泪不干。
有的呼呼睡大觉，也有的把那饽饽餐。

大圣看罢复本相，来至长老跟前忙回言。

大圣飞出笼来，现了本相，一一告诉了长老。长老心下犹疑不定。往前正走，忽见一座衙门，乃是金亭馆驿。长老下马，见了驿官，说明来意，走进客座，安置献茶已毕，上了斋饭，师徒用饱，长老合掌当胸，望着驿官讲话。

唐三藏不曾说话先合掌："感谢尊官多照应，
贫僧有件不明事，望求尊官来讲明。"
驿官闻听腮含笑："但不知长老问的什么事情？"
长老说："方才我打长街过，瞧见路旁摆鹅笼。
锦缎遮严红绒系，里面盛着小儿童。
贫僧不知为何故，因此动问请讲明？"
唐长老和颜悦色来相问，驿官摇头说："莫高声！"
三藏情知有缘故，今天一定要问清。
一连催了好几遍，驿官无奈才吐真情：
"长老若问这件事，都因为耳软的国王太昏庸。
我这里当初原叫比丘郡，到如今百姓称为小子城。
三年前来了一个老道，单身带领一女童。
这女子倒有闭月羞花貌，能歌善舞又聪明。
献与国王为宫妃，哄得国王发了蒙。
把道士加封为国丈，位列朝班很威风。
昏聩的国王贪美色，常常宴乐在宫中。
如今已有三年整，身染虚痨难逃生。
国丈传授长生法，派人四处选幼童。"
驿宫说到这句话，不由得面目失色战兢兢。

驿官说到这里，不由得心中害怕，往外瞧了又瞧，静悄悄的，这才接着说道："长老，我国王身得大病，眼看要死去。国丈献了一个长生之方，吃了寿活千岁。昨日打海外十洲采药回来，俱各炮治停妥，就是那药引子厉害，要用一千一百一十一个小儿的心肝煎汤。那些小儿都是选下的，养在笼中，伺候应用。小儿的父母惧怕王法，不敢啼哭，因此散布谣言，称为'小子城'。长老明日进朝见驾，换了关文，只管走路，千万不要提起此事。"说罢，告别而去。

一三一　搭救幼童

唐三藏听到驿官一席话，不由得叹气又心酸。
可恼昏君无道理，为什么拿着人命闹着玩！
你只图好色贪淫宫中乐，平白伤害多少小儿男？
父母疼儿难割舍，一定要痛断肝肠泪不干！
一千多条小性命，无缘无故丧黄泉！
可恨这个贼老道，就是凌迟也不冤！
唐长老心疼婴儿骂老道，八戒大笑在一边。
叫声："师父太多事，听我老猪进忠言。
你老是看着唱本掉眼泪，专替古人把忧担！
换换关文走咱的路，谁管他孩子一千与二千！"

沙僧也答话道："师父，不必伤心，或者那献美女的老道是个妖精，要吃小儿的心肝，借此为由，哄骗国王，也未可知。等明日进朝见驾之时，大家与他分辨邪正，果是妖精，将他拿住，上可以救国王之迷，下可以救小儿之命，岂不是好？"大圣说："悟净说得有理。师父放心，咱们明日进朝见驾，倒换关文，先看看老道的邪正，我如今先把笼中的小儿送出城外，地方官自然来报，那时将计就计，提起此事，只要老孙略施些小法力，管叫他真假难辨。"长老闻听，满心欢喜，说："徒弟，你不动就能先救小儿出城么？"大圣说："这有何难？师父在此略坐片时，待老孙作法。只听阴风四起，那就是众小儿出城。"好大圣，走出门外，打个呼哨，跳在空中，掐诀念咒，拘得那些城隍、土地、四值功曹、丁甲、揭谛、伽蓝等众都来至空中施礼说道："大圣，呼唤我等有何使用？"大圣说："今有些许小事，烦烦你们。如今比丘国国王无道，听信妖言，要取小儿心肝，来作药引。我师父心中不忍，叫老孙救生灭妖，请你们各施神通，把这些遇难的小儿摄去，藏在城外深林旷野之中，每人与他些果子吃，不许饿着他们。不过一二日工夫，等老孙灭邪扶正，劝化国王，临行之时，送来还我。"众神齐说："遵命！"霎时间，阴风惨惨，雾气绰绰，天有三更时分，将众小儿尽皆摄去。行者按落云头，回至驿馆，师徒一同安歇。至次日清晨，长老净面更衣已毕，行者口尊："师父，事不宜迟，你老早些进朝，一来倒换关文，二来辨别邪正。老孙暗暗跟随，决不误事。”

大圣说罢忙叫：“变！”变了一个蟭螟虫。

落在长老帽沿上，三藏一见笑颜生。

出了驿馆将朝进，黄门启奏不消停。

不多时国王降旨来宣召，唐僧朝拜甚谦恭。

礼毕平身忙赐坐，把倒换的关文递给唐僧。

这时候当驾官员来启奏，说：“国丈爷爷到朝中。”

但只见两班文武齐施礼，国王欠身来相迎。

大圣帽上偷偷看，打量这位老妖精。

紫金冠在头上戴，八卦仙衣血点红。

只见他怪眉怪眼形容丑，一缕黑光往上升。

摇摇摆摆上大殿，见君不把礼来行。

大模大样坐在绣墩上，国王座上把国丈称：

“仙驾早临孤的大幸，迎接迟慢望宽容。”

唐长老趁势抢行两步，合掌当胸，躬身施礼，尊声：“国丈，贫僧问讯了。”那道人端然高坐，也不还礼，转过脸来，望着国王说：“这个僧人，是哪里来的？”国王带笑答道：“这是东土大唐差往西天求经的，今来倒换关文，方才盖了玉玺，尚未出朝。”国丈微微冷笑，说：“西方道路黑漫漫，有甚好处！”长老道：“西方乃极乐世界，怎么没有好处？”国王说：“禅师，朕闻上古有云：‘僧是佛家弟子’。不知为僧可能不死，向善可能长生？”长老说：“陛下，不嫌耳絮，听贫僧细细说来。为僧者，万缘都罢；了性者，诸法皆空。素素纯纯寡爱欲，自然享寿永无穷。”国丈闻听此言大为不悦。指定唐僧，大骂起来。

国丈指着唐僧骂：“和尚住口莫胡言！

像你们木鱼敲碎中何用？蒲团坐破也是枉然。

谁见佛法在何处，哪个到过大西天？

满口胡言将人哄，无非是指着佛法混吃穿！

谈心谈性谈空灭，存心劝人受熬煎。

终久难免无常路，只落得饮恨含悲丧九泉！”

妖道言词还未尽，唐长老连忙启齿问根源。

长老说：“国丈，不知道道中有什么好处？望乞指教一二。”国丈冷笑了一笑，说道：“和尚，你且听我道来。修仙者，骨之坚秀；达道者，神之最灵。三教之中无上品，古来唯道独称尊！”国王听说十分欢喜，两班文武也人人赞不绝声。

这个说：“三教之中道教为首。”那个说：“自古唯道独称尊。”

这个说："佛法空虚中何用？"那个说："谁是成佛为祖人？"

这个说："和尚之言全是假。"那个说："国丈之言果是真。"

众文武你言我语把话讲，羞得唐僧无话云。

国王座上忙传旨："安排素宴待僧人。

筵席设在金亭馆，驿丞奉陪要殷勤。"

国王旨意传出去，唐长老辞驾往回奔。

长老才出午门，大圣轻轻地爬到耳边，叫声："师父，那个国丈不是好人，是个成精的妖怪！你且去馆中领他的筵宴，等老孙再去打听个明明白白，好作定夺。"长老点头，出午门而去。大圣展开双翅，趴在翠屏上，听他们说什么。只见班部之中，闪出五城兵马官，上金阶，双膝跪倒："臣启陛下，今夜三更时分，一阵风将城内各家小儿，连同鹅笼，尽皆刮去，不知下落，不敢不奏，请旨定夺！"

看累了，不妨听一听

一三二　行者剖心

巡城将官启奏毕，国王吓得脸发黄。

手儿一摆说："知道了！地方官员站一旁。

昏君连忙呼："国丈，国丈快快出主张！

自从我身染重病不见好，全亏了国丈海外觅仙方。

实指望却病延年身健康，又谁知老天不佑降灾殃。

国丈你有什么计，快些打点救孤王！"

妖道闻听腮含笑："我主张放心不必慌。

虽然说冷风刮了小儿去，现有长生不老方。

但能得了这宗药，比那些小儿心肝还要强！"

妖道说："我主宽心，不必忧虑。那些小儿被冷风刮去，哪里是天灭陛下，正是圣上有福，老天爷送了一个长生不老之方，来医陛下。如今有一个绝妙的药引，比那一千一百一十一个小儿的心肝胜强万倍。那些小儿之心，只延得陛下千年之寿；这一宗引子，吃了我的仙药，可以万万年长生不死！"

那妖道越说越高兴，国王心中弄不清。

呆了半晌尊：“国丈，这药引可在你手中？”
妖道说：“虽然眼前没在手下，想寻此方定成功。
就是那东土取经唐和尚，他本是十世修行一高僧。
自幼出家胎里素，元阳未泄是真童。
真乃一件无价宝，起死回生十分灵。
得他的心肝为药引，保管你身体健康寿无穷。”
昏君闻听心欢喜，说：“国丈呀何不早些说给我听，
就该把他留在宫内，不叫他再回馆驿中。”
妖道带笑说：“无碍，那唐僧犹如飞鸟入了笼。
请圣上急速传旨把四门闭，使个巧计捉唐僧！”

妖道说：“趁着唐僧在馆中，我主速派兵将，先把四门紧闭，将馆驿团团围住，管保手到擒来。”妖道这般这样地说了诡计，又道：“取他心肝，名正言顺，岂不两全其美？”昏君连连点头称是，忙传旨，闭了四门，又派羽林卫大小官兵，去困驿馆，这且不提。且说大圣听到这消息，一翅子飞到馆中，现了本相，叫声：“师父，祸事到了！”长老正与八戒、沙僧在馆中享宴，闻听此言，直吓得浑身是汗，口不能言。八戒叫声：“猴儿哥，师父才要吃斋，你就大惊小怪，唬吓与他，是何道理？”大圣就把妖道要害师父之事说了一遍，长老听了直吓得战战兢兢，说：“徒弟呀，此事怎生是好？”行者说：“若要好，大作小。”沙僧说：“师兄，怎么叫‘大作小’呢？”行者说：“你们听来。”

孙大圣眼望沙僧呼：“贤弟，听我给你说原因。
师父现有杀身祸，全是那妖道设计骗昏君。
我有心施展法力降妖怪，又恐怕连累朝中众君臣。
如今要救师父的命，除非叫师父的形容变老孙。
老孙再变作师父的样，大殿之上去面君。
相机而动降妖怪，方显出清者清来浑的浑。
这个方法叫‘大作小’，互相变化斗妖人。”
三藏到此无其奈，说：“我情愿变作徒子与徒孙。”
大圣回头叫：“八戒，快和些泥来给老孙。”

八戒连忙答应，到天井中，用耙搂了些土，又不敢外面取水，撒了一泡猪尿，和了一块泥，递与行者。行者用手捏得薄薄的，往自己脸上一安，安了个猴儿脸模子，贴在长老脸上，吹口仙气，喝声：“变！”把师父变作了自己模样。自己将身一变，变作长老的形容。彼此把衣服换了，刚刚收拾停妥，只听得人喊马嘶，锣鸣鼓响，早有羽林卫的官兵，把驿馆团团围住。

羽林卫一拥而至困馆驿，锣鸣鼓响不绝声。
人喊马嘶山岳动，闹嚷嚷杀气腾腾锁晴空。
假行者吓得魂不在，筛糠打战似摇铃。
假唐僧摆手摇头说别怕，一切自有我担承。
耳内只听甲叶响，羽林官员进馆中。
客堂上看见唐长老，抓住衣服不放松。
推推拥拥往外走，霎时走进午门中。
前行来至三禅殿，假唐僧站在丹墀把陛下称：
“宣召贫僧因何故？有什么事情快讲明。”
国王闻听尊：“长老，有一件要紧东西求圣僧。
只因为寡人得重病，问卦求神药不灵。
多亏了国丈赐方将朕救，药料如今俱配成。
就是引子无处找，要在你身边借一宗。”
假唐僧开口呼：“陛下，龙驾留神在上听。
行路僧人到西天去，并没有珍贵东西在手中。”
国王回言说：“不是，这宗东西最普通。
不过是借你的心肝用一用，煎煎汤药就能成。
孤家病好得了命，定塑金身报恩情。”

假长老说：“陛下，贫僧别物没有，心倒有几斤，不知陛下要用什么心？”国丈在座上用手一指，说：“和尚，单要你的黑心！”假唐僧说：“有！有！有！快借把刀来，把腹豁开，捡着用吧。”当驾官取了一把牛耳尖刀，递与假唐僧。假唐僧接刀在手，把衣服解开，露出肚皮，把尖刀对准了心窝，“哧”的一声，豁将进去，直扎得鲜血直流，把手往下一按，肚皮豁为两半，“咕嘟嘟”冒出一堆心来。只吓得文官失色，武将惊心，国王害怕，内监魂飞，那国丈在座上言道：“这厮原来念过多心经，是一个多心和尚。”假唐僧把那些心一个一个地用手掰开，都是些红心、白心、黄心、贪心、利名心、嫉妒心、好胜心、望高心、计较心、怠慢心、杀害心、狠毒心、恐怖心、谨慎心、邪妄心、无名隐暗之心，种种不善之心，却无一个黑心。

一三三　闯清华洞

这国王座上唬得浑身战，叫声："长老快收心！"
大圣连忙收本相，现原身微微冷笑叫："昏君！
你这人也太无眼力，俺和尚全是好心人。
你看你这个皇国丈，他才是个大黑心！
等我与你取药引，煎汤药定能保你病除根。"
说着纵身跑上去，国丈几乎吓掉魂。
闪目留神往下看，认得是大闹天宫的那个老孙。
口内连连说："不好！"驾起云头跑出午门。
孙大圣喝声："妖魔哪里走！"呼哨一声驾了云。
僧妖空中动了手，互不相让把命拼。
这一个手使一条蟠龙拐，单臂抡开劈顶门。
那一个金箍棒舞得风声动，上下飞腾打妖人。
来来往往多一会儿，那妖道精疲力竭汗津津。

那怪的蟠龙拐敌不住大圣的金箍棒，将身一晃，化道寒光，落在昭阳院内，把妖妇带出宫外，无踪无影地去了。大圣且不追赶，按落云头，对文武说："尔等的好国丈，竟是个多年的妖怪！尔等快把国王找来，看看你那妖婆，还在后宫没有！"大圣当先，众文武在后，一齐闯进宫来。

孙大圣肩扛铁棍头里走，后跟合朝文武官。
一直闯过金銮殿，宫楼不远在眼前。
人多声重齐嚷叫，惊动了宫娥彩女和太监！
不避嫌疑跑在一处，七言八语问根源。
大圣从头说一遍，众男女四处奔走箭一般。
先奔那昭阳宫内寻妖后，鸦雀无声阴惨惨。
六院三宫全寻遍，不见国王在哪边。
一齐找到谨身殿，闪目留神仔细观。
但只见国王转过屏风后，内侍双双左右搀。

面如金纸唇似靛，气喘吁吁像泥一滩。

众多文武不怠慢，一个个端带撩袍跪在面前。

众嫔妃彩女见了圣驾，一个个这才放下心来，俱回宫帏而去。众文武官员，双膝跪倒，口尊："陛下洪福齐天，感动神僧，辨别那国丈乃是个妖邪，如今连皇后都不见了。"国王闻听，心中醒悟，感谢不止。急请行者上殿，尊声："长老，你早晨进朝之时，形容俊伟，怎么如今变成这么个模样？大圣就把那假唐僧进朝降妖的话说了一遍。国王立刻传旨，急将那长老三众宣进朝来。大圣见了师父，连忙迎将上去，用手一指，吹了一口仙气，揭了脸上的臊泥，复了本相。国王下殿迎接，就位坐下，行者说道："陛下，那怪的来历，不知你知道不？"比丘王见问连忙欠身，说道：

"这妖魔三年以前来此地，金殿以上把我蒙。

他说是离此城南七十里，柳林坡清华庄上有门庭。

领着一个多姣女，年方二八好姿容。

说只有这个亲生女，老妻不幸赴幽冥。

半路出家当老道，带着女儿苦修行。

愿将此女献与朕，只求养老能送终。

寡人一时不醒悟，竟把她收进昭阳封正宫。

后来寡人得了病，那妖人又用巧计把人蒙。

多亏神僧来到此地，辨别邪正灭精灵。

求你降伏这个妖怪，叫孤家病退灾消在顷刻中。"

大圣说："既然妖怪离此不远，国王与师父略坐片时，老孙去去就来。"说罢，呼哨一声，腾空而起。君臣一齐望空叩拜，这且不表。且说大圣驾祥云来到了柳林坡，按落云头，抬头观看，只见一股小溪两岸上有千万棵柳树，但不知清华庄在何处。大圣掐诀，念了一声五字真言，拘了一个当方土地，跪在面前，大圣问道："清华庄在何处？"土地叩头说："这里只有清华洞，并没有什么清华庄。大圣只去那南岸九叉头一棵杨树根下，左转三转，右转三转，连叫三声'开门'，就现出清华洞府了。"大圣发放了土地，来至南岸，果有一棵杨树，将身左右转了三转，大叫："快些开门！"

孙大圣大叫了一声观仔细，一声响亮现石门。

迈开大步往里走，但只见一派清幽爱煞人。

霞光明亮无人迹，一溜石屏朝洞门。

地面宽阔多清雅，并无飞土与灰尘。

转过屏风抬头看，瞧见了兴妖作怪二妖人。

老妖拉着女妖手，气喘吁吁正谈心。
说："本来是个好机会，眼下就能哄昏君。
可恼猴头无道理，他要和咱把命拼。"
老妖之言还未尽，大圣气得冒青筋。
大喝一声闯上去，抡开铁棒劈顶门。
老妖一见说："不好！"撂下妖婆就腾云。
两手抡开蟠龙拐，骂："猴头！你竟敢来此把死寻！"

一三四　寿星收鹿

那怪与大圣战了多时，抵挡不过，将身一晃，化道寒光，往东逃走。行者随后赶来。猛抬头，只见祥云飘飘，原来是南极寿星迎头把妖精罩住，叫声："大圣慢来。"行者上前一把拉住，叫一声："老兄弟，你从哪里来？罩住妖怪，必定拿住他了。"寿星笑道："妖怪在这里。只是看我面上，不可伤他性命。"大圣说："那老怪不与你相干，你为何与他讲情？"寿星带笑道："大圣有所不知，这孽畜是我的一个脚力，走出来，成了此怪。"大圣说："既然是老弟之物，只教他显了本相，饶他不死。"寿星闻听，即把寒光放开，喝声："孽畜！还不现形，等待何时！"

南极子用手只一指，那妖怪寒光一晃现原形。
原来是一只大白鹿，遍体白毛亮晶晶。
俯伏在地身不动，蟠龙拐就在一旁扔。
寿星一见忙拾起，口内连连骂："畜生！"
一纵身形跨上去，四蹄一跳要腾空。
大圣上前忙拉住："老弟请你先慢行。
老孙还有两件事，定要麻烦老弟兄。
头一件：妖精变的皇后未拿住，不知是个什么精。
第二件：烦你同到比丘国，始末情由讲个明。
一来与民除了害，二来叫他们君臣弄个清。"
南极仙翁将头点，拨转云光往回行。

一直找到清华洞，高声大骂女妖精。

妖婆着忙说："不好！"一阵寒光往外冲。

大圣一见忙赶上，高举起金箍棒儿下绝情。

大圣挡住寒光，迎头一棒，那怪立不住脚，骨碌碌跌落尘埃，现了本相，原来是个玉面狐狸。大圣照头一棒，可怜那倾国倾城如花貌，化作毛团狐狸形。猴王一伸手，提溜起来，陪着南极子，来到比丘国金銮殿上，长老与国王君臣拜接上殿。南极子叫声："国王，大圣提溜的这个玉面狐狸就是你的皇后。山人所骑的这只白鹿，就是你的国丈。只因前者东华帝君过我荒山，与山人下了一盘棋，这孽畜偷走下凡，收了这个妖狐，前来害你的性命，图你的江山，今被大圣看破，山人知觉，特来收服此怪，与你除灾。"

南极子把前因后果说一遍，君臣闻听吃一惊。

重新拜谢南极子，又谢了齐天大圣孙悟空。

连忙传旨排筵宴，美酒佳肴来庆功。

南极仙翁居首位，下面陪坐是唐僧。

各按尊次归了坐，丝竹鸣奏甚中听。

摆的是奇珍异果难得的菜，美味佳肴宴神僧。

酒过三巡寿星老儿开了口，叫："国王，有件事儿和你讲明。

本想传你长生法，怎奈你元气耗尽不能成。"

国王闻听，慌忙离座，跪倒在地，口尊："仙翁，望乞大发慈悲，指教愚顽，感恩不尽。"寿星说："国王你且起来，山人本想传你延年之法，怎奈你元气耗尽，不能还丹。也罢，我这袖中只有三个枣儿，原是东华帝君献茶的，我未曾用，如今送你吃吧。"说着取出来，递与国王。国王接过来，吞在腹内，顿觉神清气爽，精神百倍。又叩头拜谢一番，寿星告辞，跨上白鹿，回山去了。长老也告辞西行。国王苦留不住，率合朝文武、妃后、宦官，推轮转毂，送出西关之外，忽听半空中一阵风响，落下了一千一百一十一个鹅笼，内有一千一百一十一个小儿，众神在云端之中，高声叫道："大圣降妖成功，小神等特来交还小儿。"大圣谢了众神，又把搭救小儿之事说了一遍，就叫各家的父母各自认去。君臣百姓，男女老幼，一齐拜谢。

比丘国无论君臣和百姓，一齐拜谢众高僧。

一眼望去人无数，人山人海闹哄哄。

拜谢已毕忙站起，吵吵嚷嚷不绝声。

这几个上前拉住猪八戒，那几个围住沙僧不放松。

这几个用头顶起孙大圣，那几个拥住唐僧往西行。

这几个用肩挑起行李担，那几个上前拉住小白龙。
国王君臣难劝阻，一同回到比丘城。
今日东家排筵宴，明日西家请圣僧。
这家做下衣和帽，那家做的衣袜更精工。
也有的画像焚香火，也有的写上牌位供房中。
一连留了一个月，师徒们告辞往西行。

唐三藏师徒四众，在比丘国被军民百姓留住，一直住了一个月，方得脱身。君臣、百姓盏添净水，炉焚名香，送出二十里以外，洒泪而别。四众出了比丘国，说不尽饥餐渴饮，夜住晓行，转眼又到了残冬春近的时候。

唐三藏带领徒弟往西去，转眼之间到春天。
两岸桃花红似火，一片青草绿如毯。
宽宽窄窄阳关道，枝头小鸟闹声喧。
这一日正走之间抬头看，一座高山把路拦。
真乃是峭壁直立冲霄汉，峰岭高耸接青天。
悟空领头将山上，师徒三人跟在后边。
越过山峰下峻岭，一座松林在面前。
大圣引路把树林进，满地浓荫不见天。
又只见麋鹿含枝来回走，仙鹤落在松树巅。
遍野奇花和异草，红红绿绿看不完。
一直走了多半日，一座松林未走完。
长老下马叫："徒弟，哪一个化些斋来打打尖？"
悟空答应说："我去！"筋斗一翻一溜烟。
行者此去不打紧，长老又被妖魔缠。

一三五　松林遇妖

行者在半空中，按住云头，往下观看，只见松林内，祥云缭绕，瑞气氤氲，不觉满心欢喜，知道师父根深，将来必成正果。正思想之间，忽见松林南边，"咕嘟"

冒起一股子黑气。

孙大圣心中正夸唐长老，忽看见一股黑烟往上冲。
口中连连说："不好！这地方一定有妖精。
八戒、沙僧把师父守，决不会把那黑气生。"
按下了齐天大圣且不表，再提三藏唐圣僧。
盘膝坐在松林内，见性明心万象空。
念珠拈得随手转，口中默默念心经。
这长老正在把佛念，忽听耳边有叫苦声。
长老想："旷野森林人叫苦，准是他遇见了虎豹与狼虫。
贫僧见死应当救，见死不救是恶行。"
想罢翻身忙站起，顺着声音去打听。
往南走了半里路，看见一人上了绑绳。
上半截身子绑树上，下半截身子埋土中。
原来是年轻的一女子，愁眉泪眼叫人心疼。
娇滴滴燕语莺声呼："长老，快快救咱去逃生！"
唐僧一见心不忍，忙问道："你被何人上绑绳？
姓甚名谁何方住？快把那以往之事讲给我听。"

唐僧不知道这深山旷野之中，哪里来的女子。原来这是个妖魔，他在数年前就知道长老上西天取经，必从这里经过，故此她才变化人形，在此等候，心想着怎么设个法儿，将唐僧摄去，阴阳相合，以成正果。就是怕猴王难缠，因此才安排巧计。今见长老问他家乡住处，不由得满心欢喜，故意地慢吐悲声，泪流满面。

那女子慢吐悲声腮流泪，喊叫长老不住声：
"我家住在正西贫婆国，离此处二百里路挂点零。
堂上双亲俱好善，供佛斋僧心虔诚。
只因为跟随父亲把亲探，滔天大祸从天生。
遇见一伙贼强盗，强行打劫在途中。
双亲家人全逃散，奴家年幼难逃生。
被他们抢至松林内，贼头就把歹心萌。
强要娶俺为妻子，二大王也来把我争。
强贼个个心不善，彼此竞争把是非生。
因此他们将我绑，气愤不过埋土中。
分了财物散了伙，撂下我一人受苦情。
算来今朝整五日，顷刻之间就丧生。

今日个幸遇师父来此地，望乞救我回家中。

奴家得见双亲面，日后定然报恩情。”

长老原是个大慈大悲之人，听见女子这一番话，信以为实，不由得眼中落泪，忙叫：“徒弟，快来！”且说八戒、沙僧正在林中寻花觅草，忽听长老呼唤，又听见有妇人哭诉之声，连忙跑到跟前，说道：“师父，怎么样了？”长老用手指着那个女子说：“悟能，你把这位女菩萨救将下来。”八戒答应，不管好歹，就要去解绳子。且说大圣在半空中，又见那股黑气把祥光罩住，说声：“不好！黑气罩住祥光，定是师父遇见妖怪了！我还化什么斋饭，先去搭救师父要紧。”一按云头，落将下来，看见八戒正在那里解扣儿呢。忙走上去，一把揪住八戒的耳朵，只这么一拧，八戒“咕咚”摔了个跟头。呆子一见，爬将起来，指手画脚地说：“你这厮好生无礼！师父叫我救人，你为什么拧我？”大圣说：“笨货！哪里知道，这是个妖精！”八戒闻听先有几分不悦，说：“师父，别信这弼马温的话。现放着一位年轻的姑娘，怎么说人家是个妖精！他不愿意背，待老猪背着。”长老说：“悟能，不是那么说，你那师兄一向看得不错，既是他这么说，咱们走吧。”大圣闻听十分欢喜，连忙扶长老上马。八戒挑担，沙僧跟随自去了。且说这怪见破了他的机关，只恨得咬牙切齿：“我费了几年的工夫，被这猴儿误了大事！我且再叫他两声。”你看他娇娇滴滴地又说了两句话儿：“师父呀！你放着活人不救命，西天拜佛取何经！”一阵风吹到长老耳内。长老连忙勒住马：“悟空你去把他救下来吧。”

孙大圣连忙摇头说：“不可，慈悲反将祸害生。

妖精设就活圈套，他变着方法把人蒙。

咱们只管把路赶，千万别管闲事情。”

长老闻听心不悦，又把悟空叫了一声：

“你与我快些前去把他救，若不然我念动咒语叫你头疼！”

大圣此时无其奈，奔向东南松林中。

女子一见装了个相：“师父呀！望你救俺出火坑。”

猴王闻听微微笑，骂的是：“妖魔你不要再出声！

弄虚玄只好瞒哄我师父，想哄老孙万不能！

你要小心加仔细，倘有差池你难逃生！”

行者说罢忙动手，放出了惯爱吃人的恶妖精。

一三六　入镇海寺

大圣放出了恶精灵，拉出松林见唐僧。
泼魔装出羞怯的样，磕头谢恩不绝声。
水灵灵的杏眼流下泪，说："多谢救命大恩情。
可怜奴家年幼小，遭逢强贼在旷野中。
捆得我浑身发了木，埋得我腰酸骨头疼。
饿得我眼花头晕肝肠断，哭得我死去活来难出声。
幸亏师父来救我，天大之恩我记心中。
奴家孤身难行走，想要回家万不能。
只求师父捎个信，告诉双亲快来接我回家中。
早来一步能见面，怕只怕迟了一步我活不成。
那时候救命不如不救好，师父呀！你的慈悲落了空！"
女妖精瞎话越说越高兴，长老越听越心疼。

长老一听，心中不忍，连忙滚鞍下马，叫声："悟能，你把这位女菩萨扶上马去，牵着偏缰，慢慢行走。"呆子不管好歹，把女妖搀上马，拉着偏缰就走。长老、沙僧在后跟随，大圣一眼瞅定那怪，不离长老左右。走不上三四十里路程，看见了一丛树林，走到跟前，抬头一看，是座大庙，匾上五个大字："镇海禅林寺"。师徒进庙，见了和尚，说明来历，众僧安排斋饭，款待长老。

众僧人见了长老不怠慢，安排素饭待唐僧。
座上提起女子事，唐三藏把以往情由细讲明。
老僧闻听将头点，面带笑容呼："圣僧，
荒山虽然房屋广，俱有僧众住其中。
女菩萨今晚无处住，打发她天王殿内暂把身容。"
长老回答说："可以，暂住一夜就登程。"
说话之间天色晚，客堂之内点上灯。
住持告辞出房去，唐长老师徒合住一房中。
女子住在天王殿，更深夜静要把人坑。

不觉已是东方亮，兄弟仨清晨起来请唐僧。

唐长老把头一抬才要站起，只觉得四肢发烧遍身疼。

眼花头晕身无主，昏昏沉沉直哼哼。

半晌开言呼："徒弟，不好了！我身染重病怎么去取经？"

长老说："徒弟，不好了！我的眼胀头疼，四肢发烧，挣扎不起，如何走路？"大圣说："想是夜间起来，受了风了。真是挣扎不起，就在这调养一二日再走好了。"长老只得依从，不知不觉，过了三日。这一日，长老觉着口中发渴，叫行者去取些水来。行者拿钵盂儿来到厨下，只见那些喇嘛一个个啼哭不止。问起来由，有一个僧人上前答话。

孙大圣手托钵盂来厨下，只见众僧放悲声。

猴王不晓其中故，他反倒心中不悦带怒容。

叫声："住持太小气，有话只管说给俺听。

莫非是我们无故来打搅，吃得你们受了穷？"

众僧见问忙站起，口尊长老不住声：

"荒山虽然地方小，也有僧家百十名。

师父们一日能吃多少米，粗斋尚可供高僧。

长老不必多见怪，我们是别有愁烦在心中。

祖辈流传有功果，撞钟敲鼓诵真经。

每天晚上两个和尚去鸣钟鼓，到次日两个和尚无影踪。

天王殿上全找遍，只剩下骨头衣襟在殿中。

细想此事无别故，一定是寺内有了妖精。

你师徒住了三日整，整整死了六个弟兄！"

众僧说着流下泪，孙大圣暗自思寻不作声。

思想多时说："有了！必是那万恶泼魔把人坑！"

大圣沉吟半晌，知道是那怪夜晚伤人，必须如此这般方能除害，说："你们且不必吵嚷，今夜全都躲避躲避，等老孙与你们探听探听。"说罢，取了一钵凉水，送与师父喝了，不觉得天色已晚，长老出了一身凉汗，顿觉精神清爽。大圣就把妖怪伤人之话告诉了一遍。长老心中害怕，说："徒弟，此事怎生是好？"大圣说："师父只管放心养病，老孙今夜自有擒妖之法。"天有初更时分，行者单身上了天王殿，看了看黑暗无光。即运出三昧真火，点着了佛前海灯，照得满屋中明若白昼，东边擂鼓，西边撞钟。响罢，摇身一变，变了个清俊的小和尚，年纪不过十六七岁，披一件黄绢偏衫，白布直襟，敲着木鱼，口念真经。将到二更时分，只听得"呼呼"一阵风响。

孙大圣变作年轻小和尚，口念真经等精灵。
刚刚敲过二更鼓，猛听得殿外“呼呼”起大风。
飞土扬沙真厉害，犹如虎啸似牛鸣。
不多时风定坐息多安静，一股香气喷进殿中。
环珮叮当连声响，走进来一个女妖精。
只见她乌云巧挽盘龙髻，柳眉杏眼水灵灵。
生就美貌多俊俏，年方二八正年轻。
扭扭捏捏面带笑，上前来拉住偏衫不放松。
口中只把师父叫：“你在这里念什么经？
似这等凉爽的天气不去睡，真是一个小呆僧！”
拉住和尚往外走，要与小僧把好事成。

看累了，不妨听一听

一三七 闹无底洞

那女子把大圣拉住，说：“小师父，我和你到后面耍耍去吧。”大圣把头扭过来，说：“你这个人，太不知事。”那怪说：“师父，我怎么不知事？自古道：‘有缘千里来相会，无缘对面不相逢。’趁如今月朗星稀，我和你到后面去赏赏月怎么不好？”大圣见这般光景，心中暗暗想道：“这些愚僧，怪不得命丧妖邪之口，原来是色心太重。她如今也来诓哄于我，我且跟了她去，看她如何摆布。”想罢，半推半就，拉拉扯扯，来到园中。那怪使了个绊子腿，把行者撂倒在地下，一伸手，掐住脖子。大圣说：“我的儿呀，你这不当真要吃起我来了么？”就势儿使了个小坐跌法，把那怪摔了一跤，即现本相，掣出铁棒，搂头就打。那怪猛抬头，大吃一惊，连忙借着月光，闪目观瞧，哪里是小和尚，原来是孙行者！

女妖怪见是孙大圣，一股怒火往上攻。
顺手抡开双股剑，他两个在后院之内大交锋。
来回走了十几趟，不见谁输与谁赢。
那女怪虚砍了一剑抽身走，大圣追赶不放松。
女怪立刻显手段，把一只红绣花鞋甩空中。

吹了口妖气念咒语，妖魔法术果然灵。

大叫一声说："快快变！"变了个一模一样的女妖精。

翻身抵住孙大圣，真身一晃无影踪。

一直来到方丈里，上前一把抓起唐僧。

一阵妖风腾空起，来到了陷空山的无底洞中。

那怪摄了唐僧，一直来至陷空山无底洞中，吩咐："小妖儿们，快些准备素席，待我与唐僧成亲。"这且不表。且说大圣战了三五个回合，紧一紧金箍棒，喝一声："着呀！"一棒把那妖精打落尘埃，低头观看，乃是一只绣鞋，连说："不好了！中了妖精的计了！"急忙回到方丈，一看，不见了唐僧，只见八戒、沙僧在那里打盹儿。行者一齐叫起来，说："你们看师父呢？"他两个直唬得惊慌失色，惊动了满寺喇嘛俱来问讯。大圣又把上项事说了一遍，众僧也个个害怕。大圣说："不与尔等相干，我们擒拿妖怪救师父去也。"说罢，收拾行李，驮在马上。众僧送出寺门。弟兄三人，仍回黑松林，仔细端详，看不出半点儿踪迹。猴王生了气，摇身一变，变作了三头六臂，六只手，使着三条金箍棒，"呼呼呼"乱打起来。

孙大圣不分皂白打一阵，直打得尘沙飞扬把红日蒙。

正是大圣无好气，打出来两个白头翁。

山神土地齐来到，跪倒在地见悟空：

"参见来迟休见怪，高抬贵手多宽容。"

大圣说："此处可有妖和怪？快快地说给我老孙听。"

土地山神不怠慢，又把大圣叫了一声：

"此处并无妖和怪，树林虽大倒安宁。

此处正南一千里，有一座高山名陷空。

山中有个无底洞，洞中有个狠妖精。

是他摄了长老去，大圣快去莫消停！"

大圣听了，暗自惊心，发放山神、土地，收了法相，和八戒、沙僧牵着白马，驾起云头，霎时来到了陷空山，落在高峰之上。大圣说："笨货，你去寻寻妖精的下落。"这呆子放下了钉耙，转过山头，越过山涧，看见了两个女妖，在井边打水。八戒也会耍弄玄虚，摇身一变，变个又黑又胖的小和尚，迎将上去，叫道："女菩萨，贫僧稽首了。"这俩女妖，抬头一看，十分欢喜，说："和尚，你是哪里来的？往哪里去？"八戒说："我是东边来的，往西边去。我看这座深山，无人居住，打了水，哪里去用？"二妖说："和尚，你不晓得，我家夫人今夜摄了个东土取经的唐僧，要款待他，与他成亲，洞中水荤，所以来打这里的素水，好做斋席。"八戒闻听，迈开大步，跑上山峰，告诉了行者。行者、沙僧连忙下来，弟兄三个，拉着白马，跟随着女怪，走进了深山。有一二里远近，二妖忽然不见。大圣闪开金睛，四处一看，只见那山崖前，有座玲珑剔透的石牌楼，上写着六个大字，乃是“陷空山无底洞”。到跟前，又见一块大石，中间有缸口大小的一个洞儿，爬得光溜溜的。行者一见，说：“怪哉！怪哉！老孙自取经以来，妖怪也不知见过多少，从没有见过这样个洞府。”趴在洞口，往下一看，黑咕咚看不到底。

孙大圣手扶洞口往下看，但见里面黑漫漫。
不知道多深共多浅，美猴王辗转思寻作了难。
忙叫：“沙僧与八戒，你两个留在洞外边。
你们堵住妖洞口，等我下洞去看看。”
说罢双足往下跳，一溜烟儿地到里边。
少时到了深远处，明明亮亮显青天。
但只见日色风光无二样，一片美景甚可观。
大圣双足着了地，瞧见了一座牌楼在面前。
两旁尽是垂杨柳，红花绿草好新鲜。
一道小河流清水，玉石桥上有栏杆。
对对仙鹤林内舞，双双麋鹿山中玩。
有一座房屋多清雅，雕梁画栋真不凡。

这座无底洞，好一个所在，有四时不谢之花，八节长春之草。行者找师父的心盛，懒观洞中之景，摇身一变，变了个麻豆苍蝇儿，轻轻地飞进院内，只见那怪打扮得十分娇艳，高坐在厅堂之上，叫声：“小的们，安排素宴，吃了好与唐师父行礼成亲。”大圣闻听，心中暗笑，这怪是要借师父的真体，修成太乙金仙。我且去看看师父，再作道理。

孙大圣展开双翅飞进去，一心要去找唐僧。
一翅飞到东廊下，但只见朱红隔子钉金钉。
里面坐定唐长老，垂头落泪带愁容。
孙大圣落在师父的光头上，悄语低言把师父称。
长老知道是行者，徒弟连连叫几声：
“快显神通将我救，再若迟延难逃生。”
大圣说：“师父不必心急躁，少时就把喜事成。
女怪前庭排素宴，要与你行礼拜花灯！
宜室宜家倒也好，养子生男有前程。
若不是黑松林中将她救，怎能招赘把亲成？
徒弟俱要吃喜酒，强如西天去取经！”

长老闻听叹一声。叫声："徒弟别取笑，显神通快快救我出洞中！"

一三八　行者变桃

长老长叹一声，说："徒弟，不必取笑了，快些救我要紧。"大圣说："师父，要叫我救你，这也不难。他既收拾素席，要与你成亲，少不得将就着吃他一杯素酒。"随后，如此这般地把治死妖怪之计告诉长老，长老无奈，只得依从。且说那怪把素宴安排停妥，走进东廊，开了门，叫声："长老，答应了吧！"欢欢喜喜，上前一把拉住，携手揽腕，往外就走。长老这一番烦恼，非同小可。正是：

唐僧多难遇娇娃，妖怪容貌实可夸。
淡淡翠眉分柳叶，盈盈粉面衬桃花。
绣鞋微露双钩凤，云髻高盘两鬓鸦。
含笑与师携手处，香飘兰麝满袈裟。

那怪搀着长老，来到厅堂之上，并肩坐下，说："长老，我备了一桌素酒，与你小饮三杯，千万不要推辞。"说罢，斟上一杯，递与长老。长老记着大圣的妙计，也拿起壶来，高高地往下一斟，杯面上斟了一堆喜花，大圣就在长老头上变一个蟭螟虫儿，将身一滚，飞入酒花之下，藏住身形。那怪偏不饮酒，把杯接过，放在桌上，欠身站起。

妖怪欠身离了座，粉面生春呼唐僧：
"良辰美景风光好，喝杯素酒诉衷情。"
说罢深深拜了两拜，一双杏眼望唐僧。
彩袖儿往下一垂伸玉腕，百般娇柔又多情。
这才转身归了坐，带笑举杯在手中。
误了工夫不打紧，酒花散得无影踪。
女妖精刚要把酒饮，低头看见蟭螟虫。
伸开小指只一挑，把个猴王轻轻弹在半空中。
长老一见机关泄，心中着忙暗吃惊。

孙大圣见事不成又用计，摇身一变显奇能。

仙术变化多奥妙，变了一只老鹞鹰。

展翅摇翎“吱吱”叫，一探爪把桌子抓了个栽不愣。

老鹞鹰伸开铁爪，冷不防把桌席抓住，又用力一翻，把桌子搬倒，碗盏酒肴和菜蔬撒了一地，那怪唬得魂飞魄散，一把把唐僧抱住，死也不放。不住口地骂道：“好个天杀的贼子！费了多少工夫，安排了这一桌素品，叫你这扁毛畜生全都糟蹋咧！我要拿住你，拔你的毛，扒你的皮，挖你的眼，撕你的肉！也不能解我心头之恨！”咒骂了一回，忙吩咐：“小妖儿们，且把长老送在东廊，好好封锁。快到厨下，不论素荤，预备一桌。我如今告天为媒，指地为证，一定要和长老成亲！”这且不表。且说大圣一抿双翅出了洞，现出真形，见了沙僧、猪八戒，把洞中之事从头细说了一遍，八戒闻听，把脑袋摇得像拨浪鼓儿似的，口中只说：“这事情不好办，不好办！”沙僧接着说：“还得师兄想个法子，救出师父来才好。迟则生变。”大圣说：“我去！我去！”又变了个苍蝇，飞进洞内，在长老耳边说了几句。三藏会意，忙欠起身来，说：“娘子快来！”却说那怪正在前面安排酒席，忽听得那长老呼唤，只当是姻缘有分，连忙来到东廊，叫声：“哥哥，你叫我做什么？”长老勉强带笑说：“娘子，我在镇海寺，偶感风寒，出汗未久，今日又着了惊，心中十分烦闷，不知这洞中可有花园没有，我和娘子去散散心，游玩游玩才好。”女怪闻听，满心欢喜，露出十分娇态，说：“奴家倒不知哥哥有这一番心思。”吩咐：“丫鬟们，快开花园门，我和长老散心去。”有许多油头粉面的小妖开门伺候。

众女怪忙把花园门开放，垂手伺候女妖精。

长老万般出于无奈，与妖魔携手一同行。

三藏到了园内观仔细，果然与那寻常花园不相同。

簇簇花草成花阵，阵阵花气送香风。

万紫千红似锦绣，游鱼对对戏水中。

一声声，黄鹂双双鸣翠柳。乱纷纷，游蜂浪蝶绕花丛。

层叠叠，雕栏画阁如斗府。高耸耸，几处楼台甚精工。

僧妖二人齐举步，过桥来到玩花亭。

女怪与三藏携手搀腕，上了玩花亭，往四下里观看，果然不错，但只见，

楹回曲径，纷纷尽点苍台，

窈窕绮窗，处处暗龙绣箔。

微风初动，轻飘飘展开蜀锦吴绫；

细雨方收，娇滴滴露水冰肌玉质。

日灼鲜杏，犹如仙子晒霓裳；

月映芭蕉，恰似太真摇羽扇。

粉墙四面，万株杨柳啭黄鹂；

闲馆周围，满院海棠飞粉蝶。

又见那凝香阁，青蛾阁，解酲阁，相思阁，层层掩映；

又见那养酸亭，披素亭，画眉亭，风雨亭，个个峥嵘。

又有那浴鹤池，洗觞池，怡月池，沃缨池，青萍绿藻跃金鳞；

又有那墨花轩，异箱轩，适趣轩，慕云轩，玉斗琼卮浮绿蚁。

池亭上下有太湖石，紫英石，灵空石，锦川石，青青栽着虎须蒲；

轩阁左右，有木假山，翠屏山，啸风山，玉芝山，处处丛生凤尾竹。

论景致，休夸阆苑蓬莱；

较芳菲，无数姚黄魏紫。

若到三春闲斗草，园中只少玉琼花。

真乃是万紫千红开不尽，大好风光爱死个人。

妖怪手拉唐长老，并肩缓步在花荫。

一个是万种愁怀无处诉，一个是满腔欢喜上眉心。

手拉手儿朝前走，走进一行果木林。

唐长老受了猴王的密计，无可奈何，才诓哄女怪，进花园游玩。三藏与女魔来至桃树下，看了看上面有个红桃，生得十分好看，长老就知道是行者变的，用手摘将下来，双手捧上，口呼："娘子，这是贫僧一点敬意，望勿见却。"妖怪连忙接过来笑道："奴家也要奉献一枚，以表敬心。"说罢，选了个半青半红的摘将下来，说："长老，红者属阳，青者属阴，此桃阴阳各半，正合咱夫妻阴阳配合之意。"说着，递与了长老。那长老接在手内，说道："娘子请用。"那怪托着那个红桃，启朱唇，露玉齿，才要咬，大圣使了个滚身法儿，"咕噜噜"滚到腹中去了。女怪大吃一惊说："长老呀，这个红桃儿，不用我咬，他就滚下咽喉去了，这是什么缘故?"长老未及开言，大圣在腹中说话："咦！我要叫你咬一口，腰就折了！"

一三九　告李天王

大圣说罢不怠慢，拳脚齐伸乱踢蹬。
东一头来西一撞，踢踢打打不消停。
女怪疼得满地滚，大叫饶命不住声。
登时间，脸色似用槐子染，转眼又变得似靛青。
手饰簪环散满地，一头青丝乱蓬蓬。
怪魔疼痛实难忍，忽然间，痰堵咽喉不作声。

那怪疼得浊痰下撞，昏迷不醒，躺在地上，纹丝不动。大圣在腹中听不见言语，说："这厮想是死了。"把手一松，那怪才还过气来，大叫："小的们，快把这和尚送出去，留我的性命要紧!"众妖闻听，一拥而至，扛的扛，抬的抬，要送长老。大圣高声喝道："尔等谁敢动手！老妖精亲自动手，送我师父出去，我才饶她的性命!"那怪顾命的心切，挨着疼痛，强挣扎着起来，背起了唐长老，双脚一跺，足下生云，转眼之间，走出洞门。八戒、沙僧见妖怪把长老背出洞来，满心欢喜，连忙上前把长老搀住，坐在地上。沙僧说："师父，师兄在哪里呢？怎么不见出来?"长老就把行者变桃之事，说了一遍。八戒哈哈大笑，说："好肮脏，好肮脏！净好在人家肚子里闹，还不出来？"大圣叫妖怪张开口，把身子小了一小，爬在咽喉之上，将金箍棒变了个枣核钉儿，把牙床支住，将身一纵，跳出口外现出本相，举棒就打。

孙大圣身形一纵跳出口，举棒就照妖精拍。
妖魔急忙来招架，两口宝剑劈面来。
一个是天生猿猴性高傲，一个是地产精灵怀鬼胎。
一个是要取元阳成配偶，一个是要解师父一场灾。
一个是剑去满天起寒雾，一个是棒来遍地滚尘埃。
来来往往多一会儿，山摇地动震天台。
长老唬得直打战，遍体好似把糠筛。
呆子连忙叫："师弟，咱们俩快帮师兄擒妖怪！"

八戒一生好打胜战，他见妖怪与行者动手，只杀得难解难分，朝沙僧说道：“师弟，你看猴哥把师父救出来，如今又在那里打仗，你我要不前去助阵降妖，显见咱们是个怂包！且请师父在这里坐坐，咱们与师兄助阵，才是正理。”沙僧说声“走”，他俩便脚驾祥云，赶将前去。举起耙杖，左右夹攻。那妖怪敌不住大圣，正要败阵，又见八戒、沙僧前来助力，哪里还敢再战，连忙把右脚的鞋脱将下来，喝声：“变！”变出另外一个人，与自己一模一样。

女妖魔又使金蝉脱壳计，将右脚的花鞋甩在空中。
掐诀念咒手一指，变了个形容一样的女妖精。
双手抡开纯钢剑，挡住了八戒、沙僧和悟空。
真身一晃无踪影，化了阵清风去逃生。
霎时来到无底洞，洞门口低头瞧见了唐圣僧。
妖怪一见心欢喜，真正是天赐的姻缘不能变更。
一只手抱住唐长老，一只手抢了行李和白龙。
不言妖怪进洞去，再表悟空三弟兄。
来回走了七八趟，呆子越发抖威风。
一晃钉耙说：“着打！”
只听“咔嚓”响了一声。
女子随声落了地，原来是一只花鞋三寸红。
八戒、沙僧发了愣，大圣“哎哟”说：“了不成！
二次中了脱身计，只怕师父难逃生。”
赶到洞口低头看，白马、唐僧无影踪，
半截缰绳在地上撂，急坏了猴王、八戒和沙僧。

大圣急得双足乱跳，八戒东西乱跑，沙僧前后寻找。找够多时，八戒说：“哥呀，咱们不用找咧。师父又叫妖精拿进洞去了，还得你进去走走。”大圣无奈，吩咐：“八戒、沙僧好生把住洞口，老孙去也！”这一番也不变化，就是本身的法相，跳下洞去，只见关门闭户，鸦雀无声。他也不管好歹一路棒就打将进来。

孙大圣不见师父心急躁，抡开铁棒下绝情。
耳边只听“乒乓”响，打进了雕梁画栋好几层。
处处关门又闭户，不见来往有人行。
摆设的家伙桌椅全没了影，鸦雀无声冷清清。
行者不解其中意，急得两眼冒火星。
口中不住长叹气，师父连连叫几声：
“你真是晦气转成的唐三藏，灾殃铸就的取经僧！
方才老孙将你救，就在这座庭院中。

这番重新来此地，房屋尚在人无踪。

此处不见妖精面，你叫我怎么救你出火坑？”

这座洞府外面很小，里面很大，方圆有三百余里，巢穴颇多。这妖怪前次擒了唐僧，被大圣找到救走。这一番，恐怕行者又来寻找，立刻搬往别处去了。大圣找寻不见，正心中焦躁，忽闻见一阵香风扑鼻而来。行者说：“好呀！既有香气，必有妖怪。”顺着香气，找将进去，闪目观瞧，原来是一座亭子，正当中放一张漆桌，桌上放一个镏金香炉，香烟袅袅，里面供着一个小小牌位，上写：“尊父托塔天王之神位。”又见下首也是一个牌位，写的是：“尊兄哪吒太子之神位。”行者连忙将香炉牌位拿起来，驾云出了洞口，放在地上，叫声：“二位贤弟，你们过来，看这两个牌位似是李天王之女、三太子之妹，思凡下界，假扮妖精，将师父摄去了。如今只向李天王要人，不怕他不给。你两个在此处好生把门，老孙以香炉牌位为凭，另外写张状子，在玉帝案前告状去也！”你看他“嗖”的一声，就在南天门里、通明殿外，见了值日天师，传奏玉帝，宣到灵霄宝殿，开了呈状，上写：“告状人孙悟空，系东土唐朝差遣，往西天取经唐僧三藏之徒。今有托塔天王李靖，闺门不谨，走出亲女，在下方陷空山无底洞变化妖邪，迷害人命无数，今将我师摄陷曲邃之所，杳无寻处。成精害众，情理难容，伏乞上帝怜准，行拘到案，收邪救师，明正其罪，深为恩便。”

玉帝看罢行者的状，牌位香炉验分明。

灵霄殿上传圣旨，宣诏那太白金星李长庚。

速到云楼宫中去，宣诏天王见朕躬。

复又晓谕孙行者，和太白金星一同行。

圣旨一下谁敢怠慢，直奔云楼快如风。

来到宫前收云雾，童子走来问了一声：

“二位到此因何故？我好到宫中去禀明。”

金星见问呼：“童子，叫天王前来把旨迎。”

童子答应往里走，慌忙报与天王听。

一四〇　寻找唐僧

托塔天王闻听有旨降临，忙排香案，开中门，迎将出来，拜接玉旨已毕，一转身看见大圣，想起了五百年前大闹天宫之时，领奉玉旨收服行者，不能取胜，不由有些恼意，说："长庚，你传的是什么旨意？这个猴头跟着你做什么来了？"金星就把告状的事说了一遍。天王闻听，气得浑身打战，焚香叩拜，圣旨宣读已毕，怒从心来，用手一指，大骂行者。

李天王读罢圣旨冲冲怒，大骂："猴头太无端！
捏造谣言将人害，寻上门来欺负咱！"
吩咐两边众神将："快把猴头用绳拴！"
众神答应说："遵命！"一个一个甚威严。
巨灵神揎拳卷袖往上跑，鱼肚将军也跑上前。
众神拿住孙大圣，"咕咚"撂倒在殿前。
登时上了缚妖索，美猴王微微冷笑开了言。

大圣微微冷笑，说："姓李的，你捆得好，只要你把老孙捆到底，不要软了嘴！"金星一旁说道："天王，孙大圣乃是奉旨而来，况且他有凭有证。纵然负屈，也该见了玉帝，当面分辨。你如今竟自捆了他，叫老夫如何复旨。"天王说："不妨，等我斩了这猴头，然后同你去交旨。"就要取刀来斩大圣。但见从一旁转过了哪吒太子，口尊："父王不必动怒，孩儿想起来了，果然有个女儿现在下界。"天王闻听吃一大惊，说："我儿，为父的只生你弟兄三人，你大哥金吒，去侍奉如来；你二哥木吒，与南海观音菩萨做了徒弟。除此以外就是你了，哪里又出来个女儿？"

三太子见问连忙将头叩。"待孩儿仔细来禀明，
若要提起这妖怪，原来是二百年前事一宗。
她本是西方白毛鼠，年深日久成了精。
只因他偷吃如来花烛蜡，惧罪脱迹无影踪。
那时如来将咱派，父子领兵擒妖精。
拿住就该将她斩，我佛如来也善心生。
说的是：'积水养鱼总不钓，深林喂鹿望长生。'

那时父王遵佛旨，放了那个白鼠精。
想是她饶命之恩无可报，朝暮焚香在洞中。
妖怪又想将人害，摄去金蝉唐圣僧。
一定是大圣进洞寻妖怪，瞧见了牌位香炉在洞中。
因此到天宫来告状，并非无故闹天宫。”
太子说罢前后话，天王闻听吃一惊。

天王闻听哪吒之言，吃一大惊，说：“儿啊，为父忙中忘事，此时不知这个妖怪叫什么名字？”太子说：“此妖有三个名字，本名叫作金鼻白毛老鼠精；因她偷吃了如来面前的花烛，改名叫作半截观音；如今在下方兴妖作怪，又称为地涌夫人。当日她也曾拜过父王，又拜孩儿为兄，直到如今，二百余年，难道父王就忘了不成？”

李天王父子来说话，行者下面听得清。
眼望着托塔天王哈哈笑，叫声：“姓李的你是听。
不必迟延快些走，咱俩到灵霄殿上把理评。
我老孙全照牌位为凭证，不怕你势力与人情！”
天王闻听心害怕，望着长庚打一躬：
“老星君，这件事情还得求你，大圣跟前讲人情。”
太白金星长叹气，忙把天王尊一声：
“你今日行事太暴躁，不问皂白与青红。
只顾得一怒之间将他绑，猴头岂是省油灯。
有凭有据他占理，这官司要想打赢万不能！
虽然不是亲生女，就是义女也有罪名。
事到如今我也说不了，也只好你自己前去讲人情。”
金星说罢把主意想，忽然一计想心中：
“天王啊！必须如此这般样，方保平安无事情。”
转身形眼望行者腮含笑，连把大圣尊了几声：
“大圣暂且息息怒，听我给你把气平。
自古道一日官事十日了，不如先办大事情。
耽误工夫不要紧，只恐怕令师把祸生。
倘被妖精逼不过，走了元阳了不成！
老夫有个糙主意，让天王道个不是陪你同行。”

大圣先前不依，也是因为在气头儿上。今被李太白一句话提醒，反倒后悔起来咧。倘若师父真有个一差二错，如何是好。俗话说，有经纪的买卖好做。连忙答话，叫声："老星官，你既要了事，只要你能两全其美就行。可别一头儿沉。"金星说："断无此理。依我的拙见，先叫天王给你赔个不是，帮你下界捉拿妖怪，救出你师父来，岂不是好?"行者闻听，故意沉吟了会子，说："也罢，既是老星官儿替他讲情，老孙就让他这一次，让他点齐天兵，在南天门外等候老孙，待交了圣旨，同他去降妖怪。只要师父平安无事，算他有造化；倘若有个差池，老孙与他定不甘休！"

孙大圣说罢将身只一抖，抖开了那个捆妖绳。
哪吒太子忙收去，急忙派将又点兵。
托塔天王赔不是，金星一旁来调停。
说罢手拉孙大圣，出了云楼返天宫。
灵霄宝殿交圣旨，玉帝宽恩不究情。
孙大圣会同天王和三太子，率领天将与天兵。
登时来到无底洞，见了八戒与沙僧。
李天王留下一半兵和将，排成阵式来围攻。
猴王请上三太子，率领诸神去冲锋。
许多天兵随在后，一齐跳进妖洞中。
找了一处又一处，寻过一层又一层。
弯弯转转都翻遍，不见大小众妖精。
行者急得双脚蹦，太子哪吒心内惊。
天兵天将无主意，满洞中闹闹吵吵乱哄哄。

看累了，不妨听一听

一四一　入灭法国

且说那女妖二次把长老摄进洞来，恐怕大圣又来寻找，搬在东南角上一个小洞之内，立逼着长老成亲。众小妖躲在天井之中，打听消息，有一个胆大的女妖，跑到洞口，把头往外一伸，可巧被一个眼尖的天兵看见，上前一把揪住，高声叫道："妖怪在这里！快些来吧！"

天兵捉住探头的怪，咤叱如雷喊破天：

“太子、大圣快来吧，妖怪原来在此间！”

大圣闻听心欢喜，一纵身形箭一般。

后跟哪吒三太子，带领着天兵天将跑上前。

一齐拥进妖精洞，把一个地涌夫人吓软瘫。

抬头瞧见三太子，不由得双膝跪倒求容宽，含泪连把恩兄叫：

“我再不敢成精作怪到凡间！”

大圣一见冲冲怒，铁棒高举要报仇冤。

搂头就要往下打，太子慌忙来阻拦。

三太子用枪架过金箍棒，尊声：“大圣，暂且息怒。此怪乃是奉旨的钦犯，不可轻易伤她的性命。大圣且去救了令师，问问可曾伤了身体，我还要把此妖解上天台，请旨发落。”说罢，用绑妖索把女怪捆住。大圣救出长老，问了问，并未受伤损。一齐纵云头，出了妖洞，见了天王，把降妖之事说了一遍。大圣指点长老，拜谢了天王父子，天王父子押解着女怪上天交旨。大圣扫荡了妖洞，交与了当方土地看守。服侍长老上马，沙僧牵马，八戒挑着行李，大圣横扛铁棒，在前引路，直奔西方大路而来。

唐三藏师徒离了无底洞，登时越过陷空山。

跳出欲海三千浪，打破情牢万重关。

逍遥自在登途路，一心无二上西天。

正逢五月端阳节，赤热当空似火煎。

赶路行走非一日，终日渡水又登山。

这一日正走中间抬头看，一座松林在眼前。

师徒才要将林过，忽听得对面有人言。

原来是一位婆婆年高迈，手拉一个小儿男。

走出松林高声叫，摆手摇头走上前：

“师父不要朝前走，再往前走活命难！”

唐长老闻听此言吓一跳，慌忙离镫下雕鞍。

往前紧走两三步，合掌当胸把话谈：

“是不是前途有妖怪，望乞慈悲指教咱。”

婆婆见问呼长老：“前走定被恶人缠！”

长老说：“可有个路儿转上一转？”

婆婆说：“没法转，除非你会飞上天！”

唐僧闻听，心中着急。行者一旁看得明白：婆婆是南海观音，那小孩儿是善财童子。行者拜了一拜说：“菩萨！失迎！有路快指一条，别弄玄虚！”转眼间婆婆和小孩儿踪影不见。八戒摇头，沙僧叹气，长老更是没了主意，三人慌作一团。大圣说：“没事，没事，我先去看上一看！”

孙大圣“嗖”的一声无踪影，将身跳在半悬空。
筋斗祥云急似箭，一眼看见灭法城。
但只见三街六市人烟广，许多买卖甚繁荣。
不多时到了黄昏后，家家户户掌上灯。
真个是十字街前灯光闪，九重殿上玉香浓。
八方客旅投宿店，七点明星照碧空。
六军营中吹画角，五处楼台滴漏声。
四边宿雾昏又暗，三家寒烟霭霭升。
两两夫妻归绣幔，一轮明月从东升。
孙大圣看罢赶忙念咒语，变了个扑灯蛾儿落到城中。

大圣摇身一变，变了个扑灯蛾儿，飞将下来，东飞西窜，来到了拐头街上，有一家子人家，那一家门口挂着一个灯笼，上写“安歇来往客商”，旁边写“王小二店”四字。大圣展开双翅，飞将进去，但只见里面住着有十数个客人，生火做饭，吃完了饭，解衣要睡。又见王小二站在院内，说道：“众位客官，我这里君子小人不一，大家小心行李衣帽要紧。”众客人闻听，一齐都说：“是了。主人言之有理。我们走乏了的人，恐怕睡熟了，醒不来，你老人家替我们收收吧。”把衣服、头巾一件件地交与小二，小二拿到房中，记上号头，搭在架上，也就睡了。只是小二的老婆在炕上做针线，不睡。大圣心中急躁，等不到妇人睡觉，展开双翅，就向灯火扑来。

孙大圣展开双翅飞将去，往下一扑灭了灯。
店婆猛然吓一跳，摸着黑儿合衣睡下不作声。
行者连忙现本相，把那些衣服头巾捞手中。
开了房门往外走，一纵云头到天空。
眨眼之间回到旧地，长老闻言叫：
“悟空，你去那灭法国中探消息，可知好歹共吉凶？”
大圣说：“如今要过灭法国，只做俗家别做僧。
我借了几件衣和帽，咱师徒扮成俗家好进城。
今晚天黑投旅店，明朝五更就登程。
人不知来鬼不觉，脱过灾星好西行。”
大圣说罢前后话，长老无奈只好依从。

师徒四众改作俗家打扮，直奔灭法国而来。正是起更的时候，来至关城。大圣当先引路，进了城门，转弯抹角，来到王小二店门口，此时已经关了门。对过也是一座旅店，还挂着灯笼。大圣附耳低言，与他们三个说了几句言语，这才叫门："里面还有闲房无有了？我们是下店的人。"只听那里面有个妇人答应："有！有！下店的客人，请到楼上歇息吧。"那妇人言还未尽，出来了一个汉子，牵过马去。大圣引着长老三人，从黑灯影儿里走进门来，一直上楼。见楼上有桌有椅，映着月色，并排坐下。有一个小伙计点上灯来，大圣上前一口吹灭："我们要看月色，不用点灯，快拿净面水来！"师徒们洗脸用茶已毕，店婆走上楼来，斜倚楼门说："客官一行几位？是做什么生意的？"大圣说："一行四位：这一位是唐大官，在下是孙二官，这是朱三官，这是沙四官。贩了几匹瘦马，在这里卖。我们有十四个伙计，他们都在后头赶着马群，我们先来赁个宽阔地方，好喂养马匹。"那妇人听见是马贩子，又要在这里卖马，十分欢喜，说："孙二官，要用什么酒饭？"大圣说："我今日不动荤，你把上等素菜拿来我用。"

老店婆闻听此言心欢喜，拿着凶神当喜星。
吩咐厨下快烧火，款待贩马的众弟兄。
掌灶的连忙将菜做，锅炸面筋用油烹。
发面包儿净米饭，素酒拿来好几瓶。
不多一时安排毕，师徒们连吃带喝盆碗空。
长老吃罢唤："行者，今夜何处把身容？
咱们是行路之人身疲倦，睡觉太沉把事生。
倘若是滚掉头巾把光头露，走了风声可了不成！"
大圣回答说："无碍，一切有我来担承。"
说着说着把楼板跺，那店婆赶忙上楼来照应。

大圣把楼板跺了两脚，店婆走上楼来，叫声："孙二官，有什么吩咐？"行者说："主人家，我们晚间在哪里睡？"店婆说："就在这楼上安歇吧。"大圣说："不方便，不方便。我们伙计四个，俱有个毛病：这位朱三官有些寒湿气，沙四官有些漏肩风，唐大官只要在黑处睡，我也羞明。你给我们找个方便处才好。"店婆沉思了半晌，说："孙二官，我这里别无黑暗之处，只有一个大柜，可以睡得下四位，不知尊意如何？"大圣说："在哪里？"店婆说："在院内。"师徒四人便收拾行李，跟着店婆搬下楼来，放在柜内，四众也钻进柜去，又叫店婆关上柜门，白马拴在旁边。可怜他师徒大暑天气，竟受这一番憋闷。不言店婆回房安歇，且说这店中的小伙计，素与强盗相交，今见了四个马贩子，又不叫点灯，一定行李不少。连忙勾引了二十多个强盗，三更时分，明火执仗，打进店来。

一四二　过灭法国

小二勾串了众强寇，一齐打进店房门。
手执刀枪拿棍棒，雄赳赳，一个一个似凶神。
楼上楼下找个遍，不见马商四个人。
拍窗打户连声响，店主人吓得发了昏。
店婆吓得浑身战，供桌底下去藏身。
众寇找到天井内，瞧见了一顶大柜靠墙根。
柜门插着三簧锁，强寇一见喜在心。
只当是行李和银两，动了动大柜的分量实在沉。
这个说："这次可算得了手。"
那个说："这宗买卖倒称心！"
赶忙上绳串杠子，抬柜拉马出店门。
一直抬到东门口，动手杀了老门军。

这班强盗杀死把守东门的老军，出城而去，老军中有一个趁机逃脱，慌忙跑到元帅衙门报信。元帅立刻点齐兵马，赶上前来。众强寇看官兵势大，俱各四散逃命。官兵把这顶大柜抬进帅府，将白马拴在槽上，候着天明请旨发落。且说长老师徒俱是乏困之人，竟自沉沉不醒，唯有大圣精细，这些事俱都听到，欲待要瞒着师父，自己去做事，又恐怕他们声张起来，不大稳便，悄悄地把三人推醒，附耳低语，告诉了一遍，说："你们总别出声，等老孙把事情办妥，管叫国王大排筵宴，满朝銮驾送咱师徒西行。三个人闻听此言，半疑半信，闭口无言。大圣变了个蚂蚁，从板缝爬将出来，现了原形，足踏祥云，径入皇宫内院，把右背上的毫毛尽情拔下，吹口仙气，都变作瞌睡虫儿，念一声唵字真言，把本处城隍土地拘到空中，叫他们带领本部阴兵，把瞌睡虫儿布散在三宫六院、五府六部，各衙门大小官员，大凡有品级者，人人与他一个，叫他沉沉稳睡，不许翻身。又将金箍棒变作许多剃头刀儿，自己拿一把，剩下的交与城隍、土地和阴兵等众，去至皇宫，把大小衙门官员人等的头发俱都剃去，不许漏掉一个。土地、城隍遵命，带领阴兵，来到皇宫、衙门，不到半夜工夫，无论君臣男女都剃成了光头和尚。大圣将事办完，喝退了本地神祇，收了毫毛、金箍棒，仍旧变作蚂蚁，爬进柜中，整闹了一夜。次日天明，且说那宫中的大小宫娥、彩女，起来梳头，一个个都没了头发；太监人等也没了头发，人人含泪，不敢传言，俱来寝宫伺候。霎时，三宫皇后醒来，也都没了头发，一个个惊疑不止。来到龙床边一看，锦被中躺着一个和尚！

皇后嫔妃魂不在，内监宫娥心胆寒。
一齐跪倒请圣驾，龙床上国王欠体把身翻。
国母含泪尊陛下："这件事情真稀罕。
今夜晚妃等不知因何故，头上乌云俱剃完。
个个光头露着顶，内监宫人也一般。"
国王闻听吓一跳，闪目留神仔细观。
看了看果然头发都剃掉，一群秃子跪面前。
回过手往自己头上摸一把，不由得害怕着忙心胆寒。
目瞪痴呆多半晌，连忙开言把旨传：
"想必是寡人一时行事错，杀害僧人理不端。
西方我佛来点化，指教愚蒙到此间。
不可传扬来说破，怕的是笑坏合朝文武官。"
众人领旨齐站起，灭法王要顶冠束带上金銮。
这时候满朝文武也来到，一齐跪在丹墀前。

众文武跪在丹墀，奏道："臣等不知何故，昨晚一夜都没了头发，同和尚一样，因此，在我主的驾前请罪。"国王闻听更加惊疑不止，说："众位卿家起来。这真是一宗奇事，朕宫中大小人等也俱是如此，不知何故？"君臣正然讲话，只见一位元帅跪倒驾前，口呼："陛下，臣等昨夜巡城，拿获贼赃一柜，白马一匹。臣等不敢擅专，请旨定夺。"国王立刻传旨："将柜抬来，寡人亲自验看。"不多时，将柜抬至丹墀，副官牵着白马。国王传旨，将柜打开。猪八戒忍耐不住，将身一纵，"嗖"的一声，就跳将出来。

猪八戒柜中闷得实难受，一纵身形往上蹿。
挺身站在丹墀下，摘下了顶上头巾当扇扇。
大圣扶出唐长老，沙僧忙将行李搬。
他师徒更换衣帽排班站，吓坏合朝文武官。
心虚难顾君臣礼，藏藏躲躲闹翻天。
国王座上心害怕，战战兢兢把旨传：
"圣僧来自哪一国，为何装在柜里边？
为何被贼人偷了去？请把那始末情由对朕言。"

长老方才要开口，大圣抢先把话谈。
他把那以往之事说一遍，国王连忙把旨传。
口中只把圣僧叫："请诸位圣僧听朕言。
非是寡人将法灭，有个缘故在其间。
三年前有个僧人将朕骂，所用言词很不堪。
大怒之下我发了愿，要杀死一万僧人才心安。
想来都是朕的错，不该无故把人伤残。
幸亏是上邦高僧来到此，施展佛法度愚顽。
我等如今都皈佛教，望求师尊多容宽。"
说着就把太监叫，快请后妃把圣僧参。

太监领旨，去不多时，三宫皇后，六院嫔妃，彩女宫娥，都上了金銮宝殿。国王当先，后妃在后，文武官员分为左右，跪倒在地。慌得长老也要下跪，大圣一把拉住，高声说道："国王等仔细听真，自古佛法平等，可敬而不可灭。又云：'苦海无边，回头是岸。'自此以后，可将灭法国改为钦法国。你只把关文换了，送我师徒出城，保你风调雨顺，海晏河清。"

那国王闻听此言心欢喜，换了关文宴圣僧。
各按尊次归了坐，御乐鸣奏甚中听。
奇珍异果般般有，清汤素酒样样精。
筵宴已毕将席撤，国王排驾送圣僧。
家家门前洒净水，街上黄土铺得平。
一直送出西关外，拜谢禅师回朝中。
师徒们平安过了灭法国，逍遥自在往西行。
晓行夜宿非一日，跋山涉水不消停。
这一日正走之间抬头看，瞧见了一座高山把路横。

师徒四众往前正走，又有一座高山阻路。只见两峰之中，有一股黑云飞出。长老带住坐骑，叫声："悟空，你看那山中云雾暴起，恐有妖怪也。"大圣说："师父在此略坐一坐，等老孙看个虚实，再起身。"长老下马，坐在荒草坡上，八戒、沙僧左右保护。好大圣，一纵身形，起到空中，手搭凉棚往下观看，只见那山洼之中，石崖之上，果然坐着个魔头，有许多小妖在那里喷云吐雾。大圣看罢，心中暗喜："师父也有些先见之明了。我且下去，捉弄捉弄八戒，叫他探路，再作道理。"想罢按落云头，叫声："师父，那起云雾的地方，并无有什么妖怪。原来是一个好善之家办道场，斋僧供众，有几十口大锅蒸馒首、做斋饭，锅灶中的热气喷上来，就像云雾一般。"长老说："既然如此，咱何不前去化斋饭吃了再走？"八戒听见斋僧二字，忍不住叫一声：“师父，深山旷野，道路难行，你老人家且坐一坐，等老猪看看。”说罢，拾起了钉耙，大踏步走进了深山，转过了几个弯子，遇见了一伙小妖，一见八戒，不容分说，摆了个阵式围了上去。

一四三　逢连环洞

八戒不由得笑呵呵："施主留神听我说。
你们不必围着我，出家人为人行事最谦和。
谁家有粉汤与干饭？谁家有蒸的好馍馍？
等老猪挨着家儿吃了去，好与你们念弥陀。”
众妖听罢八戒的话，个个拍手又跌脚：
“我这里拿着吃人过日子，想化斋吃怎使得！”
叫声：“伙计快上手，走上前去把孤雁捉！
咱们把他拿进洞，砍了脑袋把皮剥！”
说着说着动了手，刀剁斧劈战杆戳。
八戒一见冲冲怒，九齿耙双手抡起似疯魔。

众小妖一齐动手，要拿八戒。八戒怒气填胸，掣出钉耙，似疯魔一样，没头没脸地筑将起来。那些小妖哪里招架得住，一个个四散奔逃，告诉了老怪。老怪说：“尔等莫怕，随我来！”使一条浑铁杵，赶到跟前，喝声：“长嘴和尚！你是哪里来的？”八戒见来了一个使杵的大汉，也不管好歹，叫一声：“我的儿呀！你不认得你猪祖宗么！上前来，我说与你听：

巨口獠牙神力猛，玉皇升我天蓬帅。
掌管天河八万兵，天宫快乐多自在。
只因酒醉戏宫娥，那时俺把英雄卖。
一嘴拱倒斗牛宫，吃了王母灵芝菜。
玉帝亲打四十锤，把我贬下三天界。
叫我立志养元神，下方却又为妖怪。
高老庄上才结亲，遇着行者将我败。

金箍棒下受他降，低头才把沙门拜。
牵马挑包作夯工，前生欠了唐僧债。
铁脚天蓬正姓猪，法名改作猪八戒。”

八戒说罢一席话，妖怪闻听喜气生。
我正想吃唐僧肉，可巧今朝喜相逢。
我先拿住猪八戒，然后再去找唐僧。
妖怪把主意安排定，怪叫如雷喊连声。
一纵身形撞上去，铁杵一扬举空中。
盖顶搂头往下打，呆子的九齿钉耙往上迎。
“当啷”一声架过去，他两个山前动手决雌雄。
来回走了好几趟，妖怪生气不容情。
喝令小妖快动手，忽听得连声喊叫震天庭。
团团围住猪八戒，刀枪并举下绝情。
呆子一见不怠慢，抡起钉耙快似风。
小妖势众来得猛，团团好像一窝蜂。
八戒只觉无后力，浑身热汗似笼蒸。
不言呆子遭围困，再说行者孙悟空。

孙大圣生成的猴性，最爱耍闹，又搭着猪八戒素常在师父面前抓尖卖快，爱献殷勤，他本来却是好吃懒做，因此，行者才撒了个谎儿。那猪八戒心眼又实，当真的去了，半天不见回来。行者放心不下，唯恐呆子不是妖魔的对手，万一有个一差二错，如何是好。想罢，将沙和尚用手暗暗拉了一把。

行者拉住沙和尚，低细语叫：“沙僧，悟能进山化斋饭，必是遇见了狠妖精。
你暂且在此保师父，等我到前边去探听。”
沙僧点头说：“知道。”大圣时下显神通。
一回手拔了根毫毛说声：“变！”变成自己的假形容。
垂手侍立旁边站，真身驾云到空中。
火眼金睛朝下看，瞧见八戒战妖精。
九齿耙招招架架无后力，眼看要败阵去逃生。
行者一见不怠慢，按落云头喊一声。
大叫：“兄弟休害怕，老孙前来擒妖精！”
气昂昂一纵身形扑上去，金箍棒舞起快似风。

呆子一见孙大圣，添了膀臂气力增。

大骂："妖怪你别逃走!"乱舞钉耙往上冲。

老魔王害怕着忙难抵挡，率领群妖回洞中。

大圣并不朝下赶，急忙忙按落云头往回行。

大圣见妖魔败阵，也不去追赶。一纵筋斗云归回旧路，把毫毛收上身来，在长老旁边站立。不多时，呆子打败了妖怪得胜回来，气昂昂地叫了声："师父!"长老见八戒回来，说："悟能，你去打听动静如何？这样回来，倒像吃了亏的样子，是什么缘故?"呆子把脚跺了两跺，说："师父，哪里来的好善之家办什么道场！原来这山中有伙怪妖。师兄捉弄了我去，叫他们团团围住，打了一场死仗，还亏师兄去助力，我才得胜回来。"大圣旁边笑道："这呆子活见了鬼了！我在这里跟着师父，没离左右，哪个与你助阵去了?"长老也说："悟能，真是活见鬼了！悟空在这里，身子也不曾动，如何会去与你助力?"把个八戒急得口中流沫，叫声："师父，你老不知，他会使替身法儿!"长老回头叫声："悟空，这山中果有妖魔么?"大圣瞒不过，躬身答道："有倒是有。几个小妖怪，量也不敢来惹咱们。弟子有个主意，管保师父过此高岭，平安无事。"

大圣说："此山果然有妖怪，大料着不敢出头来惹咱。

老孙有个好主意，管保过岭得平安。"

唐长老闻听此言连忙问："把主意快快告诉咱。"

行者答应说："是！是！是！你老只管把心放宽。"

说罢扭头叫八戒，"我的话儿要记心间。

咱师徒好比领兵大元帅，带领雄兵过此山。

我算五路大元帅，沙和尚好比牙将守营盘。

前部先锋就是你，这个差使要你担。

一路上逢山开路须努力，遇水搭桥莫怕难。

若有贼兵你去挡，奉命出马要当先。

有钱难买头一阵，元帅从来赏罚严。

你若无能败了阵，一定要斩首示众在军前！

你若是杀败敌人有重赏，职上加职官上加官。"

猴王说罢一番话，把呆子吓得眼发蓝。

猪八戒闻听行者之言，先打了一个冷战，肚子里暗说："不好！这个猴头，与我真是冤家对头！怎么又出起兵来呢？他说得出来，就干得出来，我若当真败阵下来，虽不能杀头，也难免皮肉受苦。"又一想，说："不怕！不怕！方才那个妖精的手段，与我差不多。嗐！豁出来吧!"八戒想罢，也凑着趣儿说："遵命！末将愿往。”师徒四众，大家笑了一阵。长老上马，八戒在前引路，一同入山，顺着小道走来。

一四四　钻风献计

猪八戒担着钉耙前引路，白龙马上坐着唐僧。
行者、沙僧跟在后面，师徒们说说笑笑到山中。
小路崎岖不好走，三藏松辔慢慢行。
异草奇花开满地，山坡之上长青松。
不言四众登山路，再说那个老妖精。
老妖精败阵回洞去，闷坐石床不作声。
有个小妖来献计，说：“何愁不能吃唐僧。
小人今有上上策，想吃唐僧定成功。”
老妖闻听心欢喜，说：“快些讲给大王听。”

老妖连忙问道：“你有什么妙计？快快说来。”小妖说：“大王，我有个分瓣梅花计，如今把洞中大小群妖，点将起来，选出三个会变化的，都叫他变作大王模样，各执铁杵，三面埋伏。先着一个战八戒，再着一个战行者，末后一个战沙僧。调开他弟兄三个，大王却在半空，伸下手去捉拿唐僧，有何难哉?”老妖闻听，满心欢喜，依计而行。且说三藏师徒，行了多时，只见那路旁跳出一个妖精，要捉唐僧。八戒一见，怎敢怠慢。

妖魔双手抡铁杵，照着八戒下绝情。
八戒侧身忙躲过，舞起钉耙往上迎。
长嘴一张连声骂：“无耻毛妖休逞能！
方才你已经败了阵，犹如兔子见黄鹰。
爷爷开恩把你饶过，你为啥不知进退又行凶！
如今你休想再逃走，不斩你，老猪就把姓名更！”
假妖精闻听高声叫：“秃驴你竟敢骂祖宗，
不必饶舌说大话，杀退大王算你能！”

他两个一面说着一面战，来来往往争输赢。

他两个杀在一处，且战且走，转过山弯而去。且说他师徒三众，又见那草棵之内跳出一个妖精来，直扑唐僧。行者见了，举棒就打，那妖用杵相迎。正厮杀间，又见山背后跳出一个妖精来，径奔长老。沙僧大惊，持杖挡住。那妖举杵相迎，越行越远。这时，那妖魔在半空中见唐僧独自坐在马上，遂伸五爪铜钩把长老抓住，一阵风径自摄进洞中，将献计的小妖封为先锋，叫声："小的们，把唐僧拿入后园中，用绳捆住！"这且不提。却说行者在草坡内，战退假老妖，急回路边，不见师父，只存白马、行李，慌得他满山寻找，忽见八戒回来，说："哥哥，你做什么呢？"行者说："师父不见了！"说话之间，沙僧也来到，彼此一说，才知中计。兄弟三人牵马挑担，齐到山中寻找。

大圣、沙僧、猪八戒，牵马挑担进山中。
深山里面留神看，一心要寻找师父唐圣僧。
行者说："这是'分瓣梅花计'，调开咱们把师父坑。
你我粗心无防备，倒叫妖精把计行。
原以为这个妖魔无能耐，手到擒来完事情。
反倒上了他的当，师父被摄到洞中。"
沙僧闻听将头点："妖精之计甚高明。
咱弟兄快些寻找老师父，倘若迟延活不成！"
二众回答说："有理。"遍山奔走寻唐僧。

兄弟三个走了二十余里，猛抬头，见半山洼里有一座洞府，连忙走至跟前一看，但见石门紧闭，上面有八个大字，写的是"隐雾山折岳连环洞"。行者说："这是妖精住处，师父必在他家。"呆子举耙尽力一筑，把那石门筑了个大窟窿，大叫："妖怪呀，妖怪！快些送我师父出来！"守门小妖急忙回报，老魔闻听大惊，说："不知是哪个寻来了？"先锋说："待我去看看，便知分晓。"说罢，走到洞门，从那个窟窿里往外一看，见弟兄三个人皆在洞外，连忙跑回洞内，口尊："大王爷！那唐僧的三个徒弟全来到了！那个八戒没大能耐，不必怕他。只是那个行者十分厉害！"

先锋说："唐僧他有三个徒弟，悟空、悟净与悟能。
呆子八戒没本事，沙僧的本领也稀松。
唯独那猴头最厉害，法力无边有神通。"
大王说："你如何这样知底细？"
先锋说："有个缘故在其中。
当初我在狮驼洞，故主派我为小钻风。

那时节三位王爷生妄想，一心只要吃唐僧。
小人在旁亲眼见，狮大王生吞活咽孙悟空。
哪知道猴头本事大，变化多端很灵通。
他在那肚子里面把棒耍，三叉骨上把火生。
故主疼得实难受，死去活来受苦情。
万分无奈松了口，情愿相送过山峰。
到后来三位王爷又定计，狮驼国内大交兵。
才把唐僧拉进洞，打算着收拾干净上蒸笼。
那猴儿忙到西天去求救，请来了菩萨救唐僧。
到如今大王捉了唐三藏，那猴儿一定又要显神通。
小人还有一条计，我管保打发他离开深山中。”

老妖魔连忙问道：“不知先锋有何妙计，快快说来。”小妖说：“那个孙行者，宽宏大量，吃软不吃硬。我今先拿一个人头去哄他一哄，就说他师父已经被我们吃了。再奉承他几句，倘或他们去了，也未可定。哄不过，再作道理。”老魔点头，即命众妖找了一个人头，用血涂了涂，拿将出去。隔着窟窿，朝外喊道：“孙爷爷，这是唐长老的头颅，身子已经被我们吃了。人死不能复生，你们把这颗首级拿了去吧？”说着，从窟窿里扔将出去。三个人一齐放声大哭，哭够多时，八戒含泪说道，“哥哥兄弟且莫悲伤，等我埋葬了再哭不迟。”行者点头，八戒遂把人头抱在怀内，跑上山崖，到向阳之处，用耙筑了一个坑，把人头埋了，大家哭了一场。这时，八戒又说起散伙的话来。

猪八戒眼望行者和悟净：
“请你们留神听我说。
你我都来归佛教，看来也是没奈何。
牵马挑担非容易，早起晚睡苦奔波。
不是逢妖就遇怪，刚过峻岭又过河。
到如今师父已经身亡故，还上西天做什么？
不如大家散了吧，从今后各奔前程去过活。
你上你的花果山，他回他的流沙河。
我老猪也回高老庄上去，夫妻团圆多快乐。
我向师兄来领教，你说使得使不得？”
猴王闻听眼一瞪：“呆子你别把胡话说！”
沙和尚满面生嗔心不悦，连忙叫声：“猪二哥，
师父之仇若不报，一生一世算白活！

不必迟延咱快走，到洞中以命相拼捉老魔！”

一四五　唐僧得救

行者说：“三弟，你且在此看守行李马匹，我和八戒去打破他的洞口，拿住妖精，碎尸万段，与师父报仇雪恨。”说着，二人来至洞门。呆子恼羞成怒，举起钉耙，往窟窿上恶狠狠地又是一下子，窟窿上又套了一个窟窿，破口大骂：“贼妖怪，还我的活师父来！”那洞内的小妖，只吓得魂不附体。老妖望着先锋说道：“这和尚打进门来了，却怎么活？”先锋说：“一不做，二不休,不如统率家兵，杀那三个和尚去！”老魔无奈，只得率领群妖，一齐杀出洞口，喝道：“你这泼猴和尚，不认得我！我乃南山大王，数百年放荡于此。唐僧我已经吃了，你敢如何？”行者大声喝道：“你这个畜类！有多大本领，敢说此大话！不要走！吃我一棒！”

孙大圣身形一纵往下撞，金箍棒高举在空中。
照着妖精往下打，恶精灵抡开铁枪朝上迎。
八戒一见忍不住，举起钉耙打妖精。
洞门口先锋连忙调开队，一拥而来往上冲，
刀枪并举多厉害，一片杀声震耳鸣。
弟兄二人微微笑，同心合力战妖精。
老妖一见说：“不好，再不收兵活不成！”
妖精想罢不怠慢，虚晃一杵去似风。
行者抡开金箍棒，照着那小怪先锋下绝情。

那个小妖先锋被行者棒打死，现出原形，乃是一个铁背花狼。且说老魔率领群妖，败进洞府，吩咐把石门顶了个结实，再不敢出头露面。且说行者、八戒赶到了洞门口，大圣连声喝骂，并无人答应。八戒又使耙打,也是纹丝不动。行者说：“你莫费力气了，他把门堵了，必有个后门出入。你在此看守，待我去寻他的后门。”八戒连忙答应。这大圣刚绕过山去，只见一个樵夫在那漫山坡中伐木，连忙来至跟前，才要动问，忽听那樵夫说道：“此乃是虎狼窝。师父因何至此？”行者就把前后情由说了一遍。樵夫说：“但愿师父除了此害，我母子感恩不尽。”

那樵夫还未开言腮流泪，“圣僧留神听我言。
小可姓姜名固太，原本是祖祖辈辈住此山。
打柴为生孝老母，终日辛苦挣吃穿。
去年间来了一伙妖魔怪，将我拿进洞里边。
再三哀求饶了命，每日供奉柴两担。
有心逃跑偷生走，难离难舍旧家园。
无奈何忍气吞声把日子过，真是敢怒不敢言。
但愿师父捉妖怪，从此后合家大小保平安。
他的后门离此并不远，往东一拐再往南。”
行者点头忙迈步，连窜带跳一溜烟。
远远瞧见洞门口，有几个小妖正耍拳。

孙大圣找到后洞口，摇身一变，变了个有翅的蚂蚁，飞到近前，看了看，有些小妖在门前耍拳弄棒。行者一翅飞入里面，只见老妖满面愁容，呆呆坐着。忽听有个小妖上前跪倒报道：“大王！万千之喜！”老妖魔说：“喜从何来？”小妖说：“方才我在外边巡哨，瞧见有人啼哭，即登高了望，原来是唐僧徒弟在那里拜坟哭哩，想是把那人头认作唐僧的脑袋，破土埋葬了。”行者闻听，满心欢喜，若据此话，师父并未丧命，等我寻找寻找。一翅飞过去，见旁边有个小门，关得甚紧，遂从门缝钻入，原来是个大院子，隐隐听到哭声，急忙跑到深处，见唐僧绑在树上哭哩。大圣一见，怎敢怠慢。

孙大圣闪目留神观仔细，幸喜院中无妖精。
连忙摇身现本相，解开绳背起长老望外行。
猴王施展绝妙法，口中默默念真经。
登时间座上老魔如泥塑，合洞小妖俱哑聋。
定身法儿多灵验，闭口不语瞪眼睛。
师徒走出后门外，新坟不远面前迎。
但见那八戒、沙僧哭师父，泪流不止放悲声。
长老不知其中故，忽听行者喊出声：
“二位贤弟快来吧！师父现在到山中。”
一面说着走得快，师徒见面喜气生。
大家说明其中故，唐三藏如梦初醒喜心中。
美猴王留下沙僧看师父，带领八戒捉妖精。
进了洞钉耙铁棒连声响，合洞妖精尽丧生。
老妖魔是只落叶花斑豹，死于非命现原形。

八戒放了一把火，殿阁楼台烧干净。
樵夫拜谢将头叩，相请师徒到家中。
献茶献斋留住宿，不觉已到大天明。
师徒四众登途路，凤仙郡内把脚停。

约有十数日的工夫，遇到一座城池阻路。长老策马前行，进了城门，抬头观看，只见街道荒凉，居民冷落，往来之人俱有饥饿之色。来到十字街前，见有两溜青衣站立房檐之下，坐着几个官长，还有许多军民百姓，拥拥挤挤，不知何故。长老来至跟前，下了坐骑，众人还是拥挤不动。八戒一见，心中不悦，把长嘴一撅，九齿钉耙夹在胳肢窝里，走到人群之中，用双手往两下里一分，口中嚷道："惊动了，借光！借光！众位老施主闪一闪，让出家人行路！"

看累了，不妨听一听

一四六 入凤仙郡

猪八戒鲁鲁莽莽往前闯，直闯得东倒西歪炸了营。
一齐举目留神看，瞧见八戒都吃一惊。
军民一齐说："不好！光天化日出妖精！"
众军民顷刻之间俱逃走，大喊"逃命"不绝声。
圣僧一见心不悦，不由生气动无名。
喝道："八戒休撒野！再若乱动我不容！"
猪八戒不敢违背师父命，止住脚步把身躬。
一张长嘴揣在怀内，低头不语装哑聋。

唐长老率领三个徒弟，来到了榜棚的门外，且说看榜的这些官员见他师徒四众丑的丑，俊的俊，众军民百姓吓得四散奔逃，都说是妖精进了城了，也都心中害怕。欲随着军民逃命，又恐怕失了官体。少不得壮着胆子迎将上来。内中有一个为首的官员，望着圣僧控背躬身，满脸带笑，深打一躬，口尊："师父，不知从哪里而来，往何方而去？"

三藏见问腮带笑，手打问讯尊："贵人，
我本是东土唐王亲差遣，求经拜佛上雷音。

路过宝方将城进，为的是化斋借宿换关文。
不知此处什么州县？望乞告知俺求经人。”
看榜官闻听此言把心放下，和颜悦色把话云：
“此地叫作凤仙郡，三年并未降甘霖。
军民百姓如麻乱，一个个携男抱女离庄村。
郡侯着急无办法，昼夜忧愁真焦心。
秉虔诚挂榜招贤求术士，不论僧道与黎民。
若能求下甘露雨，情愿重赏酬金银。
分派我等来伺候，一月多，并无出头揭榜的人。”

三藏闻听，点头叹息。大圣一旁说道：“但不知榜文挂在何处？待我看看。”众官员一齐答应，登时间领进榜棚之内。长老师徒抬头观看，上写着：“大王竺国凤仙外郡之侯上官，为榜请名师，招求大法事。兹因本郡连年干旱，累岁灾荒，民田瘠而公地薄，河道浅而沟渠空，井中乏水，泉底无津。富室尚能全生，穷民难以顾命。斗米百金之价，担柴五两之资。十岁女换米三升，五岁男随人带去。城中住户，典衣当物以存身；乡下居民，打劫吃人而度日。为此出给榜文，仰望十方贤哲，求雨救民，恩当重报。愿以千金奉谢，决不食言。”

唐长老看罢多时将头点，眼望徒弟把话云：
“尔等谁会求甘雨，救一救凤仙郡的众黎民！”
沙僧见问白瞪眼，仰面朝天看浮云。
八戒长嘴高撅起，蒲扇两耳不住抡。
行者一旁微微笑：“徒弟能够降甘霖。
老孙我自幼学大道，法力神通惊鬼神。
闹天宫翻江搅海如儿戏，还能够运气吐雾和喷云。
担山赶月谁能比，唤雨呼风数老孙。
降雨的小小法术何足道，想落多深有多深。”
大圣言词还未尽，官员闻听喜在心。
连忙差人把郡侯请，郡侯爷立刻乘轿来请僧人。
见礼已毕通名姓，把师徒请到郡衙门。
茶罢献斋齐用饭，郡侯带笑把话云。

郡侯道：“此处连年荒旱，百姓饥荒，下官十分忧心，幸喜贤师徒来到此处，下官一秉虔诚，拜请老师，求雨救民，望乞大发慈悲，搭救我等的草命。”郡侯说到此处，倒身下拜，长老顶礼相还，一同站起，复又归坐。

郡侯说：“不知哪位发慈念，施法求雨救黎民！”

大圣回答说："就是我，待老孙抖擞抖擞老精神。"
说着迈步往外走，"呼哨"一声驾祥云。
那郡侯率领官员忙下拜，齐把活佛罗汉尊。
大圣跳在云端内，掐诀迭印念灵文。
金箍棒儿只一指，西海龙王现金身。
望着猴王尊："大圣，何方用水降甘霖？"
行者说："此地三年没落雨，苦坏了举国众军民。
磕头礼拜央告我，因此请你帮老孙。"
龙王说："小神虽然司风雨，不敢私自降甘霖。
这里的江湖河海俱干涸，为的是如来、玉皇有旨文。
三年以来不落雨，说要灭此处的军和民！
大圣休要管闲事，快保师父去雷音。
你若是逆天行事闯下祸，难免五雷把身焚！"
猴王听说心蹿火，骂一声："胆大的泥鳅你气死人！"

行者闻听龙王之言，心中大怒，骂道："好一个该死的泥鳅！你竟敢违犯于我，不要走！吃老孙一棒！"说着从耳内把金箍棒拿出，迎风一晃，就要讲打。龙王一见，控背躬身，满面赔笑说："大圣，请息雷霆之怒，听小龙一言奉告。"猴王说："也罢，人讲礼义为先，你既有话，自管讲来。说得合理，万事皆休；若要说得不是，老孙还是要打！"老龙王连声答应，说："小神倘有不周的言词，任凭大圣发落。"

老龙王躬身施礼腮含笑，连把大圣尊几声：
"小神虽然司风雨，却不敢违背圣旨乱胡行。
在先前有一位龙王被刀斩，就是那泾河龙王叫敖成。
只因为一口闲气错行了雨，斩龙台上丧残生。
小神不敢违圣旨，违犯天律了不成。
大圣若要救百姓，除非上天去奏明。"
美猴王闻听此言将头点："这几句还算讲得通。
龙王暂且归本位，老孙急忙上天庭。"
老龙答应回西海，大圣时下显神通。
筋斗云一翻往上起，南天门不远面前迎。
霎时来到灵霄殿，四大天师迎悟空。
一齐执手又赔笑："大圣啊，你来此处可有事情？"

大圣说："有件小事，要见玉帝，烦为转奏。"就把凤仙郡连年大旱，龙王不敢私自行雨的话告诉了一遍。四天师不敢怠慢，不多时，领了玉帝的敕旨出来，尊声："大圣，玉帝有旨，说凤仙郡郡侯抛撒五谷太多，上天立有三事，事尽，然后下雨。"大圣说："何为三事？老孙不明，请列位指教指教。"四天师就把大圣引到披香殿内，见有一座面山，有二十丈高，又有一座米山，有十丈来高。面山下有一条金毛哈巴狗儿，长一舌短一舌地舔那面吃。米山下有一只拳头大的鸡，在那里紧一嘴慢一嘴地啄那米吃。左边悬一铁架，架上挂一把金锁，有一尺三四寸长，锁梃有指头粗细，下面有一盏油灯，灯焰似断不断地燎着锁。大圣看了多时，不解其故。

美猴王看罢多时发了愣，眼望着四大天师问了一声：
"米山面山因何故？这把金锁是什么事情？"
真人说："本是三年以前的事，郡侯无知把坏事行。
腊月二十单五日，官衙打醮供神灵。
话不投机生了气，把神供推倒喂畜生。
昊天上帝动了怒，玉皇决意警愚蒙。
只等着鸡狗把米山面山全吃尽，只等着微火燎断大锁梃，
三件事情全办妥，才降甘霖救苍生。
大圣莫管这桩事，快随师父去取经！"
大圣听罢一席话，只急得抓耳挠腮瞪眼睛。

一四七　行者求雨

大圣闻言，心内着急，说："似这样一二十丈高的米山、面山，指头粗细的锁梃，那样小小的鸡、犬、油灯，几时吃得完，多时才燎得断？那不活活地旱死了凤仙郡的百姓了么！也罢，不免待老孙显个手段，拔些个毫毛，变点鸡犬，将米面吃尽，再用三昧真火，把锁烧断，岂不省事？"许真人带笑说："大圣你虽然本领高强，如何能有回天之力？"猴王说："据你这等说来，甚是难办，怎奈我老孙既受了人家托付，必当尽力，这便怎生是好？"萨真人一旁接言说："大圣，但请放心，只要那合郡军民诚心向善，此事不必忧虑。"

萨天师合掌当胸腮带笑："大圣请你放宽心。

倘若他们心向善，管保能够降甘霖。”
大圣闻听把头点，心中欢喜笑吟吟。
将手一拱说：“领教了，老孙多谢众位真人。”
说着话急忙下了灵霄殿，急急走出南天门。
筋斗云翻起急又快，凤仙郡里止住云。
郡侯一见忙拜倒，官员跪倒一大群。
孙大圣用手一指高声叫：“孽障官儿你听真！
国王派你为郡侯，理当谨慎秉忠心。
你为何毁谤神佛行恶事，为什么素供推倒叫狗吞？
任性胡为不学好，暴弃五谷害黎民？
得罪上天立三事，触怒玉帝降灾瘟。
因此上天旱三年不下雨，苦熬合城众军民。
这件事情因你起，连累了全郡的众黎民！”
郡侯闻听这番话，浑身乱抖吓掉魂。

郡侯闻听大圣之言，唬得惊疑不止，说：“孙老爷果是神僧。三年前，下官在本衙修建斋天大醮，因妻不贤，一时动怒，把祭神的供品推翻在地，果然叫狗吃了。此后，再没有下雨，至今整整三年。不知上天立了哪三件事？下官斗胆，请孙爷爷指教。”大圣见郡侯一一招认，不由连连点头，说：“也罢，既是你苦苦相求，询问此事，若是别人，决不敢泄漏天机，老孙是不怕的。待我告诉与你。”就把米山、面山、金锁之事，从头至尾说了一遍。

美猴王说罢天宫三件事，郡侯闻听心内惊。
登时之间脸色变，面如金纸战兢兢。
目瞪口呆浑身软，犹如炮震和雷轰。
半晌才缓过一口气，两眼落泪放悲声：
“下官造下滔天罪，带累合郡众生灵。
从今后知过必改心向善，望求爷爷多宽容。
再上天庭参玉帝，替下官苦苦央求奏下情。
情愿一身认重罪，千刀万剐愿担承。
但愿能够下透雨，救救合郡众苍生。”
长老听着心不忍，连忙叫了声：“孙悟空，
郡侯既然愿意改过，就可以不咎既往来宽容。
他愿舍身把军民救，你何不再上灵霄走一程？
替他哀求昊天帝，开恩降雨救苍生。”

孙大圣摆手摇头说：“不必，用不着徒弟上天庭。
只要郡侯心向善，叩天求雨秉虔诚。”
这郡侯顿开茅塞心醒悟，忙吩咐请僧建醮念真经。
无论庵观与寺院，俱要擂鼓把钟鸣。
晓谕合城众百姓，家家户户念佛经。
郡侯他净手拈香将头叩，虔心改过拜虚空。
香烟缭绕通三界，佛号经声透九重。
一连过了三昼夜，喜坏了大闹天宫的孙悟空。

孙行者见郡侯改过向善，城里城外，大街小巷，家家户户，人人念佛，个个拈香，庵观寺院，钟磬之声接连不断。长老也在经棚之内拜佛奉经。行者不由得满心欢喜，吩咐：“八戒、沙僧，好生保护师父，等老孙再上天庭，与他看看三事如何。”大圣“呼哨”一声，直到南天门外，正遇见护国天王带领着风、云、雷、雨四部神祇，出门而来。一见行者，满面带笑，口尊：“大圣，玉帝有旨，说大圣劝善有功，凤仙郡官民向善，即赐甘雨三尺零四十二点。”行者闻听，心中欢喜，告辞天王，领着四部神祇，来到法台之前，在半空中兴云布雾，雷声隆隆。那凤仙郡文武官员和众百姓，三年不曾见云、雾、雷、电，今日见得雷电交作，一齐跪在地下，头顶香炉，手拈柳枝，合声念佛。不多时，一阵清风，先是细雨，后似瓢泼，盆倾瓮倒，声势浩大，怎见得，有赞为证：

翻河倒海，蔽野迷空。
檐前垂瀑布，窗外显玲珑。
万户千家人念佛，大街三市水流洪。
东西河道条条满，南北溪湾处处通。
禾苗得润，枯木回生。
这场雨接连下了多半日，水深三尺壕沟平。
全城军民心欢喜，阿弥陀佛不住声。
郡侯叩首把天谢，心中欢喜乐无穷。
大圣到云中忙吩咐：“众位天神仔细听。
雨已落透可止住，快显金身会众生。”

看累了，不妨听一听

一四八　进玉华城

四部神祇说声："遵命！"霎时间风息雨住，行者按落云头，来至棚口。郡侯率众百姓叩拜迎接。大圣把善念感动天心敕赐甘雨，让神祇显金身之事说了一遍。郡侯闻听，急忙聚集城里关外老幼居民，拈香朝拜。只见四部神祇闪开云雾各显金身，众人仰面观看，半云半雾之中，果有：

龙神显相，雷帅舒神，云童出现，风伯垂真。

众神停息多时，上天交旨而去。郡侯率众百姓重新叩拜长老师徒，请进衙门，一面款留三藏，不叫西行；一面盖起风、云、雷、雨四部庙宇与长老四众的生祠。合郡军民家家献供。将有半月，祠庙盖完，圣像庄严，殿宇壮丽。大圣请师父留下寺名，长老提笔在手，写"甘霖普济寺"五个大字，苦苦告辞。郡侯率众军民，送出三十余里，再三拜谢而别。

唐三藏师徒四人上了路，不辞辛苦上西天。
炎夏一过交秋令，阵阵金风透体寒。
这一日正走抬头看，见一座城池在南面。
行者说："师父、师弟快些走，好不容易有了人烟！"
听此话，连人带马精神长，顺着大路奔了城关。
将将走到城关外，迎面走来一老年。
手扶一条木拐杖，银须飘散在胸前。
长老一见忙下马，合掌当胸把话谈：
"贫僧等来自东土大唐国，求经拜佛上西天。
路过宝地生疏得很，入境问俗理当然。
老施主多发慈悲多指教，说与贫僧好进关。"
老者闻听把头点："大唐的师父你听言。
此处名叫玉华县，有位王爷住在此间。
这位王爷敬僧道，喜的是礼佛与参禅。
禅师进城将他见，王爷一定很喜欢。"
老者说罢一席话，师徒四众添了笑颜。

辞别老者把路赶，不多时走进玉华城西关。

又只见楼台处处人烟广，巷陌家家客旅喧。

师徒四众正往前走，只见路北一座高大门楼，悬着一面匾，上写“待客馆”三个大字。长老连忙下马，见了馆吏说明来历，就在客堂安歇。净面献茶已毕，见天气尚早，长老换了衣服，换了关文，馆吏引路，来到王府，相烦引礼官代为回话。去不多时，引礼官走了出来，说：“东土的圣僧，王爷有请！”长老随着引礼官上殿，与玉华王施礼，献上关文。玉华王见上面有各国的印信花押，心中欢喜，连忙用了宝印，画了花押，递与长老收讫。又问了些途中的光景，随传旨备宴，款待神僧。长老合掌，口尊：“千岁！贫僧有三个顽徒，现在馆驿，不便领斋。”王爷说：“既有高徒，何不请来一会。”即命站殿官去请神僧三位高徒，进府用斋。站殿官领旨，去不多时，只见大圣三人前来见驾。

玉华王闪目朝下看，打量大圣三弟兄。

相貌稀奇人间少，一个个形容古怪令人惊！

不像师父那么俊秀，不是鬼怪是精灵。

猪八戒抢先上前行了个礼，好像是刮来一阵黑旋风。

王爷一见脸色变，只当是妖怪进了城。

心虚难坐金交椅，撩袍端带走如风。

一边跑着还传旨，吁吁带喘都差了声：

“快在那暴纱亭内排素宴，叫他们吃喝完了快出城。”

王爷跑得没了影，师徒们下殿来至暴纱亭。

且说玉华王心中害怕，慌慌张张跑进后宫。王妃与三个世子一齐迎接，娘儿四个见了这番光景，问起情由。王爷把殿上之事说了一遍，三个世子口尊：“父王，他们哪里是什么东土的神僧，想必是哪座山里的妖精，假扮人形，前来作耗，等儿臣出去看看，便知分晓。”原来这三个世子平生好勇，都学了些随身的武艺，因此心高胆大。大世子使一根齐眉棍，二世子使一柄九齿耙，三世子使一条乌油棒，俱有万夫不挡之勇。方才一听父王之言，弟兄三个各攥兵刃，雄赳赳地来到暴纱亭，大喝一声：“哪里的妖怪，敢来作耗！”

孙大圣用手一指高声叫：“你们是哪一家的小顽童？”

三个小王不怠慢，一齐开口报姓名：

“我们是玉华王爷的三个世子，奉旨前来擒妖精！”

说话之间各动手，棍棒齐举下绝情。

猴王侧身忙躲过，连叫：“世子把手停。

我们是西天取经佛门子，为何把我们当了妖精？

有话好讲还罢了，也免得在爷爷棒下把命倾！

慢说与我比武艺，这铁棒，拿起来的算他赢！”

孙大圣耳内取出神针铁，迎风一晃令人惊。

碗口粗细长丈二，顺手戳在天井中。

叫声：“顽童快动手！试试铁棒重与轻。”

大世子见行者将一根金箍棒戳在了天井的地上，不过有一丈多长，并不介意。撂下齐眉棍，跑上前去，双手抱住，往上拔，却是纹丝不动。后来只累得满面通红，吁吁发喘。美猴王一见，不由得微微冷笑道：“你且闪开，等老孙耍一耍与你看看！”

美猴王一纵身形跳上前去，金箍铁棒双手擎。

丢开解数十分快，小王子耳边阵阵响风声。

大圣越耍越高兴，双足一跺就腾空。

离地足足有两丈，笑坏了八戒与沙僧。

二人手痒也把心动，拿起了钉耙禅杖显本领。

两个人耍得团团转，悠悠荡荡也起在空。

三个世子朝上看，又是喜来又是惊。

急忙忙一同跪倒把师父叫，“望乞慈悲多宽容！”

大圣、沙僧与八戒，跳将下来笑盈盈。

暴纱亭内归了坐，三个世子欢欢喜喜进后宫。

见了父王说一遍，一心要拜师学艺长本领。

玉华王闻听把头点，父子们一齐来到暴纱亭。

玉华王父子进了暴纱亭，躬身下拜，长老顶礼相还，大圣等一旁侍立。玉华王口尊：“神师！小王前生有幸，得遇活佛。前者一时轻慢，万望恕罪。小王的三个世子年幼好勇，俱各学了些武艺。今见三位神师的兵刃武艺出类超群，拜求三位神师，大发慈悲，传授些武艺，保国安民。我父子永世不忘恩德！”长老满口应承，叙礼归坐。大圣说道：“叫我们传授武艺，这倒不难。只是他们的力气单薄，使不动我们的武器。等老孙先授给他们三分神力，然后再教武艺才好。”玉华王满心欢喜。这三个世子跪在地上，大圣运用神功，每人吹了一口仙气，三个世子打了个冷战，只觉得神清气爽，浑身发紧，力气陡增。大圣弟兄三人把兵器取将出来，叫他三个拿上一拿，这一回果然拿得动了。他三人拜谢已毕，大世子使棒，二世子使耙，三世子使杖，也都耍了几个架式，到底有些费力。大圣说：“王爷快把铁匠传来，照着我们的兵器式样，减些分量打出来，好教他们练习武艺。”玉华王即传了百十名铁匠，搭起席棚，把三般兵器放在棚内，照样打造。玉华王大摆筵宴，款待长老师徒。

玉华城里打兵刃，惊动了深山一妖精。

此去离城七十里，有一座豹头高山叠翠峰。

山中有座虎口洞，住着个老妖实在凶。

这一天妖精睡到三更后，出了洞口看星星。

看罢北斗朝南看，但见万道霞光射碧空。

妖王一见说奇怪，双足一跺飞在空。

驾妖风直奔霞光飞得快，登时来到玉华城。

瞪圆了双睛往下看，瞧见了那座铁匠棚。

瞧见了和尚的三宗宝，连连喝彩不绝声。

展神通用手掐诀忙念咒，对面忽然起大风！

三件兵器随风起，转眼之间无影踪。

到了次日众位铁匠起得早，火炉以内忙把火生。

忽然不见三宗宝，个个发慌吃一惊！

一四九　宝刃被盗

话说众铁匠睁眼不见了三般兵器，只吓得一个个魂不附体，连忙报与监工官，监工官报与玉华王父子，玉华王父子急忙来至暴纱亭，说与长老师徒。大圣说道："不必担心！我们的兵器凡人偷不了去。只怕你这城池左右有什么山精作怪，夜间盗去，也未可知！"玉华王一闻此言猛然醒悟，说道："神师此言有理！孤这城池正北不过七十余里，有座豹头山虎口洞，听人言讲，说是有仙，又说是有妖，不知究竟。"大圣说："不用讲了！准是那里的妖魔作怪！"吩咐八戒、沙僧保护师父，又叫铁匠不可住了炉火。好大圣双足一跺，起在空中，登时之间不见踪影。玉华王率领三世子望空叩首，口中念佛，说："真乃神仙也！"那美猴王筋斗云一纵，早到了豹头山上。正然观看动静，山洼里来了两个小妖，大圣迎接上去，变了个蝴蝶，展开双翅，飘飘荡荡，前后飞着，听他们说些什么言语。

这个说："大王也是山中兽。"

那个说："黄毛狮子变的人形！"

这个说："虎口洞内称霸主。"

那个说："法力无边有神通！"

这个说："昨夜得了三宗宝。"

那个说："分量实在都不轻！"

这个说："钉耙，禅杖，金箍棒。"

那个说："要大摆酒席来庆功！"

这个说："咱到何处把牛羊买？"

那个说："你我直奔玉华城。"

俩小妖一字一句说得高兴，哪知道一旁跟着个孙悟空！

孙大圣一展双翅飞上前去，将身一晃现原形。

望着小妖用手指，定身法儿实在灵。

两个小妖齐发愣，好像是木雕泥塑的俩妖精。

说话的小妖张着嘴，听话的大妖瞪着眼睛。

大圣走到跟前，把两个小妖的衣服掀起，果然都有一包银子藏在腰里。就知道他们所说买牛羊，要办钉耙会的话不假。又见每人腰间有个粉牌儿，摘将下来一看，一个写着"刁钻古怪"，一个写着"古怪刁钻"。行者看罢将腰牌拿定，翻筋斗回到城中，见了长老和玉华王，细说一遍。长老说："既有个妖魔，如何处治？"大圣说："不妨！八戒变作刁钻古怪，我变作古怪刁钻，沙僧装作贩卖猪羊的客人。殿下买办些牛羊，我们赶了去混进洞中，杀他个措手不及！岂不是好？"长老和玉华王听了十分喜欢。不多时猪羊齐备。大圣使个法，说声"变"，自己变作古怪刁钻，那八戒变得和刁钻古怪差不多，只是嘴长了些，行者上前用手揉了一揉，八戒的嘴就短了些。三个人赶着猪羊，出了玉华城，直奔豹头山而来。将将到得虎口洞前，一群小妖早跑上来捆猪的捆猪，捉羊的捉羊。他三个混进洞中来见老妖，老妖一见问道："刁钻儿！生人是谁？"行者说："银子不够，贩羊的客人来取银子，还要看看宝贝！"老妖并未生疑。三人混至后洞，行者一眼看见自己的棒，八戒、沙僧也各自看见自家的兵刃，哪里忍耐得住！

三弟兄一见宝贝笑嘻嘻，把自己的兵刃抢在手里。

好像是老虎添了双翅，吓得妖王青了面皮。

猪八戒抓起钉耙搂头打，沙和尚舞动宝杖砍得急。

行者说："二位贤弟慢动手，叫他死也死个明白的！

妖精啊！这宝贝的本主不是你，我们今天捉贼起赃到了洞里！

你认罪服输算是知趣，若不然，保你没个好结局！"

妖精闻听吓一跳，一跳跳到后门里。
拿出一把大铁铲，四个人天井之中来对敌。
四个人杀到洞门外，一杀杀到日平西。
杀得妖精没了气力，满头大汗喘吁吁。
找了个空子蹿出去，直奔东南跑得急。

妖精逃跑，行者不叫八戒、沙僧追赶，又见小妖已逃得精光，就一把火烧了洞，欢欢喜喜，赶着牛羊，回玉华县而来。见了长老和玉华王，遂将前事说了一遍。玉华王和长老满心欢喜。长老师徒仍回客馆安歇，叫铁匠照旧打造兵器。且说黄狮精败阵脱逃，逃到竹节山九曲盘桓洞，见了师祖九头狮子精九灵元圣哭诉了一遍，求他捉拿和尚，报仇雪恨。老狮精一闻黄狮之言，口中叹气，叫声："贤孙，你怎么惹着他了？那三个和尚不是别人，乃是东土大唐取经和尚唐僧的徒弟，孙悟空、猪悟能、沙悟净，别人还罢了，唯有这个猴头，神通广大，乃是五百年前大闹天宫的齐天大圣！委实难缠。你这仇如今怕报不成了！"

老狮精说罢前后一片话，急得黄狮窜了两窜。
大放悲声哭得痛，心中好似乱箭钻！
磕头碰地呼："师祖！
此仇不报心不甘！
可怜我一家老小全逃散，无数家财化青烟！
天大冤枉若不报，孙孙我碰死在你的面前！
望求师祖发慈念，替你孙孙报仇冤！"
黄狮精越哭越伤感，老狮子叫他哭得心发酸。
无可奈何把头点：
"孙孙啊！你暂忍悲痛把泪擦干！
爷爷我一定前去捉住和尚，仇报仇来冤报冤！"
说罢就把妖兵点，跑来了各样的狮子乱成一团。

一五〇　大战狮精

九灵元圣一声令下，点齐了狻猊、白泽、伏狸、搏象、揉狮、雪狮，叫黄狮在前引路，只见风滚滚，雾沉沉，不多时来到玉华城下，早惊动了孙大圣，连忙吩咐四门紧闭，城上多设火枪火炮，玉华王立刻分派停当。玉华王父子陪着长老率领文武在敌楼观阵，大圣弟兄三人出城迎敌。不多时众妖齐到，黄狮精见了他三个，真是仇人见仇人，不由得眼睛红，一声大叫："好猴头！你烧了我的洞府，坏了我的山场，伤了我的家眷，我和你一天二地恨，三江四海仇！哪里走！吃我一铲！"大圣忙用金箍棒招架，八戒、沙僧也和众狮精战在一处。怎见得众狮精的厉害？有长赞一首为证：

棍锤枪斧三棱锏，蒺藜骨朵四明铲。
七狮七器甚厉害，大战三僧齐呐喊。
大圣金箍铁棒沉，沙僧宝杖人间罕。
八戒骁勇抖威风，九齿钉耙寒光闪。
前遮后挡各施功，左招右架都勇敢。
城头王子来助战，擂鼓筛锣齐壮胆。
来来往往显神通，杀得神愁鬼也惨！
这才是棋逢敌手无胜败，将遇良才各展才。
僧妖大战多一会儿，猪八戒累得眼睛直翻白。
口吐白沫把耳朵甩，吁吁发喘忙不过来。
脖子后头飞来一锏，天蓬元帅没躲开。
"扑通"一声倒在地，有几个狮精扑上来。
四马攒蹄忙捆好，猪八戒胸口挨地头难抬。
行者、沙僧也被围住，干看着八戒要遭灾。
九头狮精显手段，一阵黑风刮起来。
老狮精驾风直奔敌楼上，九个大嘴齐张开。

九头狮子闯进敌楼，张开大口，把玉华王父子与长老一齐叼起，飞到城下又把八戒叼起。高声叫道："孩子们！我已经把他僧俗六个擒了，你们好生抵挡！"众狮精闻听，一个个抖威风围了上来。大圣说声：“不好！”拔一把毫毛，在口中嚼碎，往外一喷，喝声：“变！”只见满天上都是小行者，个个使一条金箍棒把狮精困在中间。沙和尚一见精神陡长，举杖乱打，登时间拖倒了揉狮，活擒了雪狮，拿住了搏象狮、狻猊狮，打翻了伏狸狮、白泽狮，黄狮精被行者一棒打死。行者忙一招手，喊来守城兵丁，把死的和活的七只狮子弄进城去。只见那王妃啼哭不止，又对行者说道：“禅师啊！我家王爷父子和你师父、师弟被妖精叼去，性命难保，如何是好？”行者说道：“那妖精不敢害人！明日一早，我兄弟二人上山捉住妖怪，救他们回来就是。”王妃闻听，含泪回宫而去。一宿晚景休提，次日清晨早起，行者、沙僧二人来到万灵竹节山九曲盘桓洞洞口，但见洞门紧闭。猴王高声叫道：“里面的小妖听真！快些进去告诉你家魔王，就说有个齐天大圣到了！

告诉老妖他知道，好好地送出我师父唐圣僧。
送出来郡王父共子，送出来师弟猪悟能！
迟一迟来缓一缓，竹节高山一扫平！”
小妖闻听不怠慢，跑进里面报给狮精。
九头狮子闻此语，气得他大吼一声似雷鸣。
不拿兵刃不披甲，赤手空拳跑出洞中。
许多小妖来观战，一人拿着一根绳。
老妖一见孙行者，心中动怒眼圆睁。
九个脑袋一齐晃，张开嘴叼住行者和沙僧。

老妖叼住行者和沙僧走入洞中，小妖把他两个捆个结结实实，放在唐僧和玉华王一处，口口声声说要摘下心肝与众孙孙报仇！说是报仇，却又不立刻动手。单把行者一个放在阶下，叫三个小妖拿了柳木棍来打。一边打，一边说：

“你这妖猴太撒泼！胆敢把我的孙孙捉！
黄狮孙孙被你害，我也叫你临死之前受折磨！
小的们与我狠狠地打！打死这猴子活该着！”
小妖闻听下狠手，打折了柳木棍儿几十根！
白天打到黄昏后，打人的换了一拨又一拨。
沙僧看着心难过，唐僧一旁泪婆娑。
孙行者一伸懒腰微微笑：“打得老孙怪暖和！
爷爷我有钢筋与铁骨，打到明年也没什么！”
老妖一见泄了气，自己回了狮子窝。
小妖一见没了劲，拿着棍敲打行者后脑壳。
敲打到半夜多困倦，扔下棍子全都睡着。

大圣等到夜静更深，使了个法术脱去绳索，来至洞外，连忙掐诀念咒，把当方土地拘来，问道：“那妖怪出身哪里?”土地说道：“大圣，那妖是前年来到此山的。这九曲盘桓洞原是六狮之窝，他六个见老妖一到，都拜他为祖。他本是个九头狮子，因此号为九灵元圣。若要降他，须往妙岩宫请他主人前来!”

孙大圣闻听土地讲一遍，腹中辗转自沉吟：
“南天门里妙岩殿，住的是太乙救苦老天尊。
九头狮子是他的脚力，老孙也曾记在心。
只好上天去将他请，叫他自己来淘神!”
想罢喝退土地老，急忙驾起筋斗云。
筋斗翻得如闪电，转眼进了南天门。
见了天尊叙往事，老仙即刻下凡尘。
竹节山前收云雾，行者连忙敲洞门。
喊一声：“老妖出来快受死，试一试金箍铁棒沉不沉!”
九灵元圣心发怒，摇头摆尾闯出门。
猴王抽身往回跑，老妖随后紧相跟。
忽听空中人说话：“元圣儿!快些回家莫淘神!”
狮怪闻听抬头看，认得是自己的老主人。

一五一　金平逢妖

九头狮子一见主人，服服贴贴跟随天尊回宫而去。行者闯进洞门解救了老王父子、唐僧、八戒、沙僧，又命八戒取来干柴，烧了洞府。八戒背定三藏，众人一同回城。不多时到了王府，妃后官员俱来接见。玉华王即刻吩咐大摆素筵，又见铁匠回话说：“兵刃俱已打好。金箍棒有一千斤，钉耙、宝杖各有八百斤。”行者命王子各收兵器。过了数日的工夫,三个世子操演得武艺精通。师徒四众再三告辞，怎奈老王父子苦苦相留，又住了几日，这才送出城外，洒泪分别。师徒四众,顺着大路直奔西天而来。说不尽风霜之苦，一日，只见迎面有座城池阻路。三藏骑马前行，三个徒弟跟随在后来到城内，师徒们闪目观看，一街两巷许多作卖作买的，人烟凑集，十分热闹。走到十字街前，见路北有座庙宇，盖造得十分齐整，上面横写“慈云寺”三个大字。有一个年老的僧人，站在台阶之上，一见长老，连忙走向前来，在长老面前问道：“师父，宝刹何方？如何来到敝处？”三藏下马答道：“贫僧是东土大唐贞观天子钦差，要到灵山拜佛求经，路过宝刹，意欲借宿一宵，明日早行。”老僧笑道：“荒山小寺，若不嫌简陋，宽住几日何妨！”说罢，引着他师徒四人到方丈内坐下，就有合寺大小众僧都来瞻仰中华人物。献茶已毕，长老问道：“请问老师父，贵处属哪国所管，离灵山还有多远？”老僧回答说：“此处叫作金平府，乃天竺国所管，此处离国都二千余里。正西就是灵山，并未到过，不知还有多远！”长老说：“借宿一宵，多有打扰，明晨一定起身，早到灵山，了却心愿。”老僧道：“过了元宵，看了花灯再走也不迟！”长老道：“老师父！贫僧一路之上不是逢妖，就是遇怪，担惊受怕，心神不安，把光阴都忘了，不知几时是元宵佳节？”老僧道：“今日乃是正月十三，晚上就要试灯。明日十四，后日十五，是正灯，到十八九方才谢灯。这城内有座金灯桥，桥上有三盏金灯，乃是金丝织就。每盏灯下各有一口大缸，内盛苏合香油五百斤，只点到十五后半夜，就有佛爷显相，将灯油取走，以后就不大热闹了！”

老和尚说话顺嘴儿流，长老闻听皱眉头！
处处都有元宵日，没见过佛爷取灯油。
我何不看看花灯瞧瞧佛祖，看他怎样把灯油收。
想到此处把头点，说：“多谢老师把我留！
既然灵山路不远，贫僧心中减了忧愁。
正好留连三五日，也看看佛祖取灯油。”
沙僧闻听精神长，笑得八戒把眼泪流。
只有行者添忧虑，他怕的是夜长梦多把祸勾。
话到舌边说不出口，也只好一言不发低着头。

过了两日，正是元宵佳节，唐长老一心要看热闹，带领徒弟陪着众僧来到金灯桥上，只见三盏金灯玲珑剔透，俱是金丝编就。灯光映月，灯油喷香，真真可爱。又向四下里一看，无非是五光十色各样的灯火。正然观看，猛听得“呼呼”风响，看灯人渐渐退去。老和尚把三藏拉住说：“师父！咱们回去吧！佛爷收灯油来了！”长老闻听佛爷来到，哪里还肯回去，说：“你我俱是念经拜佛之人，见了圣像还要行礼，何况活佛降世，岂有躲避之理？”众僧再三拉不回去，那风越刮越大，只得各自躲开。金灯桥上只剩下师徒四众！

大风刮了连三阵，星斗无光月色昏。
但只见三尊佛像朝下落，长老一见喜在心。

至诚顶礼将头叩，口中不住宣佛音。

大圣抬头留神看，认出来是三个妖精驾着云。

口中连连说："不好！这又是妖精来哄人！"

才要伸手搀长老，妖精已把长老擒。

显手段把唐僧用风刮了走，眨眼之间无处寻。

八戒吓得来回找，沙僧吓得走了魂。

众和尚吓得直打战，大圣急得把铁棒抡。

紧跟着妖风往前赶，直赶到东方发亮到了清晨。

大圣落在山头之上，闪目观瞧，忽见四个樵夫赶着三只羊，口中吆吆喝喝，转过山弯，迎面而来。大圣圆睁火眼金睛，认得是四值功曹，说道："你这伙毛神，弄什么玄虚！快把妖精的去处告诉我！"四值功曹见大圣识出本相，连忙尊声："大圣！若问妖精的出处，就在此青龙山玄英洞，洞中有三个魔头。大的叫避寒大王，二的叫避暑大王，三的叫避尘大王。他们自幼爱吃香油，年年假变佛像，诓哄金平府一郡官民。今见唐长老乃圣僧之体，摄进洞去，要用苏合香油煎着吃呢！大圣可请四木星临凡，管保拿住三妖。"

四功曹说罢前后一片话，云光一纵上天庭。

大圣当时不怠慢，跳下峰头往北行，一直找到玄英洞，叱咤如雷叫："妖精！

早早地送出师父饶你不死，慢一慢，把你的山洞扫个土平。"

不言行者洞外嚷，再说三个恶妖精。

妖精坐在中庭上，兄唤弟来弟唤兄。

避尘说："方才拿的那个和尚，本是唐朝有道僧。

但能吃他一块肉，必然消灾福寿增！"

那两个妖精把头点，监中提出唐圣僧。

战战兢兢坐在地，对着妖精说真情：

"我贫僧俗家姓陈名玄奘，三藏是我一法名。

遵奉贞观皇帝旨，西天拜佛取真经。

大徒弟名字叫作孙行者，齐天大圣有英名！

第二个徒弟猪八戒，第三个徒弟叫沙僧。

半路住在慈云寺，专等今夜看花灯。"

唐圣僧正要接着把话讲，忽听得洞外乱哄哄。

三妖不知因何故，原来是大圣施威打进洞中。

一五二　收犀牛怪

三个老妖正然审问长老，忽见几个小妖飞跑进来，口中大嚷大叫说："大王，不好了！外面有个猴脸和尚自称是齐天大圣，来要他的师父，叫快快送将出去！不然他就要打进来了！"老妖闻听大吃一惊，连忙向长老问道："你这个大徒弟可就是五百年前大闹天宫的齐天大圣么？"三藏回答说："正是！"三妖闻听说："幸亏不曾吃他！"吩咐小妖们好生看守，等退了他三个徒弟再慢慢受用。一面点起妖兵迎出洞外，与大圣大战，直战到天色已晚，大圣翻筋斗回到金平府慈云寺，将此事告诉了众僧一遍。次日天明，大圣带领八戒、沙僧来到玄英洞外挑战。三个老妖率领众妖兵，摆开阵式，把大圣三个围在当中。混战多时，先是八戒遭擒，后是沙僧被获。大圣孤掌难鸣，翻筋斗云跳出山峰，想起了四值功曹所说的倘或不胜，请下四木星临凡助战的话语。念动真言，喝声："四木星何在？"只见四朵祥云从空而坠。原来是角木蛟、斗木獬、奎木狼、井木犴，躬身施礼，口尊："大圣！呼唤我等，何方使用？"大圣就把请他们降妖的话告诉了一遍。四木星尊声："大圣！这三个妖怪乃是三个犀牛作耗，还是大圣先去挑战，引他们出来，我等才好动手捉拿！"

孙大圣玄英洞口喊一声，小妖们急急报给老妖精。
避尘说："猴子虽然败了阵，一定设法请救兵。
只要咱齐心合力来抵挡，多少救兵也不灵！"
商议定，三妖一齐拿兵刃，率领群妖往外行。
出了洞门列开阵，一心想擒孙悟空。
大圣一见不怠慢，铁棒一抡快似风。
三个妖精齐举兵刃来招架，没想到空中来了对头星。
四木禽星往上闯，高声喊叫似雷鸣。
三妖一见魂不在，不由得两眼发直头发蒙！

三个妖魔登时显了本相，往东北拼命逃走。大圣领井、角二星随后追赶，奎、斗二星把合洞的小妖尽皆赶散，救出师徒三众，把降妖的话告诉了一遍。长老拜谢了二星，沙僧收拾了洞中的食物，八戒烧了妖洞，二人保定唐僧先回金平府慈云寺等候行者去了。奎、斗二星也往东北赶来，一赶赶到西洋大海之中，又有西海龙王派摩昂太子前来领兵助战。

老龙君差遣太子来助战，带领水卒往前攻。
螃蟹当先打头阵，虾元帅手拈双叉猛又凶。
鲇鱼鲤鱼是偏将，钢枪画戟端得平。
螺蛳蛤蜊为参将，搅浪翻波各逞能。
战多时，避寒耍滑溜了阵，直奔东北跑似风。
井木星官心中怒，紧紧相追不放松。
赶上前去把头啃断，死尸摔在大水中。
奎星、斗星和角木蛟，拿住了避暑避尘二牛精。
大圣一见心欢喜，叫声："夜叉众水兵！
避寒的牛皮牛角交与我，死牛肉赏与你们上笼蒸。
铁锁铁链要两挂，锁好了避暑避尘二牛精。"
夜叉遵命齐备好，美猴王辞别龙王回金平。
不多时来到城中停去雾，孙行者扯着嗓子喊了一声：
"三个犀牛全拿到，乡亲们快快看分明！
从今后永除妖魔绝后患，此后莫再点金灯！"
大圣空中来讲话，惊动了八戒、沙僧二弟兄。

八戒、沙僧正然侍奉长老，忽听大圣在空中讲话，两个人腾空而起，见了大圣问明往事。八戒说道："师兄何不把这两个犀牛押到府堂之上，叫那太守看看？一来知道咱们是圣是神，二来免了民间受累，岂不是好？"大圣闻听，一按云头落在府堂之上，慌得那府县官员军民人等家家设香案，户户拜天神。不多一时慈云寺的僧人用香藤暖轿把长老送上府堂，众官一齐叩拜，问明来历，通了姓名。八戒一时性发，用戒刀把两个活牛砍下头来。大圣叫人锯下四只牛角，叫四木星各带一只回上界交差。一只牛角留在府内存库，一只牛角带上西天献佛。分派已定，四星官上天交旨而去。金平府太守一面设斋款待师徒四众，一面出告示晓谕军民人等，下年不许再点金灯。又传命盖起四星降妖之庙，修盖长老四众生祠，永传万代！

金平府大圣除了犀牛怪，官民个个喜非常。
起造生祠盖庙宇，从此后香烟万代永流芳。
千家万户都要酬谢，你争我抢闹嚷嚷。
师徒们一连住了多半月，这一日长老与大圣暗商量：
"耽误日月不得走，何年何月到西方？
不如趁此天未亮，收拾行李离此乡。"
美猴王闻言点头说："有理！"叫起了沙僧、八戒整行装。

暗暗出了金平府，走上大路奔西方。

这日正走抬头看，见一座古庙在道旁。

师徒四众说说笑笑往前正走，见路旁有一座古庙，山门上写着“布金禅寺”四个大字。长老下马走入二层山门，见许多行路歇脚的人挤在一处，见了他师徒都有惧色。长老只叫三弟兄斯文些，不许惹祸。转过金刚殿，来了个年老的僧人，见了三藏，稽首行礼。问明来意，让进方丈，献茶献斋。茶饭已毕，长老说：“请问老师，这布金寺可是当年给孤独长者黄金铺地，讲经说法的所在么?”老僧说：“正是！正是！这后面就是说法的坛场。我们趁此斜月当空，何不去看上一看?”长老点头依允。他两个同到后面院中，在月光之下观看景致，讲说古迹。长老又问山门外的那些行人，天气尚早，为何歇住不走。老僧说：“长老有所不知，这座山山高路险，日落西山就无人行走。次日鸡鸣，方敢行路。”正说之间，忽听有妇人哭泣之声。长老吃惊问道：“师父！这里何人啼哭?”老僧见问，不由得一声长叹。

看累了，不妨听一听

一五三　唐僧入赘

老僧说：“去年今日三更后，弟子我明心正性悟禅关。

偶然至此闲行走，忽听风响在云端。

又听见有人啼哭唤父母，惨切悲哀真可怜。

忽然落下一女子，十七八岁正青年。

她说道，天竺国王是她父，被风刮到园里边。

弟子因她是幼女，又恐怕寺内僧人行不端。

将她锁在小屋内，四面用砖砌得严。

墙上只留一个洞，我弟子每日亲自送三餐。

假称妖怪将人哄，小公主装神弄鬼假疯癫。

夜静更深思父母，不时地啼哭把泪弹。

我也曾暗到宫中去打探，另有个公主在宫里边。

直到如今一年整，弟子我终朝纳闷在心间。

明日长老到宫内，请把此事查个周全。”

长老闻听将头点：

“老师暂把心放宽。”

二人说罢回方丈，各自歇息早安眠。

长老在布金寺内同着老和尚玩赏月色，听见女子悲啼之声，盘问之后，知道是天竺国的公主被风刮到此处，藏在空房之内，又听老方丈说天竺国另有个公主在宫中，安然无事，不由得心中半信半疑。次日清晨，金鸡报晓。前边的行人起来做饭，长老也唤起三个徒弟，收拾行李，辞别老僧，过了高山，来至平川之地。三藏把天竺国公主遇难之事对三个徒弟说了一遍。行者说：“到了国内，便知真假！”

唐长老师徒离了布金寺，顺着大路往西行。

走到晌午将进城，投在金亭驿馆中。

长老弃鞍下了马，驿丞慌忙来出迎。

待客厅中落了座，长老说：“倒换关文要进宫。”

驿丞详细把路指，长老施礼谢驿丞。

走出驿馆留神看，见人烟稠密闹哄哄。

无数彩旗两边挂，敲锣打鼓震耳鸣。

师徒走了半里地，见一座五彩牌楼搭在正东。

长老低声呼：“徒弟，咱们应该绕道行。”

孙大圣摆手摇头说：“无妨碍，看看热闹再进宫。”

长老正自来讲话，猛抬头一道红光耀眼明。

师徒正在讲话，一道红光直奔长老顶门而来，“啪”的一声，正打在毗卢帽上。长老慌忙用手一捂，“骨碌碌”滚进袖内去了。原来天竺国的公主去年月明之夜在御花园观花，惹着了一个妖魔，用妖风把公主吹走，他却变了个假公主住在宫中。算就唐僧今年今月今日来到此处，他在宫前搭起彩楼，要招唐僧为偶。且说楼上的太监宫娥见彩球打着了一个和尚，跑下楼来，跪倒在地，一齐说道：“贵人万千之喜，奴婢等请驸马爷进朝见驾。”把个长老只吓得哆嗦打战，不住地埋怨行者。行者说：“师父只管放心前去见驾。倘或事急，只须如此这般，老孙自有降妖的手段！”

长老无奈上金辇，来至深宫殿九重。

国王一见心大悦，喜眉笑眼问一声：

“何处僧人来至此？与皇儿天缘凑巧快把婚成。”

三藏在殿下忙施礼：“贫僧到西天去取经。

只求陛下把臣赦，放了贫僧早见佛祖把大事成。”

国王在座上发了怒：“好一个不近人情的取经僧！

常言道：有缘千里来相会，这段姻缘是天配成！

天意已定不可改，快快地脱去僧衣进后宫。”

唐长老闻听此言神不定，又是气来又是惊。

长老情急，忽然想起了大圣的言语，口尊：“陛下！既将贫僧招为驸马，怎敢不遵，只是僧人还有三个徒弟，贫僧要嘱咐他们几句话，好叫他们求取真经，回归东土。”国王闻听，口嗔作喜说：“寡人依卿所奏，快些请起。”赐了绣墩，叫长老坐下。又传旨意，把行者三人宣上金殿，俱各通了姓名。就有司天监奏明：本月十三日是黄道良辰，可与公主完婚。国王满心欢喜，传旨暂将御花园打扫干净，与驸马师徒居住。成亲之后，打发三个徒弟西行。转眼到了十三日的清晨，国王登殿受了百官朝贺，三宫六院皇嫔妃也打点好了妆奁。大排筵宴，专等吉时一到，公主与驸马交拜天地，完成大礼。又宣长老四众上殿，登时换了关文，交与大圣收下。长老坐在绣墩之上，只等着吉时行礼，看大圣显手段。大圣三人牵马挑担，出离朝门，走到无人之处，行者施展法力，变了个小小的飞蛾，仍回殿上，落在长老的毗卢帽上看动静。只见有两个小太监来请说：“喜宴设在鹊宫，请万岁欢宴驸马！”

老国王一闻此言心欢悦，拉着长老下了金殿奔后宫。

皇后嫔妃不怠慢，簇拥着公主来相迎。

这才是哭的哭来乐的乐，唐长老又是害怕又吃惊。

怕的是行者至今未回转，惊的是假戏要闹成真事情。

孙行者圆睁金睛来打量，看出来公主果然是精灵。

一声大喝往上撞，将身一晃显真形。

一伸手抓住公主高声叫：“孽畜欺心了不成！

弄假成真将人哄，你还要巧设阴谋害唐僧！

今日遇见孙大圣，叫你一命赴幽冥！”

妖魔一见机关泄，双足一跺飞在空。

大圣忙把妖魔赶，忽看见一朵祥云颜色红。

有一人高叫：“大圣休动手！金箍棒下且留情。”

行者睁睛留神看，原来是广寒宫内太阴星。

孙大圣连忙收了金箍棒，对着星君打一躬。

一五四　入昊天县

孙行者口尊："星君，此来所因何故？"太阴星说："大圣有所不知，此怪并非妖魔，乃是我月宫中捣药的玉兔。那天竺国的公主也非凡人，乃我广寒宫中的素娥仙子，只因十八年前打了玉兔一掌，随后思凡下界，投胎在天竺国正宫皇后腹内。这玉兔怀着一掌之仇，在去年偷出广寒宫，将素娥仙子抛弃荒郊古寺。今日因果已满，特来收它回去。望乞大圣看我的面上，棒下开恩，饶恕于它。"说罢用手一指，喝声："孽畜！"那怪打了个滚儿，显出本相，果然是个白毛玉兔！且说天竺国王和嫔妃等人只听见半空中有人讲话，个个心中纳闷。正在往上观看，只听见大圣高声叫道："天竺国王听真！你和皇后嫔妃留神看看！这宝旗之下乃是月宫太阴星君！这只玉兔就是假公主！"行者又把以往之事细细地说了一遍。这国王率领满宫后妃，还有合朝文武一同向上叩头。城里城外，人人念佛，个个焚香。太阴星君辞了大圣带着玉兔回转天庭。行者一按云头落在金銮殿上，国王谢了行者，口尊："圣僧！假公主既是妖精，我的真公主却在何处？""你问真公主么？现在城东六十里远近高山以下布金寺内。"国王闻听，泪流满面！

那国王想起女儿心难受，泪流满面把旨传：
"速排銮驾迎公主，圣僧不会有虚言！"
不多时全副銮驾已齐备，龙车凤辇过了高山。
文武百官前引路，国王和长老跨雕鞍。
行者弟兄也骑着马，呆子八戒挺喜欢。
回头叫声："三师弟！你听愚兄把心思谈。
提起行者大兄长，好汉之中拔了尖！
五百年前出了世，称王就在花果山。
三反天宫诸神怕，玉皇爷灵霄殿上封过官。
大闹地狱阎王怕，生死簿子一笔捐。
大闹龙宫显神手，龙王一见心胆寒！"
夸得猴王心欢喜，汗毛孔里都舒坦。
弟兄仨说说笑笑催坐骑，紧紧地跟随在唐僧马后边。

不多时来到山门外，众僧人一齐迎接在山门前。

国王和长老师徒到了山门之外，众僧人迎接入寺，老僧引路来至空房门前，国王传旨拆墙开门。国王与皇后走将进去，定睛观看，认得是公主。皇后上前双手抱住公主，放声大哭，众宫女服侍公主更衣上辇回宫。长老见诸事已妥，告辞西行。国王苦留不住，率领百官送出西门，洒泪而别。

唐长老师徒出了天竺国，逍遥自在往西行。
行程正逢天炎热，热腾腾一轮红日照天空。
江上渔翁难垂钓，樵夫懒怠上山峰。
田里的农夫浑身汗，学生摇扇念诗经。
长老一心将佛拜，不怕暑热往西行。
这一日师徒来至旻天县，西方坠落太阳星。
扬鞭打马将城进，见一所宅院在路东。
唐长老来至门前忙下马，沙僧拉过小白龙。
见门前站立一老者，鹤发童颜像个仙翁。
眼望着长老把话讲，和颜悦色带着笑容：
“四位不辞风霜苦，定是他乡有道僧。”
三藏回言说：“岂敢，望求施主把善行。
来至贵宅将斋化，借宿一宵明日早行。”
老者点头说：“容易！圣僧不必太谦恭。”
师徒们走入客堂齐归坐，问了姓名，知道老翁叫寇洪。
寇老者佛前立下大誓愿，秉虔心立意要斋一万个僧。
眼看不久功德满，今日里一见长老喜盈盈。

寇员外说道：“弟子我虚度六十四岁，从四十岁许下斋万僧之愿，至今二十四年，共斋了九千九百九十六僧人，只少了四个，不得圆满。幸喜四位圣僧到来，此乃天缘有分。且在舍下住上几日，等弟子办完了道场，备好香车小轿，送师父一程。”长老心中欢喜，就在客堂住下。次日寇员外铺排道场，一连住了十几天，长老告辞要走。员外强留不住，叫家丁仆人预备二十四对彩旗，约了一班乐工，伺候他师徒四众明晨赶路！

寇员外张罗一日直到晚，诸事安排得甚整齐。
五更以后东方亮，师徒们梳洗换新衣。
忽听得大门以外响鼓乐，一对一对列彩旗。
大厅以上排素宴，长老居中坐首席。
猪八戒自幼生来食量大，一心要装满大肚皮。

天色堪堪到晌午，长老赶路的心太急。
叫八戒担起行李担，沙僧拉定白龙驹。
长老上了八抬轿，孙行者紧紧相随奔了正西。
鼓手在前边吹音乐，遮天映日飘彩旗。
军民人等瞧热闹，个个夸奖尽称奇。
来到了十里长亭止住轿，长老下轿来告辞。
寇员外陪着亲友回家转，唐僧上马走得急。

师徒四众离了昊天县，走了五十里路，天色已晚。见路北有座破庙，长老下了马，进了山门，参拜圣像。找了找，并无僧道。正要另寻住处，忽然阴云四起，大雨倾盆。师徒只得暂住大殿之上，等候天明再走。这且不言，单说昊天县内有一伙无赖之徒，平素不务正业，常常商量为非作歹。

昊天县一群无赖聚成伙，俱是不怕王法的人。
只因为寇家大院办道场，动了他们爱财的心。
众贼人见财起意要行抢，要劫寇家的金和银。
趁着那墨染天黑夜深后，众贼人暗藏兵刃就起身。
鸦雀无声往前走，冒着风雨一直扑奔寇家的门。
到了门外一声喊，进了院翻箱倒柜乱搜寻。
一门老少全惊起，人人顶上走了魂。
寇员外大着胆子拦强盗："众位好汉发善心！
小老儿自幼吃斋好行善，安分守己度光阴。
所有的金银请拿走，留下老命多开恩。"
强盗一听心中怒，一抬腿踢得员外昏沉沉。
一伙贼人乱打抢，吓坏了公子与老安人。

贼人抢劫已毕，出门而去。寇家的公子、安人见老员外已是气绝身亡，寇梁、寇栋两个公子扶尸放声大哭，张氏安人也痛哭了一场。暗想都是斋僧办道场，才惹得强人眼热，弄了个家败人亡！老安人想到此处，心生巧计，对着公子们说道："你们不必啼哭，员外虽死，这伙贼我却认得，速速报官，与你父雪恨！

强盗进门来打抢，我在暗处看得真！
唐僧领头放的火，八戒各处搜金银！
沙和尚翻箱又倒柜，孙行者踢死你父亲！
别的强盗我却不认识，不用说都是他们同伙的人！
你们快些报官府，好把和尚来搜寻。"

老安人安心要把唐僧害，弟兄俩把一片虚言信为真。
弟兄俩立刻上县报官府，忙派捕役赶僧人。

一五五　师徒被陷

众贼得了财物出城往西奔走，冒着雨跑了半夜，路过华光庙，天色已明。找了个山洼，刚要分赃，谁知长老师徒天明赶路，正好到此。众贼一见说："这不是送行的和尚吗？他们身边一定有些财宝，索性留下！"说着俱都站起身来，各执兵刃，迎头拦住去路，一声大叫："过路的僧人！留下买路金银，饶你们的性命！"

众贼人一齐拦住唐长老，说的是："留下金银才放行！"
长老一见心害怕，急忙回头叫："悟空！"
大圣回答说："无妨碍！等我前去求求情！"
孙大圣一纵身形迎上去，把好话说与强盗听：
"我们是云游和尚将斋化，有些金银在衣袋中。
他们三个不管事，不管闲事光念经！
那一个晦气脸的呆又傻，又是哑巴又耳聋。
那一个长嘴和尚馋又懒，只管打磬与撞钟。
把他们三人放过去，所有的金银送给列公。"

一个为首的强盗说："这毛脸和尚说得也有理，也罢，放下行李，叫那三个去吧！"大圣回头使了个眼色，八戒丢下担子，沙僧牵着马，一同闯将过去。大圣这才用法术，把众贼人全都定住。这伙贼一个个目瞪口呆，不能动转。行者又拔下一把毫毛，变了些条绳子，把众人全都捆住。

孙大圣定身法儿多玄妙，捆住了群贼动转难。
这才高声叫："师父！老人家快些回来把贼盘！"
长老闻听带回马，闪目留神仔细观。
只见群贼躺在地，一个个倒剪二臂用绳拴。
就知行者施法力，心中又喜又为难。
喜的是群贼遭擒获，大家无事保平安。

难的是三个徒弟性情暴，恐怕群贼活命难。

唐长老想至此处下了马，盘膝坐在路旁边。

长老慈心把贼问，这不就引火烧身惹麻烦！

众贼人不多一时尽皆苏醒过来。大圣问道：“你这伙毛贼，共有多少人？做了几年恶事了？从实招来！”众贼闻听，异口同音，叫声：“爷爷！我们不是久惯做贼之人！只因不务正业，把家产耗尽，难以度日，知道寇员外家中豪富，昨晚才趁着雨天打劫了些金银财物，在此处分赃。因见老爷们的行李沉重，人心不足，才又要打抢！”长老说：“悟空！赃物夺回，把这些人饶了吧！”大圣将身一抖，把毫毛收上身来，数落了众贼几句。这些人得命，四散逃生不表。且说长老师徒拉着马，驮着财物，回路向东，要与寇员外送还金银财物，正走中间遇见一群衙役捕快！

唐长老心生善念往回走，不往西来却向东。

师徒们走了三五里，忽听对面发喊声。

四个人闪目抬头观仔细，正东来了一队兵。

各自提枪刀剑戟，好似跑来一窝蜂。

转眼之间来得快，列开阵势很威风。

往上一围齐呐喊，把师徒围在正当中。

众官兵齐声喊叫：“拿强盗，别走了万恶欺心的四个凶僧！”

长老吓得魂不在，口不能言脸发青。

八戒、沙僧齐发愣，面面相观不作声。

大圣明知其中故，师父应该有难星。

束手躬身不言语，任他官兵随意行。

众捕役动手先拿了唐长老，又把呆子上绑绳。

行者、沙僧全捆好，顺手拉上小白龙。

师徒四个全绑好，奔走如飞进了城。

官兵把师徒拉进城中，报了官府，立刻升堂，传寇梁、寇栋当堂认赃领走。知府传来师徒，把惊堂木一拍，说：“好一群胆大贼僧！为何假冒取经之名，到处打家劫舍？一共得过多少财物？从实招来，免得本府三审六问！”

长老说：“贫僧并非是强盗，我本是大唐的和尚去取经。

只因为寇宅斋僧办道场，送行饯别在长亭。

昨日走了五十里，下雨住在破庙中。

清晨起来朝西走，拿住了一伙强人问口供。

才知道寇宅失了盗，我师徒为送财物转回程。

半路遇见众捕快，不容分说拿进城！”

唐僧说罢前后的事，知府发威喊了一声。

吩咐把和尚拉下去，传上来皂隶要动大刑。

知府说：“和尚休得巧言！那寇洪家中告的是你放的火，八戒、沙僧劫的金银，孙行者行凶踢死的寇洪！左右把脑箍取来！看他们招与不招！”皂隶答应，取来刑具扔在堂上。行者暗想：“虽然师父应有此难，也不可叫他受苦。”想罢，一挺身站在公堂之上，叫声：“官老爷！这件事不与这个和尚相干，昨夜打劫寇家，放火行凶全是我一个所为！”知府闻听大怒，喝令皂隶先把这毛脸的箍起，众衙役一声吆喝，给行者上了脑箍，将绳子用力这么一紧，只听“咯嘣”一声将绳索崩断！

一五六　朝拜西天

绳索一齐全崩断，倒叫那合堂官役吃一惊。

知府摇头长叹气，无法惩治孙悟空。

眼看红日朝西坠，吩咐收入监牢中。

知府退堂且不表，再说那齐天大圣显聪明。

听得更楼敲四鼓，孙大圣变个虫儿飞到街中。

一心要到寇家去，忽见那路南一家点着灯。

猴王飞到房檐下，一边看来一边听。

在房中是老两口子把豆腐做，顺口扯起是非经。

老头儿说：“你看对门寇员外，立誓要斋一万僧。

功德刚刚才圆满，天外飞来大灾星。

寇老安人把状告，赖上了东来的取经僧。”

行者听完，展翅飞到寇洪家中。只见堂中停着棺材，老妈妈与两个公子讲话。行者落在棺材头上咳嗽了一声，吓得众人魂胆皆丧，寇梁、寇栋急忙跪倒，叫声：“爹爹，你活了么？”大圣学着员外的声音说：“我不曾活。”寇梁说：“爹爹既不曾活，如何说话呢？”

行者说："你们休得害怕，听我细细地告诉你们！

今有那十殿阎君发下旨，押解老汉我回家来。

对头凶犯不是和尚，不该随便把赃栽！

你妈妈告状无道理，诬告圣僧大不该！"

老安人闻听这句话，慌慌忙忙跪下来。

哭一声："老头子你好心狠，说得我着急把嘴歪！

诬告和尚从何说起，倒要员外讲明白！"

大圣闻听说："住口！休要嘴硬假装呆！

无故陷害唐长老，岂不怕诬良为盗天降灾？

知府难断这件事，众阎王才叫我前来作安排！

明早上两个孩儿去见知府，快把那状子要回来！"

寇梁、寇栋一齐叩头说："父亲请回，天明之后一定到官府要回状子。"行者说："既然如此，快些烧纸，我去也！"寇家烧纸哭送不表，单言大圣一展翅又飞到知府宅中，见知府刚刚起来，预备理事。行者飞至中堂，看见一轴画儿，画的是人像，官府的打扮。

孙大圣一翅飞到中堂上，轻轻落在画上边。

但见知府将房进，对着画儿，跪倒在地直祷念。

口中连连尊："伯父！我有事启禀灵座前。

早晚就有钦差到，听说为的是查监。

这都是国王垂恩典，怕的是有人蒙了不白冤。

侄儿我昨日拿的四个和尚，踢死人命事关天。

若不审明这一案，怕的是前程有碍受牵连。"

知府说罢将头叩，行者闻听心喜欢！

待老孙趁此机会耍他一耍，咳嗽一声吐了口痰。

把一位知府魂吓掉，瘫在地上打战战。

知府壮着胆子口尊："伯父老大人！小侄朝夕供养，香火不绝，为何今日惊吓于我？"行者叫声："贤侄不必害怕，你一向为官清正，只是昨日无故把四位圣僧诬良为盗，不问来由，妄加刑讯，还囚于监内。那狱神等报与阎君，阎君才叫我前来传话，你定要推情详理，释放四僧，方能免祸消灾。"知府见说着了肺腑，心下着忙，说："大人请回，小侄升堂，即刻释放圣僧。"大圣说："既然如此，我就回复阎君去也！"大圣见诸事完毕，飞回监中，暗暗还了本相。且说知府天明升堂，有寇梁弟兄递上和解状。知府一见不悦，说："昨日递了失状，今日怎么又递解状？"二人含泪把父亲的教训说了一遍。知府一听惊疑不止！

知府听罢寇梁的话，心眼儿里头打扑腾。
寇洪昨夜把魂显，我伯父也显灵在大厅。
伯父大人去世久，为什么昨夜忽然出了音声？
嘱咐的言词犹在耳，叫我释放四高僧。
看起来圣僧一定受了冤枉，要赶快地放他们出来去取经。
传话速把和尚请，知府离座把圣僧迎：
“下官昨日多得罪，望乞禅师把我容。”
唐三藏手打问讯说：“岂敢，求大人快快放我们往西行。”
知府吩咐排仪仗，吹吹打打送圣僧。

师徒辞别知府，直奔西方而来。又行了半月有余，这日正然赶路，猛抬头瞧见一座高山十分壮丽。

但只见高山叠翠冲霄汉，峻岭徘徊接碧空。
怪石纵横如白虎，松柏成林似青龙。
对对白鹤云中绕，双双鸾凤林内鸣。
虎豹熊狼随意走，见了行人也不惊。
唐僧合掌将佛念，不敢观瞧闭双睛。
八戒说：“这山中的猛畜真奇怪，看着一点也不凶！”
沙僧说：“定是来到极乐处，神清气爽身体轻。”
长老说：“见过了名山无其数，总不如这座大山有威风！”

孙大圣眼望着三藏，微微笑道：“师父！你老人家在那假境界、假佛像的地方倒要下拜，今日到了真境界、真佛像的法处，还不下马，等待何时？”长老闻听，急忙跳下马来。来到了一座楼阁门前，只见一个道童迎面走来，带笑说：“哪里来的？莫非是东土大唐国差来取经的人么？”三藏抬头观看，却不认得。行者说：“师父！此乃灵山脚下玉真观金顶大仙迎接我们来了！”三藏方才大悟，上前施礼。大仙接入观中，又与四众一一相见，即命看茶，又叫道童烧香汤，预备圣僧沐浴之后，好登佛地。四众沐浴已毕，不觉天色向晚，就在玉真观安歇。次日清晨，唐僧披上袈裟，戴上了毗卢帽，手执九环锡杖，登堂拜辞大仙，大仙说：“圣僧且住！等我送你！”大仙陪着三藏出门，指着西方说：“圣僧你看！半天中有祥云五彩，瑞霭千条的地方，就是灵鹫高峰，佛祖的宝地！”

长老闻听忙举目，闪目留神看高山。
但只见瑞气千条天边绕，祥光五彩半空悬。
唐僧看罢忙下拜，大仙含笑把话谈：
“前面就是极乐地，赶快上前莫迟延！”

三藏施礼忙拜谢，眼看着金顶大仙转仙庵。
师徒迈步往前走，但只见一道大河把路拦。
水声震耳如牛吼，千层波浪起波澜。
对着彼岸望一望，约摸足有九里宽。
四面并无人踪迹，一根独木河上悬。
三藏看罢心害怕，心里不住打忽闪。

三藏见无路可走，不由得心内吃惊，说："悟空！你看此河这样宽，又无船只，如何可渡？"行者说："那不是一座桥？从桥上过去吧！"师徒来至跟前，见桥边有一座石碣，上写着"凌云渡"三字，原来是一根独木桥。三藏心中害怕说："我们另找条路过去吧！"行者说："正是！"师徒们正在桥边说话，忽见有人撑着一只船叫道："上船！上船！"三藏一见，满心欢喜说："徒弟！那里有了渡船了。"行者睁火眼金睛一看，认得是接引佛，却不说破，只叫："快摆过来！"那接引佛登时把船撑至河边，三藏一见，心内吃惊，说道："你这没底的破船，如何渡人？"行者说："他这个破船虽然没底，却倒安稳。纵有风波，也不能翻。师父快请上船！"三藏迟疑不决，却被行者往上一推，三藏没踏住船帮，"咕咚"一声，跌在水内！

看累了，不妨听一听

一五七　取得真经

大圣双手只一搡，长老禅师跳上船。
双足不能稳稳站，"咕咚咚"长老摔在河里边。
撑船之人忙拉起，长老不由得心胆寒。
八戒挑起行李担，沙僧忙忙把马牵。
行者将身只一纵，弟兄三人也上了船。
接引佛祖忙撑篙，将船撑在河中间。
不多之时登了彼岸，师徒们身体轻快上高山。
恭恭敬敬抬起头看，这一片景象真非凡！
但只见翠柏丛中金光现，青松林下排罗汉。

圣僧一见就下拜，诸位神圣忙相拦。

四众来至山上，有哼哈二将迎住，问道："圣僧来了么?"长老说："弟子玄奘到了!"说毕，就要进门。二将说："且住！待我们禀报之后，再进去不迟。"二将报与释伽牟尼说："唐朝取经僧人到了!"佛祖大喜，急忙召集八菩萨、四金刚、五百阿罗汉、三千揭谛，随传金旨，召唐僧进来。三藏同着悟空、悟能、悟净牵马挑担，走入山门，对如来下拜，将牒文奉上。如来看了仍递与三藏。三藏禀道："玄奘奉旨意来到宝山拜取真经，望我佛早赐真经!"如来说道："我自有真经与你!"叫来阿难、伽叶说："你两个引他四众用了斋饭，开放宝阁，将那三藏之中的真经各选几卷与他!"

阿难、伽叶忙答应，二尊者领定四众去取经。
珍楼之下止住步，设供的诸神迎圣僧。
铺排下斋饭一桌当中放，素馔佳肴盘内盛。
师徒一见忙顶礼，用罢斋饭身体轻。
只见宝阁门开放，四众举目看分明：
紫霞千条祥光绕，红云万朵彩雾腾。
阿难开言把圣僧叫："有什么礼物送贫僧？
快些取出休怠慢，我们也好传真经!"
三藏行礼呼："尊者！二位留神在上听！
路远不曾备下礼，望求体谅多宽容!"
阿难闻听微微笑，说道是："唐僧说话不中听！
白手传经不能够，算你白来这一程!"
行者闻听心中怒，立刻气得面皮红。
拉住了阿难、伽叶把理讲，说的是："再不传经就行凶!"

二尊者微微冷笑说："莫嚷!莫嚷!这是什么地方，你还撒野放刁？快快铺下包袱，接取真经。"唐僧闻听，满心欢喜。但见柜中无数经卷。只听二尊者叫道："快来接经!"师徒连忙来接，一卷卷收在包内，分作两担，八戒、沙僧挑着。师徒来至宝座以前，叩谢了如来，急急出门。却说那宝阁上有一尊燃灯古佛，听了传经之事心中甚喜。后来听见阿难、伽叶为了要不到人情，将无字之经传与他们，心生慈悲之念，怕枉费了圣僧这一场跋涉之苦，遂吩咐白雄尊者赶上圣僧，设法叫他回来，换取有字之经。白雄尊者出了山门，大展神威驾起一阵狂风，登时赶上圣僧。半空中伸上一只手来，将那两担轻轻抢去。行者急忙追赶，白雄尊者轻轻抖手，经包坠地，行者急忙按落云头，圣僧等也赶了上来。八戒见经本落地，拾起一本交与唐僧，打开观看，并无半个字迹，三藏心中着忙说："悟空！这卷经怎么没字？"行者闻听，又打开一卷观瞧，也是没字。三藏说："全都打开看看！"卷卷俱是白纸！三藏一声长叹说："我东土果是无福，似这般无字空经，取去何用？"行者说："师父不消说了！这必是那阿难、伽叶向我们要礼物没到手，才将这白纸本子给了咱们！快快回去，告诉如来，问他个索财作弊之罪！"师徒走了回来，在佛前跪倒，行者大声嚷道："如来！我师徒受了万苦千辛，自东土来到此处，我佛吩咐传经，阿难、伽叶通同作弊，故意将无字的白纸本儿叫我们取走。望求我佛公断！"佛爷微微冷笑说："悟空你且休嚷！他两个向你们要人事，我已知之。但是经不可轻传，亦不可轻取。"即叫阿难、伽叶快将有字的真经每部中各选几卷给他。二尊者又领四众来到宝阁，仍向唐僧要人事。三藏无物奉承，只得叫沙僧取出紫金钵盂，双手奉上说："弟子实不曾带得礼物。这本是观音所赐，原为沿途化斋之用，今特奉上，聊表寸心，万望尊者把有字真经赐下。"阿难接了，微微含笑，随同伽叶进阁，选出经卷，一一递与三藏，三藏叫徒弟好生看看。他三人接一卷，看一卷，俱是有字的经文。传了五千零四十八卷，乃一藏之数。收拾整齐，拴在马上，剩下的装了一担叫八戒挑着。行者牵马，沙僧担行李，唐僧拿锡杖，欢欢喜喜又来到殿上。此时如来敲响云磬，请来诸佛。一时间，天乐遥闻，仙音响亮。诸佛毕集，参见如来。三藏四众，一个个朝上礼拜，如来说道："传去此经，功德不小。"三藏叩头谢恩，领经而去。如来散了传经之会，观音正要回归南海，早有五方揭谛、四值功曹、六丁六甲、护法伽蓝走到观音面前禀道："弟子等遵菩萨法旨，暗中保护圣僧。今日圣僧行满，望求菩萨准缴法旨。"观音大喜，准缴。又问唐僧四众一路心性如何，诸神道："实在一心虔诚，唐僧一路上受的魔难，记成一册，望菩萨观看。"大士接过，细看了一遍道："善哉！圣僧受过八十难，还少一难，不能完成九九之数！"忙吩咐金头揭谛如此这般，给通天河老龟送上一信，凑成九九八十一难之数。

且说师徒四众来到通天河西岸，忽听得有人高声叫道："圣僧来了，我好不容易等你这几年！"四众观瞧，原来是个大龟。行者笑道："来时累你，今日又得相逢。你果有接待之心，可上岸来。"那龟急忙答应，爬上岸来。行者叫把马牵到它身上，八戒在马后，唐僧站在左边，沙僧站在右边，行者一脚踩着老龟的脖子，一脚踩着老龟的脑袋，叫声："好好走稳！"但见它四足踏水，如登平地，走了半日，天色已晚，将至东岸，老龟问道："老师父！我向年曾央你问问佛祖，我几时可得人身，可曾问否？"三藏自到灵山专心拜佛，竟将此事忘记，所以不曾问得，竟自无言可答，老龟将身一晃，"哗啦啦"钻下水去，把他四众，连马带经，尽皆落在水内。幸喜唐僧脱了胎，白马又是龙身，八戒、沙僧会水，行者大显神通，把唐僧架出水面，登了东岸。经包、衣服全已湿透。师徒正然收拾，忽又起了一阵狂风，天暗地昏，雷电交作。吓得三藏按住经包，沙僧压住经担，八戒牵定白马,行者铁棒高扬，护持了一夜，直至天明。师徒把经卷放在岸边石上晒晾，早有陈家庄的人看见了，报与陈澄、陈清两老者，把三藏师徒请到庄上住了一夜。次日清晨，早有金刚用祥云相送，四众来到长安，见了唐王。交旨已毕，在雁塔寺朗诵真经，修建水陆大会。功德圆满，八大金刚驾香风引长老四众，连白马五口，回转灵山，成了正果。正是：

师徒西行为取经，历尽炎夏与寒冬。
越过无数峰和岭，杀败多少恶妖精。
八戒、沙僧有功绩，代步多亏小白龙。
难得唐僧心坚定，全仗行者显奇能！

图书在版编目（CIP）数据

说唱西游 / 罗扬，沈彭年整理. -- 北京 : 农村读物出版社，2020.8
ISBN 978-7-5048-5367-7

Ⅰ. ①说… Ⅱ. ①罗… ②沈… Ⅲ. ①说唱文学 - 作品集 - 中国 Ⅳ. ①I239.9

中国版本图书馆CIP数据核字(2018)第193063号

说唱西游
SHUOCHANG XIYOU

农村读物出版社 CHINA RURAL READING PRESS 出版
中国农业出版社
地址：北京市朝阳区麦子店街18号楼
邮编：100125
策划编辑：马春辉　责任编辑：马春辉　甘露佳
版式设计：杨　婧　责任校对：吴丽婷
印刷：北京中科印刷有限公司
版次：2020年8月第1版
印次：2020年8月北京第1次印刷
发行：新华书店北京发行所
开本：700mm × 1000mm　1/16
印张：27.5
字数：540千字
定价：88.00元

版权所有 · 侵权必究
凡购买本社图书，如有印装质量问题，我社负责调换
服务电话：010-59195115　010-59194918